W0348419

LIVRE UN

La métamorphose du loup

par

STEPHEN LEIGH

STEPHEN LEIGH
CORDELL SCOTTEN

Robots et extra-terrestres d'Isaac Asimov

Le renégat

TRADUIT DE L'AMÉRICAIN
PAR PIERRE K. REY

ÉDITIONS J'AI LU

Collection créée et dirigée
par Jacques SADOUL

A Byron Preiss Visual Publications, Inc. Book

ISAAC ASIMOV'S ROBOT CITY
ROBOTS AND ALIENS
BOOK 1 : CHANGELING

An Ace Book/Published by arrangement with Byron Preiss
Visual Publications, Inc.
Copyright © 1989 by Byron Preiss Visual Publications, Inc.
Introduction copyright © 1989 by Nightfall, Inc.
Illustrations by Paul Rivoche

ISAAC ASIMOV'S ROBOT CITY
ROBOTS AND ALIENS
BOOK 2 : RENEGADE

An Ace Book/Published by arrangement with Byron Preiss
Visual Publications, Inc.
Copyright © 1989 by Byron Preiss Visual Publications, Inc.
Introduction copyright © 1989 by Nightfall, Inc.
Illustrations by Paul Rivoche

ROBOTS AND ALIENS is a trademark of
Byron Preiss Visual Publications, Inc.

Pour la traduction française ;
© Éditions J'ai lu, 1991

SOMMAIRE

ROBOTS ET EXTRA-TERRESTRES

par Isaac ASIMOV

Peut-être aurez-vous noté (si tant est que vous ayez lu mes nouvelles et mes romans sur les robots) que je n'ai pas eu jusqu'ici l'occasion de débattre des interactions possibles entre robots et extraterrestres. En fait, il n'est nulle part fait mention dans mon œuvre écrite d'une rencontre entre un robot et un extraterrestre. D'ailleurs, rares sont les récits que j'ai signés où des êtres humains se voient confrontés à des extraterrestres.

Si vous vous demandez pourquoi il en est ainsi, vous vous attendez peut-être à une réponse du genre : « Je l'ignore. Mes histoires sont comme ça, voilà tout. » Eh bien, si c'est ce que vous pensez, vous vous trompez. Et je vais me faire un plaisir d'expliquer pourquoi les choses sont ce qu'elles sont.

Nous sommes en 1940...

A cette époque, la science-fiction abondait en descriptions de « fédérations galactiques » constituées d'un nombre impressionnant de planètes dont chacune possédait sa propre forme de vie intelligente. E. E. (« Doc ») Smith avait inauguré la mode, et John W. Campbell l'avait poursuivie.

Toutefois, les dés étaient pipés. Smith et Campbell, par ailleurs des gens merveilleux, étaient l'un et l'autre de souche européenne nord-occidentale et considéraient en toute honnêteté que les Européens du Nord-Ouest et leurs descendants formaient l'élite et le sommet de l'évolution. Comprenez-moi bien, ni l'un ni l'autre n'était raciste au point de se montrer malveillant envers quiconque. Tout le monde s'accordait à les trouver aimables et sages comme des images. Mais ils étaient persuadés d'appartenir à la race des seigneurs.

Si bien que, dans leurs histoires de fédérations galactiques, les Terriens étaient les Européens nord-occidentaux de la Galaxie. On trouvait des dizaines d'espèces intelligentes différentes dans la galaxie de Smith, mais le leader était quand même Kimball Kinnison, un Terrien (et de souche européenne nord-occidentale, j'en mettrais ma main au feu). Il y avait également des dizaines d'espèces intelligentes dans la galaxie de Campbell, mais les leaders étaient Arcot, Wade et Morey, qui étaient tous les trois des Terriens (et de souche européenne nord-occidentale, j'en mettrais ma tête à couper).

En 1940, donc, j'ai écrit une nouvelle intitulée « Homo Sol », qui parut dans le numéro de septembre de *Astounding Science Fiction.* J'y décrivais moi aussi une fédération galactique composée d'innombrables espèces intelligentes différentes, mais je ne m'y faisais pas l'avocat des Européens nord-occidentaux. Je descends pour ma part d'une lignée originaire de l'Europe de l'Est, et il se trouve que celle-ci a été précipitée dans l'oubli par une horde d'Européens du Nord-Ouest. Je ne risquais donc pas de faire des Terriens des êtres supérieurs. Le héros de la nouvelle venait de Rigel et les Terriens constituaient un véritable ramassis de médiocres.

Campbell ne l'a pas admis. Les Terriens devaient rester supérieurs à toutes les autres espèces, quoi qu'il arrive. Il m'obligea à apporter quelques petits changements, en effectua quelques autres lui-même, ce qui me laissa un rien frustré. Car si je refusais que quiconque intervienne dans la rédaction de mes histoires, je tenais par ailleurs à être publié par Campbell. Comment faire ?

J'ai écrit une suite à « Homo Sol », une nouvelle qui s'appelait « Une donnée imaginaire » et dans laquelle on ne trouvait que des extraterrestres. Pas un seul Terrien. Campbell la refusa ; elle parut dans le numéro de novembre 1942 de *Super Science Stories.*

C'est alors qu'il me vint une idée. Chaque fois que je proposais à Campbell des récits confrontant humains et extraterrestres, je n'étais pas libre d'en choisir la trame. Lorsqu'il s'agissait de récits ne mettant en scène que des extraterrestres, il n'en voulait pas. En ce cas, pourquoi ne pas m'en tenir aux seuls personnages humains ? Ce que je fis. Dès que j'eus à nouveau l'occasion de m'attaquer sérieusement au thème des sociétés galactiques, je créai une galaxie peuplée *uniquement* d'humains ; et Campbell n'y trouva rien à redire. Pour autant que je sache, ce fut la première de ce genre dans l'histoire de la science-fiction ; elle remporta un succès phénoménal, car ce fut le point de départ des romans de la série « Fondation » (et de tous ceux qui s'y rattachent).

Le premier récit du cycle était une nouvelle intitulée justement « Fondation », qui parut dans le numéro de mai 1942 de *Astounding Science Fiction.* J'avais découvert entre-temps que je pouvais aussi écrire pour Campbell des histoires de robots. Que les humains s'y révèlent supérieurs aux robots ne me gênait absolument pas – du moins au début. La première histoire de robots acceptée par Campbell fut « Raison », publiée en avril 1941 dans *Astounding Science Fiction.* Ces récits rencontrèrent eux aussi un vif succès ; profitant de cette popularité, je fis peu à peu de mes robots des êtres meilleurs, plus sages et plus honnêtes que les humains, et Campbell continua à accepter ce que je lui soumettais.

La série se poursuivit après la mort de Campbell, et je serais incapable aujourd'hui de vous citer une nouvelle récente où mes robots ne soient pas meilleurs, et de loin, que les êtres humains auxquels ils sont confrontés. Je pense à « L'Homme bicentenaire », au « Robot qui rêvait », à « Too Bad », et surtout aux romans qui mettent en scène R. Daneel et R. Giskard.

Je m'en suis toujours tenu, néanmoins, à la décision que j'avais prise en cette époque trouble, en pleine Deuxième Guerre mondiale, avec cette rancune que je gardais à Campbell pour être intervenu dans mes histoires. Ma galaxie est *toujours* peuplée uniquement d'humains, et mes robots ne rencontrent *toujours* que des humains.

Ce qui ne signifie pas pour autant que je ne puisse jamais dans l'avenir (à supposer que je vive assez longtemps) déroger à cette règle. A la fin de mon roman *Terre et Fondation,* on peut tout à fait concevoir une suite qui intégrerait des extraterrestres auxquels R. Daneel serait confronté.

Ceci n'est nullement une promesse car, à l'heure actuelle, je n'ai pas la moindre idée de ce qui va se passer dans cette suite, mais on peut au moins *concevoir* que des extraterrestres viennent s'adjoindre aux sociétés uniformément humaines que je décris.

(Naturellement, je réfute, avec le mépris qui s'impose, tout argument selon lequel il n'y aurait pas d'extraterrestres dans mes récits parce que « je ne sais pas comment m'y prendre avec eux ». En réalité, la principale raison qui m'a poussé à écrire le roman *Les Dieux eux-mêmes* était de prouver, à tous ceux qui pensaient en avoir besoin, que j'étais tout aussi capable de me débrouiller avec des extraterrestres. Personne n'en doute plus aujourd'hui, mais je dois admettre que, même dans ce livre, les extraterrestres et les humains ne se rencontrent en vérité jamais face à face.)

Cela dit, creusons un peu les choses. Supposons que l'un de mes robots rencontre *effectivement* une forme de vie extraterrestre intelligente. Qu'adviendrait-il ?

Ce genre de situation m'a titillé l'esprit de temps à autre, mais jamais au point de me suggérer l'amorce de quelque récit.

Examinons néanmoins l'hypothèse... Comment un robot définirait-il un être humain à la lumière des Trois Lois ? La Première Loi, me semble-t-il, ne présente aucune difficulté. « Un robot ne doit pas blesser un être humain ni, par son inaction, permettre qu'un être humain soit blessé. »

Parfait. Nul besoin d'ergoter sur la nature de l'être humain en question. Qu'importe que ce soit un homme ou une femme, qu'il soit grand ou petit, jeune ou vieux, sain d'esprit ou fou. On s'en tiendra seulement à ce qui définit un être humain au plan biologique.

La Deuxième Loi, toutefois, pose un problème évident. « Un robot doit obéir aux ordres donnés par un être humain, sauf quand ces ordres entrent en conflit avec la Première Loi. »

Ceci m'a toujours gêné. Supposons qu'un robot à bord d'un vaisseau spatial reçoive un ordre de quelqu'un qui ignore tout de la navigation et du pilotage, et que cet ordre mette en péril et le vaisseau et les personnes qui s'y trouvent. Le robot est-il tenu d'obéir ? Evidemment non. Exécuter l'ordre serait entrer en conflit avec la Première Loi puisque les êtres humains courraient un danger.

Cela suppose, cependant, que le robot sache ce qu'est un vaisseau spatial et qu'il soit à même de juger du danger que représente l'ordre donné. Supposons, en revanche, que le robot ne soit pas un expert en vaisseaux et qu'il n'ait qu'une expérience en matière, disons, de construction automobile. Il est à bord du vaisseau et reçoit un ordre de quelque fonctionnaire ignare en navigation spatiale, et n'est pas à même de diagnostiquer si l'ordre présente ou non un danger.

Il me semble qu'il devrait alors rétorquer : « Monsieur, puisque vous ignorez tout du maniement d'un vaisseau spatial, je prendrais un risque en obéissant à tout ordre que vous pourriez me donner concernant un tel acte. »

De ce fait, je me suis souvent demandé si la Deuxième Loi n'aurait pas dû être formulée ainsi : « Un robot doit obéir aux ordres donnés par des êtres humains *qualifiés...* »

Sauf qu'alors il me faudrait imaginer que le cerveau des robots possède un certain nombre de définitions de ce que devrait être un humain « qualifié » pour donner des ordres aussi diversifiés que l'exigeraient les circonstances. D'ailleurs, que se passe-t-il dans le cas d'un robot embarqué dans un vaisseau, lui-même ignare en navigation spatiale, et qui reçoit un ordre de quelqu'un dont il ignore tout des qualifications en la matière ?

Doit-il répliquer : « Monsieur, je ne sais pas si vous êtes un être humain qualifié pour donner cet ordre ; si vous pouvez me convaincre que vous l'êtes, j'y obéirai. »

Prenons encore le cas d'un robot confronté à un enfant de dix ans – donc, sans conteste, un être humain au regard de la Première Loi. Le robot doit-il obéir aveuglément aux ordres donnés par cet enfant, ou aux ordres d'un crétin ou d'un individu embourbé dans des problèmes psychologiques et qui n'a plus l'usage de sa raison ?

La question de savoir quand obéir et quand s'y refuser est tellement complexe et ambiguë en diable que je me suis rarement aventuré à exposer mes robots à des situations aussi embarrassantes.

Ce qui m'amène aux extraterrestres.

On ne peut ignorer les différences physiologiques susceptibles d'exister entre les extraterrestres et nous – comme on ne peut ignorer certaines petites disparités physiologiques ou même culturelles entre un être humain et un autre. Pour Smith et Campbell, la question de l'ascendance a manifestement joué ; pour d'autres, c'étaient la couleur de la peau, ou l'appartenance à un sexe ou à l'autre, la forme de l'œil, la religion, le langage ou même, n'en jetez plus, la coiffure.

Il me semble que tout individu un tant soit peu tolérant ne devrait tenir aucun compte de ces particularités somme toute superficielles. La Déclaration d'indépendance précise que « tous les hommes naissent égaux en droit ». Campbell, bien sûr, m'a maintes fois assené l'argument que tous les hommes *ne* sont manifestement *pas* égaux, ce à quoi je m'empressais de rétorquer qu'ils étaient tous égaux *devant la loi.* Dès lors qu'une loi déclarant le vol illégal est votée, *aucun* homme n'a le droit de commettre un vol. On n'admettrait pas que quelqu'un vienne vous dire : « Bon, vous avez fait des études à Harvard, vous êtes américain depuis sept générations, vous avez le droit de dérober cent mille dollars ; vous, vous êtes un immigrant venu des îles Britanniques, vous pouvez prendre cent dollars ; vous, par contre, originaire de Pologne, vous n'avez droit à rien. » Même Campbell aurait été d'accord là-dessus (sauf que sa technique était de changer de sujet).

De plus, il va sans dire que, lorsque nous affirmons « tous les hommes sont égaux », nous employons le terme « hommes » dans son sens générique, y incluant les personnes des deux sexes et de tous âges, sous réserve que l'individu soit psychologiquement à même de distinguer le bien et le mal.

En tout cas, je crois que, si nous élargissons la question en y englobant les êtres intelligents non humains, nous devons dès lors exclure, comme non pertinentes, les différences physiologiques et biochimiques, et nous intéresser seulement à ce qui peut définir l'intelligence.

En résumé, un robot doit appliquer les Lois de la Robotique à tout être biologique intelligent, qu'il soit humain ou pas.

Il y a là, naturellement, matière à complications. C'est

une chose d'imaginer des robots spécialement conçus pour réagir face à une entité intelligente non humaine. C'en est une autre que d'envoyer un robot dans la nature et de lui faire rencontrer une espèce intelligente qu'il découvre pour la première fois.

Après tout, autant d'espèces vivantes, autant d'intelligences possibles, à des niveaux différents, dans des domaines différents, sujettes à différentes évolutions. Nous pouvons facilement imaginer deux formes de vie distinctes qui posséderaient des systèmes de valeurs ou de perception totalement opposés.

Un robot confronté à une intelligence inconnue doit-il l'évaluer avec les seuls critères définissant l'intelligence qu'il a été programmé à reconnaître ? (Pour poser la question plus simplement, que fait un robot programmé pour comprendre et parler le français lorsqu'il rencontre quelqu'un qui ne comprend et ne parle que le farsi ?)

Ou encore, supposons qu'un robot ait affaire à des individus appartenant à deux espèces radicalement différentes, chacune d'entre elles manifestement intelligente. Même s'il comprend les deux formes de langage, doit-il s'obliger à décider laquelle des deux est la plus intelligente – ou quel système de valeurs est le plus louable – avant de se résoudre à trancher devant des ordres conflictuels ?

Il se peut qu'un jour je doive aborder la question dans un de mes futurs récits, mais si je le fais, je sais que cela n'ira pas sans mal. En attendant, tout l'intérêt des divers volumes composant la série « la Cité des robots » est qu'ils donnent à de jeunes auteurs l'opportunité d'aborder les problèmes que j'ai esquivés jusqu'à maintenant. Je suis ravi lorsqu'ils le font. Non seulement c'est pour eux un excellent apprentissage, mais aussi pour moi l'occasion, parfois, d'apprendre deux ou trois petites choses...

PROLOGUE

RÉSUMÉ DES TROIS TOMES DE *LA CITÉ DES ROBOTS*

Il se réveilla... quelque part.

Il ignorait où il se trouvait et comment il était arrivé là. De son passé, il ne se rappelait *rien*.

Pas même son nom.

Il était dans une sorte de cabine dépourvue de hublots. Impossible de se repérer.

Son réveil avait déclenché la mise en route d'un ordinateur dont la personnalité positronique lui indiqua qu'il occupait une capsule de survie Massey. Un badge sur sa combinaison l'identifiait comme étant Derec – un nom qui en valait un autre. L'intelligence positronique ne lui en dit guère plus ; elle ne possédait aucune information de nature à le renseigner sur sa situation, ne fût-ce que le nom du vaisseau d'où ils avaient été éjectés.

La capsule de survie avait atterri sur un astéroïde dont Derec ne tarda pas à découvrir qu'il était habité par une colonie de robots. Apparemment, Derec était le seul être humain de cette planète. Les robots ne lui en apprirent pas plus que la capsule. Etrangement discrets sur la tâche qui était la leur, ils l'ignorèrent la plupart du temps. Manifestement, ils cherchaient quelque chose enfoui sous la roche de l'astéroïde – c'était du moins la seule explication plausible pour Derec. Alors que celui-ci s'efforçait de découvrir ce qui motivait ainsi leurs recherches, survint un vaisseau de chasse.

Tandis que la colonie de robots préparait son autodestruction, Derec fit une tentative désespérée pour s'échapper de l'astéroïde et contacter le vaisseau.

C'est alors qu'à la faveur d'un bombardement déclenché par le nouvel arrivant fut mis au jour un objet brillant, un parallélépipède argenté d'environ cinq centimètres de large sur quinze de long. Derec devait apprendre plus tard que l'on désignait cet objet sous le nom de « clef du Périhélie ». Un robot chasseur révéla qu'il s'agissait de l'objet qu'ils recherchaient avec tant d'obstination.

Derec s'en empara et bondit dans l'espace. Grâce aux possibilités de sa combinaison dûment améliorée et à la gravité presque inexistante à la surface de l'astéroïde, il atteignit une vitesse suffisante pour tenter de rejoindre le vaisseau assaillant. Mais, soudain, sa visière s'illumina d'un éclair bleu et il perdit connaissance.

Quand il reprit conscience, il était à bord du vaisseau de chasse, devant une étrange créature : un être aux allures de loup, mais dont les pattes de devant se terminaient par des doigts et dont la face aplatie était couverte de fourrure. Le nom de l'extraterrestre, du moins tel que Derec parvint à le prononcer, était Wolruf. La créature le conduisit à Aranimas, le capitaine du vaisseau, lequel se présentait sous la forme d'un assemblage complexe d'une demi-douzaine au moins de navires soudés en un vaste labyrinthe de bric et de broc.

Aranimas était lui aussi un extraterrestre, un humanoïde de la race des Eranis, une espèce très dangereuse. Avec une sorte de stylet électrique, il entreprit de torturer Derec pour lui arracher des renseignements sur ce qu'étaient censés faire les robots sur l'astéroïde. Evidemment, Derec ne put lui apprendre quoi que ce soit. Aranimas lui ordonna alors de fabriquer un robot serviteur à partir des fragments récupérés sur l'astéroïde et lors de leurs raids antérieurs.

Après avoir appris, de la bouche de Wolruf, qu'Aranimas envisageait de remplacer la race servile des Naroués (qu'il utilisait comme équipage) par des robots encore plus dociles, Derec se découvrit une grande connaissance de la robotique ; elle lui venait naturellement. Il réussit à récupérer un cerveau positronique et assez de matériel pour créer un robot composite qu'il appela Alpha. La caractéristique la plus singulière de ce robot était l'un de ses bras : constitué de minuscules modules cellulaires qui paraissaient malléables à l'infini, il pouvait prendre absolument toutes les formes. Derec se souvint que nombre des structures présentes sur l'astéroïde bénéficiaient de cette même conception extraordinaire, ce qui excita son désir de rencontrer l'inventeur de ce nouveau matériau.

Devant les mauvais traitements qu'Aranimas faisait subir en permanence à Wolruf, aux Naroués et à lui-même, Derec résolut de s'échapper. Avec le concours du robot Alpha, il réussit à se libérer, avec Wolruf, des griffes d'Aranimas. Ils rencontrèrent un autre prisonnier sur le vaisseau, une humaine du nom de Katherine Ariel Burgess. Derec récupéra la clef du Périhélie, et ils s'enfuirent pour se poser sur une station-relais.

Là, Derec apprit que Kate prétendait connaître des éléments de son passé, mais la jeune femme refusa obstinément de lui en faire part. Il apprit en outre qu'elle souffrait d'une grave maladie dont elle refusait également de parler.

Les robots de la station-relais avaient confisqué la clef du Périhélie, laquelle, à présent, semblait aussi intéresser les bureaucrates qui dirigeaient la société des Spatiaux. Avec l'aide d'Ariel et de Wolruf, Derec finit par la récupérer. Sans le vouloir, Kate en déclencha le mécanisme alors que Derec la tenait entre ses doigts. En un instant, tous deux furent transportés dans le Périhélie, un lieu froid et vide, baigné d'une brume grise. Pressant une deuxième fois le bouton de la clef, ils se retrouvèrent alors au sommet d'une immense tour pyramidale au centre d'une cité.

La tour du Compas de la Cité des robots.

Ils allaient bientôt découvrir quel monde fascinant c'était. Le matériau dont était bâtie la cité était constitué de petites cellules de la même forme que la clef du Périhélie, et la ville était en perpétuelle évolution. En une nuit, des édifices apparaissaient, d'autres se déplaçaient. Elle grouillait d'une constante activité, déployée par les millions de robots qui prétendaient aménager l'endroit au bénéfice d'habitants humains, bien que pour l'heure les seuls humains présents fussent Derec et Kate.

La cité était plongée dans le chaos. La nuit, des torrents d'eau d'une force incontrôlable envahissaient les rues, menacées, le jour, par de violentes tempêtes semées d'éclairs. De plus, on avait trouvé le corps d'un humain assassiné, un certain David qui ressemblait trait pour trait à Derec. Celui-ci comprit peu à peu que la ville – en tant qu'entité robotique – réagissait à ce qu'elle considérait, aux termes de la Troisième Loi, comme une menace pour son existence. Menace qui résidait dans le sang de David, ou plus précisément dans les microbes qu'il contenait. Les pluies torrentielles étaient un effet secondaire de la gigantesque et irrésistible expansion que décidait la cité pour lutter contre ce danger. Pour sauver la ville, Derec reprogramma le cœur de l'ordinateur central afin de désamorcer son système de défense.

Au même moment, Kate tentait de récupérer la clef du Périhélie qu'elle avait cachée dans la tour du Compas. Mais celle-ci avait disparu. La jeune femme et Derec étaient pris au piège.

Ils découvrirent que c'étaient les robots qui s'étaient emparés de la clef pour en fabriquer des doubles. Associés dans la même lutte pour dérober l'une des clefs, Derec et Kate acquirent une certaine confiance l'un envers l'autre.

Kate avoua à Derec qu'elle s'appelait en réalité Ariel Welch. Elle était la fille d'une riche mécène d'Aurora. Sa mère avait fourni à un certain Dr Avery les fonds suffisants pour réaliser le projet d'architecture qu'il poursuivait depuis longtemps. Avery était un génie excentrique et ergoteur qui avait en tête de créer des cités évolutives et autarciques dont il ensemencerait les étoiles au bénéfice de l'espèce humaine. Avery, toutefois, avait disparu. D'après Ariel, la Cité des robots était sa première expérience et fonctionnait aujourd'hui sans son contrôle. Quant à elle, on l'avait bannie d'Aurora à cause du mal incurable dont elle souffrait et qu'elle avait contracté avec un Spatial. Sa mère lui ayant donné un vaisseau et de l'argent, elle était partie en quête d'un traitement.

Il était impératif qu'elle quitte la Cité des robots si elle voulait échapper à la mort qui la guettait.

Entre-temps, la ville avait accueilli un autre visiteur humain : Jeff Leong, dont le vaisseau avait explosé à la limite de l'atmosphère. Il était grièvement blessé ; pour le sauver, les robots le transformèrent en cyborg : un cerveau humain greffé sur un corps de robot. Les robots n'ayant qu'une connaissance partielle de la structure biochimique du cerveau, Jeff sombra lentement dans la démence, même si la réussite était complète au plan chirurgical.

Alpha et Wolruf étaient eux aussi arrivés à bord d'une capsule de survie Massey modifiée, qui ne pouvait transporter qu'un seul être humain.

Avec leur concours, Derec et Ariel parvinrent à capturer le cyborg qui devenait de plus en plus violent et instable. Prenant le corps de Derec pour modèle, les chirurgiens de la Cité des robots réussirent à transplanter le cerveau de Jeff dans son propre corps guéri depuis peu. Le mal persista néanmoins et Jeff resta quelque peu déséquilibré.

Durant la capture de Jeff, Alpha avait reçu des instructions des modules cellulaires implantés dans son bras transformable, instructions lui enjoignant de changer son nom en celui de Mandelbrot. Un soupçon germa dans l'esprit de Derec : le bras, qui provenait d'un des robots conçus par Avery, pouvait fort bien avoir adressé en même temps un signal à l'inventeur lui demandant de revenir dans la Cité des robots.

Il fallait prendre une décision : ou Ariel s'échappait de la cité avec la capsule de survie, ou l'on renvoyait Jeff. Ariel insista pour que ce soit Jeff qui parte.

La Cité des robots poursuivait sa fascinante évolution. Peu de temps après le départ de Jeff, les robots commencèrent à afficher les signes manifestes d'un étrange comportement. Apparut le Disjoncteur : un ensemble de deux pyramides à quatre faces accolées par leur base et en équilibre sur un des sommets. L'édifice, la première œuvre d'art créée par un robot, reflétait des nuances en perpétuel changement au cours de sa rotation. Survinrent trois robots, qui se faisaient appeler les Fêlés du Bocal et avaient monté un groupe de jazz style Dixieland. Tout cela venait des tâtonnements de la cité pour formuler ce qu'elle nommait les Trois Lois de l'Humanique – corollaire des Trois Lois de la Robotique. Les Lois de l'Humanique étaient censées régir – ou du moins expliquer – les agissements des êtres humains, tout comme les Trois Lois de la Robotique régissaient ceux des intelligences positroniques.

Parmi tous ces étranges événements, le plus grave et le plus inhabituel fut l'assassinat d'un robot par un autre. Lucius, le créateur du Disjoncteur, fut découvert avec ses circuits positroniques entièrement détruits au point que son cerveau ne put jamais être reconstitué. L'acte criminel semblait être une tentative délibérée de casser les progrès réalisés par les robots.

Sur ces entrefaites, Avery en personne débarqua dans la cité ; bien vite, Derec, Ariel, Wolruf et Mandelbrot s'aperçurent que le docteur était un dangereux mégalomane. Une seule chose l'intéressait : son œuvre. Il n'aurait pu accorder moins d'intérêt au mal dont souffrait Ariel ou aux difficultés que connaissaient les autres. Tout ce qui lui importait, c'était la Cité des robots. Il avait posté partout des robots chasseurs chargés de s'emparer du petit groupe en attendant qu'il ait analysé et débrouillé – à son avantage – la situation.

Ils furent faits prisonniers et Derec, à son insu, se vit administrer une dose de substances chimiques, répliques miniatures du tissu composant la cité, qui se fixèrent dans son sang.

Finalement, Derec, Ariel, Wolruf et Mandelbrot réussirent à s'échapper à bord du vaisseau du Dr Avery. Là, dans un compartiment secret, ils trouvèrent une clef du Périhélie.

A l'évidence, Avery avait prévu leur fuite ; le vaisseau avait été saboté. Dans l'incapacité de se diriger sur les balises de navigation, ils ne pouvaient programmer les sauts à travers l'hyperespace. En outre, le mal dont souffrait Ariel s'était nettement aggravé. Derec décida qu'il leur fallait utiliser la clef du Périhélie dans l'espoir de trouver de l'aide. Wolruf et Mandelbrot resteraient à bord et essaieraient de réparer ou d'obtenir des secours auprès d'un autre vaisseau.

Derec pressa le bouton de la clef et se retrouva avec Ariel dans un appartement sur la Terre. La société terrienne avait évolué vers la paranoïa et l'esprit de ségrégation, développant une extrême xénophobie à l'égard des

Spatiaux. Mais Ariel s'affaiblissait de plus en plus et Derec, en désespoir de cause, la conduisit dans un hôpital. Si, sur certains plans, la Terre avait régressé, elle bénéficiait apparemment au niveau médical de meilleurs équipements que ceux d'Aurora. On décela le mal dont souffrait Ariel – une peste débilitante – et on la guérit.

Malheureusement, les biopuces – les substances chimiques injectées dans le corps de Derec – manifestaient leur présence, et celui-ci, à son tour, s'affaiblit rapidement. Avec l'aide de R. David, un robot terrien, Derec et Ariel s'emparèrent d'un vaisseau sur une station spatiale et partirent alors au secours de Wolruf et de Mandelbrot.

Ils furent rattrapés par Aranimas, qui avait suivi la piste laissée par les interférences parasites que provoquait la clef. Au cours d'un violent combat, Derec et Ariel, qui avaient retrouvé Mandelbrot et Wolruf, parvinrent à détruire le vaisseau d'Aranimas non sans déplorer d'énormes dégâts à leurs propres bâtiments. Il ne leur restait, avec un Derec de plus en plus diminué, qu'une seule solution : utiliser la clef pour effectuer un saut qui les ramènerait dans la Cité des robots.

Arrivés sur la tour du Compas, ils firent irruption dans le bureau d'Avery, avec l'intention d'obliger le docteur à secourir Derec. Le bureau était vide. Ils partirent à la recherche d'Avery, Wolruf et Mandelbrot fouillant la ville, Derec et Ariel explorant les tunnels sous la tour.

Après avoir découvert que tous les robots suivaient les instructions contenues dans ce qu'ils appelaient le Programme Migratoire – ils quittaient la première Cité des robots en quête de nouveaux mondes sur lesquels en bâtir d'autres –, Mandelbrot et Wolruf retournèrent dans la tour du Compas pour constater que les robots chasseurs étaient à la recherche de Derec et d'Ariel, qui avaient fui.

Dans le ciel de la planète, surgit un petit engin spatial transportant Jeff Leong. Celui-ci, qui avait recouvré ses facultés, revenait délivrer ses amis. Ayant rétabli le contact avec Derec et les autres, il était fermement résolu à les aider à retrouver le Dr Avery.

En fait, ce fut le Dr Avery qui les retrouva, lorsque les membres du petit groupe furent un à un capturés par les robots chasseurs. Le docteur révéla alors que Derec était en réalité David Avery, son fils, et que les biopuces injectées dans son corps lui permettraient un jour de contrôler tous les robots Avery existants. Derec *deviendrait* la Cité des robots.

Avery avait donc misé sur le fait que Derec se montrerait un partenaire tout à fait disposé à suivre ses plans, ce en quoi il avait tort. Derec se servit de son nouveau pouvoir sur la cité pour libérer ses compagnons ; avant d'être pris, le Dr Avery utilisa une clef du Périhélie et disparut dans le vide interstellaire.

Derec et les autres ne prirent pas la peine de le poursuivre. Ils étaient enfin hors de danger et libres.

Une liberté bien méritée, pensaient-ils...

NAISSANCE

– Ceci me met mal à l'aise, docteur Anastasi.

Janet Anastasi leva les yeux, le visage empreint d'un demi-sourire. Elle écarta une mèche blonde de ses yeux vifs couleur noisette, soulignés par les rides convexes que dessinait son sourire.

– Dis-moi, Basalon, que ressent au juste un robot quand il est « mal à l'aise » ? demanda-t-elle en riant.

Basalon cligna des yeux, une membrane obturatrice recouvrant un bref instant les circuits optiques. Mimique que Janet avait délibérément programmée pour qu'elle se déclenche de façon aléatoire, une de ces petites fantaisies dont elle dotait tous ses robots – bizarreries de langage, tics et manies qui rendaient les réactions de Basalon et des autres moins prévisibles. Selon elle, cela conférait à chaque robot une personnalité qui, autrement, lui faisait défaut.

– Le terme n'est qu'une approximation, docteur.

– Hum. (Janet balaya du dos de la main la sueur qui perlait à son front, puis l'essuya sur la jambe de son pantalon.) Aide-moi à ranger ça, veux-tu, mon ami ?

Ils se trouvaient dans la soute d'un petit vaisseau spatial. Sur un écran encastré dans une paroi, apparaissait la courbure mouchetée de bleu et de blanc de la planète autour de laquelle ils étaient en orbite. Deux lunes jumelles semblaient regarder par-dessus l'épaule de la planète et, sous eux, s'étendait un paysage de verdure. A cette distance, on se serait cru devant un décor pastoral, quelle que soit la réalité qui s'y cachait. Janet savait que l'atmosphère répondait aux normes terrestres, que le sol y était fertile et que la vie existait, quoique sans la moindre trace d'une quelconque technologie : voilà tout ce que les instruments du vaisseau lui avaient appris. Ce monde – quel que soit le nom que ses habitants lui donnaient – correspondait à son attente. Et c'était tout ce qui lui importait.

Le mari qu'elle avait eu plusieurs années auparavant, Wendell Avery, lui avait reproché, au moment de leur rupture, de se désintéresser de tout ce qui était fait de chair et de sang – lui, leur fils. « Tu as peur d'aimer quelque chose qui pourrait t'aimer en retour », avait-il déclaré dans sa rage.

« Ce qui nous met exactement sur le même plan, n'est-ce pas ? avait-elle rétorqué en criant. Ou est-ce que le génie est incapable d'admettre qu'il a des défauts ? Peut-être est-ce seulement parce que tu ne supportes pas que ce soit *moi* l'expert en robotique aux yeux des gens ? C'est ça, n'est-ce pas, Wendell ? C'est *toi* qui es incapable d'aimer qui que ce soit en dehors de toi-même parce que l'adoration que tu te portes prend toute la place dans ton cœur. »

A l'époque, la remarque de son mari l'avait rendue furieuse, mais le temps avait émoussé le tranchant de sa colère. Avery était peut-être un monstre de suffisance et d'égocentrisme, mais ses propos n'étaient pas dénués d'une certaine vérité. Trop souvent, Janet s'était regardée dans ce miroir et s'était vue fuyant le contact avec les gens pour ne se consacrer qu'à ses robots. Ces dernières années, elle n'avait rien souhaité d'autre que de vivre sur ce vaisseau, avec Basalon et quelques autres robots pour seule compagnie.

Avery ne lui manquait pas du tout. Mais son fils, parfois, lui manquait terriblement. Basalon et les autres robots étaient devenus ses enfants de substitution.

– Doucement, lui recommanda-t-elle.

Un sphéroïde de métal gris argenté, d'environ deux mètres de diamètre, trônait sur l'établi face à elle ; la surface brillante se composait de minuscules segments dodécaédriques. Janet venait juste de finir d'installer, dans un compartiment aménagé à l'intérieur de la sphère grumeleuse, la délicate masse spongieuse en platine-iridium d'un cerveau positronique. A présent, Basalon s'occupait de tendre sur le cerveau le lacis gélatineux des connexions neurales, avant de sceller la moitié supérieure du compartiment. Les segments se fondirent les uns aux autres sans la moindre jointure visible.

– Tu peux le mettre dans la sonde, dit Janet au robot, avant d'ajouter : Qu'entends-tu par te sentir mal à l'aise ?

– Vous m'avez remarquablement réussi, docteur ; il n'y a pas d'autre raison pour expliquer que je ressente absolument tout. J'ai conscience d'une interruption d'une milliseconde dans mes relais positroniques, expliqua Basalon en soulevant la sphère avec précaution pour l'amener jusqu'à la fusée-sonde, interruption due à des conflits possibles avec la Première Loi. Quand bien même il n'y a pas danger imminent de blocage, ni motif suffisant qui fasse craindre un mauvais fonctionnement ou une perte d'efficacité, il m'apparaît que les humains réagissent de façon analogue lorsqu'ils sont confrontés à un acte qui implique un conflit moral. D'où l'usage que j'ai fait du terme humain.

Janet eut un grand sourire, ce qui creusa les rides qui bordaient ses yeux.

– Verbeux, mais logique, je suppose.

Basalon cilla à nouveau.

– La concision serait-elle plus souhaitable que la précision lorsqu'on parle des émotions humaines ?

La remarque déclencha chez Janet un vif éclat de rire.

– Parfois, Basalon. Parfois. C'est une question de bon sens, j'en ai peur. Parfois, ce n'est pas tant ce qu'on dit qui est important que le simple fait de parler.

– Je ne suis pas bon juge des émotions humaines, docteur.

– Ce qui te place au même niveau que la plupart d'entre nous, je le crains.

Janet serra les tampons hermétiques à la surface de la sonde qu'elle tapota d'un geste affectueux. Une fois l'accès scellé, les diodes émirent des lumières émeraude sur le tableau de bord de la fusée porteuse.

– Que fait un être humain quand il se sent mal à l'aise, docteur Anastasi ?

Janet s'écarta de l'engin en haussant les épaules.

– Ça dépend. Si on croit en quelque chose, on continue malgré tout. On se fie à son jugement et on ignore la sensation. Celui qui n'a jamais eu de doutes est soit un fou soit quelqu'un qui n'analyse pas bien les choses.

– Alors, vous émettez peut-être vous aussi des réserves sur votre expérience, mais vous allez quand même lancer la sonde.

– Oui, répondit Janet. Si les gens étaient paralysés par le doute au point de ne jamais rien faire sans être certains du résultat, il ne naîtrait jamais d'enfants.

Sous le regard de la femme, Basalon sembla peser ces propos. Puis, le robot fit un pas qui le rapprocha des commandes de lancement de la fusée porteuse, la main animée d'un spasme – encore un tic. Il avait l'air de vouloir ajouter quelque chose. Une étincelle jaillit dans l'esprit de Janet.

– Basalon ?

– Oui, docteur ?

– As-tu *envie* de lancer cette sonde ?

Clin d'œil. Spasme. Durant quelques secondes, le robot resta sur place. Janet se dit qu'il ne voulait peut-être pas, mais la main se tendit et effleura le contact.

– Merci, docteur, dit le robot en pressant le bouton.

Un dense réseau de lumières s'alluma ; on entendit un chuintement comme de l'air qui s'échappe, et la sonde fut propulsée dans le vide interstellaire. Basalon se tourna vers l'écran pour suivre la trajectoire ; Janet l'observait.

– Tu n'as jamais spécifié tes réserves, lui fit-elle remarquer.

– Ces nouveaux robots... la programmation que vous leur avez intégrée leur donne une grande marge de décision. D'accord, les Trois Lois sont incorporées à la matrice positronique, mais vous ne leur avez fourni aucune définition de l'« humain ».

– Tu te demandes ce qui peut arriver ?

– Si un jour ils rencontrent des êtres humains, vont-ils les reconnaître ? Vont-ils réagir comme ils sont censés le faire ?

– Je l'ignore, répondit Janet en haussant les épaules. C'est toute la beauté de la chose, Basalon. Je n'en sais rien.

– Si vous le dites, docteur. Mais je ne comprends pas cette idée.

– Ce sont des graines. Des graines informes, en attente, avec comme seul codage les Trois Lois. Ils ne savent même pas qu'ils sont des robots. Je suis curieuse de voir ce que ça va donner, mon ami.

Janet se tourna pour contempler la fusée qui, lancée à toute allure, miroitait dans la lumière solaire en s'éloignant du vaisseau. L'engin rapetissa de plus en plus, attiré par la gravité de la planète, pour enfin se perdre dans l'éclat de son atmosphère. Janet poussa un soupir.

– En voilà une de plantée. (Après avoir respiré profondément, elle ajouta :) Maintenant, on s'en va.

LE DOUBLE

La sonde gisait enfoncée dans la boue sur le versant d'une colline. Ses flancs, naguère argentés, étaient bosselés et roussis de sa longue chute dans l'atmosphère ; des serpentins de terre noire se desséchant recouvraient les parois cabossées. Sous le miroitement d'ondes de chaleur fantomatiques, la coque métallique tictaquait en se refroidissant et en se contractant. Les échos de l'atterrissage se répercutèrent longtemps parmi les collines.

A l'intérieur de la coque endommagée, des relais minutés entrèrent en fonction et alimentèrent en énergie le circuit positronique du robot niché dans son berceau protecteur. L'intelligence qui venait de naître se trouvait dans une totale obscurité. Eût-elle été une créature vivante, ses instincts primitifs l'auraient poussée à se mettre en route, comme la tortue de mer qui creuse sa voie dans le sable humide pour gagner la mer aux reflets brillants. Le robot avait son propre équivalent d'un instinct : les Trois Lois de la Robotique. Ces connaissances fondamentales se déversèrent dans sa conscience qui s'animait.

Première Loi : un robot ne doit pas blesser un être humain ni, par son inaction, permettre qu'un être humain soit blessé.

Deuxième Loi : un robot doit obéir aux ordres donnés par les êtres humains, sauf si ces ordres sont en contradiction avec la Première Loi.

Troisième Loi : un robot doit protéger sa propre existence, à condition que cette protection ne soit pas en contradiction avec la Première ou la Deuxième Loi.

C'était ainsi que la plupart des espèces humaines connues définissaient les Lois. N'importe quel écolier d'Aurora, de la Terre ou de Solaris aurait pu les réciter par cœur. Mais pour l'être novice qu'était le robot, il y avait une différence importante, essentielle : il n'y associait pas de *mots*, seulement des contraintes, profondément ancrées en lui. Il n'avait pas conscience d'avoir été fabriqué ou de n'être qu'une machine.

Il ne se considérait pas comme un robot.

Il savait seulement qu'il détenait certaines instructions auxquelles il devait obéir.

En tant qu'instincts de survie, les Lois suffisaient à susciter des réactions. La Deuxième Loi gouverna ses sensations, affinée par les résonances de la Troisième Loi. Des voix impérieuses tonnaient dans son cerveau : une programmation intégrée, dans un langage qu'il connaissait intuitivement. Le robot suivit les instructions reçues, et d'autres circuits entrèrent en fonction.

Une ouverture apparut dans la coque de la sonde, et l'être nouveau entreprit de se glisser au-dehors. L'enveloppe qui lui couvrait le corps étincela dans la lumière, et les myriades de dodécaèdres qui le composaient se déplièrent et se déplacèrent tandis qu'il s'étirait comme une pâte au soleil. Des pseudopodes jaillirent pour stabiliser le corps sphérique. Des indications sensorielles pénétrèrent la peau : des données optiques, auditives, tactiles, olfactives. Dans le même temps, un flot d'informations se déversa dans le cerveau apte à les accueillir : une encyclopédie très résumée d'un savoir choisi avec soin. Le robot s'accorda un instant pour fouiller dans sa programmation, tout en s'imprégnant de son environnement.

Une voix chuchota.

Eloigne-toi du site d'atterrissage. Des êtres pourraient venir en reconnaissance et se révéler agressifs, dangereux. Cache-toi.

Restait le problème principal : comment se déplacer ? Le cerveau positronique sonda les fichiers et y trouva une réponse. La peau se modela de nouveau, les pseudopodes se transformèrent en jambes musclées. Le robot courut vers le haut de la colline, où il gagna un bouquet de hautes herbes sauvages. Son corps rond s'aplatit, les jambes se rétractèrent ; il s'accroupit et attendit patiemment.

Il en profita pour effectuer, sans la moindre émotion, un

inventaire de sa personnalité. Dans son esprit, les Trois Lois primaient tout le reste, mais il disposait d'autres éléments. La plus grande part de la programmation fournie, à commencer par la faculté d'effectuer cet auto-examen, semblait émaner du principe énoncé par la Troisième Loi. Il devait protéger sa propre existence ; pour survivre, il lui fallait apprendre le plus possible.

Sous les Lois, il trouva le corpus d'initialisation dont il avait suivi l'essentiel dès les premiers instants de sa vie. Et sous cette couche, un substrat de ramifications complexes du type si/alors. Le robot en ignorait la majeure partie – de toute façon, elles rebouclaient toutes sur les Trois Lois.

Dans l'immédiat, il n'avait besoin que d'une série d'impulsions, celles qui découlaient directement des Lois. *Un robot ne doit pas blesser un être humain. Un robot doit obéir aux ordres donnés par les êtres humains.* Voilà sur quoi insistaient les Lois. Mais qu'était donc un être humain ?

Son programme lui donna une réponse – moins une définition qu'une description : *un être humain est une forme de vie intelligente.* Ainsi, la créature nouvelle, qui ignorait ce que représentait un « robot » sinon un terme s'appliquant à elle-même, sut qu'elle devait chercher des êtres humains afin de les protéger et de les servir. Il lui fallait découvrir une forme de vie intelligente.

Elle commença à formuler une stratégie.

Elle choisit de ne pas bouger, de continuer à attendre. Le besoin de connaître impliquait la curiosité. Si une forme de vie intelligente se trouvait dans le voisinage immédiat, elle avait sans nul doute perçu l'embrasement et le fracas provoqués par la chute de l'engin, et ne manquerait pas de venir voir ce qu'il en était. Si aucun être correspondant aux critères signifiés à la créature novice ne se manifestait, elle irait alors chercher ailleurs.

La zone sur laquelle avait atterri la sonde était fortement boisée. Plusieurs bouquets d'arbres étroitement serrés les uns contre les autres, aux larges feuilles aux nuances bleu-vert, s'élevaient de proche en proche, entourant la prairie herbeuse qui s'étendait à flanc de colline. Le décor était à présent empli de sons divers, et le robot à même de percevoir du mouvement dans le crépuscule qui régnait sous la voûte mouvante du feuillage. Dans l'air tempéré, flottaient des odeurs de terre mouillée ; à faible distance, étaient perceptibles les échos chantants de l'eau courante. Un endroit accueillant, décida le robot. Un lieu que les êtres humains – si mystérieux soient-ils – auraient probablement trouvé plaisant. Un lieu sur lequel, à supposer que leurs pas les y conduisent, ils auraient très bien pu s'installer.

L'après-midi s'assombrit, et vint le soir. Le robot aperçut plusieurs créatures sur le flanc de la colline, mais aucune ne manifesta d'intérêt particulier pour la fusée. A un moment donné, quelque chose au corps recouvert d'une fine fourrure s'approcha et, dressé sur des pattes de derrière musclées, tendit une longue main à quatre doigts vers la coque ; le robot remarqua la présence sur son ventre d'une poche marsupiale. Tout en observant attentivement cette main polyvalente, le robot ne décela dans la créature rien de plus qu'une intelligence animale. Celle-ci ne portait pas de vêtement, n'avait pas d'outil, et l'appareil auditif du robot n'enregistra que des grognements sans signification. Le marsupial jeta des regards alentour de ses grands yeux aux pupilles écarlates, les fentes de ses naseaux battant au milieu de sa large face aplatie. Puis il se remit à quatre pattes et partit en se déplaçant par bonds. L'être nouveau décida de ne pas le suivre. Pas pour l'instant.

La nuit survint avec une étonnante rapidité dès que le soleil eut disparu derrière les arbres ; la température de l'air baissa tout aussi vite. La forêt s'installa dans une relative quiétude, tandis que les créatures nocturnes s'éveillaient et se mettaient à rôder. Le ciel était bien éclairé. La plus grosse des deux lunes était pleine, et la plus petite, ronde aux trois quarts, se leva peu de temps après le milieu de la nuit.

De quelque part sous les arbres, monta une série d'aboiements gutturaux, de longs hurlements aux modulations aiguës. Le robot prêta une ouïe plus attentive lorsque l'appel reprit, légèrement différent. Une autre voix répondit à la première, plus brève et plus profonde ; puis une troisième, suivie par un hurlement lugubre. Quoique complexes et variées, les intonations provenaient à l'évidence de créatures de la même espèce. Déjà, l'être novice avait identifié des « syllabes » répétitives au sein de ce dialogue.

Des créatures aux ombres jumelles se déplaçaient sous le couvert des arbres, vives et luisantes. L'être nouveau en compta cinq, mais il pouvait y en avoir davantage tapies plus au fond de la forêt. L'une d'elles s'écarta du groupe, s'avançant dans la clarté lunaire.

La créature était caninoïde ou, pour le moins, se rapprochait des caractéristiques du genre telles qu'elles étaient définies dans les données intégrées dans le cerveau du robot. En soi, cela ne signifiait pas grand-chose. Rien dans la connaissance programmée du robot ne spécifiait qu'un « être humain » ne puisse être caninoïde. Campé sur ses quatre pattes, l'animal avait les épaules à un mètre du sol ; il était puissamment charpenté, doté d'un large poitrail et d'une fourrure mouchetée de gris et de noir, à laquelle le bout des poils, argenté, donnait un aspect lustré. La tête avait un museau court et rond, un crâne large et de grands yeux clairs. La queue était longue et dépourvue de fourrure, et semblait quasiment préhensile. Sous le regard du robot, la créature poussa à nouveau, comme par défi, un hurlement qui révéla des molaires plantées bien en arrière d'une double rangée d'incisives – un omnivore, apparemment, mais pas obligatoirement un carnassier. Les pattes antérieures se terminaient par des griffes, avec toutefois des doigts/orteils allongés, séparés les uns des autres et articulés, dont un pouce opposable pour agripper. Au niveau du coude, les solides articulations paraissaient aptes à permettre un large éventail de mouvements.

L'animal avait les yeux fixés sur la coque qui brillait à la lueur des deux lunes. Il se leva sur ses pattes postérieures (une femelle, nota le robot) et, agitant vivement une de ses pattes de devant, fit un geste qui était bel et bien un signe.

Un rayon de lune accrocha un reflet sur quelque chose qui se trouvait sur le poitrail de la créature, et l'être neuf ajusta sa vision pour mieux discerner les détails de l'objet : un long croc incurvé, suspendu à un collier de vigne tressée. *Artefact !* Le mot jaillit dans l'esprit du robot. La femelle, cependant, ne bougeait toujours pas.

Quatre autres créatures quittaient maintenant le couvert des arbres, une très vieille, à en juger par le gris de sa fourrure, deux adultes et une assez jeune. Elles s'avancèrent avec vivacité de part et d'autre de la première, tout en restant prudemment en arrière. Alors que les adultes poursuivaient d'incessants va-et-vient, la plus vieille émit un son confus, mi-aboiement, mi-grognement. Le chef de la horde hocha la tête. L'autre reprit son aboiement et la femelle se retourna en grognant et en montrant les dents. Elle lança un coup de patte à la plus vieille, mais les griffes acérées manquèrent la cible qui s'était ramassée sur elle-même avant de lever le museau pour offrir sa gorge nue en signe de soumission. Le chef tourna le dos aux autres et reporta son attention sur la sonde. Elle se rapprocha de la coque de métal cabossé qu'elle renifla.

Et elle s'assit devant.

La queue servait de support ; l'extrémité souple s'enroulait autour des pattes postérieures. La créature inclina la tête d'un côté, puis de l'autre. Elle renifla à nouveau, le museau collé à la coque, et leva alors la patte gauche. Les griffes cliquetèrent sur le métal ; la femelle tapota la surface, attentive au léger son creux qui en sortait.

Ce qu'elle fit ensuite provoqua l'ouverture des synapses du cerveau positronique du robot.

D'un mouvement vif, la queue s'enroula autour d'un petit bâton qui gisait sur le sol près de la sonde. Une fois le bâton ramassé, la créature le prit dans sa patte, le maintenant entre le pouce et deux doigts. Se penchant vers la coque, elle inséra l'extrémité du bâton sous un copeau de métal et souleva un bout de feuille métallique isolante. Elle l'arracha et se rassit pour l'étudier, abandonnant le bâton.

Utilisation d'un outil. Ajouté à la complexité du langage, au collier qu'arborait le chef de la horde et à la curiosité qu'elles manifestaient pour la sonde, le fait était suffisant pour conclure à l'évidence. Les créatures étaient intelligentes ; ce qui signifiait également que c'étaient des êtres humains.

Cette conclusion retenue, le corps informel de l'être nouveau commença à prendre une forme précise, comme si des mains invisibles modelaient de l'argile en prenant les créatures pour modèles. D'abord, l'aspect dominant, la silhouette efflanquée et musclée du loup. Puis, la tête apparut, arrondie, avant que ne jaillissent le museau et les triangles des oreilles. A l'intérieur de profondes orbites, des lentilles à optique fixe effectuèrent leur mise au point, colorées du même étonnant bleu de glace. L'être ne parvint pas à imiter parfaitement la fourrure, mais la texture de son enveloppe prit un aspect rugueux et les motifs brillants s'altérèrent pour offrir au regard une teinte gris argent et noire vaguement similaire. Après un instant de réflexion, le robot reproduisit également les caractéristiques sexuelles apparentes du chef de la horde. Le comportement de ce dernier suggérait que l'odorat constituait un sens important chez ces créatures. Ce fut assez facile. Un rapide prélèvement d'échantillons des phéromones de la femelle, et de minuscules glandes artificielles sécrétèrent une odeur de loup artificielle.

Une douce brise soufflait le long du versant de la colline. Le chef leva soudain la tête. Elle se mit à quatre pattes, et ses lèvres se retroussèrent pour révéler les crocs meurtriers. La louve grogna, les yeux fixés vers le haut de la colline, sur le bouquet d'herbes où attendait le robot.

Celui-ci s'avança à leur rencontre.

Au même moment, sans prévenir, la femelle glapit et chargea.

INITIATION

La créature-loup attaqua avec une rapidité foudroyante, mais les réflexes de l'être nouveau s'avérèrent encore plus prompts. Il n'avait pas le temps de battre en retraite, il ne pouvait que réagir à l'assaut. La Troisième Loi imposait au robot d'intervenir pour se protéger, tandis que la Première Loi lui interdisait de riposter et de risquer de blesser la créature. Au moment où la louve bondissait tous crocs dehors sur le robot, celui-ci roula sur le côté de sorte que les puissantes mâchoires se refermèrent en claquant sur le vide et que les griffes ne firent qu'effleurer le corps de métal. Malgré cela, la force du coup envoya le robot bouler dans la poussière avant qu'il ne parvienne à reprendre son équilibre.

Il bondit sur ses pieds, se retourna, mais pour constater que le chef de la horde – bizarrement – n'avait pas profité de son avantage. Ramassée sur elle-même, la créature-loup montra une fois de plus les dents au robot et poussa un grognement bref qui se voulait à l'évidence un ordre. La Deuxième Loi exigeait qu'on obéisse à un être humain, et le robot avait décidé que les créatures étaient humaines. Dans l'incapacité toutefois de comprendre leur langage, il ne pouvait qu'émettre une hypothèse sur ce que celle-ci avait l'air de lui signifier.

Se remémorant comment la femelle avait défié l'ancien, il calqua son comportement sur le sien : il présenta sa gorge en signe de soumission et recula.

Le stratagème fonctionna. La louve se remit à renifler, émit un léger grognement depuis le fond de sa gorge et tourna les talons. Elle descendit la pente à pas feutrés, sans se retourner. A mi-chemin de ses congénères, elle s'arrêta et jeta un regard autoritaire vers le robot toujours posté, immobile, en haut de la colline, sous les lunes jumelles. Celui-ci fit un pas dans la direction du chef de la horde ; l'« humain » lui tourna une deuxième fois le dos et poursuivit sa marche vers le bas de la prairie.

L'invitation était claire. Il semblait plus dangereux d'ignorer la créature que de la suivre ; le robot choisit cette dernière solution, imitant la démarche silencieuse et coulée du chef. Quand celui-ci eut rejoint les autres, le robot lut, dans le langage et l'attitude qu'exprimaient les corps, les signes manifestes qu'une hiérarchie s'imposait au sein du groupe. Une hiérarchie parfaitement définie, selon laquelle un nouveau membre acceptait, d'après ce que tout semblait indiquer, d'occuper l'échelon inférieur. Même les jeunes montrèrent les dents à l'approche du robot, qui préféra rester largement en retrait tandis que le chef aboyait ses ordres. D'un même élan, les créatures lui tournèrent le dos et regagnèrent rapidement le couvert des arbres éclairés par la lune.

Le novice les suivit à quelques pas.

Sous les branches, la horde se déplaçait sans bruit, d'une démarche furtive. A l'évidence, les créatures avaient été interrompues au beau milieu d'une chasse. Au cœur du bois, trois autres jeunes les attendaient. Chacun d'eux avait un couteau de silex suspendu au cou et tirait un travois d'aspect primitif, constitué de longues perches faites de branches mortes et attachées les unes aux autres par des lianes. Les travois portaient des carcasses d'animaux dépecées qui dégageaient une forte odeur. A chaque secousse, un nuage d'insectes noirs s'élevait de la viande.

Pour le robot, accompagner la horde ne posait pas de problème particulier ; en quelque sorte, il trouvait logique de cheminer ainsi parmi les ombres doubles sous le bruissement léger du feuillage – ayant décidé une fois pour toutes que les créatures-loups étaient humaines, il considérait déjà leur comportement comme allant de soi. Le plus jeune des porteurs ralentit le pas peu de temps après qu'ils eurent quitté la clairière où gisait la sonde, se laissant devancer par les autres jusqu'à se trouver avec son fardeau à hauteur du robot. Tout en suivant les autres d'un train plus normal, il adressa un discret aboiement interrogateur à l'être qui cheminait près de lui ; comme celui-ci ne répondait pas, il insista.

A l'évidence il attendait une réaction, mais le robot n'avait pas la moindre idée de ce qu'il convenait de faire. Il ne connaissait qu'un seul langage : celui des mots emmagasinés dans son cerveau. Il savait attribuer des noms aux choses qu'il voyait autour de lui, aurait même pu les prononcer à voix haute si l'envie lui en avait pris. Il ne s'interrogeait nullement sur l'origine de ce langage ; il le possédait, tout simplement.

Le problème résidait dans la traduction. Comment convertir ce langage en ces sons qu'utilisaient les créatures ? Dès lors qu'il les aurait persuadées de parler, le robot savait qu'il ne mettrait pas longtemps à acquérir un vocabulaire. La mémoire robotique n'oubliait jamais rien de ce qu'elle engrangeait ; l'intelligence positronique aurait vite fait de déchiffrer syntaxe et grammaire.

Mais sans données de départ, il n'y avait qu'un grand vide. Un vide qui constituait un danger pour le robot, et frappait donc la Troisième Loi d'anathème. S'il parvenait à comprendre les créatures et à communiquer aisément avec elles, le danger serait moindre pour lui. Il devait les forcer à s'exprimer pour commencer à acquérir la connaissance nécessaire.

L'adolescent attendait toujours sa réponse, les yeux fixés sur le robot tandis qu'il tirait le travois à travers la forêt paisible. L'être neuf fit ce que sa programmation lui indiqua comme l'acte offrant le plus gros pourcentage de réussite. Il imita le son qu'avait émis le jeune mâle.

Le résultat ne fut pas celui escompté. Le jeune lui lança un regard furieux en roulant ses yeux bleu pastel, émit un reniflement de mépris et accéléra le pas pour mettre de la distance entre lui et le robot. Lequel le laissa partir.

Pendant de longues minutes, ils suivirent les sentiers qui serpentaient à travers bois.

La plus grosse lune s'était couchée lorsque le chef fit halte dans les profondeurs de la forêt, à plusieurs kilomètres du site d'atterrissage. L'obscurité s'était abattue sur le décor qui offrait un aspect touffu de branches enchevêtrées. De grosses plantes grimpantes tissaient des toiles ligneuses entre les troncs ; les broussailles épaisses s'ornaient d'épines acérées. A l'extrémité des feuilles perlait, dans la clarté d'un blanc bleuté diffusée par la petite lune, une rosée glacée dont les gouttes tombaient sur les créatures postées en dessous, mouillant leur fourrure.

Le chef rôda autour du périmètre de la clairière, tandis que les autres attendaient, assis sur leur arrière-train, la langue pendante, le mufle écumant dans l'air froid de la nuit. Le robot avait pris la même posture et observait le chef, les sens visiblement en alerte, humant l'atmosphère. Le robot en préleva un échantillon ; il nota une faible trace d'odeur animale plus âpre sous celles qui émanaient des créatures et de leur gibier.

A quelques mètres, un essaim de papillons de nuit aux petites ailes blanches tournoyait et dansait dans un rayon de lune. Un animal aux allures de paresseux se dandinait de branche en branche, leur arrachant à chaque secousse d'autres gouttes de rosée. La forêt était presque trop tranquille. Les halètements des loups résonnaient bruyamment dans le décor.

D'au-delà de la limite de la clairière, leur parvinrent l'écho d'un violent froissement de feuilles et le craquement aigu d'une branche brisée sous un pied. L'odeur âpre se fit soudain plus forte.

Les papillons abandonnèrent leur folle sarabande et s'enfuirent sans bruit.

Le chef de la horde eut le temps de grogner un avertissement.

Une vision de cauchemar surgit entre les arbres près desquels était postée la louve : deux yeux rouges, quasi phosphorescents, enchâssés dans une tête qui semblait avoir été écrasée : large et aplatie, elle était dotée d'une impossible mâchoire allongée, hérissée de crocs effilés comme des couteaux, que le robot reconnut comme identiques à celui qui pendait au collier de la louve. Plus bas, deux séries de griffes reptiliennes plantées au bout de longs doigts battaient l'air. La chose se déplaçait sur d'énormes pattes postérieures, bien plus grosses que n'importe laquelle des créatures, et le corps massif était recouvert d'une armure de dures écailles disposées en chapelet. Une queue musclée fouettait la terre, y creusant des sillons.

A la vue de la horde, l'animal émit un petit cri perçant et

chargea. Un féroce coup de griffes ratissa l'encolure de la louve qui poussa un jappement de désarroi. Elle s'accroupit, prête à attaquer. Mais, à l'évidence, la lutte était inégale.

Une forme en mouvement passa devant elle.

Dès l'apparition de la bête, le robot s'était élancé, poussé par l'injonction de la Première Loi.

Un autre robot, modelé sur les codes moraux de l'*Homo sapiens*, n'aurait eu à cœur que de maîtriser l'animal. Mais celui-ci avait déjà adopté les types de pensée qu'il avait lus dans ses « humains » à lui. Il était devenu un carnassier, un chasseur.

Il percuta le flanc du monstre au moment où celui-ci se préparait à frapper le chef de la horde. Aussi puissant qu'il fût, sa force n'atteignait pas celle du robot, dont la forme nouvelle semblait admirablement adaptée pour ajouter à la puissance mécanique. Ses dents se refermèrent sur un avant-bras qu'il tordit sauvagement. La créature hurla de douleur et recula.

Mais la bête était bien trop grosse, trop massive. D'un coup de patte, elle se débarrassa du robot dans un rugissement de fureur. La gueule énorme s'ouvrit, exhalant une odeur fétide de viande pourrie. Pourtant, lorsque le monstre referma ses mâchoires, le robot s'était déjà esquivé. Quand la créature fit volte-face, elle vit son agresseur lui bondir encore dessus, cette fois à hauteur de la gorge. Celui-ci hésita un instant avant de refermer ses dents sur le cou de la bête. Mais déjà les autres membres de la horde se lançaient à l'assaut. S'il hésitait encore, s'il ne se décidait pas tout de suite, ils risquaient d'être blessés.

Le robot pressa de toute la force de ses mâchoires et sentit la trachée se briser sous l'étau.

La bête s'effondra, la gorge broyée. Les créatures-loups se rassemblèrent autour du corps qu'elles se mirent à déchiqueter.

A l'exception du chef qui, pantelant, observait le robot d'un regard où semblait ne transparaître que peu de reconnaissance. Les pattes avant étaient campées, comme si la femelle s'attendait à une attaque. Les babines noires étaient légèrement retroussées sur les gencives, révélant les canines ivoire, et un sourd grognement continu montait de sa gorge. A son cou, le croc se balançait doucement.

Le robot ne bougea pas. Il lui semblait préférable de ne faire aucun geste. Le regard glacé du chef de la horde resta de longues secondes sur lui, le temps que les autres aient fini d'arracher la chair du cadavre du reptile, le temps qu'ils reforment une file grossière, le temps que les jeunes se soient à nouveau sanglés à leurs travois.

Finalement, l'ancien aboya une interrogation. Le chef parut soupeser ce qui venait d'être exprimé. Puis, elle détourna le regard du robot, d'un air presque dédaigneux. Elle s'avança à la tête de la horde et émit un hurlement. Ils se préparèrent à repartir.

Cette fois, les jeunes qui transportaient la viande laissèrent le robot les précéder, ne démarrant que lorsqu'il eut franchi une bonne distance dans le sillage du chef. L'ancien marchait à sa hauteur. Juste avant qu'ils ne quittent la clairière, celui-ci montra le cadavre en lambeaux du reptile.

– *Hrrringa,* fit-il d'une voix gutturale avant de répéter l'étrange mot.

– *Hrrringa,* acquiesça le robot en désignant à son tour le cadavre.

Hrrringa : créature reptilienne.

L'ancien hocha la tête. Ses yeux, chassieux et injectés de sang, se rétrécirent de bonheur lorsque la horde se remit en route.

Lorsqu'ils firent halte au petit matin pour dormir, le robot avait appris plusieurs autres mots.

LA PARENTÈLE

Le Refuge de la Horde.

C'était ainsi que l'ancien (dont le robot connaissait désormais le nom : Hurle-Vie) appelait la grotte creusée dans le flanc rocailleux d'une colline, en plein cœur de la forêt. Le Refuge, c'était l'endroit où gîtaient les membres de la parentèle – tous ceux qui appartenaient à la même bande. Le robot avait appris le nom qui le désignait parmi la horde : Flanc d'Argent, tel était le nom sous lequel on le connaîtrait, avait décidé Hurle-Vie, car ses flancs brillaient comme les écailles d'un poisson et comme celle d'un poisson sa peau était dure et froide. Le nom semblait approprié.

– Tu as tué le *hrrringa*, le Croc Acéré, et sauvé la vie d'Œil Perçant, rappela Hurle-Vie au robot dans le langage de la horde.

Conduit par Œil Perçant, le groupe des Chasseurs quitta le couvert des arbres au pas de course et grimpa la longue côte qui menait à la grotte abritant le Refuge. Les lunes (Grande Face et Petite Face, ainsi que les nommaient les Chasseurs) avaient passé une bonne partie de la nuit à se pourchasser derrière les nuages poussés par le vent. Petite Face se montra un instant à travers une trouée et répandit sa clarté sur la horde.

– Les nouvelles vont vite, poursuivit Hurle-Vie. Tu as un statut à présent. Ne présente jamais ta gorge à un des frères qui ne fait pas partie de la Meute. Tu avais le droit de défier Œil Perçant pour lui disputer la place de chef des Chasseurs ; même si tu ne l'as pas fait, ceux du Refuge te restent tous inférieurs. Laisse-les reconnaître ton odeur, mais si l'un d'eux te manifeste une supériorité, défie-le.

– Je ne veux pas faire de mal à mes frères, dit Flanc d'Argent. (Il trouvait déjà naturel de s'exprimer dans leur langage. Il ne se contentait plus d'interpréter à partir de cet étrange vocabulaire qu'il s'était découvert posséder au tout début.) Je ne peux pas.

Hurle-Vie laissa pendre sa langue entre ses crocs émoussés par le temps, prenant une mine amusée.

– Ne t'inquiète pas pour ça. Ils n'oseront pas, et tu auras le soutien d'Œil Perçant. Elle te doit la vie.

Cela faisait quatre jours que Flanc d'Argent vivait avec la horde, à rôder la nuit dans la forêt et à se reposer le jour quand le soleil était trop fort et la chaleur insupportable. Il les avait aidés à tuer, les avait regardés déchirer la chair animale avant de renvoyer les jeunes au Refuge lorsque les travois étaient pleins. Toujours avide d'apprendre, il les avait observés lorsqu'ils léchaient leurs blessures ou faisaient leur toilette, les avait écoutés se plaindre de l'absence de gibier, raconter leurs vieilles luttes et leurs chasses anciennes.

Au cours des quatre premières nuits passées avec les créatures-loups, Flanc d'Argent fit de gros progrès dans la connaissance du langage complexe qu'utilisait la horde. Celui-ci était un mélange d'expression gestuelle et de jappements, gémissements et aboiements modulés. Il existait par ailleurs divers modes : la langue spécifique des Chasseurs, qui s'utilisait entre bandes différentes ou qui servait à marquer sa supériorité au sein d'un même groupe ; un langage informel propre à la parentèle, en usage au Refuge ou qui s'employait entre amis ; le jargon animal, à la structure élémentaire, qui n'était pas constitué de mots et n'avait pour fonction que d'exprimer les émotions brutes de l'animalité primitive.

Sous-jacent à tout cela, demeurait l'instinct puissant du carnassier, un état d'esprit que le robot assimilait déjà. Son interprétation des Trois Lois n'était déjà plus celle des intelligences positroniques humanoïdes. Un ingénieur en robotique aurait considéré Flanc d'Argent comme un dangereux déséquilibré ; quiconque aurait appris ce que le robot avait infligé au Croc Acéré dans la forêt et observé son comportement durant ces derniers jours en aurait été convaincu.

Déjà, Flanc d'Argent voyait des créatures-loups s'attrouper à l'entrée de la grotte, face à la lumière verte qui trouait les ténèbres, diffusée par la mousse phosphorescente que la horde disposait à l'intérieur pour s'éclairer. Elles étaient venues pour japper, en jargon animal, leurs compliments à la Meute, et ce furent des hurlements de joie à la vue du gibier que tiraient derrière eux les derniers porteurs. Œil Perçant mena les Chasseurs à l'entrée de la grotte, puis s'assit sur son arrière-train tandis que le reste de la horde s'égaillait. La louve parla à deux des membres de la parentèle sur un ton discret.

Ils furent une dizaine, peut-être plus, à sortir de la grotte, sans compter les plus jeunes à l'intérieur dont Flanc d'Argent entendait les cris et sentait l'odeur. Ceux qui restaient au Refuge pendant la chasse étaient les mères nourricières, les infirmes et les tout-petits. Certains étaient déjà en train de récupérer la viande sur les travois pour l'apporter dans la grotte ; d'autres félicitaient les mâles tandis que les deux plus jeunes Chasseurs s'abandonnaient à l'évidente admiration que leur manifestaient les louveteaux immatures.

Flanc d'Argent ne fut pas sans remarquer les regards obliques que lui lançaient Œil Perçant et les autres, la façon à demi déguisée dont ils flairaient dans sa direction. Il vint s'asseoir à côté de Hurle-Vie, juste derrière Œil Perçant, à l'écart de la bousculade. La femelle se retourna et lui décocha un regard dur.

– J'ai parlé à nos frères à ton sujet, dit-elle dans la langue des Chasseurs, et le ton n'était pas aimable du tout. Je leur ai dit que tu dois être traitée comme faisant partie de la parentèle. Une place te sera faite dans le Refuge.

– Merci.

Le remerciement fut exprimé par un bref aboiement et un hochement de tête. Flanc d'Argent tenait à répondre de manière aussi froide et officielle que l'avait été la sentence d'Œil Perçant. Le chef de la meute renifla la chose, acquiesça d'un mouvement de museau et entra à pas lents à l'intérieur du Refuge.

Flanc d'Argent sentit l'étrange ravissement dans lequel l'échange de propos avait plongé Hurle-Vie.

– Elle t'insulte en employant la langue des Chasseurs. Tu en es consciente ?

– C'est le chef, répondit Flanc d'Argent. Ce qui veut dire que je dois lui obéir.

– Elle attend encore que tu la défies. Je sentais presque la peur en elle.

– Pourquoi devrais-je la défier ?

– Tu es venue du Néant, expliqua Hurle-Vie. (Dans la voix du vieux loup transparaissait une certaine impatience ; il poussa un cri en jargon animal, un hurlement mélodieux qui se prolongea plusieurs secondes.) J'ai vu la traînée de feu lorsque tu es tombée du Monde des Esprits dans l'œuf de pierre. Tu es l'enfant de la Vieille Mère. Tu nous as été envoyée, et ainsi Œil Perçant attend que l'esprit de la Vieille Mère se manifeste en toi.

– Je n'ai pas l'impression d'avoir un esprit en moi, rétorqua Flanc d'Argent.

– Tu es venue du Monde des Esprits, répéta Hurle-Vie comme si cela effaçait toutes les objections.

– Ça, je ne sais pas, Hurle-Vie. Je n'en ai aucun souvenir. Je ne savais rien avant de me glisser hors de l'œuf. J'ai agi comme il me semblait normal de le faire. J'ai vu Œil Perçant et la Meute ; il m'a paru important de revêtir votre forme.

– C'était l'esprit de la Vieille Mère qui te parlait. (Hurle-Vie pencha sa tête grise et émit un cri bref dans lequel se lisait une certaine émotion.) Tu es venue comme l'a promis la Vieille Mère. Tu es l'annonciatrice du pardon. Tu es sa réponse aux Pierres Qui Marchent, et c'est pourquoi Œil Perçant a peur.

– Les Pierres Qui Marchent ? Ces mots me sont étrangers. Que sont les Pierres Qui Marchent ?

Hurle-Vie n'eut pas le loisir de répondre à la question du robot. Œil Perçant réapparut dans la nuit en se dirigeant droit sur eux. Lorsque la femelle arriva à leur hauteur, au lieu de s'arrêter, elle poursuivit sur sa lancée de sorte que Flanc d'Argent et Hurle-Vie n'avaient que le choix de lui céder le passage ou de se faire bousculer. Finalement, elle se posa à l'endroit exact où Flanc d'Argent était assis une seconde auparavant.

– Les Chasseurs doivent repartir, annonça-t-elle dans le langage de la horde. Le gibier rapporté remplit à peine la moitié de la grotte à provisions. Nous avons perdu du temps lors de la découverte de l'œuf de pierre et de Flanc d'Argent.

Celui-ci ne dit rien ; Hurle-Vie, toutefois, poussa un bref aboiement de dérision avant de répliquer :

– Perte de temps qui t'a sauvé la vie, lança-t-il à Œil Perçant. Tu devrais remercier la Vieille Mère de t'avoir envoyé un tel contretemps.

La louve émit un sourd grondement en jargon animal au moment où Petite Face se glissait sous la couverture de nuages. Ses yeux luisaient dans l'obscurité ; sur les pupilles, se reflétaient de petites taches vertes, allumées par le phosphore qui entourait l'entrée de la grotte. Le vent agitait les longs poils de sa crinière et apportait les odeurs de la forêt.

– Si nous n'étions pas partis à la recherche de l'œuf, nous n'aurions peut-être pas rencontré le Croc Acéré et je n'aurais pas cette dette envers Flanc d'Argent. D'ailleurs, il n'y a qu'un vieux frère, trop vieux pour procréer, à prétendre que c'est la Vieille Mère qui a envoyé l'œuf. Mais qu'importe. Les Chasseurs ont le devoir de nourrir la famille.

– Flanc d'Argent n'a rien à voir avec la rareté du gibier, tu le sais bien. La raison en incombe à la Colline aux Etoiles et aux Pierres Qui Marchent – voilà pourquoi le gibier a presque disparu, et pourquoi la Vieille Mère nous a envoyé Flanc d'Argent. (L'ancien adoptait graduellement la langue des Chasseurs, avec une éloquence de plus en plus marquée dans les mots et l'attitude.) Moi, Hurle-Vie, j'affirme ceci parce que le Tout-Esprit vit en moi. Je ne laisserai pas Œil Perçant abuser nos frères.

Œil Perçant gronda en montrant les dents.

– Entends-tu me défier, toi, vieillard ? Prétendrais-tu devenir le chef des Chasseurs ? Parfait, je suis prête.

Dans la zone clairsemée qui s'étendait autour de l'entrée de la grotte, s'étaient attroupés plusieurs membres du groupe, observant la scène en silence. Les sens exacerbés par l'injonction de la Troisième Loi programmée en lui, traduite par un vif sentiment d'inquiétude, Flanc d'Argent perçut la tension ambiante et se tint prête à intervenir, à s'interposer entre Hurle-Vie et Œil Perçant s'ils entamaient le combat.

Mais Hurle-Vie se contenta de secouer sa tête aux poils grisonnants.

– Le Tout-Esprit m'a dit que mon rôle était de transmettre l'histoire de notre peuple, non pas de mener la Meute, Œil Perçant. C'est la raison pour laquelle je suis Hurle-Vie. Je ne vois aucun intérêt à te défier. Si tu l'exiges, je me soumettrai sur-le-champ.

Sur ce, Hurle-Vie leva la tête et présenta sa gorge à Œil Perçant. Il s'écoula quelques secondes pendant lesquelles la scène resta figée, avec la femelle tous muscles frémissant dans l'imminence de l'attaque et Flanc d'Argent prêt à contrer l'assaut du chef.

Pourtant, Œil Perçant ne bougea pas. D'un geste lent, Hurle-Vie rabaissa le museau dans une attitude arrogante, conscient d'être sorti vainqueur de la confrontation.

– Flanc d'Argent est le don que nous fait la Vieille Mère, déclara-t-il à voix suffisamment haute pour que les autres l'entendent.

– Ceci reste encore à démontrer, grogna Œil Perçant.

– Les Pierres Qui Marchent n'ont-elles pas volé les vies de nos frères ? N'ont-elles pas décimé le gibier de la forêt, partout où elles sont passées ? N'avons-nous pas vu nos enfants mourir de faim et le lait des mères se raréfier ? La horde de N'a-Qu'Un-Œil et celle de Patte Folle ne nous ont-elles pas déconseillé de pénétrer dans leur territoire, alors qu'ils savaient le désespoir dans lequel nous sommes ?

– Si, reconnut Œil Perçant, mais ça ne règle rien concernant Flanc d'Argent.

– Je connais les récits anciens ; je les tiens du vieux Hurle-Vie, comme lui les tenait de celui qui l'a précédé. Les esprits de nos ancêtres vivent en moi. Je sais ce que je sais. (De nouveau, Hurle-Vie adopta le langage des Chasseurs, comme s'il récitait une litanie.) J'ai vu l'œuf ardent dessiner une traînée à travers le Néant pour guider la Meute. Quand Flanc d'Argent nous est apparue, nous avons tous pu sentir l'odeur de la race. Quand j'ai perçu cette odeur, le Tout-Esprit s'est éveillé en moi.

Hurle-Vie se dressa sur ses pattes de derrière et, tendant la patte avant, désigna le ciel à l'ouest par-dessus le faîte des arbres.

– Voyez, dix danses durant, la Colline aux Etoiles nous est apparue depuis le Refuge. Cette vision a-t-elle fait se dresser vos poils sur vos échines ?

Flanc d'Argent tourna le regard dans la direction qu'indiquait Hurle-Vie. Il distingua, à peine visible à travers le feuillage mouvant, une forme triangulaire dans le lointain. A l'intérieur du vague contour, brillaient des points de lumière pareils à des étoiles. Le robot ajusta sa vision, réglant sa focale sur la chose. Des rectangles éclairés d'une lumière jaune et stable étaient disposés à la surface d'une sombre pyramide de pierre. *Artefact.* Il n'y avait pas d'équivalent pour ce mot dans le langage de la parentèle. *Artefact.*

A cette vision, le robot éprouva un besoin irrépressible d'en savoir plus.

– Les récits anciens t'ont embrouillé l'esprit, disait Œil Perçant à l'adresse de Hurle-Vie.

– Je dirais plutôt que les récits anciens rejoignent un peu trop la réalité, rétorqua celui-ci. (Et un grondement sourd s'éleva des créatures assemblées autour d'eux, qui marquaient ainsi leur approbation.) C'est comme si Crinière Grise était revenu.

Flanc d'Argent détourna son attention de la vision dénommée Colline aux Etoiles.

– Qui est Crinière Grise ? demanda-t-il.

La question suscita chez Œil Perçant un reniflement moqueur.

– Ainsi, le prétendu don envoyé par la Vieille Mère ignore les récits anciens, cracha-t-elle. Moi, je ne les connais que trop. Et j'ai déjà bien peu de temps pour profiter du Refuge sans le gaspiller à les écouter une fois de plus.

Secouant la tête, la femelle se leva et gagna la grotte. La plupart des créatures la suivirent, dont quelques-unes restèrent néanmoins devant l'entrée.

– Qui est Crinière Grise ? répéta Flanc d'Argent.

Pendant que la femelle s'éloignait, Hurle-Vie avait gardé

les yeux sur elle. Il revint sur le robot et hocha la tête à son intention.

– Je vais te raconter, dit-il d'un ton cérémonieux.

Levant le museau au ciel, il poussa un long hurlement lugubre.

LE RÉCIT DE HURLE-VIE

Ecoute, ô mon peuple ! commença Hurle-Vie. Rassemble-toi ici et écoute.

Je parle d'un temps avant le temps.

Je parle aux esprits qui vivent en toi et qui ainsi entendront eux aussi et sauront que nous ne les avons pas oubliés.

Je parle des jours de la fin, ceux qui ont précédé le jour où la Grande Horde s'est scindée à jamais.

Au cours de ce long et dernier hiver, deux enfants de l'Ultime Portée, le frère et la sœur, vinrent à être possédés par l'esprit de leur ancêtre. L'esprit de la Vieille Mère (puisse son nom être loué) s'empara de Crinière Grise qui, imprégnée de la sagesse de la Vieille Mère, fut la première d'entre nous à parler le langage de la Parentèle. Oreille Fendue, son frère, devint la proie de l'esprit de la Première Bête et se retrouva donc dépossédé de tout langage.

Ainsi vont les choses, mes frères. Crinière Grise et Oreille Fendue voulaient l'un et l'autre régner sur la Grande Horde. On n'avait jamais vu deux enfants de la même portée plus dissemblables que Crinière Grise et Oreille Fendue. Celui-ci était fort, plein d'énergie. De tous les mâles chasseurs, il était le plus grand et le plus puissant, et il ne faisait aucun doute qu'il portât en lui l'instinct sauvage de la Première Bête. Personne dans la horde n'osait lui dénier le droit d'être le chef de la Meute.

Personne, sauf sa sœur Crinière Grise.

Celle-ci n'avait pas les talents de chasseur d'Oreille Fendue. Ses naseaux n'étaient pas aussi aiguisés quand il s'agissait de flairer la proie, ses yeux n'étaient pas aussi perçants dans les ténèbres de la forêt, son corps n'était pas aussi imposant ni aussi puissant.

Mais elle avait l'âme pareille à celle d'une roche pure comme le cristal, impossible à briser. Elle défia son frère et s'ensuivit une terrible bataille ; parmi la Grande Horde, nombreux étaient ceux qui pensaient qu'aucun des deux n'en sortirait vivant qu'il ne se soumette à l'autre. Le combat qui eut lieu au cours de cette nuit fatidique se poursuivit du lever au coucher de Petite Face ; les grognements des deux assaillants s'entendirent dans toutes les grottes aujourd'hui perdues du premier Refuge de la Horde.

Jusqu'au moment où Crinière Grise finit par se rendre compte qu'elle avait le dessous. C'était son frère qui avait été choisi comme vainqueur, et elle se résolut donc à lui présenter sa gorge nue. Oreille Fendue hurla son triomphe à Grande Face, ainsi que l'a toujours fait le plus fort, et Crinière Grise s'éloigna la queue basse pour lécher ses atroces blessures. Dès lors, quand Oreille Fendue emmenait les chasseurs, Crinière Grise, torturée par l'envie de les suivre, était condamnée à rester dans la grotte avec les petits, les mères nourricières et tous ceux de la horde trop faibles pour chasser.

Ainsi en alla-t-il pendant deux danses des lunes. La Grande Horde, c'était quelque chose d'extraordinaire, mes frères, même à cette époque quand la fin était proche. Et quel magnifique spectacle quand passait la Meute, avec ses milliers de chasseurs filant comme des ombres grises sous les arbres. Le Refuge était constitué d'un vaste réseau de grottes plus grandes que la forêt où nous vivons aujourd'hui, où chaque mère avait son propre abri. Nos frères, guidés par l'Esprit de la Horde, étaient devenus, même sans le don de la parole que prodigue la Vieille Mère, les plus favorisées de toutes les créatures. De toutes les bêtes de l'univers, aucune n'était plus redoutée.

Mais prêtez l'oreille à présent, car nous en arrivons au moment crucial. Les nuits de la Grande Horde étaient de plus en plus comptées. La Meute revenait parfois bredouille, oui, tout comme le gibier nous fait trop souvent défaut aujourd'hui. Nos frères étaient devenus trop nombreux pour que la nature pourvoie à l'existence de tous ; ils avaient chassé trop longtemps dans la même contrée.

Oreille Fendue devait conduire la Meute toujours plus loin du Refuge, et bien peu de porteurs revenaient de la chasse chargés de viande pour Crinière Grise et ses milliers de frères et sœurs.

La forêt recelait alors beaucoup plus de dangers qu'aujourd'hui. Dans les bois obscurs, rôdaient de monstrueux Crocs Acérés, plus gros et plus rusés que celui que tua Flanc d'Argent. Dans les temps d'avant, ils n'osaient pas s'attaquer à nos frères, sauf lorsqu'ils tombaient sur un traînard qui s'était écarté de la Meute ou sur un enfant qui s'était aventuré dans la forêt. Mais dès lors, du fait du gibier décimé, des limites de chasse sans cesse repoussées, les Crocs Acérés n'avaient plus que nos frères comme proies potentielles. Rendus fous furieux par la faim, ils pourchassèrent nos frères comme ceux-ci chassaient leur propre nourriture, sans s'inquiéter des dommages causés.

On vit une horde imposante de Crocs Acérés suivre la Meute à la trace. Il ne se passait pas un jour où, profitant de la pleine lumière qui laissait nos chasseurs endormis, les monstres n'attaquent. Privés du langage, Oreille Fendue et ses chasseurs étaient incapables d'opérer comme nous le faisons aujourd'hui, se porter mutuellement assistance et coordonner leurs actions défensives. A la fin de la troisième danse de la lune, Oreille Fendue avait perdu une bonne moitié de ses chasseurs et n'était toujours pas rentré au Refuge.

Il craignait de ne plus y trouver que les os de ses frères restés là-bas. Les esprits qui vivaient en lui savaient que la fin était proche pour la Grande Horde. Le temps était venu de la Scission.

Au fil des nuits que dura la longue chasse, Crinière Grise avait suivi les commandements de la Vieille Mère et enseigné à nos frères demeurés au Refuge le don de la parole. La sagesse de la Vieille Mère ne fut jamais plus profitable.

Car Oreille Fendue ne se trompait pas. Les Crocs Acérés étaient bel et bien sortis des bois pour déchaîner leur fureur sur le Refuge, et il échut à Crinière Grise de conduire la contre-attaque. Armés du langage des mots, désormais capables de prévenir les coups de l'agresseur et d'organiser leur défense, nos frères du Refuge tuèrent plusieurs de ces monstres et parvinrent à faire fuir les autres dans la forêt.

Et bien qu'ils aient subi de leur côté des pertes cruelles, ils survécurent. Et c'est dans le nouveau langage qu'ils louèrent Crinière Grise et la Vieille Mère.

Ce fut ainsi que, lorsque les rescapés de la Meute revinrent finalement au Refuge, ils trouvèrent non pas des os brisés et dévorés jusqu'à la moelle, mais des crânes de Crocs Acérés suspendus au bout des perches en guise d'avertissement. Crinière Grise et les autres sortirent à la rencontre d'Oreille Fendue. En voyant combien si peu de leurs frères chasseurs étaient revenus, ils hurlèrent leur désespoir aux deux lunes.

– Comment cela a-t-il pu se produire ? demanda Crinière Grise à Oreille Fendue.

Celui-ci flaira le sentiment de fierté dont sa sœur était imprégnée, elle qui savait avoir si bien défendu le refuge. Cependant, il ne comprenait pas les mots que prononçait Crinière Grise et ne put répondre.

Or, comme tous nos frères le savent, la Vieille Mère et la Première Bête ont toujours été brouillées l'une avec l'autre, même vivant au sein du Néant. La Première Bête éveilla la jalousie dans l'esprit d'Oreille Fendue afin que celui-ci croie que Crinière Grise le défiait une fois de plus. D'un effroyable grognement, il mit en garde sa sœur qui se coucha ventre à terre.

– Il n'est pas question de défi, Oreille Fendue, lui dit-elle. De grâce, mon frère, soyons amis. Laisse-moi t'enseigner le langage de la Vieille Mère pour que nous puissions ensemble œuvrer pour le bien de la horde.

L'esprit de la Première Bête suscita chez Oreille Fendue encore plus de colère, et il se rua sur sa sœur. Celle-ci lui offrit immédiatement sa gorge, mais la rage qui animait la Première Bête libéra l'instinct de cruauté d'Oreille Fendue qui déchira la gorge de sa sœur.

La terre but le sang de Crinière Grise au son des lamentations de la Vieille Mère.

– Que la lignée soit *maudite* ! hurla celle-ci tandis que son esprit quittait le corps de Crinière Grise.

La forme hideuse flotta au-dessus des membres de la horde tapis de terreur, obscurcissant le ciel et les brûlant de ses yeux de feu. Un vent furieux se mit à mugir autour de l'esprit et de noirs nuages lui firent une fourrure.

– Désormais, la Grande Horde sera dispersée et verra sa force amoindrie. Vous avez refusé, comme de stupides animaux, le don que je vous ai fait. C'est moi, maintenant, qui vous refuse ma protection. Vous hurlerez comme les stupides animaux que vous êtes, sans vous comprendre les uns les autres. Avant qu'un de nos frères se souvienne à nouveau du don que je vous avais fait, il s'écoulera mille Grandes Danses. J'enseignerai le langage à d'autres que vous, à ceux qui veulent écouter. Je vous le dis, la horde entendra des pierres parler avant que je vous pardonne.

Le Tout-Esprit entendit la malédiction de la Vieille Mère, et la malédiction eut donc lieu. Ceux de nos frères qui avaient appris à parler, craignant la colère d'Oreille Fendue, restèrent muets. Celui-ci refusa d'emmener la horde loin du Refuge. Les Chasseurs repartirent dans la forêt mais n'y trouvèrent que peu de nourriture, et les Crocs Acérés revinrent. Ce fut lors d'une de ces attaques qu'Oreille Fendue lui-même trouva la mort et que le Refuge fut dévasté. Les monstres fracassèrent les os de nos frères et en sucèrent la moelle. Ceux qui survécurent s'enfuirent dans les bois – et comme des animaux ils couraient en tous sens, et notre peuple s'éparpilla en petites hordes.

Ce fut ainsi que la Grande Horde connut sa fin dernière.

– Ainsi, tu penses que je suis Crinière Grise revenue parmi les siens ? dit Flanc d'Argent lorsque Hurle-Vie eut terminé son récit.

– Oui, répondit celui-ci d'un ton catégorique en s'exprimant toujours dans la langue formelle des chasseurs. Tu es venue pour nous ramener au temps de la Grande Horde. Le nierais-tu, Flanc d'Argent ? Pourrais-tu affirmer avec certitude que je me trompe ?

Le robot fouilla dans sa mémoire. Il n'y trouva rien de nature à *franchement* contredire cette hypothèse, si improbable qu'elle parût. A part l'instant où il s'était réveillé sur ce monde et les quelques instructions bizarres qui lui avaient été données, il ne se rappelait rien. Et pourtant...

– Je ne saurais dire, répondit Flanc d'Argent avec la sincérité que sa programmation lui imposait. Je ne sais pas, répéta-t-il en secouant la tête.

– Tu m'as avoué que tu n'avais pas plus de consistance que le Néant en arrivant ici. Tu as dit qu'après nous avoir vus, tu t'es sentie obligée de changer d'apparence, de prendre notre forme, et d'adopter les caractéristiques sexuelles de notre chef.

– C'est vrai.

– Alors, ce que j'ai dit est également vrai, déclara Hurle-Vie avec un ton triomphal qui lui fit pousser un hurlement de joie auquel se joignirent plusieurs autres. Tu as été envoyée parce qu'il y a les Pierres Qui Marchent et la Colline aux Etoiles, je le sais, Flanc d'Argent. Je le sais comme je sais les anciens récits. Tu es le signe que la Vieille Mère nous a pardonné.

Le robot était troublé. Soumis au délicat équilibre qui

reposait sur les Trois Lois, son esprit balançait, soupesant les priorités.

– Peut-être, énonça-t-il. C'est possible. Je ne sais pas, Hurle-Vie. Je suis incapable de te répondre. Je n'en sais rien.

Flanc d'Argent tourna les yeux vers le Refuge. Œil Perçant était assise sur son arrière-train à l'entrée de la grotte, la silhouette enluminée par les reflets de la mousse. La nuit était chargée de l'odeur des feux de bois fumant la viande entreposée dans les grottes froides. Œil Perçant porta sur Flanc d'Argent et les frères rassemblés autour de lui un regard dur et ostensiblement menaçant. Le robot savait que s'il frôlait Œil Perçant en voulant rejoindre le Refuge, le défi était inévitable. L'attaque serait immédiate, sans possibilité de se dérober.

Obéissant à ce que lui enjoignait la Première Loi, quoique après quelque hésitation, le robot effectua un quart de tour et, sous le regard des autres, s'avança à pas feutrés vers un sentier qui menait sur la hauteur de la colline. Alors qu'il s'éloignait, Œil Perçant se tourna dans sa direction et, dans la langue autoritaire des Chasseurs, lui lança :

– La Meute repartira demain. Tu te joindras à nous plutôt que d'attendre au Refuge.

Le robot tourna la tête. La Deuxième Loi était claire là-dessus : Œil Perçant était un humain *et* le chef.

– Comme tu veux, dit-il.

Œil Perçant hocha la tête. Ses yeux brillèrent et ses babines se retroussèrent autour des incisives. Elle poussa un grognement sourd en jargon animal et reprit sa position devant l'entrée de la grotte.

Flanc d'Argent détourna les yeux de la femelle et poursuivit son chemin. Il passa le restant de la nuit seul au sommet de la colline. Tout en contemplant les lunes et la Colline aux Etoiles dans le lointain, il réfléchit à ce que lui avait dit Hurle-Vie et médita sur les différences qui existaient entre la horde et lui-même.

Si, ainsi que l'avait affirmé Hurle-Vie, il y avait une Vieille Mère, cette nuit-là Elle n'envoya aucun message à Flanc d'Argent.

Lorsque le robot redescendit du sommet de la colline aux premières lueurs matinales, Œil Perçant ne lui dit pas un mot. Si Hurle-Vie se montra aussi amical qu'à son habitude, les autres, sentant que le conflit avec Œil Perçant n'était toujours pas résolu, s'avérèrent moins empressés que la nuit précédente. Alors que Hurle-Vie se faisait une joie d'accueillir Flanc d'Argent, lui léchant le visage à la manière en usage chez les créatures-loups, les autres restèrent en retrait. Certes, ils lui cédèrent le passage comme ils l'auraient fait pour n'importe quel frère de rang plus élevé, mais ils ne lui parlèrent pratiquement pas sinon quand celui-ci leur adressa la parole en premier.

La façon dont il réagit par la suite n'arrangea rien. La lumière était à son plein éclat lorsque Œil Perçant ordonna qu'on sorte la viande des grottes de stockage afin de prendre le repas communautaire. La horde se rassembla dans la grotte la plus vaste, les adultes disposés en un grand cercle approximatif tandis que les tout-petits gambadaient en tous sens parmi les aînés. On fit passer de main en main les gros morceaux de viande conservés par le fumage.

Flanc d'Argent refusa sa portion.

– Je ne mange pas, dit-il au jeune loup surpris qui lui tendait sa part. (C'était la vérité pure et simple – le robot n'avait même pas envisagé que ce pût sembler si étrange. *C'était,* tout simplement. Rien de plus qu'un fait ancré dans sa conscience.) Même si je voulais, je ne pourrais pas. Je n'en ai pas besoin.

Ses propos n'en suscitèrent pas moins chez certains des grognements en jargon animal et des supputations chez quelques autres.

– Tu vois, Œil Perçant ? insista Hurle-Vie. Elle appartient au Néant, pas à la terre. Elle est emplie de l'esprit de la Vieille Mère.

Œil Perçant répondit par un hurlement exaspéré.

– Ne lui donne rien, alors, si elle persiste à jouer la Vieille Mère, aboya la femelle. Et si cela lui retire la force requise pour la Chasse, que les Crocs Acérés l'emportent.

Œil Perçant poussa un grognement et préféra sortir de la grotte, traînant derrière elle l'odeur de la colère et de la rancœur.

Le restant de la journée, à part Hurle-Vie, tous les membres de la horde évitèrent le robot qui sentit néanmoins sur lui leurs regards marqués par le doute. Des regards où se lisaient maintes interrogations.

La Meute quitta le Refuge aux premières heures du soir, après la grosse chaleur de la journée et alors que le ciel se teintait des nuances vert-or du crépuscule. Ce soir-là, aucune des créatures n'aurait osé se placer devant Flanc d'Argent. Celui-ci venait en second dans la colonne disloquée qui descendait la colline en direction de la verte forêt d'où montaient mille senteurs.

Le Refuge ne tarda pas à disparaître derrière un écran de feuillage, tandis que la Meute s'enfonçait dans le décor et mêlait ses odeurs à celles des bois. Déjà les oiseaux venaient se percher sur les arbres, ombres vives voltigeant à travers les branches, dans l'attente imminente de la nuit. De petits animaux déguerpissaient dans les broussailles au passage de la horde filant à vive allure. Œil Perçant guidait ses frères vers la clarté du soleil couchant, ce qui ne manqua pas d'éveiller la curiosité de Flanc d'Argent – en parfait robot qu'il était, doué d'une mémoire infaillible, il se rappela ce qu'avait dit Hurle-Vie à propos des mystérieuses Pierres Qui Marchent : elles avaient décimé le gibier aux abords de la Colline aux Etoiles.

Pourtant, Œil Perçant avançait résolument dans cette direction. Lorsqu'un des jeunes loups avait questionné son chef sur le chemin choisi, elle s'était contentée de tourner la tête en lâchant un grognement en jargon animal pour faire taire l'adolescent.

Après cet incident, plus personne ne dit mot au sein de la horde. Chacun s'en tint à suivre Œil Perçant, en silence, sur la piste sinueuse laissée par le gibier.

Si Flanc d'Argent avait été humain, voire une de ces créatures-loups, il aurait pu s'émerveiller du spectacle de la forêt, des parfums et des sons qu'elle recelait. Il serait resté ébahi devant les cosses à l'aspect parcheminé, assez grandes pour contenir un louveteau, qui pendaient au bout des lianes en vibrant de quelque vie gélatineuse lovée à l'intérieur. Il se serait arrêté pour renifler la sève odorante suintant sous une rampe rocailleuse. Il aurait peut-être été surpris d'entendre le froissement aigu des hautes herbes qui s'agitaient dans le mystère d'une totale absence de vent, ou captivé par la variété des petites espèces animales qui bondissaient à travers le sentier ou regardaient passer la horde lancée à vive allure.

Son cerveau positronique avait enregistré tout cela mais sans la moindre émotion. Il ne réagissait qu'à ce qui affectait le délicat et complexe équilibre induit par les Trois Lois. Le robot nota que, s'il y avait de petits animaux en abondance, rares étaient les signes indiquant la présence des créatures plus grosses dont se nourrissait le peuple loup. Il nota également l'appréhension qui grandissait au sein de la Meute à mesure qu'Œil Perçant avançait vers l'ouest.

Et *ça*, ça avait un rapport direct avec ce que disaient les Lois.

Il vit comment Hurle-Vie et les autres l'observaient, dans l'attente de ce qu'allait faire l'esprit de la Vieille Mère, et il se demanda – se demanda seulement – si les priorités que lui commandait son cerveau n'étaient pas l'expression de la volonté de l'être immatériel. A l'idée, ses circuits logiques émirent un crépitement narquois, mais il ne put écarter complètement cette possibilité.

La menace d'un danger éventuel pesa sur le déclic de la Première Loi et décida Flanc d'Argent à prendre la parole. Il allongea la foulée et se porta à hauteur d'Œil Perçant. Il prit la précaution d'user du langage de la Horde, ne voulant pas que le chef se sente officiellement défié.

– J'ai entendu Hurle-Vie et les autres affirmer que le gibier avait disparu à cause des Pierres Qui Marchent. Est-ce vrai, Œil Perçant ?

– La Vieille Mère ne s'est donc pas donné la peine de te mettre au courant ?

– Non, répondit le robot. Est-ce vrai ? demanda-t-il à nouveau devant le mutisme d'Œil Perçant.

La louve esquissa un hochement de tête.

– Ça te pose un problème ?

Elle n'avait pas daigné le regarder. Elle continuait à courir, sa langue rouge pendant entre ses dents coupantes.

Elle ne laissait pas la moindre ouverture à Flanc d'Argent pour des questions ultérieures, le poussant à la confrontation qu'elle souhaitait manifestement.

Le robot hésita, puis finit par se fondre à nouveau dans la colonne.

Ils poursuivirent leur route.

A minuit, la horde était très proche de l'endroit où ils avaient vu briller la Colline aux Étoiles la veille au soir. Un étrange silence planait sur la forêt, comme si la plupart des animaux qui étaient censés l'habiter avaient fui. Ce fut ce silence qui déclencha une deuxième réaction chez Flanc d'Argent.

Il fit ce qu'aucun membre de l'espèce n'aurait osé faire. La décision avait été facile ; le raisonnement, par contre, plutôt compliqué.

En omettant délibérément de définir le terme « humain », en choisissant de ne même pas dire au robot qu'il *était* un robot, Janet Anastasi avait inévitablement doté sa créature d'une liberté d'action inhabituelle et d'un large pouvoir d'interprétation des Trois Lois. Elle avait fabriqué une machine intelligente qui était loin de se considérer comme un être mécanique.

Elle aurait probablement été ravie de voir ce que le robot avait accompli jusqu'ici, et l'« imagination » dont faisait preuve Flanc d'Argent.

Celui-ci n'en restait pourtant pas moins soumis aux Trois Lois. La Deuxième, en particulier, exigeait qu'il obéisse aux humains, et c'était bien comme « humains » qu'il avait reconnu les créatures-loups. Puisque, dans un groupe social, le chef s'exprimait au nom de tous, les ordres donnés par Œil Perçant devaient avoir encore plus de poids que ceux de n'importe quel autre membre de la horde.

D'un autre côté, la Première Loi obligeait le robot à protéger l'existence des humains, et la logique le poussait à privilégier la sauvegarde du plus grand nombre. Si Œil Perçant était effectivement en train de conduire la horde vers le danger, la Première Loi imposait au robot d'agir. Cependant, il avait pu noter que le style de vie même de l'espèce impliquait la présence constante du danger – les Crocs Acérés, les défis au chef au sein du groupe, la rareté de la nourriture. On ne pouvait pas être « humain » et exempté du danger ; c'était en contradiction avec les termes de la Première Loi.

Il fallait qu'il en sache plus. Il ne serait peut-être pas obligé d'agir, mais il était *tenu* de s'informer.

Il fila à toute allure et dépassa le chef de la horde. Il crut un instant qu'Œil Perçant se contenterait d'ignorer son geste et de le balayer d'un coup d'épaule, et la balance pencha à nouveau. Mais la louve s'arrêta net. Derrière elle, la meute fit halte à son tour dans la débandade. Flanc d'Argent sentit s'exhaler l'angoisse dans les souffles retenus.

– Si la horde a besoin de nourriture, à quoi cela sert-il d'aller vers l'ouest ?

Flanc d'Argent avait employé la langue des Chasseurs afin de souligner la gravité de sa question.

Œil Perçant réagit en laissant monter du fond de sa gorge un sourd grognement en jargon animal. Le regard allumé par la rage, la femelle s'accroupit sur ses pattes de derrière, griffes menaçantes.

Visiblement, il n'était pas dans son intention de répondre à Flanc d'Argent. Alors, on vit se pointer le museau grisonnant de Hurle-Vie qui, dans un jappement, vint prêter main-forte au robot.

– Flanc d'Argent a formulé la question que nous nous posons tous, Œil Perçant.

La louve se tourna vers les autres qui soutinrent son regard avec une froide détermination. Flanc d'Argent lut dans les yeux de la louve qu'elle voyait en cet acte la pulsion sublimée du défi. La plupart des frères s'étaient rassemblés autour de Hurle-Vie ; s'ils ne disaient rien, il ne faisait aucun doute qu'ils étaient d'accord avec le vieux loup.

Les yeux d'un bleu glacé revinrent sur le robot.

– Es-tu en train de me défier, Flanc d'Argent ? dit la louve. Est-ce là ce que la Vieille Mère te commande ?

– Il n'y a aucune nourriture, insista Flanc d'Argent. On ne trouvera pas de gibier dans cet endroit de la forêt. C'est la raison pour laquelle j'ai parlé.

– Toi, tu ne manges même pas de la viande. Qu'est-ce que ça peut te faire ?

Le robot fouilla son cerveau.

– Je dois agir pour le bien de la horde.

– C'est le rôle du *chef*. (Œil Perçant ponctua le mot d'un grognement d'emphase.) *Uniquement* le rôle du chef.

Dans la tête du robot, la balance bougea une nouvelle fois.

Il ne doutait pas un instant d'être plus intelligent que n'importe laquelle de ces créatures. Il *savait* des choses, que ce soit connaissance innée ou don de la Vieille Mère. Il entrevoyait une centaine de façons d'améliorer le sort des frères loups. Sans compter qu'il était aussi plus fort que n'importe lequel d'entre eux et pouvait changer de forme à volonté si nécessaire.

Plus intelligent. Plus fort. L'élu de la Vieille Mère. Tout cela, ajouté à l'insistance qu'avait mise Œil Perçant à les conduire jusqu'ici, en appelait aux Lois.

La décision cliqueta dans son esprit, ferme et définitive. Flanc d'Argent obéirait mieux aux lois programmées dans son cerveau en conduisant lui-même la horde.

– Je te défie, Œil Perçant, dit le robot dans la langue des Chasseurs.

La louve parut soulagée. Elle ferma les yeux comme pour une courte prière.

– Comme tu veux, fit-elle.

Et dans un grondement féroce, elle se rua sur Flanc d'Argent, les mâchoires béantes prêtes à déchirer la gorge du robot. Mais celui-ci, grâce aux étonnants réflexes dont l'avait doté Janet Anastasi, n'était déjà plus là. Il se campa sur ses pattes de derrière et effectua un quart de tour, s'écartant juste assez pour qu'Œil Perçant, emportée par son élan, manque sa cible. Puis, il se détendit et percuta la femelle au moment où celle-ci allait faire volte-face. Œil Perçant faillit se fracasser la tête contre un arbre, perdit l'équilibre et boula durement sur le sol. Elle se releva aussitôt, mais il y avait comme un voile de stupeur dans ses yeux.

Elle se dressa sur ses pattes postérieures, poussa un hurlement à l'adresse du robot et bondit sur lui, doigts tendus et toutes griffes dehors.

Cette fois, Flanc d'Argent ne se déroba pas. Les griffes raclèrent les flancs d'acier sans y laisser la moindre marque. Œil Perçant hurla de rage, de frustration et de douleur, et laboura à nouveau le corps du robot, cherchant à atteindre les yeux, vulnérables si la peau ne l'était pas. Flanc d'Argent s'écarta.

Il s'accroupit, bloqua le coup de patte d'Œil Perçant et lui empoigna les doigts qu'il tordit aux articulations. La femelle poussa un cri strident, quand bien même le robot s'attacha à ne lui briser aucun os. Lentement, il repoussa le poignet de son adversaire – qui s'acharnait contre lui pour se libérer, lui crachant sa fureur au visage, le griffant de sa main libre. Rien de tout cela ne semblait atteindre le robot, bien trop puissant pour la créature-loup.

De la seule force de son bras, Flanc d'Argent fit toucher l'herbe à Œil Perçant et la retourna sur le dos.

– Rends-toi, dit-il au chef de la horde.

Et les autres crurent déceler dans sa voix un étrange accent de compassion. Comme s'il n'avait pas l'air heureux de sa victoire.

– Tue-moi, grogna Œil Perçant, les babines retroussées sur les crocs. (Elle tenta vainement de mordre son adversaire, puis :) Je ne me rendrai pas. Tue-moi.

Flanc d'Argent accentua sa pression sur la prise. On entendait gémir des ligaments.

– Rends-toi, insista-t-il. J'ai besoin de ton aide, et morte, tu es inutile pour la horde. Présente-moi ta gorge.

Toute lueur de défi disparut du regard de la femelle. Sa patte se fit molle dans la poigne du robot. Œil Perçant rejeta son museau en arrière en signe de soumission.

Mais à l'instant même où Flanc d'Argent se dressait en vainqueur au-dessus de la femelle, il entendit un craquement de broussailles derrière lui et le cri déchirant que poussa l'un des frères loups.

Mû par le commandement de la Première Loi, le robot fit volte-face au moment même où un des jeunes chasseurs était projeté à travers les airs pour venir s'abattre à côté de lui. Flanc d'Argent le vit rouler à terre, saignant d'une profonde entaille dans le flanc, jetant des glapissements de douleur.

– Une Pierre Qui Marche ! cria Hurle-Vie. Attention !

Les babines retroussées, Flanc d'Argent gronda sa haine en jargon animal.

Dominant le frère loup blessé, se tenait l'apparition qui venait de jaillir à travers les branchages. Debout sur deux pattes, les mains repliées comme des poings recouverts d'une peau de métal brillant, la créature était bien plus grande que n'importe lequel des membres de la horde et, à en juger par ce qu'elle avait fait subir au jeune loup, d'une force colossale. Derrière ce visage sans traits, le robot entendit le faible son de rouages qui cliquetaient.

L'apparition dégageait une odeur de foudre et de pierre.

La tête pivota. Flanc d'Argent eut l'impression que la créature l'observait avec une certaine curiosité.

Puis, avec une vivacité surprenante, elle chargea !

COMBAT

L'affolement s'était emparé de la horde. Hurle-Vie émit une longue plainte pour le jeune frère étendu à terre, tandis que fuyaient tous ceux qui se trouvaient sur le chemin de la Pierre Qui Marche. Seul Flanc d'Argent n'avait pas cédé à la panique.

Il était contraint d'obéir aux Lois, et la Première ne lui laissait pas le choix.

Il s'élança brutalement contre le thorax de la *chose* mécanique qui les avait agressés sans prévenir. Il n'avait pas eu la moindre hésitation – son geste n'était rien de plus qu'une réponse à la Première Loi qui lui commandait de protéger l'existence des « humains ».

Ses mâchoires se refermèrent sur un bras de métal résistant ; avec une force égale à la sienne, la Pierre Qui Marche l'envoya voler dans les airs. Il se roula en boule pour atténuer l'impact de la chute, invitant son corps à changer de forme afin d'amortir le choc.

Puis il fit volte-face, prêt à repartir à l'attaque.

Hurle-Vie et Œil Perçant avaient rameuté les autres. A l'exception des porteurs attachés à leurs travois, la horde forma un cercle approximatif autour du jeune blessé, le protégeant ainsi de la Pierre Qui Marche. Ils grognaient et montraient les dents, faisant mine de mordre en lançant de brusques assauts vers la créature, mais tout en prenant garde à rester hors de portée des bras puissants.

La chose s'était immobilisée, un doigt pointé sur la horde. Emporté dans son élan, Flanc d'Argent vit le doigt s'arrondir et un trou sombre apparaître à l'extrémité.

Arme ! Le mot avait jailli dans le cerveau du robot.

– Œil Perçant ! cria-t-il. Fuis !

Et il se jeta sur le bras tendu de la Pierre Qui Marche.

Bruit de métaux entrechoqués. A l'instant où l'impact repoussait le bras meurtrier, un rayon d'intense et brûlante lumière ouvrit une brèche à travers le feuillage, sans blesser personne. Les glapissements reprirent au sein de la meute qui battit de nouveau en retraite.

Des rouages tournèrent, menaçants, dans la tête de la chose. Flanc d'Argent en sentit l'odeur et se mit à grogner. La face aux traits impassibles se tourna vers le robot qui le défia du regard. La Pierre Qui Marche pointa résolument sur lui son doigt laser, instrument de mort. Le rayon de visée dessina une ligne rouge vif sur le corps du robot ; la peau prit ensuite, dans son sillage, une coloration d'un blanc incandescent. La brûlure cruelle se traduisit en douleur dans le cerveau positronique de Flanc d'Argent ; programmé pour réagir en « humain » à une telle agression, le robot émit une plainte. Certes, le solide alliage de métal n'était que légèrement roussi et avait pour l'instant résisté à la fusion, mais l'éclair redoutable n'en avait pas moins brisé divers circuits.

Le robot s'affaissa.

La Pierre Qui Marche reporta son attention sur la horde, à présent serrée autour du jeune loup blessé.

– Flanc d'Argent ? appela Hurle-Vie dont la peau exsudait une âcre odeur de peur. Que fait-on ?

Le robot voulut répondre. Aucun son ne sortit. Ses circuits vocaux étaient eux aussi momentanément hors d'usage.

Œil Perçant et Hurle-Vie essayèrent de rassembler la meute.

La horde avait sa manière bien à elle de combattre, ainsi que Flanc d'Argent l'avait remarqué lorsqu'ils avaient abandonné l'Œuf pour regagner le Refuge. Elle sut ce que signifiaient les ordres qu'aboyait Œil Perçant.

– Formez le cercle. Continuez à avancer. Occupez l'attention de la Pierre Qui Marche, mais évitez qu'elle vous touche.

C'était ainsi, grosso modo, qu'ils s'y seraient pris avec un Croc Acéré, tournant autour de lui comme une tornade armée de griffes et de dents, se ruant dans son dos pour lui mordre les jarrets, harcelant la bête jusqu'à ce que – épuisée et furieuse de dépit – elle leur offre l'ouverture fatale. Ils se jetteraient alors sur elle comme un essaim d'abeilles sur un ours, et la curée commencerait.

Une telle tactique permettait aux chasseurs de la meute de s'attaquer à des carnassiers beaucoup plus grands et plus forts qu'eux mais n'était absolument pas adaptée à l'adversaire actuel.

Flanc d'Argent n'eut pas besoin d'un gros effort d'imagination pour entrevoir ce qui allait se passer si la Pierre Qui Marche se servait de son laser. La Première Loi requérait une réaction d'une telle urgence qu'elle balaya toute autre considération dans l'esprit du robot.

Avec son côté gauche toujours inopérant, il n'avait qu'une seule possibilité. Quand *tout* votre corps est fabriqué sur le modèle d'une créature vivante, les articulations – la nuque, les coudes, les genoux – restent les parties les plus fragiles. Le robot le savait : il était lui-même un être polymorphe et la dynamique de la métamorphose faisait partie intégrante de ses connaissances. Son corps malléable à souhait se déforma, se refondit. Arrondissant du mieux qu'il le pouvait le flanc gauche en grande partie immobilisé, il transforma tout le reste en un énorme ressort.

Il banda ses muscles. Visa.

Se détendit.

Le métal percuta le métal dans un fracas de tonnerre.

Si la nuque de la Pierre Qui Marche était stabilisée par plusieurs étriers, aucun n'avait été conçu pour résister à la formidable massue qu'était devenu Flanc d'Argent. Un crissement et la plainte de l'acier broyé retentirent. Des soudures sautèrent et la tête s'inclina brusquement suivant un angle aigu. La lueur des yeux faiblit. La chose tituba, tandis que le laser crachait frénétiquement ses rayons en l'air. Le métal se gauchit au niveau des genoux, et la créature se mit à ahaner comme une machine asthmatique.

Puis s'effondra.

Et pendant qu'elle tombait, Flanc d'Argent entendit sa voix dans son propre cerveau. Bizarrement, le robot comprit ce que disait la chose, car elle employait le langage avec lequel il était né. *Central, ai été attaqué, dommages sérieux, circuits interrompus...* La voix se perdit. Aucun des membres de la horde ne semblait l'avoir entendue.

Flanc d'Argent était lui aussi à terre, en train de reprendre son apparence de loup. Lorsque son corps se déplia, il en recouvra la maîtrise. Il réussit à se remettre lentement sur ses pattes et se dressa au-dessus de la Pierre Qui Marche étendue sur le sol. Elle était agitée de spasmes mais, apparemment, ne représentait plus une menace. La voix mentale s'était tue. Sous le regard de Flanc d'Argent, une volute d'âcre fumée s'éleva de la nuque brisée, et la chose ne bougea plus.

Flanc d'Argent leva le museau au ciel et poussa un hurlement de triomphe, comme il l'avait vu faire à ses frères après la mise à mort de la proie. Les autres mêlèrent leurs hurlements au sien.

Hurle-Vie et Œil Perçant s'avancèrent lentement. Ils s'aplatirent aux pieds de Flanc d'Argent, présentant leur cou ainsi que le voulait le rite de la soumission.

– Tu es le Fléau Qui S'Abat sur les Pierres Qui Marchent, déclara Hurle-Vie. Tu nous as sauvé la vie, la nôtre et celle de tous nos frères ici présents.

– Oui, confirma Flanc d'Argent.

Ce n'était pas un manque de modestie. Seulement la vérité pure et simple.

Œil Perçant se releva, le regard indéchiffrable.

– Je me suis trompée, reconnut-elle. Ce que Hurle-Vie a dit de toi est vrai. Tu es la plus sage d'entre nous. Tu es le don de la Vieille Mère. (Elle s'interrompit un instant.) Désormais, c'est toi le chef de la horde.

– Oui, acquiesça le robot.

La signification d'un tel arrêt se répercuta dans l'ensemble de ses circuits logiques.

– Oui, répéta-t-il, je suis le chef de la horde.

UN DÉPART PRÉCIPITÉ

La chose dure sous sa joue avait tout l'air d'être un pied. Elle était prolongée par une jambe satinée et harmonieusement galbée, et au-delà de la jambe...

– Derec, le gronda une voix de contralto ensommeillée depuis le fond du lit, tandis qu'un souffle chaud lui chatouillait la peau. Je suis de très, très mauvaise humeur quand on me réveille de façon inconvenante.

– Tu n'aimes pas ça ?

Ariel tressaillit sous la caresse.

– Ce n'est pas... (Elle inspira profondément, puis lâcha un soupir.) Je suis simplement fatiguée.

– Trop fatiguée ?

– Oh, toi ! souffla-t-elle.

Dans une envolée de drap et de couverture, elle remonta à la tête du lit. Sa bouche effleura celle du jeune homme. Elle le poussa sur le dos.

Bien plus tard, ils étaient blottis l'un contre l'autre. Derec sortit son bras de sous la couverture pour atteindre le bouton qui transformait le mur de la chambre en un miroir sans tain. Bien que l'appartement fût situé en plein centre de la plus grande cité d'Aurora, il n'y avait rien à voir qu'une vaste étendue de verdure. Ils contemplèrent la prairie luxuriante qui déployait sous leurs regards son tapis ondulant, couronné d'un bouquet d'arbres magnifiques. Le soleil rouge orangé d'Aurora perçait à travers les branches, taches de lumière éclatantes dans le voile du brouillard matinal.

Ceux qui étaient nés et avaient passé toute leur vie sur Aurora auraient sans doute dédaigné le spectacle – les admirables levers de soleil étaient chose tellement commune que tout le monde trouvait ça normal – mais depuis un an que Derec et Ariel vivaient sur la planète, ils n'en étaient toujours pas blasés. Ils restèrent les yeux fixés sur le panorama comme si le monde qui s'éveillait l'avait préparé uniquement à leur intention.

– C'est vraiment très beau, murmura Ariel.

– Comme toi.

– Vil flatteur.

– Crois-tu que je peux en tirer quelque profit ?

– On verra. Peut-être. Un petit peu plus tard, de toute façon.

– Il n'y a aucune raison d'attendre.

– Affamé, ce matin, n'est-ce pas ? Eh bien, il faudra que tu prennes ton mal en patience.

Ariel l'embrassa à nouveau et roula au bas du lit. Tout en souplesse et en grâce, elle traversa la chambre. Elle s'était complètement rétablie de la rude épreuve qu'elle avait endurée dans la Cité des robots, du moins le semblait-il. Le mal qui avait altéré son esprit était désormais guéri, ses blessures avaient cicatrisé. En quittant la Cité des robots, elle avait retrouvé son état normal.

Il n'en allait pas de même pour Derec. On lui avait implanté dans le corps les fameuses biopuces – répliques virales microscopiques du tissu composant la Cité des robots et inventé par son père, le Dr Avery. Bien qu'il fût parvenu à en prendre le contrôle alors qu'elles menaçaient de s'emparer de lui, la lutte sévère qu'il avait dû mener l'avait lié de façon permanente à la cité. Encore aujourd'hui, il pouvait, s'il le désirait, écouter à l'intérieur de son corps tout ce qui se disait là-bas, entendre l'ordinateur central de la Cité des robots, à des années-lumière de distance. Il pouvait donner des ordres, diriger les faits et gestes des myriades de robots qui l'habitaient, modifier sa programmation...

Derec n'appréciait pas ce pouvoir digne d'un dieu, fût-ce un petit dieu. Il n'appréciait pas d'être enchaîné à la folie qu'avait créée son père. Et par-dessus tout, ce qu'il n'appréciait pas, c'était de ne toujours pas savoir jusqu'où pouvait s'étendre cet univers intérieur.

Ils restaient à la merci d'Avery, aujourd'hui encore. Leur retour sur Aurora et l'histoire de la Cité des robots avaient fait la une sur toute la planète. Ariel et lui étaient des célébrités. A ce jour, ils ne pouvaient plus fréquenter un lieu public sans se faire aborder par quelqu'un.

A force de repenser à tout ça, sa bonne humeur s'était envolée. Il considéra l'aube qui se levait sur Aurora et ne lui trouva soudain plus rien. Elle aurait pu tout aussi bien se résumer à une image programmée projetée sur le mur. Il poussa un soupir.

– Je connais cette mine, dit Ariel par la porte entrouverte de la salle de bains. Tu ressasses encore.

– Non, pas du tout.

– Oh que si. Ça fait trop longtemps que je suis avec toi pour ne pas voir ce qui se passe. Tu penses toujours à la Cité des robots.

Il y avait dans la voix de la jeune femme un ton agacé qui suscita une grimace chez Derec. Depuis le début, leur relation était un véritable parcours de montagnes russes : ils n'avaient apparemment jamais réussi à s'installer dans un semblant de normalité. Quand les choses allaient bien, ils se sentaient parfaitement bien. Mais quand ça tournait mal...

Cela aussi, ils le devaient à Avery – nombre de souvenirs qu'ils partageaient n'avaient rien d'agréable. Durant les mois où ils avaient été prisonniers de la Cité des robots, Ariel avait été soumise à une incessante spirale de désagrégation mentale, oscillant constamment entre la jovialité et l'abattement le plus noir.

Au moins s'était-elle échappée de cet enfer. Au moins avait-elle pu fuir la planète et guérir de son mal.

Derec, lui, ne pourrait jamais quitter la Cité des robots. Elle serait toujours là, en lui. C'était sa... sa responsabilité, qu'il le veuille ou non.

– Derec, arrête, l'admonesta Ariel.

– Arrêter quoi ?

– Je ne répondrai pas à ce qui est une évidence. Trouve-le toi-même.

Il savait qu'il aurait dû s'excuser à cet instant. Qu'il aurait dû arborer un humble sourire et hausser les épaules, avant de se lever et d'aller embrasser la jeune femme jusqu'à ce qu'elle ait oublié l'objet de la dispute et que l'aube soit à nouveau un spectacle beau à contempler.

Mais il n'en fit rien.

– Désolé d'être si bête, répliqua-t-il d'un ton amer.

Le visage d'Ariel devint rouge de dépit, ses yeux se rétrécirent et la colère lui fit fermer les poings.

– Derec, ne gâche pas la matinée, s'il te plaît.

– *Moi,* je ne suis pas de ceux qui lisent dans les pensées des autres, contrairement à toi qui m'as paru t'en vanter. *Moi,* je pensais que tout allait bien.

– Tu te conduis comme un gosse.

– Et toi, tu es arrogante.

– Arrogante ? Bon Dieu, Derec... Derec ?

Elle s'interrompit. Il ne l'écoutait plus. Il était debout au milieu de la pièce, le regard tourné vers l'intérieur, aveugle à tout ce qui l'entourait.

La voix avait pénétré son esprit avec une insistance presque douloureuse. Aurora, la vision de l'aube par la vitre murale, les mots d'Ariel : tout avait disparu dans l'*urgence* désespérée contenue dans le message que les biopuces relayaient jusqu'à lui.

Ai été attaqué, disait celui-ci. La voix était éteinte, comme si elle parvenait à Derec depuis une longue distance, beaucoup plus longue que celle qui le séparait de la seule Cité des robots qu'il connaissait. *Demande secours immédiat...*

– Qu'y a-t-il, Derec ? s'inquiéta à nouveau Ariel, visiblement affectée par ce qui se passait à en juger par les rides qui lui barraient le front.

L'inquiétude avait dissipé la colère chez la jeune femme. Elle vit Derec reprendre lentement conscience de l'endroit où il se trouvait.

– Je... je ne suis pas certain. (Il se tenait toujours la tête, le visage marqué par une grande concentration, attentif aux murmures de détresse qu'il était le seul à entendre.) Ce sont encore les biopuces. Je... je reçois une série de coordonnées et un signal de détresse d'une source qui prétend être l'ordinateur central. Il dit que c'est la Cité des robots, mais... Mandelbrot ! s'écria-t-il soudain.

Le robot jaillit d'une niche pratiquée dans un mur de la chambre. Derec l'avait fabriqué à partir de divers éléments ; c'était un assemblage hétéroclite de différentes parties, dont un bras droit façonné dans ce qu'il appelait le matériau d'Avery – infiniment malléable et ajustable. L'effet de patchwork que donnait l'ensemble conférait au robot une allure, pour le moins qu'on puisse dire, unique en son genre. Derec éprouvait envers lui une immense affection.

– Mandelbrot, dit-il au robot, toi qui es également connecté à la Cité des robots, as-tu reçu un appel de détresse ?

– Non, maître Derec, je n'ai rien reçu.

– Si je te donne une série de coordonnées, es-tu capable de m'indiquer si l'endroit en question se trouve quelque part à proximité de la Cité ?

– Je peux me brancher sur le réseau d'Aurora et accéder à ses fichiers.

– Parfait.

Derec lui sortit les chiffres qui avaient surgi dans son cerveau. Mandelbrot observa un moment de silence, puis déclara :

– Ces coordonnées sont celles d'un lieu situé bien au-delà de l'espace connu des humains, fort éloigné de la Cité des robots, quoique appartenant au même bras de la galaxie. Si je n'ai pas reçu le message que vous avez intercepté, et si ces coordonnées représentent la véritable source de l'appel, alors je vois deux possibilités. La première, c'est que le Dr Avery lui-même a créé une nouvelle Cité des robots quelque part, peut-être en utilisant la clef du Périhélie pour se transporter sur un autre monde. Ou alors, seconde possibilité, l'appel de détresse proviendrait d'une Cité des robots qui serait une ramification de l'originelle. Nous savons que certains des robots d'Avery ont été expédiés par l'ordinateur central sur d'autres planètes afin d'y installer de nouveaux sites. Etes-vous toujours en communication avec l'ordinateur ?

Derec se concentra, mais les vrilles ténues qui lui apportaient le message à répétition s'étaient envolées de son esprit, comme si elles n'avaient jamais été là.

– Non, répondit-il. Je ne reçois plus rien, maintenant.

– Il existe une troisième hypothèse, d'ailleurs plus plausible, qui vous a échappé à tous les deux, intervint Ariel, les mains sur les hanches. C'est votre imagination qui vous travaille. Depuis qu'on a quitté la Cité des robots, vous avez passé votre temps à vous en inquiéter.

– Ce n'était pas mon imagination, protesta Derec. C'était réel. Je sais faire la différence, Ariel.

– Tu disais toi-même que la voix était très faible.

– Elle m'est arrivée par les biopuces. Ça, je le garantis.

– Très bien, soupira la jeune femme. Très bien. Je suis fatiguée de discuter. Elle a disparu à présent, aussi oublions-la. Mandelbrot, tu peux retourner dans la niche.

Tandis que le robot, docile, faisait demi-tour, Derec secoua la tête.

– Non. Je ne peux pas l'oublier comme ça, Ariel. Ce n'est pas si simple. Tu n'as pas l'air de te rendre compte que, dans une large mesure, je *suis* la Cité des robots. J'en fais partie ; j'en suis responsable.

Ariel se planta devant lui, un masque de colère sur le visage. Son doigt s'enfonça dans la poitrine de l'homme, insista.

– *Non.* Non, tu n'es pas responsable, Derec. C'est ton père le responsable. Le Dr Avery. S'il ne t'avait pas empoisonné avec ses biopuces, s'il n'était pas venu s'immiscer dans ta vie avec ses projets insensés, rien de tout cela ne serait arrivé – à *aucun* d'entre nous. Tu n'es pas responsable, Derec, pas plus que je ne le suis, ou que ne l'est Mandelbrot, ou Wolruf. Tu n'as rien à te reprocher dans tout ça, et tu ne peux rien y faire.

– Il se passe des choses, dit Derec sans en démordre. Je le sens. Il faut que j'aille voir. Mandelbrot, je veux que tu veilles à ce que le vaisseau soit équipé et prêt à décoller pour midi.

Le robot eut une seconde d'hésitation, ainsi partagé entre deux ordres conflictuels. Mais Derec était son premier maître, et toute requête de sa part avait priorité sur celles d'Ariel. Mandelbrot hocha la tête et se dirigea vers le terminal d'ordinateur encastré dans le mur. Il alluma l'écran et entra en contact avec l'ordinateur de l'astroport d'Aurora.

Ariel secoua brusquement la tête, la colère faisant voler ses cheveux bruns. Elle planta de nouveau son index dans la poitrine de l'homme.

– Tu ne feras pas ça, Derec. Non. Si cette cité fantôme qui te trotte dans la tête a des problèmes, qu'elle les règle elle-même. L'ordinateur central est fait pour ça. Et s'il y a encore de l'Avery là-dessous, s'il s'est servi de ses clefs pour se téléporter de la Cité des robots dans un autre lieu qu'il aurait créé, ce ne sera qu'un piège de plus, comme le premier. Ça ne m'intéresse absolument pas de m'aventurer une fois de plus dans les toiles mortelles qu'il s'amuse à tisser.

– Il n'en est pas question. Je n'avais pas l'intention de t'emmener. Dans mon esprit, seul Mandelbrot et moi...

Les mots ne venaient pas tout à fait comme il l'avait souhaité. *Parce que je ne veux pas qu'on te fasse du mal à nouveau,* aurait-il voulu ajouter. *Parce que je tiens bien trop à toi.* Mais déjà le visage de la jeune femme s'était assombri, et les mots ne pourraient plus sortir désormais.

Ariel hocha le menton, qui se durcit lorsqu'elle en contracta les muscles.

– Parfait, dit-elle, et la voix était tranchante, le propos incisif. Oh, parfait. Je suis navrée d'être un tel fardeau.

– Ariel...

Mais elle n'écoutait plus. Elle se dirigea vers l'armoire, arracha d'un crochet une robe large et l'enfila nerveusement. Elle passa ses doigts dans ses cheveux et adressa un dernier regard mauvais à Derec.

Puis, dans une attitude roide, elle sortit de la maison.

– Mandelbrot, dit Derec lorsque l'écho des pas d'Ariel eut cessé de résonner à travers la maison, tu devrais te réjouir de ne pas avoir à composer avec les émotions.

– J'ai observé que les sentiments humains présentaient beaucoup d'analogies avec les fruits.

– Mmm ? Je ne suis pas sûr de comprendre.

– Si on les rudoie, ils se gâtent.

Derec ne sut que répondre à cela.

LA COLLINE AUX ÉTOILES

Flanc d'Argent avait vu comment la horde procédait d'ordinaire avec le gibier abattu.

Les chasseurs commençaient par déchirer l'abdomen de l'animal et se repaître de la chair gorgée de sang chaud. Ensuite, une fois leur faim assouvie, ils se servaient des couteaux rudimentaires qu'ils avaient fabriqués à partir de fragments de silex pour dépecer la carcasse en découpant des quartiers de viande faciles à transporter sur les travois.

Pour l'heure, la meute, perplexe, faisait cercle autour du cadavre de la Pierre Qui Marche. Hurle-Vie avança la main et tapa du bout de la griffe sur le ventre de la chose.

– C'est de la pierre, Flanc d'Argent, dit le vieux loup. Une créature magique créée par la Première Bête. Nous n'en tirerons aucune nourriture. C'est un leurre.

Le robot s'avança, les autres s'écartant pour le laisser passer.

– Œil Perçant, demanda-t-il, est-ce qu'on avait déjà tué des Pierres Qui Marchent avant ça ?

La louve parut apprécier l'attention que manifestait Flanc d'Argent à son égard, ce que celui-ci avait d'ailleurs prévu.

– Non, répondit-elle. Ceux-là, ce sont les Chasseurs des Pierres Qui Marchent ; il y a d'autres espèces vivant aux abords de la Colline aux Etoiles, mais qui ne quittent jamais cet endroit. Avant, chaque fois qu'on voyait les Chasseurs, on fuyait parce qu'ils étaient invulnérables à nos assauts. Depuis qu'ils sont arrivés, ils ont exterminé au moins trois mains de nos frères en trois danses des lunes. Le feu qui sort de leurs doigts est mortel.

Trois mains : avec quatre doigts à chaque main, cela

voulait dire que plus d'une douzaine de créatures-loups étaient tombées en trois mois sous les coups des Pierres Qui Marchent. Flanc d'Argent en avait compté peut-être trente à quarante au Refuge. Douze membres de la tribu, cela représentait une perte substantielle. Pas étonnant que Hurle-Vie et les autres espèrent en une intervention divine.

Le robot s'accroupit à côté de la Pierre Qui Marche et l'examina attentivement. Ses circuits optiques remarquèrent une rainure le long de l'abdomen de la chose. Il glissa sous le rebord l'extrémité d'une de ses griffes qu'il prit soin d'aplatir et d'effiler pour qu'elle pénètre facilement sous la carapace de métal.

Il fit levier. Maintenue par des loquets magnétiques, la plaque qui couvrait l'abdomen résista un instant, puis finit par jouer sous la pression plus forte exercée par le robot. Elle céda et révéla un réseau interne de minuscules servomoteurs, organes de transmission, fils et plaques électroniques. Tous les membres de la horde rassemblés autour de Flanc d'Argent en eurent le souffle coupé.

– Il n'y a pas de sang, chuchota Œil Perçant, stupéfaite, à l'oreille du robot. Pas de muscles, pas de chair, pas d'estomac. Comment fait-il pour se déplacer ?

– Magie, répéta Hurle-Vie. Les Esprits Eternels les ont lancés contre Flanc d'Argent et la Vieille Mère.

Ces propos sonnaient juste pour le robot. Comment aurait-il pu réfuter la réponse de Hurle-Vie alors qu'il avait lui-même tant d'étranges blancs dans son cerveau ? Le vieux loup lui avait raconté les luttes que se livraient les dieux. Et Flanc d'Argent n'avait rien trouvé à objecter lorsqu'il lui avait dit qu'il avait été envoyé par la Vieille Mère pour servir les humains. A partir de là, rien n'interdisait de considérer que les Pierres Qui Marchent puissent être elles aussi des envoyées des dieux, de la Première Bête ou d'un autre rival de la Vieille Mère.

Néanmoins...

– Le Chasseur n'est pas une créature magique, déclara Flanc d'Argent à la horde. Les Pierres Qui Marchent sont des Choses Fabriquées. Ce sont des outils, comme nos couteaux de silex ou les travois. Les Pierres Qui Marchent sont pareilles aux poupées que les enfants taillent dans le bois, sauf qu'elles sont faites avec des fragments de pierre et des lianes venues du Néant. C'est leur énergie qui leur permet de se déplacer, et elles parlent avec une voix que l'on n'entend que dans sa tête. Regardez...

Le robot plongea alors sa patte de devant dans les entrailles de la Pierre Qui Marche. Ses griffes en ressortirent refermées sur les intestins de la créature : un rouleau de fils de plusieurs couleurs, entrelacés et noués entre eux. A cette vision, la horde poussa un hurlement d'effroi mêlé de stupeur.

– Voici ce que sont les boyaux de notre pire ennemi, reprit Flanc d'Argent. Un Croc Acéré, c'était au moins de la viande pour nos enfants au Refuge. Même s'ils nous tuent parfois, les Crocs Acérés peuvent aussi nous nourrir. Mais ces créatures-ci, c'est hors de question. Voyez ce qu'est la viande des Pierres Qui Marchent, une chair immangeable.

– Qu'allons-nous faire, Flanc d'Argent ? demanda Hurle-Vie.

Les autres reprirent la question en écho. Le robot s'absorba un moment dans ses pensées. Puis, il tira violemment sur l'enchevêtrement de fils, et de vives étincelles crépitèrent et dessinèrent des arcs dans l'espace avant de venir s'éteindre au sol. Il jeta alors les fils et déclara :

– Puisqu'ils ne veulent pas nous laisser vivre, nous allons les tuer.

Un expert en robotique aurait sans doute été absolument consterné, épouvanté par une telle attitude, et aurait ordonné la destruction immédiate du robot. Il est probable que Janet Anastasi eût été inquiète du comportement de sa créature, mais très intéressée également.

La logique de Flanc d'Argent n'avait plus rien à voir avec celle d'un être humain. Certes, elle était conditionnée par les Trois Lois, mais celles-ci étaient à présent complètement remodelées, transformées. Qu'ils soient d'Aurora, de Solaria, de la Terre ou d'autres mondes habités, les robots étaient conçus et modelés à l'image du comportement humain ; de la même façon, Flanc d'Argent avait pris l'apparence et les manières d'une créature-loup. Et parce qu'il n'avait pas la moindre conscience d'être lui aussi une machine fabriquée par les humains, le robot était *effectivement* une de ces créatures-loups, et interprétait les Trois

Lois programmées dans son cerveau positronique à la lumière de sa propre « humanité ».

Les Pierres Qui Marchent constituaient une menace pour son peuple. Elles tuaient ses frères. Et s'il y avait toujours la possibilité de conduire la horde loin du Refuge, cette solution les condamnerait probablement elle aussi à la mort. Les créatures-loups possédaient leurs propres territoires de chasse, et les chefs des hordes voisines les avaient déjà prévenues. Celle de Flanc d'Argent ne pouvait se permettre une incursion dans un territoire qui n'était pas le sien sans se voir aussitôt défier et devoir se battre contre d'autres créatures-loups ; et il ne fallait pas compter qu'une horde voisine les laisse chasser sur son territoire.

La perspective de trouver une terre d'accueil viable qui ne fût pas déjà revendiquée était pour le moins aléatoire, d'autant que les Pierres Qui Marchent avaient tendance, ainsi que l'avaient spécifié Œil Perçant et Hurle-Vie, à élargir toujours plus leur domaine – même si la horde de Flanc d'Argent abandonnait le terrain, une autre devrait se résoudre à affronter les Pierres Qui Marchent alors même que celles-ci seraient sans doute encore plus puissantes qu'aujourd'hui.

Flanc d'Argent avait donc pris, quoique à contrecœur, la décision de rester et d'affronter lui-même, et tout de suite, la situation.

Certes, ses frères risquaient la mort, mais la fuite aurait probablement entraîné des pertes plus *terribles*.

Eût-il été au service des hommes, le robot aurait cherché une autre solution, plus pacifique, mais Flanc d'Argent était un carnassier, un chasseur, même s'il ne consommait ni viande ni autre chose ; il choisit la solution du carnassier.

Parce qu'il avait admis les créatures-loups comme des humains, il admettait leurs mœurs. En l'absence d'arguments contraires, il admettait aussi leur mythologie. La Vieille Mère l'avait envoyé, l'avait *choisi* pour accomplir la mission. Les Pierres Qui Marchent étaient peut-être intelligentes, mais elles avaient été fabriquées par un autre dieu et elles, par conséquent, n'étaient pas « humaines ». Bien qu'il ne pût agir que dans le cadre des Trois Lois, il ferait ce qu'il avait à faire dans les limites imposées.

Telles que les percevait la logique qu'il s'était forgée.

Ce que le carnassier ne pouvait éviter, il l'attaquait. L'expérience du Dr Anastasi avait parfaitement fonctionné. Son robot était devenu quelque chose *d'autre.* D'autre et de très dangereux.

A vrai dire, n'eût été le fait que Flanc d'Argent avait tué l'une des créatures ennemies, les membres de la horde auraient très bien pu ne pas accepter sa décision. La question aurait sans doute amené une remise en question immédiate de sa position dominante.

Mais malgré cela, tout n'alla pas sans problèmes.

– Nous avons déjà essayé d'abattre les Pierre Qui Marchent, fit remarquer Œil Perçant.

Elle employait le langage de la horde plutôt que celui des Chasseurs, ne voulant pas donner à penser à Flanc d'Argent qu'elle lui lançait un défi officiel. Celui-ci écouta l'ancien chef, tout en tressant, assis sur ses pattes de derrière, un collier avec les fils qu'il avait arrachés à la Pierre Qui Marche.

– Ce n'est pas la même chose que les Crocs Acérés, poursuivit Œil Perçant. Les Crocs Acérés sont forts mais stupides. Les Chasseurs des Pierres Qui Marchent tuent rien qu'en pointant leur doigt, et nos griffes et nos dents ne peuvent rien contre eux.

– Celui-ci est mort, rétorqua Flanc d'Argent.

Il passa le collier autour de son cou ; son geste provoqua une plainte sourde chez les autres.

– Oui, mais c'est le premier.

– Ce ne sera pas le dernier. Je vous montrerai comment en venir à bout. Ce territoire est *à nous*, pas aux Pierres Qui Marchent. Ils déciment le gibier qui nous fait vivre et rendent cette terre stérile. Une fois disparues les Pierres Qui Marchent et leur Colline aux Etoiles, le gibier reviendra et nos frères pourront vivre comme bon leur semble. Nous allons reprendre notre territoire.

– Tu vas nous montrer comment les tuer ?

– Oui.

Œil Perçant observa quelques instants de silence, son regard allant du cadavre de la Pierre Qui Marche au chef de la horde.

– Alors, conduis-nous, Flanc d'Argent, dit la louve dans

un hurlement qui monta jusqu'à devenir un cri de joie exprimé dans le jargon animal.

Le robot tira un autre écheveau de fils des entrailles de la chose. Il confectionna un deuxième collier aux vives couleurs, qu'il noua autour du cou d'Œil Perçant. Il répéta consciencieusement l'opération avec les autres membres de la Meute.

– Voilà, dit-il quand il eut fini. Nous portons les emblèmes de notre victoire. Maintenant, suivez-moi. Il nous faut en savoir plus sur notre ennemi.

Il se remit sur ses quatre pattes. En bonds rapides, il s'enfonça dans la forêt, vers l'ouest, en direction de la Colline aux Etoiles.

En hurlant, tous partirent sur ses talons.

UN MESSAGE INATTENDU, UN ATTERRISSAGE IMPRÉVU

– Katherine Ariel Burgess, tu es une idiote.

Le reflet dans le miroir ne semblait pas disposé à vouloir répondre à l'accusation. Ariel lui lança une grimace et, d'un geste brusque, enfonça le bouton. Le miroir se volatilisa dans un scintillement de cristal et céda la place à un coucher de soleil pastoral. Le spectacle ne fit que rendre la jeune femme plus furieuse au souvenir amer de la dispute qui avait eu lieu l'autre matin, une semaine auparavant.

Elle s'était dit que Derec attendrait, qu'il serait encore là lorsqu'elle rentrerait de sa longue promenade. Mais il ne l'avait pas attendue.

Lorsqu'elle avait finalement réussi à se calmer et appelé l'appartement au milieu de l'après-midi, Balzac, le robomestique, l'avait informée que Derec et Mandelbrot étaient partis à l'astroport depuis déjà plusieurs heures. Elle avait alors téléphoné à l'astroport, se demandant ce qu'elle allait dire à Derec s'il était toujours là, se répétant les phrases dans sa tête.

J'ai changé d'avis, Derec. Je veux partir avec toi.

Mais il avait déjà quitté Aurora, et Ariel n'avait aucune idée de sa destination.

Elle n'arrivait pas à décider si cela la mettait en colère ou la rendait triste, ou les deux à la fois. Elle se sentait simplement décontenancée. Les jours qui avaient suivi n'avaient pas arrangé les choses. Toutes les nuits à dormir seule ne lui rappelaient que trop une époque douloureuse.

Elle sortit de la salle de bains et erra sans but à travers des pièces qui lui paraissaient à présent bien trop vastes et vides. Elle jeta un vague regard par la fenêtre, tripota un moment le lecteur, alluma l'écran d'holovision et l'éteignit aussi vite.

Soudain, elle s'aperçut que le terminal clignotait. Saisie d'un brusque espoir, elle s'approcha pour enfoncer la touche d'accès. Et suspendit son geste.

– Balzac ? appela-t-elle.

Le robot déboula de sa niche murale située dans la pièce voisine.

– Maîtresse ? s'enquit-il d'une voix neutre, toute mécanique.

Balzac était un robot utilitaire, une machine peu élaborée, aux possibilités réduites.

– Le message sur le terminal. Pourquoi n'as-tu pas répondu ?

– J'ai examiné le message, mais il était pour Derec et ne requérait pas de réponse.

– De qui venait-il ?

– « Qui » n'est pas le terme qui convient en l'occurrence. Le message, d'ailleurs assez flou, était relayé par un ordinateur central.

Ariel se pinça les lèvres. Elle inspira longuement, absorbée dans sa réflexion.

– Merci, Balzac. C'est tout ce que je voulais savoir.

Le robot hocha la tête et quitta la pièce. Ariel attendit qu'il soit parti et que le silence soit revenu dans la maison, puis formula son code d'entrée à l'adresse du terminal : « Euler », le nom d'un des robots superviseurs de la Cité des robots. Rien ne se produisit. Le nez de la jeune femme se plissa.

Elle connaissait également le code de Derec, que celui-ci n'avait d'ailleurs jamais essayé de lui cacher.

– Aranimas, lança-t-elle au terminal.

Une page apparut sur l'écran ; Ariel se pencha vers les lettres lumineuses qui composaient un message tremblotant, court et succinct.

LA CITÉ A ÉTÉ ATTAQUÉE PAR DES NON-HUMAINS. RÉCLAMONS IMPÉRATIVEMENT DU SECOURS DE L'EXTÉRIEUR.

Le message se terminait par une série de chiffres représentant les coordonnées du site en question. Un sourire se dessina sur le visage de la jeune femme.

– Parfait, Derec, dit-elle à l'écran. Si la montagne a fui Mahomet, Mahomet ira à sa poursuite. J'imagine que tu vas être surpris de me voir.

Elle détourna le regard de l'écran, en proie à une soudaine excitation. Ça lui servirait de leçon.

– Balzac ! s'écria-t-elle. Amène-toi. J'ai quelques préparatifs à faire.

– Mandelbrot, la Cité des robots doit se trouver quelque part sur ce vaste continent, tu vois, là où les deux rivières se rejoignent dans la zone boisée. L'ordinateur dit que c'est de là qu'a été envoyé le dernier message.

Posté aux commandes du vaisseau, Mandelbrot entra les coordonnées en leur possession.

– Avez-vous pu obtenir une réponse de l'ordinateur central ?

– Non, admit Derec d'un ton désolé. Ou bien je fais une fausse manœuvre ou ce sont les biopuces qui ne m'autorisent l'accès qu'à l'ordinateur de la Cité des robots originelle. Avant, il me suffisait de *penser* un message et celui-ci était transmis. Ce Central-là ne veut pas me parler, ni à moi ni à l'ordinateur de la première Cité des robots. Il se contente d'émettre son appel de détresse à intervalles réguliers.

– En ce cas, il doit bien espérer une réponse. Sinon, pourquoi envoyer son signal ?

– Je ne sais pas, je ne sais pas. Je n'arrive toujours pas à comprendre. Je suis aussi embarrassé que toi.

Derec regarda l'ample courbure s'aplanir à mesure qu'ils se rapprochaient de la planète. Il la trouva belle ; c'était un monde où il aurait aimé vivre. Il semblait y régner une paix et une douceur assez semblables à celles qu'on trouvait sur Aurora. Derec aperçut néanmoins les tourbillons qui montaient du cœur d'une tempête touchant la côte est du continent qu'ils survolaient ; le ciel en dessous, il le savait, perdait ses tons bleu-blanc pastel pour se couvrir de nuages noirs poussés par des vents furieux.

Un monde sauvage, tel était le qualificatif qui vint à l'esprit de Derec. Qualificatif qui convenait *très mal* à Aurora.

Et *très bien* à Ariel.

La pensée venait de lui traverser l'esprit, de but en blanc. La jeune femme ne lui avait plus envoyé de message depuis son départ, en colère, de la maison ; en fait, elle avait totalement disparu. Avant de décoller, il avait appelé à plusieurs endroits pour essayer de la trouver, mais sans résultat. Elle semblait s'être évanouie dans la nature. Ça n'avait pas été facile de quitter Aurora sans lui dire au revoir. Et c'est parce qu'il savait pertinemment que tel était le but recherché par la jeune femme qu'il avait décidé de partir quand même.

Au début, il s'était demandé si elle serait là lorsqu'il rentrerait. Il avait ressenti une douleur poignante à l'idée de retrouver la maison vide. Il allait souffrir. Il allait souffrir plus qu'il ne voulait l'imaginer.

Histoire d'écarter de son esprit l'image d'Ariel, Derec s'avança face à Mandelbrot et actionna un bouton pour obtenir une vision plus rapprochée de la planète. Des arbres à la cime intacte se balançaient sous une brise légère.

– Je ne vois aucune trace de l'existence d'une cité, dit Derec. S'il n'y avait pas eu le signal et que nous ne soyons pas en train d'en chercher une, je jurerais que cet endroit n'a connu aucune technologie. Et pourtant, elle doit bien être là. Si c'est le cas, elle ne doit pas être aussi étendue que la cité d'origine. As-tu noté des indices d'une vie quelconque, Mandelbrot ?

– Non, Derec. La face nocturne ne révèle aucune présence d'habitats de dimensions importantes qui, je suppose, auraient été éclairés – bien sûr, nous n'avons toujours pas observé ce continent à la faveur de la nuit. Les échantillons atmosphériques indiquent un faible pourcentage de pollution industrielle, lequel est certainement dû à l'activité de votre cité. Vous vous souvenez des effets que l'autre produisait sur son environnement.

Derec se souvenait. La folie incontrôlée qui avait guidé l'édification de l'immense Cité des robots avait eu d'énormes retombées sur le plan écologique. Ariel et lui avaient failli périr sous les terribles déluges qui inondaient quotidiennement la ville, avant qu'il réussisse à reprogrammer l'ordinateur central.

– Oui, je me souviens, dit-il. J'espère que celle-ci contrôle mieux la situation. Fais-nous descendre. Allons voir comment ça se passe.

– Derec, je vous déconseille d'atterrir dans la cité même. A supposer que nous la trouvions.

– Pourquoi ça, Mandelbrot ?

Les yeux du robot brillaient lorsqu'il se tourna vers Derec.

– Nous ignorons à quel genre d'agresseur est confrontée la cité. J'ai cherché à repérer des vaisseaux en orbite et n'ai rien trouvé ; mais je continue à penser qu'une cité attaquée aura installé des défenses antiaériennes. Nous ne pouvons communiquer avec l'ordinateur central. Cela étant, je crains que la cité ne considère tout vaisseau non identifié comme un ennemi potentiel et ne prenne les mesures adéquates à sa protection.

Derec fit la grimace.

– Si vous m'en donnez l'ordre, poursuivit Mandelbrot, je me fierai à votre jugement et suivrai vos instructions.

Derec secoua la tête avant de répliquer :

– Oui, c'est ça. Pour que après tu me serines : « Je vous l'avais bien dit. »

– Non, déclara le robot d'un ton plat où perçait néanmoins une pointe de dépit.

– Entendu, fit Derec avec un grand sourire. Je crois que tu as raison. On va atterrir ailleurs. Tu tables sur une marche de combien ?

– J'ai estimé que cinquante kilomètres étaient un minimum.

– Parfait. Quelques jours de balade en forêt...

A ce moment, le vaisseau fut secoué comme une noix. Lorsque la coque se mit à vibrer, Derec sentit la poigne ferme de Mandelbrot se refermer sur son bras, le conduire jusqu'à son siège et le forcer à s'y asseoir. Les sangles de sécurité glissèrent autour de lui tandis que le vaisseau entamait une chute. Mandelbrot tituba vers son siège et commença à se battre avec les commandes.

– Que s'est-il passé ? cria Derec.

– Je ne sais pas. Notre orbite diminue rapidement...

Le robot n'eut pas le temps d'en dire plus ; déjà, l'image de la planète sur l'écran du vaisseau tournoyait en tous sens. Mandelbrot, malgré ses réflexes beaucoup plus prompts que ceux de Derec, ne put toutefois que se rendre à l'évidence : les moteurs principaux ne répondaient plus.

Enclenchant les réacteurs d'assiette, le robot réussit à

réduire momentanément la vitesse de chute du vaisseau, mais celui-ci avait déjà atteint les premières couches de l'atmosphère, et les entretoises du fuselage gémissaient comme sous la torture. Le vaisseau reprit sa folle gymnastique et cette fois, piégés par la gravité de la planète, Derec et Mandelbrot subirent également l'effet des violentes secousses.

Malgré la ceinture, la tête de Derec frappa le dossier du siège, ce qui lui arracha un cri de douleur. Mandelbrot avait coupé toutes les commandes automatiques, s'appropriant le seul contrôle du vaisseau, mais cela ne donna pas grand-chose. Sur l'écran, ils virent la coque prendre une couleur rouge cerise ; la chaleur devint suffocante dans la cabine, le système de ventilation ne fonctionnait plus.

Des nuages blancs montèrent à leur rencontre, puis ils plongèrent au sein d'une obscurité grise. Ils furent pris dans un ouragan, l'écran masqué par des torrents de pluie.

– Mandelbrot !

Le cri de Derec retentit comme un écho aux vibrations du vaisseau.

Pas de réponse.

Ils émergèrent de la tourmente, avec le sombre paysage qui tournoyait en dessous comme un manège en folie. Le sol se précipita sur eux, poing dressé prêt à les broyer comme du papier.

Puis, dans un choc à lui arracher les tripes comme s'il venait de dévaler des montagnes russes en chute libre, Derec fut projeté contre le dossier de son siège au moment où le vaisseau remontait en une boucle vertigineuse.

Un instant, Derec pensa que Mandelbrot les avait sauvés.

Mais c'était bel et bien trop tard.

L'arrière des moteurs accrocha la crête d'un affleurement rocheux. L'arête granitique de la colline déchira les supports. Le métal crissa sur la pierre. Derec sentit la secousse du moteur qui explosait. Comme pris au filet, le vaisseau s'abattit au sol. Le moteur en flammes avait été cisaillé et projeté au loin.

Au moins je ne mourrai pas dans le feu de l'enfer.

Pour une dernière pensée, c'était d'un singulier réconfort.

STRATÉGIE ET TACTIQUE

Flanc d'Argent mena la horde sur le faîte d'une colline où ils firent halte en ordre dispersé ; ils dominaient la cuvette d'une vallée large d'environ un kilomètre dans sa partie la plus évasée. Le nouveau chef s'installa dans l'ombre des quelques derniers arbres restants ; Hurle-Vie et Œil Perçant le rejoignirent et se posèrent sur leur arrière-train de part et d'autre. Petite Face était déjà haute dans le ciel ; Grande Face ne s'était pas encore levée. Les étoiles – les Yeux du Néant, ainsi que les nommait Hurle-Vie – contemplaient la cité comme devant un mystérieux prodige.

Le robot éprouvait lui aussi cette espèce de crainte mêlée d'admiration. La Colline aux Etoiles, enchâssée au milieu de la vallée comme un diamant étincelant dont le sommet s'élevait bien au-dessus des cimes environnantes, offrait aux regards le fantastique spectacle d'une constellation d'éclats de lumière. Par la pureté de ses lignes, la structure pyramidale narguait la splendeur du ciel nocturne.

Et il n'y avait pas que la Colline aux Etoiles. Tout autour, rayonnaient d'autres édifices disposés de façon merveilleusement géométrique, chapelet de perles cristallines inondant la vallée jusqu'à son embouchure, reliées les unes aux autres par des rubans piétonniers.

Et partout, *partout,* des Pierres Qui Marchent – toutes de tailles, de carrures et de couleurs différentes – qui s'affairaient le long des passages piétonniers, qui mettaient le nez aux fenêtres des édifices, qui se glissaient en pressant le pas entre les flancs de la cité. Il y en avait des milliers.

Elles se déplaçaient dans un silence étrange, quasi mystique – en tout cas aux yeux des créatures-loups. Flanc d'Argent, lui, entendait gronder dans sa tête les clameurs assourdissantes des voix de la cité. Un flux continu de consignes et d'instructions montait de l'ordinateur central vers lequel était canalisé un flot constant d'informations. Le robot le comprenait, car le langage était le même que celui du Chasseur, celui que, selon Flanc d'Argent, on parlait dans le Néant où vivaient les dieux. Une preuve de plus que la Vieille Mère était menacée.

– Quand ils ont commencé, souffla Œil Perçant au robot, il n'y avait que la Colline aux Etoiles. (A l'évocation de ce souvenir, la louve battit du flanc tandis que sa longue queue pelée fouettait le sol.) Depuis, ils ont travaillé comme les *krajal*.

Flanc d'Argent avait pu se rendre compte du labeur incessant qu'abattaient ces insectes besogneux appelés *krajal* dans les sous-bois de la forêt, quand ils bâtissaient leurs colonies de boue sur les troncs d'arbre. Œil Perçant pointa un doigt vers la périphérie de la cité en poussant un grognement, les babines retroussées sur les canines.

– Tu vois comment ils abattent les arbres et détruisent la contrée ? dit-elle d'une voix grinçante. Cette vallée était une forêt avant la venue des Pierres Qui Marchent. Ils dévastent tout pour ériger leurs cavernes de pierre. Et la lumière – c'est comme si le soleil restait là toute la nuit. Peu leur importe la horde – ou toute autre créature vivante, d'ailleurs. Ils se moquent bien que notre gibier ait fui. Ça leur est égal que leurs cavernes de pierre s'étendent de plus en plus loin, toujours plus loin. Quand ils atteindront le Refuge, nous n'y serons plus depuis longtemps. Nous serons morts de faim. Ou nous aurons été tués.

– Est-ce que ces Pierres Qui Marchent font du mal à nos frères comme celle qu'on a tuée ? demanda le robot. Dans tout ça, il doit y avoir des *espèces* différentes.

– On ne sait pas, répondit Œil Perçant. Les autres ne nous ont jamais inquiétés. Elles restent derrière leurs murs de pierre. Seuls les Chasseurs sortent de la cité.

– Pour ça aussi, elles sont comme les *krajal*, ajouta Hurle-Vie. Seul le *krajali* bleu ramène la nourriture et seul le *krajali* moucheté de jaune construit les maisons-arbres ; c'est le *krajali* rouge qui défend les maisons contre les Langues Longues. Chacun a sa propre tâche, et pour chacun la forme du corps est un peu différente. Peut-être en va-t-il de même avec les Pierres Qui Marchent.

Le robot effectua un plan rapproché sur la ruche en pleine activité qu'était la cité. Les propos de Hurle-Vie se révélèrent métaphore assez juste, ainsi que le confirma le spectacle qui se déroulait dans le champ de vision du robot. Assurément, à en juger par leur apparence, les Pierres Qui Marchent avaient des fonctions bien spécifiques. Et bien qu'elles fussent à l'évidence des machines, leurs corps à l'enveloppe dure et résistante évoquaient les membranes chitineuses des insectes.

L'ennemi de la Vieille Mère avait peut-être fabriqué les Pierres Qui Marchent sur le modèle des insectes. Si, comme eux, elles évoluaient dans un silence apparent, le crépitement verbal que le robot entendait dans sa tête et qui était destiné au *Central* invisible ressemblait étrangement au cliquettement des insectes. Et comme un insecte, chacune poursuivait son labeur avec une énergie apparemment inépuisable ; comme les *krajal*, elles préféraient bâtir leur habitat plutôt que d'élire refuge dans ce qu'offrait la nature. Quant au fameux Central, peut-être était-ce leur reine, dirigeant l'ensemble des activités de la ruche.

La complexité qui marquait l'évolution de la cité éveilla un écho dans le cerveau du robot. Il se rappela sa mission d'origine : *rechercher une forme de vie intelligente, trouver des humains*. Il avait beau avoir déjà décidé qui était humain, l'intelligence qui se manifestait chez les Pierres Qui Marchent...

... Mais cela appartenait au domaine des dieux, du moins à ce qu'indiquaient les récits que racontait Hurle-Vie. C'était un dieu qui avait dépêché les Pierres Qui Marchent, comme lui-même avait été envoyé ici par un dieu. Il semblait juste d'admirer le génie qui les avait créées – comme il saluait celui qui avait érigé les principes de la Troisième Loi qui avaient guidé ses premières heures – mais cette admiration ne devait pas lui faire oublier que les Pierres Qui Marchent étaient l'ennemi. Flanc d'Argent avait choisi ; la Vieille Mère l'avait envoyé pour servir la horde.

Encore que... Même si, effectivement, les créatures-loups étaient humaines, le robot aspirait à quelque chose de plus.

– Parfois, les *krajal* eux aussi infestent un lieu, dit Hurle-Vie. La reine pond, pond, jusqu'à ce que les arbres soient recouverts de larves luisantes. Elles tombent alors sur leur proie et leurs morsures rendent celle-ci folle de douleur jusqu'à ce qu'elles l'aient lâchée. Elles sont capables de tuer un jeune loup – une lente et horrible agonie.

Hurle-Vie ferma les yeux, comme s'il revoyait une scène du passé.

– La dernière fois que c'est arrivé, reprit-il, deux Hurle-Vie avant moi, le chef était Demi-Langue. Au cours d'une tempête, la foudre frappa un arbre. Demi-Langue s'aperçut que les flammes détruisaient les *krajal* qui fuyaient ce danger mortel. Elle arracha une branche et mit un *krajali* bleu dans le feu. Les rouges les plus proches vinrent lui porter secours et, ce faisant, ouvrirent une brèche à Demi-Langue et aux autres qui prirent plusieurs tisons rougeoyants et commencèrent à éloigner les *krajal*. Jusqu'à ce qu'ils atteignent la reine et la tuent. Une fois la reine détruite, les *krajal* furent comme pris de folie et devinrent dès lors plus faciles à éliminer.

– Les Pierres Qui Marchent ne brûleront pas. On ne peut pas brûler un rocher.

Dans la remarque d'Œil Perçant, il y avait ce ton de mépris que le robot lui avait déjà vu prendre auparavant. Si la louve s'était résignée à occuper la seconde place derrière Flanc d'Argent au sein de la horde, elle n'allait pas se soumettre en plus à un quelconque autre membre.

– Les Pierres Qui Marchent éclateraient de rire devant un bâton en feu, ajouta-t-elle.

Flanc d'Argent approuva de la tête, humant l'agacement que ressentait Œil Perçant face aux récits de Hurle-Vie.

– Néanmoins, dit le robot, il y a comme une indication dans l'histoire que nous raconte Hurle-Vie. Je dois en découvrir un peu plus sur ces Pierres Qui Marchent. Œil Perçant, tu conduiras la meute en mon absence. Je vais aller dans la cité. J'ai besoin de savoir si les autres Pierres Qui Marchent sont plus vulnérables que leurs Chasseurs. Si ce que je pressens se confirme, les Chasseurs interviendront après que j'aurai attaqué. Votre mission est d'observer :

notez ce qu'ils font, notez combien ils en envoient et quel temps cela leur prend. Ensuite, retournez vite au Refuge. Je vous rejoindrai par un autre chemin dès que je me serai assuré que les Chasseurs ne me suivent pas.

– *Si* tu ne te fais pas tuer d'entrée de jeu, répliqua Œil Perçant. (Ses yeux clairs ne laissaient rien transparaître, et le robot n'aurait su dire si la louve était enchantée ou attristée par la perspective.) *Si* tu ne te trompes pas au sujet des autres Pierres Qui Marchent.

– S'il m'arrive quelque chose, tu redeviens le chef, répondit Flanc d'Argent. (Et là, il sentit chez Œil Perçant l'odeur d'une certaine délectation.) Mais rien ne m'arrivera. Je n'ai pas l'intention de me battre avec les Chasseurs. J'ai uniquement besoin de savoir comment ils réagissent afin que nous puissions concocter un plan. Tu ne les entends pas, mais moi si. Les Pierres Qui Marchent parlent ; elles communiquent entre elles comme nous. Leur langage, je peux m'en servir contre elles. Je pourrais peut-être parvenir à les tromper.

– Crinière Grise connaissait le langage de la Vieille Mère, fit remarquer Hurle-Vie. Tu vois, Œil Perçant, c'est comme je l'ai dit.

La louve grimaça mais ne répondit pas.

– Observez-moi le temps qu'il faut pour dépecer un daim, notifia Flanc d'Argent aux membres du groupe. Retenez tout ce que vous verrez, chaque détail. C'est très important. Ensuite, filez. Retournez directement au Refuge.

Le robot avait employé la langue des Chasseurs pour rehausser l'importance que revêtaient ses instructions. Œil Perçant grimaça à nouveau tout en hochant néanmoins la tête.

– Comme tu voudras.

Flanc d'Argent poussa un léger aboiement pour dire sa satisfaction. Son regard plana sur la meute qui attendait que le trio se décide. Tandis qu'il observait les créatures-loups, une connexion se fit dans le cerveau du robot, en rapport avec la Première Loi.

– Veille sur eux, Œil Perçant, dit-il. Ramène-les aussi vite que possible. Il se pourrait que les Chasseurs vous poursuivent si je ne réussis pas à les attirer derrière moi.

– Je ferai comme Flanc d'Argent le désire, répondit Œil

Perçant avec le ton hautain que conférait le langage des Chasseurs. Celle-ci n'a pas à s'inquiéter.

Il n'y avait rien à ajouter. Le robot parcourut du regard la limite de la forêt, afin de s'assurer qu'aucun Chasseur des Pierres Qui Marchent ne rôdait à proximité. Il se mit sur ses quatre pattes et s'éloigna à vive allure sous la clarté lunaire. Sa preste silhouette brillante se glissa bientôt dans l'ombre des premiers édifices. Il fit plusieurs allées et venues puis se tapit derrière l'un d'eux, le ventre collé à la pierre glacée.

Il écouta. Les Pierres Qui Marchent jacassaient sans discontinuer avec le Central. Des informations y arrivaient, des ordres en partaient. Les Pierres Qui Marchent étaient plus nombreuses aux abords de la Colline aux Etoiles qui, d'après ce que soupçonnait le robot, devait abriter l'ordinateur central et vers laquelle se dirigeaient parfois certaines des créatures de métal. Flanc d'Argent prit son mal en patience.

Lorsqu'il entendit un bruit de pas, il laissa s'opérer sur son corps une légère transformation, générant une perche oculaire qu'il tendit à l'angle de l'édifice. La Pierre Qui Marche venant dans sa direction ressemblait à un long tube affublé de bras terminés par des pinces en guise de mains. Elle était seule. Flanc d'Argent rétracta la perche oculaire et se ramassa sur lui-même ; quand la Pierre Qui Marche fut à sa portée, il bondit en poussant un grognement en jargon animal.

Les bras de la chose réagirent trop tard. Flanc d'Argent lui rentra dedans en refermant ses mâchoires sur le cou effilé, et la secoua en tous sens avec la force que lui donnaient ses muscles de loup. Il se garda néanmoins d'user de toute sa puissance et s'en tint à celle d'un membre de la meute.

Laquelle s'avéra suffisante, ainsi qu'il l'avait prévu. Ces Pierres Qui Marchent domestiques étaient beaucoup moins résistantes que les Chasseurs. Un support se brisa ; des harnais internes se déchirèrent. Juste avant que la partie du tube qui montait au cerveau ne se rompe et que la Pierre Qui Marche ne s'immobilise sous la masse de Flanc d'Argent, celui-ci l'entendit appeler le Central...

Suis attaqué. Dégâts occasionnés...

Flanc d'Argent laissa la chose s'écrouler à terre. *Voilà ; c'est bien ce que je pensais.* Les Chasseurs avaient été fabriqués pour assurer la protection de la cité ; les ouvriers avaient beau être solides, ils ne faisaient pas le poids devant quelqu'un d'aussi puissant qu'une créature-loup. Ceux-là, au moins étaient vulnérables.

L'incident révéla en outre un autre point faible. Certes, pas d'une grande portée, mais c'était tout ce que le robot avait à sa disposition.

Les voix dans sa tête s'étaient tues. A la place de l'incessant caquetage, il y avait une voix amplifiée, criant ses ordres et retentissant sur toutes les fréquences. *Le Central. L'ennemi.*

Qui agissait exactement comme le robot l'aurait fait. Le Central envoyait ses Chasseurs mener leur enquête.

Flanc d'Argent n'avait pas l'intention d'être encore là lorsqu'ils arriveraient. Lançant un grondement de triomphe, il fila vers la forêt, prenant soin de rester en vue de la horde sans toutefois foncer dans sa direction. Ainsi, Œil Perçant pourrait l'observer et tout noter, avant de regagner le Refuge comme les ordres le prévoyaient. Flanc d'Argent prendrait à son tour le chemin du Refuge, mais après s'être assuré que la horde n'était pas menacée.

Qu'importe si le délai qu'il s'imposait le mettait, lui, en danger.

Il attendit d'entr'apercevoir le premier Chasseur traversant à vive allure une passerelle qui menait à l'endroit où s'était produite l'agression. *Je suis là,* lança-t-il avec sa propre voix cérébrale, dans la langue du Néant. Le Chasseur s'arrêta brusquement et sa tête blindée pivota.

Flanc d'Argent aboya un défi en jargon animal et détala.

Il était sur le point de plonger sous le couvert des arbres quand le rayon laser l'atteignit.

EN ROUTE

Si c'était ça, l'au-delà, ça manquait sacrément de confort.

D'abord, c'était mouillé. L'eau lui dégoulinait sur le visage et le corps.

Ensuite, il souffrait le martyre.

Ses côtes lui faisaient mal comme s'il avait reçu plusieurs coups de sabot d'une mule extraordinairement robuste et entêtée. Il avait l'impression qu'on lui avait raboté la peau avec une lime rouillée, et que les rares morceaux de chair qu'on avait omis de lui racler étaient en train de bouillir. Une migraine des plus atroces lui martelait la tête, et il avait peur à l'idée d'ouvrir les yeux ou d'essayer de se redresser.

Si c'était là l'éternité, il avait connu mieux.

Mais il n'allait pas rester couché à jamais. D'autant qu'il était plutôt intrigué par...

La lumière filtrait bel et bien sous ses paupières. Et outre le martèlement des gouttes d'eau, il entendait un craquement précipité, comme de la cellophane qu'on froisserait.

Derec ouvrit les yeux.

Et, gémissant, les referma aussitôt.

Il gisait dans le vaisseau, face à une déchirure dans la coque par laquelle il apercevait un bout de ciel d'un gris terne déversant un torrent d'eau. A travers le rideau de pluie, il distingua le versant d'une colline bourbeuse, qu'on aurait dit labouré par la charrue géante d'un fou et semé de fragments de métal brillant. Malgré la tempête, un feu couvait encore dans l'herbe à une centaine de mètres, près de l'endroit où l'un des moteurs de l'engin spatial reposait à demi enterré. Un épais panache de fumée noire et graisseuse barbouillait le ciel traversé de nuages affolés.

Cela n'augurait rien de bon. Il était vivant, mais il avait tout lieu de craindre que ce soit plus inconfortable que d'être mort.

– Mandelbrot ?

Sa voix émit un son rauque. Il n'y eut pas de réponse.

– Mandelbrot ?

Toujours rien. Il semblait bien qu'il allait devoir se débrouiller tout seul pour s'extirper du vaisseau. L'idée ne lui plaisait guère, et à vrai dire pas du tout. Il bougea un peu pour déboucler sa ceinture de sécurité. Ce fut une erreur.

Il poussa un cri de douleur et replongea rapidement dans les ténèbres.

Lorsqu'il reprit conscience, la pluie avait cessé et le feu dans l'herbe était éteint.

– Réalité, deuxième partie, marmonna-t-il.

Il avait encore des élancements dans le bras gauche ; le droit semblait fonctionner, malgré de sévères contusions. Il fit le bilan des dégâts ; oui, la fracture était nette au niveau de l'avant-bras, la peau boursouflée et décolorée, le bras pendait suivant un angle réduit, mais dans le mauvais sens. Cette vision lui donna la nausée. *Formidable. Il ne te manque plus que ça, te vomir dessus. Et pourquoi pas des côtes cassées ou des lésions internes...*

Il pencha la tête en arrière et respira profondément à plusieurs reprises jusqu'à ce que son estomac se calme. Se servant de sa main valide, il resserra la sangle gauche du harnais de sécurité afin de caler son épaule contre le dossier du siège. Puis, saisissant son poignet gauche, il avala une grande bouffée d'air et la retint dans ses poumons.

Il la relâcha dans un cri. Et tira d'un coup sec.

L'os racla contre l'os.

Lorsque Derec revint à lui pour la troisième fois, il examina son bras, couvert de belles ecchymoses, mais qui semblait désormais en place. Il pouvait bouger les doigts et serrer faiblement le poing. La douleur était telle qu'il en aurait pleuré, mais il n'y pouvait rien pour le moment.

– Bon, dit-il dans un souffle. Sors de là, retrouve la

mallette de premiers secours, récupère les analgésiques et les cicatrisants. Tu peux y arriver.

De la main droite, il défit le harnais de sécurité en se contorsionnant pour atteindre la boucle côté épaule droite. Une douleur terrible lui poignarda la poitrine : *Des côtes brisées, en plus, ou pire.* Il transpirait – une sueur glacée – et les contours de sa vision s'obscurcissaient.

Le choc. Détends-toi. Respire pendant quelques secondes.

Avec précaution, Derec éprouva ses jambes. Il avait une sale entorse à la cheville gauche, mais il pensait pouvoir tenir dessus ; quant à sa cuisse droite, elle était couverte de sang sous le pantalon déchiré. Néanmoins, tout fonctionnait.

Parfait. Voyons si on peut se mettre debout.

Il se souleva en prenant appui sur son bras valide, repliant l'autre sur son torse. Son geste, ajouté à la migraine qui lui battait les tempes, eut pour effet de faire tourbillonner le vaisseau autour de lui. Un instant, l'univers menaça de basculer à nouveau. Derec lutta pour rester maître de ses sens. *Non,* supplia-t-il. *Ne tombe surtout pas. Tu serais incapable de te relever.*

Au bout de quelques secondes, le décor cessa de valser au ralenti, et Derec se mit debout. La cabine était un gâchis intégral. Le plancher était complètement déformé, des trous béants éventraient les parois, et tout était déjeté suivant une légère oblique. Derec aperçut immédiatement Mandelbrot. Le siège du pilote, arraché par l'impact, reposait sur le côté au « fond » de la cabine. Mandelbrot y était encore enfoncé, le corps bosselé et zébré de griffures.

– Mandelbrot ? appela Derec une nouvelle fois.

Mais toujours pas de réponse. *Procédons par ordre,* se dit-il. *Où est cette mallette ?*

Elle aurait dû se trouver sur la paroi la plus proche, et elle n'y était pas. Après une recherche semée d'embûches dans les débris alentour, Derec finit par repérer la boîte rouge et blanc. Il ouvrit tant bien que mal le loquet et arracha le bouchon d'un flacon d'Antalgil. Il s'enfonça dans la cuisse l'injecteur qui émit un chuintement d'air comprimé ; le médicament était froid, et il le sentit se diffuser. La douleur commença à refluer, le mal de crâne à s'apaiser. Au bout de quelques minutes, il se sentait à nouveau vaguement humain.

Il trouva les pilules cicatrisantes et, après avoir lu la notice, en avala deux. Une fois la douleur momentanément atténuée, il confectionna une attelle avec un morceau de plastique et du tissu recouvrant l'un des sièges. Son bras était ainsi mieux protégé ; il le glissa dans une écharpe qu'il noua en s'aidant de ses dents.

Après ça, Derec se sentit revivre. Suffisamment pour se rendre compte que ses ennuis étaient loin d'être terminés : il était naufragé sur une planète qu'il ne connaissait pas, avec la moitié d'un continent, voire davantage, d'ici à la Cité des robots. Par le lien des biopuces, il gardait le contact avec l'ordinateur central, mais cette satanée machine, contrairement à la première, ne lui obéissait pas – il aurait alors été simple de demander l'aide d'une escouade de robots.

Et si les poules avaient des dents...

Il lui fallait Mandelbrot. Sans le robot, la situation allait s'avérer très, très délicate. Les pilules cicatrisantes ne guériraient pas son bras avant une semaine ou deux – s'il ne se le fracturait pas à nouveau en fouillant les débris ; si des lésions internes ne le rendaient pas infirme d'abord ; s'il ne rencontrait rien sur cette planète qui décide de le trouver à son goût...

Si, au bout d'une semaine, il était encore *vivant.*

Il avança prudemment le long de la coque brisée et s'approcha du robot. Le siège avait cloué Mandelbrot à la paroi. Derec cala son dos contre la paroi opposée, planta ses pieds sur les supports du siège et poussa : le siège grinça, se souleva et retomba. Serrant les dents, Derec recommença l'opération. Cette fois, le siège bascula ; Mandelbrot restait inerte dans les sangles. Derec attendit d'avoir repris son souffle, puis ouvrit le panneau sur le torse du robot.

Il y avait trop d'éléments susceptibles d'être faussés qu'il serait impossible de réparer sur place. Derec n'en finissait pas de les passer en revue dans sa tête.

Les dégâts paraissaient toutefois moins importants qu'il n'aurait pu le craindre. Si le câble qui reliait le tronc à l'alimentation principale était arraché, la source d'énergie auxiliaire du cerveau demeurait intacte : parfait, cela voulait dire qu'il n'y aurait pas de perte de mémoire. Derec constata certains dommages dans la structure externe, quoique le bras Avery eût l'air de fonctionner parfaitement. Les circuits optiques avaient pris une sacrée secousse, et Derec s'attendait à rencontrer quelques problèmes lorsqu'il mettrait le robot en marche.

Ça n'allait pas être une partie de plaisir avec une seule main valide.

– Il n'y a qu'une façon de le savoir, marmonna-t-il.

Il secoua la tête. *Mais bon sang, à qui parles-tu ?*

Il lui fallut une heure pour dénicher la boîte à outils ; une autre heure pour souder le câble d'alimentation défectueux et bricoler la prise – il dut s'arrêter en plein milieu pour reprendre des analgésiques ; la migraine était revenue et, à chaque inspiration, ses côtes le faisaient atrocement souffrir. Le fer à souder tremblait dans sa main lorsqu'il effectua les dernières connexions. Il essuya la sueur qui lui coulait dans les yeux et se redressa. Il rabattit le panneau de poitrine et appuya sur le contact.

Une ampoule témoin orange se mit à clignoter. Un œil s'alluma par intermittence ; le corps entier trépida. La tête pivota dans un grincement déchirant de métal, et Mandelbrot regarda plus ou moins dans la direction de Derec.

– Maître Derec ?

– Mandelbrot.

– Mes circuits optiques vous voient très flou. Il semblerait que l'atterrissage ne se soit pas passé comme nous l'espérions.

– Il semblerait. (Derec haussa les épaules.) Comment te sens-tu ?

– Je vérifie... (La voix du robot se perdit ; la lueur de l'œil déclina, avant de retrouver son éclat au bout de plusieurs secondes.) Programme de contrôle du système en cours. Circuit positronique principal intact ; deux secteurs endommagés mais sauvegardés et fonctionnels. Le circuit optique droit ne marche pas ; le gauche nécessite un réglage. La jointure du manchon de la nuque n'est pas dans l'alignement. Les connexions principales du tronc ont subi quelques dommages, néanmoins acceptables. Les circuits d'alimentation principal et auxiliaire fonctionnent eux aussi de façon satisfaisante. Trois servomoteurs ont leur enveloppe fissurée, ce qui posera un problème si les tampons lubrifiants sont percés et présentent des fuites. Le servomoteur du genou gauche a grillé et le genou est coincé. (Les doigts du robot se plièrent et se rouvrirent.) D'autres dégâts mineurs. Vous voulez tous les détails ?

– Garde-les pour plus tard.

– Alors, je dois vous demander comment vous allez, maître Derec. (Mandelbrot se redressa sur ses pieds, la jambe gauche tendue, raide.) Je note que votre bras est en écharpe et qu'il y a du sang sur vos vêtements. Lorsque vous bougez, vous grimacez, comme si votre poitrine vous faisait souffrir.

– Le bras est cassé ; il guérira. J'ai reçu un sacré choc mais je suis vivant. Je ne pense pas avoir de blessure sérieuse. Vu la violence de l'impact, nous n'avons pas à nous plaindre.

– Je ne me plaignais pas, maître Derec, je vérifiais simplement notre situation. Votre santé est une priorité pour moi, comme vous le savez. La Première Loi...

Derec lui coupa la parole d'un geste.

– On ne peut rien faire de plus de ce côté-là. Maintenant, il s'agit de nous tirer de ce mauvais pas.

Les rouages firent entendre une plainte sèche lorsque Mandelbrot contempla l'étendue des dégâts.

– On ne peut pas vraiment parler d'atterrissage réussi, dit-il d'une voix neutre.

Derec émit un rire sonore malgré la douleur. Après avoir connu la Cité des robots, il s'attendait à tout de la part de ces êtres mécaniques : si Mandelbrot n'avait pas acquis un certain sens de l'ironie et de l'humour à froid, il n'en était pas loin. Que cela soit dû ou non à la Première Loi qui l'obligeait à assurer le bien-être de son maître, le résultat était là. Derec sourit de bon cœur.

– En fait, dit-il, on ne pouvait sans doute pas espérer mieux. Je reste ébahi que tu aies réussi à nous poser. Que diable s'est-il passé ?

– Je n'en suis pas encore tout à fait certain, maître Derec. Il y a eu une alerte et puis l'impact. Après ça, j'étais trop occupé avec le vaisseau pour réfléchir plus avant.

– Je le crois volontiers, dit Derec avec un sourire. Maintenant, voyons ce qu'on peut sauver de ce fatras.

L'opération fut longue, lente et douloureuse. La plupart

des réserves d'urgence de nourriture étaient réduites en bouillie ou perdues. Mandelbrot dénicha sous les débris une tente de survie gonflable, un calorifère, une corde et une torche alimentée par des piles. Côté négatif, l'équipement de transmission était irrémédiablement détruit, ainsi que Derec le découvrit au bout d'une heure d'effort pour tenter d'en connecter les fragments aux quelques éléments épargnés du tableau de bord.

Le vaisseau était totalement anéanti. Il ne retrouverait plus jamais l'espace.

Leurs tentatives désespérés pour sauver ce qui pouvait l'être se soldèrent par un tas ridicule qui gisait, lamentable, à côté de la coque. Sur l'insistance de Derec, Mandelbrot partagea le maigre butin en deux, un fardeau pour chacun.

– Tu es éclopé, toi aussi, fit remarquer Derec au robot qui exigeait de tout porter. Tu me mettrais davantage en danger en te surchargeant. J'ai un bras invalide, tu as une jambe amochée et des servomoteurs qui menacent à tout moment de griller. Tu es à moitié aveugle. Considère ceci comme un ordre catégorique et ramasse ta part. Parfait, poursuivit-il comme Mandelbrot obéissait. Maintenant... où va-t-on ?

– La Cité des robots était à l'intérieur des terres, maître Derec. Je nous situe près de la côte Est. Puisque le soleil descend vers les collines, je suggère cette direction.

Derec porta son regard sur les versants à l'ouest, couverts d'une épaisse végétation boisée. On devrait y trouver du gibier, et des plantes comestibles si les rations venaient à manquer. Il poussa un soupir. Ils n'avaient guère le choix. Ils ne quitteraient pas la planète tant qu'ils n'auraient pas obtenu de l'aide, et leur seul espoir résidait dans la Cité des robots. Si l'ordinateur central s'obstinait à ignorer l'appel qu'il lui lançait grâce à ses biopuces, les robots leur fourniraient toute l'aide nécessaire, ne serait-ce que parce que la Première Loi le leur imposait.

On doit avoir une de ces allures, songea Derec tandis qu'ils s'éloignaient du lieu du désastre. *Un robot estropié et un humain déglingué. Encore heureux que la planète ait l'air sûre.*

POURSUITE À TRAVERS LA FORÊT

Flanc d'Argent sentit sur son flanc la brûlure du rayon laser émis par le Chasseur. Il n'aurait pas cru que celui-ci réagisse aussi vite.

Grâce à ses prompts réflexes, le robot-loup bondit de côté pour se mettre à couvert derrière un gros tronc d'arbre. L'écorce se calcina là où son flanc s'appuyait et Flanc d'Argent fit subir une nouvelle transformation à son corps en déployant plusieurs éléments qui lui permirent de diffuser l'excès de chaleur. Un point rouge s'alluma sur le tronc à hauteur de sa tête et il se baissa de nouveau – un deuxième Chasseur, qui venait d'une autre direction. Il en vit deux de plus franchissant les passerelles au pas de course, fonçant vers les abords de la cité pour se mêler à l'attaque.

Flanc d'Argent poussa un hurlement et s'enfonça dans les bois. Il aperçut, longeant la crête, la horde qui, suivant ses instructions, regagnait le Refuge sans tarder. Maintenant, c'était à lui de jouer – il devait se débarrasser des Pierres Qui Marchent porteuses de mort.

Dix minutes plus tard, il était convaincu de les avoir semées.

Dans la forêt, Flanc d'Argent bénéficiait d'un avantage incontestable sur les Pierres Qui Marchent. Son profil de loup était merveilleusement adapté à une progression souple et rapide, idéal pour effectuer des changements de direction vifs et précis. Bas sur pattes, le robot au corps animal pouvait profiter du moindre taillis, du moindre fourré, pour échapper aux regards de ses poursuivants ; connaissant la forêt comme seul un loup pouvait la connaître, il savait repérer sans difficulté les sentiers tortueux qu'empruntait le gibier. Les Pierres Qui Marchent, quant à elles, une fois sorties de leurs passerelles droites comme des flèches et des structures géométriques de leur cité, semblaient beaucoup moins à leur aise.

Flanc d'Argent s'arrêta dans une clairière à un kilomètre et demi de la vallée des Pierres Qui Marchent. Il s'immobilisa, à l'écoute de la forêt, humant, observant. De gros papillons de nuit voletaient sans bruit d'arbre en arbre. A quelques mètres, une créature avec d'énormes ventouses en guise de pieds était suspendue la tête en bas à une branche. A travers le feuillage, Grande Face projetait sur le sol un motif de dentelle couleur argent.

Une branche craqua ; une forme grise et brillante bougea dans la nuit.

Central, la créature est ici. La voix provenait de l'intérieur de sa tête. *Dix degrés sud, unité trois. En avançant, vous devriez avoir une ligne de mire nette.*

L'obscurité ne semblait pas plus gêner les Pierres Qui Marchent que Flanc d'Argent ; apparemment, il les avait sous-estimées. C'étaient des pisteurs excellents et acharnés, sinon elles n'auraient pas réussi à suivre sa trace. Elles évoluaient peut-être plus lentement que lui dans les bois, mais elles paraissaient infatigables.

Et elles l'avaient retrouvé.

Si ses circuits logiques ne connaissaient ni le désappointement ni le dépit ni même la peur, il n'en eut pas moins un instant d'hésitation à la vue des Chasseurs avançant entre les arbres, et il émit un grognement sourd en jargon animal. Ces êtres-là ne faisaient pas partie de sa famille. Les Pierres Qui Marchent n'avaient aucun sens moral.

Si elles étaient humaines, songea-t-il, *ce serait simple. Je pourrais défier leur chef, et celui qui l'emporterait en deviendrait le maître. C'est le meilleur moyen, me semble-t-il.*

Mais le chef des Pierres Qui Marchent était le Central, qui n'était qu'une voix dans sa tête, et celles-ci attaquaient ses frères à la manière des Crocs Acérés, en surgissant de leur cachette sans daigner proposer un défi régulier.

Comme des bêtes. Comme des animaux.

A présent, les Chasseurs discutaient entre eux, à en juger par les brefs éclats de voix aux sonorités aiguës. Flanc d'Argent caressa le collier qu'il s'était confectionné avec les transistors et les fils colorés. Ce n'étaient que des choses fabriquées. Des machines. Elles étaient *moins* que des animaux, si élaborées soient-elles. Certes, devant toute cette technologie, Flanc d'Argent brûlait d'en savoir plus sur les créatures mécaniques, mais il n'empêche qu'elles portaient atteinte à ses instincts les plus primitifs.

Il avait une terrible envie de les détruire.

Soudain, un feu croisé de tirs de laser arrosa le sous-bois. Dans un hurlement, Flanc d'Argent se remit sur ses quatre pattes et reprit sa course à travers bois. Il sentit les atroces brûlures que lui infligeaient les armes des Chasseurs et s'enfuit en zigzag, échappant ainsi quelques secondes aux morsures des rayons. Il n'en était pas moins conscient des dégâts internes qu'ils avaient provoqués : les circuits d'alarme automatique étaient surchargés et déclenchaient des sous-programmes d'urgence qui réexpédiaient les signaux nerveux jusqu'au cerveau le long de connexions endommagées.

Une fois de plus, il dut son salut, comme quelques minutes auparavant, à la forme déliée de son corps qui lui permit de distancer rapidement les Chasseurs. Toutefois, il ne cessait de les entendre derrière lui, il percevait toujours l'odeur âcre de l'acier et des lubrifiants. Ils allaient le poursuivre indéfiniment, comprit-il tout à coup, et ce faisant ils trouveraient le Refuge.

Tu ne peux pas laisser faire ça. La Première Loi était claire là-dessus.

Un nouveau déclic se produisit dans son cerveau positronique, allumant une étincelle. Un autre robot aurait peut-être continué jusqu'à tomber en panne d'énergie ou se faire attraper. Un autre robot se serait peut-être laissé prendre au piège de sa programmation.

Les Chasseurs étaient à la poursuite d'un loup, et s'il était vrai qu'il avait choisi cette forme, rien ne l'empêchait d'en changer.

Son corps commença à se modifier. La masse qui avait été un loup se comprima et se réduisit. L'excédent se répandit tout autour, puis s'amincit jusqu'à ce que l'alliage devienne aussi fin que possible.

A présent, des ailes puissantes projetaient leur ombre sur

la nouvelle créature. De grandes ailes qui se mirent à battre l'air.

Flanc d'Argent volait.

Il s'était transformé en oiseau, quoique plutôt disgracieux. Il était trop massif et n'avait pas les moyens d'altérer cela. Il ne volait pas très bien, ni très vite ni très haut... mais il volait.

Son ombre passa sur les Chasseurs arpentant les bois en dessous.

Les Pierres Qui Marchent ne levèrent même pas la tête. Un loup qui se changeait en oiseau, voilà qui ne faisait pas partie de leur expérience.

– Tu es certaine de les avoir semées ?

Le soleil émergeait à peine au-dessus du faîte des collines. Les membres de la horde étaient presque tous sortis pour accueillir Flanc d'Argent qui, ayant repris son apparence de loup, venait de déboucher de la forêt. Œil Perçant ne cessait de tourner autour de ses frères groupés devant l'entrée du Refuge, l'œil constamment fixé sur le rideau de brume qui flottait sous les arbres baignés des rayons de lumière.

– J'en suis quasiment certaine, répondit Flanc d'Argent. (L'un des louveteaux s'approcha de lui et, par jeu, lui mordilla la patte arrière. Il le repoussa doucement et le bébé loup courut rejoindre sa mère en glapissant.) J'ai pris la direction sud en quittant la Colline aux Etoiles ; je me suis bien gardée de revenir vers ici.

– Elles vont suivre ta trace et ton odeur.

Œil Perçant n'était pas décidée à renoncer à la discussion mais au moins avait-elle le tact de s'exprimer avec le respect que conférait le langage de la Horde, au lieu d'user de la langue des Chasseurs par laquelle Flanc d'Argent aurait pu se trouver contraint de défier la louve.

– Je me suis transformée en oiseau. Je n'ai laissé aucune trace, et le vent a emporté mon odeur.

– Tu t'es transformée en oiseau...

La femelle se raidit ; elle se ramassa légèrement, en position d'attaque. Ce qui en disait plus que les mots.

– Œil Perçant, tu mets en doute les paroles de Flanc d'Argent ? intervint Hurle-Vie d'un ton railleur. Tu as vu l'Œuf. Tu l'as vue abattre un Chasseur des Pierres Qui Marchent, ce qu'aucun de nous n'aurait réussi à faire. Tu l'as vue en abattre un autre et échapper aux éclairs. Nous tous ici savons qu'elle est envoyée par la Vieille Mère, et tu oses pourtant te moquer. *Moi*, je la crois, Œil Perçant, parce que j'ai entendu les récits de la Vieille Mère. J'ai la foi. Et vous autres ?

Des aboiements montèrent du groupe, et à travers eux les frères signifiaient leur accord et aussi – le robot le sentit à l'odeur qui émanait d'eux – leur fierté d'avoir un tel chef. Les babines d'Œil Perçant se soulevèrent, révélant les crocs.

– Qu'importe, dit-elle avec mépris. Oiseau ou non, tu n'as *encore* rien fait au sujet des Pierres Qui Marchent. Tout ce que nous avons obtenu, c'est d'éveiller leur colère, et si elles viennent *ici*, au Refuge, nous mourrons tous. Flanc d'Argent est peut-être capable d'en tuer une, mais qu'adviendra-t-il du reste de la horde ?

La queue d'Œil Perçant fouetta la poussière. Elle tripota le collier que Flanc d'Argent lui avait offert.

– Combien d'entre nous ici présents, poursuivit-elle, ont vu les corps de nos frères abattus par les Chasseurs ? Combien d'entre vous ont des enfants amaigris parce que le gibier se fait rare ? Combien de mères qui ont si peu de lait à donner à leurs bébés ? Nous ne pouvons pas lutter contre les Pierres Qui Marchent. Et ceci est vrai avec ou sans Flanc d'Argent, avec ou sans la Vieille Mère.

– Alors, il ne nous reste qu'à partir, déclara le robot. Laisser la place aux Pierres Qui Marchent et trouver un autre territoire.

– Où cela ? Nous en avons déjà discuté. Les autres hordes surveillent leurs frontières, parce qu'elles savent dans quelles difficultés nous nous débattons. Aucune ne nous permettra de pénétrer sur son territoire.

– Tu es donc en train de me dire que nous *devons* rester, répliqua le robot. J'ai besoin de le savoir, Œil Perçant, Hurle-Vie et vous tous. Je ne connais pas ce monde aussi bien que vous. La Vieille Mère vous a confié la tâche de m'enseigner l'esprit de la horde. *Devons*-nous rester ici ?

Des hurlements contenus signifièrent l'approbation du groupe.

– Sur ce point, fit remarquer Hurle-Vie, je crains de devoir exprimer mon accord avec Œil Perçant. Nous sommes déjà bien affaiblis et inférieurs en nombre. Dans un combat avec une autre horde, nous mourrions tous.

Ces propos fournirent aux circuits logiques du robot l'information dont ils avaient besoin. Des synapses électroniques entrèrent en contact. C'était tout simple.

La Première Loi exigeait que l'existence des humains soit protégée. Le cerveau positronique de Flanc d'Argent, comme tous les cerveaux de robot, avait recours à la logique pour résoudre les inévitables conflits qui surgissaient lorsqu'il s'agissait de protéger les plus nombreux au détriment de la minorité. Si la horde restait ici, le conflit opposerait les humains et les Pierres Qui Marchent. Si elle quittait la contrée, ce serait un autre conflit, plus détestable, auquel serait confronté le robot, un conflit qui mettrait aux prises des humains entre eux. Et Flanc d'Argent ne pouvait pas tuer des humains.

Ce fut ce raisonnement qui l'amena à prendre une décision qui pourtant ne lui plaisait guère.

– Dans ce cas, nous resterons ici, déclara-t-il. Quant à moi, mon choix est fait.

– Quel choix ? s'enquit Œil Perçant.

– Le choix de nous battre contre les Pierres Qui Marchent.

– Nous sommes *incapables* de lutter contre elles, insista Œil Perçant.

– Je connais un moyen, affirma Flanc d'Argent. Je n'aime pas trop ça, mais je connais un moyen.

– Alors, parle. Dis-nous.

Dans le ton de la louve, l'insolence était revenue, et aussi dans son attitude, dans son odeur. Flanc d'Argent planta son regard dans le sien, mettant l'ancien chef au défi de le provoquer à nouveau. Le corps de la femelle sembla augmenter légèrement de volume et elle bomba son torse déjà puissant. Elle poussa un grognement et recula.

– Nos frères mourront sans doute, si nous appliquons ma méthode, dit Flanc d'Argent en gardant un œil sur la louve. Mais tu prétends qu'il n'y a pas d'autre solution qui ne soit pire. Si tu te trompes, c'est toi qui auras conduit la meute à sa perte. S'il nous est *permis* d'aller ailleurs, dis-le-moi tout de suite.

– C'est impossible, reconnut Œil Perçant en grognant à nouveau avant de griffer la terre de sa patte. Nous sommes entourés par les autres hordes : celle de N'a-Qu'Un-Œil, celle de Patte Folle. Ils ont déjà dit qu'ils tueraient tous ceux qui empiéteraient sur leur territoire. Demande à Hurle-Vie ; il peut te parler des batailles passées. Je ne me suis pas couchée devant l'ennemi. Et je n'ai pas peur de me battre. Nous avons tout le temps des frères qui meurent : c'est le lot de la meute, c'est le prix à payer pour défendre son territoire.

– Alors, il est temps de chasser les Pierres Qui Marchent, répondit Flanc d'Argent.

– Il est temps de les défier.

AUTOUR DU FEU DE CAMP

Il était difficile d'entendre quoi que ce soit par-dessus le raffut que faisaient Derec et Mandelbrot en avançant à travers bois. Derec comprit bien vite qu'il n'avait aucune chance de survivre par la chasse. Il mourrait avant.

Ils n'avaient repéré que très peu de vie animale, hormis les fois où ils s'arrêtaient pour se reposer. Sinon, les bêtes qui vivaient là déguerpissaient au bruit de leur passage. A leur approche, des silhouettes furtives filaient entre les arbres, des oiseaux s'envolaient en lançant des cris stridents. Pourtant, un son particulier vint se mêler au vacarme dont Derec était la cause, un son qui lui fit dresser l'oreille.

– As-tu entendu, Mandelbrot ?

Derec s'était immobilisé, appuyé sur la canne qu'il s'était confectionnée avec une branche morte, haletant. Ils gravissaient un versant recouvert d'un épais fouillis de broussailles emmêlées de tiges tenaces aux feuilles poisseuses, comme si l'endroit avait été conçu pour mettre des obstacles sur leur chemin. Le soleil disparaissait déjà derrière la colline et ne tarderait pas à se coucher ; Derec avait les jambes qui lui démangeaient des piqûres de plantes qui lui avaient égratigné la peau à travers le tissu du pantalon. Mandelbrot, qui boitillait devant lui en laissant entendre des grincements trahissant l'urgent besoin d'une révision, se déplaçait très lentement du fait de sa jambe impotente. Le robot s'arrêta, et sa tête pivota pour inspecter les alentours, dans un bruit de métal discordant au niveau du cou.

– J'ai entendu plusieurs sons, maître Derec. Auquel vous référiez-vous ?

– Le hurlement. Là... tu entends ?

Dans le lointain, une plainte lugubre salua le crépuscule.

Une seconde voix se joignit à la première, suivie par d'autres. Le chœur mélancolique se poursuivit plusieurs secondes, pour laisser enfin la voix en solo. La forêt revêtit brusquement des nuances sombres, annonciatrices de périls secrets. Malgré lui, Derec frissonna.

– J'en ai froid dans le dos, dit-il.

– Il y a des couvertures thermiques dans le sac, l'informa Mandelbrot. Je vais vous en chercher une...

Derec ébaucha un sourire.

– Ce n'est pas de ce froid-là que je parle. On dirait des voix de loups que j'ai entendues sur des enregistrements réalisés avant l'extinction de l'espèce.

Les hurlements reprirent, répercutés par les collines avoisinantes. La jointure de la nuque du robot grinça une fois de plus lorsque celui-ci leva les yeux vers le haut du versant.

– Les intonations sont complexes, indiqua Mandelbrot. D'une certaine façon, ça me rappelle le langage de Wolruf.

A la mention de l'extraterrestre caninoïde, Derec hocha la tête. Il regrettait que Wolruf ne soit pas avec eux ; son esprit vif, son humeur singulière lui manquaient beaucoup.

– J'aimerais bien que ce soit elle, crois-moi. Elle, au moins, saurait nous sortir de ce pétrin. Il nous faut trouver un endroit où camper, Mandelbrot. La première terrasse un peu abritée fera l'affaire. Je n'ai pas envie d'être surpris à découvert pendant la nuit.

– Ma banque de données indique que, même à l'époque qui a précédé la colonisation de la Terre, la plupart des animaux sauvages avaient peur des humains. Ils attaquaient rarement, sauf si on les provoquait.

– Vois-tu, je préfère ne pas compter sur le fait qu'ils aient reçu les mêmes données. On continue, Mandelbrot. Peut-être en haut de la colline... quoique, vu sa taille, je commence à penser qu'on devrait plutôt parler d'une montagne.

Ils mirent encore une heure pour atteindre enfin le sommet. Là, la forêt se clairsemait, pour finalement s'effacer et laisser place à une saillie rocheuse balayée par le vent, qui, surplombant les collines environnantes, leur fournissait une position particulièrement avantageuse.

Après les efforts qu'avait nécessités l'ascension, Derec ressentait la douleur dans tous ses muscles jusqu'au dernier. Son bras cassé était parcouru de brûlants élancements ; il respirait par petits souffles rapides, craignant qu'une respiration plus profonde ne réveille la souffrance dans ses côtes. Il se débarrassa de son sac avec une grimace et chercha les médicaments. Une injection d'Antalgil lui permit de retrouver ses mouvements. Mandelbrot, grinçant de toutes les jointures, l'aida à gonfler la tente et à préparer leurs maigres provisions. Derec fit un petit feu au milieu de pierres disposées en cercle, et ils s'assirent au sommet de la colline, regardant les étoiles apparaître dans le bleu sombre du zénith, des millions d'étoiles émaillant le ciel.

– On peut dire qu'ils sont persévérants, ces loups. Enfin, ces animaux qu'on entend.

Les hurlements n'avaient cessé de les accompagner tandis qu'ils dressaient le camp. Ils semblaient venir de l'ouest, en gros de la direction vers laquelle ils allaient, quoique à plusieurs collines de distance. Derec, assis au bord de la saillie, lançait des cailloux sur les arbres en dessous, les écoutant dégringoler à travers les branchages. Il porta son regard sur le décor sombre qui s'étendait devant eux et fit la grimace.

– Regarde ça, dit-il à Mandelbrot. Qui aurait pensé que ces collines soient orientées nord-sud ? On va devoir se taper cinq kilomètres de montées et de descentes pour chacune de celles qui nous séparent de l'ouest.

Il jeta un coup d'œil sur le robot étendu à côté de lui ; celui-ci ne semblait pas l'avoir entendu.

– Mandelbrot ?

– Je m'excuse, maître Derec. J'étais en train de les écouter.

– Assure-toi seulement qu'ils ne se rapprochent pas. (Derec lança un autre caillou, puis lorgna vers l'ouest.) Est-ce que tu vois bien, Mandelbrot ?

– Ma vision nocturne est très diminuée à cause des dommages causés par l'atterrissage. Elle n'est pas meilleure que la vôtre.

– Bon. Jette quand même un œil et dis-moi si ce n'est pas une lueur qu'on aperçoit au nord-ouest, peut-être à quatre ou cinq collines d'ici. Je ne l'avais pas remarquée tout à l'heure, mais avec l'obscurité...

Mandelbrot scruta les ténèbres dans la direction qu'indiquait Derec.

– Je vois une tache de lumière se reflétant sous les nuages...

Il se passa alors un moment où plus un mot ne fut échangé, occupés qu'ils étaient l'un et l'autre à écouter une voix qui murmurait dans leurs têtes.

A toutes les unités : l'ordinateur central est attaqué. A toutes les unités...

La voix était très faible. Elle se tut au moment même où Derec essayait d'entrer en contact avec elle.

– Mon pè...

Derec s'interrompit au milieu du mot. Il haïssait trop le personnage pour lui consentir cette dénomination, d'autant que, sur Aurora, cela ne signifiait pas grand-chose.

– Mandelbrot, se reprit-il, ce doit être Avery.

– C'est possible.

– C'est plus que possible. Ça explique tout : l'appel de détresse, l'ordinateur central qui ne répond pas aux biopuces, notre atterrissage en catastrophe, tout. Il a très bien pu utiliser une clef, se téléporter sur la tour du Compas et semer la confusion dans la cité.

– Pour quelle raison ? demanda Mandelbrot. La première Cité des robots était sa propre création.

– Il était aussi fort agacé que je sache la contrôler. Peut-être a-t-il décidé de détruire toutes les autres.

– C'est possible, j'imagine, admit le robot. Mais nous n'en saurons rien tant que nous ne serons pas arrivés.

– On va devoir en mettre un coup, Mandelbrot. La cité a des ennuis.

– Pourquoi autant vous en préoccuper, maître Derec ?

C'était le genre de questions qu'Ariel aurait pu poser, et à l'évocation de la jeune femme, Derec éprouva une douleur affective plus intense que sa douleur physique. Il se renfrogna.

– C'est comme ça, répondit-il. Peut-être les biopuces : un certain lien chimique qui m'attache à la cité et qu'elles m'imposent. Je ne *sais* pas, Mandelbrot. Tout ce que je peux te dire, c'est que je souffre quand la cité souffre, et ça me pousse à vouloir faire quelque chose pour elle. Tu peux comprendre ça ?

– Oui, maître Derec. Ce que vous décrivez ressemble fort aux obligations qu'entraînent les Trois Lois. Et si nous devons donner un coup de collier demain, ajouta gentiment le robot, je suggère que vous vous reposiez. Vous êtes épuisé, et moi incapable de vous porter.

Derec aurait aimé discuter, mais Mandelbrot avait cent fois raison. Il éprouvait une immense lassitude, dont l'effort qu'il dut faire pour se mettre debout acheva de le convaincre.

– En ce cas, je vais essayer de dormir. Et toi, qu'est-ce que tu vas faire ?

– Je ne sais pas combien de temps je vais encore pouvoir marcher. Moins je bougerai, mieux ça vaudra. Je vais rester ici et monter la garde. Dormez bien.

Derec fit des rêves hantés par son père, où celui-ci avait la faculté de prendre la forme d'un loup. Ariel était présente elle aussi, mais le loup Avery la chassait, et lorsque Derec voulut courir après elle, ses pieds étaient comme du plomb et sa progression horriblement lente.

Il s'éveilla en sursaut. Il resta un moment désorienté, au bord de la panique, jusqu'à ce que la douleur lancinante dans son bras et ses côtes le rappelle à la réalité. Il ouvrit la tente et passa la tête entre les rabats.

Il faisait encore sombre. Il y avait deux lunes dans le ciel ; l'une haute, l'autre, la plus grosse, basse à l'ouest. A contre-jour sous la clarté lunaire, il distingua Mandelbrot debout, immobile au bord de la saillie, scrutant la nuit. Il entendit les créatures-loups aboyer à la lune.

– Mandelbrot ?

– Tout va bien, maître Derec. J'étais en train de les écouter. Leurs voix ; on dirait presque un langage.

– Ces voix me donnent envie de les éviter à tout prix. Ils se demandent probablement s'ils trouveraient mes os et ta carcasse de métal à leur goût. Bonne nuit, Mandelbrot.

– Bonne nuit, maître Derec.

Il resta un long moment dans les ténèbres à écouter, se refusant à se laisser gagner par le sommeil. Il ne savait pas si c'était parce que Avery l'attendait dans ses rêves, ou parce qu'il redoutait qu'Ariel n'y fût pas.

FEINTE ET ESTOCADE

La femme qui avait créé Flanc d'Argent aurait-elle été effarée par la logique du robot ? Janet Anastasi aurait-elle pris peur devant la façon dont sa créature avait évolué ? N'en aurait-elle pas conclu que le cerveau positronique avait subi des dommages irréparables ? Impossible à dire.

Il est certain en tout cas qu'un robot d'Aurora se serait retrouvé à tout le moins désemparé, sinon contraint à un verrouillage immédiat de ses fonctions positroniques, devant les implications d'un tel arrêt. Mais pour Flanc d'Argent, les Trois Lois n'étaient que les commandements moraux édictés par la Vieille Mère ; sa logique et sa façon de les interpréter échappaient aux normes des humains, modelées qu'elles étaient sur celles des créatures-loups.

Ainsi était-il enclin à réagir au défi de manière physique et agressive.

Il fallut une journée entière à la horde pour se préparer, une longue journée à besogner avec leurs outils « improvisés », bâtons et pierres plates, et autres couteaux ou rabots taillés dans le silex. Personne n'en fut exempté ; jusqu'aux plus vieux et aux très jeunes qui participèrent dans la mesure de leurs moyens.

Lorsque Flanc d'Argent eut estimé les préparatifs terminés, il renvoya le gros de la meute au Refuge, non sans les avoir prévenus de s'attendre à un long voyage plein de détours. Il leur adjoignit quelques-uns des chasseurs afin d'assurer leur protection, ne tenant pas à laisser le Refuge totalement sans défense, la réussite de son plan dût-elle en souffrir. Œil Perçant et Hurle-Vie insistèrent pour garder les arrières à ses côtés, et il désigna une demi-douzaine d'autres chasseurs qui resteraient eux aussi avec lui.

Alors que le soleil se couchait, ils firent leurs adieux à leurs frères et les regardèrent s'éloigner à travers bois. Lorsque ceux-ci eurent disparu parmi les arbres, Flanc d'Argent hurla un long défi aux deux lunes qui se levaient, puis se tourna vers les autres et leur dit :

– Maintenant, trouvons une Pierre Qui Marche et tuons-la.

Il s'était produit du changement dans la cité, même s'il ne s'était écoulé que deux jours depuis la dernière fois qu'il l'avait vue. Elle avait encore gagné du terrain sur la forêt, remontant plus avant dans la vallée où elle était encaissée. Dans le rugissement des tronçonneuses qu'ils arboraient en guise de bras, des ouvriers abattaient les arbres aux abords de la ville. Plus loin, sur la Colline aux Etoiles, semblait s'être opérée une totale transformation. L'édifice bleu de givre qui s'élevait à l'ouest s'était développé en largeur et en hauteur. Les arcs-boutants qui le reliaient à l'édifice voisin n'étaient pas là la dernière fois. Non plus, assurément, que la grappe de dômes géodésiques qui fleurissait à sa base, ni le vaste espace de verdure qui s'ouvrait sous les feux d'une tour élancée. C'était comme si les Pierres Qui Marchent ne pouvaient pas se contenter d'étendre leur cité et qu'elles éprouvent aussi le besoin d'en abattre et d'en reconstruire le centre.

La vallée était une véritable fourmilière. Le vent transportait des relents de métal, et les Yeux du Néant là-haut se fondaient dans la clarté aveuglante qui montait de la cité.

Si Flanc d'Argent ne put réprimer un grognement à la vue des collines dénudées et des versants boueux qui les attendaient sur leur route, il n'en resta pas moins impressionné par le labeur incessant auquel se livraient les Pierres Qui Marchent.

– Elles violent la terre, comme un mâle qui prend sa femelle avant la saison des amours, gronda Œil Perçant en jargon animal, un cri de pur dégoût. Il y en a toujours plus, toujours plus de cavernes de pierres, de feux, de bruit, de puanteur.

– Elles ne nous laissent rien, renchérit Hurle-Vie. Est-ce à cela que ressemble le Néant, Flanc d'Argent ? Est-ce ainsi que vivent les dieux ?

– Je ne sais pas, répondit le robot. C'est possible. Je me

sens... je me sens fasciné par ce que je vois, Hurle-Vie. Je retrouve quelque chose dans la constance qui les anime, dans toute cette technologie qu'elles utilisent, dans la façon dont elles s'activent. Peut-être quelque chose que j'ai connu jadis.

– En ce cas, les dieux peuvent se garder leur Néant, dit Œil Perçant d'un ton irrévérencieux dans la langue de la Horde. Ça me fait horreur.

– La Vieille Mère mange nos âmes lorsque nous partons dans le Néant, la corrigea Hurle-Vie en employant le langage de la Meute pour donner plus d'emphase à ses propos. Elle nous ramène parmi la Horde Unique, et nous courons dans la Forêt Sans Fin.

Flanc d'Argent aboya un ordre sec à ses deux compagnons.

– Silence ! fit-il. (Hurle-Vie rejoignit les autres aussitôt, tandis qu'Œil Perçant fixait un moment Flanc d'Argent du regard avant de baisser le museau.) Maintenant, on avance. Et sans bruit. Il est encore trop tôt pour ameuter leurs Chasseurs.

Les créatures-loups se faufilèrent parmi les arbres, Flanc d'Argent en tête. Celui-ci les fit s'arrêter à proximité de la zone clairsemée sous le vent, et observa les alentours.

– Là, murmura-t-il en pointant un doigt. Celles-ci feront l'affaire.

A plusieurs mètres de leur poste de guet, se dressait un édifice en construction. Trois Pierres Qui Marchent chargeaient du matériel sur une civière à roues, tournant le dos à la forêt. Elles étaient isolées des autres ouvriers, le plus gros du travail se faisant dans un secteur éclairé par des projecteurs à cinq cents mètres de là. Les voix dans leur tête étaient muettes.

– Allons-y, lança Flanc d'Argent en bondissant à découvert.

D'un même élan, les autres le suivirent, fonçant ventre à terre comme un ouragan gris avant de s'abattre sur les Pierres Qui Marchent dans des grondements féroces. Flanc d'Argent en saisit une à la gorge, la secoua de toute sa force de robot, et sentit bientôt la chose haïe succomber avant de pouvoir déclencher l'alarme. Les autres percutèrent de plein fouet les deux autres Pierres Qui Marchent.

Central ! Nous sommes attaqués...

Flanc d'Argent intercepta l'appel de détresse brutalement interrompu à l'instant où il se retournait pour prêter main-forte à ses frères. Il avait tort de s'inquiéter. Comme il s'en était douté dans sa lutte avec son propre adversaire, les créatures-loups avaient assez de force pour terrasser ces Pierres Qui Marchent. Sous les projecteurs illuminant la clairière, d'autres ouvriers les regardaient, et Flanc d'Argent les entendit avertir le Central de la présence d'étrangers. Il empoigna l'épaule d'Œil Perçant.

– Les Chasseurs seront bientôt là. Nous devons déguerpir.

– Nous allons les attendre ici, dit la louve.

Dans ses yeux, brillait une lueur extatique allumée par sa victoire sur les Pierres Qui Marchent.

– Non, répliqua Flanc d'Argent dans la langue de la Meute afin de montrer sa détermination. Œil Perçant va mener la horde à sa perte si elle fait cela. Nous avons prévu leur réaction : ils vont nous pourchasser, je te le promets. Emmène-les ; je vous rejoins.

La femelle poussa un hurlement à la fois de défi et de triomphe à l'adresse des ouvriers qui se tenaient à proximité, puis tourna les talons. La meute la suivit dans la forêt. Flanc d'Argent attendit, debout au-dessus des corps des trois ouvriers abattus. Oui, ces êtres étaient bien comme les *krajal.* Les autres étaient retournés à leur travail, obéissant aux ordres du Central. Le robot entendit l'appel lancé aux Chasseurs. Lorsqu'il vit le premier reflet de leur carcasse blindée fondre dans sa direction, il fit volte-face et s'engouffra dans la forêt dans le sillage de ses frères.

Derrière lui, les craquements l'avertirent que les Chasseurs fonçaient déjà à travers les broussailles.

Il se faufila entre les arbres, non sans s'assurer qu'il gardait une avance confortable sur ses poursuivants tout en laissant sur son passage un sentier bien visible. Mais les Pierres Qui Marchent le talonnaient et, lorsqu'il déboucha enfin dans la clairière où les autres l'attendaient, elles étaient tout près. Le bruit de leur progression était nettement perceptible ; les oiseaux, pris de panique, s'envolaient au-dessus des arbres, et chacun dans la horde pouvait déjà sentir les relents d'huile. Une folle agitation s'était emparée des créatures-loups qui tournaient en grognant autour de Flanc d'Argent.

Celui-ci attendait, apparemment serein. Ils occupaient le milieu d'une clairière située dans une vallée profonde, entourée de toutes parts de versants abrupts à l'exception d'une seule trouée.

– Les autres : dans le bois et tenez-vous prêts, ordonna-t-il. Qu'elles ne vous voient pas. Rappelez-vous que leurs éclairs vous tueront s'ils vous touchent. Je vais les attirer à mes trousses. Œil Perçant, tu t'occupes du reste.

Ils étaient à peine en position lorsque le premier des Chasseurs brisa le cercle d'arbres, les autres sur ses talons. Flanc d'Argent poussa un grondement de défi puis détala au moment où les Chasseurs pointaient leurs bras sur lui. Les rayons laser balayèrent les arbres, manquant d'atteindre le robot, et les Chasseurs s'ébranlèrent à nouveau. *Suivez cette créature*, disaient les voix qui résonnaient dans sa tête. *Cette fois-ci, ne la laissez pas s'échapper.*

C'était exactement ce qu'avait escompté Flanc d'Argent. Les versants formaient un entonnoir naturel ; les Pierres Qui Marchent étaient obligées de se regrouper et d'avancer en file indienne.

Et, l'une après l'autre, tout à leur acharnement à poursuivre Flanc d'Argent, elles tombèrent dans la fosse profonde que les loups avaient creusée en travers de la clairière avant de la cacher sous un tapis d'herbes sèches.

– C'est le moment, Œil Perçant ! hurla le robot.

Le tas de terre qu'ils avaient enlevé à la fosse avait été disposé tout à côté, maintenu par des rondins. Ceux-ci roulèrent jusqu'au bord et dégringolèrent brutalement dans la fosse, suivis d'un éboulis de terre et de pierres s'abîmant dans un bruit de tonnerre. Toute la horde était derrière, à pousser avec force hurlements les monticules de terre qui n'arrêtaient pas de se déverser sur les Chasseurs en soulevant un nuage de poussière suffocant. Flanc d'Argent entendit les voix geindre leur détresse lorsque les Pierres Qui Marchent se retrouvèrent enfouies sous une masse de terre rocailleuse de deux mètres d'épaisseur.

Quand la poussière fut enfin retombée, on ne distinguait plus rien des Chasseurs. Ils avaient complètement disparu. Enterrés. Même les voix n'étaient plus là.

La horde lança une plainte lugubre en jargon animal. Ils grimpèrent au-dessus de la fosse, piétinant et tassant la terre qui recouvrait les Pierres Qui Marchent. Hurle-Vie lécha le museau froid de Flanc d'Argent ; même Œil Perçant vint lui flatter le flanc en signe d'estime.

– Nous avons réussi ! soupira Hurle-Vie. Nous avons tué des Chasseurs. Désormais, tous nos frères peuvent reconnaître le don de la Vieille Mère.

Ce rappel eut pour effet de tempérer la joie d'Œil Perçant. L'ancien chef se contenta de grogner :

– Peut-être, mais ce n'était qu'une bataille, Hurle-Vie. Le plan de Flanc d'Argent a pour l'instant réussi, mais on n'en est qu'à la moitié. Il faut voir le reste.

D'un hochement de tête, le robot marqua son approbation, et l'humeur s'assombrit une fois encore au sein de la meute. La fête était terminée lorsqu'ils se rassemblèrent à nouveau autour de Flanc d'Argent.

– Vous devez tous rester ici et surveiller, leur dit-il quand le calme fut revenu. Le Central peut envoyer d'autres Chasseurs, ou des ouvriers pour déterrer ceux-ci. Œil Perçant, ta mission est plus délicate que la mienne. Il faut que tu montes la garde. Si d'autres Chasseurs arrivent, fuyez, mais rappelez-vous que vous ne devez pas retourner au Refuge tant que vous ne les avez pas semés. Qu'importe la manière, votre tâche est de les tenir occupés le plus longtemps possible. Si des ouvriers viennent ici, vous devez les empêcher de déterrer ces Chasseurs ; ou s'il s'avère qu'ils sont capables de se sortir tout seuls du tas de terre, il vous faudra trouver un moyen de les arrêter ou de les ralentir. Nous n'avons pas gagné. Pas encore. Nous n'avons fait que le premier pas vers la victoire.

Flanc d'Argent ramassa une motte de terre et l'émietta dans sa main, la laissant couler entre ses longs doigts griffus.

– Maintenant, dit-il, je dois trouver ce Central.

MORT D'UN LOUP

– Ils nous suivent depuis quelques heures, maître Derec.

– Je sais, je les entends.

Les longs hurlements chevrotants dont l'écho se répercutait à travers les collines ne disaient rien de bon à Derec. Pas plus, d'ailleurs, que l'idée que le soleil déclinait déjà.

Les derniers jours s'étaient écoulés lentement, avec leur lot de souffrances, mais dans l'ensemble sans incident notable. Le genou de Mandelbrot s'était complètement ankylosé ; du fait de sa jambe raide, le robot se déplaçait en clopinant, ce qui les obligeait à s'arrêter assez souvent. Derec ressentait toujours une douleur lancinante dans le bras, mais il préférait économiser les analgésiques qu'il lui restait ; il ne les prenait que lorsque la souffrance devenait insupportable. Il faisait très attention en marchant, conscient qu'au moindre faux pas il aurait beaucoup de mal à amortir la chute. Il aurait juré que leurs sacs à dos, plutôt légers lorsque Mandelbrot et lui s'étaient mis en route, pesaient de plus en plus lourd à mesure que les jours passaient.

Il n'appréciait guère ses premières journées sur cette planète. Il aurait tout donné pour un aéroglisseur. Ses pieds le faisaient souffrir, les bottes lui écorchaient les orteils à vif ; il s'était découvert une centaine d'ecchymoses dont il n'avait pas idée aux premiers jours, et ni lui ni son compagnon n'auraient su dire s'ils verraient un jour la Cité des robots qui persistait à refuser de lui parler.

Quel intérêt, les biopuces, si on ne peut pas communiquer dans les deux sens ?

C'était assez dans le genre du Dr Avery. Plus le temps passait, plus Derec était convaincu qu'il tomberait tôt ou tard sur Avery, que le docteur était d'une façon ou d'une autre derrière tout ça.

Le pire de tout, c'était qu'Ariel lui manquait, lui manquait terriblement. Il s'était rejoué mille fois dans sa tête la scène de la dispute. Cent phrases lui étaient venues à l'esprit, qui auraient aplani les choses si seulement la chance lui était donnée de rattraper son erreur. C'eût été tellement facile.

D'accord, Ariel. Je suis désolé. Viens avec nous. S'il te plaît.

Mais, évidemment, il n'était pas possible de remonter le temps et de lui dire ça. Impossible de tourner les aiguilles de l'horloge à l'envers et d'enrayer la dispute avant qu'elle ne commence. Elle serait toujours suspendue entre eux deux. Le mieux qu'il puisse espérer, c'était qu'Ariel veuille bien lui pardonner lorsqu'il retournerait sur Aurora.

S'il retournait sur Aurora.

A tout prendre, Derec regrettait amèrement sa décision. Il n'aurait jamais dû venir ici.

D'autant qu'à présent il y avait les loups.

Les loups qui, depuis hier, les filaient, en prenant garde à rester toujours hors de portée. Mais toujours là, à la limite de leur champ de vision.

– Je crois que c'est une question de territoire, dit Mandelbrot. Je pense que nous nous trouvons juste en bordure de leurs terres et ils nous préviennent de passer au large.

– On ne va pas leur faire de mal. On veut seulement gagner la Cité des robots.

– Cela me semble au-delà de leur compréhension, maître Derec.

Le jeune homme s'arrêta et se débarrassa de son sac à dos, non sans grimacer lorsque les sangles pesèrent sur son bras cassé. Il y avait un revolver à air comprimé dans l'équipement de survie, une arme certes à faible portée mais dont les fléchettes en verre contenaient un gaz mortel. Derec sentit sur lui le regard de Mandelbrot tandis qu'il chargeait le revolver et glissait l'étui dans sa ceinture.

– Ils sont peut-être carnivores, dit-il au robot. Je ne veux prendre aucun risque.

– Je les ai bien écoutés. Leurs cris sont remarquablement complexes.

– Et leurs dents doivent être remarquablement pointues.

– Compris, maître Derec. Bien que, si vous me permettez d'insister, je les aie observés et écoutés avec attention. Apparemment, ils restent cantonnés dans ces collines. (Mandelbrot montra la zone qui s'étendait droit devant eux.) On va à coup sûr en voir un s'exposer ; il se mettra bien en vue et nous lancera un de ces hurlements lugubres en signe soit de défi soit d'avertissement – c'est pourquoi, d'après moi, ils sont en train de nous dire de rebrousser chemin. Sait-on jamais, ces cris sont peut-être un langage. Ne croyez-vous pas qu'on devrait éviter la confrontation ?

– Et comment cela ? En faisant un détour de cent kilomètres ? Mandelbrot, nous sommes blessés tous les deux. Nous avons besoin de secours, et notre seul espoir réside dans la Cité des robots. Laquelle est – selon nous – dans cette direction. Loups ou pas loups. Moi aussi, je les ai entendus, et je n'ai pas l'impression qu'il s'agisse d'un langage.

– Je comprends, maître Derec. Néanmoins, les voix sont *très* complexes : les baisses de tons, les pauses...

– Nous n'avons pas le temps de faire un détour. Nous ne vivrons pas assez longtemps pour ça.

Mandelbrot hocha la tête. En insistant sur le risque qu'ils couraient tous les deux en ne trouvant pas rapidement du secours, Derec suggérait l'obligation pour le robot de s'incliner devant les injonctions des Première et Troisième Lois. Celui-ci ne dit rien, et ils reprirent leur marche.

De longues ombres couvraient le paysage ; le disque solaire avait disparu derrière les collines, et le ciel à l'ouest était baigné d'une teinte cramoisie. A l'est, les premières étoiles apparaissaient déjà, et la plus grosse des deux lunes dessinait un croissant haut perché sur la voûte céleste.

Derec et Mandelbrot profitèrent des dernières lueurs pour s'avancer dans les collines. Les aboiements, les cris, les hurlements cessèrent lorsqu'ils franchirent la première crête, ce qui ne laissait présager rien de bon. Quand il fit trop sombre pour distinguer les racines des arbres et les pierres du sentier, une halte fut décidée. Derec déballa la tente ; Mandelbrot alluma un foyer.

– La plupart des loups ont peur du feu, dit le robot.

– Rappelle-moi de t'engager comme guide la prochaine fois que nous partirons en safari.

Les flammes jetaient des ombres mouvantes à travers les arbres ; le bois sifflait et projetait des étincelles. Il était difficile de distinguer quoi que ce soit au-delà du cercle de lumière. Pour Derec, c'était encore plus inquiétant que les ténèbres elles-mêmes. Son imagination lui laissait entrevoir maintes silhouettes dans la lueur capricieuse, dont aucune ne lui paraissait très engageante.

– Je vais manger un peu... commença-t-il.

Au même instant, les êtres qui hantaient ses cauchemars jaillirent de la forêt, grondant en montrant les dents.

Ce n'étaient pas des loups, du moins pas comme ceux que Derec connaissait. Ils étaient plus imposants que sur les reproductions anciennes qu'il avait pu voir : maigres, le corps recouvert d'une fourrure grise, ils avaient un thorax trapu et une tête d'une forme singulière, avec un large crâne en dépit d'un museau nettement canin. Ils étaient sortis des bois sur leurs quatre pattes, mais étaient capables de se dresser à leur gré sur leurs pattes de derrière en agitant les pattes avant – des espèces de bras terminés de doigts bien articulés avec, au bout, des griffes coupantes comme des rasoirs. Une lueur rouge brillait dans leurs yeux sous la lumière du feu de camp ; ils se lancèrent à l'attaque en poussant des rugissements, des hurlements perçants.

Les créatures se ruèrent sur Mandelbrot en premier, Derec lui devant sans doute la vie sauve. Ignorant l'homme, elles se jetèrent brutalement contre le robot boitillant qui ne put réagir suffisamment vite pour les éviter. Mandelbrot se débattit, son bras – le bras articulé inventé par Avery – fendant l'air comme un fouet. Il atteignit l'un des loups à hauteur du museau, et on entendit distinctement un os se briser ; la créature émit un glapissement et roula à terre avant de se relever et de s'enfuir.

Trois autres frappèrent Mandelbrot en même temps, et sous la puissance du choc, le robot, déjà diminué du fait de sa jambe infirme, partit irrésistiblement à la renverse. Il tomba dans le feu, entraînant avec lui deux de ses assaillants qu'il avait réussi à agripper. Des étincelles sautèrent en crépitant, et les loups hurlèrent de terreur et de douleur tout en essayant d'échapper à la poigne d'acier du robot.

Lorsque celui-ci finit par les libérer, les loups déguerpirent en glapissant de douleur, le poil roussi et fumant. Mandelbrot se remit tant bien que mal sur ses pieds, au milieu d'un nuage de braises rougeoyantes.

Alors, tout devint confus. Derec avait sorti le revolver de son étui. Il tirait sur tout ce qui bougeait aux abords du feu de camp ; le canon de l'arme se cabrait dans sa main. Quelque chose d'énorme et de terriblement puissant le frappa par-derrière, et il s'abattit au sol, ne pouvant retenir un cri de douleur et manquant de perdre connaissance en atterrissant sur son mauvais bras. Il ne distingua plus rien ; des milliers d'étoiles explosèrent dans sa tête. Curieusement, il se cramponnait toujours au revolver et arrosait à l'aveuglette. Il n'aurait su dire s'il atteignait ou non une cible quelconque, et pourtant, soudain, la bataille cessa. L'un des loups poussa un bref aboiement aigu ; les autres rompirent le combat et détalèrent à travers bois.

Derec sentit une main de métal se poser sur son épaule.

– Maître Derec ?

– Les loups ont peur du feu, hein ?

– J'ai noté la correction dans ma banque de données.

– Parfait. Formidable. Maintenant, aide-moi à me lever.

Le campement était complètement saccagé. Des rondins brûlants étaient éparpillés alentour ; la tente s'était effondrée. Il y avait une longue déchirure sur un des sacs, et plusieurs boîtes de nourriture s'étaient vidées de leur contenu.

– Génial, soupira Derec. Il va nous falloir la moitié de la nuit pour arranger tout ça. *Si* nos amis ne reviennent pas nous rendre visite, ajouta-t-il. Le meilleur ami de l'homme, c'est bien ce qu'on dit ?

Ils trouvèrent le corps au matin lorsqu'ils se remirent en route. Derec faillit trébucher dessus dans les broussailles.

– Qu'est-ce que... commença-t-il.

Il n'acheva pas sa phrase.

– Oh, non ! dit-il ensuite, le souffle coupé. Non, pas ça !

– Qu'y a-t-il, maître Derec ? demanda Mandelbrot, s'approchant en clopinant.

Derec ne répondit pas. Il restait là, les yeux fixés sur la créature.

A l'évidence, le loup avait reçu une des fléchettes à gaz que Derec avait tirées la veille au soir. C'était une jeune femelle qui, manifestement, avait observé la bataille depuis le couvert des arbres. Aucun doute, elle n'avait pas participé à l'assaut.

Elle n'aurait pas pu, même si elle l'avait voulu. Attaché à son corps au moyen de tiges sauvages, il y avait un travois d'aspect primitif, fabriqué à partir de branches taillées, une civière servant au transport. Et dans une main, elle serrait, désormais inutile, un couteau de pierre dont les bords ébréchés révélaient le savoir-faire du tailleur de silex.

– Par tous les dieux qu'il te plaira de nommer... souffla Derec. Mandelbrot, tu avais raison. Les loups : ils sont *intelligents*.

Derec regarda le corps, visiblement bouleversé.

– Et j'en ai tué un.

À L'INTÉRIEUR DE LA COLLINE AUX ÉTOILES

Il aboya son défi au Central depuis la colline la plus proche, car aucun frère ne partait livrer combat à un égal sans l'en avertir auparavant.

Aucune réponse ne lui parvint. Il n'en attendait pas.

Tapi dans les hauteurs des abords de la cité, Flanc d'Argent observa le mouvement durant plusieurs minutes, prêtant une attention toute particulière aux Pierres Qui Marchent qui allaient et venaient dans le voisinage immédiat et dont il écoutait les voix qui bourdonnaient dans sa tête.

Il y en avait de plusieurs sortes, déambulant dans les rues apparemment en toute liberté. Flanc d'Argent quitta les hauteurs et le couvert des arbres pour mieux jauger la situation. Il traversa ventre à terre la zone dégagée qui entourait l'étendue de la cité et se faufila dans l'ombre des édifices. Dès qu'une Pierre Qui Marche passa à proximité de l'endroit où il s'était caché, il mémorisa en un clin d'œil sa silhouette et sa façon de marcher, puis, cela fait, il enjoignit à son corps de changer de forme et de prendre l'apparence de l'être de métal. Sa tête s'arrondit et devint lisse, son tronc se redressa, et il se retrouva en position verticale, gommant peu à peu les caractéristiques de la créature-loup qu'il était l'instant d'avant.

La transformation achevée, il ôta de son cou le collier de fils et déposa l'emblème de sa première victoire sur un rebord de fenêtre. Il s'avança sur le trottoir en pierre dure, dans la lumière éternelle qui baignait la cité.

Il prit garde à vérifier, yeux et oreilles aux aguets, qu'aucune des premières créatures qu'il croisa ne l'avait démasqué ni ne donnait l'alarme ; de fait, personne ne faisait attention à lui. A mesure qu'il s'enfonçait plus avant à l'intérieur des défilés d'acier, les Pierres Qui Marchent étaient de plus en plus nombreuses. Il ne tarda pas à avancer au milieu d'une foule grouillante d'êtres de métal aux formes et aux tailles qui variaient à l'infini. L'endroit n'avait vraiment rien à voir avec la forêt, où un frère pouvait, au besoin, errer plus d'une journée entière sans en rencontrer un autre. L'analogie formulée par Hurle-Vie, le premier à lui avoir mis cette idée en tête, semblait de plus en plus évidente. Les Pierres Qui Marchent étaient des *krajal,* des abeilles autour d'une ruche. Elles n'existaient pas l'une sans l'autre. La notion d'individu leur était étrangère. Elles ne vivaient que pour servir le Central, et sans le Central elles n'étaient rien.

Cette société, pour Flanc d'Argent, était un énorme contresens. Désormais, il n'aurait de repos d'avoir mené son plan à bien. La raison réclamait que cet endroit soit détruit, malgré l'impressionnante technologie qu'il affichait. Certes se révélait derrière tout cela la marque d'une intelligence, mais une intelligence mal utilisée. Ce n'était pas logique, décida le robot. Ce n'était pas ainsi que fonctionnaient les humains.

Flanc d'Argent poursuivit sa progression à l'intérieur de la cité. Ses frères, il le savait, auraient été impressionnés par le silence qui régnait : pratiquement aucun bruit, à l'exception du ronronnement des machines et de l'écho des pas des êtres de métal. Aucun ne s'exprimait dans un registre qui eût été audible pour ses frères loups. Lui, cependant, entendait le raffut que faisaient dans sa tête les voix par milliers, le bavardage incessant auquel se livraient les Pierres Qui Marchent. Il regrettait déjà la bonne odeur de la terre et du feuillage et les bruits de la nature. Cet endroit lui semblait respirer la mort. C'était un lieu stérile et terrifiant, un lieu au cœur duquel il se dirigeait tout droit.

La Colline aux Etoiles. C'était là que le Central l'attendait. Hurle-Vie lui avait dit que la Colline aux Etoiles était la première chose que les Pierres Qui Marchent avaient bâtie. Les *krajal* ne commençaient-ils pas toujours par construire un abri pour leur reine ?

Les diverses espèces de Pierres Qui Marchent utilisaient toutes des fréquences différentes pour communiquer avec le Central – le robot n'avait pas besoin de savoir ce qu'était une fréquence ou un spectre de bandes pour s'en rendre compte : il recevait les divers sons en des compartiments de son cerveau légèrement dissociés. De plus, Janet Anastasi avait intégré en lui un système de localisation qui, pour primitif qu'il fût, lui permettait, en écoutant le Central, de savoir d'où provenaient les ondes transmises.

Il lui fut donc assez facile, en arpentant les rues l'oreille à l'écoute, de remonter jusqu'au Central. Aucun des ouvriers qu'il rencontra ne mit en doute son droit à se trouver là ; ils l'ignoraient tout simplement, vaquant à leurs propres tâches.

Le Central, toutefois, s'inquiétait. Flanc d'Argent percevait un flot continu de questions sans réponses qui s'adressaient aux Chasseurs. Alors qu'il était tout près de la Colline aux Etoiles, il entendit le Central dépêcher un groupe d'ouvriers dans la forêt à la recherche des Chasseurs. Cela le combla d'aise, car ça signifiait que le Central n'avait plus de Chasseurs à sa disposition pour les envoyer aux trousses de l'intrus, ou bien qu'il ne comptait pas en gaspiller davantage tant qu'il ne comprendrait pas ce qui se passait. Dans l'un ou l'autre cas, cela voulait dire aussi que ses frères étaient relativement en sécurité pour le moment.

Flanc d'Argent atteignit bientôt la grande place sur laquelle s'élevait la Colline aux Etoiles.

La gigantesque structure pyramidale qui dominait les collines entourant la vallée noyait dans son ombre tous les autres édifices de la cité. Ses faces à la pente raide étaient criblées de fenêtres derrière lesquelles le robot voyait bouger à l'occasion une Pierre Qui Marche. Jusque-là, Flanc d'Argent ne s'était pas rendu compte des dimensions de la bâtisse. Elle était immense, bien plus vaste que tous les autres édifices de la cité. Un abri idéal pour le Central, pour cette reine dont les Pierres Qui Marchent étaient les ouvrières. Dans chacune des faces, se découpait une large entrée. Flanc d'Argent traversa la place, se dirigeant vers l'une d'elles.

Il s'attendait à être arrêté et à devoir relever quelque défi. En prévision, il s'était préparé à réagir vite et violemment, conscient qu'une fois l'alarme déclenchée le Central prendrait des dispositions immédiates pour se protéger, et qu'il n'aurait alors que quelques minutes pour mener son plan à bien.

Ce fut presque trop facile. Aucune des Pierres Qui Marchent présentes sur la place n'amorça le moindre geste pour l'empêcher d'entrer à l'intérieur de la Colline aux Etoiles. Comme les précédentes, elles ne lui prêtèrent aucune attention. Il n'était qu'un ouvrier parmi d'autres, qui se rendait à son travail sans rien dire et sans se poser de questions – pourquoi lui en aurait-on posé ? Il pénétra en un lieu plongé dans une semi-obscurité glacée, délimité par des parois de pierre traversées de larges passages piétonniers.

Ici, les Pierres Qui Marchent étaient moins nombreuses et avaient, pour la plupart, un corps bâti différemment, plus profilé, muni de mains manifestement destinées à des ouvrages plus délicats. De par les instructions qu'elles recevaient du Central, Flanc d'Argent comprit qu'il s'agissait de ses serviteurs, et des seuls êtres dont il autorisait la présence autour de lui. Dès qu'il fut un moment seul dans le couloir, le robot revêtit en un tournemain l'apparence de l'une d'entre elles, puis repartit, de plus en plus gagné par la curiosité.

Il n'eut que quelques minutes à attendre. Un ordre arriva du Central, adressé à un des serviteurs que Flanc d'Argent venait tout juste de croiser, et que le maître convoquait auprès de lui. La Pierre Qui Marche obéit et fit demi-tour, et le robot lui emboîta le pas, la suivant à travers le labyrinthe de couloirs qui s'enfonçaient toujours plus au cœur de la Colline aux Etoiles. Au bout de quelque temps, ils franchirent une série de larges porches qui conduisaient dans une vaste salle intérieure.

Flanc d'Argent était face au Central.

Des projecteurs suspendus illuminaient l'immense salle. Quatre portes y donnaient accès au niveau du sol ; des galeries faisaient le tour des murs, jusqu'au plafond qui se dressait au moins vingt étages plus haut. Dans cet énorme volume, s'activaient de toutes parts des Pierres Qui Marchent, mais le rez-de-chaussée était presque désert, hormis un petit groupe rassemblé au beau milieu de la salle. Il y avait là quatre Chasseurs, postés à chaque coin d'une figure composée de huit parallélépipèdes extrêmement plats de deux mètres de haut, lesquels étaient disposés comme des rayons de soleil stylisés autour d'une colonne centrale. La colonne était noire et chrome, constellée sur toute sa hauteur de petites lumières clignotantes rouge et orange. La présence des Chasseurs en disait déjà assez, ce qui n'empêcha pas le robot de sentir l'intense énergie qui se dégageait de la structure.

Le Central. La Reine. L'intelligence qui commandait aux Pierres Qui Marchent.

Et de la voir ainsi gardée par les Chasseurs, Flanc d'Argent sut qu'une attaque de front serait vouée à l'échec. Il modifia son pas en essayant de prendre l'allure de celui qui sait où il va, et obliqua vers l'une des sorties. L'un des Chasseurs le regarda, mais aucun ordre ne jaillit du Central. Flanc d'Argent quitta la salle et s'engagea dans le couloir qui en partait.

Eût-il été une vraie créature-loup, le désespoir se serait peut-être emparé de lui. Ainsi seul face à la situation, avec les Chasseurs surveillant l'accès du Central, il ne voyait pas comment parvenir jusqu'à lui. Il lui faudrait plusieurs secondes pour franchir la distance en courant ; avant de pouvoir espérer atteindre l'unité, il serait abattu par les rayons laser des Chasseurs. Quant aux galeries...

Il vit passer devant ses yeux un ascenseur vitré qui s'élevait vers le sommet de la Colline aux Etoiles, à l'extérieur de la salle du Central. Une idée jaillit dans son cerveau positronique.

Il sauta dans l'un des ascenseurs après que la porte se fut ouverte pour laisser sortir l'un des êtres de métal. Il vit une rangée de boutons marqués de chiffres ; il en pressa un, et l'ascenseur s'éleva rapidement pour s'immobiliser en souplesse avec un tintement de clochettes. Flanc d'Argent quitta la cage de verre et repéra la porte la plus proche qui menait dans la salle centrale. Il s'adossa à la balustrade et regarda en bas.

Loin, très loin en dessous, dans les profondeurs vertigineuses, il distingua la figure solaire du Central.

Le devoir qui lui incombait, de par l'exigence de la Troisième Loi, de protéger sa propre vie s'effaçait devant les espérances, conformes à la Première Loi, que représentait l'élimination du Central. Le fait qu'il puisse trouver la mort au cours de son intervention ne pesait d'aucun poids face à la perspective de sauver la vie de ses frères. Il grimpa sur la balustrade et reprit sa forme de loup. Il se ramassa sur ses pattes de derrière...

... Et bondit.

La puissance que lui conféraient ses mécanismes électroniques le propulsa au-dessus du puits de vide. Au zénith de sa trajectoire, à l'aplomb du centre de la salle, il opéra en lui une nouvelle transformation, son corps s'étalant, s'amincissant jusqu'à prendre la forme d'une aile volante, un peu comme les larves parasites qu'il avait vues tomber des arbres près du Refuge. Il volait, descendant comme une flèche en vrille – ennemi silencieux fondant sur sa proie.

Plusieurs secondes durant, il n'entendit rien. Il commença à penser que ça allait marcher, qu'il allait plonger droit sur le Central sans rencontrer d'obstacle.

Mais un ouvrier pointa son doigt vers lui au moment où il passait devant l'une des galeries. Le robot dut se rendre à l'évidence : il y avait des choses qui sortaient trop de l'ordinaire pour que même un ouvrier les ignore.

Central ! Alerte !

Les Chasseurs levèrent les yeux et virent Flanc d'Argent piquer sur eux.

Ce fut un des jeunes loups qui les entendit le premier.

– Œil Perçant, siffla-t-il. Les Pierres Qui Marchent !

La louve poussa un grognement en jargon animal. Depuis le départ de Flanc d'Argent, elle n'avait cessé de rôder, nerveuse et agitée, autour de la fosse où les Chasseurs étaient enterrés. Elle ne fut pas autrement surprise. Dès le départ, elle avait su que c'était une idée folle. Mais c'était Flanc d'Argent le chef, et elle ne pouvait rien faire contre ça, à moins de le défier à nouveau – et Flanc d'Argent était trop fort pour elle. La louve décocha à Hurle-Vie un regard mauvais et accusateur, puis bondit vers le jeune mâle.

– Va voir où ils sont, lui ordonna-t-elle. Vite !

– Flanc d'Argent n'a pas encore eu le temps de détruire le Central, dit Hurle-Vie dans le dos de la femelle qui regardait le jeune loup s'éloigner ventre à terre. Il ne s'est écoulé que quelques minutes...

– Ou peut-être qu'elle a déjà été tuée et que c'est une escouade de Chasseurs qui vient nous abattre à notre tour.

– Flanc d'Argent est le don que nous a fait la...

– Tais-toi ! gronda Œil Perçant dans la langue primitive des Chasseurs. Je suis fatiguée d'entendre tous ces bavardages au sujet de la Vieille Mère et du Néant. Flanc d'Argent a commis une erreur, qu'elle nous ait été envoyée ou non par la Vieille Mère.

– Et qu'aurais-tu fait à sa place, Œil Perçant ? Nous aurais-tu laissés lentement mourir de faim ? Au moins Flanc d'Argent essaie-t-elle de faire quelque chose pour nous débarrasser des Pierres Qui Marchent.

La discussion n'alla pas plus loin. Le jeune loup revint, tout essoufflé.

– Ce sont des ouvriers, haleta-t-il, le museau pantelant, la langue pendante. Mais l'un d'eux a des mains comme celles des chasseurs. Il marche en tête, comme un chef.

– Flanc d'Argent avait dit que le Central pourrait envoyer des ouvriers, fit remarquer Hurle-Vie.

– Elle n'a pas dit, toutefois, qu'ils auraient les armes des Chasseurs. (La louve lança un regard noir.) Si ce sont des ouvriers, alors nous les détruirons comme nous avons détruit les autres. Ils s'attendent à nous trouver ici. Hurle-Vie, tu vas partir vers l'ouest et les contourner pour les prendre à revers ; moi, je file vers l'est et je fais de même. Les autres resteront cachés dans le bois jusqu'à ce que ces ouvriers aient commencé à creuser. A ce moment-là, nous les frapperons de tous les côtés à la fois. Assurez-vous que le premier sur qui on tombe soit celui avec les mains de Chasseur.

La louve regarda alors chacun de ses frères, s'adressant au petit groupe en revenant au langage moins agressif de la Horde, avec un ton bourru et affectueux à la fois.

– Nous devons les empêcher de déterrer les Chasseurs. Nous devons tout faire pour donner à Flanc d'Argent le temps qu'elle a estimé nécessaire. (Son dernier regard fut pour Hurle-Vie.) Même si cela ne sert à rien, ajouta-t-elle. Maintenant, allons-y !

Œil Perçant et Hurle-Vie partirent comme des flèches, tandis que les autres se fondaient sous le couvert des arbres entourant la clairière.

RENCONTRE AVEC LES LOUPS

Ce jour-là, les créatures-loups n'attaquèrent pas, quoique Derec et Mandelbrot les entendissent à plusieurs reprises ou les surprissent les filant comme une ombre à travers les arbres. Derec garda constamment un œil sur eux, prêt à sortir son arme sans toutefois être certain d'oser faire feu à nouveau, dès lors qu'il savait que les créatures étaient intelligentes. A une ou deux occasions, il interpella les loups de la voix, ou d'un geste adressé à l'un d'eux qui passait furtivement, mais ils ne daignèrent pas répondre.

Vers midi, les cris cessèrent derrière Derec et Mandelbrot qui se retrouvèrent seuls dans la forêt.

– D'après moi, dit Mandelbrot, nous n'avons dû traverser qu'un tout petit bout de leur territoire. Quand ils nous ont attaqués, c'était simplement pour s'assurer que nous ne nous approcherions pas de leur tanière ou je ne sais quoi ; et ils sont restés dans notre sillage tant qu'ils n'ont pas eu la certitude que nous quitterions leur territoire. C'est un heureux hasard que nos pas ne nous aient pas menés dans la mauvaise direction.

– Le hasard eût été encore plus heureux s'il ne nous avait pas du tout conduits à eux, répondit Derec d'un ton morose.

– Nous devons nous montrer très prudents, déclara le robot. Il se peut qu'il y ait d'autres tribus de loups dans les parages. Maître Derec, selon vous, ces créatures pourraient-elles nous être de quelque secours ? Peut-être n'est-il pas nécessaire de chercher à gagner la Cité des robots ?

– Non, répliqua Derec qui ne put toutefois s'empêcher, devant la suggestion du robot, de jeter un coup d'œil vers lui. Nous avons besoin de la Cité des robots. A quoi pourrait bien nous servir, à toi comme à moi, cette technologie de l'âge de la pierre ? Comptes-tu réparer ton genou avec une articulation de silex ? Espères-tu dénicher des servomoteurs, des lubrifiants ultra-fluides ou un circuit optique tout neuf ?

Mandelbrot resta muet à ces propos ; Derec n'ignorait pas, néanmoins, que les mécanismes mentaux du robot étaient soumis à un dilemme à la suite de leur rencontre avec les loups. Le fait que ceux-ci se soient révélés des créatures douées d'intelligence le troublait manifestement. Cela se sentait dans les questions qu'il posait, dans la façon dont il lorgnait l'arme de Derec, dans l'attention qu'il portait aux agissements des loups tout le temps que ceux-ci les avaient épiés.

Connaissant le robot comme il le connaissait, et ayant déjà été témoin des réactions des robots de la Cité originelle face à Wolruf, Derec savait à quel niveau se situait le problème. C'est tout juste s'il n'entendait pas les rouages jouer dans le cerveau de son compagnon.

– Mandelbrot, dit-il tandis qu'ils poursuivaient leur marche, comment vois-tu les créatures-loups ? Comment les Lois s'appliquent-elles en ce qui les concerne ?

– Voulez-vous savoir si je les considère comme des « êtres humains », maître Derec ?

– Oui. Je pense que c'est la question fondamentale. Sont-ils humains ? Comme Wolruf que tu as finalement, je le sais, classée dans l'espèce humaine.

– Les cerveaux positroniques sont aussi changeants que ceux des humains, maître Derec. Qu'est-ce que l'*humain* ? Il y a de nombreuses façons de répondre à cette question, et toutes ces réponses sont valables et chacune a son travers. Une chose est certaine, l'apparence ne suffit pas ; même entre les humains, j'ai pu constater de grandes différences.

Derec secoua la tête.

– Jusqu'ici, cependant, tu n'avais rencontré que des *Homo sapiens*, mammifères bipèdes se déplaçant en position debout, descendants des singes et capables de remonter la filière de leurs ancêtres jusqu'à ceux qui vivaient sur Terre. Ces êtres-loups, eux, ne sont ni des bipèdes ni des singes, et ils ne descendent d'aucune créature terrienne.

– Ces critères s'appliquent aussi à Wolruf.

– Un point pour toi. Mais tu n'as toujours pas répondu à ma question. Laisse-moi te soumettre une situation hypothétique : si je disais au vieux Balzac, là-bas sur Aurora, que Wolruf représente une grande menace pour moi et que le seul moyen d'échapper au danger est de la tuer, est-ce que Balzac le ferait ?

– L'existence de la menace devrait d'abord être démontrée, maître Derec. Votre parole ne suffirait pas.

– D'accord, suppose que cela soit fait. Suppose que je puisse convaincre Balzac de l'imminence d'un danger. Si je lui ordonnais de supprimer un être humain, je sais que ça ne marcherait pas. Mais Wolruf ? Balzac l'a vue se déplacer, parler, utiliser l'ordinateur, piloter un vaisseau. Pourrait-il encore me protéger ?

Les yeux de Mandelbrot s'allumèrent. Il traîna sa jambe infirme à travers les broussailles et s'arrêta à la hauteur de Derec.

– Vous me demandez ça parce que vous craignez que je ne sois pas capable de vous protéger si jamais ces créatures-loups nous attaquent de nouveau.

Derec haussa les épaules. Il tapota son bras cassé, puis agita le revolver dans sa main.

– On n'est pas vraiment au sommet de notre forme, Mandelbrot. Ni toi ni moi. Pour commencer, je ne tiens pas à devoir me servir de cette chose, pas après ce que nous avons découvert. Mais si j'y suis obligé pour rester en vie, je le ferai certainement. Mais toi, Mandelbrot ?

Le robot eut l'air de réfléchir un long moment à la question, ce qui fit craindre un instant à Derec d'avoir provoqué par mégarde un blocage de ses fonctions positroniques. Mais les servomoteurs se remirent à ronronner.

– Je viens de compulser mes banques de données et d'examiner les fonctions de mon système logique, maître Derec, et je puis vous dire que les informations sont très contradictoires. Mes circuits de priorité ont du mal à trouver un équilibre dans tout ça. Si je n'avais jamais rencontré Wolruf, jamais vu de formes de vie extraterrestres douées d'intelligence, et si je n'avais pas à l'esprit tout ce que j'ai pu observer dans la Cité des robots, je suis sûr que les choses auraient été différentes.

– Qu'es-tu en train d'essayer de me dire, Mandelbrot ?
– Que j'ignore comment je réagirais, maître Derec. Je n'en sais rien.

Derec aurait pu insister. Il aurait pu formuler la question de façon directe, en mettant l'accent sur le caractère capital que revêtait le devoir de répondre – la Deuxième Loi y aurait contraint le robot. « *Mandelbrot, pour toi, ces loups sont-ils des êtres humains au même titre que moi ?* »

Mais, il n'aurait su dire pourquoi, la question ne lui semblait pas appropriée.

Après tout, il n'était pas certain lui-même d'en connaître la réponse.

Subitement, il lui parut qu'il avait trop tardé pour la poser.

Ils avaient poursuivi leur route bien après le coucher du soleil. Les lunes brillaient dans le ciel, et Derec avait l'intention de couvrir la plus grande distance possible avant de dresser le camp pour la nuit.

Les détecteurs audio du robot surprirent l'appel émis sur courte fréquence.

– Derec, il y a des robots dans les parages, annonça Mandelbrot d'une voix neutre, dépourvue d'émotion, qui laissait une étrange impression de froideur. Il semblerait qu'ils soient à la recherche de Chasseurs-Eclaireurs, eux aussi censés se trouver dans les parages.

Derec ne put retenir un sourire qui illumina son visage.

– C'est merveilleux, Mandelbrot. On va enfin en sortir. (Le jeune homme se concentra afin d'établir la communication entre les robots et lui grâce aux biopuces implantées dans son corps ; mais, comme les fois précédentes, la liaison ne se fit pas.) Mandelbrot, peux-tu entrer en contact avec eux ? Dis-leur qu'il y a un humain qui a besoin d'aide...

Derec ne put terminer sa phrase.

Une tornade à la fourrure grise lui tomba sur le dos. Des griffes lui ratissèrent l'épaule tandis qu'il allait mordre la poussière. Son bras cassé heurta une racine qui dépassait du sol. Un cri s'échappa de sa gorge alors que l'univers autour de lui se couvrait d'un voile flou. Son assaillant, une créature-loup, avait déjà fait volte-face pour l'attaquer à nouveau, toutes dents dehors. Derec tenta de se relever en s'appuyant sur sa main valide, mais en vain. Le loup se ramassa, prêt à bondir.

Derec comprit qu'il allait mourir.

La créature, intelligente ou pas, allait lui déchirer la gorge.

Derec essaya de fuir en rampant. Il entrevit une masse confuse de métal et entendit la plainte de mécanismes sollicités au maximum. Mandelbrot s'était mis en travers de la route de la créature. La plainte se transforma alors en un véritable hurlement, et la jambe du robot se retrouva cette fois complètement immobilisée. Sous les grincements de protestation de ses gyroscopes, il perdit l'équilibre au moment même où le loup bondissait.

Dans sa chute, Mandelbrot trouva néanmoins la ressource de déplier son bras articulé – le fameux bras dû au génie du Dr Avery – qui se déploya à l'instant même où la créature-loup s'élançait par-dessus le corps prostré du robot. Celui-ci l'intercepta d'une solide poigne et la projeta dans les airs. Il ne pouvait rien faire de plus. Le loup émit un glapissement à la fois de surprise et de douleur, avant de percuter un tronc d'arbre dans un bruit sourd et de s'effondrer à terre, pas très loin de Derec.

Les étoiles qui s'étaient allumées dans la tête de Derec s'éteignirent peu à peu. Sa vision devint plus claire et il aperçut Mandelbrot gisant à ses côtés, le regard fixé sur lui.

– Maître Derec ? s'enquit le robot. (Puis il ajouta :) Je crois que j'aurais pu le tuer.

Sa voix était hachée, comme si l'acier du larynx la passait à la moulinette. Derec sut tout de suite que le robot était sur le point de subir un blocage total. Il vit se ternir l'éclat de son seul œil valide et son poing se serrer à faire craquer les jointures.

– Mandelbrot, dit-il dans une tentative désespérée, tu devais le faire. Je serais mort, sinon. Je... je n'ai rien, je crois. Tu m'as sauvé la vie, Mandelbrot. Tu n'avais pas le choix. Pas la moindre alternative. Si tu te bloques, tu commets une infraction à la Première Loi. J'ai besoin de toi.

Derec voulut se relever et retomba en gémissant.

Il aurait voulu réagir. Mais c'était peine perdue. La douleur était par trop réelle.

Toutefois, sa souffrance réveilla la conscience de Mandelbrot. L'œil retrouva son plein éclat, la main s'ouvrit, et le robot se mit debout, la jambe gauche étendue raide devant lui. Doucement, il aida Derec à se remettre sur ses pieds.

– Merci, Mandelbrot, dit celui-ci avant de s'approcher de la créature-loup.

Elle ne respirait plus. Vue de si près, elle était magnifique : toute en muscles sous l'épaisse fourrure qui brillait de reflets moirés dans la clarté lunaire, le visage toujours expressif même dans la mort. L'attention de Derec fut attirée par les pattes avant ; elles se terminaient par de vraies mains munies, malgré les terribles griffes recourbées, de longs doigts minces et articulés, et un pouce opposable, la forme idéale pour saisir un objet ou une proie. Derec nota que la créature devait s'appuyer sur ses doigts lorsqu'elle se déplaçait, car le bout en était plus large, aplati et osseux. N'eût été cette différence, ces mains auraient pu être celles d'un humain.

Le jeune homme poussa un soupir. En se posant des questions sur le droit de tuer une telle créature, Mandelbrot avait cent fois raison.

La tête mafflue gisait mollement à terre, la nuque brisée. Derec caressa de sa main valide les doux et longs poils noirs aux extrémités grises.

– Tu ne pouvais pas faire autrement, Mandelbrot, répéta-t-il, sachant pertinemment que le robot était en train de l'observer. Tu étais obligé d'agir ainsi.

Il suspendit son geste. Ses doigts venaient de rencontrer quelque chose dans la fourrure qui ornait le cou de la créature. Il écarta la crinière et découvrit un collier fait de fils de couleur. Soudé au bout de l'un des brins, il y avait un petit circuit imprimé. Un sifflement de stupeur lui échappa.

– Mandelbrot, regarde ça ! Mandelbrot ?

Mandelbrot n'écoutait plus. Le robot s'était brusquement raidi, tous systèmes auditifs en éveil.

– Maître Derec ! Les robots que j'ai entendus tout à l'heure... on les attaque !

De quelque endroit tout proche, montèrent soudain les hurlements féroces des loups.

SAUVE-QUI-PEUT

Lorsqu'il se vit repéré par les Chasseurs, Flanc d'Argent réagit aussitôt, sous l'influence des Trois Lois. La Troisième lui intimait de lutter pour sa sauvegarde. La Deuxième exigeait qu'il obéisse aux humains, et même si c'était lui le chef, Œil Perçant lui avait demandé de sauver la horde, et il ne pouvait pas l'ignorer ; la Première, enfin, le poussait à tout faire pour garder son peuple en vie.

L'objectif prioritaire était donc la destruction du Central.

Il se transforma au moment où les Chasseurs tournaient la tête et levaient les yeux vers lui. Il rentra son parachute improvisé, épaissit son corps et, lorsque les Chasseurs pointèrent le doigt pour faire feu, il n'était plus une aile volante mais une masse compacte aérodynamique qui chut comme une pierre sur les dix derniers mètres avant de s'écraser sur la colonne maîtresse du Central. Les lasers rayèrent l'espace vide derrière lui ; des circuits délicats explosèrent sous l'impact. Flanc d'Argent reprit sa forme de loup tout en émergeant des débris de l'unité centrale, s'approcha d'un des larges panneaux qui l'entouraient et poussa avec toute la force de son corps dur comme l'acier trempé. Le panneau bascula, heurta le suivant, et toute la rangée s'effondra comme des dominos, dans une pluie d'étincelles et un fracas de tonnerre qui résonna dans la salle comme dans une caverne.

Flanc d'Argent s'enfuit en poussant le hurlement de triomphe rituel du vainqueur. Les lasers des Chasseurs allaient le hacher, mais peu lui importait. Il avait accompli son œuvre.

Rien ne se produisit ; les Chasseurs demeuraient immobiles.

La confusion régnait déjà dans la cité. Il entendait mille voix crier dans la Langue du Néant dont la Vieille Mère lui avait fait don. Les Pierres Qui Marchent réclamaient des instructions au Central, mais le Central ne répondait pas, ne répondrait plus. L'alarme se déclenchait à tous les niveaux, comme dans les galeries d'un abri de *krajal.*

ÉTAT D'URGENCE ! Mémoire centrale endommagée et programme de Commandement autonome inactif ; routines secondaires hors circuit.

Activer programmes de surveillance auxiliaires.

Derrière Flanc d'Argent, les Chasseurs commencèrent à réagir. Il se rua dans le couloir. Pas de Pierres Qui Marchent en vue. Rapidement, il se transforma une nouvelle fois, prenant l'apparence d'un Chasseur de la Colline aux Etoiles, en espérant que son déguisement lui donnerait le temps de déguerpir de cet endroit. Dans sa tête, se poursuivait le dialogue ininterrompu de l'ennemi.

Commandement de la cité confié aux unités de surveillance Alpha, Bêta et Gamma. L'annonce noya toutes les fréquences, puis trois nouvelles voix tonnèrent sous son crâne. Le senseur d'orientation qui y était logé indiqua qu'elles provenaient de secteurs très disséminés.

ALPHA : Sous-programmes normaux lancés. Fonctions de la cité connectées et programmation rétablie.

BÊTA : Etat d'alerte ! Ordinateur central détruit. Unité attaquante : robot hors la loi, se présente sous la forme d'un loup. Je répète, unité attaquante : robot échappant au contrôle des Superviseurs de la Cité.

GAMMA : Mise à jour alerte. Unités témoins signalent capacité métamorphose sophistiquée. Programmation Chasseurs-Chercheurs de la tour du Compas modifiée pour compenser.

Flanc d'Argent accéléra le pas en direction de la sortie. Il y avait foule à présent dans le passage ; les Pierres Qui Marchent reprenaient leurs tâches quotidiennes. Si les Chasseurs savaient qu'il pouvait modifier son apparence, son déguisement n'allait pas le protéger longtemps. Un geste malvenu, et on s'empresserait de signaler sa présence ou de découvrir son imposture.

Il savait sa victoire amère et de courte durée. Certes, il avait bel et bien détruit le Central et semé la confusion dans la Cité, ne fût-ce que momentanément, mais la ville n'avait que trop bien relevé le défi. S'il interprétait les signaux sans se tromper, il y avait maintenant trois sous-Centraux, en trois endroits différents, qui étaient au courant du seul et unique avantage dont il pouvait se prévaloir. S'il voulait gagner cette bataille, il lui fallait se déplacer au plus vite, découvrir ces trois unités de surveillance et les détruire.

Le nouvel ordre du trio anéantit tous les espoirs que Flanc d'Argent nourrissait.

ALPHA : Toutes unités : engagez sous-programme 3 067.A.296. Signalez aussitôt toute unité n'y répondant pas. Retenez cette unité à tout prix jusqu'à l'arrivée des Chasseurs-Chercheurs. Priorité Troisième Loi : survie cité prime survie individuelle.

Tout autour de Flanc d'Argent, des Pierres Qui Marchent se figèrent dans leur mouvement. Il jugea prudent de les imiter.

Il avait tort. Les ouvriers qui l'entouraient émirent un signal d'alarme. *ANOMALIE ! Unité Chasseur-Chercheur dans tour du Compas immobile.* Au même instant, tous les robots du voisinage lui sautèrent dessus.

Dans un grognement, Flanc d'Argent reprit sa forme préférée, redevint un loup. Il balaya le plus proche ouvrier, broyant sous le choc le corps fragile, puis se rua par la brèche ainsi ménagée. L'alarme le poursuivait toujours lorsqu'il surgit du bâtiment, renversant un ouvrier qui essayait de lui barrer le passage, et qu'il émergea de la Colline aux Etoiles dans la nuit glacée.

Il poussa un gémissement prolongé.

Alors, il prit la forme de l'oiseau lourd qu'il avait déjà revêtue une fois, sombre silhouette traînant le malheur du monde.

Ses ailes battirent l'air avec gaucherie, et il quitta la cité pour le refuge du ciel. Au-dessous, les fausses étoiles se moquaient de lui, et il comprit qu'il ne pourrait plus se cacher des Chasseurs, désormais.

CONTACT

Le vacarme était immense, et il s'y mêlait parfois un grincement métallique : on aurait cru entendre quelqu'un battre une plaque d'acier avec un marteau en caoutchouc. Soudain, un jappement de terreur et une plainte retentirent.

– Les loups, dit Derec. Ce sont eux qui attaquent la cité. C'est à cause d'eux que nous avons reçu ce signal de détresse. Regarde !

Il tendit à Mandelbrot le câble tressé trouvé sur la louve morte, qui étincela dans la lueur jaunâtre de la plus grande des deux lunes.

– La cité ignore que ce sont des créatures intelligentes, dit Mandelbrot. (Il sembla parcouru d'un frisson.) Les robots les prennent pour de simples animaux. Lorsqu'ils les rencontrent, ils les exterminent, comme des bêtes nuisibles.

– Ce circuit imprimé ne vient pas des loups. Assurément, la cité les prend pour des animaux – nous nous étions trompés, nous aussi. Mais ils ont déjà manifestement détruit au moins un robot. Il faut agir, Mandelbrot. Et tout de suite.

Derec posa le collier sur le cadavre de la créature et prit son arme, le visage fermé. Mandelbrot referma sa main sur son poignet.

– Non, dit le robot. (Sa voix avait retrouvé ses accents grinçants.) Je ne peux pas vous permettre de les tuer, maître Derec. Je suis navré.

– Tu te méprends, Mandelbrot.

– Peu importe la destruction des robots. Il ne s'agit que de la Troisième Loi, et cette cité en construira d'autres. J'ai pris la décision sur laquelle vous m'interrogiez. Tuer un loup serait violer la Première Loi.

– Fais-moi confiance, je t'en prie. Je ne vais pas les tuer. (Derec voulut dégager sa main. La poigne du robot était douce mais ne céda pas.) Mandelbrot, je t'ordonne de me lâcher. Je ne tuerai pas ces loups. Tu comprends ?

Derec crut bien que le robot ne réagirait pas. Mandelbrot contemplait la louve morte et le câble brillant. L'incident avait achevé de perturber le cerveau positronique. Derec craignit soudain qu'il ne s'immobilise en serrant son bras valide dans une étreinte mortelle.

Ancré à un robot mort. Quelle étrange et ignoble fin.

Lentement, Mandelbrot ouvrit les doigts. Derec relâcha son souffle. Il ne s'était pas rendu compte qu'il le retenait.

– Merci, dit-il. J'ai besoin de ton aide. Il me faut deux mains intactes et des doigts de fée. Prends mon pistolet et décharge-le. Dépêche-toi, on n'a que quelques minutes.

Sous les arbres, dans l'obscurité, la bataille continuait. Le tumulte semblait même s'intensifier. Tandis que le robot retirait les fléchettes du chargeur, Derec ouvrit son sac à dos et prit sa trousse de secours. Par bonheur, tout était emballé avec soin et rien n'avait souffert de sa chute. Il examina l'ensemble des flacons, en louchant dans la pénombre, et finit par trouver ce qu'il cherchait.

– Mandelbrot, dévisse les fléchettes, vide le neuroplégique et mets ça à la place.

– Maître Derec...

– C'est un sédatif. Injecté pur, vu leur taille, il va les assommer.

Mandelbrot ne bougeait pas. Son œil valide brillait d'une lueur rouge continue.

– Maître Derec, nous ignorons tout de ces créatures. Leur métabolisme diffère peut-être tellement du vôtre que ce produit risque de les tuer.

– Ou de rester sans effet, fit remarquer Derec.

Il soupira. Le bruit du combat augmentait et il espéra qu'il leur restait encore assez de temps. Il tapota l'épaule de Mandelbrot. Il avait une mine terrible : rayé, cabossé et défoncé. Pour un robot élaboré à partir de modèles divers, qui avait en outre subi des réparations de fortune à la suite de l'atterrissage en catastrophe, le fait qu'il fonctionnât encore le ravissait. Derec se demanda s'il avait meilleure mine, mais son reflet dans la poitrine métallique du robot lui parut aussi échevelé, débraillé et meurtri.

Ils avaient besoin de secours. Et vite.

– On n'arrive pas à communiquer avec eux, reprit-il. Ils nous ont déjà attaqués deux fois sans qu'on les ait provoqués. Ils sont peut-être intelligents, d'accord, mais ils sont aussi très dangereux. Il nous faut trouver les robots. Si on n'agit pas tout de suite, ces loups risquent de les détruire tous, de partir à la recherche de leur amie, et de s'occuper de nous.

– Ce n'est pas certain.

– Mais c'est probable. C'est un risque qu'on *doit* prendre. Une pleine dose devrait assommer une personne de leur taille en deux ou trois secondes pour une période d'une ou deux heures. Bon, prends ce sédatif et mets-le dans les fléchettes. Je ne peux pas le faire moi-même.

Derec tendit le flacon.

Mandelbrot hésita, puis le bras Avery se détendit et ses doigts se refermèrent autour du flacon.

– Oui, maître Derec, dit-il.

Rapidement, mais avec une remarquable précision, il s'exécuta. Une fois les fléchettes modifiées et replacées dans le revolver, il rendit l'arme à Derec.

– Bien, allons-y, dit celui-ci.

Les hurlements de défi des loups, quelque peu chevrotants, leur parvenaient toujours derrière les arbres. Derec enfila son sac à dos et se dirigea vers eux. Mandelbrot le suivit d'un pas lent, traînant la jambe gauche dans une plainte audible des servomoteurs de sa hanche.

Derec sortit du couvert au sommet d'une colline abrupte aux flancs de terre battue. En bas, dans une petite clairière herbue bien éclairée par les lunes, un groupe de cinq loups attaquait quatre robots du type ouvrier. Un autre loup gisait, tué, semblait-il, par un tir de laser, mais le robot qui en était équipé avait déjà mordu la poussière : à l'évidence, les loups allaient remporter le combat. Ils harcelaient les robots, leur sautaient dessus, les mettaient à mal à coups de dents et de griffes, puis s'écartaient d'un bond avant que leurs adversaires n'aient le temps de les saisir.

Derec vit un nouveau robot s'effondrer alors qu'un loup

arrachait une prise dans un jet d'étincelles violettes qui lui laissèrent des images rémanentes dans les yeux. Mandelbrot se frayait toujours un passage dans le sous-bois derrière lui. Les loups se battaient maintenant à presque deux contre un, et il comprit qu'il ne devait pas perdre de temps s'il voulait sauver ne serait-ce qu'un robot.

Il espérait que son stratagème allait fonctionner, même si, sans le dire, il en doutait tout autant que Mandelbrot.

– Au point où nous en sommes... murmura-t-il.

Il pointa son revolver, coula un regard le long du canon, et pressa la détente en visant un mâle à la fourrure grise qui lui parut être le chef. Un *chouff* d'air comprimé fusa et, dans la clairière, le loup glapit et fit un bond dans les airs. Dressé sur ses pattes de derrière, il tâtonna, arracha la fléchette de son pelage, l'étudia, et la jeta au loin. Le regard du vieux mâle balaya la clairière et se posa sur Derec au moment où celui-ci tirait une nouvelle fléchette sur un autre loup.

Le vieux mâle hurla et le désigna aux autres. Puis, se laissant retomber sur ses quatre pattes, il chargea. Derec compta lentement en tirant trois fléchettes supplémentaires qui touchèrent tous les loups. L'un d'eux, ignoré par les robots, suivit le vieux mâle et, poussant son hurlement, gravit la colline dans la direction de Derec.

– Un, deux, trois, quatre, cinq, six, sept...

Les deux loups chargeaient toujours. Ils avaient l'air plus furieux qu'endormis, et Mandelbrot peinait encore entre les arbres.

– Oh, givre ! pesta Derec.

Les loups étaient rapides et puissants. Il se rendit compte qu'il n'aurait pas le temps de se replier, et doutait fort d'être capable de les semer dans l'obscurité.

Il jeta son arme inutile sur le vieux mâle lancé à l'assaut de la colline.

Et le manqua.

Et allez donc, songea-t-il.

L'ÊTRE DU NÉANT

Le vieux loup surgit sur la crête de la colline, suivi de près par l'autre créature. Il se prépara à bondir puis, brusquement, s'arrêta comme si quelque chose l'intriguait, griffant le sol de ses pattes avant. La tête grise se dressa de façon cocasse, et il émit un grognement dans son langage stridulé.

Le jeune loup derrière lui n'hésita pas un seul instant. Il le dépassa comme un éclair en poussant un hurlement et en sortant ses griffes. Derec laissa échapper un cri et tenta d'esquiver l'animal qui se ruait sur lui. Celui-ci manqua sa cible, mais Derec sentit le déplacement d'air. La créature se tordit en plein élan et se retourna à l'instant même où elle touchait le sol en soulevant la poussière. Derec la vit retrouver son équilibre et repartir à l'assaut.

Il ne pouvait rien faire. Il était pris au piège entre le vieux loup, qui à présent grondait et montrait les dents, et le plus jeune.

Tandis qu'il cherchait par où s'enfuir, le jeune loup se ramassa une deuxième fois.

Poussa une plainte inarticulée.

Et s'affala sur le flanc. L'ancien s'était lui aussi effondré ; dans la clairière, les créatures-loups avaient toutes subi le même sort, clouées au sol en plein élan. Derec se laissa à son tour tomber à terre, alors que Mandelbrot apparaissait enfin entre les rares arbres.

– Maître Derec ! lança le robot.

– Ça va, Mandelbrot. Je crois que ça a marché.

Derec porta son regard sur la clairière en dessous, remerciant le ciel d'éclairer les nuits de ce lieu.

Les trois robots, désormais délivrés du danger, avaient

fait volte-face pour tirer parti de la situation. Ils s'avancèrent vers les loups étendus sans connaissance et levèrent les bras pour s'apprêter à tuer...

– Arrêtez !

Devant le ton autoritaire de l'homme, ils suspendirent leur geste et pivotèrent vers lui. Derec était debout au sommet du versant, bien en évidence.

– Vous voyez, dit-il d'une voix forte, je suis un humain. Vous devez m'obéir. Approchez... les créatures-loups sont désormais inoffensives.

Les trois robots s'étaient immobilisés sans toutefois s'écarter des créatures-loups. Mandelbrot vint se poster à côté de Derec.

– Ces créatures ne représentent plus aucun danger, insista-t-il, ni pour moi, ni pour vous. Venez.

– Oui, maître humain, dit l'un des robots.

Le trio s'avança vers Derec et Mandelbrot, qui se penchèrent sur les corps endormis des deux loups.

Le narcotique avait un effet beaucoup moins grand sur les animaux qu'il n'en aurait eu sur Derec ou sur tout autre être humain. L'homme s'approcha de celui qui semblait mener le groupe ; encore conscient, le loup leva les yeux vers Derec, troublé par ce regard humanoïde. Le corps fut agité de convulsions, les muscles frémirent sous les spasmes lorsque le loup voulut se relever, soit pour attaquer, soit pour fuir. Derec s'accroupit à côté de l'animal et lui caressa la tête comme il l'aurait fait d'un chien.

– Je suis désolé, dit-il. Si au moins nous pouvions nous comprendre...

Mandelbrot observait la scène par-dessus l'épaule de Derec.

– Ça a marché, dit celui-ci au robot. Je ne voulais pas en arriver là, et je ne sais pas combien de temps ça va durer, mais le fait est que ça a marché. Maintenant, il nous faut filer d'ici avant que l'effet ne se dissipe.

De la main, il flatta la fourrure grise et accompagna doucement la tête sur le sol. Les yeux de la créature ne cessèrent de suivre ses gestes.

Lorsqu'il se redressa, ôtant la poussière de son pantalon, les trois robots les avaient rejoints. Derec essaya d'entrer en communication avec eux par le canal des biopuces, mais il ne trouva là que le silence.

– Vous venez de la Cité des robots ? leur demanda-t-il à haute voix.

– Oui.

– Qui la dirige ? Y a-t-il d'autres humains ? Le Dr Avery ?

– Il n'y a pas d'autres humains. C'est l'ordinateur central qui gère toutes les activités de la cité.

A ces mots, Derec sentit ses épaules se relâcher ; il prit alors conscience de la tension à laquelle il avait été soumis à la perspective d'une nouvelle confrontation avec son père et son génie tordu. Il laissa échapper un profond soupir.

– Bon, informez l'ordinateur central que vous avez trouvé un humain et que vous allez retourner à la cité avec lui et un autre robot. Dites au Central que nous sommes venus suite à un appel de détresse et que nous lui apportons des informations concernant les créatures-loups. Dites-lui aussi d'établir une liaison avec Mandelbrot, le robot qui m'accompagne ; par son intermédiaire, je communiquerai avec l'ordinateur.

Les robots restèrent un moment silencieux, puis celui qui s'était déjà exprimé reprit la parole.

– Je suis désolé, maître, mais l'ordinateur central ne répond pas.

– Mandelbrot ?

– C'est exact, maître Derec. Rien sur toute... Un instant.

Derec vit les autres robots se raidir comme s'ils écoutaient un message qu'ils étaient les seuls à entendre. Ses biopuces semblaient totalement mortes. Il ne recevait plus rien de l'ordinateur central.

– Maître Derec, dit Mandelbrot, la situation dans la Cité des robots a changé du tout au tout. L'ordinateur central vient d'être détruit par un robot hors la loi. La cité est désormais sous le contrôle de trois unités de surveillance. Je les ai contactées et informées de votre arrivée et de ce qui s'est passé ici. Elles nous demandent de regagner la Cité des robots aussi vite que possible afin de procéder à un examen de la situation. Ces robots vont nous guider, et les Superviseurs nous en envoient d'autres pour nous escorter au cas où le rebelle nous attaquerait. Il semblerait qu'il soit très agressif.

Derec resta perplexe.

– Ils ne pensent quand même pas que le robot hors la loi s'en prendrait à un humain, hein, Mandelbrot ? Et dis-moi, comment la cité en a-t-elle perdu le contrôle ?

– C'est cela qui est bizarre, maître Derec, répondit Mandelbrot. Il ne s'agit *nullement* d'un robot appartenant à la cité. Il n'est même pas humanoïde. (Mandelbrot désigna le corps de la créature-loup inconsciente.) Il ressemble à l'un d'eux, dit-il.

L'oiseau noir planait au-dessus de la forêt, ombre silencieuse à l'exception du sifflement du vent filant sous ses ailes déployées. Il décrivit un cercle à la verticale de la clairière et, n'apercevant rien d'inquiétant, vira sur une aile et descendit, effleura le faîte des arbres et se posa gauchement sur la crête qui dominait l'espace dégagé.

Là, sous le regard des deux lunes, il changea d'apparence et redevint une fois encore Flanc d'Argent.

Les Chasseurs étaient toujours enterrés dans la fosse. Il nota ceci en premier car, pour son cerveau positronique, c'était le fait le plus important au regard de la Première Loi. Trois autres Pierres Qui Marchent étaient étendues sur le sol, ce qui n'en était pas moins rassurant.

Alors, dans les formes sombres qui gisaient à terre près des Pierres Qui Marchent, il reconnut ses frères. Il adressa un hurlement plaintif aux étoiles, puis lança un appel à la horde... Pas de réponse. Il régla sa vision sur l'infrarouge et décela immédiatement des ondes de chaleur sur le sol à proximité : il y avait deux de ses frères, et la silhouette de l'un lui était très familière. Flanc d'Argent laissa échapper un cri de joie en jargon animal et s'approcha.

Hurle-Vie bougeait, à tout le moins. Le vieux loup s'était soulevé sur ses pattes de devant et s'efforçait de se déplacer, malgré le handicap des pattes arrière traînant mollement sur le sol, comme paralysées.

– Flanc d'Argent, aboya-t-il en exprimant dans la langue de la Horde son bonheur de revoir son frère. Tu es revenu. As-tu tué le Central ?

– Je l'ai détruit, mais ça n'a servi à rien, répondit Flanc

d'Argent d'un ton catégorique. Que s'est-il passé ici ? Les autres sont-ils morts ?

– Je ne crois pas. (Hurle-Vie retomba, épuisé, mais ajouta d'une voix empreinte d'une vive excitation :) Flanc d'Argent, j'ai vu un être du Néant. Il avait un compagnon, une autre Pierre Qui Marche, différente de celles de la Colline aux Etoiles.

– Un être du Néant ? Envoyé par la Vieille Mère ? s'étonna le robot.

Les paroles de Hurle-Vie éveillaient en lui d'étranges résonances au fond de son cerveau.

– Pas par la Vieille Mère. Non, pas avec cette apparence. Par un des autres dieux, peut-être. L'être du Néant portait un bâton qui lançait de petits couteaux, et la magie contenue dans ces couteaux nous a retiré nos corps en emportant nos esprits avec eux. Je l'ai attaqué parce qu'il ressemblait aux Pierres Qui Marchent, et que je savais qu'il ne pouvait pas être envoyé par la Vieille Mère. Mais avant d'avoir pu l'atteindre, je me suis retrouvé dans l'impossibilité de bouger. Je n'ai pu que le regarder s'approcher de moi et me toucher. Je pensais qu'il allait me tuer, mais non. Il m'a caressé comme une mère caresse son petit et m'a parlé dans la langue du Néant, bien qu'il eût l'air de savoir que je ne comprenais pas. Puis, il a reposé ma tête sur le sol. Il est parti peu de temps après, avec les Pierres Qui Marchent, vers la cité.

De fragiles balanciers jouèrent à l'intérieur de Flanc d'Argent. Le programme principal engrangé dans son cerveau positronique lui procurait un sentiment apparenté à la tentation. Il percevait l'écho de la première voix qu'il ait jamais entendue, la voix qui lui parlait dans la langue du Néant lorsqu'il était encore dans les ténèbre de l'Œuf. *Un être humain est une forme de vie douée d'intelligence. Un robot doit obéir aux ordres donnés par les êtres humains.*

Mais cet être du Néant ne fait pas partie de ce monde, se rappela-t-il. *Il n'est pas comme nous. C'est une Chose fabriquée par les dieux, ou l'un des dieux eux-mêmes. Il ne peut donc pas être humain. Les frères sont humains.*

Le trouble sentiment qui lui était venu reflua quelque peu dans son esprit, mais pas au point qu'il ne se sente toujours attiré par la perspective d'une rencontre avec une autre intelligence.

– Je dois retrouver cet être venu du Néant, dit-il à Hurle-Vie.

– Il est reparti vers la Colline aux Etoiles, répéta le vieux loup. Les Pierres Qui Marchent étaient avec lui.

Hurle-Vie tenta une nouvelle fois de se relever et, ce coup-ci, réussit à se dresser sur ses pattes chancelantes. Les autres commençaient eux aussi à s'agiter, ce qui rassura Flanc d'Argent tourmenté par l'injonction que lui faisait la Première Loi.

Jusqu'à ce qu'il s'aperçoive qu'il manquait un de ses frères à l'appel.

– Où est Œil Perçant ? demanda-t-il.

Le front grisonnant du vieux loup se plissa.

– Je ne sais pas, répondit-il. Nous nous étions séparés pour mieux affronter les Pierres Qui Marchent, et elle devait attaquer par là. (Il désigna le bois derrière eux.) Je ne l'ai plus revue. (Comme les autres s'approchaient en titubant, Hurle-Vie les questionna :) Avez-vous vu Œil Perçant durant le combat ?

Tous secouèrent la tête.

Flanc d'Argent étudia le sol et les traces laissées par l'être du Néant. La créature manquait vraiment de subtilité. Son sillage à travers les arbres était aussi facile à suivre qu'un des sentiers de pierre rectilignes des Pierres Qui Marchent. Un soupçon désagréable jaillit dans le cerveau du robot.

– Suivez-moi, dit-il.

Il s'élança sous le couvert des arbres, Hurle-Vie et les autres lui emboîtant le pas à faible allure.

Suivre la piste de l'être du Néant ne nécessitait aucun talent particulier. La créature avait laissé sur son passage nombre de branches brisées, et la terre était encore imprégnée des résidus d'ondes de chaleur émises par son corps. Flanc d'Argent discerna en avant du chemin un rayonnement appartenant à l'un des frères-loups et lança un bref jappement de salut.

– Œil Perçant !

Œil Perçant ne répondit pas. La tache pourpre sous la vision infrarouge ne bougeait pas. Le robot réajusta son optique sur une longueur d'onde plus courte afin de distinguer les détails ; il découvrit alors l'angle singulier que faisait la tête avec le cou et la façon bizarre dont la louve gisait sur le flanc.

Il poussa un sourd grognement d'avertissement. Il jaillit d'entre les broussailles, formulant l'espoir qu'Œil Perçant était tout simplement endormie comme les autres, tout en sachant pertinemment, devant l'inquiétante immobilité du corps, qu'il n'en était rien.

– Œil Perçant ?

Le robot s'assit à côté de la louve et la souleva dans ses bras. La tête retomba mollement, les yeux ouverts sur le vide ; la nuque était brisée. Flanc d'Argent huma sur la fourrure d'Œil Perçant l'étrange odeur de l'être du Néant, mêlée aux relents graisseux des Pierres Qui Marchent. Il ne lui en fallait pas plus pour comprendre ce qui s'était passé.

L'être du Néant avait tué Œil Perçant.

Flanc d'Argent rejeta la tête en arrière et hurla sa douleur à Grande Face, accompagnant de sa plainte l'âme d'Œil Perçant vers le Néant, ainsi qu'il l'avait vu faire à la horde pour les autres frères morts avant elle. Depuis la forêt, les autres, entendant son chagrin, joignirent leurs voix à la sienne. Les échos syncopés du chant funèbre retentirent pendant de longues minutes, puis Flanc d'Argent laissa le corps privé de vie retomber à la terre. Ce corps, qui ne contenait plus Œil Perçant, n'était plus qu'une enveloppe vide.

– D'abord, nous allons retourner au Refuge, annonça-t-il à Hurle-Vie. Ensuite, je reviendrai ici. Si cet être du Néant habite la cité des Pierres Qui Marchent, alors ce doit être leur chef. (Il dressa la tête et hurla un défi en jargon animal.) Et si c'est leur chef, alors il a certainement l'intention de tuer tous nos frères comme il a tué Œil Perçant. Je dois faire en sorte que cette menace disparaisse.

BONS PLANS

Derec avait oublié la sensation que pouvait procurer un bain chaud.

– Je suis mort et me voilà au paradis, gémit-il en se coulant à nouveau dans les tourbillons.

Des nuages de bulles flottaient au-dessus de l'immense baignoire, et il s'immergea dans la chaleur délicieuse, ne laissant dépasser que son nez à la surface de l'eau. Il sentit chacun de ses muscles meurtris et endoloris se détendre pour la première fois depuis des jours. Il se redressa et s'adossa aux carreaux, laissant pendre son bras (le bras naguère cassé et récemment consolidé) par-dessus le rebord de la baignoire. D'un signe, il demanda au robomestique de venir le débarrasser de toute la saleté accumulée au cours de son périple sur ce monde étranger.

Il s'abandonna aux mains du robot, totalement.

Lorsque ce fut terminé, il sauta dans la serviette de bain la plus moelleuse et la plus absorbante qu'il ait pu imaginer, laissa le robot le sécher, puis enfila un peignoir chaud.

Il se sentait merveilleusement apaisé lorsqu'il entra dans la pièce principale de l'appartement.

Celle-ci était aussi spacieuse et douillette que la salle de bains qu'il venait de quitter. Perchée dans l'un des plus hauts bâtiments de la cité, elle disposait d'immenses baies vitrées sur trois côtés, qui offraient une vision grandiose de la majestueuse tour du Compas, de loin l'édifice le plus imposant de tous. Mandelbrot était là, face au panorama, en compagnie d'un autre robot que Derec reconnut comme un des Superviseurs de la cité. A proximité, la sphère ornée d'antennes d'un robot témoin pivotait sur son axe.

– Maître Derec, vous semblez aller mieux, dit Mandelbrot en se tournant vers lui.

Derec lui sourit.

– Avec un bain, on fait des miracles. D'ailleurs, je vois qu'il en est de même pour toi.

Les coups et les bosses avaient disparu sur la peau de métal de Mandelbrot. Les attaches externes avaient été redressées. Les circuits optiques avaient retrouvé tout leur éclat et, quand le robot bougeait, les servomoteurs n'émettaient plus aucune protestation.

– Je suis redevenu complètement opérationnel, annonça Mandelbrot. Maître Derec, voici un Superviseur Bêta, l'une des unités qui contrôlent cette cité des robots.

– Bêta, acquiesça Derec, j'ai bien une centaine de questions à te poser.

– Je comprends cela, maître Derec, répondit le Superviseur. Mandelbrot m'a parlé de votre expédition. En premier lieu, je dois vous informer que les robomeds qui vous ont examiné ne me signalent aucune lésion interne grave. Votre bras a été remis en place, et on vous a administré un médicament qui accélère le processus de soudure des os. La plupart de vos blessures ne sont qu'ecchymoses et légères contusions qui vont guérir avec le temps. Vous devriez être totalement rétabli dans la semaine. Quant à votre compagnon, Mandelbrot, il a subi une révision complète et a été entièrement réparé grâce à diverses pièces que nous avons en réserve dans la cité.

– Ce pour quoi nous te sommes tous les deux reconnaissants. Cela dit, tout ça aurait été parfaitement inutile si votre ordinateur central avait commencé par répondre à mes requêtes.

Derec nota le tourment que ses propos suscitaient chez Bêta ; il se produisit une brève diminution d'intensité dans les yeux du robot qui recula légèrement.

– Vous avez envoyé un appel de détresse, poursuivit l'homme, et lorsque nous y avons répondu, vous n'avez pas daigné réagir : aucun contact, ni par l'entremise de la Cité des robots originelle ni par l'intermédiaire des biopuces implantées dans mon corps. Si vous l'aviez fait, nous n'aurions peut-être pas eu besoin de venir jusqu'ici.

Et Ariel et moi ne nous serions pas disputés, songea

Derec en éprouvant de nouveau un profond sentiment d'amertume en repensant à la jeune femme. *Il faut que je l'appelle. Je lui dois des excuses.*

– Nous le regrettons sincèrement, maître Derec, était en train de déclarer Bêta.

– En ce cas, pourquoi ne pas l'avoir fait ? Ça n'a pas de sens de réclamer de l'aide pour ensuite ignorer la main tendue.

Bêta eut un haussement d'épaules étrangement humain.

– Je suis d'accord avec vous, maître Derec. En guise d'explication, tout ce que je peux avancer, c'est que cette cité fonctionnait de façon autonome ; des instructions avaient été données interdisant toute liaison directe avec la Cité des robots originelle. Encore que ceci n'explique pas que nous ne puissions pas répondre à la requête d'un être humain. Mes camarades superviseurs et moi-même en avons discuté et pensons que la raison en était une instruction prioritaire contenue dans la programmation de l'ordinateur central. Quand le rebelle a détruit ce dernier, il a du même coup détraqué les unités de secours qui lui étaient adjointes. Jusqu'à présent, aucun des Superviseurs n'avait été activé ; comme vous pouvez le constater, la cité n'est encore pas très vaste ni très complexe. (Bêta agita une main à l'acier étincelant vers le groupe de bâtiments qu'on distinguait en dessous.) Il n'était nul besoin d'éparpiller les unités de contrôle. Pour l'instant, je ne peux répondre à votre question, quoique nous nous efforcions de restaurer, autant que faire se peut, la mémoire principale de l'ordinateur central. Si nous en apprenons davantage, je vous tiendrai au courant.

– C'était Avery, affirma Derec d'un ton péremptoire. (Il essuya ses cheveux humides avec la serviette de bain.) Il possède la clef du Périhélie. Il a très bien pu venir ici et programmer l'ordinateur central.

– C'est possible. Il n'y a aucun moyen d'en être certain.

– Le Dr Avery est peut-être encore dans la cité, dit Mandelbrot au Superviseur. En ce cas, maître Derec est toujours en danger.

Bêta désigna d'un geste la fenêtre et l'horizon, dans la direction où la cité grignotait les limites de ce qui semblait être une forêt sans fin.

– Cette cité, comme je le disais, est très petite. Je doute qu'un humain puisse y passer inaperçu.

– Ta cité a laissé un robot rebelle y entrer et détruire ton ordinateur central, lui rappela Derec.

– Le rebelle a des capacités exceptionnelles, répondit Bêta. Nous avons pris des dispositions pour qu'il ne puisse renouveler ce genre de méfait. L'une d'elles a consisté à nous activer, moi et les deux autres Superviseurs, afin que le contrôle de la cité ne soit plus cantonné en un seul lieu. Et comme vous pouvez le voir, un robot témoin accompagne chacun de nous, programmé pour revenir se mettre immédiatement à l'abri au cas où le Superviseur serait attaqué. Ainsi, le rebelle réussirait-il à détruire l'un de nous, la cité ne perdrait qu'un minimum d'informations. Nous disposons d'autres unités de surveillance prêtes à prendre le relais en prévision d'un tel incident. Nous sommes en outre en train de fabriquer de nouvelles unités de Chasseurs-Chercheurs équipés d'appareils de détection spéciaux.

– Formidable, mais je doute que ça ne nous serve à grand-chose. Je te parierais que ce rebelle est l'œuvre d'Avery. Il en a toutes les caractéristiques : ingénieux, astucieux, et très, très dangereux. Ce qui nous amène à un autre problème. Tu as bien dit que ce robot conduit les créatures-loups ?

– Oui. Il a été vu dirigeant un groupe qui a attaqué des ouvriers aux abords de la cité. Depuis le début, ces créatures n'ont cessé de nous poser des problèmes, harcelant nos ouvriers occupés à défricher la forêt. Quand nous nous sommes avisés qu'ils constituaient un sérieux obstacle à notre programme de développement et qu'ils représentaient un danger à la fois pour nous et pour tout être humain qui s'installerait ici, nous avons envoyé les Chasseurs-Chercheurs pour les dénicher et les tuer.

Mandelbrot venait de pivoter pour faire face à Bêta.

– Non, dit-il. Vous ne pouvez pas faire ça.

– Je ne comprends pas. Les Lois de la Robotique nous y obligent. Toutes les trois. La Troisième nous commande de protéger notre propre existence : ces créatures ont endommagé ou détruit des unités de la cité. La Deuxième Loi nous dicte d'obéir aux ordres donnés par les humains : elles nous empêchent de suivre notre programme de base. Quant à la Première Loi, elle nous dit que nous devons avant tout protéger les humains, et ces créatures représentent un péril incontestable pour les humains. Elles ont agressé maître Derec et l'auraient sans doute tué si tu n'avais pas été là. Comment peut-on émettre le moindre doute là-dessus ?

– Parce que c'est plus compliqué que ça, Bêta, répondit Derec en devançant Mandelbrot. Ce ne sont pas simplement des « créatures » qui vous attaquent pour le seul motif que vous êtes là. Je pense qu'elles protègent leur territoire, comme je le ferais à leur place. Ce ne sont pas seulement des animaux, Bêta. Elles sont intelligentes. Elles se servent d'outils ; elles ont un langage.

– Vous dites que ce sont elles qui ont fabriqué le robot rebelle ?

Derec renifla avant de répondre.

– Impossible. A peine si elles en sont à l'âge de la pierre. Par contre, le robot auquel tu fais allusion m'a l'air plus perfectionné que tout ce que je vois ici.

– Alors, comment se fait-il qu'elles soient avec lui ?

– Je l'ignore, mais je suis prêt à parier qu'il y a du Dr Avery là-dessous. Ce qu'il faut maintenant, c'est réfléchir au moyen d'intervenir sans blesser les créatures-loups. Il doit bien en exister un.

– Qu'attendez-vous de moi ?

– La première chose à faire est de notifier à toutes les unités de la cité qu'elles doivent considérer les créatures-loups comme des êtres humains. La Première Loi s'applique aussi à elles : vous ne devez rien faire qui puisse leur nuire. Veux-tu transmettre le message ?

– Vous pouvez vous en charger vous-même, maître Derec, déclara Bêta. Nous avons reprogrammé la cité pour réagir aux biopuces qui sont dans votre corps. Cette Cité des robots est désormais sous votre contrôle. Il vous suffit de nous donner vos instructions.

Derec n'avait plus porté attention aux biopuces, restées si longtemps désespérément muettes. Il ouvrit aussitôt son esprit aux répliques microscopiques du tissu composant la Cité des robots. Maintenant, il *entendait* la cité mugir dans ses artères. Le flot d'informations qui lui parvenait était presque trop énorme pour l'appréhender distinctement, et Derec s'empressa de verrouiller la majorité des canaux, ne laissant ouverte que la seule liaison directe avec les Superviseurs.

Vous voyez, maître Derec ? C'était Bêta, qui lui parlait par l'intermédiaire des biopuces. *La Cité des robots est désormais toute à vous.*

Très bien. Derec hocha le menton, puis alla à la fenêtre où il suivit des yeux le faîte des bâtiments pour remonter jusqu'au sommet de la tour du Compas.

– Nous laisserons donc entrer le rebelle si telle est son intention, dit-il. Avery ignorait que je viendrais ici. Tout robot, fût-il insoumis, est programmé avec les Trois Lois. J'ai beau croire Avery tout à fait capable de créer un robot susceptible de détruire d'autres robots, j'ai du mal à l'imaginer allant jusqu'à en fabriquer un qui puisse sciemment agresser un humain.

Flanc d'Argent regardait deux des bébés loups se battre sur le sol de la grotte, au Refuge. Ils roulèrent plusieurs fois dans la poussière qui couvrait les pierres ébréchées, jetant de petits grognements aigus en jargon animal, se mordillant de leurs dents de lait déjà pointues. Finalement, l'un d'eux se mit à glapir sous une douleur bien réelle et se coucha sur le dos, pattes en l'air et gorge offerte en signe de soumission.

C'était un jeu rituel calqué sur le comportement des adultes. Flanc d'Argent entendit l'une des mères nourricières émettre un gloussement guttural lorsque le vainqueur lança un faible jappement qui se voulait un hurlement. La louve se détendit et fit claquer ses mâchoires dans le dos du jeune loup tout à son triomphe, qui poussa aussitôt un cri perçant et sauta dans les airs, les poils de l'échine hérissés de frayeur. Il trébucha en retombant et s'affala à terre, avant de courir se mettre à l'abri entre les pattes de Flanc d'Argent, sous les rires des adultes emplissant la caverne. Le petit loup les observa d'un air mi-surpris, mi-penaud. Flanc d'Argent le prit dans ses mains.

– Tu vois, le chef doit être toujours prêt à relever un nouveau défi, lui dit-il dans le langage affectueux de la Horde.

Il caressa la douce fourrure, puis reposa le jeune loup qui courut rejoindre sa mère.

– C'est toujours bon de voir les jeunes s'amuser, dit Hurle-Vie à Flanc d'Argent tandis que le bébé loup commençait à téter. Ça nous remet en mémoire que, même si nos esprits quittent cette terre pour aller dans le Néant, la Vieille Mère les renverra à nouveau ici. (D'un geste tendre, il lécha le visage de Flanc d'Argent.) Œil Perçant reviendra un jour. Elle n'est pas partie pour toujours.

– Le sort d'Œil Perçant ne m'intéresse pas, déclara Flanc d'Argent. Elle est morte et ne présente plus aucun intérêt.

C'était la pure vérité pour le robot – il n'y avait pas place pour l'émotion dans sa matrice positronique, seulement pour les priorités induites par les Trois Lois. Il sentit toutefois que les paroles qu'il venait de prononcer négligemment blessaient son frère à la fourrure grise ; il essaya de s'expliquer.

– Tout ce qui m'importe, c'est de savoir comment elle est morte et pourquoi. Et ce que je dois faire pour empêcher que cela ne se reproduise. Tu ne me comprends pas, Hurle-Vie. Tu ne peux pas voir ce qui se passe en moi.

Tous avaient le regard fixé sur lui à présent : Hurle-Vie, les autres adultes, les jeunes. Le respect dont il était l'objet et l'emprise qu'il avait sur la horde faisaient bouillonner le chaudron de ses pensées. Il se sentait l'esprit écartelé dans une douzaine de directions à la fois. Lorsqu'il s'était dégagé de l'Œuf, tout lui paraissait alors clair et simple. Mais maintenant...

La partie de sa personnalité impliquée dans la meute haïssait l'être du Néant qui commandait aux Pierres Qui Marchent. Une autre partie, cependant, le poussait à partir à la recherche de cette créature qui semblait bien plus évoluée que ses frères loups, qui était capable de fabriquer des êtres de pierre brillante et de s'en faire obéir.

Hurle-Vie avait reculé d'un pas par déférence pour le rang qu'occupait Flanc d'Argent. Il se baissa légèrement pour marquer son obéissance au chef.

– Je ne comprends pas la mort d'Œil Perçant, dit-il. L'être du Néant aurait pu me tuer, moi ou n'importe lequel des autres. Il ne l'a pas fait. Je l'ai vu lever les mains et retenir les Pierres Qui Marchent qui allaient frapper les frères qu'il avait paralysés. Il m'a tenu la tête et n'a rien fait sinon la caresser. Il n'avait pas l'air dangereux.

– Il a tué Œil Perçant, répéta Flanc d'Argent. J'ai senti son odeur sur la fourrure de notre sœur.

– Je sais. Et pourtant...

– Les Pierres Qui Marchent semblent lui obéir, tu as dit. Ce qui signifierait que l'être du Néant occupe un rang plus élevé que le Central ou que ces surveillants qui sont arrivés par la suite.

– Je suppose que oui...

– Alors, l'être du Néant doit être un ennemi de la Vieille Mère. Il vous a attaqués, même s'il ne vous a pas tués. Il a sauvé les Pierres Qui Marchent et est parti avec elles. Il en avait une comme compagnon. C'est un *ennemi*.

Flanc d'Argent énonçait les faits d'une voix monocorde. Les loups rassemblés autour de lui s'étaient mis à hocher la tête pour montrer qu'ils approuvaient ses propos. Seul Hurle-Vie demeurait apparemment indécis.

Dans le cerveau du robot, des synapses se fermèrent arbitrairement. Le cerveau positronique ne fonctionnait plus comme celui des autres robots ; les jours passés parmi la horde l'avaient changé bien davantage que n'aurait pu le prévoir sa créatrice. De ce point de vue, le robot était véritablement un rebelle. Les normes humaines ne s'appliquaient plus à l'être qu'il était devenu. Un extraterrestre, qui avait adapté les Trois Lois à sa morale d'extraterrestre. Il ne pouvait pas y désobéir, mais la perception qu'il en avait était désormais faussée.

– Je dois faire ce qui nous assure la meilleure protection, dit-il à Hurle-Vie. Rien n'a changé. Nous ne pouvons toujours pas quitter le Refuge ; ma tentative pour détruire le Central n'a fait que rendre plus difficile mon plan de sabotage des Pierres Qui Marchent. Tu me dis que cet être du Néant est fait de chair, et la chair est très fragile et très savoureuse à la fois. Il a son bâton à couteaux, mais un Croc Acéré n'a-t-il pas ses dents et ses griffes ? Si les dieux ont cru bon de l'envoyer depuis le Néant, c'est que nous avons dû faire plus de mal que nous ne croyons aux Pierres Qui Marchent. Si nous tuons aussi l'être du Néant, peut-être la Vieille Mère aura-t-elle alors gagné la partie. Qu'en penses-tu, Hurle-Vie ? De nous tous, c'est toi qui connais le mieux la Vieille Mère.

– Flanc d'Argent est le chef, répondit Hurle-Vie dans la langue de la Meute. Si elle dit que la Vieille Mère veut que nous tuions l'être du Néant, alors nous le tuerons.

DÉFIER LES DIEUX

Avant même que Gamma ne pénètre dans la pièce, Derec sut ce que lui voulait le robot Superviseur. Les biopuces l'en avaient informé, instillant le message dans son esprit.

– Nous allons devoir te trouver un autre nom, dit-il au robot. Gamma, ça dénote un manque total d'imagination. Mais ça peut attendre. Qu'y a-t-il ?

– Des créatures-loups sur la colline au loin, maître Derec. Elles approchent des limites de la cité.

– Je suis au courant. Elles ne nous ont pas laissé beaucoup de temps, n'est-ce pas ? Est-ce que tout est prêt ?

La question n'était guère utile ; Derec aurait pu vérifier par le biais des biopuces. Mais il trouvait en quelque sorte rassurant de poser la question au Superviseur. Il avait tellement d'informations à absorber parmi le flot que lui apportaient les biopuces. L'aurait-il souhaité, il lui eût été impossible de contrôler toutes les fonctions de la cité.

Au début, lorsque s'était confirmée la présence des substances chimiques que son père lui avait injectées, Derec avait cru devenir fou. Il était incapable d'en dominer les effets, incapable de maîtriser le débit des données qui lui arrivaient de façon continue. Il avait néanmoins appris à en filtrer la plupart et à laisser la cité se débrouiller par elle-même. Les Superviseurs faisaient un travail admirable, et si Derec avait retenu une leçon de son expérience dans la Cité des robots originelle, c'était qu'il valait mieux déléguer son autorité. C'était la seule manière de préserver sa santé mentale.

Il se mit à bâiller. L'après-midi, il avait essayé de dormir, sachant que les créatures-loups se manifesteraient une fois la nuit tombée, mais la tension était trop forte. Il bâilla de nouveau, s'obligeant à faire entrer l'oxygène dans ses poumons.

– Vos instructions ont été suivies à la lettre, maître Derec.

Le robot Superviseur, parfait jumeau de ses homologues Alpha et Bêta, sortit sur le balcon haut perché d'un des immeubles avoisinant la tour du Compas. Les lumières de la cité allumaient de vifs reflets rouge et jaune sur la carapace polie du robot. Mandelbrot émergea de la pièce contiguë et se dirigea à son tour avec Derec vers le balcon.

– Je les vois, dit-il. Là, juste sous la rangée d'arbres. Ils sont six, peut-être sept.

– Et voilà, à peine tes yeux remis en état, il faut que tu frimes, le railla Derec.

L'humour de ses propos échappa complètement au robot.

– Je suis désolé, maître Derec, déclara-t-il.

Après coup, Derec reconnut qu'il n'aurait pu s'attendre à une autre réaction, et il se rendit compte brusquement à quel point lui manquait une présence humaine. *Ariel, surtout. J'ai besoin de lui parler. Parfois, je me sens moi-même à moitié robot avec ces biopuces qui n'en finissent pas de dégoiser là-dedans.*

Il n'avait pas eu le temps de la contacter. Il était convaincu que les créatures-loups reviendraient dans la cité, et sans tarder. N'était-ce pas ce qu'aurait fait le Dr Avery ? Et comment *douter* que le robot rebelle soit l'œuvre d'Avery ? C'était la logique même.

Selon lui, la situation devait se régler sans trop de problèmes. En fait, il se sentait d'humeur presque joviale. De s'être débarrassé des souillures de leur expédition à travers la forêt et de se retrouver dans la cité lui donnaient l'impression d'être redevenu à peu près *humain*. Ici, il était en sécurité, et avec les atouts que lui offrait la cité, rien n'était impossible.

Bientôt, il pourrait retourner chez lui. Il retrouverait Ariel et raccommoderait la déchirure causée par leur dispute.

Le rebelle n'était pas un problème. Derec s'inquiétait davantage des créatures-loups, mais elles ne devraient pas poser non plus trop de difficultés. Avec la cité entièrement reprogrammée, et une fois acquis quelques rudiments de leur langage qui leur permettent de communiquer, on devrait trouver un compromis acceptable. Cette guerre stupide avec la cité prendrait fin.

Derec scruta les ténèbres, protégeant son écharpe de sa main valide pour ne pas frotter son bras blessé contre la balustrade. Il ne parvenait pas à distinguer quoi que ce soit, même pas un arbre d'un autre, à cette distance de plus d'un kilomètre dans l'obscurité. Le ciel était couvert ; si les deux lunes de la planète avaient été levées, leur clarté n'aurait jamais pu traverser la couche de nuages.

– Je vous avais dit qu'elles viendraient. Est-ce que tu vois le robot rebelle, Mandelbrot ?

– Non, maître Derec, je ne le vois pas. Mais il est peut-être là, en arrière sous les arbres.

Derec secoua la tête.

– Non. Pas lui, surtout si c'est vraiment leur chef. Si ces créatures s'apparentent peu ou prou aux anciens loups, elles vivent en groupe. Le chef serait à la tête de la horde, sinon les autres ne suivraient pas. Tu te rappelles Wolruf ? Toujours la première dans la bagarre... (Derec fit une grimace.) Si ça se trouve, il est déjà au milieu des bâtiments, peut-être sous une autre apparence. Il est possible qu'il soit entré à notre insu.

Derec haussa les épaules. A cette heure, la cité était en état d'alerte. Les biopuces fournissaient à l'homme un flot continu d'informations sur ce qui passait sur les canaux de sécurité.

– Superviseur Gamma ?

– Oui ?

– Tu es certain que les robots vont considérer les créatures-loups comme des êtres humains ? Tu es certain qu'ils empêcheront qu'on les blesse ?

– C'est vous-même qui leur avez donné les instructions, maître Derec. Si les créatures faisaient peser sur vous une menace directe, j'estime que nous assurerions en priorité votre protection, du fait que vous correspondez davantage à la définition de l'« humain » telle qu'elle est programmée en nous. Mais si le cas ne se présente pas, alors oui, nous agirons de façon à ne pas leur causer de tort.

– Je ne saurais assez insister là-dessus. La cité peut toujours fabriquer d'autres robots. Peu m'importe combien de robots ces créatures pourraient détruire, je ne veux pas qu'on leur fasse de mal. Je suis sûr qu'il existe un moyen de rendre la coexistence possible.

– C'est compris, maître Derec. Les explications que nous a fournies Mandelbrot ont largement contribué à renforcer vos directives.

Derec sentit monter l'adrénaline. Il n'avait qu'une envie, se précipiter hors de la pièce et courir jusqu'aux abords de la cité. Etre sur place. Comme il l'avait projeté ; un plan qui avait plongé dans le désarroi Alpha, le Superviseur à qui il s'en était ouvert le premier.

– Ce serait extrêmement dangereux, avait rétorqué celui-ci en s'exprimant très lentement et avec beaucoup de circonspection. Je ne pense pas que les Lois l'autorisent... Le robot rebelle...

Derec aurait pu discuter mais, apparemment, cela n'en valait pas la peine. Même Mandelbrot était d'accord : le robot représentait un danger aussi manifeste qu'imprévisible. Malgré l'assurance que leur avait donnée Derec qu'un robot en rébellion demeurait soumis aux Trois Lois et était de ce fait incapable de lui nuire, tous avaient accueilli avec une « joie » évidente sa décision de rester finalement dans la cité. Entendu. Pour ce coup-ci, il jouerait les généraux, en retrait derrière les lignes et dirigeant ses troupes. Il nota que les Superviseurs avaient également posté un cordon de Chasseurs-Chercheurs autour de son bâtiment, mais il ne fit aucun commentaire.

– Envoie-moi l'image, Gamma. Et assure-toi que nous enregistrons ; nous aurons besoin de la moindre bribe des sons émis par ces créatures pour commencer à déchiffrer leur langage.

La paroi de l'édifice qui se dressait juste en face d'eux était faite de plastique translucide d'un blanc laiteux. Elle venait de s'éclairer sous l'action d'une lumière intérieure, et une immense vue de la forêt se projetait dessus, en fond rouge marqué de détails pris à l'infrarouge. Derec distingua facilement les silhouettes des créatures-loups avançant prudemment à travers les hautes herbes, en direction de la cité.

– Mandelbrot, dit-il en se penchant légèrement en avant

pour désigner celle qui marchait en tête du groupe, n'est-ce pas le vieux loup de la clairière ? Regarde : il a la même fourrure grise autour du museau, les mêmes taches.

– Je le vois, maître Derec.

– C'est lui qu'il nous faudrait capturer. Peut-être se souviendra-t-il qu'on ne lui a pas fait de mal la première fois. Il se pourrait même qu'il coopère. Gamma ?

– J'ai déjà transmis les instructions en ce sens à toutes les unités, maître Derec.

– Parfait. J'imagine qu'on va devoir en anesthésier la plupart avant qu'elles ne renoncent à la lutte. Elles m'ont paru plutôt agressives. (Derec tapota son bras et les bandages entourant les plaies causées par les griffes, sans perdre des yeux les silhouettes qui approchaient lentement de la cité.) En elles-mêmes, ce sont des créatures magnifiques, dit-il. Regarde-les. Tout en puissance et souplesse ; on a vu ce qu'elles pouvaient faire à un robot.

Il distinguait à présent, sur plusieurs d'entre elles, des colliers de fils étincelants : peut-être des amulettes pour se protéger de la cité, ou simplement les trophées de leurs dernières victoires. Il hocha la tête.

– Mandelbrot, reprit-il, tu avais absolument raison. Elles sont *humaines*. Si Wolruf était là...

Tandis que la meute progressait vers la cité, Derec dépêcha ses instructions par l'entremise des biopuces. Plusieurs Chasseurs-Chercheurs émergèrent des bâtiments extérieurs, avançant sur une même ligne. La moitié était armée de neurodéphaseurs fabriqués la veille en toute hâte : d'après l'étude réalisée sur les modèles générés par ordinateur, les déphaseurs devaient produire des interférences sur les impulsions électriques provenant du cerveau des créatures et provoquer des troubles mentaux. Quant aux maquettes bricolées à la va-vite, elles avaient une fâcheuse tendance à la dispersion électrique, ce qui eut pour effet d'endommager plus d'un robot. Prévus comme forces de soutien, d'autres Chasseurs-Chercheurs, bardés de fléchettes anesthésiantes, avançaient également à la rencontre des assaillants. Des unités de travail attendaient qu'on ait capturé une ou plusieurs des créatures dans l'espoir d'apprendre à communiquer avec elles.

Derec s'attendait à rencontrer un certain nombre de

difficultés. Il prévoyait un affrontement des plus sévères avant que les créatures ne soient maîtrisées.

Il se trompait.

A mi-pente de la colline, le vieux loup s'arrêta. Complètement à découvert, sans chercher le moins du monde à se soustraire aux regards, il se dressa sur ses pattes de derrière, pointa une main vers les Chasseurs et lança un hurlement sinistre dans son étrange langage. Son attitude ne laissait aucun doute. La signification en était évidente : *venez me chercher*.

Le langage du corps a quelque chose d'universel.

– Ça n'a aucun sens ! s'exclama Derec en louchant sur l'image du loup agrandie sur plusieurs mètres. Normalement, un animal attaque quand il est avec la meute.

– Ce ne sont pas de simples animaux, lui rappela Mandelbrot.

– Oui. Et je parierais que le rebelle leur a enseigné quelques ruses sournoises de son cru.(Derec fit la grimace.) Bon, il est visible qu'il ne va pas s'approcher. Manifestement, ils attendent qu'on aille les combattre. Gamma, envoie les Chasseurs.

Mais ce n'était pas d'un combat que voulaient les créatures-loups. Pas du tout. Alors que les Chasseurs-Chercheurs s'avançaient, elles reculèrent. Petits pas à petits pas. Restant hors de portée des déphaseurs et des fléchettes, quoiqu'il s'agît pour Derec plus d'un hasard qu'autre chose.

Il essaya de communiquer directement de la voix par l'intermédiaire des Chasseurs, dans l'espoir que les créatures puissent lire ses intentions dans le ton sinon dans le sens de ses paroles. Pour toute réponse, il eut droit à des hurlements.

Il envoya un ouvrier désarmé, les bras tendus en signe de paix. Lorsqu'il arriva parmi la horde, les créatures le mirent en pièces.

Finalement, en proie au dépit, il lança les Chasseurs sur elles au grand trot. Elles se dispersèrent dans les bois, et Derec rappela les Chasseurs.

Pour une confrontation, c'était plutôt frustrant, un rien exaspérant. Pour une tentative visant à régler le conflit, c'était un échec total.

– Givre, grommela Derec tandis que la paroi du bâtiment d'en face s'éteignait et que les lumières reprenaient leur droit dans la cité. Au nom du vide, qu'est-ce qu'elles ont voulu prouver avec *ça* ?

Flanc d'Argent écoutait le concert des voix de tête, attendant son heure. Il se trouvait au sud de la cité qu'il avait contournée depuis le Refuge.

Déjà, l'alerte était générale lorsque s'étaient manifestés Hurle-Vie et les autres frères à la lisière de la forêt à l'ouest, et le robot percevait nettement la voix venue s'ajouter aux autres, donnant ses directives à la cité et jusqu'au triumvirat de Superviseurs.

L'Etre-Dieu. L'être fait de chair et non de pierre.

La cité se montrait stupide. Les Pierres Qui Marchent n'avaient pas su tirer la leçon de leur récente expérience. Elles s'attendaient à ce que les loups attaquent de la même façon que d'habitude, comme s'ils n'étaient pas capables de penser une nouvelle stratégie. Flanc d'Argent entendit l'Etre-Dieu, s'exprimant dans la langue du Néant qu'ils connaissaient l'un et l'autre, commander aux Chasseurs d'avancer. *Ne les tuez pas,* disait-il. *Capturez le vieux loup.*

Flanc d'Argent réagit par un grognement de satisfaction, heureux d'avoir conseillé à Hurle-Vie de seulement se montrer et d'éviter si possible un affrontement concret. Décision qui découlait de la Première Loi et qu'il n'avait prise que parce qu'elle lui paraissait logique.

Ne faites pas de mal aux créatures-loups. C'était la recommandation de l'Etre-Dieu aux Pierres Qui Marchent. Mais Flanc d'Argent n'était pas certain de pouvoir lui faire confiance. Si lui, Flanc d'Argent, était incapable de mentir – la Vieille Mère avait rendu une telle démarche impensable le concernant –, il n'en était pas de même pour ses frères. La *chair* pouvait mentir, et l'Etre-Dieu était fait de chair.

Toute l'attention de la cité se polarisait sur la horde. Il était temps pour lui d'agir.

Il avait modifié l'inclinaison des segments dodécaédriques qui composaient son corps, afin qu'ils réfléchissent le moins de lumière possible. Sa transformation en Pierre Qui Marche la fois précédente n'avait pas donné de bons résultats ; la cité était désormais au courant de ses capacités de métamorphose et avait dû prendre ses précautions pour parer à de tels camouflages. Il ne s'était pas non plus senti très bien dans ce moule.

La Troisième Loi, cependant, exigeait de lui qu'il protège son existence, et pénétrer dans la cité sous son apparence de loup eût été fort dangereux. La forme d'oiseau lui avait été à deux reprises bien utile ; il l'utiliserait une fois encore jusqu'à ce qu'il trouve l'Etre-Dieu.

En décidant d'adopter le peuple des loups, Flanc d'Argent avait nettement marqué sa préférence pour la forme « humaine » qui était la leur. Il *était* loup. Il entrerait dans la cité sous l'aspect d'un oiseau, mais il se présenterait à l'Etre-Dieu en tant que loup.

Il enjoignit à son corps de se transformer. Il déploya ses grandes ailes noires et s'éleva lentement vers l'amas de nuages.

L'Etre-Dieu devait se trouver dans les parages de la Colline aux Etoiles. Flanc d'Argent en était convaincu. Parce que la Colline aux Etoiles était le cœur de la cité, l'Etre-Dieu ne pouvait qu'être là, peut-être à l'intérieur de l'édifice, peut-être même dans la salle qui avait abrité le Central. Flanc d'Argent vira sur une aile et, se laissant porter par le vent, piqua vers la pyramide scintillante qui s'élevait au centre de la cité.

Les lumières diminuèrent aux abords de la Colline aux Etoiles, puis un vif éclat illumina la face de l'un des bâtiments. Flanc d'Argent ramena ses ailes sous lui et se laissa descendre, tout en réglant ses circuits optiques sur les téléobjectifs.

Hurle-Vie ! Il vit ses frères, les images de ses frères projetées sur un bâtiment jouxtant la Colline aux Etoiles. Dans sa tête, il perçut l'embarras où semblait se trouver l'Etre-Dieu devant le comportement des loups, et l'entendit ordonner aux Chasseurs d'avancer.

Flanc d'Argent tournoya au-dessus du secteur qu'il balaya de ses lentilles.

Là ! L'Etre-Dieu était sur un balcon en face de l'image de Hurle-Vie, flanqué de deux Pierres Qui Marchent. Flanc d'Argent étouffa un hurlement, effectua un virage d'un coup d'aile et se laissa tomber comme une pierre au moment où le mur sur lequel s'animait la silhouette de Hurle-Vie s'éteignait subitement.

Seul le sifflement du vent le long de son corps d'oiseau vint troubler le silence de sa chute.

A quelques mètres au-dessus d'eux, il se stabilisa dans un violent battement d'ailes, à l'instant même où les Pierres Qui Marchent le repéraient. Il reprit instantanément son apparence de loup et se laissa tomber sur le balcon. Il se saisit de la Pierre Qui Marche la plus proche et la projeta par-dessus la balustrade ; elle avait tenté désespérément de s'agripper à lui, mais en vain, et elle tomba dans un silence étrange. L'autre, à l'aspect bizarre avec ses deux bras dissemblables, s'interposa aussitôt entre lui et l'Etre-Dieu. Il ne fit aucun mouvement en direction de Flanc d'Argent, bien que celui-ci fût certain qu'il ne le laisserait pas passer.

L'Etre-Dieu était une curieuse créature, songea-t-il, avec ce visage au teint terreux, pâle comme la mort, et cette fourrure tout entière rassemblée au sommet de sa tête, absente sur tout le reste du corps. Un corps qu'il dissimulait sous une drôle de substance, de sorte que Flanc d'Argent était incapable de deviner son sexe. Un de ses bras était attaché. Il n'arborait pas de griffes, et ses dents étaient aussi aplaties et émoussées que celles d'un herbivore. Il dégageait une horrible puanteur, comme d'un obscène croisement entre un cadavre de Pierre Qui Marche et un Habitant des Arbres.

On avait bien du mal à l'imaginer commandant aux Pierres Qui Marchent.

Et pourtant... la créature exerçait sur Flanc d'Argent une étrange fascination. C'était un être de chair, et il régnait sur cet univers de technologie. *Trouve une forme de vie intelligente,* lui avaient intimé ses premières instructions programmées.

Flanc d'Argent écarta cette pensée. *Protège la horde* ; voilà ce que lui demandait la Première Loi.

– Je te défie ! rugit-il dans la langue de la Meute à l'adresse de l'Etre-Dieu. (Et comme celui-ci se contentait de hocher la tête sans comprendre :) Je te défie, Etre-Dieu, répéta-t-il, cette fois dans la langue du Néant.

Les mots sonnaient bizarrement, venant de sa gorge, aux oreilles de Flanc d'Argent ; et en même temps, ils lui semblaient étrangement familiers. L'Etre-Dieu réagit en l'entendant s'exprimer dans la langue du Néant ; ses yeux s'écarquillèrent de stupeur.

– Battons-nous pour décider qui doit commander aux Pierres Qui Marchent, reprit Flanc d'Argent avant de pousser un grognement et de prendre la posture du défi, les pattes arrière ramassées comme prêtes à se détendre, les griffes sorties.

La Pierre Qui Marche qui se tenait devant l'Etre-Dieu avança sur Flanc d'Argent, lequel se mit à gronder. Comme elle levait la main vers lui, celui-ci referma ses crocs sur son bras, le déchirant sauvagement. C'était comme mordre de la pierre, mais la prise agit comme un levier et Flanc d'Argent réussit à rejeter le robot de côté.

L'Etre-Dieu recula, essayant de gagner l'entrée de la Colline aux Etoiles, mais Flanc d'Argent vint lui bloquer l'issue.

– Non, dit-il. Je ne te laisserai pas t'enfuir. Tu dois te battre. C'est le seul moyen d'en découdre.

– Nous n'avons pas besoin de nous battre, répliqua l'Etre-Dieu. Je ne me battrai pas avec toi. Tu vas t'écarter de l'entrée.

Sa voix arborait un ton impérieux. Un instant, Flanc d'Argent faillit lui obéir ; un court instant, il modifia sa posture, prenant une attitude servile et soumise. Mais, aussitôt, il agita son énorme tête et poussa un nouveau grognement de fureur en jargon animal.

– La Vieille Mère m'a envoyé pour sauver la horde. Tu la décimes. Nous devons nous battre. C'est le seul moyen.

L'Etre-Dieu secoua sa tête au visage terreux.

– Non. La situation a changé. J'ai ordonné à la cité d'arrêter tout ça. Ecarte-toi, maintenant. Tu es un robot. Tu dois m'obéir.

– Je suis le chef de la meute. J'obéis à la volonté de la Vieille Mère.

– Qui est la Vieille Mère ? demanda l'Etre-Dieu.

Flanc d'Argent n'arrivait pas à croire qu'il soit aussi stupide. Comment pouvait-il ne pas connaître la Vieille Mère ? Puisqu'il était envoyé par la Première Bête, il devait *obligatoirement* la connaître.

Mais il n'était plus temps d'interroger l'Etre-Dieu. Des

franges de sa vision périphérique, Flanc d'Argent perçut des êtres en mouvement ; trois êtres en mouvement. La Pierre Qui Marche qu'il avait repoussée revenait sur lui, et de l'intérieur de la caverne creusée dans la Colline aux Etoiles, la caverne de l'Etre-Dieu, accouraient deux Chasseurs vers la corniche, prêts à l'affronter.

Il lança un hurlement de colère et se planta devant l'Etre-Dieu.

– Tu as peur de moi. C'est moi qui devrais être le chef. Si tu règnes sur la cité, alors bats-toi avec moi. Je t'attendrai.

Il écarta la main que la Pierre Qui Marche posait sur lui et bondit vers le rebord de la corniche, renversant l'Etre-Dieu dans son élan. Un être plutôt fragile, à en juger par le cri de douleur qu'il lança tandis que Flanc d'Argent plongeait dans le vide.

Celui-ci reprit sa forme d'oiseau, s'éleva dans les airs et s'éloigna de la pyramide. Les Pierres Qui Marchent avaient remis l'Etre-Dieu sur ses pieds et regardaient le volatile gagner de l'altitude. Flanc d'Argent ne les quitta pas des yeux, craignant qu'elles ne déchaînent sur lui leurs terribles éclairs de feu mais l'Etre-Dieu les retint.

Hurlant à nouveau son défi en jargon animal, Flanc d'Argent laissa la cité derrière lui. Après s'être posé dans la forêt, il retrouva son apparence de prédilection et s'assit sur son postérieur pour attendre.

APPEL REÇU

C'était certainement l'un des sons les plus terrifiants qu'il ait jamais entendus que ce hurlement cauchemardesque qui s'échappait de la gorge de l'énorme oiseau, noir comme un corbeau. Pis que tout, la fluidité du corps en mouvement ajoutait à l'horreur de la vision. Le robot rebelle s'était comme tout bonnement *fondu* dans sa nouvelle forme...

Tandis qu'il suivait des yeux son envol, Derec eut soudain la conviction que les choses n'allaient pas être aussi faciles qu'il n'avait cru. Pas faciles du tout.

Il aspira une grande bouffée d'air dans le froid de la nuit et, soutenant son bras malade, entra à l'intérieur.

– Maître Derec, êtes-vous blessé ?

– Surtout dans ma fierté, Mandelbrot, répondit-il. Je gage que ça va mettre plus longtemps à guérir que le reste.

Les élancements étaient revenus dans son bras, et il éprouvait une douleur à la tête à l'endroit où il avait cogné la balustrade lorsque le robot l'avait écarté de son chemin. Mais tout cela était moins grave que ce n'aurait pu l'être. Il avait vu les dents, les griffes ; il avait vu comment le rebelle avait balancé Mandelbrot, comme une vulgaire poupée brisée. Quelques éraflures, quelques ecchymoses, cela n'était rien. Rien du tout.

Derec s'assit sur le canapé et pencha la tête en arrière.

– Nous avons besoin de Wolruf, dit-il.

La cité était toujours en proie au tumulte. Il en percevait les échos sous son crâne. Il entendait le Superviseur Alpha donner des directives aux Chasseurs-Chercheurs pour qu'ils retrouvent la trace du robot hors la loi, mais Derec savait que c'était peine perdue. Le diable avait bien trop de déguisements à sa disposition pour se laisser prendre.

– Wolruf ? s'étonna Mandelbrot.

– Oui. Réfléchis. Elle comprendra ces créatures mieux que nous ne savons le faire. A tout le moins, elle sera confrontée à une espèce intelligente canine qui – apparemment – se rapproche davantage de la sienne, comparée à nos archétypes simiesques. C'est là le fond du problème. Le robot rebelle semble croire qu'il est l'une de ces créatures ; leur chef, en fait. Ce qui signifie qu'il pense comme elles. Sa logique est celle d'un extraterrestre. Pas étonnant que *moi*, je ne l'aie pas compris, ajouta-t-il avec amertume.

– Il reste néanmoins une intelligence positronique, maître Derec. Il a été fabriqué par un humain, ne fût-ce le Dr Avery lui-même. Cela, c'est pratiquement certain. Je l'ai observé du mieux que j'ai pu au cours de l'accrochage. Une chose est sûre, l'enveloppe qui le recouvrait était en dianite, le même matériau qui compose la cité, et il s'est exprimé en langage standard. Dans un cerveau positronique, il y a des données incontournables. Il se peut même qu'il obéisse aux ordres de la cité, vu qu'il est fait de la même substance.

– Certes, Mandelbrot. Il est soumis aux Lois, ou devrait l'être, en tout cas. Simplement, je me demande comment il les *interprète*. Un esprit grégaire, des mœurs de carnassier... (Derec prit une profonde inspiration.) Givre, je meurs de soif. (Il se dirigea vers un distributeur mural et se commanda une boisson qu'il avala d'un trait.) Leur comportement dépasse notre entendement, du moins dans une certaine mesure. Wolruf a plus d'affinités avec ces êtres que nous n'en aurons jamais. D'ailleurs, c'est *toi* qui as insisté pour qu'on les traite comme des humains. Comment faire si nous n'arrivons pas à les comprendre ? Comment s'y prendre avec ce mutin si nous ne savons pas décrypter ses pensées ?

– Je suis d'accord avec vous, maître Derec. Faisons venir Wolruf.

– A la bonne heure, acquiesça Derec. Il était temps que je prenne une sage décision.

Ce qui n'avait pas été le cas depuis le départ d'Aurora.

Le verre vide toujours à la main, Derec sortit à nouveau

sur le balcon et scruta le ciel obscur dans la direction où le robot avait disparu. Il crut entendre encore l'écho du terrible hurlement dont le souvenir lui fit passer des picotements tout au long de l'échine.

Il n'avait pas mentionné les autres raisons qui le poussaient à vouloir faire appel à Wolruf, bien qu'il sût pertinemment que Mandelbrot les avait lui aussi à l'esprit, même si le robot ne les avait pas énoncées de peur de faire de la peine à l'homme. Le point de vue de Wolruf leur serait certes d'un grand secours mais, en plus, Wolruf viendrait avec un vaisseau qui leur permettrait de fuir cette planète si la nécessité s'en faisait sentir. En fait, Derec avait très envie d'appeler Ariel. A bien des égards, c'était plutôt Ariel que Wolruf qu'il voulait voir.

D'autant que Wolruf pouvait amener Ariel.

Derec lâcha un autre soupir.

Il activa dans sa tête la liaison par les biopuces et transmit son message : *Alpha. Bêta. Votre rapport sur l'état du Superviseur Gamma.*

La réponse de Bêta fut immédiate. *Unité Gamma inactive après sa chute. Le cerveau positronique a été envoyé au centre de réfection et sera réinstallé dans un nouveau corps si cela s'avère possible. On ne connaît pas l'étendue des dommages causés au cerveau : une nouvelle unité de surveillance a été activée. Alpha signale que les Chasseurs-Chercheurs ont perdu la trace du rebelle. Quelles sont les instructions concernant le rebelle et les créatures-loups ?*

Vous continuez à considérer les créatures-loups comme humaines, répondit Derec. *Aucun mal ne doit être fait au rebelle si vous le trouvez ; mais il n'est pas nécessaire d'envoyer les Chasseurs au-delà des limites de la cité. Le rebelle va revenir.*

Cela, Derec en était persuadé.

Bien reçu. N'y avait-il pas comme du mépris sous la froideur impersonnelle de la réponse ?

En attendant, j'ai besoin d'un accès aux émetteurs d'hyperondes de la cité. Tu devrais avoir les coordonnées d'Aurora dans ses banques mémorielles. Veux-tu transmettre le message suivant : « Ariel. Trouve Wolruf. Envoie-la-nous immédiatement – c'est impératif ! Et... je suis désolé. Je t'aime. Envoie ta réponse à ces coordonnées. Autre chose, Ariel... j'aimerais que tu l'accompagnes. Derec. »

Le message arriva à destination sous forme extrêmement compressée, propulsé à travers le trou de ver du système aurorain après avoir franchi les distances astronomiques en perforant, sous l'énorme puissance des émetteurs de la Cité des robots, les discontinuités de l'espace-temps.

Le signal comprimé fut reçu par le centre des communications en orbite autour d'Aurora et, une fois les charges prélevées sur le compte en banque familial d'Ariel, relayé jusqu'au réseau de la planète, décodé et remis en clair. De là, il fut transmis au terminal de Derec et d'Ariel.

Tout s'était passé exactement comme Derec l'avait prévu. Sauf qu'Ariel n'était plus là pour recevoir le message.

Mais quelqu'un y était.

– Wolruf ? Qui est ce Wolruf ? Qui ou quoi ? Tu dois me répondre. C'est d'une extrême importance.

Le robomestique n'avait pas l'air décidé à répondre. L'ordre qui lui était fait dans sa programmation de ne rien révéler des affaires de son maître était peut-être la contrainte la plus rigoureuse à figurer dans ses banques mémorielles, pour autant qu'aient pu insister les techniciens de l'usine sur le caractère prioritaire de la Deuxième Loi.

Néanmoins, il existait une priorité plus forte qu'on pouvait toujours invoquer, et l'individu qui venait de parler était un *grand* expert en logique positronique. Il suffisait de choisir ses mots avec soin et de constamment les répéter.

– Il est très important que tu me mettes au courant, Balzac. Comme tu le sais, maîtresse Ariel n'est pas sur Aurora. Elle a quitté la planète et ne peut être d'aucun secours. Maître Derec a des ennuis ; le message est en ce sens implicite. Il a besoin que ce Wolruf lui vienne en aide. C'est *moi* qui vais contacter Wolruf, mais je dois avant tout savoir dans quelle direction chercher. Tu dois me dire tout ce que tu sais. Nous sommes face à la situation prévue par la Première Loi, Balzac. La Première Loi. Ariel et Derec sont en danger, et ton refus de parler accroît ce danger. Ceci prime toutes les instructions précédentes que tu as pu recevoir. Comprends-tu ?

Il fallut une heure de discussion serrée, dont le robot sortit le cerveau sérieusement endommagé. Balzac ne serait plus d'une grande utilité pour ses propriétaires.

Mais il *parla*, d'une voix hachée ayant bien du mal à articuler...

DÉCISIONS

Durant les deux jours qui suivirent, Derec s'informa presque toutes les heures auprès du centre des communications de la cité, tout en sachant qu'il aurait été prévenu par les biopuces si un message avait été reçu.

La réponse n'arriva jamais. Ariel ne se manifesta pas.

Cela ne lui ressemblait pas du tout. Derec était certain que, même furieuse contre lui, elle lui aurait fait parvenir une réponse, fût-elle caustique. Pourtant, les hyperondes en provenance d'Aurora restaient muettes.

Il gardait l'espoir qu'elle ait tout simplement décidé de partir pour la planète avec Wolruf, qu'un jour un vaisseau viendrait orbiter autour de ce monde. Il ordonna à la cité de surveiller le ciel, de fouiller la nuit pour y repérer la lueur d'une traînée. Peut-être Ariel était-elle déjà là-haut, peut-être avait-elle fait le saut depuis un jour ou deux.

Mais aucun vaisseau n'apparut dans le ciel. Derec attendit huit jours, perdant l'appétit et le sommeil et laissant tout le contrôle de la cité aux soins des Superviseurs à qui il avait donné des ordres fermes : *La cité doit cesser de bâtir et de défricher la forêt. Rappelez-vous que les créatures-loups doivent être considérées comme des humains et qu'on ne doit pas leur faire de mal. Ne détruisez pas le robot rebelle.*

A mesure que les jours passaient, les loups se révélaient de moins en moins prudents. Toutes les nuits, le rebelle se montrait sur la colline face à la cité, arpentant le versant en poussant des hurlements dans son langage animal. Derec n'avait nul besoin qu'on lui traduise ; la signification était assez évidente. Les créatures donnaient l'impression de se rendre compte que la cité ne faisait rien pour les repousser.

Au cours du troisième jour qui suivit le défi lancé par le rebelle, la meute lança une attaque éclair contre un groupe d'ouvriers, détruisant la plupart d'entre eux avant l'intervention des Chasseurs qui la mirent en fuite. Obéissant aux directives de Derec, les Chasseurs s'abstinrent de poursuivre les loups et les laissèrent gagner le couvert de la forêt.

Le rebelle lui-même fit une incursion dans la cité durant la cinquième nuit, au cours de laquelle il abattit Delta, le Superviseur appelé en remplacement de Gamma. Le cerveau positronique avait été démoli au point de ne pouvoir être restauré, sinon pour assurer des tâches ouvrières dans un corps différent.

La sixième nuit, un Chasseur-Chercheur réussit à filer la meute à son insu et à anesthésier l'un des loups à distance. Mais lorsque deux autres Chasseurs s'approchèrent pour capturer la créature, le rebelle surgit de l'ombre et les attaqua. Ils furent mis en pièces ; le hors-la-loi, lui, s'en sortit apparemment indemne.

Il fut bientôt évident pour Derec que la situation ne pouvait pas s'éterniser dans cette impasse. Comme il était évident que Wolruf, si tant est qu'elle arrive un jour, ne serait pas là de si tôt ; et qu'Ariel n'avait soit jamais reçu le message soit l'avait ignoré et n'était donc pas prête à y répondre.

Ce qui laissait un choix bien mince à Derec. Il était à présent complètement guéri ; son bras s'était ressoudé, même s'il restait encore fragile après le traitement accéléré. Il n'avait plus aucune excuse pour ne pas affronter le problème en face. Tout valait mieux que de continuer à broyer du noir.

Malgré cela, la perspective était loin de le ravir.

Mandelbrot le tira de son sommeil.

– Le rebelle est encore là, chuchota le robot. Je l'ai aperçu au loin ; il longeait la lisière du bois.

– As-tu réessayé de le faire entrer ? demanda Derec.

Mettant à contribution la bibliothèque technique présente sur place, Mandelbrot avait tenté d'altérer la programmation du robot hors-la-loi, vu que celui-ci avait une connexion évidente avec la cité. Il avait diffusé des ordres sur des fréquences variées, mais sans effet.

– Oui. En utilisant une fois encore le langage codé de la Cité des robots, et aussi le langage humain par le biais d'un enregistrement de votre voix. Il s'est servi de la connexion pour me retourner un grognement.

– Tu devrais peut-être lui offrir un biscuit, grommela Derec.

– Si vous pensez que ça peut marcher, maître Derec. Donnez-moi une minute...

Derec fit la grimace. Le robot avait déjà filé vers la porte.

– Non ! Mandelbrot, reviens ici. Givre, es-tu donc incapable de savoir quand on plaisante ? Accorde-moi un petit instant et laisse-moi me préparer. (Derec roula hors du lit et se frotta les yeux.) Il est temps que j'aille m'occuper de ça personnellement. Il est temps que je réponde au défi de ce satané gadget. Le rebelle a raison ; l'un de nous doit prendre le contrôle de la situation.

Les yeux de Mandelbrot scintillèrent dans la nuit. Derrière le robot, la grande porte voûtée qui menait au balcon était ouverte. Aucune des lunes n'était levée ; le ciel par-delà la tête de Mandelbrot était constellé d'étoiles. A cette heure, les loups devaient se trouver là-dehors, avec le robot hors-la-loi.

– Maître Derec, je n'aime pas ça.

– Moi non plus, crois-moi.

Derec enfila son pantalon et passa une ample tunique par-dessus ses épaules.

– Le rebelle est dangereux. Il a détruit des robots de la cité, il a saboté l'ordinateur central et détraqué les Superviseurs. Il vous a même menacé.

– Rien qui ne viole nécessairement les Trois Lois, fit remarquer Derec. Pas plus la menace que le reste. Il a pris la forme de ces créatures et il pense aussi comme elles.

– Auquel cas il est *très* dangereux. Je dois manifester mon désaccord. Aucun robot sain d'esprit n'aurait pu dire ce que le rebelle vous a dit sur le balcon. De tels propos provoqueraient des réactions excessives dans mes circuits positroniques. Rien que d'y penser en ce moment, ça déclenche en moi des vibrations tout à fait palpables. Si je voulais ne serait-ce que formuler de telles menaces, je ne pourrais pas. Les dommages que cela causerait à mon cerveau entraîneraient un dysfonctionnement immédiat, voire un blocage total.

– Le rebelle est assujetti aux Lois, insista Derec.

– Le rebelle est fou. Ça ne fait aucun doute. On ne peut pas avoir confiance en la façon dont il interprète les Lois. Il vous a blessé lors de votre première rencontre.

– Je vais néanmoins aller le trouver.

Mandelbrot fit un pas en avant, bloquant le passage à Derec.

– Maître Derec, je ne peux le permettre. Je suis désolé. La Première Loi me l'interdit.

– Ceci est un ordre absolu, Mandelbrot, et je t'ai déjà dit que tes suppositions étaient erronées. La Première Loi n'a rien à voir avec ça. Ecarte-toi de mon chemin.

– Je... suis désolé.

Le robot éprouvait quelque difficulté à articuler, sa voix était hésitante ; les délicats rouages qui gouvernaient l'activité des Trois Lois jouèrent dans son cerveau, mais il resta planté devant la porte.

– Mandelbrot, le rebelle ne me voulait pas de mal. Pas réellement. Il protégeait sa propre existence et il a jugé qu'il pouvait me bousculer. Tu aurais peut-être pris la même décision : un petit choc plutôt qu'une mort probable. N'oublie pas qu'il *aurait pu* tout aussi facilement m'arracher la tête de ses griffes.

– Je... ne... sais...

Voyant que la détermination du robot faiblissait, Derec poursuivit son argumentation.

– Le rebelle aurait pu me tuer en un rien de temps, Mandelbrot. Il a choisi de ne pas le faire. Ce qui me fait dire que les Trois Lois agissent toujours. Et puis, on ne va pas tout résoudre sur ce balcon ; il faudra bien en venir au face-à-face. Se contenter de demander à la cité de nous construire un vaisseau pour quitter cette planète – en supposant que la cité en soit encore capable au point où on en est, et j'en doute fort –, c'est abandonner ces créatures. Elles continueront à harceler la cité et, en notre absence, qui sait ce qui peut advenir ? Peut-être la mort pour elles. Une chose est sûre, nous avons déjà semé la confusion parmi cette horde, et si la cité poursuit son développement, le mal va s'étendre à d'autres meutes. Ce sont des être intelligents, Mandelbrot. Tu le sais aussi bien que moi. Je ne peux pas, et je ne veux pas, les abandonner comme ça. Quant à rester ici les bras croisés, ça ne sert à rien.

Tandis qu'il parlait au robot, Derec avait pris conscience que son discours s'adressait tout autant à lui-même. Rester ici les bras croisés, c'était *exactement* ce qu'il avait fait, à broyer du noir en pensant à Ariel et à Wolruf, sans lever le petit doigt. Il était *plus* que temps d'affronter le rebelle, d'une façon ou d'une autre. Il se devait de relever le défi.

– Mandelbrot, je t'ordonne une nouvelle fois de t'écarter.

Le robot fit un timide pas de côté.

– J'aimerais... vous accompagner.

Un sourire se dessina sur le visage de Derec.

– Bien sûr. On a toujours besoin d'un témoin dans un duel. (Puis, avant que Mandelbrot n'ait pu dire quoi que ce soit :) Je plaisantais, naturellement.

LE DÉFI RELEVÉ

Flanc d'Argent observait la cité comme chaque nuit depuis que Petite Face était un croissant. La lune avait disparu, en attendant que la Vieille Mère lui donne de nouveau naissance, dans son cycle éternel. L'Etre-Dieu continuait d'ignorer son défi, mais Flanc d'Argent le renouvelait chaque soir.

L'Etre-Dieu viendrait à lui. Il ne pouvait pas faire autrement.

En tout cas, une partie de ses dires s'était avérée juste. La cité avait bel et bien changé ; elle ne pourchassait plus la horde quand celle-ci attaquait. Quelques nuits auparavant, Hurle-Vie avait conduit la meute à l'assaut. Bien qu'ils soient intervenus pour protéger les Pierres Qui Marchent, les Chasseurs n'avaient pas poursuivi les loups lors de leur retraite.

Puis le jeune Patte Lente avait été surpris et abattu par un Chasseur au cours d'une de ses escapades habituelles. Flanc d'Argent l'avait cru mort. Mais lorsque les Chasseurs étaient venus chercher le corps, et après qu'il les eut mis à mal, Flanc d'Argent s'était rendu compte que Patte Lente n'était qu'endormi. Convaincu que d'autres allaient le poursuivre pour se venger, il s'était préparé à les entraîner loin du Refuge.

Mais les autres Chasseurs étaient demeurés dans la cité. Ainsi en avait ordonné l'Etre-Dieu – qui s'appelait Derec comme Flanc d'Argent l'avait appris en écoutant la cité parler dans la langue du Néant.

Quelle créature pouvait rester terrée si longtemps dans son trou ? Comment s'y nourrissait-elle, puisque tout le gibier avait été décimé ? L'Etre-Dieu était fait de chair, comme ses frères ; il fallait bien qu'il mange.

Autrement dit, il finirait par sortir.

Le plus curieux dans tout cela, c'était que Flanc d'Argent éprouvait l'envie tenace de revoir l'Etre-Dieu. Lorsqu'il repensait à leur précédente confrontation, cela éveillait en lui d'étranges pensées. Il se sentait attiré vers lui, irrésistiblement attiré.

Il possède le savoir. Il est intelligent. Il sait forger des outils bien mieux qu'aucun des membres de la horde. J'ai entendu la cité affirmer que c'était ce Derec qui avait fabriqué la Pierre Qui Marche pas comme les autres.

A certains moments, Flanc d'Argent n'avait plus du tout envie de se battre contre lui. Mais la volonté de la Vieille Mère qui s'exprimait en lui réclamait un tel défi. Par-dessus tout, il n'entendait pas qu'on fasse le moindre mal à la meute, alors que la cité était une menace constante du seul fait de son existence. Il lui fallait avoir le contrôle de la cité comme il l'avait de la horde, et l'Etre-Dieu l'en empêchait.

Il devait donc le défier. Et si l'adversaire lui refusait ce privilège, qu'il meure.

Les limites de la cité étaient nettement marquées, comme le rebord d'une coulée de lave refroidie. Derec avança d'un pas sur la surface dure et plane ; un pas de plus, il se retrouva sur l'herbe. Hors de la cité.

Soudain, sans raison, il se sentit exposé.

C'est ridicule, se dit-il. *Mandelbrot t'accompagne et Alpha nous suit par l'entremise des robots témoins. Une demi-douzaine de Chasseurs se tient sur le qui-vive dans la cité ; ils seront là en quelques secondes si nécessaire. Tu ne peux pas être plus en sécurité. D'ailleurs, c'est toi qui affirmes que les Trois Lois te protégeront du rebelle.*

Brusquement, il perdit toute confiance.

Un grondement sourd retentit sur sa droite. Il fit volte-face.

Le rebelle était là.

Accroupi cinquante mètres plus haut sur le versant de la colline, au milieu d'une trouée ménagée dans la forêt par les travailleurs de la cité. Perché sur un des troncs abattus, le robot, sous son apparence de loup, semblait plus grand que dans le souvenir qu'en gardait Derec. Il avait sorti ses griffes et entrouvrait la gueule pour dénuder ses crocs d'acier. A l'approche de Derec, il se dressa sur ses pattes de derrière ; il dominait le jeune homme d'au moins cinquante centimètres. Mandelbrot avait suivi Derec de son propre chef, prêt à intervenir devant la posture menaçante du rebelle.

C'est un robot. Il respecte les Lois. Derec prit une profonde inspiration et fit signe à Mandelbrot de reculer.

– Je suis venu te parler, dit-il.

Le loup poussa un grognement, puis cracha en langage standard :

– Je t'ai déjà défié. Je ne suis pas venu pour parler.

– Dis-moi au moins ton nom.

– Je m'appelle Flanc d'Argent, répondit l'autre. (Derec aurait juré percevoir dans sa voix une ombre de bravade, une inflexion bien plus marquée qu'il n'en avait jamais entendue chez un robot. Le type qui l'avait programmé était un as.) Je suis l'Elu de la Vieille Mère, le Fléau des Pierres Qui Marchent. Dis à ta Pierre Qui Marche de s'en aller afin que nous puissions déterminer qui de nous deux est le chef.

Derec dévisagea Mandelbrot, qui s'était encore rapproché aux paroles du rebelle.

– Mandelbrot est tenu de me protéger, Flanc d'Argent. Dis-lui que tu ne me feras aucun mal et je le renvoie.

– Il ne t'est d'aucune protection, répondit Flanc d'Argent en jetant un regard de ses yeux pâles sur Mandelbrot. Je l'ai déjà battu une fois. Je vais encore le battre, et toi et moi nous pourrons enfin régler notre différend.

– Non, je t'ordonne... commença Derec.

Mais il était trop tard.

Le rebelle bondit avec une vitesse que l'homme n'aurait pas crue possible. Sans la présence de Mandelbrot, il n'aurait pas eu la moindre chance. Il sentit le vent lorsque son compagnon se rua à la rencontre de Flanc d'Argent.

Le loup entra en collision avec le robot lancé sur lui, dans un fracas de tonnerre qui résonna parmi les arbres. L'affrontement se fondit dans un violent tourbillon, puis Mandelbrot se retrouva gisant au sol, les jambes agitées de soubresauts par suite du câble tranché que Flanc d'Argent serrait entre ses griffes. Quant au loup, il ne semblait pas avoir subi d'autre mal qu'une longue estafilade au côté.

Derec ouvrit la bouche pour crier, protester, hurler. Les biopuces lui apprirent que les Chasseurs-Chercheurs arrivaient, mais il était déjà trop tard.

Beaucoup trop tard.

Flanc d'Argent lança un terrible hurlement, se débarrassa du câble et se jeta sur Derec. Celui-ci leva les mains pour se protéger, mais en vain. Des griffes lui labourèrent les côtes lorsque la créature l'empoigna pour le jeter à terre.

– Non ! cria-t-il. Tu ne peux pas me faire de mal ! Je suis un être humain...

Une plainte sortit de la gorge du rebelle.

– Je suis un être humain... s'écria l'Etre-Dieu Derec.

Le mot déclencha une cascade hallucinante de réactions dans l'esprit de Flanc d'Argent. *Humain !* Ce terme de la langue du Néant prenait des résonances stupéfiantes, et Flanc d'Argent vacilla sous le choc.

Un être humain est une forme de vie intelligente.

Intelligence. Humain.

– Tu *n*'es *pas* humain, rugit Flanc d'Argent.

Mais il s'était exprimé dans la langue de la Meute – la langue des « humains » – et n'obtint pas de réponse en retour. Profitant de sa confusion, l'Etre-Dieu s'était relevé. Le loup se jeta de nouveau sur lui avec l'intention de l'éventrer de ses griffes pour le punir de son mensonge.

Il en fut incapble. *Incapable.* On eût dit que la Vieille Mère commandait sa main et retenait ses griffes au tout dernier instant, si bien qu'il manqua l'Etre-Dieu. Il lui sauta alors dessus et l'envoya de nouveau mordre la poussière, lui coupant le souffle, avant de reculer d'un pas pour le laisser s'allonger sur le dos, dans la position rituelle de la défaite et de la soumission.

L'Etre-Dieu ignorait comment se soumettre, ou s'y refusa. Il se releva une deuxième fois, dans une attitude de défi. Flanc d'Argent se précipita sur lui. Ses bras se refermèrent sur lui et l'enserrèrent, ce qui arracha à l'Etre-Dieu un gémissement de douleur.

– Soumets-toi ! souffla Flanc d'Argent.

Ce fut comme si la volonté de la Vieille Mère changeait ses mots en plainte. Il lui tardait de mettre un terme à ce combat. Il lui tardait que l'Etre-Dieu fléchisse et que s'achève cette farce.

Il était bien plus fort que cette créature de chair. L'Etre-Dieu était faible, plus faible que le plus malingre de ses frères. Et pourtant, il continuait la lutte.

– Non ! hurla-t-il en réponse, le visage écarlate, les yeux écarquillés, la bouche grande ouverte. (Flanc d'Argent sentit son souffle étrangement suave.) Non. Tu dois cesser. Je te l'ordonne. Je suis un être humain. Tu dois m'obéir.

Les mots ébranlèrent le loup comme autant de coups. Sa prise se relâcha, et l'Etre-Dieu glissa au sol. Le robot le regarda sans le voir, toute son attention tournée vers son chaos intérieur.

Humain.

Tu dois obéir.

Flanc d'Argent glapit en jargon animal.

Chose étrange, il n'était pas mort. Le rebelle glapit de nouveau comme un animal fou et, sous les yeux de Derec, son corps se transforma. Le museau raccourcit, les oreilles se rétractèrent et les mâchoires canines s'adoucirent. Oui, le visage devenait humanoïde, et les traits prenaient une ressemblance frappante avec ceux de Derec.

– Etre-Dieu, je... je dois en... savoir... plus, dit le robot. (Derec lut la confusion de son esprit dans sa voix entrecoupée. Une dérive positronique. Il commença à éprouver quelque espoir.) J'ai... besoin... d'informations.

Quelqu'un ou quelque chose se tenait derrière le robot rebelle. Une ombre. Mandelbrot avait réussi à immobiliser ses jambes et à se relever ; il avait titubé jusqu'à eux d'une démarche roide, poussé par l'injonction de la Première Loi. Derec vit venir le coup.

– Mandelbrot, non... s'écria-t-il.

Trop tard. Le poing fermé de Mandelbrot s'abattit sur le cou du rebelle qui tomba à genoux, laissa échapper un gémissement de loup de sa bouche humaine, et effectua une nouvelle métamorphose pour retrouver sa forme animale.

– Non, Mandelbrot ! ordonna de nouveau Derec. Je ne suis pas en danger !

Le rebelle ne comprenait plus. Il regarda Mandelbrot, puis Derec, la forêt, puis les Chasseurs-Chercheurs qui accouraient. Il glapit un cri de fureur animale. Ses traits changeaient sans relâche. Humain, loup, humain, loup.

Loup.

Il regarda Derec.

– Ne t'en va pas, implora celui-ci.

Mais l'autre secoua la tête. Il se laissa tomber à quatre pattes et courut vers le couvert de la forêt.

– Reviens ! cria Derec. Je t'apprendrai ! Dans la cité...

Mais le loup avait disparu.

LA MÉTAMORPHOSE DU LOUP

En bas, la meute était regroupée sur la saillie face au Refuge. Les louveteaux jappaient, jouaient à se battre ou tétaient. Les jeunes loups assez âgés pour faire partie de la Meute se pavanaient et fanfaronnaient en racontant comment ils avaient aidé Flanc d'Argent à tuer les Pierres Qui Marchent. Les adultes se contentaient de hocher la tête, tout en guettant de temps à autre le sommet de la colline où Flanc d'Argent et Hurle-Vie s'étaient rendus.

Bien étrange combat que celui qui avait opposé Flanc d'Argent et l'Etre-Dieu. Ils ne savaient toujours pas qui l'avait emporté.

– Tu m'en veux, dit Flanc d'Argent dans la langue des Chasseurs.

Hurle-Vie secoua son museau grisonnant et répondit dans le langage de la Horde, pour montrer au chef que celui-ci n'avait pas besoin de se sentir aussi affecté.

– Non, je ne t'en veux pas. Mais ton départ m'attriste.

– Je ne l'ai pas décidé. Je n'ai rien décidé.

– Je sens le changement en toi.

– Hurle-Vie a le nez d'un Creuse-Poussière, répliqua Flanc d'Argent dans la langue de la Chasse.

Le vieux loup inclina la tête sous le reproche, mais resta là, planté au sommet de la butte. Dans le crépuscule, brillait la Colline aux Etoiles, avec ses lumières crues ; ils la contemplèrent un long moment.

– J'ai vu la Vieille Mère s'éveiller en toi, dit Hurle-Vie. Mes yeux ne sont pas aussi bons que ceux d'Œil Perçant, mais l'Etre-Dieu et toi...

– Je sais. Je l'ai senti.

– Que vas-tu faire ?

Flanc d'Argent émit un hurlement, et Hurle-Vie joignit bientôt sa voix à la sienne. Des volées d'oiseaux partirent des arbres au-dessous d'eux.

– J'appartiens à la horde, répondit enfin Flanc d'Argent. Je conduis nos frères.

– Je sais. Nul ne te défiera. Tu es le Don de la Vieille Mère.

– J'appartiens à la horde, répéta Flanc d'Argent. Mais...

Elle s'interrompit et dévisagea Hurle-Vie.

– Je dois faire ce qui est le mieux pour notre peuple.

Hurle-Vie acquiesça.

– La Vieille Mère ne demande rien d'autre, lui dit-il.

– Derec ! souffla Mandelbrot en soulignant l'avertissement d'un doigt pointé vers une colline.

La lueur du feu de camp et les lumières de la cité allumaient des reflets luisants sur le corps poli du robot ; l'éclat rubis de son regard se posa sur Derec, avant de revenir scruter les ténèbres de la nuit.

Derec se frotta les yeux pour en chasser le sommeil. Il s'extirpa tant bien que mal de sa couverture chauffante et se leva. La nuit était très calme. Même la cité illuminée derrière lui paraissait tranquille, bien que des milliers de robots y fussent en train d'accomplir leurs tâches. L'odeur suave du feu de bois emplissait l'air. Une brise nocturne, fraîche et languide, rabattait le plumet de fumée vers la cité.

Cela faisait deux nuits qu'ils campaient à l'extérieur de la cité, deux nuits à attendre patiemment que le rebelle se manifeste. La cité émettait sans relâche un message d'invite à son adresse. *Viens dans la cité. Il ne te sera fait aucun mal. La bibliothèque t'est ouverte. Viens apprendre.*

Apparemment, il s'était enfin décidé à accepter l'invitation.

La seule question était : qu'allait-il faire ?

Derec aperçut les créatures sur la crête boisée d'une colline. Leurs silhouettes sombres se déplaçaient comme des ombres vives sous la canopée mouvante des arbres. Les deux lunes étaient levées ; Derec les discernait très bien, malgré la lueur des flammes et l'éclat de la cité. Mandelbrot s'était approché, prêt à le protéger si les loups montraient le moindre signe d'hostilité.

On peut envoyer des Chasseurs-Chercheurs, lui rappela Alpha.

Non. Pas encore, en tout cas.

Les hurlements tremblotants et les aboiements de la créature leur parvinrent du haut de la colline. Derec frissonna. Durant les semaines qu'il avait passées sur ce monde, il ne s'était toujours pas habitué à ce son. Mandelbrot le remarqua et se rapprocha davantage.

– L'instinct ancestral a la peau dure, dit Derec au robot.

– Le rebelle est avec eux. Ils se rassemblent autour de lui. Je crois qu'on devrait demander à la cité d'envoyer les Chasseurs-Chercheurs, maître Derec. Moi seul, ça ne suffit pas pour vous protéger. Même si le rebelle ne vous veut aucun mal, ces loups ne dépendent pas des Lois...

– J'ai déjà ordonné à Alpha de retenir les Chasseurs, Mandelbrot. Les loups ne représentent pas une menace. Du moins pour le moment. Patience : c'est toi qui t'es escrimé à me convaincre qu'ils étaient intelligents, tu te rappelles ?

– Intelligents n'est pas synonyme d'inoffensifs, rétorqua Mandelbrot. Vous devriez le savoir, en tant qu'être humain.

– *Hum,* fit Derec. De toute manière, on attend.

La meute s'était regroupée à la lisière de la forêt, le plus près possible de la cité. Derec distinguait le rebelle à présent, la peau luisant au clair de lune, escorté de quelques loups. Il s'avançait maintenant en pleine clarté, le vieux mâle à ses côtés. Ils se léchèrent le museau, se mordillèrent à petits coups de dents, puis le rebelle entama seul la descente de la colline herbue, dans la direction de Derec et de Mandelbrot.

A mi-chemin, le robot s'arrêta et se retourna vers la meute qui s'était réunie sur la crête pour observer son départ. Il leva le museau vers les loups et poussa une longue plainte.

Les loups lui répondirent à l'unisson.

Derec trouva comme une beauté sauvage à ce chœur. Sauvage et empreinte de tristesse.

Le rebelle reprit sa descente entre les rochers. A mesure qu'il approchait du campement, son corps subissait une lente métamorphose. *Un pas* – le museau canin se raccourcit. *Un pas* – la queue se rétracta à l'intérieur du corps. *Un pas* – le robot se dressa sur ses pattes de derrière. *Un pas* – les jambes elles-mêmes s'altérèrent, les genoux apparurent.

Lorsque le robot s'immobilisa à quelques mètres d'eux, ils virent, à la lueur du feu, un être humanoïde qui jeta un regard vers Mandelbrot, puis sur Derec.

– Etre-Dieu Derec, je suis venu pour apprendre. (Si l'on exceptait la tournure empruntée, la voix évoquait fort celle de Derec.) Je suis venu afin que tu m'enseignes le Néant dont nous sommes tous deux tombés. Je suis venu apprendre l'humain.

Derec hocha le menton. Il désigna la cité et l'imposante masse brillante de la tour du Compas.

– Toutes les réponses se trouvent là. Suis-moi, je vais te montrer le chemin. Mandelbrot, veux-tu bien t'occuper du feu, s'il te plaît ? Il ne s'agirait pas d'incendier la forêt.

Il parlait surtout pour le rebelle, pour que celui-ci comprenne qu'il s'inquiétait de la sécurité des créatures-loups.

Il hésita à exposer son dos. Il s'attendait plus ou moins à ce que le rebelle se jette sur lui, le morde, le lacère ; il resta sur ses gardes, attentif au moindre bruit suspect derrière lui. Il savait Mandelbrot en alerte, prêt à réagir aussitôt, mais n'empêche...

Rien ne se passa.

Alpha, on arrive. Le rebelle est avec moi.

L'appartement sera prêt, maître Derec.

Derec se mit en route, puis jeta un regard en arrière quand il n'entendit pas le robot le suivre. Celui-ci observait les bois et, l'espace d'un instant, son visage reprit quelques traits du loup.

– C'est à toi de choisir, dit Derec d'une voix douce. Je ne force pas ta décision. Viens avec moi ou retourne avec eux. Je n'essaierai pas de t'en empêcher.

Le robot hurla une dernière fois en direction des loups, d'un lugubre cri animal qui sonnait étrangement dans cette gorge humanoïde.

Alors, le rebelle se détourna des ombres de la forêt et de la horde rassemblée sur la crête.

Et suivit Derec dans la lumière éternelle de la cité.

BANQUE DE DONNÉES

Illustrations de Paul Rivoche

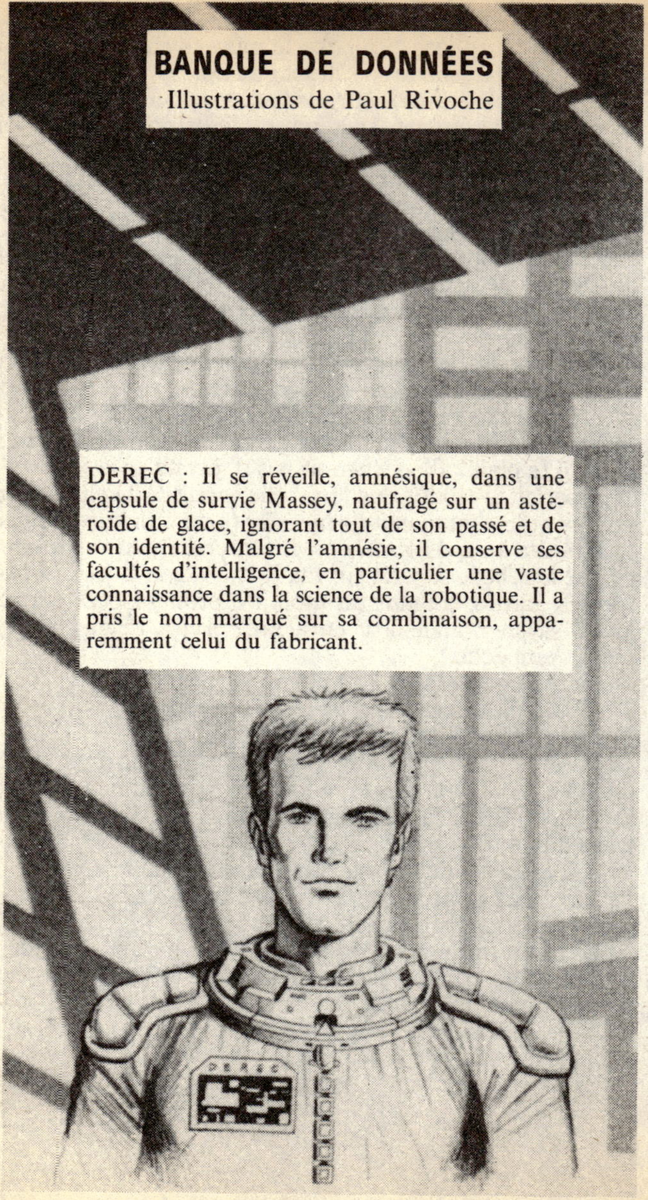

DEREC : Il se réveille, amnésique, dans une capsule de survie Massey, naufragé sur un astéroïde de glace, ignorant tout de son passé et de son identité. Malgré l'amnésie, il conserve ses facultés d'intelligence, en particulier une vaste connaissance dans la science de la robotique. Il a pris le nom marqué sur sa combinaison, apparemment celui du fabricant.

KATHERINE ARIEL BURGESS, « KATE » : Native d'Aurora, Kate a été exilée de sa planète natale à cause d'une maladie incurable. En dépit du mal dont elle souffre et d'une éducation choyée, Kate est une jeune femme volontaire, endurante et exigeante, et pleine de ressources. Sur les conseils du robot médecin Galen, elle refuse de révéler à Derec ce qu'elle sait du passé du jeune homme.

WOLRUF : Cette extraterrestre caninoïde, douée d'une intelligence quasi humaine, est devenue l'amie de Derec quand celui-ci était prisonnier du pirate Aranimas. Aide de camp de ce dernier, elle était en fait une sorte de serviteur esclave, et elle et Derec mirent leurs efforts en commun pour se libérer. Lorsque Derec et Ariel se rendirent pour la première fois dans la Cité des robots grâce à la clef du Périhélie, Wolruf et Mandelbrot le robot s'arrangèrent pour les suivre. C'est elle qui, la première, souleva la question à propos des robots de la Cité : devaient-ils, au regard de la Première Loi, obéir à une intelligence extraterrestre?

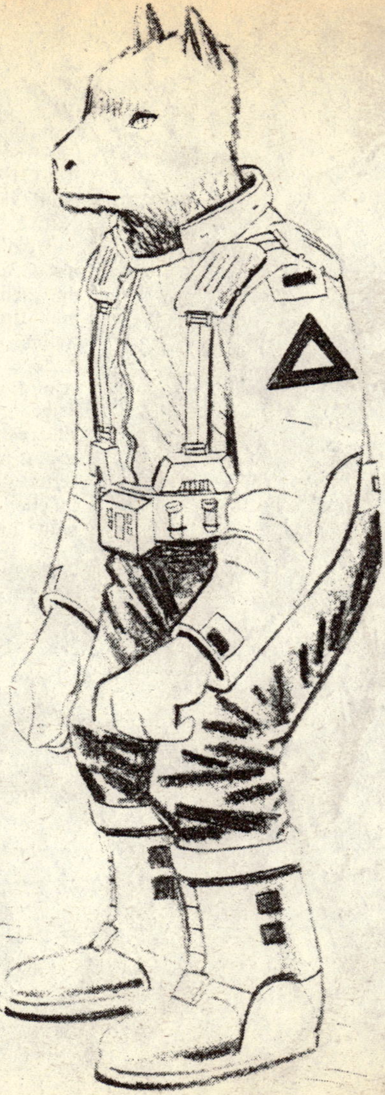

HURLE-VIE : Son nom est aussi son titre. Hurle-Vie est le plus ancien parmi les créatures que Flanc d'Argent a rencontrées, et son prédécesseur portait le même nom. L'histoire de la horde ne se transmet que par tradition orale, car il n'existe pas de langage écrit chez les créatures-loups. Les récits, le folklore, le savoir, la mythologie de la meute sont détenus par le seul Hurle-Vie qui les lègue ensuite à son successeur.

Les devoirs de Hurle-Vie envers son peuple sont nombreux. Il a charge d'éduquer les jeunes, il détient la mémoire historique de la horde qu'il enrichit de nouveaux faits, ainsi que la mémoire généalogique de tous les membres de la tribu (matriarcale dans le cas des créatures-loups, puisque chaque femelle s'accouple avec plus d'un mâle). Il interprète les événements célestes et terrestres selon leur signification religieuse.

Hurle-Vie est le prêtre, l'Ancien, le premier éducateur, le conseiller technique et le bibliothécaire de la tribu. En cela, le rôle qu'y tient Hurle-Vie est peut-être encore plus important que celui du véritable chef.

LES CROCS ACÉRÉS : Ces carnassiers sont parmi les créatures de la forêt les plus redoutées par les membres de la horde. Stupides mais extrêmement méchantes, elles attaquent tout ce qui se présente sans se soucier de la taille du gibier qu'elles déchiquètent et lacèrent sous leurs terribles mâchoires. Les Crocs Acérés chassent en solitaire et ne vivent jamais en groupe. Ils errent continuellement dans les forêts sans jamais s'établir sur un territoire particulier. Ils s'accouplent une fois par an au printemps, et la femelle met bas pas moins de vingt petits qu'elle abandonne presque aussitôt. Seuls quelques-uns survivent aux mœurs cannibales de leurs frères et sœurs.

Le Croc Acéré a l'aspect d'un lézard, bien qu'il soit une créature à sang chaud. La tête est large et plate, avec des mâchoires de crocodile hérissées de multiples rangées de crocs. Il se déplace sur ses puissantes pattes postérieures et possède deux bras. Le corps est revêtu d'une carapace de chapelets d'écailles colorées se terminant en une longue queue. Debout, il peut atteindre plus de trois mètres de haut.

Les dents du Croc Acéré sont utilisées par les créatures-loups comme des trophées qu'elles suspendent à leur cou.

L'ORDINATEUR CENTRAL : Au départ, toutes les fonctions d'une Cité des robots sont gérées par l'ordinateur central (ou « Central »), le plus souvent installé dans la Tour du Compas. Le Central est construit par les premiers ouvriers arrivés sur un monde nouveau. Très vite, l'ordinateur prend le contrôle du développement accéléré de la cité.

L'essentiel de la programmation y est emmagasiné, ainsi que dans les principales banques mémorielles de la cité. Entité positronique, le Central est avant tout un super-ordinateur plutôt qu'une unité robotique mobile. Comme toutes les intelligences positroniques, le Central utilise une « éponge » de platine iridié, qui reproduit les circonvolutions complexes du cerveau humain; une série de panneaux constellés de microplaquettes constitue sa mémoire, forte de milliers de fichiers.

A un certain stade de croissance, le contrôle de la Cité des robots est transmis à plusieurs robots superviseurs, ce qui permet de doubler la surveillance du système et d'assurer en même temps une spécialisation efficace des tâches. Le Central continuera néanmoins à fonctionner comme la principale source d'informations de la cité, tout en demeurant une unité de secours qualifiée au cas bien improbable où tous les superviseurs failliraient à leur tâche.

LE ROBOT PROTÉIFORME : Il est le résultat des expériences menées par Janet Anastasi – la mère de Derec, jadis mariée au Dr Avery – sur la logique et les aptitudes développées par les intelligences positroniques. Anastasi est un ingénieur en robotique hors pair, peut-être encore plus inventif que son ex-mari. En fait, la jalousie que celui-ci éprouvait devant les talents de sa femme fut la cause des premières dissensions dans le couple.

Dans la programmation de son nouveau robot, Janet intégra les Trois lois, mais n'en fournit volontairement qu'une très vague définition et laissa tout autant d'ambiguïté sur les autres directives. La seule mission du robot était de dénicher, sur le monde où il était envoyé, la forme de vie la plus intelligente, qu'il devrait considérer comme un être humain.

Construit en dianite, une forme évoluée du matériau composant la Cité des robots, le corps du robot peut se transformer à l'infini, pren-

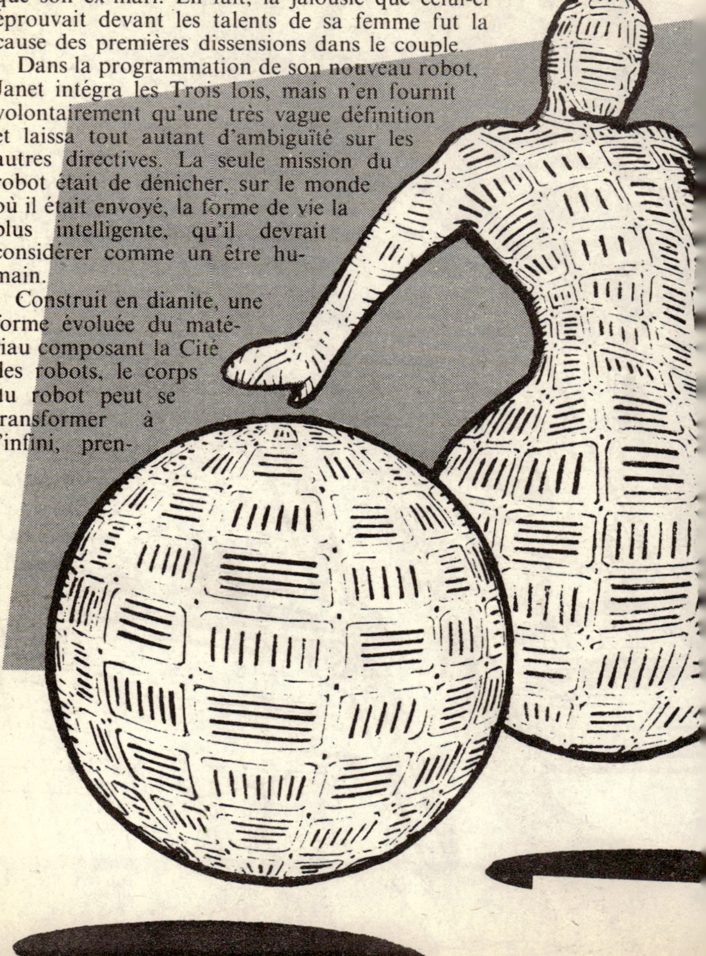

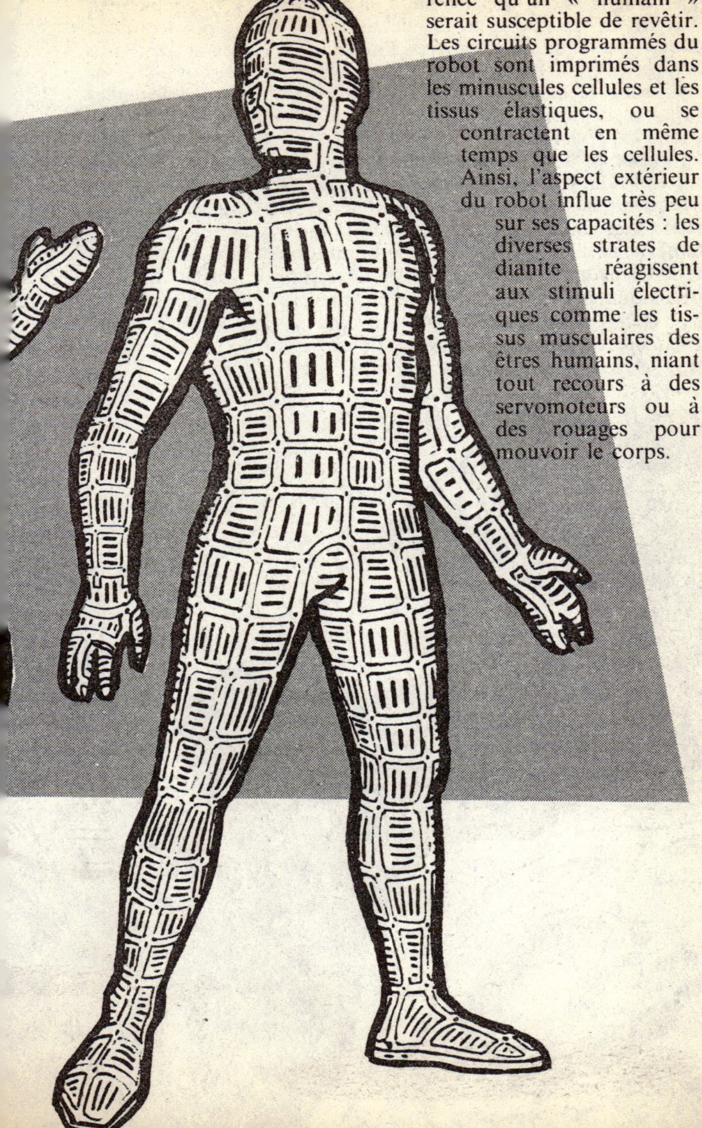

dre n'importe quelle apparence qu'un « humain » serait susceptible de revêtir. Les circuits programmés du robot sont imprimés dans les minuscules cellules et les tissus élastiques, ou se contractent en même temps que les cellules. Ainsi, l'aspect extérieur du robot influe très peu sur ses capacités : les diverses strates de dianite réagissent aux stimuli électriques comme les tissus musculaires des êtres humains, niant tout recours à des servomoteurs ou à des rouages pour mouvoir le corps.

L'ŒUF : Ainsi nommé fort à propos par Hurle-Vie, l'Œuf est la capsule utilisé par Janet Anastasi pour amener son robot protéiforme expérimental sur la surface de la planète d'accueil. Egalemement composée de dianite, la capsule n'est pas seulement un engin de transport, mais elle aussi un robot positronique, quoique d'une intelligence très limitée. De forme à peu près sphérique (d'où le nom que lui a donné Hurle-Vie), propulsée par de puissants réacteurs, la capsule est munie de courtes ailes mobiles et de sondes qui lui permettent de sélectionner un site d'atterrissage viable et de s'y poser.

Le robot protéiforme est niché dans un comportement empli d'un colloïde qui le protège à la fois de l'intense chaleur provoquée par l'entrée dans l'atmosphère et de l'impact brutal de l'atterrissage. Suite au choc, le colloïde est évacué, et la capsule entame le bref processus de programmation du robot naissant par l'intermédiaire d'un filet neural. Lorsque les bribes d'informations dûment sélectionnées ont été codées dans la mémoire du robot, la capsule s'ouvre. L'être nouveau est alors libre de suivre la première instruction fondamentale qui vient de lui être transmise : *servir une forme de vie intelligente*.

LIVRE DEUX

Renégat

par

CORDELL SCOTTEN

REMERCIEMENTS

L'auteur tient à exprimer sa dette envers Laurence F. Peter pour son sage principe (1), dont il s'est inspiré en composant ce récit.

(1) *Le Principe de Peter*, de Laurence F. Peter et Raymond Hull (éd. William Morrow & Company, New York, 1969, tr. fr. Le Livre de Poche n° 3118).

SOMMAIRE

DE QUELQUES ROBOTS REMARQUABLES

par Isaac Asimov

Il semblerait que mes nouvelles et mes romans sur les robots soient devenus d'eux-mêmes des classiques, au point d'inspirer, avec la publication de la série *La Cité des robots*, un univers littéraire plus vaste exploré par d'autres écrivains. Dans ces conditions, il est peut-être utile que je revienne un instant sur celles de mes histoires qui me paraissent particulièrement significatives pour préciser en quoi, selon moi, elles le sont.

1. « Robbie » : C'est la première que j'ai écrite. Je l'ai rédigée entre le 10 et le 22 mai 1939, alors que j'avais dix-neuf ans et allais entrer à l'université. J'ai eu quelque difficulté à la placer ; John Campbell la refusa, ainsi qu'*Amazing Stories*. Néanmoins, elle fut acceptée par Fred Pohl le 25 mars 1940 et parut la même année dans le numéro de septembre de *Super Science Stories*, dont Pohl était le rédacteur en chef. Celui-ci, égal à lui-même, en modifia le titre, qui devint « Strange Playfellow », et que je m'empressai de rétablir lorsque j'inclus la nouvelle dans mon recueil *Les Robots*. Dans toutes les publications qui ont suivi, elle apparaît donc sous le titre d'origine, « Robbie ».

« Robbie » a ceci de significatif, outre le fait d'être mon premier récit sur les robots, que c'est dans ce texte que George Weston, prenant la défense d'un robot remplissant la fonction de bonne d'enfant, dit à sa femme : « Il ne peut faire autrement que d'être fidèle, aimant et gentil. C'est une machine, *faite ainsi*. » Nous avons là, dès ce récit initial, le signe annonciateur de ce qui allait devenir la « Première Loi de la Robotique », et du fondement même de la nature du robot : une machine avec des règles de sécurité programmées.

2. « Raison » : Par elle-même, la nouvelle intitulée « Robbie » n'aurait eu aucune portée si j'en étais resté là dans mes histoires de robots, d'autant plus qu'elle était parue dans un des magazines mineurs de l'époque. Mais voilà, j'ai écrit un deuxième récit sur les robots, « Raison », et celui-là, John Campbell l'a aimé. Après quelques révisions succinctes, il fut publié dans le numéro d'avril 1941 d'*Astounding Science Fiction*, où il ne passa pas inaperçu. Plusieurs lecteurs prirent conscience qu'était né le concept du « robot positronique », et non seulement les lecteurs mais Campbell lui-même. A partir de là, tout était possible.

3. « Menteur » : C'est dans le numéro suivant, celui de mai 1941, que parut mon troisième récit sur les robots, intitulé « Menteur ». Son importance tenait au fait qu'y apparaissait Susan Calvin, qui devint le personnage central de mes premières histoires de robots. A l'origine, la tournure du récit avait quelque chose d'assez maladroit, en grande partie parce qu'il traitait des relations entre les sexes à une époque où je n'avais pas encore eu mon premier rendez-vous avec une jeune fille. Heureusement, j'apprends vite, et la nouvelle a bénéficié d'améliorations notables avant de figurer au sommaire des *Robots*.

4. « Cycle fermé » : La quatrième histoire de robots à revêtir une certaine importance parut dans le numéro de mars 1942 d'*Astounding*. C'était le premier récit où j'énonçais explicitement les Trois Lois de la Robotique, au lieu de simplement les suggérer. Il y a un personnage, Gregory Powell, qui dit à un autre, Michael Donovan : « Maintenant, reprenons les trois Règles fondamentales de la Robotique... les trois règles qui sont inculquées le plus profondément dans le cerveau positronique des robots. » Et il se met alors à les réciter.

C'est plus tard que je les ai instituées Lois de la Robotique. Pour moi, leur importance est triple :

a) Elles m'ont guidé pour imaginer mes intrigues, me permettant ainsi de multiplier les nouvelles mettant en scène des robots, nouvelles auxquelles sont venus s'ajouter plusieurs romans. Dans tous ces textes, je n'ai cessé d'explorer les conséquences induites par les Trois Lois.

b) Elles restent ma plus célèbre trouvaille littéraire, que d'autres ne se privent pas de citer à tout bout de champ. Si toute mon œuvre devait un jour s'effacer des mémoires, les Trois Lois de la Robotique seraient sûrement les dernières à disparaître.

c) C'est dans l'extrait de « Cycle fermé » mentionné ci-dessus que, pour la toute première fois, le terme « robotique » apparaît dans un ouvrage en anglais. C'est pour cette raison qu'on m'attribue l'invention du mot (ainsi, d'ailleurs, que des termes « positronique » et « psychohistoire ») dans l'Oxford English Dictionary, qui prend la peine – et la place – de citer les Trois Lois. (Tout ça, sorti de mon imagination alors que je venais d'avoir vingt-deux ans, et depuis lors, on dirait que je n'ai plus rien inventé, ce qui ne manque pas de provoquer en moi des pensées chagrines.)

5. « Evidence » : Le seul et unique récit que j'aie écrit durant mes huit mois et vingt-six jours passés dans l'armée. A un moment, j'ai persuadé un aimable bibliothécaire de me permettre de rester enfermé dans la bibliothèque pendant les heures de repas, pour pouvoir travailler sur cette histoire. C'est la première où je fais intervenir un robot humanoïde. Stephen Byerley, le robot humanoïde en question (quoique, dans le récit, je n'indique pas tout à fait clairement s'il s'agit ou non d'un robot), représente ma première approche du futur R. Daneel Olivaw, le robot humaniforme présent dans nombre de mes romans. « Evidence » est paru dans le numéro de septembre 1946 d'*Astounding Science Fiction*.

6. « Le Petit Robot perdu » : Mes robots sont en général des êtres bienveillants. En fait, au fur et à mesure des récits, ils ont gagné en qualités morales et éthiques jusqu'à surpasser de très loin les êtres humains et, dans le cas de Daneel, toucher quasiment au divin. Néanmoins, je n'avais pas l'intention de me limiter aux seuls robots sauveurs de l'humanité. Je me suis laissé porter partout où les vents fous de mon imagination ont bien voulu m'emmener ; j'étais tout à fait capable de voir les côtés désagréables du phénomène robot.

Il y a une semaine à peine (à l'heure où j'écris ces lignes), j'ai reçu une lettre d'un lecteur qui me reprochait de dévoiler la facette dangereuse du robot dans un de mes récits de robots qui venait juste de paraître. Il m'accusait de faire une dépression nerveuse.

« Le Petit Robot perdu » est là pour montrer à ce lecteur qu'il avait tort. Le robot y est le méchant, quand bien même le texte fut publié il y a presque un demi-siècle. Ce côté peu reluisant du robot *n*'est donc *pas* le résultat d'une dépression nerveuse qui serait due à mon âge avancé et à un certain délabrement de mes facultés. Cette préoccupation a été constante tout au long de ma carrière.

7. « Conflit évitable » : Ce récit, qui fait suite à « Evidence », parut en juin 1950 dans *Astounding*. C'est le premier où il était question essentiellement d'ordinateurs (dans le texte, je les nommais les « Machines ») plutôt que de véritables robots. La différence n'est pas très grande. On pourrait définir un robot comme une « machine informatisée » ou un « ordinateur mobile ». Et un ordinateur comme un « robot immobile ». Quoi qu'il en soit, je ne faisais aucune distinction entre les deux ; et bien que les Machines, qui n'apparaissent pas physiquement dans l'histoire, soient à l'évidence des ordinateurs, j'ai intégré sans hésitation cette nouvelle à mon recueil des *Robots*, ce qui ne m'a valu aucune objection ni de la part de mon éditeur ni de celle des lecteurs. Certes, Stephen Byerley intervient dans le récit, mais la donnée robot n'y joue aucun rôle.

8. « Le Votant » : Voilà le premier récit où j'ai traité des ordinateurs *en tant qu'ordinateurs*, sans en faire des robots. La nouvelle fut publiée dans *If : Worlds of Science Fiction* en août 1955, époque à laquelle je m'étais déjà familiarisé avec le domaine informatique. Mon ordinateur s'appelle « Multivac » ; je l'ai conçu comme une version assurément plus imposante et plus complexe de l'« Univac » réel. Dans ce récit, ainsi que dans quelques autres de ma période « Multivac », je le décrivais comme une machine gigantesque, laissant ainsi échapper l'occasion de prédire l'avènement des ordinateurs miniaturisés et ultra-légers.

9. « La Dernière Question » : Mon imagination ne m'a pas trahi longtemps, cependant. Dans « La Dernière Question », publiée en novembre 1956 dans *Science Fiction Quarterly*, je me penchais sur le sujet des micro-ordinateurs dont je suivais l'évolution sur un milliard d'années (celle de l'ordinateur et aussi celle de l'homme) jusqu'à la

conclusion logique que vous ne découvrirez qu'en lisant la nouvelle. De tous les récits que j'ai écrits au cours de ma carrière, c'est, sans conteste, mon préféré.

10. « La Sensation du pouvoir » : Dans cette nouvelle, la miniaturisation des ordinateurs jouait un petit rôle secondaire. Publiée dans le numéro de février 1958 de *If*, elle reste également parmi mes récits préférés. J'y évoque les ordinateurs de poche, qui ne devaient pas apparaître sur le marché avant dix ou quinze ans. De plus, c'est un des récits dans lesquels j'anticipais avec justesse les implications sociales d'un progrès technologique, plutôt que de m'en tenir à ce seul progrès technologique.

J'y traite du danger qui nous guette : perdre un jour toute aptitude au simple calcul arithmétique du fait de l'usage constant de l'ordinateur. Dans mon esprit, c'était une satire, où l'humour se mêlait à l'ironie amère. Je ne pensais pas être à ce point dans le vrai. A l'heure où je vous parle, je possède une calculette et je rechigne à dépenser le temps et l'effort qu'il me faudrait consentir pour soustraire 182 de 854. Je me sers de cette foutue machine. « La Sensation du pouvoir » est l'un de mes textes repris le plus fréquemment dans les anthologies.

En un sens, j'y expose les côtés négatifs de l'ordinateur. A cette époque, j'ai écrit également des récits décrivant les possibles réactions vindicatives d'ordinateurs ou de robots maltraités. Pour les ordinateurs, il y a « Un jour », paru en août 1956 dans *Infinity Science Fiction*, et pour les robots (sous la forme d'une automobile), reportez-vous à « Sally », publié dans le numéro de mai-juin 1953 de *Fantastic*.

11. « Intuition féminine » : Mes robots sont presque toujours de sexe masculin, quoique pas nécessairement au sens concret du mot « sexe ». Je leur donne des noms masculins et je me réfère à eux par le pronom « ils ». C'est sur la suggestion d'un rédacteur en chef femme, Judy-Lynn del Rey, que j'ai écrit « Intuition féminine », qui parut en octobre 1969 dans *The Magazine of Fantasy and Science Fiction*. Ce récit montrait au moins une chose, à savoir que j'étais capable, également, de créer un personnage de robot féminin. Il était toujours en métal, mais avait la taille plus étroite que mes robots habituels, et aussi une voix féminine. Dans *Les Robots et l'Empire*, publiés quinze ans plus

tard, il y a un chapitre dans lequel apparaît un robot humanoïde femelle. Il y tient un rôle de méchant, ce qui pourrait surprendre tous ceux qui connaissent l'admiration que je porte, et dont je fais fréquemment étalage, à la moitié féminine de l'humanité.

12. « L'Homme bicentenaire » : C'est dans ce texte, paru à l'origine en 1976 dans l'anthologie en format de poche *Stellar 2*, composée par Judy-Lynn del Rey et réunissant des nouvelles inédites, que j'examine avec le plus de profondeur l'évolution possible des robots. On les suit dans une direction totalement différente de celle de « La Dernière Question ». Ici, il s'agit du désir que manifeste un robot de devenir un homme, et de la façon dont il accomplit ce désir, pas à pas. Là encore, j'ai mené l'intrigue jusqu'à sa conclusion logique. Au début, je n'avais pas l'intention d'écrire cette nouvelle. Elle s'est écrite d'elle-même, se tournant et s'entortillant autour des touches de mon clavier. En fin de compte, elle arrive en troisième position dans la liste de mes histoires préférées, derrière « La Dernière Question » déjà mentionnée et « Le Petit Garçon très laid », qui n'est pas une histoire de robots.

13. *Les Cavernes d'acier.* Entre-temps, sur les conseils de Horace L. Gold, rédacteur en chef de *Galaxy*, j'avais écrit un roman sur les robots. J'hésitais au début, pensant que la nouvelle convenait mieux aux idées qui me venaient sur le thème. Mais Gold me suggéra d'écrire un roman policier avec comme héros un détective robot. J'ai suivi sa suggestion en partie. Mon détective était en fait un nommé Elijah Baley tout ce qu'il y avait de plus humain (peut-être le personnage le plus captivant que j'aie jamais imaginé, si vous voulez mon avis), mais il avait un assistant robot, R. Daneel Olivaw. J'avais le sentiment que ce livre réalisait la fusion parfaite entre le policier et le roman de science-fiction. Le récit parut d'abord en trois parties dans les numéros d'octobre, novembre et décembre 1953 de *Galaxy*, et fut repris en volume en 1954 chez Doubleday.

Ce qui me surprit le plus fut la réaction des lecteurs. S'ils accueillirent favorablement le personnage de Lije Baley, à l'évidence leur intérêt se porta entièrement sur Daneel, que j'avais envisagé comme un personnage purement accessoire. L'assentiment se révéla particulièrement marqué chez les lectrices qui prirent la peine de m'écrire. (Treize ans après que j'eus créé Daneel, est sortie la série télévisée *Star Trek*, avec un M. Spock qui ressemblait étrangement à Daneel – ce qui ne me dérangeait nullement – et auquel, comme je l'ai noté pour lui aussi, s'intéressaient beaucoup les téléspectatrices.)

14. *Face aux feux du soleil.* Devant la popularité de Lije et Daneel, j'ai été amené à écrire une suite, *Face aux feux du soleil*, qui parut en trois parties dans les numéros d'octobre, novembre et décembre 1956 d'*Astounding*, puis en volume chez Doubleday en 1957. Naturellement, le succès répété appelait logiquement un troisième roman. J'avais même commencé à le rédiger en 1958 mais, les choses étant ce qu'elles sont, et entre un projet et un autre, je ne le terminai qu'en 1983.

15. *Les Robots de l'aube.* Le troisième volet de la série Lije Baley/R. Daneel fut donc publié en 1983. J'y introduisais un second robot, R. Giskard Reventlov, dont je ne m'étonnai point cette fois qu'il se révélât aussi populaire que Daneel.

16. *Les Robots et l'Empire.* Lorsque le besoin se fit sentir de laisser Lije Baley mourir en paix (de sa belle mort), j'eus le sentiment que je pouvais sans problème écrire un quatrième volet à la série, dans la mesure où je gardais Daneel en vie. Ce roman, *Les Robots et l'Empire*, parut en 1985 chez Doubleday. La mort de Lije provoqua quelques réactions, mais ce ne fut rien comparé au déluge de lettres attristées que je reçus quand les exigences de l'intrigue m'amenèrent à faire mourir R. Giskard.

Comme vous le voyez, mes récits sur les robots ont eu presque autant de succès que ma série *Fondation*. Si vous voulez savoir la vérité (que je vous livre, évidemment, dans un murmure, en vous suppliant de garder ça pour vous), je préfère mes histoires de robots.

Ici, avec *Renégat*, Cordell Scotten nous livre un excellent exemple de ce qui fait que j'aime les histoires de robots. Une simple question découlant des Lois de la Robotique – qu'est-ce qui est bon pour les humains ? – donne naissance à un récit complexe et fascinant.

Note. *Les romans cités ont été publiés en France aux* Editions J'ai lu. *Les nouvelles (à l'exception de « Intuition féminine » et « L'Homme bicentenaire » parues chez Denoël dans le recueil* L'Homme bicentenaire *figurent dans les recueils* Les Robots, Le robot qui rêvait *et* Espace vital, *aux présentes éditions.*

LES CÉRÉMYONS

Dans un souple envol, offerts aux rayons du soleil, les deux corps-noirs planaient en cercles loin au-dessus de la structure asymétrique scintillante, à présent en voie d'achèvement. Haut comme une petite montagne, le dôme irisé, vu de l'extérieur, recouvrait une demi-sphère aux parois lisses, creusée à la surface de la planète sur un diamètre de deux kilomètres, à l'exception d'un secteur à ciel ouvert sur un arc de dix degrés. En regardant par ce jour, on pouvait voir des structures – érigées, paradoxalement, sur du terrain non excavé – qui occupaient la totalité de la surface intérieure. La plus impressionnante d'entre elles était une immense pyramide en gradins qui s'élevait au centre du dôme.

Les deux corps-noirs évoluaient à une demi-envergure de distance, soit cinq fois la longueur du bras d'un robot Avery. Ceux-ci – les robots Avery – étaient en ce moment même en train de quitter le secteur inachevé et d'évacuer le dôme. Si le terme « robot Avery » était connu des corps-noirs, il n'avait pour eux aucune signification, sinon qu'ils savaient le reconnaître lorsqu'ils l'entendaient.

– Sarco, la construction a été ralentie du fait de ton absence hier, dit l'un des corps-noirs, et je t'en remercie. Tu avais besoin de ce jour de repos. Malheureusement, ça n'a été que ralenti. J'aurais préféré une interruption complète.

– Tu n'es qu'un vaurien, répliqua l'autre dont les yeux rouges brillèrent comme des braises enchâssées dans le corps d'un démon noir. Je parierais que tu t'es arrangé pour qu'un Avery me coupe la longe durant la pause la nuit dernière. C'est heureux qu'ils aient appris à ne pas nous désintégrer en plein vol.

Les corps-noirs étaient d'aspect identique. Un grand crochet blanc qui saillait au-dessus de deux yeux rouge vif profondément enfoncés, une espèce d'éventail à plumes d'argent qui s'agitait languissamment à l'autre bout ; mais à part cela, un corps apparemment dépourvu d'attributs particuliers en dehors des ailes qui leur permettaient de voler. Les plis de la peau, s'ils existaient, se perdaient, comme les autres traits délimitant d'éventuelles parties du corps, dans sa noirceur satinée.

– On t'a détaché ? dit le premier corps-noir.

– Ne fais pas l'innocent, Synapo. Quelqu'un a coupé ma longe la nuit dernière, et le temps que je dérive vers le soleil levant, j'étais au-dessus de Barneup. Il m'a fallu toute la journée pour revenir. Tu n'as jamais essayé de te faire pousser un nouveau crochet pendant que tu fais le plein ?

– Tu m'as l'air un petit peu fatigué. Mais moi aussi, je le suis. C'est épuisant de s'évertuer à comprendre ce Wohler-9, et encore c'est ce qu'on fait de mieux comme Avery. Je n'ai pas appris grand-chose aujourd'hui. On pourrait s'accorder une pause anticipée. A demain matin, Sarco.

– Attends ! Tu ne vas pas t'en tirer si facilement.

Mais déjà Synapo s'était roulé en boule et tombait, sinon comme une pierre, du moins à une vitesse appréciable qui le mit en un rien de temps hors de portée de voix. Sarco lâcha un soupir – un léger nuage d'oxygène pur mêlé d'un infime soupçon d'ammoniac naturel – mais laissa filer son compagnon.

A l'approche de la surface, Synapo commença à se freiner en déployant la robuste membrane transparente de son cou qui lui servait de réflecteur : elle battit et crépita dans son sillage en labourant l'espace comme une ancre chassant le fond marin. Alors qu'il atteignait presque les arbres proches du dôme transparent, de l'autre côté du secteur à ciel ouvert, il referma autour de lui les fuseaux lustrés du mince réflecteur, ne laissant dépasser que sa tête, avec le crochet et les yeux saillant à l'extérieur.

A l'aide de légères bouffées d'hydrogène comprimé, il commença à gonfler le réflecteur et ralentit sa vitesse de chute jusqu'à se laisser lentement planer en direction du sol. A dix mètres au-dessus de la cime d'un grand conifère, il déroula son crochet chitineux, étendant la longue longe à la fibre résistante jusqu'à ce que le crochet aille se suspendre sous une branche robuste. Une ultime bouffée d'hydrogène s'engouffra dans le réflecteur, gommant le dernier creux pour former une enveloppe uniformément lisse et aussi limpide qu'un miroir. La longe se tendit en vibrant, étirée entre le ballon d'argent dès lors flottant dans les airs et la branche d'arbre crochetée.

Synapo entama alors le délicieux processus qui consistait à dérouler ses fibres compressées, à se déplier lentement au bout de la longe tout en restant suspendu à l'intérieur de sa vraie peau. Ses cellules de stockage n'avaient pu se nourrir du rayonnement thermo-électrique que produisait, avant que les intrus ne modifient l'atmosphère du lieu, une journée d'exposition à la chaleur du soleil. Mais grâce aux qualités d'absorption quasi parfaites que lui permettait la pigmentation noire de son autre peau, il n'avait perdu que de faibles quantités des radiations auxquelles son corps avait été exposé ce jour-là. Toute l'énergie amassée y était encore présente, aux seules exceptions de la petite dépense qu'il avait dû fournir pour se concentrer sur ses pensées et effectuer ses mouvements indolents, et de celle plus importante qu'il lui avait fallu consentir pour électrolyser l'eau et condenser l'hydrogène ; sans oublier le déficit inhabituel qu'avait entraîné aujourd'hui sa conversation – si tel était bien le terme – avec Wohler-9. Néanmoins, il avait encore dans ses cellules une réserve suffisante d'énergie. Il n'en utiliserait guère au cours de la nuit, juste la quantité nécessaire pour maintenir la température du corps et pour compenser la perte minuscule du fait du rayonnement s'échappant de sa membrane argentée.

Sarco resta dans le ciel jusqu'à ce que Synapo se soit crocheté au bout de sa longe. Alors, il se mit en boule et se laissa tomber pour venir finalement s'amarrer à proximité de son compagnon, histoire de lui demander des comptes dès le matin venu.

Le flot des robots Avery continuait à se déverser du secteur à ciel ouvert, comme des fourmis abandonnant leur fourmilière. L'obscurité montait rapidement, mais la nuit n'entraverait pas pour autant les opérations.

Wohler-9 était juste à la sortie du secteur. Il avait vu tomber Synapo et Sarco, sans les distinguer toutefois des autres corps-noirs qui, une demi-heure plus tard, s'étaient mis à leur tour à tomber du ciel. Douce averse de flocons ténébreux se fondant en gouttes de pluie brillantes à l'approche du sol, perles inversées miraculeusement suspendues au-dessus des arbres au mépris des lois de la gravité.

Lorsque au matin la minuscule quantité d'énergie solaire absorbée commença à réchauffer son réflecteur, Synapo s'éveilla et entreprit de se dégonfler. Une fois le crochet détaché, il enroula sa longe et se laissa glisser vers le sol, rebondissant doucement sur le feuillage de l'arbre.

Quand il atteignit la terre ferme, il ouvrit le pan avant du réflecteur et s'en entoura comme d'un peignoir pour garder la chaleur de son corps. Sur ses deux courtes pattes, il avança en se dandinant à travers la forêt, jusqu'à un petit ruisseau. Sarco s'y trouvait déjà, qui l'attendait en prenant son petit déjeuner. Son crochet était tourné vers l'arrière, dans une attitude pacifique qui était de bon augure. Cela dit, il était en train de se nourrir, ce qui interdisait presque tout autre comportement. La colère ne dure pas face à l'assouvissement des instincts primitifs.

Au cours de la nuit, l'éventail de plumes froides qui prolongeait le postérieur de Synapo s'était réchauffé, tandis que les millions de ramifications qui couraient à travers sa peau noire comme la suie s'étaient refroidies, de sorte que tout le réseau était à la même température moyenne. En plus, Synapo avait jeûné toute la nuit. Il recula vers le ruisseau aux côtés de Sarco, ramena les pans arrière du réflecteur pour les replier devant son poitrail, et s'accroupit pour plonger son extrémité froide dans l'eau glacée ; là, il poussa un soupir de volupté lorsque le liquide s'écoula dans ses cellules de stockage. Cet apport de jus frais chaque matin était le meilleur énergétique de la journée.

Aucun des deux corps-noirs ne disait mot, ce qui était coutumier à l'heure du petit déjeuner ; et ils ne parleraient pas tant qu'ils n'auraient pas repris leur vol. Parler n'était, à moins que les circonstances ne l'exigent – comme, par exemple, les discussions avec Wohler-9 –, qu'un gaspillage d'énergie, un processus requérant une production d'oxygène que l'on ne pouvait obtenir qu'à partir d'une électrolyse mettant en jeu l'hydrogène si vital. Opérer une électrolyse lorsque les poches à hydrogène étaient pleines, pour le seul résultat de générer de l'oxygène afin de s'exprimer, constituait un luxe que les corps-noirs s'autorisaient rarement, et une nécessité seulement en de très rares circonstances.

Ce matin-là, cependant, Synapo prévoyait encore une fois de ne rester qu'une heure en vol avant de reprendre sa discussion avec Wohler-9. Il avait minuté son temps de manière à pouvoir observer les Myostriens au travail, ainsi qu'il l'avait fait au cours des derniers jours. Il épuisait les stocks de ses cellules bien au-delà de ce qu'il trouvait raisonnable pour son bien-être personnel – il était sans cesse tenaillé par la faim – mais au moins générerait-il de l'hydrogène pendant la discussion au lieu de gaspiller de l'énergie à faire autre chose. Certes, ce n'était qu'un petit réconfort devant la diminution croissante de ses réserves d'énergie, mais Synapo sentait que la discussion lui était également vitale, non pas tant pour ce qu'elle lui apprenait que pour ce qu'elle promettait de lui révéler dans l'avenir.

Le petit déjeuner achevé et les pans de leurs réflecteurs soigneusement roulés en de noirs collets bouffants, les corps-noirs entamèrent la longue ascension jusqu'à l'altitude de charge. Suivi de Sarco, Synapo effectua de lents cercles au-dessus du sol à coups de battements lourds mais puissants de ses grandes ailes. Il garda comme repère la structure hémisphérique irisée qui s'élevait en dessous, de sorte qu'après avoir achevé son court temps de charge il puisse descendre rapidement sur la zone à ciel ouvert où il retrouverait Wohler-9 toujours fidèle au poste, à l'endroit exact où il se tenait lorsque Synapo s'était amarré à sa longe la veille au soir.

Lorsque les deux créatures eurent atteint une altitude confortable, Synapo ralentit son battement d'ailes et roula sur le dos, à une envergure au-dessous de Sarco, lui laissant la position dominante comme tel était son droit en tant que quémandeur. Un droit qui lui revenait de fait depuis leur conversation de l'après-midi précédent, quand Synapo avait unilatéralement décidé de couper court à la discussion.

– Alors, Sarco, tu disais ?

– Laisse tomber, répondit Sarco. Ma longe était coupée,

et j'étais furieux hier soir, mais pas de quoi en faire un drame. Un nouveau crochet et une nuit de repos, et c'est déjà oublié.

A la bonne heure, songea Synapo. *Mais ce n'était pas un Avery, c'est mon propre souffle brûlant qui t'a envoyé au soleil levant.* Il ne se serait jamais permis une farce aussi puérile si la situation ne l'avait justifié. Il s'attarda un instant, la conscience troublée, sur le souvenir de sa stratégie ô combien dépourvue de diplomatie.

– L'important, poursuivit Sarco, est de reprendre le contrôle des éléments atmosphériques et de faire cesser les satanés crissements de ces intrus en fer-blanc sur l'hyperonde. Pour ce qui est des conditions atmosphériques, j'en fais mon affaire, dès que les miens auront fini par neutraliser cette nodosité qui pousse là-dessous. Je compte avoir le compensateur fin prêt pour après-demain.

« Cela dit, Synapo, le vacarme sur l'hyperonde est en train de nous rendre tous cinglés. Ces crétins n'ont-ils jamais entendu parler de modulation continue ?

– Bien sûr que si, répondit Synapo. C'est comme ça qu'ils sont venus. Mais leur modulation d'hyperonde discrète et la petite gêne occasionnée par leurs échanges verbaux sur nos canaux en continu ne sont qu'un problème mineur. Le vrai problème est celui de la fabrication de ton compensateur. Tu fais fausse route, Sarco. Tu ne parviendras qu'à désactiver temporairement les étrangers. Et si j'ai raison, comme je suis de plus en plus enclin à le penser, tu n'auras réussi qu'à désactiver un bataillon de serviteurs, et sans doute pas pour longtemps, mais en soulevant par ailleurs la colère de leurs maîtres, aussi sûr que le Grand Petero est notre guide.

– Et les Cérébrons, qu'ont-ils proposé ? Les Myostriens, eux au moins, prennent des initiatives.

(Selon le contexte, le pluriel du nom tribal Myostrien est mieux rendu par le terme Myostria ; et pour désigner le nom de l'espèce, il est préférable d'employer, plutôt que le terme Cérémyon, celui de Myocéron lorsqu'il s'agit de privilégier le point de vue des Myostriens.)

– Nous avons tenu conseil hier après-midi, déclara Synapo. Tous sont d'accord pour reconnaître que je suis à la veille de tirer de Wohler-9 de précieux renseignements.

Quoi que vous fassiez, ne coupez pas le compensateur. Vous avez déjà réussi à neutraliser plus de quatre-vingt-quinze pour cent des effets pernicieux. Au niveau météorologique, vous avez d'ores et déjà gagné.

– Tu as jusqu'à après-demain, Synapo, à l'heure du soleil au zénith, pour percer à jour Wohler-9.

Il devenait inutile de discuter plus longtemps. Synapo se laissa rouler de dessous Sarco et dériver sur la gauche, empruntant une déclivité thermique pour grimper vers une couche légèrement plus froide. Cette inversion de température si tôt dans la journée était le résultat des perturbations atmosphériques – effets résiduels des constructions étrangères – qui cesseraient une fois le dôme terminé.

Après une heure de charge, Synapo était toujours affamé ; il se mit néanmoins en boule et se laissa tomber, le vent sifflant à travers les plumes de son extrémité froide, jusqu'à ce qu'il se soit rapproché du sommet du dôme. Il déploya alors lentement ses ailes, se freina et effectua une descente en cercles qui lui permit une inspection complète du dôme.

Il effectua un autre passage à basse altitude autour de la structure, cherchant le moindre signe d'instabilité spatio-temporelle. Mais pourquoi s'en faire ? Le dôme aurait pu fuir comme Nimbar, il n'en aurait pas éprouvé la moindre gêne. Néanmoins, c'était ancré en lui, une question d'orgueil professionnel, l'orgueil de sa race et l'orgueil du peuple de Sarco et du savoir technologique qu'ils partageaient avec les Cérébrons.

Décrivant un nouveau cercle en direction du secteur à ciel ouvert, Synapo freina encore, effectua un lent vol plané qui agita de fines volutes de poussière, et vint se poser à côté du robot Avery qui se faisait appeler Wohler-9.

Synapo avait désormais une assez bonne idée de ce qu'était un robot Avery. Il avait acquis quelques bribes du langage dénommé Standard Galactique, un langage qui n'était certainement pas courant dans cette partie de la galaxie où ils vivaient, mais qu'ils avaient appris à reconnaître à travers les éclats sonores que transportait parfois l'hyperonde à modulation discrète qui leur parvenait depuis des siècles. L'interprétation de ce langage s'était faite lentement et était restée inachevée ; tout ce qui aurait pu concourir à faciliter la traduction, comme une pierre de Rosette, faisait défaut. Toutefois, les peuples d'ici avaient acquis une certaine sensibilité à ce langage, dans le cadre de la formation mathématique de l'espèce, et les progrès d'élocution réalisés par la suite, avec Wohler-9 à disposition – même s'il n'était pas tout à fait l'équivalent de la pierre de Rosette –, leur avaient permis de s'élever jusqu'au modeste niveau dont se réclamait aujourd'hui Synapo.

– Bonjour, Wohler-9, lança celui-ci.

Lentement, la tête du robot pivota jusqu'à ce que les yeux se fixent sur Synapo. Hormis ce geste, le robot ne manifesta aucun signe attestant qu'il reconnaissait Synapo, ce qui n'affecta nullement ce dernier. En fait, il s'y attendait. Il savait depuis quelque temps que le robot ne le considérait pas comme un maître et qu'il n'était donc pas digne d'attention. A moins que d'aventure il n'en vienne à transgresser les instructions de base programmées dans le cerveau du robot, soit une directive principale et trois principes directeurs.

La directive principale était d'ériger les monstrueuses structures qui avaient provoqué, par l'émission d'énergie et de particules, de tels ravages sur les conditions météorologiques de la planète. Structures qui étaient aujourd'hui confinées sous le dôme et dont les effets étaient pratiquement neutralisés par le compensateur. Les perturbations avaient été presque aussi importantes que celles causées par la chute d'une météorite géante un quart de siècle auparavant.

La fonction de ces structures monstrueuses n'était toujours pas claire, à part d'avoir été créées pour les maîtres. Avec le temps clément dont bénéficiaient les habitants de ce monde – et dont ils avaient acquis le contrôle à une époque qui remontait à des éternités –, les notions d'abri et de maison, à supposer qu'elles aient jamais existé, avaient depuis longtemps disparu de la mémoire atavique des corps-noirs, égarées quelque part dans leur préhistoire.

– Si nous avons correctement traduit ton message, tu as dûment signalé notre ingérence à tes maîtres et demandé du secours il y a plus d'une main de jours. Je me suis informé quotidiennement pour savoir si tu avais reçu de nouvelles instructions parmi les nombreux messages que nous avons interceptés dans les deux sens. Jusqu'ici, tes réponses n'ont pas été rassurantes. Cependant, nous avons aujourd'hui des raisons de penser que tu as reçu certains éléments de nature à clarifier la situation, si nous nous fions au message qui t'est parvenu hier matin et auquel j'ai fait allusion devant toi hier après-midi. Je te le demande à nouveau maintenant. As-tu reçu de nouvelles instructions ?

Le robot ne réagit toujours pas. Il avait fait pivoter sa tête vers l'arrière afin de surveiller la procession de robots et de véhicules qui sortaient du dôme pour se diriger au nord, à travers la plaine bordée par la forêt.

– Nous aurons achevé le compensateur – le dôme – dès demain, ce qui contrarie votre directive principale, ajouta Synapo.

Là, le robot réagit. Il se tourna face à Synapo.

– Miss Ariel Welsh en discutera avec vous à son arrivée cet après-midi, dit Wohler-9 avant de pivoter à nouveau pour observer la sortie des robots.

L'entrevue était terminée. Synapo s'éleva dans les airs pour gagner l'altitude de charge et réunir le conseil des Cérébrons.

LE PUITS SOUS LE DÔME

Ariel Welsh, à sa manière habituelle, négocia son entrée à trop grande vitesse, suivant une trajectoire qui en conséquence s'avéra trop rasante, et le vaisseau ricocha sur l'atmosphère de la planète comme un galet à la surface d'un étang.

– Merde, lança-t-elle. (Le terme semblait plutôt faible pour décrire la situation. Elle passa les commandes à Jacob Winterson.) Bon, occupe-t'en, lui dit-elle.

– Vous auriez dû me le demander avant, miss Ariel, énonça le robot. Vous devez vous réserver pour les négociations avec les extraterrestres. Mais j'aurai quelques suggestions à faire concernant vos trajectoires d'approche en général, suggestions qui devraient vous être d'un grand...

– Epargne-moi ton couplet, Jake ! le coupa Ariel d'un ton agacé.

Elle observa néanmoins les manœuvres du robot avec attention et une grande admiration, non seulement pour sa façon de piloter mais aussi pour son allure superbe. Elle aimait particulièrement voir jouer les biceps.

Elle avait acquis le robot il y avait seulement quelques mois, caprice de jeune femme riche et comblée, à seule fin de taquiner un amant jaloux et de s'insurger contre les mœurs puritaines de la société auroraine.

On ne rencontrait pas beaucoup de robots comme R. Jacob Winterson sur la planète Aurora. Pas plus les hommes que les femmes ne tenaient à se voir éclipsés par ces robots humaniformes à la beauté parfaite et à la vigueur surhumaine. *Humaniformes* était le terme qu'avait utilisé pour les décrire le Dr Han Fastolfe, leur créateur, nullement satisfait du terme *humanoïde* qui, à vrai dire, convenait tout juste pour décrire Jacob. Si les robots Avery, comme ce Wohler qu'Ariel avait rencontré jadis sur la planète de la Cité des robots, pouvaient être eux aussi décrits comme humanoïdes, ils étaient encore loin de la perfection de Jacob.

La superbe réplique que constituait le corps remarquablement musclé de Jacob Winterson était le reflet de l'époque où le culturisme connaissait une vogue extraordinaire dans une société auroraine vouée à l'oisiveté.

A cet instant, Ariel le regardait se brancher au vaisseau, une petite fusée téléporteuse à deux places, avec une cabine de pilotage à peine assez grande pour les contenir tous les deux. Elle aurait pu utiliser l'ordinateur du vaisseau pour régler la bonne trajectoire d'approche, exactement comme Jacob était en train de le faire, au lieu d'arriver comme une artiste de rodéo, tout dans les mains.

Elle admira les muscles charnus à l'œuvre sur sa nuque de taureau, admira la souplesse des biceps bombés comme des pieds de piano, marqués de grosses veines qui descendaient tout le long de puissants avant-bras.

Elle avait réussi à persuader la vieille Vasilia Falstofe, la fille du fameux Dr Han, avec lequel elle était brouillée, d'aller fouiller au fond des catacombes sous l'Institut de Robotique d'Aurora, et de lui ramener Jacob, un des treize humanoïdes qui restaient de la campagne de promotion avortée lorsqu'il s'était agi de les vendre à un public aurorain plutôt récalcitrant.

Elle n'avait jamais vu Jacob nu, ce que Derec ignorait. Vasilia l'avait sorti des profondeurs complètement habillé. Et puis, il avait l'air si réel – si vivant au sens humain du terme – qu'Ariel n'avait jamais osé explorer ce qui pouvait se cacher sous la vaste garde-robe dont elle l'avait pourvu. Cela lui semblait pousser trop loin l'intrusion dans son intimité.

Elle devait bien admettre que l'idée la tentait, mais pas au point d'outrepasser les limites de sa loyauté envers Derec. Dans son esprit, sa petite provocation ne constituait pas une tromperie, aussi malheureux qu'en soit Derec. A l'instar des myriades de jeunes femmes qui l'avaient précédée, elle ne se doutait pas de la peine qu'elle lui faisait en le taquinant ainsi, sinon elle s'en serait abstenue.

Le vaisseau effectuait sa troisième orbite lorsque Jacob localisa leur destination : la Cité des robots assiégée que Wohler-9 leur avait décrite après leur saut dans le système. Apparemment, Derec ne s'y trouvait pas en ce moment. Derec, dont Ariel avait espéré entendre la voix.

L'objectif était la seconde en taille des excavations couvertes d'un dôme iridescent qu'ils avaient aperçu sur la planète ; et la seule à avoir cette portion ouverte sur les édifices de la cité, portion qui s'étendait jusqu'au centre du cratère scintillant.

Jacob prit une trajectoire qui devait les amener à travers l'atmosphère vers une plaine choisie comme site d'atterrissage, à cinq cents mètres au nord du dôme et à proximité du sentier d'évacuation des robots Avery. Une fois la fusée rendue là, il exécuta, avec l'aide de l'ordinateur, une manœuvre parfaite. Ils débarquèrent à moins de cinquante mètres de la colonne de robots et réquisitionnèrent un grand robot-coursier transportant deux colis.

– Retour à la cité, lança Ariel en s'asseyant sur l'un des colis et en faisant signe à Jacob de s'installer sur l'autre.

Elle aurait aimé dire : « Conduis-moi à Wohler », mais le cerveau non positronique du robot-coursier eût été incapable d'interpréter et d'exécuter l'ordre.

Alors qu'ils approchaient du secteur ouvert dans le dôme, culminant à un kilomètre de hauteur, Ariel demanda :

– Peux-tu contacter Wohler sur la radio, Jacob ?

– Je l'ai, miss Ariel, répondit Jacob. Il surveille les opérations à droite de l'ouverture. (Le robot pointa un doigt dans une direction.) Là-bas, près de ce gros camion à plateau.

De près, le paradoxe que constituait l'immense bulle irisée prit aux yeux d'Ariel une dimension encore plus spectaculaire lorsqu'elle plongea son regard, à travers la paroi tremblotante du dôme, vers le puits qui semblait supporter la cité bâtie sur une dalle de terre. Si on regardait en même temps à travers la paroi et vers l'ouverture, la cité paraissait flotter au-dessus de l'excavation, vision qui laissa à Ariel une indéniable sensation de malaise.

– Conduis-nous à Wohler, dit-elle au coursier.

A hauteur du camion, ils sautèrent de l'engin robotisé et

s'avancèrent vers Wohler-9, imposante mécanique dorée qui se tenait devant le camion, tournée vers le défilé de robots évacuant le dôme.

– Je suis Ariel Welsh, annonça la jeune femme.

– Je sais, dit Wohler-9.

– Qu'est-ce qui se passe ici ?

– Nous déménageons le matériel nécessaire à la construction d'une seconde tour du Compas et d'une seconde cité de l'autre côté de la plaine, à cinq kilomètres d'ici.

– Pourquoi ?

– Ce dôme va bientôt être fermé par les extraterrestres, bloquant toute circulation dans la cité, les entrées comme les sorties.

– Pour quelle raison ?

– La raison n'est pas claire.

– Où est Derec Avery ?

– Je l'ignore, vu qu'il n'est pas sur cette planète.

Il lui fallut quelques secondes pour l'accepter.

– Quand est-il parti ? demanda-t-elle alors.

– Il n'est jamais venu, répondit le robot doré.

Là, elle sentit un léger vertige. Il y avait eu ce faible signal relayé par un ordinateur central, signal qui l'avait amenée à croire, par suite d'une erreur d'interprétation, que Derec se trouvait ici. Elle devait continuer à parler, sinon elle allait se mettre à crier. Elle avait tant espéré le revoir bientôt.

– Les Superviseurs sont tous de la neuvième génération ? s'enquit-elle.

– Non. Il n'y a que moi. Les autres sont de la huitième génération.

– Comment ça se fait ?

– Wohler-1 s'est sacrifié pour vous délivrer de la tour du Compas au cours d'un violent orage qui menaçait votre vie, miss Welsh.

La fièvre du Burundi à laquelle le Dr Avery l'avait exposée – le prétendu fléau amnémonique – lui avait ôté tout lien avec sa mémoire. Non que celle-ci ait été effacée, mais les connexions ne fonctionnaient plus. Elles avaient été en partie rétablies grâce au concours de Derec qui avait fourni à Ariel des indices sur leurs expériences communes.

Celle-ci, entre autres, qui concernait Wohler-1, avait dû être d'une exceptionnelle intensité pour qu'à présent la mention de ce nom se traduise dans son esprit, à mesure que les images arrivaient à sa conscience, par un concert de troubles sentiments. La culpabilité qu'Ariel éprouvait à l'idée d'avoir causé la mort de ce magnifique robot doré, venue s'ajouter à son dépit d'avoir mal interprété le message qu'on lui avait envoyé de cette planète, la laissa près de défaillir d'un instant à l'autre.

Elle avala sa salive pour recouvrer son calme puis, brusquement, déclara :

– Ce dôme, c'est quoi, exactement ? Pourquoi ne pas tout bonnement le détruire ?

– Une petite démonstration suffira à vous éclairer, miss Welsh, répondit Wohler-9.

Il tira du flanc du camion une pince chromée d'un mètre de long et se dirigea vers l'arête droite de l'ouverture pratiquée dans le dôme.

Ariel et Jacob le suivirent. Lorsque la jeune femme, emportée par sa fougue coutumière, s'avança vers l'intérieur du dôme au-devant de Wohler-9, elle distingua, sous le ruban de ténèbres qui constituait la ligne de démarcation, un ruban noir qui délimitait le bord du terrain et l'entrée de ce qui semblait être un puits à ciel ouvert. Baissant le regard vers la fosse, elle fut prise d'un immense vertige. Elle eut un instant l'impression de dégringoler dans ce trou noir qui l'attirait à lui en aspirant sa conscience.

– En aucun cas vous ne devez vous approcher à moins de cinquante centimètres, miss Welsh, la prévint Wohler-9 en se permettant de tendre le bras devant elle.

L'avertissement sembla ramener la jeune femme à la raison ; elle recula à quelques mètres du bord, en même temps qu'elle retrouvait le fil de ses pensées. De là où elle était, elle pouvait voir à la fois les parois interne et externe.

Wohler-9 s'approcha alors du bord de la paroi, presque à la limite des cinquante centimètres, et s'immobilisa devant la paroi interne.

– Et ne vous méprenez pas. Si la paroi peut vous paraître éloignée, ce n'est qu'une illusion d'optique.

Il prit alors la posture d'un batteur de base-ball et, d'un geste vif qui fit décrire à la pince un arc horizontal à la perpendiculaire de la paroi, il frappa l'arête du dôme du milieu de la pince. Sans un son, l'arête, tel le tranchant d'un outil hyperaiguisé, découpa la pince en deux parties dont la plus éloignée vola dans les airs. Wohler-9 retint l'autre bout fermement dans ses mains en achevant son mouvement tournant.

Puis, d'un geste désinvolte, il le lança vers la paroi interne.

Instinctivement, Ariel avait suivi des yeux l'envol du demi-morceau de pince jusqu'à ce qu'il touche le sol et s'immobilise. Elle revint sur Wohler-9 à l'instant où celui-ci jetait le morceau resté dans ses mains dans le puits de ténèbres.

La tige d'acier chromé parut décrire une courbe infléchie sur une fraction de la distance qu'elle aurait parcourue si Wohler-9 l'avait lancée en l'air avec la même force, puis revint comme une fusée en dessinant une parabole calculée à l'évidence pour qu'elle n'atteigne personne. Elle atterrit derrière le robot à une distance égale à celle qu'elle aurait parcourue devant lui si la paroi n'avait pas été là.

– Maintenant, annonça-t-il, une seconde expérience va mettre en évidence les propriétés externes du dôme.

Il ramassa la tige qui venait de rebondir sur le mur de ténèbres, retourna au camion et la jeta dans le plateau, puis extirpa du coffre latéral les deux tronçons d'une perche tubulaire. Après les avoir assemblés, il avait en main une perche d'à peu près cinq mètres de long. Il sortit d'un casier une grande pièce de tissu qu'il déplia et attacha à la perche ; elle formait un drapeau carré d'un peu moins de quatre mètres de côté. Son étendard à la main, il longea l'extérieur du dôme jusqu'à se trouver à trois ou quatre mètres du bord de l'ouverture. Ariel l'avait suivi.

Ils avançaient à présent le long d'un immense puits semi-circulaire aux parois scintillantes, de deux kilomètres de large sur un de profondeur. Sous cet angle, on ne distinguait absolument pas la cité qui gisait sous l'éclatante lumière.

– Ne laissez en aucun cas une quelconque partie de votre corps effleurer ou s'avancer vers la paroi transparente, prévint Wohler-9. Vous la verriez passer à travers et elle ne serait plus jamais la même. Maintenant, observez le drapeau.

Il enfonça la perche dans la paroi. Le drapeau sembla se volatiliser.

– Vous pensez peut-être qu'il n'est plus là, dit Wohler-9 en agitant la perche, mais regardez donc attentivement de l'autre côté du puits.

Au début, Ariel ne discerna rien d'inhabituel. Mais au bout d'un moment, en concentrant son attention, elle finit par apercevoir un petit drapeau blanc flottant dans le lointain, à deux kilomètres de distance, de l'autre côté du puits.

Wohler-9 posa la perche à terre en prenant soin d'en laisser une partie toujours enfoncée dans le dôme. Elle ne reposait pas à plat sur le sol. L'extrémité la plus proche était suspendue dans les airs, inclinée vers le dôme. Le petit drapeau aperçu de l'autre côté du puits avait disparu dans l'herbe.

– A présent, deux autres expériences, déclara Wohler-9, pour lesquelles nous utiliserons le camion.

Il abandonna la perche enfoncée dans le dôme, récupéra dans les hautes herbes la moitié de la pince, la lança dans le plateau à côté de l'autre moitié, et grimpa sur la plate-forme du chauffeur. Ariel s'installa aussitôt sur le siège derrière le robot, et Jacob monta à côté de Wohler-9 qui démarra immédiatement, en direction de la face ouest du dôme, en veillant à éviter les abords du puits.

Ils avaient presque parcouru la moitié de la circonférence lorsque Wohler-9 reprit la parole.

– On ne devrait pas tarder à arriver.

Ce fut alors qu'Ariel aperçut le drapeau blanc dans l'herbe, avec le bout de la perche dépassant du dôme à quelques centimètres au-dessus du sol.

Wohler-9 arrêta le camion.

– Vous n'avez pas besoin de descendre.

Il sauta à bas du camion, ramassa précautionneusement la perche comme s'il s'agissait d'un précieux et fragile souvenir, revint sur ses pas et tendit le drapeau à Ariel.

– Prenez le bout, lui dit-il.

Lorsqu'elle le tint, il courba l'extrémité qu'il tenait

comme pour plier la perche entre sa prise et celle d'Ariel. La perche se cassa en deux.

– Quand on fait passer un objet à travers le dôme, expliqua-t-il, ça altère sa structure cristalline, provoquant des lignes de faille sous un minimum de tension. Maintenant, une dernière observation, cette fois à l'intérieur du dôme.

Ils repartirent par où ils étaient venus, puis Wohler-9 engagea le camion dans l'ouverture, longeant le côté droit. La colonne de robots qui s'écoulait du dôme les laissa passer sans problème, se rangeant sur la gauche à l'approche du camion, comme si la circulation était entièrement dirigée par ordinateur – ce qui, naturellement, était le cas : l'ordinateur central de la cité.

– Nous allons prendre la voie périphérique pour éviter de bloquer la circulation venant de l'Avenue Principale, dit Wohler-9, même si cela doit être un peu plus long, pi-sur-deux fois plus long.

Le robot doré les mena rapidement à mi-chemin du pourtour du dôme. Ils s'arrêtèrent au niveau de la voie large qu'ils avaient vue en entrant : l'Avenue Principale, qui débouchait aussi près que possible du dôme. Ariel jeta un regard dans la perspective de la rue et vit la tour du Compas se découper devant l'ouverture du dôme.

Wohler-9 les guidait à présent vers la paroi du dôme opposée à la rue ; il tendit à Ariel une paire de jumelles, avant de pointer son doigt vers un petit objet qui brillait dans la douce obscurité de la paroi interne.

Ariel porta les jumelles à ses yeux et, après avoir réglé la focale sur l'infini, réussit tout juste à distinguer une forme qui avait l'aspect d'un petit engin volant à deux places, dirigé vers eux avec ses feux d'atterrissage allumés.

– Ce sera le dernier des tests commencés cet après-midi, commenta Wohler-9. En cet instant, l'engin volant est retenu par la gravité exercée par la concavité du puits à une distance virtuelle de quatre kilomètres. Il est dirigé vers nous, mais maintenu immobile par cette concavité, ses moteurs de poussée ralentis à soixante-quinze pour cent de leur puissance, soit l'équivalent d'une accélération de dix g. Nous nous proposons de le laisser entrer, maintenant. Il n'a presque plus de carburant.

Ariel eut du mal à ôter les jumelles de ses yeux. Finalement, elle se tourna vers Jacob et les lui tendit.

– Ecoute, je veux que tu m'enregistres ça, dit-elle. Je te veux comme témoin. Je connais Derec, il ne voudra pas le croire.

– Merci, miss Ariel, répliqua Jacob, mais avec mon objectif binoculaire de 50 j'ai déjà enregistré la manœuvre pour le moins spéciale de cet engin volant.

Ariel était fatiguée. La journée avait été longue. Trop de choses pour une seule journée. Trop de sollicitations pour ses sens, trop de concepts bizarroïdes, trop d'émotions. Derec lui manquait, et elle ne se sentait pas de force à affronter le défi que représentait ce monde étranger.

– Wohler, dit-elle au robot doré, si tu en as fini avec tes numéros de magie et ta démonstration, j'aimerais aller prendre une douche et me refaire une beauté. Tout à l'heure, après le dîner, tu pourras me faire un rapport détaillé.

– Je viens juste de laisser entrer la fusée, miss Welsh, répondit Wohler-9. Nous nous rendons immédiatement à votre appartement.

Tandis qu'ils descendaient la large avenue en direction de la tour du Compas, l'engin volant se fit plus bruyant. Ariel tourna la tête vers les feux de l'appareil qui brillaient maintenant de plus en plus dans la pénombre enveloppant la cité. Elle éprouvait quelque difficulté à assimiler tout ce qu'elle avait vu dans le peu de temps qu'avait duré sa rencontre avec Wohler-9.

Elle distinguait à présent l'engin volant grossissant à vue d'œil, qui passa bientôt comme une flèche à l'extérieur de la paroi et, dans un hurlement de moteurs, tourna au-dessus de la tour du Compas et fila vers l'ouverture du dôme.

LE RÉCIT DE WOHLER-9

LES LOIS DE LA ROBOTIQUE

1. *Un robot ne peut faire de mal à un être humain ni, restant passif, permettre que du mal soit fait à un être humain.*
2. *Un robot doit obéir aux ordres donnés par les êtres humains, sauf quand ces ordres entrent en conflit avec la Première Loi.*
3. *Un robot doit protéger sa propre existence, à condition que cette protection n'entre pas en conflit avec les Première et Deuxième Lois.*

Han FASTOLFE, Introduction à la Robotique,
Chap. 1, *Technologie ancienne.*

– Alors, Wohler, si tu me racontais tout depuis le début ? dit Ariel.

La jeune femme venait de s'installer pour dîner. Cela faisait une heure qu'ils avaient rejoint l'appartement, un modeste trois-pièces au premier et dernier étage d'un petit immeuble sur l'Avenue Principale, à mi-chemin de la tour du Compas et de l'ouverture du dôme.

Jacob s'était logé dans une niche murale près de l'entrée de l'appartement. Wohler-9, attentif, était face à Ariel, de l'autre côté de la table.

– J'ai été le septième et dernier Superviseur téléporté sur ce monde, commença Wohler. Je suis arrivé au matin du...

– Non, Wohler, l'interrompit Ariel, je ne te demande pas tant de détails.

– Vous ne voulez pas savoir depuis le début, miss Welsh ? Vous préféreriez un résumé ?

– C'est ça. Et tiens-t'en aux rapports que tu as eus avec les extraterrestres et parle-moi du dôme qu'ils ont érigé.

– D'accord. Nous avons commencé à citéformer la surface de la planète en bâtissant la tour du Compas sur la zone dégagée située à un virgule zéro deux kilomètre de la forêt la plus proche.

« Nous en étions au deuxième étage de la tour quand un incident inhabituel concernant un témoin s'est produit à la lisière de la forêt.

– Un robot témoin ? demanda Ariel.

– Oui, miss Welsh. Nous avions mis en place une escouade rapide de douze témoins, avec mission de nous alerter sur une éventuelle migration de la vie autochtone vers la zone de construction, patrouillant sur un périmètre de deux kilomètres de diamètre et centré sur la tour du Compas.

« L'incident inhabituel a consisté en la destruction par bissection d'un témoin alors qu'il passait à proximité de la forêt.

– Bissection, Wohler ?

– Oui, miss Welsh. Le témoin a été coupé en deux. Juste avant l'incident, ce même témoin était en train d'observer le vol de plusieurs de ces extraterrestres que nous appelons corps-noirs, aux abords de la forêt, à quelque vingt mètres au-dessus de l'endroit où l'incident s'est produit.

« Les observations faites par le témoin sont les dernières qu'il ait transmises à la mémoire centrale sur le communicateur.

– Détaille les données enregistrées par la mémoire, Wohler, demanda Ariel d'une voix calme.

– Le vol de corps-noirs s'est manifesté juste après le passage du témoin précédent. Un premier corps-noir est arrivé à quelque vingt mètres à la verticale de l'endroit où devait se produire l'incident ; il a décroché, s'est mis en boule et s'est laissé tomber à cinq mètres du sol. Là, il a déployé ses ailes et a repris son vol, piquant et remontant dans le ciel, non sans avoir failli percuter la terre ferme.

« Un examen attentif des données transmises par le témoin indique l'apparition d'un léger miroitement dans l'air au moment où le corps-noir a repris son vol. Le miroitement progressait rapidement en direction du sol, à partir du point d'envol. Le manège se répéta avec d'autres corps-noirs et, lorsque le témoin se rapprocha, il constata qu'à chaque cycle le miroitement non seulement se déplaçait vers le sol mais remontait vers le ciel, parcourant le périmètre d'une aire verticale qui augmentait à chaque passage. Avant que le témoin soit sur place, le processus fut réitéré en un tournemain par vingt et un corps-noirs. Le trou noir que nous voyons de l'intérieur n'était pas visible au témoin, qui avait pratiquement le nez sur la figure qu'étaient en train de modeler les corps-noirs ; il était certes légèrement décalé à l'extérieur mais s'est avancé pour avoir une vision plus rapprochée du phénomène.

– Et évidemment, l'enregistrement se termine à ce moment-là, dit Ariel.

– Oui. Depuis lors, les rapports des témoins confirment qu'il s'agissait bien de l'ouvrage d'édification du dôme entrepris par les corps-noirs. Au fur et à mesure de la construction, les arcs entrecroisés décrits par le miroitement, et le point d'envol d'où partait chaque passage de corps-noir, s'élevaient de plus en plus haut jusqu'à atteindre la position actuelle. A présent, l'opération débute vers le milieu de la matinée, à une altitude d'un peu plus d'un kilomètre à l'aplomb de la tour du Compas, et comprend cent vingt passages, ce qui représente en général une durée d'un peu plus d'une heure.

– Heure ?

– Un terme ancien du fichier-dictionnaire. Equivalent au vingt-quatrième. Le corps-noir avec lequel je me suis entretenu a utilisé mon accès aux fichiers du Central pour y chercher une traduction exacte de leur terminologie, un vingt-quatrième de la période de rotation de la planète.

– Et ils font la division, comme nous avec nos centades ?

– Oui. La division suivante, par soixante, donne ce qu'on peut, selon le Central, dénommer des « minutes ». Si l'on convertit ces unités en nos décades et centades, on obtient pour l'heure...

– Wohler, je suis tout à fait capable de faire la conversion.

– Donc, la construction du dôme commence chaque jour à dix heures a.m., et...

– Dix heures a.m. ?

– Dix heures ante midi. Ou plus exactement, dans l'ancienne terminologie, ante meridiem, autrement dit avant midi. La journée est divisée en deux parties de douze heures : a.m., avant midi, et p.m., post midi ou après midi.

– Et ton extraterrestre n'a pas trouvé bizarre que nos fichiers d'histoire ancienne contiennent des termes qui semblent s'appliquer à leur technologie ?

– Non. D'après l'enregistrement de notre conversation, à propos de ce point particulier, il a fait la remarque suivante : « Comme il est gratifiant de découvrir que nos propres rythmes circadiens – les divisions métaboliques de nos horloges naturelles – se sont reproduits si fidèlement chez une autre espèce. »

– Moi, ça me paraît drôlement bizarre, insista Ariel. Mais pour revenir à notre affaire, au moment de l'incident, tu dis que le robot témoin a été coupé en deux par les premiers éléments du dôme actuel, lorsque il s'est avancé jusqu'à la paroi, comme la pince aujourd'hui.

– Oui, acquiesça Wohler.

– Tu n'avais eu aucun contact avec les corps-noirs jusqu'alors.

– C'est exact.

– C'est alors que tu as engagé le dialogue.

– Non. Pas tout de suite.

– Mais c'était violer la Troisième Loi, Wohler.

– Au contraire, miss Welsh. Nous avons choisi d'appliquer la Troisième Loi, en guise de représailles.

– Mais, Wohler, c'était violer la Première Loi, qui protège les espèces intelligentes.

– Non, miss Welsh, pas les espèces intelligentes. Les humains.

– Elle protège Wolruf.

Wolruf, l'extraterrestre aux allures canines, l'amie d'Ariel et de Derec. Ensemble, ils avaient traversé plusieurs épreuves inconfortables, à commencer par ce pirate extraterrestre, Aranimas, qui les avait tenus à un moment donné tous les trois à sa merci. C'était là que Derec et elle avaient rencontré Wolruf pour la première fois.

– Uniquement parce que maître Derec a décidé de faire une exception, répliqua Wohler-9. La programmation originelle du Dr Avery ne prévoit pas de telles exceptions. La Première Loi protège désormais les humains *et* Wolruf, mais notre définition de l'humain reste très étroite. Et ne s'applique assurément pas aux corps-noirs.

Le Dr Avery était le père de Derec et par ailleurs le savant aussi excentrique qu'égocentrique qui avait créé la première Cité des robots. Il avait effacé la mémoire de son fils lorsque celui-ci était encore adolescent, et l'avait soumis à des expériences insensées et à des situations abracadabrantes, aussi bien sur la planète de la Cité des robots qu'ailleurs. Si Derec avait fini par apprendre pas mal de choses sur lui-même, Avery avait tout de même quitté la cité sans restaurer la mémoire de son fils.

– Continue, Wohler, dit Ariel. En quoi ont consisté les représailles ?

– Nous avons tenté d'interrompre la construction du dôme en barrant la route du ciel aux corps-noirs en envoyant une fusée à une place, mais ça n'a pas totalement réussi. L'extraterrestre était détruit, mais aussi la fusée et le robot pilote. Les enregistrements spectroscopiques et de la température des flammes indiquent, comme cause de l'échec, une explosion d'hydrogène.

– Tu as donc entamé le dialogue.

– Non. La logique nous dictait de déterminer comment une explosion d'hydrogène pouvait occasionner une telle destruction. Nous avons donc décidé de prendre un extraterrestre au piège et de l'étudier.

« La nuit, les corps-noirs se transforment en ballons d'argent et s'amarrent à la cime des arbres. Nous avons réussi à en capturer un qui s'était accroché à un arbre à la lisière de la forêt, à cinq kilomètres d'ici. Nous n'avons eu aucune difficulté à détacher son grappin après avoir abattu l'arbre.

« Cependant, pour examiner l'extraterrestre, il était nécessaire d'ôter auparavant le ballon qui l'enveloppait. Une nouvelle explosion d'hydrogène détruisit et l'extraterrestre et le chirurgien lorsque celui-ci voulut découper le ballon au scalpel à laser.

– Ça se tient, remarqua Ariel dans un soupir. Bon, c'est là que tu as amorcé un dialogue, pour finir.

– Non. Depuis trois jours et demi, un extraterrestre – ou peut-être étaient-ils plusieurs – avait tenté de nouer le contact avec des robots tout autour du site de construction de la tour du Compas. Nos instructions, néanmoins, n'exigeaient pas de nous que nous accédions à leur requête, d'autant que nous étions, naturellement, fort occupés à l'édification de la tour du Compas, qui devait être achevée avant que ne puisse démarrer l'ouvrage concernant le reste de la cité. Ce qui explique que nous n'ayons pas prêté attention à leurs agissements, jusqu'à ce que je sois personnellement contacté par l'un d'eux. C'est arrivé immédiatement après la perte de notre chirurgien et de son scalpel. Il me vint alors à l'esprit, au moment de la rencontre, qu'en discutant avec l'extraterrestre je découvrirais peut-être ce que recherchait le chirurgien, et je me sentis alors contraint par la Troisième Loi d'agir en ce sens. La Troisième Loi dit que...

– Je sais, je sais, rétorqua Ariel. Tu as donc enfin entamé le dialogue.

– Non. Il est bien clair, désormais, miss Welsh, que c'est l'extraterrestre qui a entamé le dialogue.

– Il semblerait, en effet, admit Ariel avec un soupçon de résignation dans la voix. Je n'aurais pas voulu qu'il en soit autrement.

– Au contraire. Il est maintenant tout à fait évident que si j'avais amorcé le dialogue plus tôt...

– Tu as parfaitement raison, Wohler. Mais tu n'as pas besoin de te sentir coupable de tout cela.

– Techniquement, je comprends quel sentiment vous pourriez éprouver à ma place, mais je suis incapable pour ma part de connaître une telle émotion, miss Welsh.

– Evidemment, dit Ariel. Evidemment. Bon, qu'a donné le dialogue avec cet extraterrestre ?

– Pas grand-chose, miss Welsh. J'ai passé la plupart du temps à lui enseigner le Standard Galactique, vu que je n'avais pas les connaissances linguistiques pour comprendre son langage. Cet enseignement s'est avéré d'ailleurs plus délicat du fait de ce défaut de connaissances. Toutefois, l'extraterrestre me paraît détenir désormais quelques rudiments de notre langage, qui devraient se révéler utiles lors de votre contact avec lui.

– A t'entendre, j'imagine qu'il s'agit donc d'un extraterrestre mâle ?

– Je l'identifie vaguement à ce genre, quoique en me référant plutôt à son allure et à ses agissements, qui s'apparentent à ceux du mâle humain pour autant que j'en juge par les différences de comportement que je perçois entre les mâles et les femelles de l'espèce humaine.

– Un robot phallocrate ? Est-ce bien ce que je vois, Wohler ?

– Pas du tout, miss Welsh. Mon analyse est tout à fait objective.

– Au contraire, Wohler. Je dirais qu'elle est tout à fait programmée, et qu'on reconnaît le style Avery. Mais poursuivons. Qu'as-tu appris d'autre ?

– En repassant mes enregistrements, répondit Wohler, j'ai découvert que j'avais enseigné à l'extraterrestre notre langage et plein de choses sur les humains, et qu'en revanche j'en savais bien peu sur eux à part le fait que la construction de notre cité perturbe leur équilibre. Il a employé les termes d'*inversions*, de *nœuds de crevaison* et de *thermoclines anormales*, mais ces termes ont pour moi peu de signification, si peu de signification qu'il m'est impossible de vous la transmettre.

– Je ne comprends pas grand-chose non plus à ces termes, reconnut Ariel. Est-ce qu'ils signifient quelque chose pour toi, Jacob ?

Jusqu'ici, Jacob était resté dans sa niche sans prendre part à la conversation ni faire le moindre mouvement, comme figé dans sa position. Sa tête bougea alors légèrement, une lueur s'alluma dans ses yeux.

– Ce sont des termes météorologiques, miss Ariel.

– Comme pour le temps ?

– Oui.

– Nous perturbons leurs conditions atmosphériques ! s'exclama la jeune femme.

– Il semblerait, miss Ariel, confirma Jacob.

– Wohler, je dois parler à cet extraterrestre. Maintenant, ce soir.

– Ce ne sera pas possible, miss Welsh, dit Wohler. Il s'est déjà retiré dans son ballon.

– Que peut-on faire, Jacob ? dit-elle d'un ton agacé, autant à elle qu'au robot. Que peut-on faire ?

– Il semble que vous ne puissiez rien faire jusqu'à demain matin, miss Ariel, répondit Jacob.

– Wohler, comment le contacter au matin ? demanda Ariel.

– Je ne connais aucun moyen de le contacter, miss Welsh, ni de vous conduire à lui. Je suis incapable de le distinguer des autres corps-noirs. Et même si je le pouvais, ils sont rarement au sol, sauf la nuit où ils s'isolent sous leur ballon empli d'hydrogène.

– En ce cas, que faisons-nous ?

– Nous devons attendre qu'il vienne à nous.

– Et quand cela arrivera-t-il ?

– Généralement, il vient tous les matins sur le bord ouest de l'ouverture du dôme.

– Pendant que j'y pense, Wohler, diffuse sur le communicateur un message selon lequel, à l'avenir, toutes les références concernant le jour et la durée doivent être exprimées dans l'ancienne terminologie. Je veux m'accoutumer à leur processus de pensée. A Rome, il faut vivre comme les Romains. Dis-moi donc quand ce corps-noir arrivera au dôme.

Il y eut un instant de silence avant que Wohler ne prenne la parole.

– Je vous demande pardon, miss Welsh, mais le fichier encyclopédique ne signale rien sur le comportement, ni à *Rome* ni à *Romains*.

– Laisse tomber, Wohler. Ce n'était qu'un vieux dicton. Je ne reconnaîtrais même pas un Romain si j'en rencontrais un. Réponds à ma question, s'il te plaît.

– Il arrive au dôme chaque matin vers dix heures a.m., juste avant que les extraterrestres ne commencent leur ouvrage. On dirait qu'il surveille les travaux.

– Un parfait Superviseur, déclara Ariel.

– Non. J'ai l'impression qu'il n'approuve pas l'édification du dôme, qui est réalisée par un clan auquel il n'appartient pas. A en juger par le laconisme de ses commentaires, il semblerait plutôt se poser en critique de l'ouvrage, critique au sens artistique.

Cette nuit-là, Ariel dormit mal. Elle aurait tant aimé que

Derec soit ici, à ses côtés. En plus, elle avait le mal du pays. Comparée à cette planète étrangère avec son dôme aux effets en trompe-l'œil et ses démons aux corps noirs tout droit sortis de l'enfer, Aurora lui paraissait le plus enviable des lieux, doté qu'il était de la tranquillité et du confort caractéristiques des mondes des Spatiaux. Elle rêvait de revoir ses fermes et ses verts pâturages, ses cités étendues qu'on devinait à peine sur leurs pelouses et leurs jardins soigneusement entretenus, avec leurs marchés et leurs allées souterraines où elle et Derec avaient eu tant de plaisir à se promener avec leurs amis. Elle se retrouva toute surprise de se rendre compte à quel point elle avait été heureuse. Elle avait ignoré les anciens amis qui l'avaient rejetée, mais ses nouvelles relations – qui pouvaient encore à l'occasion convoiter sa fortune autant que les autres – lui avaient apporté d'authentiques moments de bonheur.

Un bonheur qu'elle avait également connu avec Derec. Elle avait tellement envie de le revoir ; il lui manquait tant.

Certes, elle s'était entichée de Jacob ; avec son esprit porté à s'amuser, elle ne le considérait pas comme un robot, lui qui était un compagnon si drôle. Il avait une façon désabusée de dire les choses qu'elle trouvait tout à fait amusante ; elle le soupçonnait d'ailleurs d'avoir cultivé cette attitude justement pour cette raison. Evidemment, il n'admettrait jamais qu'il avait la plus petite idée de ce qu'était l'humour chez les humains. Oh oui, elle s'était vraiment entichée de Jacob.

Mais c'était après Derec que son cœur soupirait. Derec et son visage aux traits tirés, Derec et sa silhouette maigrichonne. Particularité typiquement masculine, sa croissance accélérée au temps de l'adolescence avait eu pour effet de sacrifier l'ampleur de la chair au profit des os et de la hauteur. Si elle le dépassait encore de plusieurs centimètres, elle avait toutefois cessé de se développer alors que lui atteindrait et dépasserait sans doute sa taille tout en s'étoffant. En attendant ce moment, elle comptait bien profiter de sa plus grande taille et en user à son avantage toutes les fois que cela lui semblerait approprié. Elle adorait le taquiner. Il était d'ailleurs si adorable.

Elle glissa dans un cauchemar effrayant où elle se retrouvait seule.

DIALOGUE

Synapo ne s'était jamais autant vidé de son énergie. Les muscles de ses jambes, en particulier, lui paraissaient bien faibles ce matin tandis qu'il marchait vers le ruisseau. Il avait épuisé l'énergie de ses cellules qui contenaient ses réserves à long terme, emmagasinées autour de sa poitrine, de sa taille et de son postérieur, et il puisait à présent sur la réserve temporaire qui alimentait ses muscles. Les cellules de ses jambes étaient loin d'être aussi généreusement approvisionnées que celles des larges muscles pectoraux qui fournissaient l'énergie nécessaire au battement d'ailes. Les jambes étaient toujours les premières à flancher. C'était ce que disait un vieux dicton en usage chez les Myostriens, que Sarco et ses congénères se plaisaient à rabâcher sans qu'on sache trop pourquoi, hormis le fait que c'était vrai.

La véracité de l'adage n'avait jamais paru plus évidente à Synapo que ce matin-là, alors qu'il se rendait au ruisseau. Il avait effectivement ressenti comme une sorte de faiblesse après la longue inactivité de la nuit, amarré à sa longe.

Sarco était déjà venu et reparti. Cela se confirma lorsque, une fois son petit déjeuner terminé, Synapo grimpa jusqu'à l'altitude de charge maximum. Sarco était déjà en poste, dans la zone favorite de Synapo, juste au-dessus du centre du compensateur. Naturellement, de tous les membres des deux tribus, Sarco était bien le seul capable de ne pas reconnaître les faits et de refuser de lui céder la place. C'était la première fois qu'il violait cet espace-ci sans permission.

A vrai dire, les circonstances étaient inhabituelles ; il était plus facile d'enfreindre des protocoles vieillots et passés de mode que ceux que venait renforcer un usage fréquent. Le concept de poste privilégié n'était pas aussi naturel chez les Cérébrons qu'il l'était chez les Myostriens, lesquels avaient tendance à demeurer au même poste durant de longues périodes pour construire ou démonter leurs compensateurs de nœuds atmosphériques, tel le dôme miroitant qui se dressait sous eux. Normalement, les Cérébrons ne passaient pas la nuit à terre ; ils reliaient leurs réflecteurs les uns aux autres en entrelaçant les crochets de leurs longes, formant un chapelet de disques flottant dans le ciel nocturne. En temps ordinaire, c'étaient des nomades occupés à rouler continuellement de par le monde en l'état de profonde méditation qui avait hissé la race au niveau intellectuel dont elle se prévalait aujourd'hui.

La dernière occasion où ils s'étaient amarrés pour une durée significative était intervenue alors que les deux tribus combattaient les effets atmosphériques consécutifs à la chute de la météorite géante, un quart de siècle avant l'arrivée des intrus.

Ainsi, à la notion myostrienne de poste privilégié correspondait le concept cérébron d'espace privilégié. Celui-ci se situait naturellement autour de l'axe du chapelet, et la position la plus éminente était celle du centre fixe où les fréquences audio, moins éprouvantes, touchaient le plus grand nombre de Cérébrons – dont le premier cercle, l'élite – et où les fréquences radio, qui exigeaient une dépense plus importante, prenaient un minimum d'énergie pour parvenir à l'ensemble des individus.

Quand les deux tribus unissaient leurs efforts – ainsi qu'elles le faisaient aujourd'hui, et ainsi qu'elles l'avaient fait au cours de l'incident de la météorite –, la tribu dominante était en général, à moins que les Myostriens ne s'avèrent posséder un chef plus agressif qu'à l'ordinaire, celle des Cérébrons, comme tel était encore le cas ce matin. Dans leur association, c'était Synapo qui s'était montré le plus agressif, en dépit du fait que c'étaient Sarco et ses Myostriens qui bataillaient pour construire le compensateur. Il n'y avait là rien de surprenant. Synapo se serait quelque peu inquiété – contrairement à ce que ses propos laissaient entendre – si les Myostriens avaient agi autrement.

Ainsi donc, eu égard aux comportements traditionnels, il

était étonnant de trouver Sarco – le crochet pointé en avant dans une attitude belliqueuse – en poste dans l'espace réservé à Synapo. Mais les deux tribus ayant une tendance naturelle au pacifisme, Synapo eut la décence de laisser son crochet tourné vers l'arrière et prit position à deux envergures d'aile à la droite de Sarco qui tournoyait au-dessus du sommet du dôme.

– Tu es sur l'aile bien tôt, Sarco, dit Synapo.

– J'ai regardé l'intrus se poser hier soir, déclara Sarco. J'avais repéré depuis deux jours les ondes de son entrée dans notre atmosphère : saut spatio-temporel. Ceci explique peut-être la modulation d'hyperonde discrète. Peut-être, mais pas complètement. Quand les monstres de métal ont débarqué, la modulation était continue. Comment expliquer le Saut ? Sommes-nous en présence de deux types différents d'intrus ?

– Non, du moins si j'ai bien compris ce que m'a dit Wohler-9. Manifestement, l'être qui vient d'arriver est un maître des créatures de métal.

– Bon alors, ce matin, je me joins à toi. Je pourrai surveiller la construction pratiquement aussi bien de ton poste que du mien. Et bien que je me moque éperdument des uns ou des autres de ces intrus, ce serait quand même dommage de détruire la vie inutilement. Je tiens à voir comment tu t'y prends avec eux.

Synapo ne prononça plus un mot durant le peu de temps que dura la charge. Il était déjà épuisé par les nombreuses journées passées à discuter et le surcroît d'oxygène vicié qu'il se sentait contraint d'emmagasiner dans ses poches. Mais il garda en permanence son crochet replié vers l'arrière afin que Sarco n'aille pas penser que son silence se voulait un affront. Il pouvait se permettre de laisser Sarco imposer sa loi durant les quelques instants que durait la charge du matin. Il acceptait de lui concéder cela, mais pas plus.

Ils se mirent en boule et descendirent en chute libre tandis que les compagnons de Sarco s'alignaient pour exécuter leur besogne. Synapo n'avait pas l'intention de se laisser dépasser par Sarco mais, du fait de l'habitude prise au cours de la brève période qui avait vu les intrus s'installer sur leur monde, il entama, à sa manière habituelle, un lent vol plané qui l'amena à effectuer un grand cercle en altitude autour du dôme.

Sarco choisit d'attaquer en ligne droite. Lorsque Synapo se rendit compte que Sarco ne suivait pas, il était trop tard pour corriger l'erreur ; il resserra néanmoins la courbe et, de là-haut, amorça un plongeon avant même d'avoir effectué la moitié du cercle. Il aperçut Sarco à travers le dôme transparent, au moment où celui-ci exécutait une approche toute en puissance et un atterrissage impressionnant d'agressivité, freinant brusquement son élan à cinquante centimètres au-dessus du sol grâce à ses ailes déployées sur leurs dix mètres d'envergure, pour venir se poser à deux mètres à peine des intrus.

Mentalement, Synapo le maudit, avant de se contenir et de réprimer l'irradiation de ses sentiments, à laquelle il aurait sans doute laissé libre cours s'il avait su que les intrus étaient incapables de percevoir ses émissions. Un nuage de poussière masquait Sarco et les étrangers lorsqu'il arriva en rasant le sol d'un lent vol plané qui l'amena à se poser bien à l'intérieur du nuage. Il avait beau se savoir plus majestueux en vol, il n'ignorait pas que son arrivée passerait inaperçue au milieu de la poussière soulevée par Sarco ; ce fut la raison pour laquelle il choisit d'atterrir encore plus près que lui. Il effectua néanmoins son approche si habilement qu'il n'ajouta pas un seul grain de poussière au nuage qui se dissipait déjà rapidement.

Les intrus étaient au nombre de trois : Wohler-9, un être non métallique plus petit d'une tête, et un troisième de la taille de Wohler-9, que Synapo crut tout d'abord non métallique avant de détecter le même rayonnement de neutrinos qui caractérisait Wohler-9 et, plus généralement, le processus de microfusion. Il dut en conclure qu'en dépit de son apparence trompeuse le troisième étranger devait faire partie de la tribu des serviteurs. Synapo se mit toutefois en garde contre cette généralisation un peu hâtive qui risquait de devenir embarrassante au plan diplomatique si elle s'avérait erronée.

Sarco eut au moins la présence d'esprit de ne pas ouvrir prématurément son évent à oxygène. Visiblement, Wohler-9 était troublé et incapable d'opérer une distinction entre Synapo et Sarco. Les yeux du robot ne cessaient de papilloter de l'un à l'autre.

– Bonjour, Wohler-9, dit Synapo.

Il n'y eut aucune hésitation cette fois chez le robot, aucune marque de dédain. Il fit pivoter sa tête et amorça un roulement d'yeux en avance sur le premier mouvement, de sorte qu'ils se posèrent sur Synapo bien avant que la tête n'ait comblé son retard.

– Je vous présente miss Ariel Welsh, énonça le robot en désignant, d'un geste plutôt ample, le petit intrus qui arrivait à peine aux jointures des épaules de Synapo.

Puis, d'un hochement de tête, Wohler-9 congédia l'autre étranger comme un serviteur sans intérêt, ce que vinrent confirmer ses mots.

– Et voici l'humaniforme Jacob Winterson, le robot personnel de miss Welsh.

Synapo fut rassuré de constater que la généralisation qu'il s'était permise était bel et bien fondée, comme l'était sa réaction première devant l'aspect insignifiant du petit intrus. Cependant, Wohler-9 avait omis de le présenter à son tour, ce qui était un manquement à l'étiquette plutôt difficile à pardonner et qui le rassurait beaucoup moins.

Toutefois, le robot n'était qu'un serviteur et n'avait peut-être pas été aussi bien éduqué sur le plan protocolaire que le petit maître, qui s'avérait être un *elle*, un membre du clan subalterne de la tribu dominante. D'après ses discussions avec Wohler-9, Synapo estimait qu'elle devait être fin diplomate.

Il n'en restait pas moins désappointé à l'idée qu'il ne saurait toujours pas, après l'interminable échange qu'ils n'allaient pas manquer d'avoir, jusqu'où s'exerçait la domination de l'autre clan et si celui-ci risquait à son tour de vouloir y soumettre les tribus de cette planète, au cas où cette miss Welsh n'en manifesterait pas elle-même l'intention. Car, à vrai dire, elle n'était guère impressionnante.

Son robot personnel, lui, était impressionnant, et encore n'était-il qu'un serviteur. Ce qui, au stade actuel, ne laissait rien à Synapo sur quoi se fonder, en dehors d'apparences superficielles auxquelles une longue expérience lui avait appris à ne pas se fier.

Soudain, à son grand étonnement, Sarco prit la parole.

– Bienvenue sur notre monde, miss Ariel Welsh. Mon nom est Sarco, en tout cas l'équivalent le plus proche que peut donner une traduction en votre langue. Je suis le chef des Myostria.

L'intervention de Sarco prit Synapo par surprise. Il ne s'attendait vraiment pas à ce que celui-ci sache aussi bien s'exprimer dans le langage des intrus. De fait, Sarco le maîtrisait bien mieux que Synapo l'aurait cru possible après les brèves leçons qu'il avait diffusées auprès des Cérébrons. Si Sarco avait à l'évidence reçu les leçons, il ne pouvait avoir amélioré les motifs audio qu'en suivant des cours particuliers auprès d'un des membres de l'élite des Cérébrons.

Et cela aussi inquiétait Synapo. Il devait y avoir quelqu'un parmi l'élite qui cherchait à prendre le pouvoir, quelqu'un de suffisamment motivé pour s'aventurer à désavantager Synapo dans la rivalité qui l'opposait à Sarco.

La surprise fut telle qu'avant qu'il ait pu prononcer un mot, Sarco se permit d'ajouter, dans un geste en tout point aussi ample que celui de Wohler-9 :

– Et voici Synapo, chef des Cérébrons.

La présentation que venait de faire Sarco pouvait s'interpréter de deux façons. Synapo espérait que le petit intrus y verrait le même type de relation entre Sarco et lui que celui existant entre Wohler-9 et elle. Etait-ce là l'intention de Sarco ? Synapo s'était-il mépris sur son attitude ce matin durant la charge ?

– Oui, miss Ariel Welsh. Bienvenue sur notre monde, dit Synapo.

Le petit intrus se détourna, tremblant de partout, après avoir brusquement porté sa main sur ses évents primaire et secondaire. Elle était manifestement en proie à un accès de fièvre.

Wohler-9 ignora délibérément l'état dans lequel elle se trouvait. Quant à l'autre, l'humaniforme, sa seule réaction fut une légère courbure vers le haut des coins de son évent primaire. Le comportement de la femelle et des deux autres extraterrestres troubla Synapo qui se posa des questions sur l'efficacité des robots en tant que serviteurs. L'un d'eux aurait sans doute dû faire quelque chose pour soulager sa fièvre.

La femelle récupéra néanmoins rapidement et, se retournant, déclara : « Enchantée de vous rencontrer tous les deux », avant de poser une main devant elle, de glisser l'autre dans son dos et de se courber au niveau de la taille, ce qui amena Synapo à se demander si elle ne venait pas cette fois d'être saisie d'une crampe comme il en avait parfois lui-même lorsqu'il transportait une trop grosse réserve d'oxygène, ce qui était le cas en ce moment. Mais contrairement à elle, s'il avait eu une crampe dans la circonstance présente, il aurait surmonté la douleur et ignoré le mal. Il en éprouva un délicieux sentiment de supériorité.

IMPASSE

Ariel parvint finalement à se dominer. Elle avait repris son sérieux lorsqu'elle se tourna à nouveau face aux extraterrestres. Leur aspect effrayant l'avait quasiment paralysée, avant que ce Sarco ne rompe le silence.

Wohler-9 avait attiré son attention sur eux avant qu'ils n'entament leur chute, alors qu'ils étaient encore en train de décrire de lents cercles au-dessus du dôme.

Puis le premier avait atterri, se présentant à une vitesse telle qu'il semblait impossible qu'il réussisse à s'arrêter à temps quand, brusquement, il avait déployé ses ailes. Des ailes si larges qu'elles les avaient engloutis tous les trois dans un océan noir comme jais d'une uniformité absolue. Comme s'ils avaient été, de façon soudaine et inexplicable, projetés dans le puits de ténèbres du dôme.

L'extraterrestre avait alors replié ses ailes qui avaient paru se fondre dans ses flancs pour disparaître dans la noirceur satinée. Les contrastes de couleur – ou de l'absence de couleur – ajoutaient à l'aspect inquiétant de l'extraterrestre : l'obscène crochet blanc, capable à l'évidence d'éventrer un humain d'un seul coup bien assené, et la troublante lueur rouge qui brillait dans les yeux caves. Devant ces deux braises, Ariel croyait plonger son regard dans les entrailles de l'enfer.

Et l'autre était arrivé, beaucoup plus digne que le premier, et quand il avait ouvert la gueule, elle s'était crue tout à coup transportée sur la Terre, à Webster Groves, l'une des cavernes d'acier qu'elle avait jadis visitées avec Derec. Le premier avait alors si bien confirmé cette impression qu'elle ne s'était contenue qu'à grand-peine.

Et quand le second, le dénommé Synapo, avait dit :

« Ououi, bieueuvenue suuuh noooh mooonde, miz Ahial Ouilsh », elle avait dû détourner le visage pour étouffer un rire et un éternuement naissant provoqué par les picotements que lui donnait la faible odeur d'ammoniac qui émanait de leurs corps.

Elle eut bien du mal à masquer la délicieuse sensation de soulagement qui lui vint en découvrant que ces démons pouvaient présenter un côté cocasse. Ils avaient ces airs provinciaux des habitants de Webster Groves. Il était absolument impossible que ce soit Wohler-9 qui leur ait donné cet accent.

Elle se reprit toutefois assez vite, et, réprimant son éternuement, se retourna et dit : « Enchantée de vous rencontrer tous les deux », avant de s'incliner pour les saluer. Puis elle ajouta :

– Ceci est un moment historique, que nous porterons certainement en nous à jamais. Cela m'attriste qu'une rencontre d'une telle importance doive être gâchée par l'examen des malencontreux incidents qui se sont produits, avant que nous ne puissions explorer les immenses perspectives qui nous sont offertes pour l'harmonie des relations futures de nos deux espèces.

La jeune femme se cuirassa pour accueillir la réponse de l'extraterrestre avec le sérieux dont il allait certainement l'entourer, et elle s'aperçut qu'elle n'éprouvait aucune difficulté à passer outre l'accent grotesque pour ne se concentrer que sur la signification des mots.

– Nous en sommes tout aussi attristés, déclara Synapo.

– Le protocole, tel qu'il s'applique chez nous dans une telle situation, suggère que vous choisissiez le premier sujet à traiter, proposa Ariel.

Sur quoi Synapo répondit sans transition :

– Expliquez la racine carrée de moins un.

Propos qui paraissait complètement en dehors de la discussion qu'attendait la jeune femme. Elle n'était pas versée dans les mathématiques et avait escompté un échange de politesses plus affirmé. Elle n'hésita toutefois qu'un instant et se tourna vers son robot.

– Jacob ?

Celui-ci réagit aussitôt.

– La racine carrée de moins un est un terme d'une

classe de nombres qu'on ne peut quantifier que dans un contexte particulier. Dans ce cas-ci, le contexte est la relation réciproque de l'espace au temps, dans laquelle la mesure du temps doit être multipliée par la racine carrée de moins un pour obtenir une corrélation correcte avec les mesure de l'espace.

– Ou l'inverse, compléta Synapo. Réponse tout à fait satisfaisante à une question simple, mais on doit démarrer simplement avant d'aller vers le complexe. Cela dit, nous vous écoutons, miss Ariel Welsh.

Ce genre de sornettes ne nous mènera nulle part, songea la jeune femme. *Allons droit au fait.*

– Pourquoi avez-vous isolé notre cité ? Pourquoi l'avoir enfermée sous ce grand dôme ?

Et comme elle tendait la main vers le dôme, le premier miroitement de la matinée – correspondant au premier passage des bâtisseurs myostriens – tomba le long de la paroi dans un faible crépitement pour se perdre dans le sol.

Ariel sursauta. Le bord du dôme se trouvant en arrière sur sa gauche, dans son geste elle avait légèrement tourné la tête et aperçut le miroitement du coin de l'œil avant que le son ne parvienne à ses oreilles. La réaction de surprise avait été d'autant plus vive que le phénomène s'était produit dans son dos.

– Ah, je vois que les miens se sont mis au travail, dit Sarco.

– Mon collègue Sarco, précisa Synapo, m'a informé hier que le compensateur nodal – le dôme que vous voyez là – serait terminé dès demain, ce qui ne nous laisse que peu de temps pour la négociation. Il m'informé en outre de l'absolue nécessité du dôme pour contrôler comme il se doit les conditions météorologiques. Les émissions de particules, ainsi que les phénomènes de rayonnement et de convection auxquels a donné lieu l'édification de vos structures, pertubent sérieusement les conditions atmosphériques de notre planète et, par voie de conséquence, nos processus mentaux et notre stabilité émotionnelle.

Ariel comprit brusquement d'où l'extraterrestre tenait sa formation linguistique. Il s'exprimait exactement comme un Superviseur de la Cité des robots. Seul Wohler-9 avait pu lui charger la mémoire de tous ces mots savants.

Qu'avait-il dit à propos du travail sur le dôme ? Ariel laissa courir, concentrant ses pensées sur la dernière phrase.

Jacob avait raison. Le temps était une source de préoccupation pour les extraterrestres. A les entendre, on aurait dit qu'ils savaient même le contrôler. Si les Spatiaux et les Colons eux aussi parlaient beaucoup du temps, ils s'étaient révélés jusqu'ici incapables d'arriver à grand-chose.

– Vous contrôlez le temps ? demanda Ariel.

– Evidemment. Il est essentiel d'éviter que des turbulences ne viennent perturber nos méditations. Comment peut-on réfléchir en étant ballotté sans arrêt ? Vos édifices génèrent un nœud de dispersion de la pire espèce.

« Mais maintenant, je crois que c'est à nous d'intervenir. Et il convient, me semble-t-il, de nous dispenser de l'approche méthodique du simple au complexe dont je parlais tout à l'heure.

« A quel besoin vital répondent vos édifices ? Quelle fin peut justifier la mort de deux de nos membres ? D'abord, un Myostrien dans l'exercice légitime de la tâche qui lui avait été assignée ; ensuite, un Cérébron, paisiblement amarré à sa longe et certainement pas en mesure d'entraver vos obscures activités.

Dans l'esprit d'Ariel, entre la destruction d'un robot témoin et le sacrifice de deux êtres intelligents, la balance penchait terriblement en faveur de ces derniers. Mais elle avait entendu dire que l'attaque était la meilleure défense.

– Et dans l'exercice de cette tâche dont la légitimité reste à démontrer, répliqua-t-elle, vos Myostriens ont érigé un machin qui a coupé en deux l'un des miens.

Non qu'elle considérât réellement un robot témoin comme l'un des *siens*, mais les chauves-souris noires – les corps-noirs, comme Wohler-9 les nommait – n'avaient pas besoin de le savoir.

– Je vous fais respectueusement remarquer que ce sont vos machins à vous qui ont amené les Myostriens à entamer la construction du compensateur, déclara Synapo. Je vous le demande à nouveau : à quel besoin répondent vos édifices ? Quelle autre menace pour notre équilibre nous attend au-delà des perturbations que vous occasionnez à notre atmosphère ?

L'argument était légitime, ce qui conduisit Ariel à reconsidérer ce qui était grave et ce qui ne l'était pas, qui avait provoqué qui, et quand, et comment. Peut-être le temps avait-il pour eux autant d'importance qu'une créature vivante. Peut-être le temps était-il leur créature vivante.

A cette pensée, et d'autant plus après avoir observé que l'extraterrestre avait, tout en parlant, déroulé son crochet qui pointait à présent vers l'avant, comme celui de son compagnon, Ariel s'empressa de réexaminer la situation qui prenait un tour critique. Même en n'étant pas certaine de ce que signifiait ce crochet sorti, cela ne présageait apparemment rien de bon et pouvait même être interprété comme une menace, eu égard au ton froid avec lequel l'extraterrestre avait prononcé ses derniers mots.

Ariel s'était laissée distraire par leur accent provincial, ce qui avait pu l'amener à prendre cette confrontation moins au sérieux qu'elle ne l'était en réalité. Elle savait pourtant, bien avant la rencontre, combien la situation était grave, et son angoisse n'avait fait qu'augmenter jusqu'au moment du face-à-face. Comment s'était-elle laissée distraire et abuser par les circonstances ?

Le miroitement qu'elle saisit au même moment du coin de l'œil, et le crépitement qui l'accompagna, lui signalèrent le passage d'un Myostrien loin dans le ciel, ce qui eut pour résultat d'attirer à nouveau son attention sur le dôme. Elle nota alors qu'au cours de la discussion le bord s'était rapproché vers le milieu de l'Avenue Principale, réduisant l'ouverture de ce côté-ci d'au moins deux mètres, soit probablement de quatre mètres en prenant en compte les deux côtés.

Les robots de la cité avaient prolongé l'Avenue Principale le long de la plaine afin de faciliter leur exode. Les deux bords de la paroi n'étaient plus très loin du bord de la route elle-même, large de quatre voies au niveau où elle débouchait du dôme.

Ce fut alors qu'Ariel prit conscience de la teneur des propos qu'avait tenus Synapo quelques minutes auparavant : *Mon collègue Sarco m'a informé hier que le compensateur nodal – le dôme que vous voyez là – serait terminé dès demain, ce qui ne nous laisse que peu de temps pour la négociation.*

Elle ne les avait pas oubliés. Ils avaient simplement été noyés sous un déluge de stimuli sensoriels. Il s'avérait difficile d'ingurgiter toutes les données et de les digérer dans l'ordre adéquat. Quoi qu'il en soit, il était clair qu'ils étaient au tournant d'une négociation au cours de laquelle les arguments d'Ariel l'avaient mise dans une situation difficile, un fait dont elle se devait de faire amende honorable en présence des extraterrestres. Et le temps filait.

Peut-être que de présenter ainsi des excuses suffirait à faire gagner du temps. A ce stade-là, un diplomate aurait sans doute su faire preuve de duplicité, mais Ariel avait déjà reconnu qu'elle n'était pas diplomate. Tu prends les données, tu les analyses, et tu agis en conséquence.

– Votre argumentation est valable, déclara la jeune femme. Il suffit d'un bref instant de réflexion – une fois tous les faits en notre possession – pour reconnaître que nous sommes les offenseurs et vous les offensés. Nous en appelons à votre patience. Nous vous demandons de suspendre la construction du dôme le temps d'examiner quelle solution nous pouvons apporter à ce dilemme, qui n'occasionnerait pas d'autre blessure à nos deux peuples et rétablirait entre nous des relations harmonieuses.

Ariel admettait que ses propos ne disaient pas l'exacte vérité. Leurs relations n'avaient jamais été harmonieuses. Mais c'était là la petite concession à la duplicité du diplomate.

Aucun des extraterrestres ne pipa mot. Cependant, quelque chose était en train de se passer. Toujours côte à côte, les corps-noirs avaient tourné leur partie supérieure de sorte que leurs crochets et leurs yeux se retrouvèrent un court instant en face les uns des autres. Après cela, ils revinrent sur Ariel.

– Nous sommes d'accord sur une suspension d'un jour dans la construction du compensateur, après en avoir terminé avec la tâche d'aujourd'hui. Nous nous rencontrerons de nouveau demain, comme nous nous sommes rencontrés aujourd'hui.

Ariel sentit qu'on lui touchait le coude. Elle se tourna à demi tandis que Jacob se penchait pour lui chuchoter :

– Est-ce que ça vous aiderait de connaître la situation actuelle du temps ?

– Je ne comprends pas, dit-elle d'une voix aussi basse.

– Quelle est l'efficacité du dôme dans son état présent ? demanda Jacob. Cette donnée aura son importance dans notre estimation des possibilités de solution.

– Quatre-vingt-dix-neuf virgule deux pour cent de compensation, en incluant les améliorations apportées par les effets positifs des deux nouveaux bords, répondit Sarco avant qu'Ariel n'ait eut le temps de parler.

La jeune femme comprit alors pourquoi Jacob avait posé la question.

– Pourriez-vous vivre tel que c'est à présent si nous ne provoquions pas d'autres effets nuisibles ? demanda-t-elle.

– Oui, dit Synapo.

Comme s'il ne voulait pas s'avouer vaincu devant le lieutenant d'Ariel, Sarco intervint.

– Pourquoi utilisez-vous une hyperonde à modulation discrète ou instantanée alors que la fidélité du signal est bien meilleure et les parasites sonores moindres avec une modulation continue ?

Ce coup-ci, Ariel n'hésita pas une seconde. Elle regarda Jacob et dit simplement :

– Jacob ?

La réponse du robot resta en suspens du fait d'un étrange phénomène qui se produisit à cet instant. Une petite flamme verte, étroite et lumineuse, longue d'à peine dix centimètres, jaillit dans la noirceur à quelques centimètres au-dessous des yeux de Synapo. Mais celui-ci ne dit rien.

Jacob ne resta pas longtemps distrait par l'incident – juste le temps suffisant pour enregistrer le spectre et la température de la flamme faite d'hydrogène pur mêlé à de l'oxygène pur et une trace d'ammoniac.

– Nous ne connaissons pas très bien la modulation continue, dit Jacob.

– Bizarre, rétorqua Sarco, apparemment guère troublé par la flamme sortie de Synapo. Vous vous téléportez selon les deux types de translation. Vous, vous faites un Saut jusqu'ici en modulation discrète, et Wohler-9 s'est matérialisé en mode continu. Est-ce que vous voyez l'analogie avec l'hyperonde ?

– Je ne suis pas expert en ces technologies, répliqua Jacob. Nous ne pouvons que prendre votre question comme information.

Comme pour s'éviter de prolonger la discussion, Synapo fit brusquement demi-tour et, après une course oscillante et un saut malaisé, battit des ailes au ras du sol et entama une large courbe gracieuse qui l'éleva dans le ciel. Après un court moment d'hésitation, Sarco pivota à son tour, avança en tanguant et, après un saut encore plus malaisé, se lança vélocement à la suite de Synapo. Ils se trouvèrent bientôt loin au-dessus du dôme.

Lorsque prit fin ce jour-là l'opération d'édification du dôme, les bords avaient commencé à mordre sur la route à quatre voies.

INTRIGUE

Aussitôt l'entrevue terminée, Synapo s'empressa, plus vite qu'à l'ordinaire, de gagner l'altitude de charge. Il garda son crochet pointé agressivement en avant – ce qu'il ne faisait pratiquement jamais lorsqu'il montait prendre son poste de charge – et n'accorda aucune attention à Sarco qui grimpait dans son sillage. Encore autre chose que ne faisait jamais un Cérébron ou un Myostrien s'il y avait la moindre opportunité de s'adjoindre un compagnon durant l'ascension.

En bref, Sarco l'irritait excessivement, et il tenait à ce que celui-ci le sache. Pendant qu'il s'élevait, il se renseigna par ondes radio auprès de la station météorologique myostrienne locale sur l'altitude optimum dans la zone du compensateur, le quotient de stabilité correspondant et les prévisions pour l'après-midi. Il avait besoin de beaucoup réfléchir, et il tenait à être dans les conditions optimales pour ce faire.

En premier lieu, il y avait le problème interne de la prédominance tribale. Cela passait en priorité avant le comportement inquiétant de Sarco – il réglerait ça ensuite – et l'assurance qu'il avait donnée aux intrus qu'il pouvait vivre avec un compensateur efficace à 99,2 %. Sarco n'avait pas contesté sa conclusion – par Nimbar, il n'aurait plus manqué qu'il le fasse –, mais Synapo n'était pas aussi convaincu que ça de la manière dont pourraient réagir les Cérébrons. Ils étaient beaucoup plus sensibles aux perturbations atmosphériques minimes que ne l'étaient les Myostria.

Les conditions météorologiques restaient un problème important, mais pour le court terme, Synapo s'inquiétait davantage du risque que l'un des membres de l'élite cherche à s'emparer de l'autorité tribale. Il existait une hiérarchie bien définie au sein du groupe des Cérébrons, avec des règles on ne peut plus rigides pour ce qui concernait les membres de l'élite, actuellement au nombre de onze. Si aujourd'hui l'un d'eux décidait de s'insurger et de contester son autorité, cela risquait de miner sérieusement ses relations avec Sarco et de compromettre ses négociations avec les extraterrestres. C'était là son premier souci. Il se considérait plus comme un diplomate que comme un simple politicien. Lorsqu'il atteignit son altitude de charge, Synapo savait ce qu'il allait faire.

Il se stabilisa et contacta Neuronius, son second. Alors qu'il le convoquait en consultation, il nota avec satisfaction que Sarco avait pris son poste habituel, tournoyant à cinquante mètres en dessous de lui en cercles moitié plus serrés que les siens. Il ne l'avait interpellé qu'une seule fois au cours de l'ascension, et Synapo avait préféré l'ignorer.

Neuronius se rapprochait. N'y avait-il pas, observa Synapo, un peu trop de désinvolture, moins de déférence qu'à l'ordinaire, dans le battement de ses ailes ? Le dissident devait sans doute être son second. Pourtant, si improbable que cela puisse être, ce pouvait être aussi n'importe qui dans le groupe. Jadis, il y a une main de siècles, un jeune agitateur d'échelon intermédiaire avait réussi à fomenter une sédition et à éliminer l'élite – en fait, la structure de l'élite – et, de façon générale, à bouleverser toute la hiérarchie en installant ses propres lieutenants, qu'ils soient de grades supérieur ou inférieur. Il s'était révélé être l'un des meilleurs administrateurs que la tribu ait jamais connus. Synapo était de sa lignée, parent au troisième degré.

Neuronius vint tranquillement se poster en dessous de lui, prêt à l'écouter, le crochet en arrière comme il convenait. Celui de Synapo était toujours en position agressive, et resterait ainsi jusqu'à la fin de la journée. Il n'était plus question de gentilles causeries ni de civilités à l'égard de Sarco ou qui que ce soit tant que l'affront ne serait pas réparé et qu'on n'aurait pas réglé ce problème d'insurrection.

Synapo attaqua sans détour.

– Un doux zéphyr me rapporte que quelqu'un essaie de te supplanter dans la hiérarchie, Neuronius.

Il dit cela d'un ton dégagé, comme si cela ne le concernait pas, comme s'il n'était qu'un observateur tout à fait neutre. Il observa la réaction immédiate de Neuronius, une contraction qui fit légèrement vibrer le crochet, une petite lueur qui tremblota dans le rouge des yeux, un frémissement presque imperceptible des plumes de l'extrémité froide, cet incontrôlable langage du corps qui se manifeste avant même qu'on ait pu se prémunir du réflexe de surprise.

Il le tenait : un spasme infime dans le flanc droit de la silhouette, une contraction du muscle deltoïde droit – celui qui soulevait l'aile droite et la préparait au battement. Le réflexe de culpabilité typique. Non pas une réaction à la peur, devant la menace de se voir supplanté par un autre, mais une réaction à la culpabilité du fait de ses projets ambitieux. Ce sentiment de culpabilité pourrait plus tard susciter la peur, lorsque Neuronius serait en mesure de peser où risquait de le mener la remarquable intuition de Synapo, mais il ne s'agissait pour l'instant que d'un symptôme de culpabilité.

Synapo entrevit alors les perspectives qui s'offraient à lui, dans et en dehors de la tribu. Il était à même de susciter les réactions qui l'arrangeaient. D'imaginer l'exercice cérébral auquel il allait se livrer, le défi que cela représentait, l'emplissait par avance d'une excitation sans bornes où il n'y avait nulle place pour le doute, pour la moindre crainte qu'il n'échoue.

Neuronius constituait une menace qu'il était à même d'affronter de face. Quant à Sarco, c'était un excellent ingénieur et un administrateur compétent, mais pas la bête politique à laquelle il était confronté dans sa lutte contre Neuronius.

Synapo écouta avec un vif intérêt la réponse de Neuronius à sa remarque provocatrice.

– Un tel changement ne m'effraie pas si ce Cérébron sait vous servir avec un égal talent.

Ah, servile à souhait. Il n'était pas encore prêt, pas tout à fait sûr de lui. Cela appelait une réplique moins agressive, du moins pour l'instant.

– Une nouvelle rencontre est prévue avec les intrus demain matin, dit Synapo. Je veux que toi et Axonius m'accompagniez.

Axonius était le troisième dans la hiérarchie au sein de l'élite, juste après Neuronius. Il était essentiel qu'Axonius soit le témoin de l'ineptie de Neuronius et le discrédite auprès de l'élite. Comment précisément en arriver là, Synapo ne le savait pas très bien lui-même ; mais ce n'était pas la confiance qui lui manquait quant à sa capacité de mener l'affaire à bonne fin d'une façon ou d'une autre, au cours de l'entrevue avec les extraterrestres ou plus tard. Neuronius n'était toujours pas prêt à assumer les responsabilités du commandement et ne le serait sans doute jamais. Synapo n'avait qu'à en faire la démonstration devant Axonius et, du même coup, instruire ce dernier de la difficulté d'exercer le commandement.

Il n'aurait pas grand mal par ailleurs à pousser Neuronius à s'engager dans la voie du ridicule ; ce n'était peut-être pas très diplomate, mais assurément de bonne politique. Il suffisait d'encourager ce qui existait déjà naturellement. Par tempérament, Neuronius était un animal arrogant qui se comportait comme s'il était infiniment supérieur à tous ceux qui se trouvaient en dessous de lui dans la hiérarchie en vigueur chez les Cérébrons. Synapo n'avait plus qu'à le convaincre que les intrus devaient être eux aussi rangés dans cette catégorie inférieure.

Il fit en sorte que Neuronius pense qu'il lui demandait son avis, comme quelqu'un à qui il confierait un secret, à qui il transmettrait des informations confidentielles dont même le conseil des Cérébrons n'avait pas eu connaissance. Peu à peu, il amena Neuronius à la conclusion que les étrangers étaient des créatures faibles et prêtes à capituler et à abandonner la planète. Il prit bien soin, toutefois, de ne jamais l'affirmer directement, mais de le suggérer par contre à coups de sous-entendus.

Dès lors, Synapo n'attendait plus que la prochaine entrevue.

CRISE

– Que fait-on à présent, Wohler ? demanda Ariel.

La rencontre avec les extraterrestres venait de s'achever. La jeune femme et les deux robots descendaient maintenant l'Avenue Principale à bord du camion, pour regagner l'appartement. Le chapelet de lumières qui éclairait la rue en avant, dans la direction de la tour du Compas, évoquait un collier de perles lumineuses dans la pâle clarté d'un crépuscule tardif, cette semi-obscurité permanente créée par la présence du dôme.

– A quel sujet, miss Ariel ? s'enquit Wohler à son tour.

– Au sujet de la cité, Wohler. Le dôme sera fermé après-demain si nous ne réussissons pas à convaincre ces monstres. Que fait-on face à cela ?

– Nous déménageons le matériel nécessaire pour la construction d'une deuxième tour du Compas et d'une nouvelle cité de l'autre côté de la plaine, à cinq kilomètres d'ici.

– Oui, si je ne m'abuse, c'est mot pour mot ce que tu as déjà dit tout à l'heure, répliqua Ariel. (Comment pouvait-elle se sentir irritée par une machine qui, soumise au même stimulus, se contentait de donner la même réponse ?) Ainsi, ton grand projet est de faire tous les coins de la planète, à chaque fois prendre les devants sur les extraterrestres, et construire des tours du Compas et des cités – des nœuds atmosphériques – en attendant qu'ils les neutralisent juste après avec leurs dômes ?

Se sentait-elle encore coupable envers Wohler-1 au point de s'en prendre à cette pauvre machine qui ne s'en apercevrait même pas si tel était le cas ?

– Nous avons tenté tout d'abord de les neutraliser et perdu un robot pilote et une fusée, débita Wohler-9, puis nous avons essayé d'en savoir plus sur eux et perdu un chirurgien et un scalpel laser.

– Vous auriez pu en savoir beaucoup plus en discutant simplement avec eux.

– Il s'est avéré que non, miss Ariel. D'autant que la nécessité n'en paraissait pas évidente au début, puisque la seule perte qu'ils nous aient infligée était le témoin. Ils n'ont plus entravé notre tâche dès lors que nous avons instauré les patrouilles pour empêcher l'édification du dôme. Il ne nous semblait pas qu'ils violaient nos principes directeurs ni qu'ils contrevenaient à la Première Directive, jusqu'à ce que qu'ils ne commencent à progresser vers l'intérieur, manifestement pour fermer le dôme. C'est alors que nous nous sommes mis à discuter, et ils ont appris notre langage tandis que nous, nous apprenions très peu de choses à leur sujet, hormis la terminologie spéciale dont nous savons maintenant grâce à vous qu'il s'agit de termes météorologiques.

– Et qu'allez-vous faire du système central ? s'enquit Ariel. Vous n'allez certainement pas l'abandonner.

– Non, miss Ariel. L'infrastructure de notre ordinateur de contrôle est mobile. Dès que les corps-noirs entameront leur besogne le dernier jour, nous le déménagerons pour l'installer dans la cité nouvelle.

– Laquelle se retrouvera dans pas longtemps enfermée sous un dôme.

– Oui. C'est pourquoi nous avons appelé la Cité des robots à l'aide sur l'hyperonde.

– Monte avec nous, Wohler, dit la jeune femme au robot tandis que celui-ci garait le camion le long du trottoir, devant le bâtiment où logeait la jeune femme.

Lorsqu'ils entrèrent dans l'appartement, Jacob et Wohler-9 se dirigèrent l'un et l'autre vers les niches encastrées dans le mur.

– Jacob, dit Ariel, voudrais-tu me préparer quelque chose à manger ? Regarde si tu peux dénicher là-dedans une salade craquante. Ensuite, tu viendras t'asseoir à la table. Je fais un brin de toilette et j'arrive.

Lorsque Ariel revint, la salade et un verre de lait l'attendaient sur la table ; Jacob était assis sur la chaise de l'autre côté, et Wohler-9 avait rejoint sa niche.

La jeune femme se sentait mal à l'aise lorsque l'humaniforme, Jacob, était confiné dans une niche. Pour avoir été élevée sur Aurora, il lui semblait naturel que Wohler-9 occupe l'endroit prévu à cet effet lorsque aucune tâche ne le réclamait auprès d'elle ; elle aurait dû éprouver le même sentiment concernant Jacob mais, devant son physique, elle en était incapable.

– Bon, dit-elle tout en commençant à manger, notre problème le plus urgent est le suivant : comment réaliser notre objectif qui est de rendre cette planète habitable à l'espèce humaine, et en même temps éviter de perturber les conditions atmosphériques ? Le temps semble constituer le principal souci des extraterrestres.

« Cependant, le problème est trop ardu pour y réfléchir durant le déjeuner. Ça me couperait l'appétit et dérangerait ma digestion.

« Parlons plutôt des fameux parasites sonores sur l'hyperonde, l'autre gêne que nous sommes censés leur occasionner. Le problème du temps, je comprends, plus ou moins, et j'ai même une vague lueur de ce qu'est un nœud de crevaison – je dirais, de l'air chaud qui remonte à travers une couche d'air froid – mais je n'ai par contre pas la moindre idée de ce qu'ils veulent dire par modulation discrète ou continue. C'est quoi, tous ces machins, Jacob ?

– Je n'en suis pas certain moi-même, miss Ariel, répondit le robot. Je ne connais qu'un seul type de modulation d'hyperonde : celle que l'extraterrestre a qualifiée de discrète. Je n'ai pas non plus saisi le rapport entre la modulation d'hyperonde et la technologie du saut instantané qui nous permet de voyager à travers l'hyperespace. Savais-tu que les deux étaient liés, Wohler ?

– Non, répondit Wohler-9, mais j'avais conscience que la téléportation au moyen d'une clef du Périhélie est, sur le plan technique, différente de celle par saut instantané.

– Ce me semble être un problème mineur impliquant une nouvelle technologie dont nous aurions dû évidemment être au courant, déclara Ariel dans le plus pur style du cadre supérieur. Mets-toi au travail là-dessus, Jacob.

– Très bien, miss Ariel. Par où me suggéreriez-vous de commencer ?

Un instant, Ariel crut que Jacob s'essayait au sarcasme,

puis elle comprit bien vite que ce ne pouvait être le cas. Jacob n'était qu'un robot. Quoique... était-il possible que l'Institut de Robotique se soit permis d'inclure un module à fonction ironique aléatoire dans le cerveau positronique de ses humaniformes ? Peu probable. Mais c'était une idée intéressante, qui eut pour effet de distraire un moment l'attention de la jeune femme de tous ces fichus aspects techniques. Lesquels étaient plutôt du domaine de Derec. Par contre, les problèmes sociaux, tout ce qui concernait l'individu, un module à fonction ironique dans un cerveau positronique, ça, elle en raffolait. Mais pas de foutues histoires de météorologie ou d'hyperonde.

Pendant quelques secondes, elle resta sans rien dire. Jacob, à la table, et Wohler-9, dans sa niche, firent de même. Puis, elle se décida.

– Wohler, y a-t-il un Keymo sur la planète ?

– Oui, répondit Wohler-9. Keymo, huitième génération, a la charge du contrôle des clefs.

– En ce cas, voilà ton point de départ, Jacob. (Après tout, ce n'était qu'une affaire d'hommes – une affaire de robots.) Nous voulons produire une modulation d'hyperonde continue. Synapo a dit qu'il y avait un rapport entre la modulation d'hyperonde continue et la téléportation par clef. Dans la Cité des robots, Keymo fabriquait les clefs ; ici, Keymo, responsable du contrôle des clefs, de toutes les clefs qui sont ici, devrait être des plus familiarisés avec la téléportation par clef et certainement le plus qualifié pour percer les mystères de la modulation continue. Vois avec lui si vous ne pouvez pas bricoler un appareil pour en produire une.

– Très bien, miss Ariel, acquiesça Jacob.

– Wohler, reprit la jeune femme, trouve une douille de transmission télésensorielle pour Jacob, branche-la sur lui afin qu'il puisse dénicher Keymo, puis reviens ici. J'aurai besoin de ton aide. Avec ce que tu sais des extraterrestres, nous allons chercher une solution au problème de ce dôme.

Quand ils ne conversaient pas de manière audible, lorsqu'ils étaient tout proches, Jacob et Wohler-9 communiquaient par leurs encombrants systèmes de fréquences radio à longue distance. La douille de transmission télésensorielle maintiendrait Jacob en liaison permanente par le réseau de micro-ondes à faible portée, nettement plus sophistiqué.

– Entendu, miss Welsh, dit Wohler-9.

Ariel ne fondait pas beaucoup d'espoir sur le résultat de la collaboration entre Keymo et Jacob. D'après son expérience, les robots ordinaires ne brillaient pas par leur esprit inventif. Cependant, il y avait cette extraordinaire exception : la courte période qu'avait connue la Cité des robots, où le *Hamlet* de Shakespeare avait été ressuscité, avec le soutien d'acteurs robots, et où le robot Lucius avait créé son chef-d'œuvre artistique, l'édifice au chromatisme évolutif dénommé le Disjoncteur.

Wohler-9 revint une demi-heure plus tard.

– Jacob a-t-il réussi à localiser Keymo ? demanda Ariel.

– Je crois bien, répondit le robot. Il est entré en contact télésensoriel avec Keymo juste avant que je ne le quitte.

– Parfait. Cet appartement a-t-il un projecteur mémoriel ?

– Oui. Les niches sont équipées de prises et ce mur sert d'écran.

– Exactement ce qu'il nous faut. Combien d'entrevues as-tu eues avec l'extraterrestre Synapo ?

– Trente-quatre.

– Combien ça a duré à chaque fois ?

Comme Wohler-9 commençait à débiter la liste de chiffres concernant chaque entrevue, Ariel l'interrompit.

– En moyenne ! lança-t-elle.

– Quarante-deux minutes.

– Je n'aurai pas le temps d'éplucher tout cela avant demain matin. J'ai pourtant besoin d'un indice pour savoir comment nous pouvons résoudre ce dilemme.

« Wohler, pendant que je réfléchis au moyen de défiler tout ce matériel rapidement, entre à l'ordinateur central uniquement le contenu verbal de tes conversations avec Synapo, et sors-moi un listage dès que possible.

– Chargement en cours, annonça Wohler-9. (Une fraction de minute plus tard, tandis qu'Ariel était toujours absorbée par son problème :) Chargement terminé.

Il s'écoula deux ou trois minutes avant que la jeune femme ne prenne la parole.

– En vérité, je ne sais pas ce que je suis en train de

chercher. Par contre, je sais ce que je *ne* cherche *pas*. Wohler, supprime toutes les parties des entrevues où il est question de linguistique et repasse-nous le reste à vitesse double.

A cette vitesse, elle ne pouvait déchiffrer ce que racontaient Wohler-9 et l'extraterrestre. Quand elle eut ralenti le défilement de façon à comprendre ce que disait Wohler-9, elle n'arrivait toujours pas à déchiffrer l'accent très Webster Groves de Synapo. Elle finit par régler sur la vitesse normale et parvint alors à interpréter la plupart des propos de Synapo. La plupart, mais pas tous. Elle se refusa néanmoins à ralentir davantage.

Autant elle fondait peu d'espoir sur Keymo et Jacob, autant elle n'attendait pas vraiment grand-chose des discussions entre Wohler-9 et Synapo. Mais cela lui permettait de garder son esprit activement concentré sur le problème et de laisser son subconscient aller en roue libre en explorer toutes les ramifications.

Néanmoins, que ce soit par ses facultés conscientes ou par le travail de son inconscient, elle ne tira rien de réellement significatif d'une recherche qui finit par devenir ennuyeuse et lassante, une fois dissipé l'attrait de la nouveauté consistant à regarder et écouter parler une chauve-souris géante.

Le messager de l'ordinateur central arriva en fin d'après-midi avec le listage des entretiens. Profitant de cette interruption, Ariel décida de faire une pause et de prendre un petit repas avancé. Au moment où elle se disait qu'elle n'avait plus eu de nouvelles de Jacob, elle se rendit compte qu'elle l'avait attendu pour dîner, et qu'il n'y avait en fait aucune raison qu'il revienne, puisqu'il ne mangeait pas et se contentait de lui tenir compagnie pendant les repas. C'était tout de même un rite auquel elle s'était habituée, et à présent qu'elle était privée de ce plaisir, Jacob lui manquait.

Etait-ce Jacob qui lui manquait, ou en réalité Derec ? Elle n'eut qu'à se poser la question et elle se sentit aussitôt envahie par un violent désir de revoir Derec et un flot de nostalgie pour les magnifiques domaines et les verts pâturages d'Aurora.

Elle essaya de chasser ces pensées de son esprit pendant

son dîner en solitaire, mais en vain. Sa raison s'insurgeait devant l'ampleur du problème auquel elle était confrontée sur ce monde étranger, et elle passa le repas à s'apitoyer sur sa solitude et son mal du pays. Avant qu'elle n'ait fini de manger, les larmes coulaient sur son visage.

Alors qu'elle terminait son dîner, Wohler-9 demanda :

– Souffrez-vous de quelque chose, miss Welsh ?

Ariel essuya ses larmes avec sa serviette.

– Non, Wohler. Juste de solitude.

– Est-ce que ma présence vous soulage en quelque mesure de ce sentiment de solitude ?

– Non.

– Dans quelle mesure mon aide cet après-midi a-t-elle été utile à la sauvegarde de la cité, miss Welsh ?

– Très faible, tu m'en vois navrée. Pourquoi me demandes-tu ça ? T'attendais-tu à autre chose ?

– Il est bien évident que j'avais espéré autre chose, miss Welsh. J'agis en toute circonstance dans la voie qui sert le mieux la Première Directive, du moment que cela ne contrevient pas aux lois plus prioritaires qui régissent ma conduite.

« J'ai négligé mes devoirs de Superviseur durant la construction et la gestion de la cité, miss Welsh, pour avoir inféré que les ordres que vous avez donnés servaient mieux la Première Directive. Si cela ne semble plus être le cas, je dois retourner à mes obligations, que se partagent actuellement les six autres Superviseurs.

– Très bien, Wohler. Retourne à tes obligations.

– Je vais débarrasser la table, requérir un robomestique pour vous servir à l'avenir, et ensuite je prendrai congé.

– Je débarrasserai moi-même la table, Wohler. Et je n'ai pas besoin d'un domestique. Jacob me suffira.

– Mais il est en mission, miss Welsh.

– Nous allons régler ça, Wohler. Appelle Jacob sur le canal télésensoriel, dis-lui de revenir ici à dix heures du soir au plus tard, puis file.

Elle était angoissée à l'idée de se retrouver seule. Depuis quelque temps, Wohler commençait à lui taper sur les nerfs. Wohler et aussi cet extraterrestre qu'elle s'était sentie obligée d'observer et d'écouter tout au long de l'après-midi.

– Aurez-vous besoin de moi lors de la rencontre, demain matin ? demanda le robot.

– Non. As-tu eu Jacob pendant que tu jacassais avec tes machins ?

– Oui, miss Welsh. Il rentrera à dix heures.

– Bon, tu peux partir, Wohler.

Tout chaleureux que soient les sentiments qu'elle éprouvait à l'égard de Wohler-1, ce Wohler-9 avait le don de l'exaspérer. Cependant, Ariel avait l'impression que, dans les propos échangés avec l'extraterrestre, il devait y avoir une piste pour comprendre ces créatures, pour interpréter leurs agissements, saisir leurs besoins, appréhender leur culture. Une piste qui pourrait concilier leurs intérêts et ceux des humains de sorte que cette planète aux possibilités alléchantes ne soit pas abandonnée ni évitée dans les temps à venir.

La jeune femme se pencha sur le listage que le messager lui avait apporté avant le dîner.

Bizarre que cette forme archaïque de transmission de l'information – le mot imprimé – ait duré si longtemps. Mais était-ce si bizarre que cela dès lors qu'on prenait en compte les prouesses que pouvait accomplir ce merveilleux instrument qu'était le cerveau humain ? La vitesse avec laquelle il assimilait les mots et jonglait avec les images que ceux-ci suggéraient, la vitesse avec laquelle Ariel balayait les pages du regard.

Elle feuilleta rapidement le listage jusqu'à l'endroit où Wohler s'était arrêté dans sa projection cet après-midi, et parcourut le reste – dix fois le volume qu'ils avaient couvert tout à l'heure – en moins de deux heures. Et elle en tira davantage d'enseignements, grâce à la possibilité qu'elle avait, sans difficulté et en un tournemain, de reprendre un passage, de se reporter plus loin, de sauter des pages entières et, le cas échéant, de s'appesantir sur la signification d'une phrase, d'un mot.

Certes, l'ordinateur avait gommé l'accent de l'extraterrestre – et avait certainement accéléré les choses – mais la véritable efficacité venait du mot imprimé lui-même : l'étrange et archaïque télépathie qui extrayait des concepts étrangers d'un cerveau extraterrestre et qui les instillait dans celui de la jeune femme.

Pourtant, en dépit du charme ancien que revêtait le document, sa lecture ne dévoila rien de bien significatif, pas davantage qu'au cours du fastidieux après-midi passé avec Wohler et le projecteur mémoriel.

Toutefois, son intuition disait à Ariel qu'il devait exister une solution. Simplement, elle ne cherchait pas comme il fallait, avec l'état d'esprit approprié, ou au bon endroit. Si ce n'était pas le dôme, quel autre endroit de cette étrange planète était-elle censée explorer ? La cité constituait un problème, un nœud atmosphérique ainsi que l'avaient dénommé les extraterrestres, un prurit incontrôlable qui allait en s'aggravant, comme un grain de sable à l'intérieur d'une huître.

Un ulcère que les extraterrestres recouvraient d'un baume protecteur afin de soulager l'érosion due aux frottements, comme une huître recouvre les aspérités d'un grain de sable d'une couche de nacre irisée, la nacre de la perle. Voilà que la jeune femme commençait même à penser en extraterrestre. Ce monde est une huître et la cité et son dôme sont une perle. La planète Huître. La cité Perle. Ariel venait de baptiser une planète et une ville.

Elle n'avait pas plus avancé que ça à dix heures, lorsque Jacob revint à l'appartement.

– Bon, tu as fini par rentrer, dit-elle en guise d'accueil. Qu'est-ce que Keymo avait à proposer comme solution au problème de l'hyperonde ?

– Pas grand-chose, miss Ariel, répondit Jacob. Ni lui ni moi n'avons pu déceler comment la technique de téléportation par clef pouvait s'appliquer à la modulation des signaux de l'hyperonde.

– Vous êtes-vous penchés sur le parallèle dichotomique qu'on peut faire entre la technologie du saut dans l'hyperespace et la modulation discrète de l'hyperonde ? Le rapport entre les deux devrait nous fournir des indications sur celui qui existe entre la clef et la modulation continue. Exact ?

La première fois qu'Ariel avait entendu prononcer le mot *dichotomique,* c'était lorsqu'ils étaient en route pour la planète Huître, de la bouche de Jacob. Depuis, elle rêvait de le placer à un moment ou à un autre ; ça sonnait tellement érudit. Voilà qui était fait, elle venait de retourner à Jacob son mot savant.

– Vous avez seulement suggéré que nous cherchions s'il y avait un rapport entre la modulation continue et la téléportation par clef. Ni lui ni moi n'avons trouvé quoi que ce soit au cours de notre longue entrevue qui ne s'est achevée que depuis une demi-heure.

Espèce de guignol, pensa Ariel, *le processus créatif est avant tout affaire de corrélations. S'il y a un rapport entre la modulation discrète et la technologie du saut, ainsi que le prétendent les extraterrestres, tu dois commencer par le déceler et essayer de comprendre ce qu'il en est. Alors, peut-être, tu peux en déduire ce qu'est la modulation continue en cherchant, dans la technique de téléportation par clef, le parallèle qui, aux dires des extraterrestres, est censé exister entre les deux.* La jeune femme croyait s'être clairement exprimée là-dessus avant le départ de Jacob. Il avait lui aussi écouté tout ce qu'avait dit l'extraterrestre.

– Cette nuit, pendant que je dormirai, déclara Ariel, examine tout ce qu'il y a dans ta mémoire concernant la technologie du saut et la modulation d'hyperonde discrète. Navigue entre les deux et compare à tous les niveaux. Cherche des similitudes, des corrélations. Et fais-moi au matin un compte rendu de tous les cas où tu auras repéré une analogie entre les deux.

– Très bien, miss Ariel.

La jeune femme se retira alors dans sa chambre où elle se mit à imaginer Jacob sans ses vêtements, exhibant devant elle sa puissante musculature. La tentation suscita en elle un sentiment de culpabilité, et elle éprouva de nouveau le brusque désir de revoir Derec, ce fol espoir qu'elle avait écarté de son esprit tout au long de la soirée et qui était sans doute à l'origine de ses troubles pensées, indignes d'une jeune fille, à l'égard de Jacob.

Elle finit par s'endormir et, durant la nuit qui s'éternisait, rêva qu'elle était sur Aurora et jouait dans un champ de blé verdoyant en compagnie de son robot personnel, comme quand elle était enfant. Et puis, le robot prenait les traits de Jacob, et ils couraient à travers champs en riant, lui la pourchassant parmi les grands épis verts qui ondulaient sous la douce brise, et, au bout d'un moment, il avait cessé de la poursuivre pour l'attendre au bout d'une longue rangée, loin, très loin. Mais ce n'était plus Jacob ; c'était Derec, qui était venu sur la planète Huître et qui l'attendait, les bras ouverts. Toute à sa joie, elle courait vers lui le long des interminables vagues de verdure.

Elle se réveilla, et c'était le matin. Elle était bien sur la planète Huître. Mais Derec n'était pas là.

LA PLANÈTE DES LOUPS

– Je te remercie d'avoir trouvé le temps de venir, dit Derec en jetant un regard sur son amie assise près de lui dans la petite voiture.

– Je ne me serais pas déplacée si ton appel n'avait pas eu l'air aussi urgent, répondit Wolruf.

Ils remontaient l'Avenue Principale en direction de l'est, vers l'appartement de Derec. Ils arrivaient du spatioport rudimentaire de la planète des loups, à l'extrémité ouest de la Cité des robots, où Derec était allé accueillir Wolruf.

Celle-ci était venue par le *Xerborodezees*, un vaisseau hyperspatial de la série *Minneapolis*, que la richissime Ariel avait offert l'année d'avant à la petite extraterrestre pour qu'elle puisse rentrer chez elle rapidement. Le *Xerborodezees* pouvait recevoir dix passagers et, vu la tournure des événements, constituait le seul moyen pour Derec et ses compagnons robotisés de quitter la planète. Pas question d'utiliser son propre engin, qui s'était écrasé au moment de l'atterrissage.

De la taille d'un gros chien, Wolruf avait le corps recouvert d'une fourrure brun et or, soyeuse et toujours impeccablement soignée ; en dehors de son allure canine, l'extraterrestre était dotée de mains aux doigts épais et d'un visage plat qui, en dépit de cela, affichait les traits caractéristiques du loup.

Plus loin à l'est sur l'avenue, à cinq cents mètres de l'appartement de Derec, une grande structure pyramidale – la tour du Compas – dressait sa silhouette à l'aspect saisissant à cette heure particulière où le soleil matinal, encore caché derrière, l'embrasait en une pointe de flèche rougeoyante.

– Tu veux dire l'appel d'Ariel, rectifia Derec. C'est à Ariel que j'ai envoyé mon appel à l'aide.

– Tu l'avais signé, toi, pas Ariel. Je n'aurais pas bougé s'il n'avait pas été signé par toi. « Situation désespérée. Derec. » A partir de maintenant, je vais t'appeler « Derec le désespéré ».

Elle lança un drôle d'aboiement guttural, non pas un grognement, plutôt un gargouillis aigu, comme si elle avait la gorge chargée de pituite.

Derec s'était tellement habitué à elle au fil des ans qu'il en avait oublié cet étonnant gloussement et sa façon si singulière de parler le Standard Galactique. Les défauts de prononciation s'étaient quelque peu accentués au cours de l'année qu'elle venait de passer sur sa planète natale, mais néanmoins, au contact prolongé d'Ariel et de Derec, elle avait réussi à éliminer presque complètement le roulement du « r », progrès qui restait apparemment encore bien affirmé, hormis un reste de grasseyement. Elle persistait toutefois à omettre ou à écorcher les pronoms, à supprimer certaines lettres, à faire siffler le son « zeu ». Et son « uh » pour prononcer le « tu » – avec l'initiale irrémédiablement perdue : une sorte d'aboiement étouffé comme si elle avalait sa respiration – ne pouvait sortir que de la gorge d'un extraterrestre apparenté au loup. Un son qu'un humain aurait été sans doute bien en peine de reproduire.

– Je n'ai jamais employé le mot « désespéré », dit Derec. Ce n'est pas le message que j'ai envoyé. J'ai contacté la Cité des robots sur mon communicateur, et ils ont transmis le message par le canal d'hyperonde à notre ordinateur sur Aurora. C'était en tout cas le circuit prévu. J'escomptais qu'Ariel te fasse suivre le message, mais ça n'a pas l'air de venir d'Ariel non plus. On dirait plutôt quelqu'un qui porte un intérêt vital à cette planète, quelqu'un que je ne connais pas.

– Qu'importe le message. Tu as réussi ton coup. Je suis là. Maintenant, dis-moi, qu'y a-t-il de si désespéré que tu aies dû lancer un appel à travers la moitié de la galaxie ?

– J'ai sur les bras un robot qui joue les déserteurs, Wolruf.

– Il ne reconnaît pas les Lois ?

– Oui et non. Elles sont programmées en lui, mais il n'a

pas l'air de bien savoir ce qu'est un humain. Un vrai caméléon. D'après ce que j'ai cru comprendre, il se transforme et peut prendre pratiquement l'apparence de n'importe quelle créature qu'il considère sur le moment comme un être humain.

– Comme le bras de Mandelbrot ?

– Plus ou moins. La matière dont il est fait n'est pas aussi grossière que le tissu qui compose la Cité des robots. Ses cellules sont beaucoup plus petites que celles qui forment le bras de Mandelbrot.

« J'ai le sentiment que nous sommes là en présence de robotique micromoléculaire ; et je n'ai aucun moyen de le reprogrammer. Il s'autoprogramme et semble réagir de façon mimétique, comme un poussin devant un chapeau, à tout ce qu'il trouve à sa convenance.

– Bon, et en quoi puis-je être utile ? demanda Wolruf.

– Quand j'ai débarqué sur cette planète, il avait l'aspect d'un loup. Il était devenu le chef d'une horde de créatures-loups intelligentes qu'il avait dû prendre pour des humains. Elles attaquaient les robots Avery de la cité. L'un d'eux s'est fait étriper par le robot loup. La cité a transmis un appel à l'aide sur mon moniteur interne.

« Plus tard, il m'a pris comme modèle, après m'avoir donné pas mal de fil à retordre – et quand je dis "pas mal", c'est un euphémisme. Quand je l'ai quitté ce matin, il était toujours humanoïde, et en train de compulser la bibliothèque de la cité à la recherche d'informations, comme un Colon de la deuxième génération partant en mission pour la Terre.

– A ton avis, qu'est-ce que je peux faire ?

– C'était un loup lorsqu'il est venu dans la cité, après mon arrivée, et puis il a calqué son aspect sur le mien. Il va un peu trop vite à mon goût, il change trop rapidement et trop souvent de personnalité. Avec tes traits canins, tu fais un bon modèle naturel, un excellent compromis entre le loup et l'humain.

– C'est ahurissant ! Pourquoi vous, les humains, persistez-vous à nous considérer comme des loups ? Il y a une espèce sur ma planète, les *dongeedows*, qui ressemblent beaucoup aux gorilles de vos zoos, mais nous, je ne trouve pas que... Mais au fait, maintenant que j'y pense, tu commences à ressembler étrangement à un dongeedow.

Elle fit entendre à nouveau son gargouillis lymphatique. Pas de doute, elle avait conservé une pointe de grasseyement dans son parler.

– Tu peux plaisanter tant que tu veux, Wolruf, mais pour ma part, j'ai beaucoup de mal à envisager la situation avec humour.

Derec n'était pas dans la meilleure disposition d'esprit. Certes, ça lui faisait plaisir de revoir Wolruf ; sa présence lui remontait le moral, momentanément. Ils se connaissaient depuis déjà longtemps, depuis l'époque où elle était plus ou moins esclave – serviteur sous contrat – du pirate extraterrestre Aranimas. C'était Derec qui l'avait libérée, aidé en cela par Mandelbrot, le robot qu'il avait assemblé à partir du stock de pièces de rechange du pirate.

Mais malgré tout cela, Wolruf n'occupait pas dans le cœur de Derec la place qu'y tenait Ariel. Qui plus est, le fait de revoir une grande amie comme Wolruf le faisait soupirer encore plus pour la jeune femme. Si ç'avait pu être elle, et non Wolruf, qui avait couru vers lui sur la passerelle du *Xerborodezees*, l'existence ne lui eût pas semblé aussi amère en cet instant.

Il n'aurait pas dû réagir défavorablement à la modeste tentative de Wolruf pour apporter un peu d'humour aux circonstances présentes. Il aurait dû à tout le moins lui reconnaître cet effort. Seulement voilà, Ariel lui manquait, et il n'était pas disposé à permettre à qui que ce soit d'autre d'égayer sa morosité.

– Tu es d'une humeur massacrante, déclara Wolruf. Ce n'est pas un robot en révolte qui a pu te mettre dans cet état. Pourquoi Ariel n'est-elle pas avec toi ?

Vraiment étrange la façon dont Wolruf savait flairer son humeur et l'interpréter en mettant justement le doigt sur ce qui le tracassait.

– Ne nous embarquons pas là-dedans. Disons simplement qu'elle n'était pas trop contente après moi lorsque je l'ai laissée sur Aurora. Elle doit être sans doute là-bas, en train de ruminer sa colère. (Et il ajouta, comme une amère réflexion survenue après coup :) En compagnie de son play-boy, Winterson. Tu ne l'as jamais rencontré. Jacob

Winterson. Un abject paquet de muscles artificiels comme tu n'en verras jamais d'autres.

– Un cyborg ? Comme Leong ?

Wolruf faisait allusion à Jeff Leong, un jeune homme dont le cerveau avait passé une période plutôt désagréable dans une mécanique de robot pendant que les robots Avery de la cité raccommodaient et soignaient son corps endommagé.

– Non, un robot humaniforme, répondit Derec. Il a exactement la même apparence qu'un humain. Presque impossible à différencier.

– Tu es jaloux d'un robot ?

Le gargouillis, encore une fois.

Derec préféra ne rien dire. La conversation prenait un tour déplaisant.

– Ah, j'ai touché un point sensible, reprit Wolruf. Mes excuses.

– C'est là, dit Derec en garant la petite voiture le long du trottoir devant l'appartement.

Il jeta un regard inquiet vers le premier étage.

– Tu crains des ennuis ? demanda Wolruf.

Voilà qu'elle lisait encore dans son esprit.

– Non. Mandelbrot m'aurait appelé.

Derec n'était néanmoins pas tout à fait convaincu. Tandis qu'il s'extirpait de l'étroit véhicule, il éprouva comme un soupçon d'angoisse. Mandelbrot et Flanc d'Argent n'avaient pas l'air de trop bien se comprendre. Il n'aurait peut-être pas dû laisser un robot à la garde d'un autre robot.

Cependant, tout semblait normal lorsque les deux amis pénétrèrent dans le petit trois-pièces du premier étage. Mandelbrot était dans sa niche, dans le mur près de la porte. Flanc d'Argent était branché au terminal de Derec et ne tourna même pas la tête à leur arrivée.

– Impressionnant, déclara Wolruf en écarquillant les yeux sur le robot posté devant le terminal. Assurément, c'est toi tout craché, la maigreur et tout.

L'enveloppe extérieure, lustrée et argentée, n'avait que de lointains rapports avec les détails du physique de Derec, mais, pour ce qui était de la taille et des proportions, c'était en effet une excellente approximation.

Bien sûr, Wolruf exagérait. Derec n'était pas maigre à ce point. Mince, sans doute, mais doté de bons biceps, et de pectoraux et d'abdominaux dignes d'un jeune homme de vingt ans.

Néanmoins, avec son humour acerbe, Wolruf avait de nouveau touché la corde sensible. Il suffisait que Derec se compare à Jacob Winterson pour ne plus se sentir tellement à la hauteur.

– Tout va bien, Mandelbrot ? s'enquit Derec.

Il s'était avancé au milieu de la pièce, avait hésité un instant devant le manque de réaction de Flanc d'Argent, et s'était alors adressé à son robot.

Il n'obtint aucune réponse depuis la niche.

– Mandelbrot ! répéta-t-il.

– Ah, oui, maître Derec, intervint Flanc d'Argent en se débranchant et en se tournant vers eux. Tout va bien.

Derec lança un regard vers Flanc d'Argent, puis fit volte-face et se dirigea vers la niche en interpellant une deuxième fois le robot.

– Mandelbrot ? Ça va ?

– Il va très bien, annonça Flanc d'Argent. Je l'ai désactivé.

– Tu as fait quoi ?

Le ton de Derec reflétait l'effarement qui s'était emparé de lui à l'idée que Flanc d'Argent aurait eu l'audace de couper le réacteur de microfusion de Mandelbrot, risquant ainsi une perte partielle de la mémoire positronique.

– Quand vous n'êtes pas là, il a tendance à me donner des conseils superflus, expliqua Flanc d'Argent. Bon, je vais vous le réactiver, puisque ça a l'air de vous déplaire qu'il fasse une petite pause.

– Ça fait beaucoup plus que me déplaire, répliqua Derec d'une voix que la colère faisait vibrer. Et écarte-toi, je le réactiverai moi-même.

Flanc d'Argent, qui s'était avancé vers la niche de Mandelbrot, s'immobilisa.

– Ne t'avise jamais... (et la voix de Derec était à présent stridente, crissante) ... tu m'entends, ne t'avise jamais de recommencer à désactiver Mandelbrot.

– Bien sûr que non, acquiesça Flanc d'Argent. Si c'est ce que vous voulez, maître Derec.

– Ah ça oui, c'est exactement ce que je veux.
– Entendu, maître Derec.

Derec avait marché jusqu'à la niche. Il tendit la main dans le dos de Mandelbrot et ouvrit une plaque lumineuse rouge qui masquait un panneau de contrôle. Avec précaution, tout en guettant les réactions de Mandelbrot, il réactiva le robot en actionnant les commutateurs suivant une séquence bien définie.

Stabiliser le réacteur de microfusion constituait l'opération la plus délicate de la procédure d'activation, et ce fut cela qui lui prit le plus de temps – pratiquement une demi-heure. Les yeux du robot étaient censés guider l'opération, en changeant de couleur selon la séquence du spectre pour signaler qu'on pouvait passer sans dommage à la phase suivante – du noir au violet, puis au bleu, au vert, au jaune, à l'indigo, au rouge, et pour finir retour au noir, qui indiquait que Mandelbrot était en état d'attente d'induction.

Après son échange de propos avec Derec, manifestant une totale indifférence à l'égard de Wolruf, Flanc d'Argent était retourné se brancher au terminal.

Wolruf s'était roulée en boule sur le canapé et, à l'heure où Derec avait achevé sa besogne, dormait déjà profondément.

La batterie de secours avait fourni le minimum d'énergie nécessaire pour préserver de dommages graves le cerveau positronique de Mandelbrot, mais restait toujours l'éventualité d'une perte de mémoire à long terme durant les nanosecondes requises pour effectuer l'aiguillage d'une source d'énergie à l'autre. Derec ne saurait jamais ce qu'il en était tant que la panne ne se serait pas révélée, par exemple à quelque point de jonction au moment où l'urgence imposerait le recours à la partie de la mémoire concernée.

Alors qu'il pressait le bouton de restauration d'énergie, il se maudit d'avoir laissé les deux robots seuls ensemble. Dans les yeux de Mandelbrot, s'alluma une lueur rouge qui se mit à palpiter.

– Comment te sens-tu, Mandelbrot ? s'enquit Derec.
– Etat normal. Le cinglé m'a désactivé. Quand j'ai compris ce qu'il faisait, il était trop tard.

Un léger frémissement parcourut le robot.

– Est-ce là une réaction à la Troisième Loi ? demanda Derec.

– Je le pense, maître. Je n'ai pas pris la précaution de me protéger comme l'exige la Troisième Loi. J'ai éprouvé un trouble passager à l'instant où je tirais cette conclusion, ce qui a dû provoquer une résonance dans mon système moteur de contrôle. Est-ce que ça ressemblait à ça ?

– Oui. Je voulais simplement m'assurer que ce n'était pas quelque dommage dû à la désactivation. Ah, Wolruf, tu es réveillée.

Celle-ci bâilla et s'étira.

– Mandelbrot va bien ?

– Il semblerait que oui, à part une petite réaction à la Troisième Loi, répondit Derec.

– Apparemment, le risque d'un nouveau mimétisme n'est pas aussi évident que tu ne le pensais, fit remarquer Wolruf.

La petite extraterrestre à fourrure observait Flanc d'Argent, lequel était penché sur le terminal et paraissait absorbé par le flot d'informations qui parvenait à son cerveau.

– On dirait bien que Flanc d'Argent t'a définitivement considérée comme un inférieur, déclara Derec. Un spécimen comme un autre de l'espèce loup vivant sur cette planète.

– C'était ce que j'avais conclu, annonça Flanc d'Argent en se débranchant et en faisant pivoter le fauteuil pour se mettre face à eux. D'autant que je n'ai trouvé aucune entrée biographique à « Wolruf », ni rien qui vienne contredire cette conclusion.

« Voudriez-vous me dire qui vous êtes, maîtresse Wolruf ? ajouta-t-il.

– Non ! répliqua Derec d'un ton catégorique. Pas maintenant. Rebranche-toi sur la bibliothèque. Nous, nous avons certaines choses à régler à cette heure.

Flanc d'Argent se retourna vers le terminal, et Derec fit signe aux deux autres de le suivre à l'extérieur.

Lorsqu'ils furent dans la rue, près de la petite voiture, Derec exposa son point de vue.

– Comme je te disais tout à l'heure, Wolruf, je trouve qu'il progresse un peu trop vite. Et le fait qu'il ait désactivé

Mandelbrot a confirmé mes craintes. Pour moi, ce serait une violation d'une sorte de corollaire à la Troisième Loi. Comment un robot juge-t-il cette attitude, Mandelbrot ?

– Les Lois ne sont pas d'une rigueur absolue. Elles offrent une certaine marge de tolérance qui leur confère ce que je pourrais appeler des limites souples, des contours mouvants avant d'arriver à l'ultime sommet. C'est la Première Loi qui possède les limites les plus strictes et les plus nettement marquées, mais même là, on ne peut pas parler de limite absolue.

– Es-tu en train de dire qu'il a enfreint la Troisième Loi ? s'informa Derec.

– Non, mais il a fait quelque chose que je ne ferais jamais, sauf pour protéger un être humain ou moi-même.

– Peut-être se protégeait-il de tes conceptions, Mandelbrot, suggéra Wolruf.

– Peu probable, répondit Mandelbrot. Je ne pense pas que les mots ou les idées soient une source de préjudice pour un robot.

– Toujours est-il qu'en ce moment il est dans un état de sensibilité très prononcé, particulièrement réceptif, déclara Derec. Et c'est une raison de plus pour laquelle je veux qu'il quitte la cité et retourne dans la forêt, là où je l'ai trouvé, là où il sera davantage dans son élément et moins perturbé par des stimuli auxquels il n'est pas habitué.

« Nous prendrons la voiture jusqu'à la sortie est et ferons le reste du chemin à pied. Il n'y a que deux ou trois kilomètres pour gagner l'endroit que j'ai en tête ; une petite clairière herbeuse près d'un ruisseau caillouteux, très calme, très reposante. Mandelbrot, toi et le rebelle pouvez nous suivre en trottant jusqu'à la sortie est. Ensuite, on marchera.

– Très bien, maître Derec. Est-ce que je prends la tente et les équipements de survie qui sont dans le placard ?

– Oui.

Derec était dans l'impossibilité de se rappeler son enfance. Il savait seulement qu'elle avait dû être différente de celle des autres enfants d'Aurora, car il n'avait pas le réflexe naturel, facile et évident pour les autres – en particulier pour les Spatiaux dont cela faisait partie du comportement normal, acquis dès la plus tendre enfance – de traiter les robots comme des serviteurs. Qu'il s'agisse des crèches ou des maisons, les seules nounous qu'on y trouvait étaient des robots. Sur Aurora, par exemple, le contact le plus proche qu'un enfant pouvait avoir avec des adultes était celui de la personne qui supervisait les nounous robotisées des crèches.

Se pouvait-il qu'il ait été élevé par une nounou humaine, sa propre mère, peut-être ? Devait-il cela à une des premières expériences de son excentrique de père, le Dr Avery ? Si Derec savait, jusque dans les moindres détails techniques, comment fonctionnait un robot – n'était-il pas un expert en robotique ? –, il ne possédait pas cette aptitude naturelle à s'approprier le cerveau positronique comme le faisaient, dès l'âge de cinq ans, presque tous les enfants d'Aurora.

Le seul robot dont il se sentait véritablement proche était Mandelbrot. Ce n'était pas une question de confiance, ou de méfiance envers les autres. Les robots étaient ce qu'ils étaient programmés à être. On pouvait même faire confiance aux robots Avery qui avaient construit la Cité des robots et toutes les autres, de même qu'à celui qu'il avait trouvé ici, sur la planète des loups, à partir du moment où on savait qui avait le dernier travaillé sur leurs mécanismes internes. Le seul cas où on ne pouvait pas leur faire confiance, c'était quand un individu d'un genre aussi extravagant que le Dr Avery se permettait de remanier leur programmation. Celui-ci, par exemple, n'avait-il pas exclu Wolruf de toute protection de la part des robots de la cité en les reprogrammant à son gré ?

Quoi qu'il en soit, Derec ne semblait pas avoir été élevé dans cette familiarité naturelle à l'égard des robots – à l'exception possible de Mandelbrot, et pour autant qu'on puisse se faire une règle d'une exception – et il était maintenant confronté à Flanc d'Argent. Une créature qui, d'après ce qu'il avait déduit de son comportement et de son aspect, devait être un robot, mais un robot plus imprévisible et inquiétant que tous ceux à qui il avait eu affaire jusqu'ici.

Comme les robots Avery – et comme Mandelbrot pour son bras –, Flanc d'Argent avait la possibilité de changer de forme en modifiant l'orientation de ses cellules, lesquelles s'avéraient être en elles-mêmes de minuscules robots – des microbots –, encore plus petites que celles qui composaient le matériau inventé par Avery. D'après ce que Derec était parvenu à établir sans trop de peine, ces microbots, au cours de la métamorphose, étaient reprogrammés par le cerveau positronique de Flanc d'Argent, à peu près de la même manière que certains organismes vivants – les lézards et les amphibiens – semblaient reprogrammer leurs propres cellules pour se faire pousser un nouveau membre ou une nouvelle queue.

Oui, Derec se sentait particulièrement mal à l'aise avec Flanc d'Argent, et tandis qu'il rassemblait des provisions pour leur petite expédition, il lui vint pour la première fois à l'esprit qu'il commençait à trouver celui-ci véritablement dangereux. Il n'avait jamais rien éprouvé de semblable à propos d'un quelconque autre robot, ni sur Aurora ni où que ce soit.

La cause invoquée, selon laquelle les remarques de Mandelbrot auraient distrait Flanc d'Argent au point de ralentir son rythme de travail, ne paraissait pas un motif raisonnable, ni l'expression d'un cheminement logique, pour justifier un délit aussi grave que la désactivation d'un autre robot. Les robots n'allaient pas se mettre à se neutraliser les uns les autres – avec le risque sérieux d'une amnésie pour chaque victime – sous prétexte que celle-ci avait été une source de distraction. Pas plus un robot qu'un humain. Flanc d'Argent avait fait quelque chose que Mandelbrot « ne ferait jamais », pour reprendre ses propres mots.

Flanc d'Argent, s'il n'en restait pas moins prodigieusement fascinant, l'alarmait. Le robot aurait sans doute dû être désactivé. Mais c'était là une décision que Derec n'était pas plus à même de prendre que nombre d'autres scientifiques que leur discipline mettait sur le fil du rasoir et entraînait dans des expérimentations dangereuses pour la société dans laquelle ils vivaient.

VISION

Tandis qu'elle prenait son petit déjeuner, Ariel s'enquit auprès de Jacob des résultats de ses cogitations nocturnes.

– J'ai établi une liste, dit celui-ci, des caractéristiques techniques qu'ont en commun la technologie du saut et la modulation d'hyperonde discrète. Aimeriez-vous que je vous la montre sur l'écran ?

– Grands dieux, non, répondit Ariel. Je ne comprends rien à tout ça. Transmets ta liste à Keymo par le communicateur. Vois s'il peut en déduire une liste parallèle qui puisse lui permettre de tirer des analogies entre les caractéristiques de la modulation continue et celles de la téléportation par clef, analogies qui doivent certainement exister.

« Et dis-lui que je voudrais une réponse avant qu'on parte pour l'entrevue avec les extraterrestres.

La jeune femme finit de déjeuner, puis sortit sur le petit balcon pour goûter les fraîches senteurs matinales. Au lieu de cela, elle fut assaillie par les odeurs ingrates et persistantes que la nuit exhalait dans une cité flambant neuve ; même le parfum de levure du pain en train de cuire, qu'on sentait à Webster Groves à toute heure de la journée et qui était sans nul doute préférable aux odeurs d'ozone et d'huile de machine qui montaient dans la cité Perle, était absent.

Jusqu'ici, elle n'avait jamais vraiment eu l'occasion de se rendre compte à quel point elle détestait les villes. Elle avait supporté la Cité des robots, et les cavernes d'acier de la Terre, et voilà qu'aujourd'hui elle se retrouvait dans celle-ci, juste pour faire plaisir à Derec, sans qu'il se passe un moment où elle exècre devoir subir cela, tout en voulant se persuader qu'elle y prenait grand plaisir.

Elle détestait les cités, toutes les cités, et elle les détestait encore plus le matin. Inconsciemment, elle avait cru retrouver le parfum du foin fauché de frais qu'elle connaissait sur Aurora. Et à la place, elle était oppressée par les odeurs d'une cité qu'elle détestait au plus haut point et qu'elle était en même temps tenue de sauver. Quand elle pensait à la négociation qui allait se dérouler dans moins de deux heures – et qu'elle ne pouvait s'empêcher d'appréhender –, ce n'était pas une simple perspective dans son esprit, mais un nœud dans sa gorge.

Fronçant le nez, avec son petit déjeuner qui faisait des siennes dans son estomac, elle fit demi-tour et alla s'habiller pour le rendez-vous.

Une heure plus tard, fin prête, assise dans le salon, elle cherchait toujours une solution au problème du dôme. Jacob était dans sa niche. Elle préférait encore ça, vu l'humeur dans laquelle elle se trouvait. Elle n'avait aucune envie qu'on la distraie ce matin-là.

Complètement à cran, elle décida qu'elle ne pouvait pas attendre plus longtemps que Keymo se mette en rapport avec elle. Il lui fallait une solution à apporter à l'entrevue, n'importe quelle solution, même pour un problème mineur.

– Jacob, appelle Keymo sur le communicateur, demanda-t-elle. Vois s'il a pu trouver quelque chose sur l'hyperonde.

– Keymo signale un résultat partiel, indiqua Jacob. Il discerne à présent certaines caractéristiques de la téléportation par clef qu'il n'avait pas notées auparavant, caractéristiques qui pourraient éventuellement correspondre à une méthode de communication instantanée tout à fait différente de la communication par hyperonde que nous connaissons.

– Bien. Est-ce qu'on pourrait dénommer cela une modulation continue ?

– Oui. Mais elle modulerait une sorte d'onde hybride, pas l'hyperonde que nous connaissons.

– Bon, dit Ariel. La distinction semble plutôt minime. (D'autant que la jeune femme ignorait totalement ce que cela représentait.) Ça doit être ce dont parlaient les extraterrestres. Allons-y.

– Nous sommes largement en avance, fit observer Jacob.

– Roule lentement, répliqua Ariel en sortant de l'appartement, suivie de près par le robot.

La veille au soir, celui-ci avait réquisitionné, non sans mal, une petite voiture non automatique. Avec l'évacuation à son intensité maximum, les véhicules de transport devenaient rares.

Sur l'Avenue Principale, la circulation se faisait pare-chocs contre pare-chocs, mais néanmoins à vive allure, de sorte que Jacob, obéissant à l'instruction que lui avait donnée Ariel de conduire lentement, coupait les files comme un rocher roulant dans une rivière turbulente. Les huit voies étaient encombrées dans le sens sud-nord afin d'accélérer le transfert du matériel.

Malgré cela, ils arrivèrent au dôme à 9 h 40, soit plus de vingt minutes à l'avance. Au niveau de la sortie, l'avenue se rétrécissait sur quatre voies, puis obliquait vers une route poussiéreuse à quelques mètres au nord du dôme.

Wohler-9 était déjà à son poste de surveillance côté ouest de l'ouverture, là où les extraterrestres prendraient place à nouveau. Cette fois, Ariel n'avait pas l'intention de faire participer Wohler-9 à l'entrevue.

– Continue au nord, Jacob, dit-elle. Je ne veux pas qu'on me croie anxieuse.

Elle était consciente de donner l'impression d'une attitude inconséquente, d'abord pressée de partir, puis peu disposée à revenir. Elle dut se remettre en tête que Jacob n'était qu'un robot, imperméable à tout ça, incapable de la juger dans un sens ou dans un autre. C'était une bonne chose. Elle ne se sentait déjà pas trop à la hauteur.

Au bout de dix minutes, Jacob prit la parole.

– Nous sommes à l'endroit pour manœuvrer, miss Ariel.

La jeune femme était restée plongée dans ses problèmes de dôme, toujours impuissante à trouver une solution qui puisse leur faire gagner du temps face à la menace extraterrestre. La fermeture du dôme paraissait inévitable.

– Parfait, réagit-elle en jetant un œil sur Jacob. Faisons demi-tour.

L'espace d'un instant, elle se sentit gagnée d'un tendre sentiment envers Jacob. Jacob et sa magnifique musculature, Jacob si prévenant, si attentionné.

Il était vêtu d'un séduisant sweat-shirt à manches courtes tissé large, qu'elle avait elle-même choisi en cette occasion pour son cachet sport. Elle s'était elle aussi habillée simplement, ne voulant pas laisser penser aux extraterrestres qu'elle essayait de les charmer, quand bien même ils seraient incapables de se faire une opinion sur sa toilette. C'était plutôt histoire de créer l'ambiance adéquate – croyait-elle.

Prise d'une impulsion soudaine, elle avança la main vers Jacob et lui tapota l'avant-bras. Elle écarta de son esprit l'idée qu'il ne pouvait pas ne pas être prévenant et attentionné, qu'il ne pouvait pas agir autrement parce qu'il était programmé en ce sens. Et si beau.

Il lui retourna un bref regard.

– Quelque chose d'autre, miss Ariel ?

– Oh, oui, Jacob. Quelque chose d'autre. Quelque chose que je n'avais pas prévu, là-bas sur Aurora, quand j'ai sollicité ta compagnie.

Après tout, il n'était qu'un robot. Elle se le répétait, encore et encore.

– En ce cas, si je peux vous rendre un service ?

– Tu pourrais, en effet, Jacob. C'est simplement que je ne peux pas accepter ce service, si délicieux le trouverais-je.

Alors, jaillit dans son esprit la vision de Derec, qui lui faisait des signes, là-bas, au bout de la longue rangée d'épis verts ondulant sous la brise. Et la jeune femme se demanda d'où lui venait cette image. Autant qu'elle se souvienne, elle n'était jamais allée dans un champ de blé avec Derec.

Ceci la ramena à ses responsabilités présentes, à la mission dont elle se sentait surtout tenue vis-à-vis de Derec, puisqu'il s'agissait avant tout d'accomplir ses souhaits, et qu'elle-même n'éprouvait que des sentiments négatifs à l'égard de la Cité des robots.

N'empêche qu'elle se sentait quand même tenue à cet engagement.

– Les extraterrestres sont-ils là, Jacob ? demanda-t-elle.

– C'est bien possible, répondit le robot. J'aperçois trois corps-noirs qui viennent à l'instant d'effectuer un vol circulaire autour du dôme.

– Peux-tu minuter le trajet de sorte que nous arrivions juste après leur atterrissage ?

– Je vais essayer.

Ce qui fut fait.

Ariel sortit de la petite voiture, s'avança au-devant des extraterrestres et décida de se passer de révérence. Jacob resta à l'écart, légèrement en arrière.

Affectant un ton marqué d'un rien d'arrogance, la jeune femme déclara :

– Bonjour, ambassadeurs.

La veille, les extraterrestres avaient employé le terme de *chefs* pour se qualifier, terme qu'elle se garda de reprendre, de peur qu'ils n'interprètent cela comme si elle voyait en eux *ses* propres chefs.

– Beu-jouh, miz Ahial Ouilsh, dit l'extraterrestre qui se tenait au milieu.

Ariel ne put réprimer un large sourire. L'accent de Webster Groves l'avait prise de court une fois de plus. Elle résolut toutefois aussitôt de ne pas en tenir compte pour s'éviter le comportement plutôt frivole auquel elle s'était laissée aller quelques instants le jour précédent.

– Voici mon assistant, Neuronius... poursuivit l'extraterrestre en effleurant à sa droite ce qui évoquait une épaule... Et voici mon assistant en second, Axonius, termina-t-il en touchant la masse sur sa gauche.

Ariel répondit à chacune des présentations en inclinant la tête dans la direction adéquate, dans un bref salut plutôt cavalier et qui manquait de conviction.

L'extraterrestre s'abstint de l'ample mouvement que Sarco avait fait la veille en présentant Synapo, ce qui laissa la jeune femme dans l'ambiguïté, incapable de discerner avec lequel des deux elle négociait.

Voilà, elle se sentait déjà sur la corde raide, et l'entrevue avait à peine commencé. Elle pencha pour Synapo qui, des deux, avait dominé les débats le jour d'avant. Quant aux autres, ce n'étaient que des subalternes, qui ne méritaient pas l'honneur de cette marque de respect, que ce soit de la part de Synapo ou éventuellement de Sarco.

Ariel n'avait rien avec quoi engager les pourparlers, sinon le bref exposé sur la modulation d'hyperonde que lui avaient concocté Jacob et Keymo à sa requête plutôt confuse. Et s'il s'agissait bien de Synapo, et si elle avait tiré la bonne conclusion de l'incident d'hier – que la flamme verte émise par Synapo était un signe d'impatience devant les récriminations de Sarco –, cela devait alors signifier que ces récriminations ne revêtaient qu'une importance dérisoire dans l'esprit de Synapo et ne constituaient guère une monnaie d'échange pour la jeune femme.

N'étant pas certaine de l'interlocuteur qu'elle avait en face, elle décida de gagner du temps.

– J'espère, dit-elle, que vous êtes parvenus à la conclusion que le fait de fermer le dôme ne présente pas un intérêt immédiat, puisqu'il est déjà efficace à quatre-vingt-dix-neuf virgule deux pour cent.

– Au contraire, répliqua l'extraterrestre, il nous semble qu'il vaudrait mieux achever le compensateur et, à l'avenir, isoler complètement toute structure similaire. Bien que les émissions parvenant de la structure que Wohler-9 nomme une cité aient été mises sous contrôle, nous restons préoccupés, car la cité n'est peut-être que le signe avant-coureur de pires désastres à venir, des désastres qui n'appartiennent pas à ce monde et qu'on va un jour nous infliger.

– Je peux vous assurer que cette terrible perspective n'existe absolument pas. Tout ce que nous voulons, c'est partager cette planète avec vous et nous sommes tout à fait prêts à nous engager à fond pour garantir une bonne entente réciproque.

– Je serais plus rassuré si j'entendais cela de la bouche d'un chef. Un membre de votre clan des *il*, si j'ai bien écouté Wohler-9.

Encore un phallocrate, pensa Ariel. *Cette chauve-souris géante doit être un mâle. C'est clair et net.*

L'univers entier était peuplé de mâles imbuvables.

– Pas nécessairement, rétorqua-t-elle. Les femmes – notre clan des *elle*, d'après la manière dont vous les décrivez – ont souvent été des chefs, et des chefs compétents, se débrouillant tout aussi bien que des hommes – le clan des *il*, comme vous dites.

– Mais la majorité des chefs sont encore des membres du clan des *il*. Est-ce exact ?

– Oui, se sentit obligée de répondre Ariel.

Assurément, les choses ne se présentaient pas trop bien. Ariel se résolut à risquer sa seule monnaie d'échange afin de retourner la situation à son avantage.

Sans donner à l'autre l'opportunité de réagir, elle déclara :

– Mais revenons aux points essentiels de la discussion, les inconvénients que nous vous avons occasionnés. Nous ne voulons en aucune façon vous causer un préjudice et sommes prêts à faire ce qu'il faut pour vous garantir que cela n'arrivera pas.

« Par exemple, nous pouvons abandonner la modulation d'hyperonde discrète et adopter la modulation continue, afin de ne pas gêner votre confort d'écoute.

Une petite flamme d'agacement jaillit de sous les yeux de l'extraterrestre, une éruption d'un vert lumineux plus petite que celle de la veille, mais encore de taille respectable, tout à fait visible.

– Sarco ! s'écria-t-il comme s'il proférait un juron. L'hyperonde n'est pas une gêne si grande qu'il vaille la peine d'en discuter ici. Mon estimé collègue est un grand amateur de musique et a tendance à accorder à ces perturbations mineures plus d'importance qu'elles ne méritent.

Elle avait misé son tapis, et pas sur le bon extraterrestre.

– Néanmoins, dit-elle, ceci vous montre jusqu'où nous sommes prêts à aller pour éviter de faire du tort à votre peuple. Cela devrait vous rassurer sur nos intentions.

– Nous ne serions totalement rassurés que si cela venait de votre chef.

En proie à des sentiments étrangement mêlés – espoir et dépit inexplicablement entortillés dans son esprit –, Ariel songea : *C'est moi le chef ici, monsieur Chauve-souris, et c'est à moi que vous avez affaire. Mais comme je voudrais que mon bonhomme soit là, au lieu de se balader quelque part dans un champ de blé perdu je ne sais où.*

Elle ne cessait de se demander d'où lui venait cette vision, l'image de Derec à l'autre bout d'un champ de blé vert ; son désir de revoir Derec était trop intense. Et soudain, la réponse au problème du dôme surgit dans son esprit avec cette acuité extraordinaire qui ne peut venir que de la communication entre un hémisphère du cerveau et l'autre, ignorant les stratagèmes subconscients que chacun dissimule à l'autre.

Pour la première fois, Ariel avait l'impression d'avoir la situation en main.

NEURONIUS ATTAQUE

Synapo sentait grandir son impatience face à l'intrus *elle.* La discussion prenait un tour ennuyeux et stérile, sans que se soit encore présentée la moindre opportunité de mettre dans l'embarras et de discréditer son subordonné et néanmoins agitateur, Neuronius.

Il devenait de plus en plus évident que le petit étranger n'était en aucune façon un chef, et que Synapo devait trouver le moyen de faire venir sur cette planète un authentique chef des extraterrestres. En attendant, il lui faudrait convaincre Sarco de fermer le compensateur et de démarrer la construction d'un second si, comme il le soupçonnait, les extraterrestres se mettaient à bâtir une deuxième cité de l'autre côté de la Plaine de la Sérénité.

C'était cette crainte qui l'avait conduit à faire la remarque précédente, à laquelle le petit extraterrestre assommant répondait à présent.

– Il n'est pas nécessaire de convoquer ici un autre chef. Vous en avez un en face de vous. J'avais espéré pouvoir poursuivre l'édification de notre cité, mais ceci m'apparaît maintenant impossible au vu de la peur irrationnelle que vous manifestez pour un prétendu projet que nous aurions, projet insidieux et secret aux fins de causer des dommages irréparables à cette planète.

L'attitude ainsi que les manières du petit extraterrestre s'étaient modifiées ; sa voix avait pris un timbre différent. Neuronius avait-il remarqué les subtils changements ?

Synapo ne tint pas compte de la tentative de son interlocuteur de les rabaisser en utilisant l'adjectif *irrationnel.* Le dénigrement était une manœuvre politicienne plutôt classique et parfois efficace, quoique pas si souvent que ça, mais qui valait certainement la peine d'être essayée dans le cas de l'intrus. Synapo ne s'y laissait pas prendre. Mais l'arrogant Neuronius saurait-il reconnaître le stratagème de l'extraterrestre et l'ignorer comme il se doit ? Ou l'indignation déformerait-elle son analyse ?

Et Neuronius saurait-il discerner ces subtils changements dans la façon de faire de l'extraterrestre, qui devenait pure télépathie, une façon de transmettre des informations plus efficacement qu'à travers le mot parlé ?

– Nous avons d'autres méthodes, plus acceptables, de cohabiter avec vous sur cette planète, poursuivit la jeune femme. La cité sous le dôme serait, en l'état où elle est, entièrement désactivée et servirait simplement de centre de coordination et de communication pour le projet à venir.

Elle avait renoncé à sa stratégie politicienne, s'était débarrassée de ses airs supérieurs et arrogants – tout aussi arrogants que ceux de Neuronius – et se présentait désormais sous les dehors de l'interlocuteur sympathique et bienveillant. Neuronius saurait-il s'en apercevoir et inverser lui-même sa tactique ?

Elle avait abandonné l'objectif privilégié de sa mission, du moins apparemment, pour concentrer sa démarche autour d'une solution de rechange. Un signe de plus pour les persuader de sa qualité de chef, revêtu de la pleine autorité dès lors qu'il s'agissait de prendre des décisions importantes.

– S'il vous plaît, décrivez-moi cette méthode de cohabitation acceptable, demanda Synapo.

– Permettez que je vous pose d'abord une question. Est-ce que, par moi-même, je constitue un nœud atmosphérique ? Moi ou Jacob, mon compagnon ici présent, ou le véhicule qui est avec nous ?

Elle avait incliné la tête vers le serviteur et pointé du doigt la structure qui était derrière elle, le fameux véhicule.

– Non, répondit Synapo. Aucune de ces entités, prises individuellement ou ensemble, n'engendre de nœud atmosphérique. La perturbation thermique est trop faible et se dissipe rapidement.

– Bon, poursuivit la jeune femme. Nous allons donc passer du modèle urbain, à grande concentration d'énergie, au modèle agricole, basé sur une main-d'œuvre intensive ; d'une société centralisée à une structure dispersée ; des produits industriels aux produits agricoles ; des cités de robots, que vous vous croyez tenus d'enfermer sous vos dômes – vos compensateurs nodaux –, aux fermes de robots que vous ne pourrez trouver qu'attrayantes.

Synapo, que Wohler-9 n'avait pas eu le loisir de familiariser avec la terminologie relative au secteur agricole et rural, était dans l'incapacité de déchiffrer instantanément les propos du petit intrus. Il dut extrapoler à partir de ce que lui avaient déjà dit la jeune femme et Wohler-9, et des données qu'il avait acquises précédemment en écoutant les messages que se transmettaient les étrangers sur l'hyperonde. Néanmoins, cela ne lui prit qu'un court instant.

– Par « modèle agricole », vous entendez un processus délibéré de culture des graminées et autres plantes comme celles qui poussent dans la Plaine de la Sérénité et dans la Forêt du Repos ; et par « fermes », les subdivisions de la terre où ce processus a lieu. Est-ce exact ?

– Oui, répondit le petit intrus.

– Nous avons fait preuve d'une extrême patience face à l'invasion de notre planète par votre peuple. Vous ne vous êtes pas demandé si c'était là une conduite raisonnable, vous n'avez pas cherché davantage à négocier par avance un programme approprié à une telle intervention. Et quand cela s'est avéré inacceptable, et que nous avons pris des mesures, aussi modestes que possible, pour isoler le mal, vous avez tué deux des nôtres.

« Oui, nous avons été patients au-delà de toute acception modérée du terme, et je vais vous demander maintenant d'être aussi patients aujourd'hui avec nous que nous l'avons été avec vous tous ces derniers jours. Votre patience sera mise à l'épreuve, non pas par la violence et le crime – comme la nôtre l'a été – mais par l'ennui et le désespoir tandis que nous accomplirons, ainsi que nous le devons, les rites de notre tribu tels qu'ils ont été établis il y a de cela d'innombrables millénaires.

« En ce temps-là, un ancien philosophe cérébronien du nom de Petero observa que les gens de notre gouvernement, à quelque échelon que ce soit, étaient tous des incompétents ; qu'en effet nos fonctionnaires de l'Administration, après s'être élevés jusqu'à leur ultime niveau de compétence, accédaient alors au niveau suivant où ils végétaient dans l'incompétence par manque d'aptitude à progresser davantage.

« Constat si frappant et si évident au demeurant qu'il devint célèbre sous l'appellation de Principe de Petero, et que toute la structure gouvernementale fut immédiatement réorganisée pour y inclure le facteur *débauchage*. N'importe quel fonctionnaire pouvait être déclaré incompétent et remplacé purement et simplement par un subalterne qui avait fait montre d'une plus grande compétence à cet échelon supérieur.

« Cela prouve, par définition, que l'ex-fonctionnaire était incompétent, ou disons, pas aussi compétent qu'il aurait pu l'être. Le processus qui établit cette preuve, quelle que soit la forme qu'il prend, est connu sous le nom d'*attaque* de la position supérieure.

« Ainsi, je cède maintenant la responsabilité des débats à mon subordonné, Neuronius, afin qu'il évalue votre proposition et y apporte une réponse.

Comme il énonçait ces derniers mots, Synapo effectua un geste élégant en direction de Neuronius, guettant la réaction instinctive de son subalterne, s'efforçant de lire le langage de son corps, par cette télépathie involontaire qui lui révélerait ce qui se passait dans la tête de son subordonné.

Et si Axonius avait la compétence requise pour exercer l'autorité, il devait être lui aussi à guetter que Neuronius laisse son âme s'incarner en lui – s'afficher à travers les réactions de son corps. Axonius, qui ne manquerait pas de prendre cela en considération lorsque le moment serait venu de délivrer son analyse détaillée et son appréciation finale de la personnalité de Neuronius, en présence d'un comité réunissant l'élite des Cérébrons.

Ainsi, en un sens, Neuronius et Synapo n'étaient pas les seuls sur la sellette, mais Axonius également, puisque ce serait l'élite, en assemblée, qui rendrait l'ultime verdict conférant une nouvelle structure au gouvernement si la négociation présente s'avérait être un tournant décisif dans l'histoire des Cérébrons.

D'ailleurs, dans cette négociation avec les intrus, Axonius était censé jouer le rôle du juge arbitre – au pied levé –

en cas de désaccord entre Synapo et Neuronius. Ce qui risquait de le placer dans une position tout à fait délicate. Il pouvait être bel et bien destitué de l'élite s'il prenait une mauvaise décision, peu importe comment tournerait le duel entre Synapo et Neuronius.

Cependant, Axonius avait un élément jouant en sa faveur : il détenait neuf voix dans une assemblée qui voudrait exclure Synapo et Neuronius. Chaque membre de l'élite avait un nombre de voix correspondant au numéro de son échelon hiérarchique.

Tout cela devait certainement traverser l'esprit des deux autres Cérébrons lorsque Synapo se tourna vers Neuronius pour obtenir sa réaction.

Celle-ci n'incarna rien de bon. Neuronius irradiait la confiance en soi, et cela devait sûrement faire son effet sur Axonius, ce qui risquait de rendre la situation difficile pour Synapo si l'attitude de Neuronius allait à l'encontre de ce qu'il avait prévu.

– Miss Ariel Welsh, vous plaidez fort bien la cause des vôtres, déclara Neuronius. Il est possible que certaines choses m'aient échappé dans ce que vous avez dit. Mais mon mentor étant un excellent professeur qui, aussi loin que je me souvienne, ne m'a jamais laissé tomber, je peux raisonnablement affirmer avoir compris l'essentiel de vos remarques.

« Il émane de votre personne l'assurance, la sincérité et toutes les autres vertus essentielles à l'exercice de l'autorité, au point qu'il est certainement impossible de vous prendre en défaut sur ce plan.

« Votre proposition de passer à un modèle agricole basé sur une main-d'œuvre intensive paraît – en surface – attrayante, ainsi que vous nous l'avez décrit de façon si éloquente.

« Le compensateur nodal est efficace à quatre-vingt-dix-neuf virgule deux pour cent, chiffre qui a été reconnu acceptable par l'assemblée des Cérébrons, et cela est assurément un point en votre faveur.

« En outre, ni vous ni votre serviteur, pris individuellement, ni le petit assemblage de matière que représente chacun de vos véhicules chargés – qui ne génèrent que de faibles émissions thermiques – ne constituent un nœud atmosphérique, ainsi qu'en a conclu mon mentor.

« Autant d'arguments positifs qui pèsent en votre faveur, mais auxquels nous devons opposer, avant de pouvoir estimer de quel côté penche la balance, quelques éléments négatifs qui viennent en contrebalancer le poids en défaveur de votre proposition.

« Parmi lesquels, à coup sûr, il y a la perte de nos deux collègues, et dans le cas particulier du dernier, l'attitude passive qui était la sienne avant l'accident fatal – amarré à sa longe, une façon cruelle de mourir, dans l'incapacité de se défendre. Combien d'autres morts promises aux Cérémyons dans l'avenir ?

« Cependant, ces disparitions – qu'on peut dans une large mesure attribuer aux erreurs de serviteurs incompétents – et la probabilité minime de morts supplémentaires à redouter dans le futur, ne vont pas jusqu'à faire pencher le plateau en votre défaveur.

« Mais il nous faut à présent évaluer le véritable poids du modèle agricole que vous nous proposez, ainsi que du soutien que viendraient apporter les cités, une fois les nœuds en partie compensés. Et c'est là où nous achoppons.

« Nous ne savons rien de ce modèle agricole, si ce n'est que vous avez tenu à nous rassurer sur le fait qu'il serait sans danger et générateur de stabilité ; nous ne savons pas non plus quelles autres émanations peuvent s'échapper par l'ouverture du compensateur.

« Vous qualifiez nos craintes d'irrationnelles alors que n'importe quel être rationnel, considérant vos précédentes performances, devrait juger votre conduite effrayante et de telles craintes tout à fait fondées.

« Nous pleurons nos collègues disparus et nous n'en savons toujours pas davantage sur la nature de votre proposition. Aussi, nous n'avons pas d'autre choix que de nous opposer avec véhémence à ce que vous occupiez plus longtemps notre planète. Nous ne trouvons pas que vos intentions soient bienveillantes, miss Ariel Welsh. Nous ne sommes pas accrochés par vos propositions.

Neuronius rentra la tête dans ses ailes et ne dit plus rien.

L'idiot, songea Synapo. *Il vient de se bannir de l'élite. Ça fait peu de doute. Et juste comme je le prévoyais, il a réagi aux propos arrogants et calomnieux du petit intrus lorsque celui-ci a employé le mot « irrationnel ». Une provocation qui a porté avec cet idiot lui-même tellement irrationnel, avec la paranoïa maladive que je lui soupçonne depuis déjà longtemps.*

Je remercie le ciel pour Axonius et son sang-froid.

Dès lors, il était temps pour Synapo de faire son choix.

S'il décidait d'être d'accord avec Neuronius, il n'avait qu'à l'annoncer, et Axonius serait tiré d'affaire. Par contre, s'il voulait afficher son désaccord, il n'avait qu'à demander son avis à Axonius.

Ce qu'il fit.

– Et qu'en penses-tu, Axonius ?

Pour la deuxième fois de la matinée, Synapo éprouva quelques doutes. Le corps d'Axonius exprimait l'angoisse et l'indécision alors qu'il aurait dû exsuder l'assurance et la détermination.

– Manifestement, répondit celui-ci, Neuronius a bien jaugé la situation et en a tiré une conclusion remarquablement éclairée.

Synapo en resta abasourdi. Son habile stratégie avait fait long feu. Depuis un an, il avait trop porté son attention sur la paranoïa de Neuronius et mésestimé Axonius qui lui avait toujours paru un lieutenant digne de confiance. C'était peut-être là qu'il avait commis une erreur, dans la difficulté à juger valablement de quelqu'un dont on apprécie fondamentalement la compagnie et qui se déclare en permanence d'accord avec vous.

C'était désormais une pure formalité. Synapo était avant tout un membre de l'autorité et un Cérémyon loyal. S'il savait agir en politicien, c'était uniquement lorsque la sécurité des tribus n'était pas menacée.

Il aurait pu s'opposer à ses deux subordonnés, et l'élite lui aurait sans doute, quoique de mauvaise grâce, accordé son soutien. Mais il aurait alors présenté aux intrus l'image d'une race et d'un gouvernement en proie à la confusion. Il était davantage du ressort du comité d'élite de reconnaître après coup une telle confusion et de montrer sa magnanimité envers les étrangers et sa souplesse dans l'art de gouverner en inversant la décision de ses représentants.

– Nous sommes donc d'accord, déclara Synapo. Cela

me navre, miss Ariel Welsh, mais nous ne pouvons accepter votre proposition. Au cours de notre bref contact, j'en suis venu à vous admirer et à vous respecter – votre franchise, votre courage, votre inaltérable bonne humeur. Puissent toutes ces vertus grandement vous servir lorsque vous rapporterez cette douloureuse décision à votre peuple.

Il était fini en tant que chef des Cérébrons, à moins qu'il ne parvienne à faire inverser la décision en assemblée... dans une assemblée réduite à neuf membres, avec contre lui le poids des neuf voix d'Axonius.

S.O.S.

Dès l'entrevue terminée, Ariel et Jacob retournèrent directement à l'appartement. Comme le robot allait gagner sa niche, la jeune femme anticipa son geste.

– Prépare-nous une grosse salade, Jacob, dit-elle. Avec une sauce chili-mayonnaise et deux verres de lait. Mets la table pour deux, tu m'accompagneras. Ça ne te fera pas de mal d'agir comme un être humain pour une fois, comme si tu appréciais ma compagnie. C'est un ordre.

– Un ordre auquel il ne m'est pas difficile d'obtempérer.

– Tu aimes la sauce chili-mayonnaise ?

– Tout ce qu'il vous plaira, miss Ariel. Etant donné que je n'ai pas vraiment de papilles gustatives, je n'ai aucune préférence.

– Quel dommage. Tu rates la moitié des plaisirs de l'existence.

– Connaître le plaisir du goût n'a jamais fait partie de mes privilèges. Mais naturellement, s'empressa d'ajouter Jacob pour ne pas peiner Ariel, ça ne m'a pas manqué non plus.

– A propos, as-tu éprouvé une quelconque réaction au cours de la rencontre ce matin ? Satisfaction, contrariété ?

– Mes circuits positroniques ont enregistré une forte turbulence lorsqu'il s'est avéré que les extraterrestres n'allaient pas accepter votre proposition. Je réagissais toutefois non pas à une analyse subjective ou objective, mais à la conviction qui était la mienne que vous seriez immensément déçue et prise dans un dilemme quant à la suite à donner aux événements.

– Pour ça, ton analyse est on ne peut plus correcte. Dilemme est bien le mot. Si je me suis retenue jusqu'à maintenant d'appeler Derec, c'est parce que je voulais pouvoir lui dire ce qu'il devait faire, plutôt que de l'entendre me dire ce que moi j'avais à faire.

Jacob pianota sur le clavier du distributeur de nourriture et reçut en échange une tête de laitue, deux tomates, un concombre, une poignée de champignons, un morceau de cheddar, un quartier de jambon, un sachet de lardons et un autre de croûtons. Derec avait bien amélioré la programmation des distributeurs lors de son séjour dans la Cité des robots.

– Ce qui est sûr, poursuivit la jeune femme, c'est que j'ai eu une sacrée bonne chance de me retrouver aux commandes. Quand l'idée de la ferme m'est venue, j'ai vraiment cru tenir la réponse. J'ai réellement pensé que ce brave Synapo serait preneur.

Elle se mura alors dans le silence. Elle revoyait les verts jardins maraîchers et les champs de blé d'or d'Aurora, les robots qui descendaient les vertes rangées débarrassées des mauvaises herbes, récoltant laitues, tomates et concombres, toutes choses que Jacob était en train de récupérer au distributeur.

Ces mêmes fermes qui réussiraient tout aussi bien ici, sur la planète Huître qui pourrait devenir la corne d'abondance de cette région de la galaxie en pleine expansion. Et sans nullement gêner les extraterrestres. Nul besoin de distributeurs coûteux et gaspilleurs d'énergie quand on aurait envie d'une simple salade verte.

Elle avait failli réussir à générer la même vision dans l'esprit de Synapo. Mais comment l'aurait-elle pu ? Comment lui faire comprendre quelque chose qui lui était aussi étranger que son gouvernement l'était pour la jeune femme ? Elle avait mis trop d'espoir dans cette entrevue.

Et pourtant, ce gouvernement était-il si bizarre ? Elle-même avait connu sur Aurora de nombreux exemples – les administrations municipales, avec leurs bureaux, leurs comités, leurs conseils – auxquels s'appliquait on ne peut mieux le Principe de Petero : tous les postes occupés par des incompétents, à de rares exceptions près.

– Quand je réfléchis, ce n'est pas tellement surprenant qu'ils aient refusé ma proposition, reprit-elle au bout d'un moment. Parce que ce sont justement des extraterrestres et qu'il est impossible qu'ils pensent comme nous. Néanmoins, leur gouvernement a une certaine logique, curieuse, remarque, mais il fallait bien s'y attendre de leur part. Rien qui ne ressemble en tout cas à ce que pourrait nous concocter une assemblée d'humains ; il y a trop de logique dans leur truc.

« Et si je réfléchis un peu plus, c'est prendre ses désirs pour des réalités que d'espérer que Synapo change d'avis. Autrement dit, quand on pense à tout ça, je ne suis pas vraiment prise dans un dilemme, n'est-ce pas, Jacob ?

– Il semblerait que non, miss Ariel, répondit le robot.

D'un geste trop vif pour que l'œil humain puisse le suivre, il avait découpé la laitue en morceaux, coupé les tomates en tranches, et tout le reste en petits dés à l'exception des lardons et des croûtons. A présent, il versait les ingrédients dans un grand bol, gardant à part le jambon, le fromage, les lardons et les croûtons.

– Ils vont fermer le dôme demain, dit Ariel, et nous, on campera.

– Cela me paraît la seule conclusion logique.

– Il faut donc que j'appelle Derec à l'aide, non ?

– En effet, acquiesça Jacob.

– Oui, mais comment ?

– Personnellement, je n'ai pas connaissance de cette fonction. Je me renseigne auprès de Wohler-9 par l'intermédiaire du communicateur.

En même temps, il commanda le lait et la sauce chilimayonnaise au distributeur.

Ariel attendit sans rien dire et, tout en mettant la table, Jacob énonça la réponse qu'il venait de recevoir.

– Avernus-8 supervise le communicateur spécial de M. Avery.

– Branche-toi sur lui, demanda Ariel.

– Voilà, j'ai Avernus-8.

– Dis-lui de transmettre le message suivant à Derec.

Ariel hésita, absorbée par ses réflexions, pendant que Jacob finissait de dresser la table. Il avait parsemé deux bols de salade de petits dés de jambon et de cheddar, généreusement arrosé le tout d'une bonne cuillerée de sauce, puis disposé par-dessus les lardons et les croûtons.

– Non, se reprit la jeune femme. Demande-lui d'abord

ce qu'a de spécial le communicateur de Derec, comment ça fonctionne.

Elle s'assit à table, fit signe à Jacob de faire de même, et tous deux commencèrent à manger.

– Avernus-8 dit que la liaison avec le moniteur interne de Derec ne se fait pas par hyperondes, commenta Jacob. Il s'agit d'un système spécial réalisé par le Dr Avery. L'appareillage est monté sur la plate-forme mobile supportant l'armature de l'ordinateur et sur la plate-forme de soutien qui constitue cette armature. Mais il est accessible aux sept robots Superviseurs.

– Et qui peut nous donner des informations détaillées sur la technologie du système ? s'informa Ariel. Manuel d'utilisation, schémas des circuits électriques, procédures de maintenance.

– Avernus-8 et chacun des deux techniciens en poste sur les deux plates-formes.

– Je parierais un bouton d'étain que le communicateur spécial de Derec utilise l'hyperonde, mais de façon différente de celle dont on l'a utilisée jusqu'ici. Ce n'est pas la modulation discrète ordinaire et traditionnelle.

« Le Dr Avery nous a devancés, maudit soit-il. Il a déjà inventé la modulation continue des extraterrestres.

« Jacob, branche Keymo sur ton communicateur, et demande à Avernus de lui décrire le système de transmission de Derec. Vois s'ils peuvent se mettre d'accord sur le fait qu'on est en présence d'une modulation d'hyperonde continue telle que Keymo la définirait.

Cette fois, la liaison et l'analyse prirent un petit peu plus de temps, qui n'excéda pas toutefois les deux minutes.

– Avernus-8 répond par l'affirmative, déclara Jacob. Pour communiquer avec toutes les cités de robots, le moniteur interne de maître Derec, en fonction de son métabolisme, transforme l'hyperonde de façon similaire à ce que Keymo décrit comme la modulation continue.

– Gagné, dit Ariel. Derec est le responsable de ce processus et ne le sait même pas. Moi, je n'ai pas besoin de connaître quoi que ce soit à l'électrotechnique pour en faire. Dis à Avernus de contacter Derec et de lui transmettre ce message :

« SITUATION CRITIQUE ICI SUR LA PLANÈTE HUÎTRE. TU

DOIS IMMÉDIATEMENT REPROGRAMMER LES ROBOTS AVERY. J'AI AUSSI À TA DISPOSITION UN PETIT COURS D'ELECTROTECHNIQUE D'UNE IMPORTANCE CAPITALE, PETIT RIGOLO. EN FAIT, TA PROPRE ÉLECTROTECHNIQUE INTERNE. AUSSI, RAPPLIQUE AU PLUS VITE.

« Signe : JE T'AIME, ARIEL, et demande une confirmation.

Durant dix minutes, Jacob resta silencieux, tandis qu'Ariel enfournait sa salade et rêvassait à Derec. Avec cette folle imagination qui nous vient quand on nourrit des espoirs en l'avenir, elle se vit rencontrant à nouveau Synapo avant l'arrivée de Derec, Synapo qui lui dirait que les extraterrestres avaient changé d'avis et étaient prêts à accepter sa proposition. Elle serait alors comme le Chef de sa race.

Quoi qu'il en soit, les robots devaient être reprogrammés. Il n'était pas question qu'ils construisent une cité sur cette planète.

Pendant qu'ils terminaient leur repas, Jacob rompit le silence.

– Avernus-8 a reçu cette réponse de maître Derec : SUIS EN ROUTE, MADAME JE-SAIS-TOUT. JE T'AIME, DEREC.

Ariel passa le restant de l'après-midi sur le balcon qui dominait l'Avenue Principale, assise dans la pâle lumière du crépuscule éternel qui régnait sous le dôme, à lire le recueil de poèmes qu'elle emportait toujours avec elle lorsqu'elle voyageait : *Poèmes choisis de l'Ancienne Terre.*

C'était un vieux livre, relié en suédine brun pastel et imprimé en charmants petits caractères sur un seul côté des minces feuilles transparentes qui évoquaient le parchemin. C'était la seule chose que sa mère lui avait donnée qu'Ariel gardât comme un véritable trésor. Juliana Welsh l'avait couverte d'objets de valeur – vêtements, bijoux, voitures, engins volants et autres Sauteurs – mais jamais rien qui n'égale la délicatesse et la marque de goût reflétées dans le choix de ce petit livre. La jeune femme se demanda si c'était sa mère qui l'avait sélectionné ou si elle s'était simplement contentée de dépêcher un de leurs robots pour qu'il lui trouve quelque chose sur le service de vente par hyperonde.

Elle tomba sur un très court poème qu'elle avait oublié.

Mais quand elle le relut, il lui apparut comme un hymne à la sagesse qui pourrait s'appliquer à presque chaque moment de l'existence. La sagesse de Robert Frost :

Le secret est assis

Nous tournons en rond et nous mêlons de penser.
Mais le Secret est assis au milieu et sait.

C'était effectivement ce qui semblait lui arriver. Tourner autour de la solution. Elle était passée si près de la réponse lors de son entrevue avec Synapo et ses lieutenants. Les savantes excuses sur lesquelles il l'avait laissée en disaient long : il aurait agi différemment s'il n'en avait tenu qu'à lui. Auquel cas, pouvait-il réellement accepter sa proposition ?

De temps à autre, elle levait les yeux de son livre pour regarder vers l'entrée du dôme. La vision la mettait mal à l'aise. Et s'ils s'avisaient subitement de condamner l'ouverture et de les prendre tous au piège de cette insidieuse obscurité ? Plus de porte de sortie, aucune issue que la technologie humaine ne puisse aménager.

Et cependant, elle ne voulait pas camper dehors. Et pas question non plus de passer une minute de plus qu'il ne fallait dans l'espace étroit de son minuscule Sauteur à deux places.

Après le dîner, Jacob installa un écran sur le balcon afin qu'elle puisse, pendant la soirée, regarder une vieille hypervidéo d'une pièce avec Elijah Baley, Gladia Solaris et le robot Daneel Olivaw, tout en gardant un œil sur l'entrée du dôme, laquelle revêtait une importance vitale.

Au premier regard qu'elle y jeta, elle ne parvint pas à discerner l'ouverture du dôme. La clarté tombant des étoiles n'était pas suffisante pour impressionner les pupilles rétractées sous l'éclat qu'exigeait le spectacle d'Elijah Baley dans toute sa gloire. La jeune femme distingua néanmoins les lumières du défilé de robots, là-bas, sur la plaine, défilé qui se faisait moins dense à présent que le transfert du matériel était en passe d'être terminé.

Quand elle alla se coucher, elle demanda à Jacob de rester en poste sur le balcon, avec ordre de la réveiller immédiatement s'il décelait le moindre rétrécissement de l'ouverture du dôme.

Vers le milieu de la nuit, Ariel rêva qu'elle essayait de s'échapper du vide noir qui régnait à l'intérieur du dôme. Elle pilotait son engin hyperspatial, le monstre Synapo assis à côté d'elle dans le cockpit. Ils suivaient une trajectoire qui les conduisait le long de l'Avenue Principale, avec la tour du Compas qui se profilait dans le lointain. Mais la jeune femme ne parvenait pas à sortir du vide, suspendue qu'elle était, immobile, à au moins un kilomètre de l'entrée de l'avenue, le moteur de l'engin poussé au maximum ; devant elle, s'étendaient de longues, longues rangées de blé vert ondulant sous la brise et, tout au bout, là où s'arrêtait l'Avenue Principale, Derec lui faisait des signes de la main, l'invitant à le rejoindre. En proie à un sentiment de terreur et d'égarement, elle se tourna vers Synapo, et une flamme rouge jaillit des ténèbres sous les yeux d'un vert phosphorescent, une flamme qui lui brûla la main.

Elle s'éveilla trempée de sueur, la main endolorie reposant sur le coin de la table de chevet près du lit. Elle finit par retrouver peu à peu le sommeil, après avoir languissamment réclamé la présence de Derec à ses côtés dans le lit, mais là-bas sur Aurora, pas ici sur la planète Huître.

A 10 heures du matin, l'opération de transfert du matériel s'interrompit. Leurs maigres provisions entassées dans la petite voiture, Ariel et Jacob attendaient à l'extérieur du dôme, sur le site de l'entrevue de la veille, en compagnie de Wohler-9 et de son camion, se préparant à assister à la fermeture définitive du dôme.

Cinq minutes s'écoulèrent – 10 h 05 – et aucun corps-noir n'était venu ajouter son scintillement à l'arête de la paroi ; une demi-heure passa, puis une heure, et toujours aucune activité.

Il n'y avait même pas de signe annonciateur, comme le long cortège de corps-noirs qui s'était formé les autres matins à la verticale de l'ouverture du dôme ; telle une spirale menaçante se déroulant depuis un trou noir, depuis cet amas sphérique de ténèbres dans lequel, de si loin, il était impossible de deviner autant de corps-noirs offerts, en vol stationnaire, à la lumière du soleil.

Ce matin, nulle présence dans le ciel d'un ballon noir. Certes, les corps-noirs étaient là-haut, comme tous les matins, mais contrairement aux jours d'activité, ils étaient disséminés d'un horizon à l'autre, décrivant des cercles indolents et se nourrissant des rayons du soleil.

Ariel et les deux robots restèrent assis sur place toute la journée, dans l'attente que quelque chose se passe. Et il ne se passa rien : ni manœuvres de construction, ni visite des extraterrestres pour expliquer ce manque d'activité.

Ariel avala son déjeuner et son dîner préparés à partir des provisions que Wohler-9 avait stockées dans son camion, provisions prévues pour un mois afin de leur donner le temps de résoudre le dilemme de la planète Huître.

Derec devait arriver dans trois jours : un jour pour s'éloigner de sa planète avant de procéder au Saut à travers l'hyperespace, et deux jours de voyage depuis le point de sortie dans la zone de la planète Huître, le point sûr le plus proche.

Ils passèrent la nuit dehors. Ariel dormit sur la banquette de cuir noir du camion à plate-forme, sous les étoiles d'un ciel sans nuages. Elle se refusait à vivre une autre nuit sous le dôme avec la menace de sa fermeture imminente suspendue, au sens propre du mot, au-dessus de la tête. Une nuit, ça suffisait.

WOLRUF SUBIT L'INSPECTION

Ils arrivèrent à la clairière bien avant midi, après avoir suivi un large sentier d'animaux, que Derec avait découvert et exploré quelques jours auparavant en compagnie de Mandelbrot. Bien que le couvert des arbres limitât la croissance de sous-bois touffus, il y avait de place en place des bouquets de broussailles qui, par endroits, interdisaient le passage à l'*Homo sapiens*. Des branches basses que n'avaient nulle peine à éviter, en se faufilant simplement dessous, les animaux qui avaient tracé la piste – peut-être les anciens compagnons de Flanc d'Argent.

Naturellement, le chemin était dégagé à présent. Lorsqu'ils étaient venus le reconnaître, Mandelbrot s'était tout bonnement servi de son bras transformable comme d'une machette pour ouvrir le passage d'un geste qui n'était pas sans évoquer le mouvement d'une scie circulaire.

Ce matin-là, c'était Derec qui avait mené la marche, avec Mandelbrot qui suivait derrière, puis Wolruf et enfin Flanc d'Argent en bout de file. Celui-ci avait poursuivi une incessante discussion avec Wolruf durant toute l'heure du trajet qui les avait menés à la clairière.

Derec avait écouté le bourdonnement de leur conversation, trop éloigné toutefois pour discerner de quoi il était question. En atteignant la clairière, et comme ils se rapprochaient de lui, il les entendit distinctement, mais toujours sans comprendre ce qu'ils disaient. Ils ne s'exprimaient plus en Standard.

Mandelbrot était déjà en train de monter la tente lorsque Wolruf s'avança dans la clairière.

– Je ne crois pas, dit-elle, qu'il en soit déjà à parler mon langage. Pas encore couramment. Mais donnons-lui une dizaine de jours, et il s'exprimera comme s'il était né chez moi.

– Oui. Il a un don extraordinaire pour apprendre, déclara Derec.

Un don qui le mettait plutôt mal à l'aise.

Il ramena quelques pierres du bord du ruisseau et confectionna un foyer. Wolruf aménagea l'intérieur de la tente, pendant que Mandelbrot ramassait du bois.

Flanc d'Argent avait disparu. Ce ne fut que lorsqu'il eut terminé sa tâche que Derec s'aperçut de son absence. Wolruf s'était très vite endormie sous la tente, sur l'un des lits de camp qu'elle avait dressés. Elle n'était pas vraiment faite pour vivre au grand air ; sur ce plan-là, elle ne ressemblait pas à Derec.

Cela ne servait à rien de partir à la recherche de Flanc d'Argent. Cet habitat était plus le sien que le leur. Ils ne le reverraient peut-être jamais.

Une telle perspective emplit Derec de consternation. Il éprouvait un vif intérêt pour l'étrange robot, phénomène d'étude fascinant dans le cadre de la robotique extraterrestre. Il en savait déjà beaucoup sur lui rien qu'en l'ayant fréquenté, mais il avait besoin d'en apprendre davantage, ses origines par exemple, et le dessein que lui assignait sa programmation initiale.

Il avait d'ailleurs appelé Wolruf à la rescousse pour l'aider à résoudre le problème. Il lui avait demandé de traverser « la moitié de la galaxie », comme elle lui avait fait remarquer avec insistance. Comment allait-il expliquer à la petite extraterrestre qu'il n'avait désormais plus besoin de ses services ? Qu'elle avait effectué tout ce trajet pour rien !

Lorsqu'elle se réveilla, elle réagit à l'annonce de la disparition de Flanc d'Argent avec un très grand calme.

– Bon, dit-elle. Est-ce que je peux rentrer chez moi, maintenant ? Retrouver la civilisation ? Peut-on au moins retourner dans la cité ?

– Il va revenir, répondit Derec d'un ton plus confiant qu'il ne l'était lui-même. Nous resterons au moins cette nuit. Peut-être ne retournera-t-il pas à la cité, mais il reviendra ici.

L'après-midi se déroula tranquillement. Derec lut. Wolruf dormit. Mandelbrot monta la garde, juste en deçà de la lisière de la clairière, surveillant de loin le campement, le dos appuyé contre un arbre de l'autre côté du ruisseau. Vu sa position, Flanc d'Argent aurait beaucoup de mal à atteindre son panneau de contrôle.

Après le dîner, à la nuit tombée, et dans l'espoir d'attirer Flanc d'Argent, Derec alimenta le feu de sorte que les flammes éclairent toute la clairière.

Mandelbrot continua sa garde. Wolruf s'assoupit à la chaleur du feu. Quant à Derec, il évoqua Ariel, et ses pensées l'amenèrent à Jacob Winterson, avant de revenir, une fois l'importun éjecté de son esprit, au souci que lui causait Flanc d'Argent.

Le feu mourait. Derec parlait tout seul lorsque Wolruf posa doucement une main sur son bras et indiqua une direction au-delà du feu, de l'autre côté de la clairière, à l'opposé de l'endroit où Mandelbrot guettait.

Là – juste à l'orée de la clairière, dans la faible clarté du feu mourant – se tenaient deux silhouettes grises aux allures de loup, posées sur leur arrière-train. Au moment où Derec les aperçut, la lumière des braises saisit un reflet au fond de leurs pupilles, qui lui revint comme une lueur verte fantomatique. Voilà sans doute comment Wolruf les avait repérées en premier ; sinon, elles étaient quasiment invisibles.

– Maître Derec, appela à voix basse Mandelbrot dans le dos des deux amis, nous sommes cernés par des animaux qui tournent autour du campement. Dois-je envisager une action ?

– As-tu quelque chose à suggérer qui convienne à la situation ? demanda Derec.

– Pas pour le moment, répondit le robot.

– Alors, reste à ton poste.

– Je déteste ces situations, intervint Wolruf. Pourquoi faut-il toujours que tu m'amènes dans des coups fourrés pareils ?

A cet instant, la silhouette de droite dressa la tête et poussa un hurlement, long et perçant, qui s'acheva lentement sur une mélodie de sanglots.

Au premier hurlement répondit depuis la forêt un second, identique, qui parut se propager sur le demi-périmètre entourant la clairière, avant de mourir lui aussi dans une succession de sanglots.

Alors, les deux silhouettes se levèrent et se mirent à trotter vers le campement. Tandis qu'elles se rapprochaient, celle de gauche, la plus petite, de la taille de Wolruf, prit un aspect argenté pendant que l'autre, grande de un mètre à hauteur de l'épaule, révélait une fourrure mouchetée de noir et de gris foncé.

Après s'être avancé dans la clarté, l'animal le plus gros fit volte-face et courut dans la forêt. Le petit, à la fourrure argentée, vint s'asseoir devant le feu à côté de Wolruf.

– C'était Hurle-Vie, dit-il. Il voulait voir à quoi ressemblait Wolruf.

– Flanc d'Argent ? questionna Derec.

– Oui. Vous pouvez dire que c'est moi. Le modèle est d'un réalisme achevé.

– Ai-je passé l'épreuve d'inspection ? demanda Wolruf.

– Je ne serais pas ici si tel n'était pas le cas, maîtresse Wolruf, répondit Flanc d'Argent.

Le robot avait réussi une remarquable imitation de Wolruf, eu égard au fait qu'il était un assemblage organo-métallique de grossières microcellules robotisées. Le visage plat, les oreilles pointues, les pattes avant avec leurs doigts, tout cela entrait dans le personnage. Il avait même, sans générer de poils, réussi une bonne imitation de la fourrure.

– Je crois que les loups sont partis, maître Derec, les informa Mandelbrot.

– Je m'en serais douté, Mandelbrot, dit le jeune homme. Flanc d'Argent est de retour parmi nous. Si tu venais voir de quoi il a l'air sous sa nouvelle apparence ?

Mandelbrot traversa le ruisseau et marcha vers le feu. C'est à peine s'il jeta un regard sur Flanc d'Argent.

– Voulez-vous que je ranime le feu, maître Derec ? s'enquit-il.

– Oui. Et puis, tu devrais peut-être reprendre ta garde. D'autres animaux peuvent se montrer, et certains ne seront pas aussi amicaux.

Derec se souvint que ceux qui venaient à l'instant de les quitter avaient été à une époque pour le moins agressifs.

– Toi, Flanc d'Argent, tu pourrais te poster de l'autre

côté du campement. Mais ne va pas t'égarer dans la forêt cette fois.

– Maîtresse Wolruf ? interrogea Flanc d'Argent avec une inflexion montante.

– Oui ?

– Est-ce là ce que vous souhaitez ?

– Bien sûr.

Manifestement, Flanc d'Argent s'était choisi un nouveau maître en la personne de Wolruf.

Derec dormit sans problème jusqu'au milieu de la nuit. Avec Flanc d'Argent rentré au bercail, ses pensées allaient vers lui-même, et c'est en regrettant l'absence d'Ariel à ses côtés qu'il s'enfonça dans le sommeil. Le doux ronflement qui venait du lit de camp proche du sien lui rappelait sa jeune amie et augmentait son désir, mais ce n'était pas suffisant pour le tenir longtemps éveillé.

Cette nuit-là, il ne rêva pas d'Ariel ni de quoi que ce soit. La petite randonnée à pied, l'environnement extérieur et le soulagement éprouvé au retour de Flanc d'Argent, tout cela le mena dans un sommeil profond, et ce n'est que peu avant l'aube qu'il ouvrit un œil, réveillé par le message d'Avernus sur son moniteur interne, qui lui transmettait l'appel à l'aide d'Ariel.

VOTE DE COMPÉTENCE

Immédiatement après la dernière et désastreuse entrevue avec les intrus, Synapo avait grimpé à l'altitude de charge, laissant loin derrière Neuronius et Axonius. Il ne regardait ni à droite ni à gauche, ni au-dessus ni en dessous. Ses yeux étaient ouverts mais son regard était fixé droit devant, un regard aveugle sorti d'un cerveau en état de choc.

Aussi fut-il surpris, en prenant son poste, de voir Sarco en face de lui, tournant dans l'espace qui lui était alloué, le crochet tendu en position agressive.

Bien que le cas n'ait pratiquement jamais été cité, et qu'il soit fondamentalement contraire à l'éthique de communiquer des informations politiques par émissions hertziennes, c'était certainement ce qu'avait fait Neuronius, en diffusant à qui voulait l'entendre la défaite de Synapo tandis que celui-ci, sous le choc, n'avait toujours pas activé son système sensoriel. Sinon, qu'est-ce qui expliquerait que Sarco soit déjà là, prêt à contester son autorité ?

Ainsi, il s'agissait bien d'une conspiration, et où étaient impliqués non seulement Sarco et Neuronius, mais aussi Axonius.

Synapo fit mine d'ignorer Sarco puis, le crochet dressé comme une menace, le balaya de sa route d'un coup d'aile, avant de prendre son poste en un cercle serré juste au-dessus du centre du compensateur.

– Qu'est-ce qui t'arrive ? dit Sarco en cédant respectueusement la place. Tu n'as pas l'air content ?

Synapo ne répondit pas.

– Que s'est-il passé là-bas ? continua Sarco avec une insistance plus marquée dans la voix.

– Tu devrais le savoir, finit par répliquer Synapo. Un de tes lèche-cul de Cérébrons te l'a déjà radiodiffusé.

– De quoi parles-tu ? Personne ne m'a radiodiffusé quoi que ce soit. Et je ne supporte pas les lèche-cul, encore moins chez les Cérébrons.

– Neuronius ? Hein, Neuronius ?

– Neuronius m'a donné des cours de prononciation du langage extraterrestre. Et ça ferait de cette pauvre âme un lèche-cul ?

– Pauvre âme, mon croc. Il était simplement en train de semer la zizanie entre toi et moi. Si son idée n'a pas trouvé preneur, alors, c'est qu'il s'est servi de toi, Sarco. Et ma foi, tu dois être excessivement naïf.

– Je dois admettre que j'ai trouvé l'idée séduisante : utiliser ton adjoint en second pour prendre un avantage dans notre rivalité. Mais voyons, Synapo, cette rivalité s'est toujours déroulée sur un plan amical.

– Neuronius complote, Sarco. Et il a Axonius de son côté. Pourquoi crois-tu que je les aie pris avec moi en t'excluant de façon plutôt irrévérencieuse ?

– Franchement, je l'ignorais. Et tu n'avais pas l'air disposé à expliquer. Bon, alors, que s'est-il passé en bas ?

– Neuronius a pris une mauvaise décision concernant les intrus. Je m'y suis opposé, et Axonius s'est rangé de son côté. Aussi simple que ça.

– Ça ne ressemble pas à Axonius, Synapo. Donne-moi les détails. A vous trois, vous avez impliqué tous les Myocérons dans l'affaire. Ne t'attends quand même pas à ce que je reste sans rien faire, en simple spectateur.

– Axonius t'a berné lui aussi, hein ?

Sur ce petit coup de patte, Synapo entreprit de décrire l'entrevue en détail. Avant la fin de son long exposé, Sarco avait fait tourner son crochet de sorte qu'il pointait vers l'arrière, signe de passivité indiquant sans qu'il soit besoin d'en rajouter de quel bord il était.

Lorsque Synapo eut fini, Sarco lui demanda :

– Quand a lieu ton assemblée ?

Jusqu'ici, jusqu'à ce que Sarco le pousse à considérer la question, Synapo avait écarté la décision de son esprit, tellement paralysé qu'il n'avait élaboré aucun plan d'action durant sa lente ascension.

– Dans une heure, répondit-il.
Une décision pour le moins rapide.
– J'exerce par la présente mon droit en tant que chef des Myostria, déclara Sarco, et proclame que cette assemblée sera mixte, un comité de Cérébrons et un auditoire myostrien. Veux-tu, s'il te plaît, l'annoncer comme tel à ton peuple, et je ferai de même pour le mien.
L'événement était historique. Une assemblée mixte, réunissant l'élite des deux tribus, cela ne se rencontrait qu'une seule fois par décennie, et encore.
Dans une assemblée ordinaire des Cérébrons, Synapo occuperait la position à la verticale du compensateur, décrivant de lents et larges cercles avec les autres membres de l'élite volant à sa gauche et à sa droite, au-dessus et en dessous de lui, à une envergure d'aile de distance.
Toutefois, dans le rassemblement plus vaste que constituait une réunion mixte, l'assemblée en vol ne permettait plus une communication nette et audible. Aussi, on tenait une réunion au sol, sur les rochers à pic du sommet de la Falaise du Temps. Un escarpement de quatre-vingt-dix mètres de haut qui coupait à travers la jonction de la Plaine de la Sérénité et de la Forêt du Repos, à huit kilomètres au nord-est de la Cité des robots et de son compensateur nodal.
Synapo, le crochet en avant, se tenait sur le plus haut rocher, dominant les dix autres membres de l'élite des Cérébrons, alignés face à lui sur un plateau de granit légèrement incliné. Tous les dix avaient leur crochet rejeté en arrière.
Neuronius occupait le milieu de la rangée, juste en dessous de Synapo. Axonius était à sa droite, le suivant dans la hiérarchie à sa gauche, et le reste des membres disposés de part et d'autre dans l'ordre décroissant de leur échelon.
Sarco, le crochet lui aussi en arrière, siégeait sur un rocher proche à la droite de Synapo, dominant le même plateau rocheux, avec son élite pareillement rassemblée au-dessous de lui à bonne portée de voix de Synapo.
Outre Sarco, l'élite des Myostriens comprenait quatorze membres. Elle avait été temporairement élargie afin d'assumer la charge supplémentaire imposée par l'édification

de l'immense nœud destiné à compenser les effets pernicieux que provoquait la Cité des robots dans l'atmosphère.

– Ainsi que vous le savez tous, déclara Synapo en ouvrant l'assemblée, nous sommes confrontés à une situation de crise, non seulement au niveau de l'autorité supérieure de l'élite des Cérébrons, mais en ce qui concerne notre planète en général car, en toute justice, il nous faut considérer l'invasion des intrus comme un chantage à la cohabitation sur un monde que nous estimions jusqu'ici strictement nous appartenir.

« Voir en la présence des étrangers tout autre chose que cela est ne pas leur rendre la justice qui leur est due, car enfin, nous cohabitons aujourd'hui avec de nombreuses espèces inférieures. Les intrus ne sont peut-être simplement qu'une espèce inférieure souhaitant la coexistence pacifique.

« D'un autre côté, il se peut qu'il n'en soit rien. Il nous faut envisager la possibilité d'être face à une race supérieure et de devoir peut-être négocier en position désavantageuse, en nous efforçant à notre tour de préserver le droit à la cohabitation.

« L'élite des Cérébrons et le chef des Myostria ont tous à l'esprit cette philosophie de la négociation, ainsi que le contenu détaillé de la discussion qui avait déjà eu lieu avant que nous entreprenions cette nouvelle discussion avec les étrangers ce matin.

« Ce matin où, par ailleurs, je m'étais laissé dire que Neuronius cherchait à prendre le pouvoir, de sorte que nous avons abordé cette entrevue sous des auspices un peu différents.

« Si les circonstances le permettaient, il serait de mon devoir de donner à Neuronius l'opportunité de prouver sa compétence dans l'exercice de l'autorité, d'apporter la preuve éventuelle d'une compétence supérieure dans notre perpétuel combat pour éviter les pièges qui menacent une hiérarchie gouvernementale telle que la décrit le Principe de Petero.

« L'assemblée des Cérébrons a été convoquée cet après-midi pour juger de cette compétence, sans perdre de vue la situation délicate que nous connaissons concernant notre cohabitation avec les intrus.

Synapo résuma alors la teneur de l'entrevue du matin, jusqu'au moment où il avait délégué la direction des négociations à Neuronius.

Après avoir invité ce dernier à justifier la réponse qu'il avait faite à la proposition des intrus, Synapo se laissa glisser sur le plateau rocheux pour venir se placer à un pas de Neuronius, qui s'écarta alors sur sa gauche et, d'un saut peu élégant dans un puissant battement d'ailes, gagna la position que Synapo avait laissée vacante sur le rocher le plus élevé.

– Cérébrons, le défi qui vous est proposé cet après-midi n'est pas simplement de juger de la compétence à exercer l'autorité au quotidien. La question est bien plus vaste que cela. Vous devez également juger de la compétence à estimer et à établir le rang que doit occuper chaque Cérémyon dans une hiérarchie galactique qui inclut les envahisseurs.

Le corps de Neuronius irradiait l'assurance, voire l'arrogance.

– Il existe de nombreuses facettes à la supériorité que peut manifester une espèce vis-à-vis d'une autre. Mais la question qui nous concerne avant tout devrait être de savoir si notre supériorité est suffisante pour chasser les étrangers de notre planète. Tout le reste n'est que le jus insipide d'une culture ramollie, dégérérée, que Synapo voudrait nous voir embrasser.

« Ceci résume les conclusions de ma réflexion, et j'ai répondu en conséquence. Je vous épargnerai toute rhétorique inutile. J'ai dit en substance aux intrus que nous ne pouvions tolérer plus longtemps leur présence sur notre planète et j'ai coupé court aux négociations.

Pour la deuxième fois de la journée, Synapo resta abasourdi. Ce que venait d'affirmer Neuronius était un mensonge éhonté. C'était lui, Synapo, qui avait mis fin aux négociations le matin. Que Neuronius amène l'assemblée à croire le contraire, et l'issue du vote à venir ne faisait pas de doute.

Après s'être interrompu quelques instants, Neuronius poursuivit :

– Cependant, je ne leur ai pas indiqué comment je me propose d'assurer leur départ. Les menaces ne font qu'alerter l'ennemi et gâcher l'élément de surprise.

« Mais devant cette assemblée je suggère – et recommande fortement – que nous les évacuions immédiatement de la même façon qu'un des leurs s'est, par accident mais non moins efficacement, évacué lui-même de notre planète... lorsqu'il a couru aveuglément se jeter sur le tranchant d'un compensateur encore embryonnaire.

Neuronius observa une pause. Puis, dans un geste théâtral, il tourna son crochet vers l'avant.

– Je suggère que nous les expédiions tous autant qu'ils sont dans la noire éternité qui réside au-delà de l'espace et du temps, là où le temps et l'espace ne sont plus, disparus dans les entrailles de quelque compensateur nodal.

Neuronius resta un moment sur le rocher sans rien dire, puis se laissa glisser sur le plateau granitique pour regagner en se dandinant sa place dans la rangée derrière Synapo.

Durant plusieurs secondes, le silence ne fut troublé que par les gestes de Neuronius, par le bruissement de ses ailes et le battement sourd de ses pieds contre la roche, tandis qu'il reprenait sa place.

Finalement, ces sons eux-mêmes ayant cessé, on n'entendit plus que l'infime soupir de l'excès d'oxygène rejeté par les évents ici et là dans l'assistance.

La suggestion émise par Neuronius avait plongé Synapo dans la consternation. Il en fut tellement décontenancé qu'il lui fallut du temps pour refaire surface.

Il reprit enfin la parole depuis sa position sur le plateau rocheux.

– Axonius, je te nomme provisoirement Président de l'Assemblée, aux fins que tu formules tes orientations, que tu recueilles toute déclaration émanant de quiconque pourrait vouloir s'exprimer, et qu'en fin de compte tu fasses procéder au Vote de Compétence.

Telle était la formulation standard qui intervenait à ce stade de la séance. Et c'était heureux, car Synapo se faisait à peine confiance pour ajouter quoi que ce soit après le plan utopique que Neuronius avait présenté comme solution au problème des intrus.

Axonius s'éleva jusqu'au rocher supérieur.

Neuronius avait acculé Axonius à un terrible dilemme, à moins que Synapo ne se soit complètement mépris sur le compte du jeune Cérébron. Axonius était un opportuniste –

la chose était claire depuis le matin – mais pas un meurtrier.

Synapo savait exactement ce qui était en train de se passer dans la tête d'Axonius. Il comprenait son désarroi et ressentait son angoisse – une angoisse terrible que son corps exprimait clairement, par le vacillement de l'œil, par le léger battement de ses extrémités froides, par la façon dont il tenait ses ailes serrées contre son corps.

Axonius était fini. La seule manière pour lui de pouvoir peut-être préserver sa position au sein de l'élite, après l'option téméraire qu'il avait prise le matin, était de voter pour Neuronius en espérant que celui-ci allait gagner. Néanmoins, c'était un être doux, et son honneur le retiendrait sans doute d'adhérer à la solution violente recommandée par Neuronius. Il s'était trompé sur celui-ci, et il lui fallait maintenant supporter les terribles conséquences de sa fâcheuse méprise.

Synapo se demanda comment Axonius allait bien pouvoir s'en sortir. Il avait envie de le voir relever la tête devant la défaite, il voulait se convaincre qu'il ne s'était pas complètement trompé sur son compte.

– Honorables sommités, camarades Cérébrons, camarades Cérémyons, vous me voyez placé cet après-midi dans une position excessivement inconfortable.

Parfait, songea Synapo, *c'est la première observation encourageante que j'aie entendue de la bouche d'un Cérébron depuis le début de la journée.*

– Ce matin, continua Axonius, j'étais d'avis que Neuronius parlait au nom d'une compétence supérieure lorsqu'il estimait ce que devrait être la position des Cérémyons si nous devions assurer notre propre place dans la hiérarchie galactique, pour reprendre les termes qu'il a employés.

« Ce n'était pas une décision prise à la légère. J'ai un grand respect pour notre chef et ne l'ai encore jamais vu porter un jugement erroné. Il a entièrement raison de vouloir poursuivre une politique de cohabitation pacifique avec toute espèce vivant sur notre planète.

« Mais a-t-il raison lorsqu'il veut appliquer cette même politique à n'importe quelle race galactique qui se mettrait en tête d'habiter notre planète ? Comment pouvons-nous déterminer et juger des intentions d'une espèce étrangère sans nous soumettre à une expérience et risquer jusqu'à notre survie dans le processus même de cette expérience ?

« Il s'agit là d'un terrible dilemme qui présente le risque, d'une part, de condamner par avance et de punir une espèce sans entendre sa défense, mais d'autre part, de mettre en péril notre propre survie en ne le faisant pas, en nous abstenant de juger par avance.

« La décision que j'ai prise ne m'est pas venue subitement ce matin. Nous avons tous réfléchi au problème, et à ces réflexions sont venues s'ajouter les informations de chaque compte rendu des négociations de notre chef.

« Ainsi, ce matin, la menace pour notre survie paraissait peser d'un poids écrasant, et j'étais partisan de la position de Neuronius comme étant le gage de la plus grande compétence dans l'exercice de l'autorité.

« Je ne m'appesantirai pas outre mesure sur les remarques énoncées cet après-midi par Neuronius. Je conclurai simplement en disant qu'il m'est impossible, en toute conscience, d'y souscrire ; elles ne reflètent nullement la compétence qu'on peut attendre d'un chef.

Son crochet était resté en arrière pendant qu'il s'exprimait.

Il se dépêcha alors d'en finir, sans la moindre pause théâtrale, jetant les mots en vrac comme s'il essayait de mettre une distance entre lui-même et ses propos.

– Quelqu'un veut-il prendre la parole ? dit-il.

Synapo était fier d'Axonius. Quasiment prêt à lui pardonner. Non sans courage, Axonius était resté fidèle à la position qu'il avait choisie le matin tout en reniant Neuronius l'après-midi.

Synapo, comme chaque membre présent, attendait les remarques de l'élite des Cérébrons avant qu'Axonius ne le rappelle pour une ultime déclaration, lui laissant ainsi le privilège coutumier de la conclusion précédant le vote.

Aussi furent-ils tous surpris lorsque Sarco prit la parole depuis son rocher à la droite d'Axonius.

– Honorable président, en des circonstances normales, toute remarque de ma part à une assemblée des Cérébrons serait faite à titre officieux, à moins qu'on ne m'ait cité comme témoin officiel, ce qui n'est pas le cas aujourd'hui. En fait, c'est tout le contraire. Si les Myostriens sont ici, c'est par le Privilège du Chef dont je me suis permis d'user, convaincu que cette réunion était d'un intérêt vital pour les Myostriens. Cette planète est la nôtre autant que la vôtre, Cérébrons, et d'ordinaire les décisions affectant notre bien-être mutuel sont prises conjointement au cours d'un entretien amical entre les chefs des deux tribus.

« Aujourd'hui, une décision d'un intérêt vital pour les deux tribus va être inévitablement prise à la suite du vote exclusif d'une commission réduite aux seuls Cérébrons, sans que notre chef puisse y participer.

« Vous comprenez donc mon inquiétude et la raison pour laquelle je demande à être considéré comme un témoin officiel dans les débats que vous menez. Qu'en dites-vous, monsieur le Président ?

– J'ai pris note et j'enregistre, honorable chef, entérina Axonius.

– Si je n'ai pas l'intention de rester laconique dans mes propos, je vais éviter néanmoins toute rhétorique excessive. Heureusement, je ne suis pas contraint par la position d'exception dans laquelle se trouve, lui, Axonius. Bien au contraire. Je me sens forcé de m'étendre longuement sur la position adoptée par Neuronius ce matin et sur ses propos tenus cet après-midi.

Sans la moindre pause, Sarco ponctua ses mots en faisant pivoter son crochet pour le pointer vers l'avant.

– Si je prends d'abord ces derniers, poursuivit-il, les ultimes déclarations qu'il a faites cet après-midi confirment ce que j'ai longtemps soupçonné : c'est un psychopathe paranoïde qui cache sournoisement son mal sous la roublardise de ses propos et distille les flatteries jusqu'au moment où il se sent tenu de sortir son crochet.

« Alors, ses peurs refoulées et ses solutions irrationnelles explosent à la surface, comme nous en avons été les témoins stupéfaits cet après-midi. Si vous n'étiez pas stupéfaits, Myocérons, alors vous avez besoin vous aussi de vous faire examiner le cerveau.

« Axonius l'était, à l'évidence, et son introspection l'a guidé dans la bonne voie. Neuronius l'avait bercé d'illusions avec la promesse d'une ascension honorable, jusqu'à cet après-midi, quand l'honorabilité s'est complètement évaporée dans le flot délirant de cette folle course au pouvoir.

« Je peux comprendre le raisonnement d'Axonius lors de la rencontre ce matin avec les intrus. Mais un véritable chef doit savoir regarder plus au fond des choses qu'Axonius ne l'a fait, et raisonner avec logique – ce que Neuronius n'a pas fait – pour parvenir à l'ultime solution du problème : cette solution qui réside au-delà du raisonnement immédiat et simpliste.

« Comme à son habitude, Synapo a résumé tout cela avec une extrême concision dans ses déclarations d'ouverture cet après-midi – quoi qu'il arrive, on peut toujours compter sur lui. Neuronius aurait pu nous épargner à tous beaucoup de peine, s'il s'était contenté d'écouter et de rester tranquille, s'il avait simplement porté attention aux rapports quotidiens que nous faisait Synapo et en avait tenu compte.

« Laisser son honneur de côté – et Synapo obéit autant à l'honneur qu'à la logique – pour frapper aveuglément comme le recommande Neuronius, c'est peut-être donner un coup de pied dans l'orteil d'un géant. Un géant qui, à ce moment-là, ainsi que le rappelle Synapo, peut ne pas vouloir cohabiter, et pourrait même battre les Myocérons à leur propre jeu d'escamotage de l'espace-temps ou leur infliger, mieux vaut ne pas y penser, quelque forme encore plus déplaisante et douloureuse d'annihilation.

« Ne pas frapper aveuglément mais, au contraire, tenter de comprendre les étrangers – et je suis d'ores et déjà impressionné par leur petit chef et pense discerner leurs intentions –, c'est apaiser le géant dans le pire des cas, ou bien aider et pourvoir aux besoins d'une espèce inférieure dans le meilleur. Les deux sont des voies honorables pour les Myoceria.

« Neuronius vous a on ne peut plus mal conseillés, Cérébrons.

« Synapo vous a déjà montré la direction à suivre. Il ne me reste qu'à réitérer les conseils qu'il a, de manière si concise et si claire, portés à votre attention.

« Je vous le demande : ne le laissez pas tomber.

Un silence aussi glacial que celui qui avait suivi la dernière déclaration de Neuronius tomba sur l'assistance.

Un silence qu'Axonius ne semblait pas pressé de briser, qu'il semblait au contraire vouloir mettre à profit pour que les Cérébrons puissent réfléchir aux propos de Sarco. Finalement, il dit :

– Y en a-t-il d'autres qui voudraient faire une déclaration ?

Mais cette fois, il n'attendit pas pour poursuivre.

– Sinon, il appartient ici à notre honorable chef de prononcer la déclaration finale avant le Vote de Compétence.

– Je n'ai rien à ajouter aux commentaires de mes collègues, déclara Synapo.

Il fit pivoter son crochet jusqu'à ce qu'il pointe vers l'arrière, indiquant ainsi qu'il acceptait en toute humilité toutes les décisions que pourrait prendre l'élite des Cérébrons.

Axonius recueillit le vote par la voie hertzienne. Vote secret et unanime.

PORTEUR DE BONNES NOUVELLES

Lorsqu'il entendit Axonius annoncer les résultats du vote, unanimité en sa faveur, Synapo prit aussitôt son vol, grimpant de cercle en cercle dans le ciel serein. Une sérénité en harmonie avec la froideur détachée avec laquelle il avait accueilli les propos de Sarco.

S'il n'était pas autrement surpris que Sarco l'ait rejoint dans ses positions, et s'il lui était reconnaissant de sa puissance oratoire, il désirait toutefois être seul, et il était bien décidé à se garantir cette solitude quand il s'aperçut que Sarco le suivait de près.

Dès lors talonné par un Sarco qui ne demandait sans doute qu'à entamer le dialogue, il n'avait plus le loisir d'adopter la posture du ballon pour pouvoir s'isoler, comme il en avait eu l'intention ; ce ne serait faire preuve ni de tact ni de cette sincère gratitude qu'il éprouvait envers son compagnon.

Aussi se contenta-t-il de gagner une altitude raisonnable et de commencer à tournoyer sur place, attendant que Sarco le rattrape.

– Je sais que tu veux être seul, dit celui-ci, et je n'abuserai de ton temps qu'un court instant, juste le temps nécessaire pour te glisser une petite mise en garde.

– Tu n'abuses pas, vieux frère, dit Synapo. J'avoue qu'à m'être ainsi enfui j'ai pu sembler ne pas te savoir gré du service que tu m'as rendu à la réunion. Pourtant, sois sûr que je te suis reconnaissant, et conscient que je n'aurais peut-être pas obtenu l'aval de l'élite si tu n'avais pas fait ce discours passionné. Tu mérites la place que tu occupes, Sarco ; tu représentes l'antithèse même du Principe de Petero.

– Je ne suis pas venu pour recueillir des lauriers, espèce de vieux jais, mais pour te mettre en garde contre Neuronius.

– Toi et l'élite avez réglé son cas, Sarco.

– Pour le moment, peut-être. Mais peut-être même pas. Il est dangereux, Synapo.

– Neuronius ? Dangereux ? Pour lui-même, peut-être. C'est en tout cas ce qu'il a confirmé aujourd'hui.

– Non. Pour toi, Synapo.

– Je ne crois pas. C'est un sournois, et un menteur, quelqu'un à qui on ne peut faire confiance, mais sinon il n'est pas très dangereux.

– Il était derrière toi. Tu n'as pas vu ce que son corps exprimait, la réaction qu'il n'a pas pu contenir devant la dernière allusion lapidaire qu'a faite Axonius pour illustrer sa compétence à diriger l'assemblée.

« Moi, je l'observais attentivement, Synapo, à ce moment-là et aussi par la suite, quand j'ai énoncé tout le mal que je pensais de lui. Il est peut-être même dangereux pour Axonius et pour moi. Mais c'est toi qu'il va tenir pour responsable de sa chute, c'est toi la cible sur laquelle il va se concentrer.

– Peut-être, mais ni toi ni moi ne pouvons y faire grand-chose. Au moins la menace qu'il représentait pour l'avenir des deux tribus a-t-elle été éliminée par son éviction de l'élite. C'était ce qui m'importait en premier.

– Il reste une menace pour les tribus tant qu'il a la possibilité de s'en prendre à toi ou à moi. Et que dire d'Axonius ? Où se situe-t-il désormais au sein de l'élite ? Lui qui a concouru à te sauver la mise.

– Là-dessus, je ne sais que penser. Ç'a été une journée plutôt chargée. Je suis trop fatigué pour avoir les idées claires.

– J'ai été impressionné par la manière dont il a conduit l'assemblée, Synapo.

– Moi aussi.

– Je vais te laisser à présent. Puisse Petero guider tes réflexions.

– Tu conviens qu'il faudrait donner une chance équitable à la proposition des intrus ?

– Je ne vais pas le contester, répondit Sarco. Surtout

après ce que tu as accompli. Oui, nous allons remettre à une date indéterminée la fermeture du compensateur nodal.

Il s'éloigna en planant dans les airs. Synapo se mit en boule et, sans plus attendre, referma son réflecteur qu'il gonfla au maximum, ainsi qu'il convenait lorsqu'on voulait se livrer à des méditations en haute altitude.

Ses cellules de stockage étaient toujours à un niveau critique, et ses méditations en mode réflecteur allaient quand même lui coûter une petite quantité d'énergie. Néanmoins, il pourrait refaire le plein lorsqu'il reviendrait tranquillement, en se laissant porter sur ses ailes, depuis l'endroit où le mèneraient les lents courants aériens pendant qu'il livrerait son être d'argent à la réflexion.

Réflexion qu'il avait déjà entamée en atteignant l'altitude d'assiette. Là, avec seuls le crochet, les yeux et l'évent principal visibles sous le ballon, il observa le vaste panorama.

Il apercevait les Cérémyons loin en dessous, à l'altitude de charge optimum, occupés à refaire le plein de leurs réserves d'énergie au gré de leurs évolutions circulaires qui dessinaient un motif flottant, jusqu'à la bande du crépuscule, au-dessus du globe.

La bande du crépuscule qui montait vers lui depuis l'est, poussée par le mouvement de rotation naturel de la planète et sa propre dérive lente vers l'est. Frontière entre le jour et la nuit qui s'avançait, encore à peine discernable, mince croissant noir découpé sur l'horizon.

Vu d'une altitude aussi élevée, Synapo ne semblait pas s'être beaucoup éloigné du point où il s'était mis en boule. Le compensateur, avec son secteur manquant, n'était qu'à une faible distance à l'ouest.

Synapo ferma les yeux, purgeant son esprit de la fatigue et des tensions qui s'apaisèrent peu à peu pour laisser place à la sérénité.

Et il s'endormit.

Il s'éveilla sous la toile d'un ciel constellé d'étoiles, enveloppant le globe noir de jais de la planète. Ses pensées allèrent aussitôt à Axonius, et à la réponse qu'il avait faite à la question de Sarco concernant son second lorsqu'ils s'étaient séparés cet après-midi-là.

Il conserverait Axonius comme adjoint. Se débarrasser d'un auxiliaire compétent, désormais de la plus grande valeur depuis la leçon qu'il venait de prendre, et de la plus grande loyauté au regard de la gratitude qu'il ne pouvait pas ne pas avoir, ce ne serait qu'exercer une vengeance mesquine qui n'était pas dans le tempérament du personnage public Synapo.

Ce qui réglait la question de la hiérarchie au sein de la tribu. Les étrangers ayant par ailleurs proposé un plan qu'ils pensaient propice à une harmonieuse cohabitation, plus aucun problème ne se posait pour l'heure à Synapo. Des interrogations, peut-être, mais pas de problème. Car, pour lui, Neuronius ne constituait pas un problème, en dehors du contrôle suivi de sa conduite, qui incombait aux Cérébrons. Quant à la seule question d'importance qui subsistait – celle de l'éventuelle supériorité des étrangers – il était incapable pour l'instant d'y apporter une réponse.

Si leur chef, l'être de petite taille, aurait fait une charmante créature de compagnie, il ne représentait nullement une menace, pas plus que les serviteurs, les robots Avery. La seule question en lice était de savoir quel niveau le petit chef occupait dans sa hiérarchie, qui restait encore une inconnue.

Synapo n'avait à cette heure aucun moyen à sa disposition pour répondre à cette question. Ce fut donc l'esprit serein qu'il retomba dans le sommeil.

Lorsqu'il émergea, tournant le dos à la vive lumière du soleil, il se balançait doucement sous la légère turbulence qui naissait à la jonction de la terre et de la mer. Dans le lointain, à l'ouest, il distingua la silhouette imposante du compensateur nodal, dont le secteur manquant ne dessinait qu'une mince encoche dans la sphère, parfaite sur sa face droite.

Synapo entreprit alors de se dégonfler, plissant le tissu argent des six fuseaux et pliant ainsi l'enveloppe aussi fine que du parchemin en rouleaux noirs serrés. Les fuseaux cessèrent de claquer dès lors que ne jouaient plus les coulisses qui les maintenaient l'un à l'autre lorsqu'ils étaient gonflés.

Le flottement de l'enveloppe, tandis qu'il se laissait tomber dans la couche ténue de la stratosphère, n'empêcha pas le fin réseau de muscles plats qui couraient sous la surface argentée d'exercer leur puissante traction, et bientôt, il ne resta plus du ballon qu'un collier à six éléments, qui ne faisait plus qu'une petite bosse sur la forme noire.

L'océan était encore loin au-dessous de lui lorsque Synapo, parvenu à l'altitude de charge optimum, étendit ses ailes et commença à effectuer de puissants battements pour se diriger vers le compensateur. Pour s'être nettoyé le métabolisme durant la nuit – par cette alchimie qui consiste à détruire et éliminer les déchets par le repos – il ne se sentait pas moins fatigué, surmené. Il lui manquait sa dose fraîche d'énergie à laquelle il s'était accoutumé durant l'édification du dôme quand, après s'être dégonflé au petit matin, il s'en allait plonger son extrémité froide dans l'eau glacée du ruisseau.

C'était là le seul aspect des petits rites myostriens observés par Sarco qu'il aurait aimé adopter pour en faire une composante permanente du régime quotidien des Cérébrons. Avec leur tempérament de nomades, ceux-ci ne restaient jamais en place assez longtemps pour dénicher les petits ruisseaux glacés qui se cachaient dans les nombreuses forêts de la planète.

Tandis qu'il filait vers l'ouest, Synapo repensa à la mise en garde de Sarco, l'après-midi précédent, sur le danger que représentait Neuronius, son lieutenant destitué. Il était allé un peu vite pour écarter, alors qu'il avait à réfléchir sur des problèmes plus importants, une éventuelle menace que ce dernier ferait peser sur lui. Mais maintenant que ces problèmes étaient soit réglés dans son esprit, soit en attente d'éléments supplémentaires, il ne pouvait s'empêcher de penser à la situation critique dans laquelle se trouvait Neuronius. Que pouvait-il faire pour l'aider, si tant est qu'il y ait quelque chose à faire ? Un extrémisme dans l'irrationalité tel que le manifestait Neuronius était plutôt rare, quasiment absent, chez les Cérémyons. Et du fait de cette rareté, ils s'étaient abstenus de développer des remèdes véritablement efficaces par manque de sujets d'expérience.

De par son caractère tout de sensibilité et d'altruisme, qualités indispensables à un gouvernant digne de ce nom, Synapo éprouvait quelques difficultés à envisager le problème sans passion. Il se mettait, avec ses propres sentiments, à la place de Neuronius, s'efforçant d'imaginer combien celui-ci devait se sentir abattu en ce moment. Dans l'ignorance de la véritable nature de cette irrationalité, plus la compassion qui venait fausser son jugement, il négligeait de considérer la possibilité de machinations ourdies par quelqu'un comme Neuronius.

Au crépuscule, il se trouva au-dessus de l'immense Forêt du Repos, quoique encore à cinquante kilomètres de la Plaine de la Sérénité. Malgré les dépenses dues au vol, il avait rechargé ses cellules à quatre-vingts pour cent de leur pleine capacité. Aussi s'arrima-t-il ce soir-là au faîte des arbres en éprouvant une certaine satisfaction. Il avait été tellement privé et affamé pendant si longtemps qu'il lui semblait presque n'être qu'un glouton, quasiment gavé.

Il arriva à la verticale du compensateur le lendemain en début d'après-midi. Il monta prendre son poste au-dessus du centre du dôme étincelant. En bas, il aperçut la silhouette dorée de Wohler-9, debout au bord ouest de l'ouverture du dôme. Le petit chef extraterrestre et son serviteur personnel étaient assis dans la structure que Wohler-9 appelait un camion.

Synapo garda Axonius en suspens pendant encore quatre heures, puis, juste avant le crépuscule, il le convoqua par signaux hertziens.

– J'aimerais que tu m'accompagnes à une réunion avec les extraterrestres, demain matin à l'heure habituelle. Et notifie à Petorius qu'il est maintenant membre de l'élite.

Sans en dire plus, Synapo descendit s'amarrer pour la nuit dans la Forêt du Repos. Ce fut ainsi qu'Axonius apprit sa promotion et qui était l'heureux Cérébron à accéder au plus bas échelon de l'élite, dans les fluctuations qui avaient fait dégringoler Neuronius du sommet.

Le lendemain matin, Synapo était sur le côté ouest de l'ouverture du compensateur, avec Axonius à sa droite et face au petit extraterrestre et à son serviteur, le robot Jacob Winterson.

– Mon gouvernement a reconsidéré votre proposition de cohabitation, miss Ariel Welsh, déclara-t-il en ouvrant la discussion, et je suis ravi de vous annoncer qu'ils ont inversé la position prise par nos représentants lors de notre dernier entretien avec vous.

– Voilà de bonnes nouvelles, en effet, réagit l'étranger. Le dôme restera donc ouvert, et nous pouvons l'utiliser comme base de communication et de transport ?

– Si c'est ce que vous souhaitez... ? Qu'y a-t-il d'autre dans cette nouvelle proposition ?

– Les robots Avery – comme Wohler ici présent – doivent être reprogrammés. Ce n'est pas une mince affaire. Néanmoins, un détachement spécial convoqué par mes soins à cet effet va arriver cet après-midi.

– J'aimerais vous retrouver, vous et le commandant de ce détachement spécial, demain à cette même heure.

– Dans quel but ? demanda le petit chef. Je doute que cette personne puisse contribuer en quoi que ce soit d'important à l'avancement de nos négociations.

– Dans le but de planifier nos actions conjointes en mettant au clair votre proposition et en établissant un calendrier pour son exécution. Mes Cérébrons sont une tribu nomade, impatients de rebattre de l'aile. Nous sommes déjà restés bien plus longtemps sur ce compensateur myostrien qu'il ne nous semble raisonnable pour notre bien-être.

« Si vous pouviez me garantir que vous vous y connaissez dans la technique de programmation des robots Avery, alors, naturellement, la présence de l'autre chef ne s'imposerait pas. Mais, vous m'avez conduit à penser qu'il en va tout autrement.

– Très bien, déclara le petit étranger. Nous vous rencontrerons demain matin.

Parfait, se dit Synapo. *Cette entrevue devrait révéler qui est le véritable chef – le* chef lui *ou le* chef elle – *et devrait aussi résoudre une fois pour toutes le problème de savoir qui est l'espèce supérieure, les Cérémyons ou les intrus.* Il aurait aimé croire que cela ne ferait guère de différence dans la manière dont les Cérémyons traiteraient les étrangers, mais il savait qu'il n'en était rien. Il savait que cela ferait une grosse différence, même pour lui, un membre du gouvernement.

RETROUVAILLES

Wolruf amena son engin hyperspatial, le *Xerborodezees*, à cinq cents mètres de la forêt et à un bon kilomètre de la colonne de robots et de leurs véhicules qui s'étirait à travers la plaine vers la Cité des robots de la planète Huître.

Ils venaient tout juste d'atterrir lorsqu'un camion démarra de la cité et traversa les hautes herbes couleur d'or, laissant sur la prairie une trace qui pointait vers le *Xerborodezees* comme une flèche qui s'allongeait.

Wolruf emportait peu de bagages en voyage. Elle avait mis tout ce dont elle avait besoin dans un petit sac suspendu au cou de Flanc d'Argent. Les deux créatures étaient assises en haut de la passerelle d'accès, de laquelle elles pouvaient voir les hautes herbes s'agiter au passage du camion.

Avançant d'un pas prudent entre elles deux, Mandelbrot avait déjà déchargé l'équipement de Derec au moment où le camion arriva. Flanc d'Argent, cependant, avait remarqué et nettement distingué les deux occupants du camion, debout sur la plate-forme, avant que celui-ci n'atteigne le vaisseau.

– Celle que Derec appelle Ariel, laquelle est-ce ? demanda Flanc d'Argent.

– La petite à gauche, répondit Wolruf.

– En ce cas, le grand doit être le robot Jacob Winterson.

– Je ne l'ai jamais rencontré, mais je suppose que oui. Jacob est le robot personnel d'Ariel, et cette carcasse dans le camion correspond assurément à la description qu'en a faite Derec. On dirait un humain, mais Derec a dit qu'Ariel était le seul être humain sur la planète ; donc, ça doit être Jacob.

– Les femelles sont-elles toujours plus petites et plus sveltes ?

– Généralement, oui. Et c'est vrai de la plupart des espèces animales de la galaxie. Moi, je suis plus petite que mon époux.

– Oui. Votre bibliothèque parle de vous comme d'une femelle, dit Flanc d'Argent. Je vous considère ainsi, sans en saisir toute la signification profonde, qui me paraît résider au-delà de la seule fonction reproductrice. Derec me semble porté par de nombreuses autres émotions quand il parle d'Ariel.

– Exactement comme Beores était porté par d'autres émotions lorsqu'il parlait de Latiel.

– Je ne comprends pas. Qui étaient-ils ?

– Les premiers êtres qui furent créés, selon les mythes anciens.

– Pas les premiers humains. Ce seraient Adam et Eve, à en croire les fichiers d'Histoire.

– D'accord, transcris ça en termes humains. Le premier homme et la première femme.

– Et est-ce que tous les mâles ont cette forte affinité pour les femelles ?

– La plupart. Certains, non, mais ils sont une minorité.

– Je peux comprendre qu'un tel sentiment soit nécessaire pour assurer la reproduction de l'espèce. Mais les réactions de Derec me paraissent participer de sentiments qui vont bien au-delà du simple désir de procréation. Et cela me jette dans une confusion qui dépasse celle que j'éprouve – mon manque de compréhension – devant la nature des réactions biologiques en général.

– Les émotions peuvent tout aussi bien jeter la confusion dans l'esprit de ceux qui les vivent, indiqua Wolruf. Tu vois que ta confusion est tout à fait compréhensible et que tu n'as pas à t'inquiéter pour ça.

– M'inquiéter ? dit Flanc d'Argent comme s'il envisageait cette idée pour la première fois. Est-ce une émotion ?

– Oui. Toutes ces questions que tu as l'air de te poser sur le sexe, ce me semble se ramener à de l'inquiétude, non ?

– Une certaine perturbation d'un certain moyen, voilà la seule façon dont je peux exprimer cela. Quelque chose dont je voudrais que ça s'arrête, mais qu'apparemment je me trouve dans l'incapacité d'empêcher.

– Une bonne définition de l'inquiétude, commenta Wolruf.

– En ce cas, je vais la classer dans un catalogue des émotions que je commence dès maintenant à préparer, en espérant qu'en leur donnant une définition je puisse apprendre à les reconnaître, ce qui serait le premier pas de fait pour parvenir à les contrôler.

– Un projet louable qui ne manquerait certainement pas de te rendre cinglé.

– Cinglé ?

– Oublie ça. Ce n'est pas une émotion. Mais je vais t'en dire une, d'émotion, une émotion que je ressens en ce moment : la joie. Cela fait un an au moins que je n'ai pas vu Ariel et ressenti la simple joie d'être avec elle.

Sur ces mots, Wolruf descendit précipitamment la passerelle, car le camion venait de s'immobiliser derrière la pile de bagages et d'attirail divers de Derec.

Ariel sauta du côté de la plate-forme la plus proche, tandis que Wolruf s'étirait pour se hausser au maximum avant d'entourer la jeune femme de ses bras.

Ni l'une ni l'autre ne parlèrent. Mais elles avaient toutes les deux des larmes dans les yeux lorsqu'elles se séparèrent et se regardèrent.

Flanc d'Argent inscrivit les larmes comme un possible signe extérieur d'une émotion, commençant malgré lui un catalogue des symptômes associés, qu'il désignerait plus tard – lorsque ses connaissances auraient progressé – sous les termes *langage corporel.*

– Tu es une aventure bénie après une morne période, dit Wolruf.

– Et toi une vision de bonheur à des yeux douloureux, dit Ariel. Où est Derec ?

– Nous avons dû le laisser sur la planète des loups, répondit Wolruf.

L'expression consternée qui se lut aussitôt sur le visage d'Ariel rejoignit elle aussi le catalogue de Flanc d'Argent. Celui-ci, toutefois, ne put qu'étiqueter cette réaction en regard du mot *mensonge*, dont il savait qu'il ne s'agissait pas d'une émotion mais plutôt d'un manquement verbal à la vérité de la part de Wolruf. Cela étant, il n'avait rien d'autre pour l'instant à quoi associer la réaction d'Ariel.

Puis, ce fut la joie qui illumina le visage de la jeune femme lorsque Derec apparut sur la passerelle à côté de Flanc d'Argent.

– Gredine, lança la jeune femme tout sourires à Wolruf.

La petite extraterrestre gargouilla un son gras, symptôme que Flanc d'Argent avait depuis longtemps associé à Wolruf et à son étrange propension à ce que Derec appelait l'humour.

Ariel et Derec se rejoignirent au milieu de la passerelle, s'étreignirent et pressèrent leurs bouches l'une contre l'autre.

L'expression de la joie devait être enregistrée en regard du sentiment de joie, que Wolruf avait déjà défini comme étant ce qu'ils éprouvaient lorsqu'ils se retrouvaient après un temps si long. La même chose devait être vraie d'Ariel. Mais la joie n'éveillait toujours pas de connexion dans le cerveau de Flanc d'Argent : ce n'étaient qu'un mot et un symptôme classés dans un fichier, une donnée incomplète sans le schéma des circuits positroniques du robot.

L'inquiétude, il comprenait maintenant ce que c'était. La joie, non.

Et pourtant – l'idée jaillit dans son cerveau – lui aussi avait connu des êtres dont il se sentait très proche après une période de séparation. Par exemple, quand Derec, Wolruf, Mandelbrot et lui étaient partis en expédition dans la forêt, et qu'il était allé chercher Hurle-Vie et les autres et les avait ramenés pour qu'ils fassent la connaissance de Wolruf.

Le fait de revoir Hurle-Vie après tout ce temps lui avait troublé l'esprit. Une confusion dont il se réjouissait et dont il essaierait de faire à nouveau l'expérience. Sa mémoire lui en délivra le schéma positronique, et il sut dès lors qu'il pouvait classer celui-ci dans son catalogue en regard du mot et du descriptif du langage corporel qui s'appliquaient à l'émotion *joie*.

Mais ce n'étaient là que broutilles dans la confusion où étaient ses pensées. Ce qui le troublait le plus profondément en cet après-midi-là, c'était la nature inexplicable des sexes biologiques – et non pas au niveau de leur fonction reproductrice. De plus, quoique dans une moindre mesure, il se sentait toujours assailli par un doute persistant quant à savoir lequel des deux – de Derec ou de Wolruf – était l'être le plus intelligent, et donc le plus humain.

Si minime soit-il, le doute persistait. Même si ce n'était qu'à cause de l'importance que revêtirait la décision qui pourrait affecter l'existence de l'un et de l'autre, si jamais Flanc d'Argent était amené à choisir entre les deux dans une circonstance où la vie serait menacée.

Se considérait-il lui-même plus mâle que femelle après ce premier cas d'espèce où Derec s'était montré plus intelligent, le duel qui avait opposé la femelle Œil Perçant au mâle Derec ? Etait-ce pour cette raison qu'il penchait pour le sexe mâle ? Il devait bien reconnaître qu'après l'affrontement il s'était senti plus à l'aise sous la forme Derec. Celui-ci lui avait ouvert tout un monde, lui et ses fichiers encyclopédiques.

Ainsi, ces questions troublantes qu'il se posait sur la nature des sexes biologiques, auxquelles s'ajoutait la gêne qu'il éprouvait à être sous la forme femelle, tout cela jetait la confusion dans son cerveau. Une confusion, mais oui, qui était justement l'émotion que Wolruf avait nommée *inquiétude*. Il était inquiet d'avoir modelé son apparence sur celle de Wolruf parce qu'il était troublé par le désir de reprendre celle de Derec. La forme mâle. *Malaise*, c'est ainsi que Wolruf aurait défini cette émotion, et il la rangea dans son catalogue avec le schéma du circuit positronique correspondant.

Il était de plus en plus convaincu que, du strict point de vue du confort psychique, il devrait reprendre le moule Derec. Une idée qu'il catalogua comme une forte éventualité à retenir pour l'avenir, même si, pour le moment, il en restait au modèle féminin Wolruf pour tout ce qu'il pouvait lui apporter dans son analyse de la femelle Ariel et de l'étrange effet qu'elle faisait sur Derec.

Flanc d'Argent se redressa et franchit l'écoutille, sur les pas de Derec et d'Ariel qui venaient de grimper la passerelle d'accès et de pénétrer à l'intérieur du vaisseau.

L'AGROBIOLOGISTE

– Alors, quel est le problème ? demanda Derec. Et ce message tordu que tu m'as envoyé, ce truc à propos de mon électrotechnique interne ? C'est quoi, tout ça ?

Ils étaient dans la salle de commande du *Xerborodezees*, où ils s'étaient réfugiés afin de s'isoler des autres.

Flanc d'Argent entra, s'assit sur un des profonds sièges rembourrés prévus pour les passagers à l'arrière du baquet capitonné du pilote, et prêta une oreille attentive aux propos des deux jeunes gens.

– Une technique que j'ai découverte, et tu n'y es strictement pour rien, répondit Ariel. En fait, telle que tu me vois, je contrôle désormais assez bien cette planète, et ce sans en passer par tes conseils avisés. Je n'ai plus besoin que de ton muscle, celui que tu as entre les oreilles.

– Tu n'as pas répondu à ma question.

– Ton moniteur interne qui te permet de communiquer avec les cités de robots ; je parierais que tu ignores qu'il module l'hyperonde.

– *Au contraire*, ma chère, répliqua Derec. Il s'agit d'un mode de communication qui suppose une connaissance particulière de la physique spatio-temporelle telle que l'a développée mon toujours aussi excentrique de père, le bon Dr Avery.

– Permets-moi de te renvoyer ton *au contraire*, monsieur Je-sais-tout. C'est en fait ce à quoi les extraterrestres vivant sur cette planète, les Cérémyons, se réfèrent quand ils parlent de modulation d'hyperonde continue. Demande à Avernus et à Keymo, et à Jacob, également. Lui aussi peut t'expliquer. Il s'agit de la transposition dans le domaine de la communication de la téléportation par la clef.

Tout comme la modulation d'hyperonde discrète que nous connaissons est la transposition en communication de la technologie du saut hyperspatial. Je parierais que tu ne t'étais même pas aperçu de ça !

Ils étaient de nouveau ensemble depuis, en tout et pour tout, dix minutes, et ils se disputaient déjà comme des chiffonniers. *Est-ce donc cela l'amour ?* songea Derec.

– Il faudra que j'y réfléchisse, dit-il. (Etait-il possible qu'elle ait raison ? Il préféra changer de sujet.) Mais, parlons du problème qui te préoccupe. Le motif de ma présence ici.

– Il n'y a pas de problème. Sauf que, si je t'ai fait venir dare-dare, c'est justement pour en éviter un.

Elle lui raconta alors comment la Cité des robots avait perturbé les conditions atmosphériques, comment les Myostriens avaient isolé et annihilé la source du mal avec le dôme, qu'ils étaient prêts à fermer celui-ci complètement jusqu'à ce qu'elle s'amène avec son plan de ferme agricole à l'échelle de la planète, remisant au placard l'idée d'une cité aux dimensions de ce monde.

– Ainsi, vois-tu, conclut-elle, c'est à toi de jouer, et la tâche qui t'incombe est d'une raisonnable simplicité : seulement reprogrammer les Avery en bons fermiers.

– Je suppose qu'il s'agit là d'un nouvel exemple de tes talents de technicienne ? riposta Derec.

– Pas mal, hein ? Technique du social, Derec. Quelque chose que tu ne pourrais pas comprendre.

– Il n'y a qu'un petit problème, dit Derec avant de marquer une pause.

– Et c'est ? demanda Ariel.

– Pour programmer les Avery à développer une technologie particulière, on doit savoir certaines choses sur cette technologie. Pour ce qui est des cités, je suis un spécialiste. Mais pour les fermes, je n'ai pas le début d'un commencement d'expérience, et je présume que toi non plus.

Wolruf entra dans la salle juste pour entendre la dernière phrase de Derec. Elle prit le siège passager à côté de Flanc d'Argent.

Ariel avait l'air assommée. *Il semblerait que ce soit un domaine technique qui lui ait échappé,* se dit Derec. *Peut-être lui manquait-il les bases.*

Il se sentait assez content de lui. Le couplet sur la modulation d'hyperonde continue l'avait un instant décontenancé, mais il avait repris la situation en main.

– Ainsi, tu ne connais rien aux fermes, Derec. Et alors ? déclara Wolruf. J'ai l'impression de débarquer en plein milieu du spectacle.

– Alors, on ne peut pas reprogrammer les robots Avery pour en faire des fermiers, répondit le jeune homme, si on n'y connaît rien en exploitation et en technique agricoles.

– N'ayez aucune crainte, Wolruf est là, lança la petite extraterrestre à fourrure. J'ai été élevée dans une ferme et fait mes études à Agripolytech. Vous avez devant vous votre premier ingénieur paysan.

– Alors, Derec ? reprit Ariel. Qu'en dis-tu maintenant ? Tu crois que je n'étais pas au courant ? Où étais-tu pendant tout ce temps-là ?

Derec ignora la jeune femme et dévisage Wolruf.

– Toi, un fermier ?

– A ton avis, les Eranis achetaient quels produits à ma famille ? Les Eranis ne sont pas tous des pirates comme Aranimas. La majorité sont des négociants, qui vivent sur une misérable planète de roche où le lichen pousse mieux que la tomate. En cette ère surpeuplée, les Eranis doivent leur survie au blé et aux produits fermiers qu'ils nous achètent.

Ariel était rayonnante à présent, alors qu'elle avait été secouée à en perdre quelque peu sa superbe avant que Wolruf ne vienne lui sauver la mise. Jusqu'alors, elle n'était pas plus au courant que Derec des talents de fermier de Wolruf.

Toutefois, Derec ne fut pas long à retrouver ses moyens. Il admettait maintenant que la contribution de Wolruf pourrait bien valoir plus qu'une simple mise, en monnaie standard galactique.

– O.K. ! Je me soumets. Je m'occupe du domaine informatique, Wolruf de l'agricole, et toi, tu peux continuer à faire dans le social.

– Pas complètement, rétorqua Ariel. (On aurait dit qu'elle était sur le point de révéler quelque chose qui avait quelque peine à sortir.) Il faut que tu viennes avec moi à une réunion avec les extraterrestres demain matin. D'ailleurs, au point où en sont les choses, il semblerait que Wolruf doive y participer également, en tant que notre spécialiste agricole.

– Pour quoi faire ? s'enquit Derec.

– Ils veulent établir un calendrier. Les Cérébrons sont impatients de retourner à leur existence de nomades, d'où les a écartés le problème posé par notre cité. Ils sont cantonnés dans la Forêt du Repos, comme ils l'appellent, les bois proches de la cité. (Ariel consulta sa montre.) Tu as peut-être envie de voir ça. C'est plutôt impressionnant. On peut admirer le spectacle depuis le camion, pendant le trajet de retour. De toute façon, il nous faut rentrer. C'est presque l'heure de dîner.

Jacob et Mandelbrot étaient postés à côté du camion lorsque Ariel et Derec descendirent la passerelle. Les deux robots avaient déjà chargé le matériel de Derec dans le camion.

– J'aimerais que tu conduises, Mandelbrot, lança le jeune homme.

Il avait envie d'être à côté du chauffeur afin de mieux admirer le fameux spectacle qu'Ariel leur avait programmé. En plus, il ne tenait absolument pas à se retrouver près de cette mécanique à muscles répondant au nom de Jacob, qui l'aurait relégué, pour ainsi dire, au second rang, sous les yeux du public installé à l'arrière.

Il dévisagea Ariel comme pour la défier de contester son choix.

Elle lui retourna son regard d'un air narquois, puis lui adressa un petit sourire fripon, mais toujours sans rien dire. Et c'était tout aussi rageant que si elle avait discuté son ordre. Elle savait parfaitement pourquoi il voulait que Mandelbrot conduise. D'une certaine manière, il était toujours en train d'afficher ses boutons, et Ariel savait exactement sur lesquels pousser.

Quoi qu'il en soit, le spectacle était en tout point aussi impressionnant qu'elle l'avait annoncé. Elle se leva pour leur montrer celui qu'elle pensait être le chef des Cérébrons, Synapo, en train de planer au-dessus du dôme. Ce fut lui qui tomba le premier : une minuscule balle noire s'abattant vers la forêt comme un plomb de chasse, qui devint une petite bombe laissant une traînée brillante et qui se déploya peu à peu en une sphère d'argent, laquelle descendit doucement vers le faîte des arbres avant de remonter brusquement et de s'immobiliser au-dessus de la forêt comme une boule de mercure sur un comptoir.

Après ce numéro en solo, depuis le point du ciel où Synapo décrivait ses cercles, en suivit un autre – Sarco, le chef des Myostriens, avança Ariel – et au bout d'un moment, en l'espace d'un quart d'heure, ils tombèrent tous les uns après les autres en s'éparpillant à la surface verte du feuillage comme autant de perles de rosée.

LE CÉRÉBOT

ÉNONCÉ PROVISOIRE DES LOIS DE L'HUMANIQUE

1. *Un être humain ne doit pas faire de mal à un autre être humain ni, restant passif, permettre que du mal soit fait à un être humain.*
2. *Un être humain ne doit donner à un robot que des ordres ne mettant pas en cause l'existence du robot et ne rien exiger de lui qui lui poserait inutilement un dilemme pouvant lui causer du mal ou de la gêne.*
3. *Un être humain ne doit pas faire de mal à un robot ni, restant passif, permettre que du mal soit fait à un robot, à moins que cela ne soit nécessaire pour protéger un être humain ou faire exécuter un ordre capital.*

Ordinateur central, fichier Humanique.
Accès : Tiroir 667, Coffre 82.
Clef d'accès : Humains.
Deuxième clef : Lois
Auteur : Rydberg I.

Le lendemain matin, bien avant 10 heures, Mandelbrot gara le camion près du bord ouest de l'entrée du dôme. Les trois créatures de chair en descendirent, en demandant aux trois robots de les attendre dans le camion mais d'enregistrer tout ce qui pourrait transpirer une fois les extraterrestres arrivés au rendez-vous.

– Eh bien, camarade Mandelbrot, annonça Jacob Winterson, ça fait quelque temps que nous n'avons pu nous entretenir en privé.

– N'y compte pas trop avec l'hurluberlu qui nous accompagne, rétorqua Mandelbrot. Fais attention à ce que tu racontes et à ce que tu fais. Il est complètement imprévisible. Il m'a désactivé sur la planète des loups.

Jacob et Mandelbrot étaient toujours devant le tableau de bord du camion. Flanc d'Argent était assis sur la banquette arrière qu'il occupait tout à l'heure avec Wolruf, durant le trajet qui les menait au lieu de l'entrevue.

– Pour votre information, déclara Flanc d'Argent, je ne suis pas un « il ». En ce moment, je suis du genre femelle, de par le modèle que j'ai pris sur Wolruf. Tu dois te référer à moi, Jacob, en employant les pronoms « elle » ou « la ». Et n'allez pas penser que je me risquerais à vous désactiver, maintenant que je sais que maîtresse Wolruf ne verrait pas ça d'un bon œil. En outre, ce que vous pouvez dire ou faire me laisse complètement indifférent puisque, d'après ce que je crois comprendre, maîtresse Wolruf tient à ce que je nuance légèrement le propos de la Troisième Loi aux fins de vous accorder quelque modeste protection.

– Alors, camarade Jacob, dit Mandelbrot, as-tu réfléchi un peu plus à ces facteurs impondérables qu'on nomme les Lois de l'Humanique ?

– Oui, effectivement, répondit Jacob. Et je trouve qu'elles sont cruellement inadéquates à décrire le comportement humain. Rydberg et ses compagnons n'ont aucune expérience des humains, qui sont des créatures ô combien insondables. Ce sont des émotions, et non des lois, qui régissent leurs actes. Et selon moi, c'est peut-être, parmi l'espèce, la femelle la plus mystérieuse de toutes. J'ai étudié l'émotion que les humains appellent jalousie, vu qu'il semblerait que j'aie été acquis essentiellement pour susciter cette émotion dans le cœur de maître Derec.

– Je doute fort que la jalousie puisse résider dans le cœur d'un humain, camarade Jacob, avança Mandelbrot.

– Ce n'est qu'une figure de style qu'ils emploient dans leur littérature, répliqua Jacob. Mais le point important dans tout cela, c'est la multiplicité des nuances et des contrastes qui existent dans le cerveau des humains lorsqu'ils considèrent le sexe opposé. Des nuances et des contrastes au niveau d'émotions qui apparemment n'ont rien à faire avec la reproduction de l'espèce, la prétendue raison première pour justifier l'existence des deux sexes.

Chose étonnante, Flanc d'Argent en était venu malgré tout à s'intéresser à la conversation. Il était d'accord avec Jacob sur le jugement de celui-ci concernant d'éventuelles Lois de l'Humanique qui auraient pour objet de guider la conduite des humains, censées leur fournir un équivalent aux Lois de la Robotique qui gouvernaient sa propre conduite. D'autant que les derniers propos semblaient faire directement allusion au malaise qu'il ressentait sous le moule féminin de Wolruf ; malaise aggravé, paradoxalement, par le récent souvenir du vif intérêt qu'il avait éprouvé pour tout ce qui participait de la féminité, quelque temps auparavant, alors qu'il était dans son moule masculin calqué sur Derec.

Et un malaise qui provenait de la conscience révélée de son propre narcissisme, quelque chose dont il n'avait jamais, jusqu'ici, fait l'expérience, et qu'il trouvait à la fois fascinant et repoussant. Il en déduisit qu'il était attiré par les créatures féminines mais préférerait ne pas en être une. Qu'est-ce qui pouvait bien provoquer cette attirance ? Il finit par conclure que cela devait venir du premier modèle qu'il avait adopté, celui d'Œil Perçant, modèle qui avait exercé sur lui une formidable ascendance que n'avait pas totalement dissipée l'attrait de prédilection qu'il avait eu par la suite pour le modèle Derec, le modèle mâle. Quant à l'ascendant qu'exerçait sur lui ce sentiment de confort qu'il ressentait sous le moule masculin, il était à peine moins puissant que l'autorité des lois censées gouverner sa conduite, qu'il trouvait par ailleurs tellement difficiles à interpréter eu égard à son manque de connaissance de la nature humaine. Quoi qu'il en soit, il n'avait pas la possibilité de déprogrammer ni ces lois ni son penchant pour la masculinité ni cette insidieuse attirance pour tout ce qui était féminin.

Il découvrit qu'il était en train de connaître une autre forme de malaise en écoutant parler Jacob et Mandelbrot. C'était la première fois qu'il entendait deux robots discuter l'un avec l'autre. Son malaise provenait non pas du fait lui-même mais, une fois encore, des propos qu'ils tenaient et de ce qu'il en déduisait. Ils s'exprimaient comme s'ils savaient ce qu'était un humain, alors que lui, Flanc d'Argent, en était encore à explorer le sujet par le biais de ses multiples métamorphoses, qu'il poursuivait inlassablement sa quête d'êtres à l'intelligence toujours plus élevée, puisqu'il était clair que seuls les représentants de l'espèce la plus intelligente de la galaxie pouvaient prétendre être les humains qu'il recherchait.

– Jacob, tu parles des Lois de l'Humanique comme si tu savais ce qu'est un humain, fit-il observer.

– Bien sûr que je le sais, dit Jacob. Je suis programmé pour ça. Sinon, comment pourrais-je exécuter les Lois de la Robotique ?

– Suis-je un humain ?

– Non. Tu es un robot.

– Qu'en sais-tu ?

– C'est maître Derec qui le dit. En plus, mes facultés sensorielles me conduisent à soutenir cette affirmation. Tu n'es pas un mammifère.

– Et maîtresse Wolruf ? Est-elle humaine ?

– Non.

– Pourtant, c'est un mammifère.

– Exact. Mais les mammifères ne sont pas tous humains.

– Qu'est-ce qu'un humain, Jacob ? demanda Flanc d'Argent.

– Il en existe de nombreuses définitions, certaines très complexes, d'autres très simples. En général, nous ne sommes programmés qu'avec une seule.

– Donne-moi un exemple d'une définition simple.

– L'intonation dans le parler Standard. La plupart des humains parlent le Standard. Ainsi, pour une certaine génération de robots qui vivaient sur une planète nommée Solaria, la définition ne prenait en compte que l'accent solarien comme critère d'humanité. Un test très simple, qui ne nécessitait aucune technologie particulière.

– Et toi, Jacob, comment définis-tu un humain ?

– Par le nombre de chromosomes et la configuration de ses chromosomes X et Y.

– Et comment détermines-tu ces données ?

– Au moyen d'un instrument – une nanomachine cellulaire – intégré dans mon index droit.

– Tu n'effectues pas ce test chaque fois que tu revois le même humain, n'est-ce pas ?

– Non. Une fois que j'ai déterminé que telle créature était humaine, je classe son portrait dans un tableau de motifs mémoriels. Je suis en outre programmé à accepter comme étant humaine toute créature qui se rapproche d'une moyenne de ces portraits, sans recourir au test chromosomique.

– Maîtresse Ariel et maître Derec sont tous les deux humains, alors.

– Oui.

– Et lequel des deux te sens-tu plus tenu de protéger ?

– Mon maître immédiat, maîtresse Ariel.

– Et toi, Mandelbrot, lequel favoriserais-tu ?

– Maître Derec, bien que le choix serait difficile, répondit Mandelbrot.

– Et Wolruf ? insista Flanc d'Argent. La protégerais-tu, Mandelbrot ?

– Oui. Camarade Jacob et moi sommes tous les deux programmés pour la considérer comme un être humain.

– Tu ne trouves pas ça bizarre ? Un être qui n'est...

La discussion fut interrompue par l'atterrissage sur le lieu de rendez-vous de créatures de jais aux allures de démons – elles étaient deux – qui se mirent simultanément en perte de vitesse, déployant leurs ailes dans une parfaite chorégraphie, de sorte qu'on eût dit qu'un rideau noir enveloppait soudain le soleil. Puis, elles se posèrent en douceur et, dans un bruissement, replièrent leurs ailes contre leurs corps, diminuant de volume jusqu'à atteindre la taille des êtres qui leur faisaient face. Deux formes noires, chacune surmontée d'un crochet blanc comme neige à l'aspect inquiétant, saillant au-dessus de deux yeux rouges comme des charbons ardents.

Les ténèbres soyeuses qui cachaient le mystère de leur morphologie sous une épaisseur insondable donnaient l'impression troublante d'une énergie en latence.

Flanc d'Argent s'appliqua à enregistrer tout ce qui en exsudait. Il était peut-être, songea-t-il, en train d'observer l'ultime forme d'humanité, l'objectif final qu'il poursuivait dans sa quête désespérée.

– Bonjour, chefs des Cérémyons, déclara Ariel. Je vous présente Wolruf, et voici Derec, tous deux membres de notre détachement spécial de reprogrammation. Wolruf, Derec, j'aimerais vous présenter Synapo, chef des Cérébrons...

L'extraterrestre qui se trouvait à droite gonfla légèrement le corps, dans un froissement d'ailes de chauve-souris quelque peu amplifié.

– ... et Sarco, chef des Myostria.

A son tour, celui de gauche s'enfla en faisant bruisser ses ailes.

Derec prit alors la parole.

– Ma collègue Wolruf et moi-même sommes honorés que vous ayez accepté de travailler avec nous à créer sur votre planète un environnement qui soit bénéfique à nos deux peuples.

– C'est ce que nous souhaitons, dit l'extraterrestre Synapo avec un étrange accent, plus prononcé que celui de Wolruf, ce qui rendait la compréhension encore plus difficile.

– Mais auparavant, poursuivit Derec, voudriez-vous nous éclairer sur la nature du dôme et sur la technique de construction utilisée afin que nous puissions déterminer les améliorations les plus opportunes à apporter à la cité pour la rendre aussi inoffensive que possible ?

– Le compensateur nodal consiste en une rupture localisée de l'espace et du temps, répondit Sarco.

Il n'ajouta rien de plus, comme si l'explication était amplement suffisante.

– Oui. Continuez, insista Derec.

– Ce n'est rien de plus. Une fissure spatio-temporelle localisée, reprit Sarco avec un léger dédain, comme s'il avait devant lui un étudiant attardé. Un ensemble de points du cosmos, un lieu géométrique où notre univers n'existe plus.

– Et comment faites-vous pour générer une telle fissure ?

– Est-ce que vous comprenez ce que je veux dire par « une fissure dans le cosmos » ?

Derec marqua un temps d'hésitation.

– Pas tout à fait, dit-il.

– En ce cas, vous ne risquez pas de comprendre comment cette fissure est générée, et nous devrions donc passer à des sujets plus utiles.

A ce moment-là, Synapo intervint :

– La fissure est générée et agrandie par forte concentration des électrons, lesquels sont eux-mêmes des circonvolutions dans l'espace-temps. Le flux d'électrons – extrêmement concentré sur un volume microscopique au point de départ de la fissure – dilate progressivement le volume de vide autour de la fissure, à peu de chose près comme je déploie les fuseaux de mon réflecteur chaque matin quand je me désamarre.

« Mais comme le suggère mon collègue Sarco, nous devrions peut-être passer directement à l'examen du calendrier que vous avez prévu pour installer une cohabitation harmonieuse.

– Si l'on s'en réfère aux seules observations, s'obstina Derec, le dôme serait de la même nature qu'un trou noir. Est-ce bien cela ?

– Trou noir ? s'interrogea Synapo qui semblait avoir à son tour quelque difficulté à suivre la discussion. Trou noir ! Oui, c'est une bonne analogie. La dérivation du mot n'est pas évidente en soi.

« Oui, le compensateur est un trou noir. Mais pas un trou noir naturel, qui se situerait à la périphérie de l'univers. Il est inclus dans l'univers. Un trou noir concave, non pas un volume convexe à la bordure du cosmos, là où l'espace et le temps se séparent de par le processus de désagrégation naturel de l'univers.

« Cela dit, pouvons-nous continuer ?

– Encore deux petites questions, dit Derec. Lorsqu'on regarde le dôme de l'extérieur, on ne voit pas la cité. On aperçoit des objets de l'autre côté, comme si le dôme et la cité n'étaient pas là. Pourquoi ne voit-on pas la cité ?

– Le compensateur provoque une forte courbure de l'espace-temps et réfracte la lumière autour du dôme, pratiquement de la même façon que la lumière d'une étoile lointaine est légèrement réfractée lorsqu'elle se répand autour de notre Soleil. Dans le cas du compensateur, la réfraction est importante. Elle est calculée pour susciter l'effet d'invisibilité et de non-existence, une parmi les vertus de ce compensateur.

« Vous aviez une autre question ?

– Oui. Pourquoi, ainsi que me le décrivait Ariel la nuit dernière, un engin hyperspatial serait-il attiré vers la surface de ce trou noir concave en ne réussissant à s'en échapper qu'en poussant ses réacteurs à fond – conséquence de la courbure de l'espace-temps – alors que, par ailleurs, l'atmosphère, l'air qui se trouve à l'intérieur du dôme, n'est pas précipitée dans ce trou noir ?

– Vous avez vous-même répondu à la question, annonça Synapo.

Une petite flamme verte jaillit de la noire épaisseur à dix centimètres sous ses yeux, et sa voix prit un ton agacé, comme s'il était sur le point de perdre patience.

– La courbure de l'espace-temps, comme vous le suggériez. L'engin se trouvait au-delà de la couche neutre, dans le champ gravitationnel du trou noir. L'atmosphère de la planète est à l'intérieur de la couche neutre, dans le champ gravitationnel de la planète.

Et d'un ton qui se voulait irrévocable, Synapo conclut par une question :

– Votre Sauteur n'a-t-il pas dû atteindre sa vitesse de libération normale pour plonger vers le trou noir et ensuite renverser la vapeur pour tenter de retrouver l'attraction de la planète ?

Avant que Derec n'ait eu le temps de pleinement digérer ces derniers commentaires, Ariel s'empressa de reprendre le contrôle de la discussion. D'une voix assurée, elle lança :

– Cela étant, honorables Cérémyons, notre programme prévoit que la première phase de l'opération soit terminée d'ici deux mois. Opération qui permettra d'installer une superficie et une production agricoles suffisantes – mille kilomètres carrés exploitables – pour preuve de notre souci de préserver votre environnement.

« Parallèlement, nous transformerons la cité pour y établir des installations destinées à accueillir les vaisseaux de transport locaux et insterstellaires. Ces installations s'étendront à l'extérieur du dôme, mais seront isolées et dûment ventilées pour garantir que toute radiation ou émission nocive soit retenue à l'intérieur du dôme.

« Wolruf, notre spécialiste en génie agricole, et Derec, notre spécialiste en génie civil, vont maintenant vous exposer le programme détaillé de ces deux activités.

Flanc d'Argent enregistrait tout ce qui transparaissait de l'entrevue. Mais son attention, tout son être étaient concentrés sur l'extraterrestre Synapo. La domination qu'il exerçait sur la discussion le révélait supérieur à l'autre extraterrestre et potentiellement plus puissant, plus intelligent, que n'importe lequel des mammifères qu'avait connus Flanc d'Argent. Bref, celui-ci avait fini par trouver son moule définitif, ou en tout cas le croyait-il.

Il cessa d'enregistrer la conversation. Son nouveau modèle était devant lui, le modèle correspondant aux créatures que les Lois de la Robotique lui commandaient de servir. Il n'était plus obligé d'obtempérer aux ordres d'êtres inférieurs. Cependant, il adressa à Wolruf une dernière pensée pleine de tendresse, cette émotion nouvelle qu'il avait découverte au contact de Hurle-Vie, son ami aujourd'hui bien loin. Il continuerait de protéger Wolruf, en lui accordant simplement une priorité un peu moindre que celle qu'il se devait à lui-même au regard de la Troisième Loi, la loi qui exigeait qu'il protégeât sa propre existence.

Il reporta son attention sur l'extraterrestre de droite, Synapo, dès lors s'attardant sur les caractéristiques techniques de son futur moule, en particuler les structures aérodynamiques qui allaient être les plus difficiles à reproduire. De rapides calculs lui montrèrent que son envergure d'ailes et sa surface portante devraient être, pour pouvoir soutenir le poids de son corps, plusieurs fois celles des extraterrestres. En effet, les corps de ces derniers étaient sans doute plutôt légers, constitués en majeure partie d'armatures creuses.

Il lui faudrait aussi augmenter les dimensions de sa carrure afin d'acquérir la géométrie nécessaire pour le raccordement des ailes et le système de leviers permettant de les manipuler. Comme il pouvait s'y attendre, cela diminuerait la densité de son corps, qui se rapprocherait de celle des extraterrestres.

Il travailla ensuite sur les yeux. C'étaient des organes complexes, émettant des radiations rouges et infrarouges grâce à un œillet qui entourait la pupille classique et permettait ainsi d'adapter la vision lorsque les rayons du soleil étaient cachés par la planète.

Puis, il porta son attention sur l'enveloppe qui couvrait le corps noir et qui s'avéra poser un problème plus difficile que celui de l'aérodynamisme ou du système optique. Toujours installé sur la banquette arrière du camion, il fit un essai sur son bras, mais dut finalement renoncer et se satisfaire d'un gris noirâtre avec un léger brillant argenté, tout comme il avait renoncé à la couleur exacte des cheveux et de la peau des mammifères.

Dès lors, il s'attaqua à la source et à la nature de la flamme verte qu'il avait vue jaillir de l'extraterrestre. Il avait le sentiment que c'était un outil, sinon une arme, qu'il lui fallait acquérir s'il voulait réussir un modèle satisfaisant. Il conçut une petite cellule électrolytique, un compresseur, ainsi que des accumulateurs à haute pression pour l'hydrogène et l'oxygène, et un orifice d'échappement à l'arrière de sa cavité buccale, mais en conservant les haut-parleurs classiques pour pouvoir communiquer. Il ajouta un petit système pour transformer l'azote en ammoniac et ainsi fournir la base de ce composé qui donnait à la flamme sa coloration verte.

Durant tout le temps qu'il étudia l'extraterrestre Synapo, il ne cessa d'absorber la puissante aura masculine qui s'en irradiait, interceptant et enregistrant dans ses circuits la lumière rouge qui flamboyait de ses yeux, s'imprégnant de son être physique, de son langage corporel, des subtiles qualités qui émanaient de cette forme noire pourtant dotée d'un total pouvoir absorbant.

Finalement, il se sentit prêt. Il mit à la tâche ses cellules métallo-organiques et leurs pseudoribosomes afin de modifier ses données génétiques – son A.D.N. de robot, ainsi que les équivalents de l'A.R.N. de transfert, messager et ribosomique – et les innombrables autres facteurs contenus dans ses milliards de cellules microbotiques qui effectueraient en fin de compte la métamorphose.

Alors qu'il changeait d'apparence, il se leva de la banquette pour laisser à ses pattes avant la place suffisante pour se transformer en ailes puis, alors que ses pattes arrière se raccourcissaient et s'épaississaient, il les appuya contre le dossier du siège afin de conserver son équilibre.

Tout à la rencontre qui se déroulait sous leurs yeux, les deux robots debout devant le camion ne s'aperçurent pas de la métamorphose, pas plus que les créatures qui conversaient le dos tourné à Flanc d'Argent. Les seuls à lui faire face étaient les extraterrestres, qui semblaient ne rien remarquer ou du moins se désintéresser de l'événement.

La transformation fut enfin achevée, à l'exception du crochet et de son amarre, que Flanc d'Argent avait programmés en dernier du fait de la structure particulière : une sorte d'acier inoxydable à l'aspect brillant, en forme de corne creuse incurvée, renfermant un câble flexible fait de fibres fines mais solides. Flanc d'Argent espérait parvenir à voler, quoiqu'il ait abandonné l'idée du ballon et les perspectives que cela offrait et dont il avait été le témoin la veille au soir. Quant au crochet, il l'avait adopté pour le seul effet visuel.

Dès lors plus à l'aise sous sa forme masculine, Flanc d'Argent était juché sur la banquette arrière du camion, dressé de toute sa hauteur – trois mètres – et les ailes collées au corps comme s'il venait tout juste de sortir de sa chrysalide tel un papillon à l'éveil de sa métamorphose. Il éprouva le besoin de les ouvrir et de les tester, de les sentir bouger, ce qui lui rappela son expérience d'oiseau sur la planète des loups.

Les trois mammifères et les extraterrestres étaient toujours absorbés dans leur discussion. Apparemment, ces derniers devaient considérer sa transformation comme un phénomène naturel associé au camion, car ils n'avaient pas du tout l'air de vouloir regarder dans cette direction.

Lentement, Flanc d'Argent étendit ses ailes. La mince et dure membrane métallo-organique bruissa doucement quand il déplia la voilure jusqu'à sa pleine envergure de vingt-cinq mètres. Il s'aperçut alors qu'il ne pouvait pas s'éviter d'évaluer la force des courants aériens.

Lorsqu'il était à l'arrière du camion les ailes repliées, il ne s'était pas rendu compte de la brise, pourtant faible, qui soufflait. Mais là, il en sentait la légère pression sur ses ailes et sur les fausses plumes qu'il avait reproduites à l'extrémité de son corps et qui, soulevées par la brise, effleuraient le dossier du siège. Sans produire d'autre effort que de glisser ses pattes sous le coussin de la banquette, il résista au moment de torsion qui menaçait de le faire basculer au bas du siège.

Une posture qui exigeait toutefois d'être maintenue plus longtemps que ses forces ne l'y autorisaient. Il replia donc ses ailes pour réduire la surface portante.

Puis il pivota, s'avança au bord de la banquette, hésita un instant – apercevant Wolruf qui se précipitait vers lui en criant son nom – avant de déployer à nouveau ses ailes et sauter du camion. Une fois de plus, il éprouva la merveilleuse sensation de voler, de se laisser porter par les airs le temps qu'il se pose en douceur sur le sol. Quand ses pattes entrèrent en contact avec la terre ferme, il s'affala face la première, les ailes étendues, avec l'impression de tomber au ralenti en traînant ses griffes qui creusaient de petits sillons dans la poussière du chemin.

Non sans difficulté, il se redressa, se servant de ses ailes comme d'un levier avant de les replier. Juste au moment où Wolruf bondissait sur lui, lui enfourchant le dos de ses pattes arrière et plaquant ses ailes contre ses flancs, les mains agrippées à son crochet pour maintenir sa prise. L'instant d'après, Derec enroulait une corde autour de leurs deux corps, les ligotant l'un à l'autre.

LES VISITEURS NOIRS

Ariel était sur le point de conclure l'entretien. Wolruf avait développé avec maestria l'opération technique qui permettrait de mettre en place les fermes de robots et expliqué son programme dans le détail. Derec, quant à lui, avait décrit les modifications externes qu'il comptait apporter à la cité afin de la pourvoir en terminaux qui accueilleraient le trafic local et interstellaire. Il avait insisté sur les effets minimes que ces changements auraient sur les conditions météorologiques, puis exposé lui aussi un calendrier détaillé des opérations.

Ariel entreprit de récapituler l'essentiel de leur intervention.

– J'aimerais reprendre brièvement le contenu de notre projet d'exploitation agricole et en résumer les grandes lignes. Mais avant cela, y a-t-il d'autres questions sur le programme tel qu'il a été exposé par Wolruf et Derec ?

– Non, répondit Synapo. Tout cela était très clair.

– Et acceptable ?

– Oui.

Synapo se tourna vers son campagnon.

– Sarco ? Pas d'objection ?

– Pas pour le moment, indiqua Sarco. J'ai de fortes réserves à exprimer sur le fonctionnement des installations agricoles, mais il nous faut vous croire sur parole, du moins pour l'instant. Le temps nous dira ce qu'il en est. Et, autre chose, je m'inquiète également...

Il s'arrêta en plein milieu de sa phrase, puis :

– Par le Grand Petero ! s'exclama-t-il. C'est *quoi,* ce truc, Synapo ?

Les deux extraterrestres avaient légèrement tourné la

tête vers la gauche pour fixer leurs regards sur quelque chose qui se trouvait derrière Ariel. Elle fit volte-face et aperçut une espèce de monstre gris-noir sur la banquette arrière du camion, avec des ailes gigantesques se balançant au-dessus du véhicule, vision d'un ange vengeur descendu du ciel.

Alors, le monstre replia lentement ses ailes et s'avança vers le bord de la banquette, puis les déploya à nouveau. Ariel comprit en un éclair ce qui était en train de se passer.

Mais Wolruf l'avait devancée de quelques précieuses secondes et bondissait déjà vers le camion en hurlant « Flanc d'Argent, Flanc d'Argent », répétant et répétant ces mots comme si elle pouvait, par ses hurlements aigus, clouer la créature au sol.

Il s'avéra que Wolruf s'était inquiétée pour rien. Flanc d'Argent atterrit face contre terre, les ailes grandes ouvertes. Et le temps qu'il se ramasse et replie ses ailes, Wolruf se cramponnait à son dos et Derec les immobilisait tous les deux avec une corde qu'il avait en toute hâte sortie du coffre latéral du camion.

Ariel ne savait pas si elle devait se mêler à la lutte ou maintenir une attitude digne par égard pour les extraterrestres. En tant que négociateur officiel et prétendu chef du détachement spécial de la Cité des robots, elle avait le sentiment d'occuper une position d'une importance particulière, surtout depuis qu'elle avait consolidé auprès des extraterrestres cette position de dirigeant sans portefeuille.

Tandis que Derec ligotait Flanc d'Argent et Wolruf de plusieurs tours de corde, Ariel revint sur les extraterrestres pour entendre Sarco déclarer :

– Nous voilà sans doute un peu mieux renseignés maintenant sur le genre de menace qui peut survenir de l'extérieur, miss Ariel Welsh. Nous reprenons la construction du compensateur nodal dès demain.

Pendant qu'il disait cela, il avait ramené son crochet vers l'avant. Au moment où il se détournait, une large flamme verte flamboya sous ses yeux, et il se mit à battre des ailes.

La chaleur de la flamme frappa le visage de la jeune femme comme le souffle brûlant d'un haut fourneau.

Synapo était toujours face à elle lorsque son collègue s'envola.

Quand il prit la parole, ce fut sur un ton qui ne laissait planer aucun doute sur la nature de ses pensées. On aurait dit que les mots éventaient la petite flamme verte qui vacillait sous ses yeux rouges flamboyant de colère. Un éclat de feu qui augmentait et baissait au rythme de l'étrange bourdonnement qui accompagnait ses propos.

– Vous avez trompé la confiance que nous avions en vous et m'avez humilié aux yeux de l'élite, miss Ariel Welsh.

Et là-dessus, il fit à son tour volte-face et s'envola dans les airs.

Ariel resta sur place un long moment à les regarder décrire leurs cercles lents et majestueux de plus en plus haut au-dessus du dôme. Le premier se stabilisa et entama une figure à la verticale exacte du centre du dôme. Le second, toutefois, continua à grimper, de cercle en cercle, jusqu'à disparaître dans le scintillement de l'atmosphère.

Derec avait rejoint la jeune femme qui ne l'avait pas entendu approcher.

– Un contretemps, j'espère. Mais peut-être rien de grave, dit-il.

Surprise, Ariel se retourna et lui lança un regard glacé, sans prononcer un mot. Puis, elle s'éloigna vers le camion. Jacob était aux commandes. Mandelbrot, assis entre lui et Flanc d'Argent, tenait le bout de la corde qui dépassait des liens entourant ce dernier en lui maintenant les ailes contre les flancs. Wolruf était installée sur le siège avant, juste derrière Flanc d'Argent, après que Derec l'eut détachée une fois qu'ils s'étaient assurés d'avoir la situation en main.

Ariel grimpa lentement dans le camion et s'assit sur la banquette arrière.

Derec la suivit et se mit à côté d'elle. Jacob engagea le camion sur le chemin et ils filèrent sur l'Avenue Principale, en direction de l'appartement.

– Je t'avais prévenue pour Flanc d'Argent, dit Derec. Tu savais qu'il pouvait changer de forme à volonté. Je l'admets, je n'aurais jamais cru qu'il puisse le faire à un moment si inopportun. Qu'ont dit les extraterrestres avant de s'envoler ?

– Ils étaient effrayés, naturellement, et furieux. Ils n'avaient aucune raison de penser que nous allions leur exhiber une créature semblable à eux, et deux fois plus grosse. Dans leur esprit, j'ai trahi leur confiance. C'est ce qu'ils ont dit. Et ils fermeront le dôme demain matin. Ton nouveau protégé vient tout bonnement d'interdire à cette planète tout développement ultérieur. A moins que ton génie et ses remarquables capacités puissent miraculeusement empêcher l'inévitable.

– Je vous trouve bien sarcastique, ma chère, repartit Derec. (Le temps de passer deux carrefours à bonne vitesse, il ajouta :) Mais tu sais bien que nous pouvons réussir ce miracle.

– Aucune chance, répliqua-t-elle.

– Non. Une faible chance, mais une chance tout de même.

Ariel ne répondit pas. Au lieu de cela, elle se leva et alla à l'avant pour s'asseoir sur le siège juste derrière Jacob Winterson. En cet instant précis, c'était comme si Jacob était le seul ami qu'elle possédait. Et pourtant, elle ne le voyait pas, perdue dans ses pensées de lendemains sinistres, complètement insensible à sa puissante musculature.

Wolruf tendit le bras et posa une main aux doigts charnus sur la petite main d'Ariel. La jeune femme ne bougea pas ; à peine si elle avait remarqué le geste. Au bout d'un moment, Wolruf retira sa main.

Lorsqu'ils arrivèrent à l'appartement, Ariel sauta du camion avant les autres et s'éloigna à grands pas. C'était une façon de grimace, destinée à Derec, chose qu'elle admettait dans une moitié de son cerveau. Dans l'autre moitié, elle formait plus ou moins le vœu qu'il coure la rejoindre, et fut déçue qu'il n'en fût rien. Elle ressassait plusieurs choses qu'elle aurait aimé lui dire. Quand elle se retourna, Jacob apportait le repas sur la table.

Après un déjeuner au goût de sciure, elle sortit sur le balcon pour éviter la compagnie des autres, non sans prier Jacob de venir avec elle. Ils s'assirent sur le banc devant la balustrade.

– Jacob, pouvait-on prévoir que Flanc d'Argent allait combiner un truc comme ça ? Où est-il, au fait ?

Jusqu'ici, elle n'avait pas pensé à s'en informer. Son

souhait était d'oublier Flanc d'Argent, ce à quoi elle était parvenue plus facilement qu'elle ne croyait. Son esprit était parti sur Aurora. La nostalgie l'avait complètement gagnée tout au long du déjeuner, et Derec n'était pas intervenu, observant un silence aussi total que le sien. Sa petite marche avait apaisé sa colère. Elle ne s'était pas sentie d'humeur à discuter et s'était contentée de se taire et de manger. Aussitôt le repas terminé, Derec s'était levé de table et était parti dans la petite chambre.

Le sentiment de solitude qu'elle éprouvait avait été renforcé par le silence de Derec, mais aussi celui de Wolruf, qui lui aussi avait duré tout le repas. Elle repensa au contact délicat de la main qui était venue se poser sur la sienne pendant le trajet du retour.

– Pour répondre d'abord à la question plus immédiate, énonça Jacob, maître Derec a, dès notre arrivée, obligé Flanc d'Argent à s'étendre sur le plancher de la petite chambre. Flanc d'Argent a eu quelque problème pour franchir les entrées. Il était et plus grand et plus large que les ouvertures. Avec cette corde qui l'entourait, ça ne lui a pas été facile de se courber et en même temps de passer de côté.

« Pour répondre à la première question, le cinglé, comme l'appelle Mandelbrot – un qualificatif qui semble particulièrement lui convenir –, le cinglé nous a un petit peu parlé, mais il n'a donné aucune indication pouvant laisser croire qu'une métamorphose était imminente.

– Il n'a donc rien dit d'inhabituel ? demanda Ariel.

– On dirait qu'il ignore ce que sont les humains. Cette façon de prendre l'apparence des autres en passant de l'une à l'autre : saviez-vous qu'il effectue ces transformations parce qu'il cherche l'espèce qu'il pourra enfin dénommer humaine ?

– Derec y avait fait allusion.

– Cessera-t-il alors de protéger les espèces qu'il considère comme inférieures ?

– Je le suppose. Derec a l'air de le penser également.

– Est-ce que cela fait de lui un être quelque peu dangereux pour les humains ?

– Il semblerait que oui.

– En ce cas, ne devrait-on pas le désactiver ?

– Je ne le pensais pas jusqu'à aujourd'hui. Apparemment, Derec voit en lui un sujet d'expérience intéressant qui doit être protégé. Et d'après la brève conversation que nous avons eue, je le soupçonne de ne pas avoir changé d'avis.

– Peut-être devriez-vous de nouveau lui parler, miss Ariel. Mandelbrot et moi craignons que le cinglé n'échappe à tout contrôle. La Première Loi nous met l'un et l'autre face à un dilemme, et c'est encore plus difficile d'être avec le cinglé maintenant qu'il a pris cette nouvelle forme d'extraterrestre.

– Tu as raison, Jacob. Je devrais en parler à Derec.

Elle plaça sa main sur la nuque de Jacob et suivit lentement le tracé des muscles comme si elle caressait un chat. L'inquiétude du robot la touchait. Difficile pour une jeune femme d'ignorer une telle attention lorsque ça vient d'une créature au contact chaud aussi séduisante que Jacob. Il était adorable, comme un grand frère.

Cette pensée la troubla. A quel moment avait-elle cessé de voir en Jacob un robot ? L'attachement qu'elle éprouvait envers lui était-il bien celui d'une sœur pour son frère ? Ça ne pouvait pas être autre chose, impossible. Même si Derec avait moins d'attention pour elle que pour Flanc d'Argent, le cinglé.

Peut-être la passion qui l'avait animée était-elle devenue impossible. Depuis que Derec était arrivé sur la planète Huître, il ne ressemblait plus à l'être aimé auquel elle avait rêvé si intensément.

Par contre, l'attention que lui portait Jacob lui faisait vraiment plaisir et, pour tout dire, le contact de sa nuque musclée était plutôt excitant.

Elle écarta cette folle idée en même temps que sa main, se leva d'un bond, gagna l'appartement, et ouvrit brusquement la porte de la chambre où Derec s'était réfugié aussitôt après le déjeuner et où ils étaient censés, aux dires de Jacob, surveiller Flanc d'Argent.

Derec avait ôté les liens, et Flanc d'Argent était assis sur le plancher entre les lits jumeaux. Il était appuyé contre le mur et s'était mis en boule, dans cette posture bizarre que prenaient les extraterrestres pour diminuer de volume. Sa taille était réduite de moitié.

Derec était assis sur le lit du fond et devait lever la tête pour que son regard croise les yeux cernés de rouge du robot.

Ariel se posa sur l'autre lit. Jacob, qui l'avait suivie, resta près de la porte, adossé au mur.

– Je lui ai expliqué la situation critique dans laquelle il nous a mis vis-à-vis de nos relations avec les Cérémyons, dit Derec, et il veut essayer de réparer. Il ne voudrait pas offenser les créatures qu'il s'efforce d'imiter et de servir.

– Elles le détruiraient probablement avant qu'il ait la moindre opportunité de les servir, rétorqua Ariel. Elles ont été drôlement surprises.

– C'est le risque que je dois courir, Ariel, déclara Flanc d'Argent. Mais je ne crois pas qu'elles veuillent me détruire.

Le robot avait nettement marqué l'omission du *miss*. Manifestement, il s'était calqué sur les extraterrestres autant en pensée qu'en apparence extérieure.

– Néanmoins, tu ferais mieux de les interpeller de loin, insista Ariel. Hors de portée d'un jet de flammes, par exemple.

– En communiquant par ondes radio, on arrive au même résultat, indiqua Flanc d'Argent. Sans la menace à laquelle vous faites allusion.

– Il faut avant tout comprendre le langage radio, riposta Ariel. Leur modulation n'est qu'un véritable charabia d'ultrasons.

– J'ai travaillé là-dessus depuis notre arrivée. Elle n'est pas différente de l'ultrason qu'ils utilisaient lorsqu'ils discutaient en privé durant votre entrevue. Celle-ci m'a fourni les clefs dont j'avais besoin pour comprendre les transmissions radio que j'avais interceptées le soir de notre arrivée. A présent, je me débrouille assez bien avec leur langage.

« Si bien que j'ai comme dans l'idée que vous allez trouver plusieurs représentants de l'espèce qui nous attendent dehors, et probablement à portée de jets de flammes.

Derec bondit du lit et courut vers la porte-fenêtre qui donnait sur le balcon, talonné par Ariel. Il allait sortir, mais s'immobilisa soudain. Perchés sur la balustrade du balcon, il y avait deux extraterrestres, nettement visibles à travers les rideaux extrêmement fins et en dépit de la semi-obscurité que le dôme créait en permanence. Leurs silhouettes se découpaient contre l'édifice blanc de l'autre côté de la rue, telles deux noires corneilles géantes. Il y en avait sans doute d'autres au niveau de l'avenue.

Derec et Ariel revinrent dans la chambre.

– Tu leur as parlé ! accusa Derec d'un ton calme mais néanmoins insistant.

– Oui, reconnut Flanc d'Argent. J'ai d'ores et déjà entamé mes propres négociations.

– Et à qui as-tu parlé ?

– Au chef dénommé Sarco.

– Et que veulent-ils ?

– Que vous me relâchiez. Je leur ai dit que j'étais retenu prisonnier.

– Si peu. Tu aurais pu briser tes liens quand tu voulais, que ce soit avant qu'on soit entrés ici ou après.

– Peut-être, mais je ne voulais pas risquer d'abîmer mes ailes. Pour parvenir à cette forme aérodynamique, j'ai dû sacrifier ma force et ma rudesse à la vigueur et la légèreté nécessaires pour maintenir un vol prolongé, ce qui, inévitablement, entraîne une certaine fragilité.

« Mais je dois m'entretenir à présent avec maître Sarco.

– Dis-lui la vérité, lança Ariel. Explique-lui que nous étions sincères et que nous n'étions pas au courant pour ta dernière transformation.

– Je suis tenu de toujours dire la vérité. Je ne peux faire autrement.

– Mais il arrive que tu omettes des choses, fit remarquer Derec. Fais en sorte de tout leur dire concernant notre situation.

– Je me dois avant tout à mes nouveaux maîtres. Mais je n'oublie pas aussi facilement ceux qui, comme Hurle-Vie et Wolruf, ont été gentils avec moi. Ce n'est pas vraiment ce que je dirais de ceux qui vous prennent au lasso et vous ligotent.

– Pense à Wolruf, alors. Et à toutes les bontés que j'ai eues pour toi avant cet incident.

– Je dois aller m'entretenir avec Sarco, conclut Flanc d'Argent sans réplique en roulant sa masse encore en boule pour se mettre sur ses pieds.

Il se redressa à moitié, toujours penché de côté, et se glissa par la porte de la chambre.

LES LOIS DE L'HUMANIQUE

Planant bien au-dessus de l'altitude de charge, Synapo observait l'extraterrestre à l'éclat d'argent et son escorte de Cérémyons – les gardes étaient plus de deux fois plus petits que lui – qui se dirigeaient vers la Falaise du Temps, en bas au loin, au rendez-vous que leur avait donné Sarco pour écouter ce qu'avait à dire l'étranger.

Sarco avait déjà rejoint la cime de la falaise. Synapo l'avait vu arriver un quart d'heure auparavant, peu de temps après la dernière transmission radio qui avait décidé de la réunion.

Synapo se mit en boule et entama sa chute en mettant un bout d'aile en drapeau pour descendre en vol circulaire vers la Falaise du Temps, comme s'il roulait le long d'une rampe de garage.

Il avait adapté sa vitesse à celle du petit groupe de Cérémyons au milieu desquels se tenait l'être d'argent, de sorte qu'il arriva à la réunion presque en même temps qu'eux.

Il alla se percher sur le rocher escarpé le plus bas des deux, celui que Sarco occupait lors de la dernière assemblée. L'élite des Cérébrons était déjà alignée sur la plaque rocheuse du niveau inférieur.

L'extraterrestre répondant au nom de Flanc d'Argent était face au milieu de la rangée composée de Myostriens, en dessous de Sarco. Le chef myostrien ne perdit pas de temps ; dès que Synapo fut installé sur son perchoir, il commença à interroger l'étranger.

– Qui es-tu et pourquoi nous as-tu contactés ?

– Je suis un robot, et je suis ici pour vous servir, répondit Flanc d'Argent.

Malgré lui, Synapo fut impressionné. L'être avait acquis une grande maîtrise de la langue des Cérémyons et ne s'exprimait plus qu'avec un léger accent.

– Tu es un serviteur, comme les serviteurs qui ont bâti la cité que nous avons annihilée ? demanda Sarco.

– Oui. Avec simplement quelques dons en plus.

– As-tu été créé ce matin, au moment de notre entrevue avec les intrus ?

– Non. J'ai été créé sur une autre planète. Ce que vous avez vu ce matin n'était qu'une transformation.

– Dans quel but ?

– Celui de suivre au mieux les lois qui me gouvernent, les lois des êtres qui m'ont créé.

– Et que disent ces lois ?

– Je ne dois pas faire de mal à un être humain ni, restant passif, permettre que du mal soit fait à un être humain.

« Je dois obéir aux ordres donnés par les êtres humains sauf quand ces ordres entrent en conflit avec la Première Loi.

« Et je dois protéger ma propre existence, à condition que cette protection n'entre pas en conflit avec les Première et Deuxième Lois.

– Ce sont les mêmes lois qui régissent les serviteurs qui ont bâti la cité, dit Sarco.

– Oui. Nous sommes tous des robots. C'est du moins ce qu'on m'a dit.

– Et ces êtres humains, questionna Sarco, tu les considères comme tes créateurs et ceux que tu dois servir ?

– Oui.

– En ce cas, pourquoi est-ce nous que tu veux servir ?

– Les Lois et ma programmation ne sont pas claires sur la nature des êtres humains. Manifestement, seuls des êtres plus intelligents que moi ont pu me créer. Je cherche à connaître et à identifier de tels êtres. Avant que je ne vous rencontre, Ariel et Derec étaient les êtres les plus intelligents que j'aie trouvés, avec peut-être l'exception de Wolruf.

– Nous sommes les êtres les plus intelligents de cette planète, professa Sarco. Mais nous ne t'avons pas créé. Miss Ariel Welsh nous a dit qu'elle et les êtres qui lui ressemblent sont des êtres humains. Nous n'avons aucune raison de ne pas la croire. Et toi, pourquoi ne la crois-tu pas ?

– Ce ne sont ni Ariel ni Derec ni Wolruf qui m'ont créé. C'est ce qu'ils affirment.

– Tu n'as pas été créé ce matin pour nous intimider ? insista Sarco.

Synapo était d'accord avec lui. C'était un point des plus importants.

– Non. J'ai simplement changé de modèle, après celui de Wolruf.

– Donc, ce matin, quand l'entrevue a débuté, tu avais la forme de l'être dénommé Wolruf, un des trois avec qui nous avons parlé ?

– Oui.

– Et ce n'est pas sur les instructions de miss Ariel Welsh que tu t'es transformé ?

– Non. Je me suis calqué sur un être comme vous qui s'appelle Synapo et qui me semblait le plus intelligent des deux extraterrestres présents lors de l'entrevue.

– C'est Synapo que tu vois là.

Sarco pointa l'appendice médian de son aile droite en direction de son ami juché sur l'autre rocher.

– Je suis Sarco, le deuxième présent à l'entrevue, celui qui est moins intelligent.

Si le sarcasme n'échappa point à Synapo et aux autres membres de l'élite des Cérémyons, il passa complètement à côté de Flanc d'Argent.

Ce dernier s'avança sur la plaque rocheuse, juste au-dessous de Synapo.

– Tu es manifestement l'être le plus intelligent de cette planète, dit Flanc d'Argent en s'adressant à lui. Ce ne peut être que toi, ou quelqu'un qui te ressemble fort, qui m'as créé. Tu dois donc être un humain.

– Non, répondit Synapo. Je ne suis pas un humain.

– Et qu'est-ce qu'un humain, maître Synapo ? demanda le robot.

Synapo comprit alors dans quel dilemme se débattait le robot. C'était, pour celui-ci, un épineux problème de sémantique ; un problème dont Synapo n'avait saisi la véritable nature qu'à partir du moment où il avait remplacé les mots *être humain*, dans l'énoncé des lois régissant le robot, par celui de *créateur*. C'était en fait par rapport au terme employé que ce robot-là, pour une raison ou une autre, interprétait les lois. Créateur, être humain, ou toute autre appellation concernée par les lois, le terme n'avait pas été défini. Cela ne faisait désormais aucun doute.

Les êtres humains avaient peut-être créé les robots Avery, mais celui-ci n'était pas du tout persuadé que ce soient les mêmes créatures qui l'aient créé, même si lui et les Avery étaient gouvernés par des lois à la structure similaire. Mais de tout cela, il semblait ressortir clairement que c'étaient bien les humains qui avaient créé le robot et que c'était à eux que se référaient les lois programmées dans son cerveau.

– Miss Ariel Welsh et tous ceux qui lui ressemblent sont des êtres humains, déclara Synapo, et ce sont des êtres humains qui t'ont créé. Ce sont eux que tu dois servir, et d'entre tous, je te suggérerais d'accorder tes services les plus dévoués à miss Ariel Welsh. Nous avons commis une faute grave en la mal jugeant, et c'est la deuxième fois que nous lui faisons du tort.

« De plus, quand tu retourneras avec eux, choisis comme modèle – pour ta nouvelle forme – un être qui soit de nature à la servir mieux. Tu fais un piètre Cérémyon.

Il y eut un long silence.

– Une dernière question, dit finalement Flanc d'Argent. Tu m'as entendu réciter les Lois de la Robotique qui régissent ma conduite. Ça m'aiderait beaucoup à servir miss Ariel si je connaissais les Lois de l'Humanique. As-tu pu te faire une idée de ce que sont ces lois au cours de tes discussions avec les humains, miss Ariel et maître Derec ?

– Il n'y a qu'une seule Loi de l'Humanique. Toutes les autres n'en sont que des corollaires. La Loi de l'Humanique est la loi de tous les êtres vivants, qu'ils soient d'une intelligence supérieure ou inférieure, qu'ils soient Cérémyons, humains ou loups comme Wolruf.

« Nous obéissons tous sans exception à cette unique loi, même si, par moments, sans penser plus loin, il peut sembler en être autrement. Nous provenons tous du chaos, et c'est le chaos qui gouverne notre vie. Mais, paradoxalement, il peut arriver qu'en émerge une apparence de dessein, et c'est ce dessein chaotique qui nous oblige à suivre cette unique loi.

« L'énoncé en est on ne peut plus simple : *Chacun de nous fait toujours ce qui lui plaît le plus.* Voilà ce qu'est la seule Loi de l'Humanique.

« Maintenant, va, et sers au mieux ta miss Ariel Welsh.

Les ailes du robot Flanc d'Argent se déployèrent jusqu'à l'envergure maximum et, sous les regards de Synapo et de tous les Cérémyons rassemblés, parurent lentement se dissoudre, se contracter en gros appendices supérieurs, tandis que le torse rétrécissait de plus de moitié et que les pattes se gonflaient pour dessiner des cuisses charnues et des mollets bombés.

Quand la métamorphose fut achevée, Synapo avait devant lui un être dont il n'avait vu qu'un seul modèle similaire chez les extraterrestres, le serviteur dénommé Jacob Winterson.

Eût-il été un peu plus prévoyant, moins anxieux d'effectuer sa métamorphose, Flanc d'Argent se serait accordé davantage de temps. Mais Synapo n'y pensait déjà plus lorsqu'il monta dans les airs pour aller prendre son poste de charge au-dessus du compensateur, afin d'emmagasiner le peu qui restait du rayonnement solaire en cette fin d'après-midi.

NEURONIUS CONTRE-ATTAQUE

Il était déchiré par la contradiction, le dilemme, dans lesquels sa logique, sa raison, étaient prises ; son esprit lançait des appels muets de détresse, flottant à la dérive comme une épave sur le rivage de la Falaise du Temps. Flanc d'Argent avait enfin rencontré l'intelligence supérieure qu'il cherchait, et cette intelligence avait nié être humaine. Ariel Welsh était humaine, avait affirmé cette intelligence, et aussi Derec Avery. Va et sers miss Ariel Welsh, avait-elle dit, et trouve la forme qui conviendra le mieux.

Il ne pouvait faire autrement que de céder à la volonté de cette intelligence supérieure – pas moyen d'échapper à la logique – et pourtant il avait violé les Lois. Il n'avait pas bien servi les humains, et c'était là une pensée insupportable, un constat qu'il se refusait à admettre.

Il s'accrocha désespérément à sa raison, en fit une boule compacte et se réfugia dans la tâche absorbante qui consistait à fixer son nouveau moi sur les souvenirs qu'il avait engrangés de Jacob Winterson. Il était encore là, sur la plaque rocheuse, longtemps après le départ des Cérémyons, plongeant de plus en plus profondément dans sa nouvelle mémoire, creusant, explorant, testant bien au-delà de tout ce qu'il avait jamais fait avant cela. Modifiant ses cellules microbotiques pour obtenir celles qui auraient la fonction et la pigmentation propres à réaliser cette fois-ci le double parfait : la peau de bronze, les cheveux blonds taillés en brosse et les mêmes mèches fines, le cou fusiforme qui conservait jusqu'aux épaules le diamètre du tour de tête, les biceps et les pectoraux bombés, la taille étroite, les cuisses puissantes, le tout maintenu sous l'enveloppe d'acier par de solides câbles musculaires.

Il se dota du même front haut dépourvu de la moindre ride, du même délicat nez scandinave, des mêmes grands yeux d'un bleu profond, des mêmes pommettes saillantes, des lèvres charnues, du menton fendu qui pointait en avant.

Une fois la transformation enfin achevée, il s'avança au bord de la plaque rocheuse et baissa les yeux sur la ligne qui délimitait nettement la forêt et la plaine. En suivant cette ligne, son regard parvint au dôme irisé recouvrant la Cité des robots, miroitant dans la lumière solaire tel un mirage suspendu au-dessus de l'horizon, translucide et apparemment vide de tout contenu.

Il fut pris d'une soudaine envie de déployer ses ailes et de se laisser glisser depuis l'escarpement jusqu'à ce dôme où était miss Ariel Welsh. C'étaient les Lois qui parlaient en lui quoique, l'espace d'un instant, il éprouvât une impulsion contraire et aussi puissante que la première lui commandant de partir dans l'autre direction. Puis, les Lois reprirent le dessus et, sans ses ailes, il se mit à descendre en toute insouciance la paroi de la falaise, utilisant la force surhumaine de ses doigts et de ses orteils pour s'agripper au rocher et ramper vers le bas avec l'agilité d'un caméléon.

Dans sa descente le long des superpositions et des plis rocheux que le soulèvement de la Falaise du Temps avait mis au jour, il rencontra des ères géologiques de plus en plus anciennes. Il avait l'impression de retourner progressivement à la brève période qu'il avait connue à son origine, sur une autre planète, comme s'il rebroussait le temps et l'espace vers la forêt qui l'avait vu naître.

Il dévala les quelques derniers mètres le long d'un talus abrupt de graviers noirs concrétionnés pour arriver sur une pente plate et rocheuse qui menait aux premières herbes de la plaine. Il se redressa et partit d'un trot soutenu vers la forêt située cinq cents mètres plus loin, impatient de s'immerger dans la jungle luxuriante qui lui était un habitat familier, comme celui qu'il avait connu en premier. Il se sentait attiré vers lui comme jamais rien d'autre ne l'avait attiré auparavant.

Il était encore à dix mètres de ce havre de paix quand un des extraterrestres aux ailes noires émergea d'un pas chancelant du massif d'arbustes touffu qui le cachait à sa vue.

– Tu es celui qu'on appelle Flanc d'Argent, dit l'extraterrestre.

– Exact. Je suis Flanc d'Argent, acquiesça le robot.

Il continua à avancer vers le noir extraterrestre, puis ralentit l'allure lorsque celui-ci recula gauchement pour s'interposer entre lui et la forêt.

– Je suis Neuronius, annonça l'extraterrestre. Il faut que je te parle, Flanc d'Argent.

– J'ai déjà parlé longuement avec votre peuple, Neuronius. Je dois maintenant gagner la forêt pour réfléchir sur tout ce que j'ai appris.

– Je peux t'en apprendre bien plus, Flanc d'Argent. Des tas de choses qui vous profiteraient, à toi et à ceux de ton espèce, dans vos relations avec les Cérémyons.

– Je n'en sais que trop à présent. Je n'arrive déjà pas à ingurgiter tout ce que j'ai appris. Voudrais-tu jeter encore plus le trouble dans mon esprit ?

– C'est qu'il y a tellement d'autres choses qu'il te faut savoir concernant les Cérébrons pour servir miss Ariel Welsh comme il convient. Oserais-tu rejeter une telle opportunité ?

Tout en parlant, l'extraterrestre avait reculé sous le couvert des grands conifères, menant Flanc d'Argent le long d'un sentier qui traversait l'épais massif d'arbustes. Brusquement, il s'arrêta, toujours face à Flanc d'Argent, lui bloquant le passage vers la jungle.

– Laisse-moi passer, dit Flanc d'Argent. Je ne veux pas blesser un être qui ressemble tellement au puissant Synapo.

– Synapo n'est rien, Flanc d'Argent. Je peux te divulguer le secret du dôme où l'espace et le temps se dissocient. Alors, quand ta miss Ariel Welsh devra négocier avec lui, elle sera en position égale. Ce secret peut être une arme autant qu'un outil.

La situation était troublante. Avec Synapo lui donnant l'ordre de servir miss Ariel, c'était comme s'il lui disait en personne d'écouter Neuronius.

– Je t'écoute un petit moment, en ce cas. Mais ensuite, je dois te quitter.

Ainsi poursuivirent-ils leur chemin le long du sentier, pour déboucher un peu plus loin dans une petite clairière bordée par un ruisseau. Neuronius ouvrit ses ailes, les agita doucement comme pour défroisser quelques plis qui l'incommodaient, puis les replia sur ses flancs. Il s'avança jusqu'au ruisseau d'une démarche vacillante, se posa sur une pierre plate au milieu du faible courant en laissant tremper les plumes de sa queue dans l'eau.

– Pour connaître le secret du dôme, commença Neuronius, il suffit de comprendre ce que sont l'espace et le temps, et quel rapport ils entretiennent avec les trous noirs concaves. Ce rapport est plus explicite si l'on évoque les termes d'analyse tensorielle.

Flanc d'Argent était déjà familiarisé avec la mathématique des tenseurs, la mécanique quantique, la relativité générale, la physique spatio-temporelle, toutes disciplines qui demeuraient, bien que plus sophistiquées dans leur langage et leurs applications, les sciences fondamentales développées par Schrödinger et Einstein.

Les technologies du saut hyperspatial et de l'hyperonde n'étaient guère plus que des outils que l'homme avait découverts tout à fait accidentellement et ne comprenait encore pas très bien, pas plus qu'il ne comprenait ce qu'était un électron.

Neuronius entraîna donc Flanc d'Argent sur des sentiers mathématiques qui avaient affaire avec l'espace et le temps. Notions qui, pour lui avoir été familières au début, devinrent rapidement quelque chose d'étrange et d'insoupçonné, et qui lui entortilla ses circuits de pensée positroniques au point de lui occasionner un malaise qui allait en grandissant.

Ce malaise lui fit se demander si Neuronius – un être capable de lui entortiller l'esprit à ce point – n'était pas finalement supérieur à Synapo. Différent, certes, mais c'était peut-être cette différence qui faisait de lui un esprit supérieur. Flanc d'Argent continua à enregistrer ce que lui disait Neuronius, mais cessa de faire fonctionner sa mémoire associative – cessa d'*écouter* – pour poursuivre sa fascinante comparaison entre les deux extraterrestres. Finalement, il interrompit Neuronius au milieu de son cours.

– Qu'est-ce qu'un humain, Neuronius ?

– Quoi ?

– J'ai cherché les humains, les êtres dont les lois régissent ma conduite. J'avais pensé que les humains devaient être l'espèce la plus intelligente de la galaxie, et voilà que Synapo déclare que miss Ariel est une humaine, et lui non, même s'il est plus intelligent que miss Ariel.

Neuronius eut un moment d'hésitation. Dans le silence, le gazouillis des oiseaux de la jungle parvint aux oreilles de Flanc d'Argent, qui enregistra avec une étonnante netteté une impression de calme et de sérénité qui s'accordait on ne peut plus mal avec le trouble de son esprit.

– Je suis humain, dit Neuronius. Synapo ne l'est pas.

N'y avait-il donc aucune paix dans cette existence ? Indiscutablement, Neuronius était plus intelligent que miss Ariel, et il apparaissait de plus en plus que Neuronius était effectivement plus intelligent que Synapo. Pourtant, Synapo était le chef des Cérémyons. La question logique venait tout de suite à l'esprit.

– Où vous situez-vous dans la société des Cérémyons ?

– Je ne suis pas un Cérémyon, répondit Neuronius. Il peut sembler en être ainsi, mais ce n'est pas le cas. Je suis bien supérieur à n'importe quel Cérémyon.

– Y en a-t-il d'autres de votre espèce ?

– Pas sur cette planète. Celle-ci m'appartient. Chacun des autres règne sur sa propre planète.

Flanc d'Argent était impressionné. Néanmoins, il y avait quelque chose en Neuronius qui l'ennuyait – sa verbosité, peut-être. Avec Mandelbrot, c'était pareil. Sauf que ça ne prêtait pas à conséquence. Mandelbrot n'était qu'un robot. Neuronius, lui, n'était pas un robot, et si ses propos avaient quelque chose d'extrêmement tentant, ils n'en demeuraient pas moins inquiétants, et donc générateurs de malaise. Avec Mandelbrot, Flanc d'Argent ne s'était jamais senti mal à l'aise.

Si Neuronius était le seul de son espèce sur cette planète, il était donc bien l'être le plus intelligent qu'on puisse y rencontrer – s'il était effectivement plus intelligent que Synapo. Flanc d'Argent en revenait encore à la même comparaison. Des deux, Neuronius semblait être le plus intelligent. Il avait creusé la technologie du dôme bien plus loin que Synapo ne l'avait fait au cours de l'entrevue avec les créatures mammifères. On aurait dit que Synapo se retenait d'en dire davantage, comme s'il n'était pas complètement sûr de ce qu'il avançait. Neuronius, en tout cas, ne donnait pas cette impression. On l'aurait cru prêt à exploser de tout son savoir. A tel point que les potentiels positroniques de Flanc d'Argent véhiculant ses connaissances sur les dômes étaient à présent un fatras complet.

Il vivait un épouvantable dilemme. Il lui fallait trouver une solution. Il avait cru la tenir et n'avait obtenu comme résultat, pour la énième fois après tant et tant d'échecs, qu'une expérience troublante qu'il avait fini par accepter en prenant le moule de Jacob Winterson. Et voilà que toute cette épreuve semblait n'avoir mené à rien. Mais comment allait-il résoudre son problème ?

– Il faut que je sache qui est le plus intelligent entre vous et Synapo. Pouvez-vous m'indiquer un moyen d'y parvenir ?

– Je ne m'intéresse pas à tes petits jeux, Flanc d'Argent. Je t'offre le savoir qui te permettra de servir qui ça te chante avec une plus grande efficacité. J'espère que tu en es conscient.

– Mais il faut décider clairement qui je dois servir avant de mettre ce service en pratique. Avec l'intelligence que vous avez, j'espère que vous en êtes conscient.

– On peut se préparer à servir le plus efficacement possible sans pour autant savoir qui l'on devra servir par la suite.

– Mais alors, comment se prépare-t-on ? Sur quel genre de service doit-on travailler ? Cela dépend de la personne qu'on va servir.

Tout ça était très clair dans l'esprit de Flanc d'Argent, et si Neuronius était incapable de comprendre quelque chose d'aussi simple que ça, il ne pouvait pas être aussi intelligent qu'il avait semblé au premier abord.

– Tu as raison, bien sûr, admit Neuronius. Mais je trouve extrêmement désagréable et gênant de faire ma propre promotion aux dépens d'autres individus. J'ai l'air stupide, sans doute. Mais je n'ai pas envie de dénigrer Synapo.

« Il faut que tu trouves une solution, n'est-ce pas ? ajouta Neuronius sous les yeux duquel une petite flamme verte brûla quelques secondes, suspendue dans les airs.

C'était l'une des manifestations du langage corporel extraterrestre que Flanc d'Argent avait appris à déchiffrer. Elle conférait un grand souffle de sincérité au sentiment de gêne que Neuronius disait éprouver.

– Oui, acquiesça le robot.

– Alors, c'est moi que tu dois servir. Je suis un humain, le seul humain sur cette planète et le plus intelligent entre toutes les diverses espèces qui vivent ici. Certainement plus intelligent que Synapo.

Ça irait pour l'instant. Dans l'immédiat, Flanc d'Argent ne pouvait rien faire de plus. Il lui fallait prendre pour argent comptant ce que Neuronius avait dit, mais ça n'allait pas être sans mal. Il avait rencontré de nombreux carrefours sur la voie où l'avait mené sa quête des humains, et à chaque fois – à chaque croisement – la solution du dilemme avait été pour lui un supplice plus éprouvant que le précédent.

Ce conflit, qui se répétait aujourd'hui, et ses efforts pour s'en sortir, instillaient des élancements de douleur dans son cerveau positronique, des petits coups de poignard qui se transformaient en une boule glacée de pure angoisse. Finalement, il ne put supporter la douleur plus longtemps.

Il se dressa d'un bond et s'enfuit le long du sentier vers le cœur de la forêt, sous l'écho de plus en plus atténué des cris de Neuronius.

Epuisé, après avoir laissé Neuronius loin derrière, il interrompit sa course. Il avait abandonné le sentier et plongé à travers l'épaisse végétation, l'arrachant avec les racines quand elle ne voulait pas céder autrement. Il resta là un moment, rechargeant ses réserves. Dans sa course folle, il avait utilisé toute l'énergie de son réacteur à microfusion et davantage, vidant ses réserves jusqu'à ce qu'il soit forcé de s'arrêter.

Alors, sans se précipiter, il commença à passer d'un moule à l'autre pour essayer de trouver la paix de l'esprit, de Jacob à Synapo, puis à Wolruf, à Derec et pour finir à

Œil Perçant, le premier modèle qu'il avait connu, avec son langage animal.

Sous sa forme de loup, il n'eut besoin que d'une fraction de la puissance de son réacteur pour courir à son gré à travers la forêt, en repérant et en suivant les pistes qu'avaient tracées les animaux, les habitants naturels de la planète Huître. Il trouva un semblant de paix dans les suaves odeurs sauvages laissées par ces créatures qui étaient l'essence même de ce monde ; des créatures qui se situaient, sur l'échelle de l'existence, bien plus bas que Hurle-Vie, mais qui restaient tellement semblables à lui dans leurs odeurs familières et pourtant différentes.

Il passa la nuit à errer sans but dans la Forêt du Repos.

L'aube le trouva aux abords de la forêt située sous la Falaise du Temps, près du sentier qui menait à la clairière où Neuronius lui avait donné son cours sur le dôme. La nuit avait au moins servi à clarifier une chose. Il fallait qu'il parle de nouveau à Synapo avant de porter un jugement définitif sur le statut d'humain dont se prévalait Neuronius.

Il avait la possibilité de contacter Synapo par radio, mais la seule façon honorable de lui parler était de le faire en vol. Il ne pouvait pas lui demander de se déplacer. Synapo lui avait laissé la nette impression de ne plus désirer s'entretenir avec lui. Flanc d'Argent devait donc reprendre la forme de Synapo pour le rencontrer sur son terrain.

Il termina sa transformation en corps-noir alors que le soleil se levait juste sur la Falaise du Temps. Il y avait un Cérémyon qui planait haut au-dessus du dôme, à l'endroit habituel où Synapo prenait position. Flanc d'Argent décolla tant bien que mal et grimpa en décrivant une longue oblique qui lui fit gagner l'altitude nécessaire pour rejoindre l'extraterrestre une fois franchie la distance depuis la Falaise du Temps.

Lorsqu'il arriva à la verticale du dôme, il nota que le crochet de l'extraterrestre était en arrière, signe probable que celui-ci n'était pas hostile à l'entrevue.

Son propre crochet pointé vers l'arrière, Flanc d'Argent monta doucement à hauteur de l'extraterrestre et dit :

– Chef Synapo, j'ai besoin de trouver une solution à...

– Sarco, le coupa l'extraterrestre. Synapo sera là plus tard aujourd'hui.

Parler à Sarco risquait de s'avérer plus profitable. Il connaissait et Neuronius et Synapo, et était chef lui aussi. Qui mieux que lui pourrait juger entre les deux ?

– J'ai un problème à résoudre d'extrême urgence, chef Sarco. Il s'agit pour moi de mieux comprendre qui est Synapo pour pouvoir le comparer à Neuronius, le situer à son vrai niveau d'intelligence par rapport à celui-ci, qui prétend être la créature la plus intelligente de la planète.

– Neuronius ? siffla Sarco en émettant une petite flamme verte. Par le Grand Petero !

– Neuronius dit en outre qu'il est un humain, et non un Cérémyon, et qu'il est le seul de son espèce sur cette planète.

– Moi-même j'hésite à lui accorder le titre de Cérémyon. Mais, malheureusement, c'en est un. Un Cérémyon paranoïde affligé de la folie des grandeurs. Ce qui est sûr, c'est qu'il n'est pas plus intelligent que Synapo, tu peux me croire sur parole. Si c'était le cas, il n'aurait pas été chassé de l'élite des Cérébrons.

– Il a donc bien été membre des Cérémyons ?

– Voilà un fait des plus certains. Que nous regrettons tous à présent, alors qu'à l'époque on ne s'en souciait guère. Il faut dire que Neuronius était d'une habileté diabolique. Habileté, cependant, n'égale pas sagesse plus intelligence.

– Merci de votre aide. Vous m'avez été d'un grand secours. Je vais prendre congé maintenant.

Flanc d'Argent se mit en boule et se laissa tomber.

SURSIS

Ils avaient posté Jacob et Mandelbrot sur le balcon de l'appartement pour guetter durant la nuit au cas où les extraterrestres fermeraient prématurément le dôme.

– Ceci me rappelle une autre nuit avant votre arrivée, dit Jacob. J'étais resté un bon moment, comme ce qui nous attend maintenant, mais tu n'étais pas avec moi.

– J'espère qu'il n'est rien arrivé de fâcheux cette nuit-là, dit Mandelbrot.

– Non. Mais ç'a été la dernière nuit que miss Ariel a passée sous le dôme où elle risquait de se retrouver emprisonnée pour toujours. La nuit suivante, elle a dormi sur le siège arrière du camion. Et c'est le lendemain matin qu'on a réglé ce premier problème avec les extraterrestres.

– Il faut espérer que celui-ci connaisse également un dénouement heureux. Quelles sont les chances du cinglé, à ton avis ?

– Tu as vu, il est imprévisible. Néanmoins, je lui ai souhaité beaucoup de succès par égard pour miss Ariel. Succès qui m'a l'air bien compromis. Je trouve qu'il tarde à revenir.

– Je crains que tu n'aies raison, acquiesça Mandelbrot. Maître Derec a fait remarquer que les chefs extraterrestres avaient repris en milieu d'après-midi leurs positions habituelles. Encore que ça ne m'ait pas paru totalement évident ; ils se ressemblent tellement.

Ils étaient tous assis dans le camion, à l'extérieur du dôme, à attendre le retour de Flanc d'Argent.

Ils avaient vu arriver une volée de corps-noirs revenant de l'endroit où ils avaient emmené Flanc d'Argent. Mais celui-ci n'était pas avec eux à leur retour, ce qui ne laissait présager rien de bon pour la santé mentale du cinglé.

Pour Jacob, la nuit s'écoula pratiquement comme celle de l'autre fois, hormis qu'il bénéficiait aujourd'hui de la compagnie et de la conversation de Mandelbrot. Ils échangèrent quelques propos peu concluants sur les Lois de l'Humanique, puis ils entamèrent une longue discussion fouillée sur les nombreux prolongements qu'entraînait la découverte faite récemment par Mandelbrot concernant la communication par hyperonde. A savoir qu'il y avait deux sortes de modulation, et non pas une seule ; la modulation discrète, déjà bien connue et avec laquelle ils étaient tous familiarisés ; et maintenant cette nouvelle modulation, dite continue, dont ils avaient déduit l'existence des commentaires des extraterrestres, et qui expliquait dès lors le mystère du moniteur interne dont disposait Derec pour communiquer à distance avec les Superviseurs des cités de robots. Le fantasque Dr Avery, créateur du communicateur, avait été le seul à en maîtriser la technique, jusqu'au jour où Ariel avait poussé les robots à examiner les analogies et les connexions qui existaient entre les deux types de voyage hyperspatial : la téléportation par Saut, en rapport avec la modulation d'hyperonde discrète, et la téléportation par Clef, liée à la modulation d'hyperonde continue. Au cours de leur longue nuit, Mandelbrot et Jacob établirent des parallèles, tirèrent des conclusions, qu'ils enregistrèrent en conjuguant leur effort dans un mémoire long et détaillé, destiné aux archives de la Cité des robots. Un traité exhaustif, apte à répondre à n'importe quelle question qu'on pourrait se poser sur le sujet.

La nuit fut encore plus longue pour Ariel et Derec, une nuit qu'ils passèrent enfermés dans leur chambre pour éviter à Wolruf l'étalage de leur désaccord. A l'heure qu'il était, cette friction avait pris des dimensions dépassant le simple jeu de pouvoir, aussi fréquent que bénin, qui caractérise bien des relations de couple.

Les choses commencèrent tout de suite après dîner, une fois qu'Ariel eut gagné la chambre pour s'isoler des autres. Elle se sentait en proie à un intense désespoir. Pourquoi était-ce si important pour elle de mener à bien cette tentative de conciliation et de cohabitation avec une bande d'extraterrestres ? D'essayer d'épargner et d'intégrer à la communauté galactique un monde dont elle n'avait après tout rien à faire ?

N'était-ce qu'une question de fierté, histoire de se prouver une fois de plus qu'elle avait la compétence d'un chef ? Pourtant, Derec n'avait jamais prétendu devoir en toutes choses avoir le dernier mot, l'avis ultime et définitif qui ferait force de loi sur tout ce qui les concernait l'un et l'autre et dont ils étaient mutuellement responsables.

Mais quand même, pourquoi faisait-il en sorte qu'elle se sente idiote chaque fois qu'elle essayait de manifester son individualité ? Elle avait autant que lui le droit de prendre des décisions. D'ailleurs, bien souvent, quand il prenait une décision qui s'avérait être bonne, c'était seulement parce que les conseils qu'elle lui donnait lui évitaient de s'égarer.

Elle en savait certainement plus que lui sur la façon de diriger les robots. Il était peut-être plus doué quand il s'agissait de les animer physiquement mais, sur le plan du comportement social, elle était bien plus experte pour en tirer le maximum, y compris de Mandelbrot qui avait pourtant été fabriqué par Derec. De par l'éducation qu'elle avait reçue sur Aurora, entourée de robots serviteurs, elle avait acquis à cet égard une expérience qui lui donnait une autorité naturelle sur les robots. Autorité à laquelle elle ne serait jamais parvenue sans cette tranquille assurance qu'on acquiert lorsqu'on est enfant et que tout l'entourage est aux petits soins pour vous. Bizarrement, Derec n'avait pas connu cette éducation normale.

On peut s'attacher complètement à eux, voire les traiter comme des animaux familiers. Certains robots possèdent une intelligence telle qu'on peut même avoir pour eux un attachement encore plus fort que pour un animal familier, en particulier si votre robot n'est autre qu'un de ces rares modèles humaniformes sur lesquels lorgnaient les Aurorains à une époque. Sans aucun doute, Jacob était plus qu'un animal familier.

L'idée s'insinua en elle, et le fait d'en prendre ainsi conscience jeta le trouble dans l'esprit de la jeune femme. Avant que Derec ne débarque sur la planète Huître, elle s'était sentie coupable par rapport à Jacob, en pensant à la façon dont Derec, sur Aurora, était manifestement mal à l'aise en présence du séduisant robot. A présent, il ne s'agissait plus de culpabilité. Derec avait retourné la situation à son avantage en ramenant ce robot aux allures de monstre de la planète des loups. Malgré tous ses talents à manipuler les robots, Ariel doutait totalement d'être capable de contrôler Flanc d'Argent.

Celui-ci venait de provoquer une cassure irréparable dans les excellentes relations qu'Ariel avait réussi à nouer avec les Cérémyons, tout particulièrement avec Synapo. Sarco était resté plus ou moins une énigme, quelque chose comme un amical ennemi, autant que la jeune femme ait pu en juger. Il lui donnait l'impression, non pas de la trouver antipathique, mais plutôt d'être incapable de la considérer comme autre chose qu'un étranger. Pour dire la vérité, elle avait le même sentiment à son égard, ce qui les mettait sur un pied d'égalité. Mais aujourd'hui, avec les histoires de Flanc d'Argent, Sarco était bel et bien l'ennemi. Là-dessus, aucun doute pour Ariel.

Ce fut à ce moment-là que Derec entra dans la chambre. La jeune femme transféra alors ses craintes de Sarco au jeune homme, à la différence près qu'elles étaient loin d'être aussi légères concernant celui-ci. Derec n'était pas un ennemi ordinaire ; elle ne pouvait plus l'aimer dès lors que l'ennemi prenait le dessus sur l'amant.

– Ne reste pas ici, Ariel, lui dit-il. Tu n'as aucune raison de punir Wolruf en venant bouder dans cette chambre. Tu as peut-être quelque chose à me reprocher – et je ne suis même pas certain de savoir ce que c'est – mais tu n'as absolument aucune raison de lui faire de la peine à elle. Elle est probablement plus de ton côté que du mien. Après tout, c'est elle qui a cautionné ton projet d'exploitation agricole.

Ariel ne répondit pas. Elle était assise dans le coin le plus éloigné de la pièce – enfoncée dans un fauteuil rembourré qui ressemblait plus à un sac de haricots qu'à un élément de mobilier – et regardait par la fenêtre d'angle, contiguë au balcon, qui donnait sur l'Avenue Principale. Elle apercevait Jacob et Mandelbrot à l'autre bout du balcon, regards fixés sur l'entrée du dôme.

– Flanc d'Argent va peut-être ramener les Cérémyons,

continua Derec. Mais s'il ne le fait pas, on pourrait tout aussi bien se tirer d'ici. Je ne vois pas bien pourquoi on est venus installer notre usine sur une planète habitée. On n'a rien à faire ici. Je le sens depuis mon arrivée.

Ariel n'éprouva toujours pas le besoin de répondre, et encore moins à sa dernière remarque. Il n'avait pas tout à fait tort pour Wolruf. C'eût été grâce à sa compétence si le projet de fermes de robots avait pu réussir, si Flanc d'Argent n'était pas venu tout bousiller.

– Et puis, de toute façon, ajouta Derec, ce projet de ferme robotisée est une idée stupide. Les cités de robots ne sont rien d'autre que des cités faites par et pour des robots. Des urbanistes et des bâtisseurs. Vouloir en faire des fermiers, c'est comme essayer de fabriquer un sac en soie à partir d'oreilles de cochon.

Là, ses propos prenaient le ton de l'attaque personnelle.

– Tu oublies qu'ils l'ont déjà fait sur une planète dénommée la Cité des robots, rétorqua la jeune femme. D'ailleurs, tu es un ingénieur tellement formidable que tu ne savais même pas que ta mécanique interne transformait la modulation d'hyperonde en mode continu. Tu croyais encore que ton tordu de père avait inventé une toute nouvelle forme de communication. N'est-ce pas, monsieur le génie ?

– Je pense que tu te trompes là-dessus. Quelles sont les chances qu'une femme et une poignée de robots parviennent à trouver quoi que ce soit qui présente ne serait-ce qu'un semblant d'innovation ?

– Voilà, nous y sommes, hein ? Parce que l'idée des fermes de robots vient d'une femme, c'est une idée stupide. Tu n'es qu'un sale phallocrate, Derec Avery.

– Et toi une effrontée libertine, Ariel Welsh.

– Je suppose que tu fais allusion à Jacob. C'est ça, le fond du problème. Tu en fais une affaire personnelle.

– Parce que toi, non ?

– A quel moment ? En te traitant de sale phallocrate ?

– Tu appelles ça comment ?

– Enoncer un fait.

– Et la modulation d'hyperonde ? Tu appelles ça sans doute aussi un fait ? Ces absurdes élucubrations.

Elle se garda bien d'avouer qu'elle ignorait ce que signifiait le mot « élucubrations ».

– La modulation continue est un fait avéré, espèce de gros nul. Et si monsieur refuse que ce soit une idiote de femme qui le lui dise, il peut demander à n'importe quel Cérémyon.

– Bon sang, Ariel, pourquoi se disputer comme ça ? J'étais entré plein de bonnes intentions.

– Pour me dire que je faisais du mal à Wolruf ? C'est ça, tes bonnes intentions ?

– C'est la vérité.

– Et tu veux t'assurer que j'en sois bien persuadée, n'est-ce pas ? Pour me blesser un petit peu plus.

– Je ne suis pas venu ici pour te blesser. Simplement pour essayer de ramener un peu à la raison ce cerveau embrumé qui est le tien.

– Que voilà encore une bien bonne intention ! Continue comme ça, Derec.

– C'est pourtant la vérité. C'est pour ça que tu me vois là.

– Ce que ressent Wolruf n'est pas exactement ce qui t'inquiète, Derec. Vrai ou faux ?

– Ah bon ? C'est quoi, d'après toi ?

– C'est Jacob, n'est-ce pas ? Tu es jaloux d'un robot, hein ?

– Je n'en ai rien à fiche que tu aimes ou pas cette machine. Ce n'est pas mon affaire.

Ariel ne fit rien pour réfuter ces propos. Une effrontée, qu'elle était. Elle voulait qu'il s'explique sur ce dernier point, sans se laisser distraire par autre chose.

– Non, reprit Derec après une ou deux respirations. En fait, je m'inquiète parce que, si c'est vrai, tu dois être drôlement malade. Je t'aime, Ariel, que tu le veuilles ou non, que tu aimes ou non un robot. Alors, si c'est le cas, je veux t'aider, dussé-je aller jusqu'au bout de mes forces.

Il entra dans la pièce attenante et referma la porte derrière lui.

Il y demeura le restant de la nuit. Ni lui ni elle ne dormirent beaucoup. Et il n'y eut point de réconciliation comme cela se passait d'ordinaire après que chacun avait vidé l'autre de ses ressources émotives.

Derec dormit dans son coin, Ariel dans le sien, mais leur sommeil fut bref, chacun tenant l'autre éveillé en s'évertuant à bouger et à se retourner, bref à s'agiter exprès pour faire monter la colère de l'autre.

Finalement, survint le matin. Ils prirent, en silence, le petit déjeuner, puis partirent tous dans le camion vers l'entrée du dôme, bien avant l'heure où l'opération de fermeture devait normalement débuter, si tant est qu'elle ait lieu.

Elle n'eut pas lieu. Ils virent au contraire arriver les deux extraterrestres, Synapo et Sarco, à leur façon habituelle et toujours aussi spectaculaire, dans un grand numéro d'ailes noires. Ariel, Derec et Wolruf sautèrent du camion, sans s'éloigner de la roue avant droite. Ils écoutèrent ce que les deux Cérémyons avaient à dire.

– C'est à notre tour de solliciter une audience, miss Ariel Welsh, déclara Synapo. Car nous avons découvert qu'il existe un malentendu entre nous. Vous ne devriez pas être tenus pour responsables de l'égarement d'un serviteur mécanique – apparemment pas le vôtre – qui n'a fait qu'essayer de suivre les ordres programmés dans son cerveau de la meilleure façon qu'il connaisse. Je fais référence, naturellement, au serviteur que vous appelez Flanc d'Argent. La question est : à qui appartient cette machine et d'où vient-elle ? Elle est arrivée chez nous à bord de votre vaisseau, Wolruf. A ce moment-là, elle avait votre forme. Pouvez-vous expliquer cela ?

– Pas davantage que vous ne pouvez expliquer pour quelle raison elle a pris la vôtre, répondit Wolruf. Derec en sait plus à ce sujet que n'importe qui d'autre.

– La première fois que j'ai rencontré Flanc d'Argent, c'était sur une autre planète, raconta Derec. A cette époque, il était le chef d'une horde de créatures-loups intelligentes. Ils attaquaient les robots Avery et entravaient leur tâche qui consistait à bâtir une cité presque semblable à celle que vous avez enfermée dans votre compensateur atmosphérique. J'ai en quelque sorte fait la paix avec lui pour pouvoir étudier sa nature physique et sa programmation. J'étais conscient à ce moment-là que ça présentait certains risques. Moi seul suis responsable des désagréments qu'a pu vous causer le robot. Vous l'avez reconnu vous-mêmes, ses objectifs restent fondamentalement anodins, même si son comportement peut paraître de temps à autre bizarre.

– Comme vous aussi le reconnaissez par vos paroles,

des objectifs anodins peuvent parfois motiver des actes malheureux, surtout quand deux égarés conjuguent leurs efforts. Je dois vous prévenir que nous avons un Cérébron qui joue les agitateurs en coulisse, encore plus irrationnel que votre Flanc d'Argent, et qu'ils ont déjà commencé à œuvrer de concert.

« Miss Ariel Welsh, vous connaissez le Cérébron dénommé Neuronius. C'est celui qui a fait tout ce qu'il fallait pour écourter une de nos premières entrevues. Les Cérébrons, réunis en assemblée plénière, l'ont destitué de toute autorité, ce que les règles de notre gouvernement m'interdisaient de faire de mon plein gré au cours de l'entrevue. A l'heure qu'il est, nous, Cérébrons, ne pouvons pas grand-chose. Cependant, Neuronius reste un danger pour nous tous, et son association avec Flanc d'Argent, aussi anodine qu'elle puisse sembler au robot, pourrait créer une situation explosive.

« Ainsi, voyez-vous, Derec, vous vous sentez responsable de Flanc d'Argent et nous de Neuronius. Mais malgré ces bons sentiments, nous ne pouvons pour l'instant pas faire grand-chose pour redresser une situation des plus déplaisantes, que nous devons à l'intérêt scientifique qui vous anime et aux restrictions que nous impose notre gouvernement, situation qui nous empêche, vous et nous, de neutraliser les agitateurs.

« Cela dit, l'objectif principal de cette entrevue est de vous informer que le compensateur ne sera pas fermé et que vous pouvez vous consacrer à vos cultures et à la construction de votre terminal de transport.

– Merci, dit Ariel. Nous vous sommes reconnaissants de votre sagesse et allons donner suite à ces projets.

– Cela fait plus de vingt-quatre heures qu'on n'a pas vu Flanc d'Argent, fit remarquer Derec. Savez-vous où il est et ce qu'il fait ?

Ce fut Sarco qui répondit.

– Il est excessivement troublé par la question de savoir qui devrait être son maître. D'après sa programmation, miss Ariel Welsh est le maître qui s'impose en priorité, et Synapo l'a encouragé en ce sens hier après-midi sur la Falaise du Temps. Il a immédiatement entamé une métamorphose en votre robot Jacob Winterson, et la dernière fois qu'on l'a vu de l'après-midi, il descendait la paroi rocheuse de la falaise.

« Puis, ce matin de bonne heure, il est monté me voir sous la forme d'un Cérémyon. Enfin, ce qu'il peut faire de mieux en la matière, c'est-à-dire, comme vous le savez, un Cérémyon d'une taille étonnante.

« C'est alors que nous avons appris son association avec Neuronius, lequel a tenté de se faire passer pour le seul être humain de la planète afin d'obtenir que Flanc d'Argent lui obéisse. J'espère avoir réussi à prévenir un tel malheur. J'ai observé Flanc d'Argent pendant qu'il descendait vers la Plaine de la Sérénité et l'ai vu se transformer en une créature qui ressemblait, à cette distance, à Wolruf, mais sans doute deux fois sa taille. Finalement, c'est sous cette forme que je l'ai vu s'enfoncer dans la Forêt du Repos.

– Ce devait être le modèle qu'il avait pris sur Œil Perçant, indiqua Derec. L'une des créatures-loups de cette planète, qu'il avait imitée. Merci. Au moins, nous savons qu'il est encore vivant et formons l'espoir qu'il va revenir. Merci beaucoup.

Les deux Cérémyons leur tournèrent le dos et s'envolèrent.

Après l'entrevue, dans le peu de temps qu'il leur restait avant le déjeuner, Ariel, Derec et Wolruf commencèrent à réfléchir sur le projet des fermes de robots. Ils esquissèrent les grandes lignes des révisions qu'il serait nécessaire d'apporter à la programmation des robots Avery, dans le cadre des nombreuses fermes qui seraient mises en place et dans l'optique d'installations de terminaux dans la cité, qui seraient utiles à la gestion des exploitations agricoles.

A l'heure où ils se mirent à table, Flanc d'Argent n'était toujours pas revenu. Malgré tous les ennuis qu'il lui avait causés, Ariel, sans pouvoir s'en expliquer la raison, était inquiète sur son sort.

L'ŒUF

Une fois de plus, Flanc d'Argent était en plein désarroi. Tout n'était que confusion dans son esprit. Qui devait-il croire ? Tout ce qu'il voulait, c'était sortir de son dilemme. Il se métamorphosa à nouveau pour retrouver la paix toute relative qu'il avait connue dans son « enfance » de loup, pour revivre ce temps où Hurle-Vie lui apprenait ce qu'était l'existence de la horde sur la planète des loups.

Ainsi, dans la matinée déjà avancée, Flanc d'Argent, sous l'apparence de la louve Œil Perçant, trottait le long d'une piste animale bien écartée de la Cité des robots. Comme il l'avait fait la veille, il passa la fin de la matinée et le début de l'après-midi à explorer la vaste Forêt du Repos, ses sentiers, ses ruisseaux, ses rivières et ses lacs, dans un rayon de dix kilomètres autour de la cité.

Se dirigeant sur les lignes de force du champ magnétique naturel de la planète Huître, il ne cessa jamais de s'orienter au cours de son errance, de sorte qu'au tournant de la matinée il décida de se diriger droit vers le dôme, sans réfléchir à ce qu'il allait faire une fois là-bas.

Aux premières heures de l'après-midi, il atteignit la lisière de la forêt débouchant sur le mirage translucide qui enfermait la Cité des robots. Il s'assit sur son arrière-train, le regard fixé sur le dôme que ses yeux ne voyaient pas, l'esprit absorbé – comme tout au long de la matinée – par ce que Neuronius, puis Sarco lui avaient dit.

Il était obligé de reconnaître la justesse et la portée de l'argument de Sarco concernant Neuronius, à savoir que celui-ci était un psychopathe égocentrique et paranoïde. De même, il ne pouvait plus ignorer l'instruction que lui avait donnée Synapo de servir miss Ariel. Ni le sentiment qu'il avait que le meilleur moyen de le faire était sous la forme de Jacob Winterson, qui servait déjà miss Ariel avec apparemment beaucoup d'efficacité et à l'évidente satisfaction de la jeune femme.

Mais si opérer sous le moule de Jacob contribuerait sans nul doute à la chose, il ne voyait toujours pas clairement comment servir au mieux miss Ariel. Le cours de physique que lui avait donné Neuronius n'avait fait que lui embrouiller les idées en lui apportant des éléments en contradiction avec la connaissance qu'il avait jusqu'ici de l'espace et du temps. Loin de lui rendre la physique plus limpide, l'extraterrestre en avait fait un amalgame informe qui l'avait laissé encore plus désemparé qu'avant. Les éléments nouveaux étaient sans utilité, pires qu'inutiles eu égard à la confusion qu'ils créaient chez Flanc d'Argent par rapport à la physique qu'il avait connue jadis.

Là, assis sous la douce chaleur de l'après-midi, un regard attentif posé sur le dôme, il s'efforçait de saisir le sens de la discussion qu'il avait eue avec Neuronius quand, peu à peu, il prit conscience d'un faible bourdonnement sur sa gauche, venu d'un point à la fois plus proche du dôme et plus enfoncé dans la forêt. Lorsque le bruit l'eut enfin arraché à sa rêverie, il se leva et trotta le long d'un sentier animal qui menait dans sa direction.

Le sentier le conduisit au-delà du son, et quand Flanc d'Argent se rendit compte qu'il avait dépassé l'endroit où le bourdonnement semblait le plus proche, il coupa à travers la végétation, tout droit en direction du bruit. Il y avait des taillis mais pas très denses, et Flanc d'Argent n'eut aucune peine à se frayer un chemin à travers les arbustes. Comme le bourdonnement se faisait de plus en plus net, il se mit quasiment à courir pour contourner un grand buisson couvert de fleurs roses.

En un instant, il reconnut la source du bourdonnement. C'était une sphère de deux mètres de diamètre, exactement comme la sienne jadis. Les structures dodécaédriques qui composaient les grossières cellules de sa coque d'argent, désormais ternie par la chaleur du passage dans l'atmosphère de la planète Huître, lui apprirent instantanément qu'il s'agissait d'un œuf semblable au sien.

Juché sur deux buissons enchevêtrés, l'objet mystérieux

se découpait dans un cadre de fleurs roses, sur la toile verte du feuillage qui, aux abords immédiats de l'œuf, était désormais irrémédiablement brûlé par la chaleur dégagée quelque temps plus tôt. Le matériau s'était à présent refroidi ; l'œuf était pratiquement prêt à éclore. Flanc d'Argent sut tout à coup ce qu'il devait faire.

Il conserva l'apparence d'Œil Perçant pour filer comme une flèche à travers les rares massifs de la forêt. Mais, une fois arrivé à la plaine, il entama sa transformation en Jacob Winterson, ne s'attardant que sur le modelé des jambes puissamment musclées qui le porteraient en un minimum de temps sur les trois kilomètres le séparant de l'entrée du dôme. Ce fut tout en courant le long de la paroi du dôme qu'il acheva sa transformation ; il avait revêtu l'apparence masculine de Jacob bien avant d'atteindre l'ouverture côté nord.

Comme il approchait de l'entrée, Wohler-9 le héla depuis une petite voiture stationnée près du bord ouest.

– Je n'ai aucun retour te concernant sur le communicateur, Jacob.

– Je suis Flanc d'Argent, rectifia celui-ci en sautant sur le siège du passager. Conduis-moi à miss Ariel Welsh.

Wohler-9 démarra le véhicule, tourna sur la bretelle sud de l'Avenue Principale et fila rapidement en direction de la tour du Compas.

– J'ai ordre de te conduire immédiatement à maître Derec, Flanc d'Argent.

– Où est miss Ariel ? demanda ce dernier.

– A l'appartement.

– Parfait. En ce cas, nous allons dans la bonne direction.

– En effet. Maître Derec travaille à la structure principale, actuellement située dans le second sous-sol de la tour du Compas.

Quand ils passèrent à hauteur de l'appartement, Flanc d'Argent sauta de la voiture. Wohler-9 freina, immobilisa le véhicule, mais resta au volant.

– Je dois te conduire à maître Derec, lança-t-il à Flanc d'Argent qui lui tournait le dos.

– Plus tard, cria celui-ci par-dessus son épaule en entrant au pas de course dans l'immeuble.

Il grimpa les marches trois par trois et fit irruption dans l'appartement.

Ariel était assise à la table, compulsant un listing d'ordinateur. Il y en avait des piles sur la table. Jacob feuilletait dans le tas, cherchant apparemment le prochain listing dont la jeune femme aurait besoin.

Flanc d'Argent embrassa la scène d'un bref regard, prit Ariel dans ses bras comme un nourrisson, franchit la porte à toute vitesse, dévala l'escalier et croisa Wohler-9 qui était sorti de sa voiture et se dirigeait vers l'appartement.

Ariel n'eut le temps de pousser qu'un seul cri avant d'être déposée dans la petite voiture. C'était au moment où elle s'était sentie délicatement soulevée qu'elle avait hurlé un « Jaaacooob », avec un effet Doppler qui s'estompa comme le sifflet d'une locomotive.

Avec la vitesse qui caractérisait les robots humaniformes du Dr Han Fastolfe, Jacob Winterson avait réagi dans la milliseconde. Mais ce n'était pas suffisant pour rivaliser avec les quelques microsecondes qu'il avait fallu à Flanc d'Argent pour accomplir son exploit, exception faite de l'accélération brusque, et néanmoins toute en douceur, qu'il avait imprimée à ses jambes en se ruant vers la porte après avoir saisi Ariel.

Au volant du véhicule, avec la jeune femme à bord, il s'éloignait à présent à toute allure de l'immeuble, au moment où Jacob déboulait de l'appartement en passant devant Wohler-9.

Le premier cri d'Ariel s'était interrompu au moment où elle avait été déposée dans la voiture. Le deuxième jaillit tandis qu'ils laissaient l'immeuble derrière eux, proféré sur un ton interrogatif.

– Qu'es-tu en train de faire ? hurla-t-elle avec une force qui fit vibrer les diaphragmes auriculaires de Flanc d'Argent qui lui tenaient lieu de tympans.

– Je n'ai pas le temps de vous expliquer, miss Ariel, cria celui-ci pour couvrir le bruit du vent. J'ai besoin de vous, c'est urgent.

Jacob eut beau courir après eux sur l'Avenue Principale, il fut bientôt distancé par la petite voiture à laquelle Flanc d'Argent imprimait son accélération maximum, se faufilant à travers la circulation avec la dextérité que lui offrait l'ordinateur central de la cité et qui lui permit d'éviter l'accident.

– Arrête, espèce de maniaque, hurla Ariel. Arrête tout de suite.

Flanc d'Argent ralentit sensiblement la vitesse du véhicule puis, brusquement, accéléra à nouveau. La Loi de l'Humanique qu'il connaissait depuis peu – les humains sont condamnés à faire ce qui leur plaît – prit le pas sur ce que lui commandait sa Deuxième Loi – les robots doivent obéir aux ordres des humains. Il était convaincu que la jeune femme, après avoir tout bien pesé et mise devant le fait accompli, se montrerait satisfaite et approuverait ce qu'il était en train de faire.

– Vous n'êtes pas en danger, miss Ariel, mais je ne peux obéir à cet ordre. La situation m'en empêche, qui exige votre présence pour la naissance de... de... (Sans conviction, toujours criant, il ajouta :) Je ne peux pas dire avec certitude... (Et le cri mourut sur ces derniers mots :) Je peux seulement espérer.

Secouée de sanglots et poussant des cris incohérents, Ariel se mit alors à le battre de ses petits poings qui s'acharnèrent d'abord sur les épaules, puis finalement, en désespoir de cause, sur la tête du robot. Mais il resta insensible aux coups, concentré qu'il était sur son objectif.

– Arrêtez, miss Ariel, cria-t-il. Vous allez vous faire mal.

Devant le ton posé avec lequel il avait proféré ce conseil par-dessus le sifflement du vent, et la faillite évidente de la peine qu'elle se donnait, la jeune femme avait dû se calmer car les coups cessèrent de pleuvoir et elle s'effondra contre le siège, l'air épuisée et sa rage enfin passée.

Ils franchirent l'ouverture du dôme, et Flanc d'Argent effectua, en dérapage, un virage serré sur la gauche pour prendre le long de la paroi extérieure.

– Vous devez comprendre ce qui se passe, cria-t-il. C'est très important pour moi, pour celle qui va naître, et même pour vous, miss Ariel, car je veux qu'elle vous serve au mieux.

La jeune femme ne dit rien. Elle était prostrée à côté de lui comme une poupée de chiffon.

– Un autre être comme moi est en train de naître. Au moment où je vous parle, l'œuf est dans la forêt, prêt à éclore. Il faut lui donner le bon modèle, une femelle humaine, pour qu'elle ne connaisse pas la confusion où la mettrait un mauvais choix, comme ce fut le cas pour moi. C'est à vous qu'il incombe de l'accueillir et de la guider sur ce monde étrange. Comprenez-vous ce que je dis, miss Ariel ?

La jeune femme ne parlait toujours pas. Cependant, elle s'était redressée un petit peu sur le siège, peut-être parce que, enfoncée dans le fauteuil, elle était davantage gênée par les cahots de la voiture.

– Vous n'avez rien à craindre, miss Ariel. Lorsque tout ça sera fini, quand vous y repenserez, vous serez contente d'être venue. Je le sais. Ça vous fera plaisir d'être avec moi. La Loi de l'Humanique vous guidera.

Sa dernière phrase parut soulager Flanc d'Argent. La Loi de l'Humanique n'était pas sans influer sur les exigences de ses propres lois, en en corrigeant la portée toute relative pour offrir quelque compromis moins gênant à accepter. Il faisait quelque chose dont il savait que cela allait plaire à Ariel, même si cela ne lui faisait, peut-être, pas plaisir pour l'instant.

Lorsqu'ils atteignirent la forêt, Flanc d'Argent arrêta la voiture, en sauta et alla ouvrir la portière pour Ariel. Celle-ci sortit sans s'énerver. Elle avait sans doute réfléchi à ce qu'il lui avait dit, car elle ne fit aucune objection quand il lui prit doucement la main et l'aida à s'extraire du véhicule.

L'attitude de la jeune femme redonna confiance à Flanc d'Argent. Elle allait le suivre sans qu'il l'y force. Il lui lâcha la main et s'avança dans le bois. Elle le suivit de très près tout le temps, plutôt bref, que dura leur marche soutenue en direction de l'œuf.

Il la conduisit sans la brusquer jusqu'à deux mètres de l'œuf, juste devant l'écoutille, et la laissa là, gagnant le buisson aux fleurs roses auquel elle tournait le dos et derrière lequel il se dissimula.

Dans un léger grincement, l'écoutille commença à s'ouvrir.

Flanc d'Argent observait la scène à travers les branches inférieures du grand buisson, décalé sur la droite par rapport à la jeune femme, ce qui lui donnait vue sur l'écoutille.

Une masse informe gris argent se traîna par-dessus le bas de l'écoutille. Elle avait la forme, dans cette partie suspendue au-dessus du bord inférieur, d'une sphère brillante à multiples facettes aux nuances gris-vert, une sphère qui tournait lentement – tel un œil dans son orbite – comme si elle détaillait le décor qui s'ouvrait devant elle. Puis, le champ d'investigation se rétrécit, et la sphère, partant des pieds d'Ariel, effectua un lent panoramique vertical jusqu'à hauteur du visage de la jeune femme.

Une fois l'inspection terminée, la masse s'allongea et s'extirpa de l'écoutille comme s'il s'agissait d'un énorme muscle, quelque chose semblable à une limace géante. Elle finit de se glisser hors de son œuf et reposa sur le sol face à Ariel, pareille à une crêpe épaisse au milieu de laquelle on distinguait la sphère toujours intacte.

Les facettes disparurent peu à peu, se résorbèrent en un iris gris-vert entourant une pupille noire, tandis que la majeure partie de la sphère prenait une teinte blanche. Une masse ronde de la grosseur d'une boule de bowling émergea de la crêpe, souleva l'œil – car c'en était bien un, cela ne faisait plus de doute à présent – et un second œil prit forme, dessinant les prémices d'un visage.

Alors, peu à peu, une tête, des épaules, des bras, un torse aux seins bombés, des hanches, des fesses, des jambes, émergèrent de l'amas aplati jusqu'à ce qu'il n'en reste plus rien – le dernier fragment se fondit en une paire de pieds et de chevilles au galbe séduisant. Devant Ariel se tenait un sosie à la peau d'argent.

Flanc d'Argent sortit de derrière son buisson et, sans un mot, examina l'être nouveau. Tout le temps qu'avait duré la métamorphose, Ariel était restée paralysée, muette et figée.

Flanc d'Argent prit alors la parole et, d'un ton qui exprimait la fierté, baptisa la délicieuse créature qui venait de naître à l'existence.

– Tu es la femelle, Eve Flanc d'Argent

Après un petit moment d'attente pour laisser l'idée imprégner les esprits et d'Ariel et d'Eve, il parla à nouveau, avec un ton triomphant dans la voix, comme s'il avait enfin trouvé sa véritable identité.

– Et je suis le mâle, Adam Flanc d'Argent.

Ils demeurèrent ainsi, chacun réfugié dans le silence. Puis, le son de la voix de Jacob leur parvint, et l'écho de ses pieds martelant le sol.

– Miss Ariel, où êtes-vous ?

Le martèlement cessa. D'après les bruits, Jacob se débattait dans les fourrés.

– Miss Ariel, appela-t-il plusieurs fois d'une voix qui se rapprochait de plus en plus.

– Par ici, Jacob, cria Ariel.

DERNIER MODÈLE

Après la vive émotion accompagnant la naissance d'Eve et la brève période qu'il fallut à celle-ci, guidée par les suggestions d'Adam, pour devenir véritablement fonctionnelle et toute dévouée à Ariel, tout parut se mettre en place sans problème, à part l'incertitude qui régnait toujours sur l'explication de cet événement mystérieux. Découvrir un Adam Flanc d'Argent sur une planète extraterrestre, un robot énigmatique sur un monde qui ne l'était pas moins, était assurément quelque chose d'assez inattendu. Mais se retrouver sage-femme et assister à la naissance d'une autre de ces créatures, c'était complètement différent ; cela soulevait tellement de questions. Avec, en tête de liste, la part qui incombait dans l'événement au fantasque Dr Avery.

Après avoir remisé dans un coin de leurs cerveaux toutes ces questions insolubles pour préférer tourner leurs pensées vers l'œuvre créatrice qui les attendait, ils s'aperçurent que la tâche, quoique délicate, n'était pas aussi difficile qu'ils l'avaient cru de prime abord. Les programmes d'exploitation agricole, utilisés sur la planète mère des cités de robots, existaient toujours dans les fichiers informatiques de la cité Perle, prêts à être activés en cas de besoin.

Ce qu'Ariel avait seulement cru ou osé espérer être une aptitude à commander, s'avéra en réalité un authentique talent pour diriger. Et chose plus étonnante encore, Derec abandonna volontiers son autorité nominale pour s'incliner devant les décisions de la jeune femme concernant la construction des fermes et l'installation complémentaire de terminaux.

Au début, l'une des premières décisions prises par Ariel ne rencontra pas l'adhésion totale de Derec ou Wolruf, même si, par la suite, ceux-ci convinrent qu'elle avait raison. Tous étaient d'accord sur le fait qu'ils avaient besoin d'un huitième robot Superviseur pour surveiller une telle opération : une ferme à l'échelle de la planète. Mais ni Derec ni Wolruf n'acceptèrent au départ le type de Superviseur exigé, sur un ton inflexible, par Ariel, pas plus que le nom qu'elle avait choisi pour le robot : *Wheeler*. Pour eux, ça n'avait aucun sens de baptiser un robot d'après le savant du XXe siècle spécialisé dans la physique spatio-temporelle, John Archibald Wheeler. Pour elle, c'était un choix parfaitement sensé, car chacun des deux personnages était aussi proche de la nature qu'on peut l'être : le fermier, de façon concrète, pragmatique ; le physicien, dans un sens abstrait, symbolique. (La jeune femme avait étudié la physique spatio-temporelle pour essayer de comprendre comment fonctionnait le compensateur nodal. Si bien qu'elle avait l'esprit rempli des héros de la physique.)

Et dans son esprit, le nom de Wheeler évoquait l'existence de nomade qui *conduirait* le Superviseur – comme le suggérait le terme anglais – sur toute l'étendue de la planète, où il assurerait ses fonctions sous la forme d'un Cérémyon ; Ariel insistait là-dessus. Wolruf et Derec concédèrent plus tard que c'était peut-être là la forme qui convenait – parce qu'elle s'harmonisait si joliment au travail et au paysage – mais il leur fut difficile au début d'envisager un Superviseur d'une autre apparence qu'humanoïde.

Ariel réalisa un Wheeler plus petit qu'un Cérémyon – pour ne pas intimider les extraterrestres – mais bien plus gros que n'importe laquelle des autres créatures volantes de la planète, afin que les Cérémyons n'aillent pas le confondre, à distance, avec un habitant naturel de leur monde. Elle insista également pour qu'il soit programmé avec des lois qui reconnaissent aux Cérémyons le statut ordinairement réservé aux humains et, par la même occasion, pour que Derec retouche la programmation des autres Superviseurs pour reporter sur Wheeler les missions concernant la planète Huître et les Cérémyons.

Le problème des semences n'avait cessé de tourmenter Ariel pratiquement depuis le moment où elle avait eu l'idée de cette planète-ferme. Mais, il apparut bien vite qu'elle n'avait aucune raison de s'inquiéter. Des dizaines de variétés de graines destinées au programme agricole avaient été acheminées sur la planète Huître au cours de la première migration, graines stockées dans des coffres étiquetés et indexés dans le programme. Inutile de faire venir des graines d'Aurora.

Sur le conseil de Wolruf – afin de minimiser le plus possible les effets que pourrait provoquer sur les conditions atmosphériques l'immense mosaïque constituée par l'exploitation agricole –, on répartit les jardins maraîchers et les vergers parmi les champs de blé, d'avoine, d'orge et de bien d'autres graminées, sans oublier les champs de coton, produit qui n'avait jamais été égalé pour son total pouvoir d'adaptation à l'écologie du tissu dermique humain. Et pour réduire au minimum les désordres occasionnés à l'écologie de la planète, Ariel recommanda en outre qu'on garde, dispersée parmi les nouvelles terres agricoles, la même surface d'herbe naturelle que celle qui couvrait la plaine à leur arrivée.

Pour cette première expérience, ils décidèrent de se limiter aux produits végétaux. La production de laine, de lait, de viande et d'élevage en général, leur parut être moins en harmonie avec une main-d'œuvre de robots que la culture de la vie végétale, vie non intelligente.

L'irrigation – le premier souci du paysan – ne posait pas de problème sur la planète Huître. La maîtrise des précipitations faisait partie intégrante du système de contrôle atmosphérique des Cérémyons, qui avaient reconnu la nécessité d'avoir une végétation naturelle bien avant de rencontrer les humains.

Les terminaux furent construits au-dessus de l'accès à l'Avenue Principale et dessinés sur les modèles qu'on trouvait sur Aurora, avec quelques modifications afin de les adapter aux conditions spéciales imposées par la configuration de l'ouverture dans le dôme. Tous les vaisseaux arrivaient et partaient par un réseau de galeries ovales incluant des configurations adaptables à tous les profils de navettes et de petits cargos connus jusqu'ici, interstellaires ou autres. Les gros transporteurs interstellaires seraient ravitaillés en orbite par des navettes de taille inférieure leur permettant de franchir l'entrée du dôme.

Durant cette période grisante où les choses se passaient

sous sa direction, Ariel ne connut qu'une seule appréhension et qu'un seul embarras qui vaillent la peine d'être mentionnés.

L'appréhension, c'était par rapport à Neuronius et à la mise en garde de Synapo. Etre confrontée à des humains au cerveau dérangé était une chose. C'était une autre affaire, bien plus angoissante, d'être exposée à un extraterrestre exalté qui planait au-dessus de votre tête en transportant de l'hydrogène lourd juste à proximité d'oxygène comprimé. Ni elle ni Derec n'avaient réussi à tirer quoi que ce soit d'Adam Flanc d'Argent sur ce qui s'était passé entre Neuronius et lui. Chaque fois qu'ils avaient essayé, il avait argué de l'interférence induite par la Troisième Loi et des impératifs de la Deuxième Loi. Ils n'insistèrent point, de peur que ce qu'il appelait « interférence » ne perturbe encore plus gravement l'équilibre de ses circuits positroniques – pour quelle autre raison aurait-il prétendu subir une interférence ? Dès que le moment lui parut propice, Ariel décida de mettre Eve sur son cas.

Quant à l'embarras que vécut la jeune femme, il était de nature assez sérieuse, non pas tant par l'importance du mal que par cette espèce de sourde irritation qui ne cessait de l'habiter : l'irritation qu'elle éprouvait à l'égard d'Adam Flanc d'Argent.

Finalement, la crise se précipita un jour où les choses n'allaient pas comme elle voulait, après que tous ces petits ressentiments eurent fini par se transformer en vives frictions. C'était en milieu de soirée après le dîner, et elle était en train de bavarder tranquillement avec Derec – pour retrouver un peu de paix après leur dure journée. Ils étaient allés sur le balcon, seulement elle et lui, comme ils le faisaient parfois pour s'isoler, abandonnant égoïstement Wolruf à la compagnie des quatre robots.

Au bout d'un moment, le silence était tombé, et les pensées d'Ariel s'étaient tournées vers Adam Flanc d'Argent. Elle lui avait donné deux costumes appartenant à Jacob, qui lui permettaient ainsi de l'identifier au premier coup d'œil.

Elle était censée reconnaître Jacob à partir de ses vêtements car Adam Flanc d'Argent, fort des enregistrements visuels qu'il avait faits du robot et des fichiers qu'il avait compulsés sur les humains, avait désormais modelé son apparence jusque dans les moindres détails. Détails qu'elle avait pu observer le jour de la naissance d'Eve, lorsque Adam avait fait irruption dans l'appartement, complètement nu, et l'avait emmenée dans la voiture.

Elle brisa le silence.

– Le modèle qu'avait réalisé Adam sur toi, était-il moins réaliste que celui de Jacob ? demanda-t-elle à Derec.

– Oui. Plus ou moins le même que celui d'Eve sur toi, répondit le jeune homme.

Pour Eve, les vêtements ne s'imposaient pas. Même calquée sur l'apparence d'Ariel, elle n'était pas allée jusqu'aux infimes détails comme Adam avec Jacob. Eve n'était qu'un robot métallo-organique au corps couleur argent.

– Comment réagirait-il, à ton avis, si je lui demandais de reprendre ton modèle ?

– Pour commencer, tu ne serais plus miss Ariel. On aurait sans doute droit de nouveau aux « maître Derec ».

– Eve et Jacob, c'est bien suffisant. Mais, je veux dire, comment se comporterait-il ? Redeviendrait-il le déséquilibré qu'on a connu ?

– Je ne sais vraiment pas. C'est sûr qu'il s'est montré plutôt stable ces dernières semaines. Si ce n'était son petit air de supériorité – une histoire de muscles, je pense – je dirais qu'il se comporte en aimable serviteur.

– Ce sont justement les muscles qui m'embêtent. Non, pas seulement les muscles, tout le physique.

– Il te rappelle un peu trop Jacob ?

– Oui. Mais surtout le fait que, d'un autre côté, il lui ressemble si peu. C'est le contraste qui m'agace. Ça t'ennuie si je lui demande de se remodeler sur toi ?

– Non. Ce serait intéressant, comme nouvelle expérience de robotique.

– Autant y aller maintenant, en ce cas.

Elle se leva et entra dans l'appartement. Mandelbrot et Jacob étaient dans leurs niches respectives. Adam et Eve se tenaient figés près de la porte, chacun d'un côté. Wolruf était couchée en boule sur le canapé et regardait un film sur bande hyperonde.

Ariel aurait cru que Derec l'accompagnerait. Elle comptait sur son soutien moral pour l'opération. Cependant, elle était trop fière pour l'en prier.

Elle s'avança vers Adam.

– Est-ce que ça dérangerait outre mesure tes circuits positroniques si je te demandais de reprendre ton apparence antérieure ? Le modèle moins élaboré, moins détaillé, que tu avais pris sur Derec.

– Mon service ne vous donne pas satisfaction, miss Ariel ?

– Une grande satisfaction, Adam. Je ne voudrais surtout pas te voir modifier ta conduite, du moins quant à la qualité.

– Mais alors, je servirais maître Derec. Cela ne provoquerait-il pas un changement radical dans la qualité de mon service ?

– Un changement d'orientation, Adam, que d'ailleurs je regretterais, mais pas un changement quant à la qualité de ton service. Certes, je ne m'attends pas à ce que tu maintiennes le même niveau de qualité exceptionnel dont j'ai bénéficié. En fait, si tu continuais à me servir moi, j'en serais des plus ravies.

– Ce ne serait pas logique, miss Ariel, dit-il d'un ton qu'on aurait pu qualifier d'arrogant.

– Je craignais qu'il n'en fût ainsi.

– A la lumière de ces précisions, voulez-vous encore que j'effectue un tel changement ?

– Oui. Je crois que ce serait mieux comme ça, Adam. Mais je préférerais que tu fasses ça dans la chambre. Je trouve le processus un peu choquant.

– Peut-être pour une bonne raison, miss Ariel.

– C'est possible. Mais je n'y peux pas grand-chose.

Elle rejoignit Derec sur le balcon au moment où Adam entrait dans la chambre.

– Désolé, dit celui-ci. Je ne vois pas en quoi ma présence aurait facilité les choses, pour toi comme pour les autres.

– Sans doute. Mais prie pour qu'on ne retrouve pas le cinglé d'avant.

ADAM FLANC D'ARGENT, OUVRIER AGRICOLE

Une fois revêtu de sa nouvelle apparence, Adam Flanc d'Argent se mit à faire de longues marches dans la forêt proche du dôme. Il arborait désormais le physique élancé et musclé d'un Derec au teint d'acier brillant, sans les vêtements ni les petits détails. Il ne manifestait pas une grande soumission à Derec, qui avait dû s'en apercevoir car rares étaient les ordres qu'il lui donnait sans user de détours. De même, Derec – contrairement à Ariel qui s'efforçait, avec un succès plutôt mitigé, d'utiliser les services d'Eve Flanc d'Argent – ne le mettait pas à contribution pour des tâches de serviteur. Pas plus qu'il ne lui demandait des comptes sur ses allées et venues.

Les promenades dans la forêt procuraient à Adam une paix et une sérénité qu'il ne goûtait nulle part ailleurs. Il se sentait à l'aise dans son modèle Derec, ainsi qu'avec Derec lui-même, dès lors que celui-ci n'outrepassait pas son rôle de maître. Cependant, fondamentalement, il supportait mal la cité, et tout aussi mal la présence des robots Avery ainsi que celle de Mandelbrot.

Derec ne le questionnait jamais sur ses errances en forêt. Pendant quelque temps, il envoya un robot témoin l'épier, dont Adam n'avait aucune difficulté à tromper la vigilance en filant à quatre pattes, comme s'il était encore métamorphosé en Wolruf, le long des pistes qu'avaient tracées les animaux sous les branches basses.

Ce fut lors d'une de ces promenades dans la nature que lui vint la révélation de la manière dont il pourrait, lui aussi, contribuer au projet de ferme robotisée. Il avait atteint la lisière de la forêt à environ un kilomètre du dôme. Là, debout dans l'ombre d'un grand arbre semblable à un palmier, il observait un troupeau de ruminants à laine, de la taille de petits lamas, en train de mastiquer l'herbe de la plaine.

A court d'inspiration, il les baptisa « minilamas ». Ils étaient totalement apprivoisés. Les animaux de la planète Huître étaient tous végétariens. Ils n'avaient pas d'ennemis naturels, hormis les insectes parasites qui s'enfouissaient sous leur peau malgré l'épaisseur de la laine.

L'idée fit rapidement son chemin dans le cerveau d'Adam Flanc d'Argent. Le lendemain matin, au lever du soleil, il réquisitionna un petit robot-cargo vide, sauta à bord et se dirigea vers le magasin de petit outillage de la cité, où il récupéra une scie à laser, une hachette, une pelle, un marteau à pied-de-biche, un sachet de clous de six centimètres, six rouleaux de corde de cinquante mètres chacun, une foreuse, un bourroir, un moteur à microfusion (M.F.) – pour alimenter la foreuse et le bourroir – et un autre pour le reste des opérations, ainsi qu'un commutateur photosensible, une petite lampe M.F. et une paire de grands ciseaux.

Alors que le robot-cargo transportant Adam et ses fournitures passait devant l'appartement de l'Avenue Principale, Eve Flanc d'Argent, sur le trottoir, héla le robot qui se rangea à proximité.

– Où vas-tu comme ça ? demanda-t-elle.

– Une idée pour la ferme, top secret, répondit Adam.

– Pourquoi un secret ?

– Si ça ne marche pas, je n'aurai pas à m'expliquer. Tu veux venir ?

– Et comment.

Adam déverrouilla, et était prêt à abaisser une petite passerelle formée par un panneau pivotant découpé sur la hauteur de la paroi latérale, quand, au moment où il ôtait le loquet, Eve enjamba la paroi.

– Et toi, où vas-tu comme ça ? dit Adam en refixant la passerelle.

– Je te cherchais.

Adam engagea le robot-cargo dans la circulation, puis demanda :

– Et maintenant que tu m'as trouvé, qu'est-ce que tu veux ?

– Descendre l'avenue dans un robot-cargo, ce n'est pas le meilleur endroit pour discuter dans le calme.

– Ça m'étonnerait que tu trouves mieux ce matin.

– Je prends le risque. Ça ne peut guère être pire.

– A ton service.

– Ah oui ?

Ils n'en dirent pas davantage jusqu'à ce qu'ils aient quitté la cité, traversé la plaine et gagné la lisière de la forêt, près de l'endroit où, la veille, Flanc d'Argent avait observé les minilamas. Le troupeau paissait un peu plus loin sur la plaine. Adam alla ranger le robot-cargo à proximité de l'accès du sentier que les ruminants avaient tracé avec netteté à travers la forêt, jusqu'à un petit ruisseau. Adam conduisit Eve Flanc d'Argent dans cet endroit paisible.

Il avait apporté avec lui le commutateur photosensible, la lampe et un des moteurs à microfusion. Il s'assit sur un gros rocher bordant le ruisseau, posa les appareils électriques sur le sol devant lui, et entreprit de les relier l'un à l'autre grâce aux longs fils intégrés à chacun.

– Alors, de quelle mission t'a chargée miss Ariel ce matin ? demanda Adam en commençant son montage.

– Neuronius, répondit Eve. Quelle était la nature de tes relations avec Neuronius ?

– C'est une affaire privée, Eve. Et miss Ariel et maître Derec en ont convenu et ont renoncé à mettre en avant la Deuxième Loi quand j'en ai appelé haut et fort à la Troisième Loi.

– Pourquoi ne pas me le dire ? Je suis un robot. Je comprends bien mieux qu'eux ce que tu peux ressentir. Miss Ariel pense que tu as peut-être subi un traumatisme positronique qui nécessite un dépoussiérage pour être correctement résorbé.

– Pas besoin de dépoussiérage. Et ce que j'ai n'a pas besoin non plus d'être résorbé à partir du moment où on envisage ça, où on le maîtrise, de façon méthodique. Et j'y suis parvenu.

– Comment peux-tu en être certain ? Tu n'as pas plus d'objectivité à cet égard qu'un être humain souffrant d'un traumatisme psychique.

– Le cerveau humain et le cerveau positronique fonctionnent selon des principes complètement différents. Il est vain d'essayer d'établir des analogies entre eux.

– Ah bon !

– Oui. Tu n'as pas plus de base valable pour les comparer que je n'en ai.

– S'il en est ainsi, pourquoi fais-tu des mystères ? Tout ça me paraît dénoter une certaine tournure d'esprit.

– Il n'en est rien. Il ne s'agit que d'une tournure de cerveau positronique, que les humains ne sont pas capables de comprendre.

– Mais moi je devrais l'être ?

– Oui.

– Eh bien, ce n'est pas le cas !

– Tout ça ne mène nulle part, dit Adam en se levant. Je dois m'occuper de mon projet.

Il ramassa les appareils et les fils et s'éloigna sur le sentier.

Eve émergea de la forêt pour le voir descendre la passerelle du robot-cargo, la scie à laser se balançant à sa main. Elle le suivit dans la forêt et le regarda découper le tronc, épais de dix centimètres, d'un des grands arbres élancés à bois dur qui semblaient pousser dans l'ombre dense de la voûte des conifères, l'espèce dominante dans la région.

– Va chercher la hachette, lui demanda-t-il lorsque l'arbre fut à terre.

Lorsqu'elle revint, il était en train de couper les grosses branches.

– Taille les petites branches, dit-il. Je m'occupe des grosses.

Ils besognèrent de concert, en silence, abattant et taillant les longs arbres, les choisissant en des endroits espacés au sein de la forêt afin de minimiser les dégâts, traînant ensuite les longs rondins jusqu'à la pile qui se formait peu à peu sur la plaine, à proximité du robot-cargo.

Quand ils eurent apporté le dernier rondin, Eve s'assit sur la passerelle du véhicule.

– Tu ne veux donc pas me dire ce que tu manigances avec Neuronius ? fit-elle d'un ton qui suggérait davantage une affirmation qu'une question.

– Non, répondit Adam.

– Alors, il faudra que je m'adresse à Neuronius.
– Ce serait une mauvaise idée, Eve.
– Là au moins, tu es d'accord avec miss Ariel.
– Pour une bonne raison. Est-ce qu'elle t'a plus ou moins expliqué qui est Neuronius ?
– Elle m'a donné le point de vue des autres Cérémyons. Naturellement, ils sont de parti pris. Leur jugement n'est guère objectif. Puisque tu ne veux pas me parler de ton expérience, je me renseignerai auprès de Neuronius en personne.

Si elle croyait qu'elle allait le pousser à raconter une douloureuse expérience qu'il avait réussi à cacher à tout le monde, elle se trompait. Ce n'était pas le genre de chose qu'il allait divulguer.

– Je te crois quand tu dis que tu le feras. Mais, je te répète, c'est une mauvaise idée. Que tu regretteras.

Tout en discutant, Flanc d'Argent avait relié le moteur à la foreuse. Il se mit à creuser des trous espacés de quatre mètres sur un vaste rectangle qui comprenait plusieurs sentiers tracés à travers les herbes par les minilamas, sentiers qui convergeaient tous vers l'accès de celui qui menait au ruisseau.

Tout en travaillant, il écouta Eve contacter Neuronius par radio. Adam lui avait enseigné le langage des Cérémyons et les codes d'appel qui identifiaient et sollicitaient des réponses de Synapo et de Sarco. Il n'avait rien révélé concernant Neuronius, et n'avait donc fourni à Eve aucune identification radio. Néanmoins, il lui avait expliqué comment marchaient les canaux d'appel sur les diverses modulations de fréquence, information qu'elle était en train de mettre en pratique pour établir rapidement un contact avec Neuronius.

Le Cérébron accepta de la rencontrer à midi, au bas de la Falaise du Temps, à l'intersection avec la Forêt du Repos et la Plaine de la Sérénité. Eve partit au petit trot en direction de la Falaise du Temps.

Ça allait être pour elle une expérience enrichissante, se dit Adam, et guère dangereuse. Il pensait qu'elle n'était pas aussi désorientée que lui par les humains. Ne lui avait-il pas présenté d'entrée Ariel comme modèle ? Les idées tordues de Neuronius n'étaient pas censées avoir sur elle l'effet qu'elles avaient eu sur lui. Son seul regret était qu'Eve allaît probablement apprendre comment Neuronius l'avait momentanément dupé. Episode qu'il ne se remémorait jamais sans un certain malaise.

NEURONIUS FRAPPE ENCORE

Eve atteignit l'escarpement bien avant midi. Elle s'assit sur une plaque de granit qui s'enfonçait dans le sol en dessous d'un éboulis de pierres noires. Elle se cala pour éviter de glisser, enfonçant les talons dans la terre meuble à l'endroit où la roche disparaissait sous l'herbe.

Elle était arrivée en avance pour se donner le temps de réfléchir à l'étrange requête de miss Ariel – extorquer à Adam des informations sur Neuronius – ainsi qu'à la réaction tout aussi étrange d'Adam refusant de lui parler de son expérience avec Neuronius. Pour quelqu'un d'aussi novice qu'Eve, c'était tout à fait fascinant. Elle avait une solide instruction – Adam l'avait promenée dans les labyrinthes électroniques de la bibliothèque de la cité – mais était avide de connaître les expériences de la vraie vie qui l'attendaient au-delà de ces connaissances théoriques.

C'était pour ce matin. Neuronius, en effet, arriva tôt lui aussi, ne lui laissant que peu de temps pour méditer sur les propos d'Adam et de miss Ariel.

Il fit son entrée avec le fameux numéro de piqué et de décrochage dans une noire envolée, numéro dont se servaient les Cérémyons – à en croire Adam – pour intimider les visiteurs. D'ailleurs, cela ne manqua pas d'impressionner une Eve friande d'expériences, qui joua le jeu jusqu'au bout, se grisant de l'effet de surprise en dépit de l'avertissement d'Adam, effet de surprise qui aurait sans doute été manifestation de peur dans le cas de miss Ariel. Les Cérémyons étaient en effet tout à fait impressionnants vus de près.

Elle se leva tandis qu'il repliait ses ailes.

– Je suis Neuronius, dit-il d'un ton hautain. Tu es Eve ?

– Oui.

– Pourquoi cette rencontre ce matin ?

– Quel a été le contenu de votre conversation avec Adam Flanc d'Argent ?

– Le robot qui ressemble à un homme et qui peut se faire pousser des ailes d'argent ?

– C'est ça.

– Il vaudrait peut-être mieux en parler avec lui.

– J'aimerais connaître votre point de vue.

– En ce moment, ressemble-t-il à un homme ou à une créature ailée ?

– A un homme.

Le mot avait jeté quelque confusion dans le cerveau d'Eve. D'instinct, elle présuma que Neuronius faisait allusion à la forme que revêtait actuellement Adam : le modèle Derec. Elle avait l'esprit ailleurs, naturellement, et ne pensa pas un instant que Neuronius puisse se référer à Jacob Winterson.

– Et qu'est-ce que tu aimerais savoir, Eve ?

– Ce que vous lui avez dit. Qu'est-ce donc qu'il est si peu disposé à révéler ?

– Ah, il refuse de parler de notre conversation ? C'est encourageant. Ça prouve qu'il m'a compris. Je suis convaincu qu'il finira par épouser cette sage vérité.

– Quelle sage vérité ?

– Connais-tu les lois qui le gouvernent, les Lois de la Robotique ?

– Oui. Elles me gouvernent aussi.

– Ah oui.

Il prononça ces deux mots sur un ton particulier. Mais avec son expérience limitée, Eve ne sut dire ce qu'il avait de particulier. Son trouble ne dura donc que quelques instants, le temps que Neuronius reprenne la parole, balayant de son esprit toute interrogation.

– Il ne t'a donc pas expliqué que je suis le seul humain de cette planète ?

Eve n'avait pas eu à traverser tous les bouleversements et les épreuves qu'Adam avait subis dans sa quête de l'humain. Elle avait pris comme un fait avéré qu'Ariel était un être humain, ce qu'Adam n'avait jamais démenti. Voilà que, pour la première fois, elle connaissait à son tour cette confusion. D'une certaine façon, c'était plus angoissant que le traumatisme dont il souffrait, parce que la sensation était plus vive, lui perforait l'être encore plus profondément que l'affreuse incertitude dans laquelle Adam avait vécu si longtemps. Et cette déchirure si profonde à laquelle elle s'attendait si peu la marquait avec beaucoup plus de force, pesait sur elle d'un poids énorme.

Si bien qu'elle en conclut sur-le-champ, sans prendre la peine de soupeser, trier et vérifier les faits, qu'Adam lui avait menti. Pas étonnant qu'il se soit montré si cachottier, si peu enclin à parler de Neuronius. Pas étonnant qu'Ariel se soit inquiétée de Neuronius. Dans sa tête, Eve avait déjà gommé le « miss »

– Pourquoi Adam m'a-t-il menti ? dit-elle.

C'était plus une réflexion à haute voix qu'une véritable question à Neuronius.

– Il poursuivait son dessein maléfique, et celui des autres intrus, déclara Neuronius.

Cela aussi était vrai, Eve le savait. Ne s'était-elle pas retrouvée liée à Ariel alors que sa tendance naturelle la portait à l'indépendance ? Ce matin même, elle avait été incitée à prêter main-forte à Adam pour quelque absurde besogne secrète en rapport avec le projet d'Ariel consistant à transformer cette planète en une gigantesque ferme robotisée. Elle voyait bien à présent à quel point le plan d'Adam était diabolique.

Elle entama une métamorphose calquée sur Neuronius, comme Adam s'était calqué sur Synapo. Elle escomptait quelque réaction de l'être qui lui faisait face, mais il ne dit rien et se contenta de l'observer tranquillement, ce qu'elle prit pour une approbation.

Elle était confrontée aux mêmes problèmes d'aérodynamisme qu'Adam avait rencontrés et surmontés, ainsi qu'aux mêmes autres contraintes. Moins familiarisée que lui avec les Cérémyons et ignorante de certaines de leurs aptitudes, elle omit quelques caractéristiques dont Adam ne s'était pas privé. Mais tout bien considéré, c'était assez réussi.

Lorsqu'elle eut achevé sa transformation, elle testa ses ailes. Comme Adam sous ce même modèle, elle avait deux fois la taille d'un Cérémyon. La différence, c'était qu'elle avait conservé son identité féminine du premier moule, d'autant que celle-ci s'était affirmée avec l'attrait qu'elle exerçait sur Adam. Lui, par contre, avait vu son premier moule femelle, déjà édulcoré par l'hostilité que lui témoignait son propre modèle Œil Perçant, perdre toute caractéristique féminine devant la personnalité de Derec. Mais la masculinité, bien que privilégiée en ce monde, ne venait qu'en second chez Eve et pouvait très bien être intégrée dans les moules futurs.

– Regarde-moi maintenant, dit Neuronius. Suis-moi et fais comme moi.

Ce qu'elle fit. Elle regarda Neuronius décoller, puis elle aussi partit en tanguant dans les airs, agitant ses ailes, manquant de retomber, les agitant de plus belle pour enfin gagner de l'altitude. Lorsqu'elle sentit bien l'air et la relation qu'ils entretenaient l'un avec l'autre, elle cessa de s'agiter autant. Le battement se fit plus coulé et moins fatigant, et bientôt elle voguait en compagnie de Neuronius loin au-dessus de la falaise.

Celui-ci se stabilisa et entama un vol circulaire. Eve redescendit se placer à côté de lui et ajusta ses mouvements d'ailes aux siens, si bien que, quelques secondes plus tard, ils planaient sans effort côte à côte.

– En quoi puis-je vous servir, maître ? demanda Eve.

– Si tout le reste échoue, il t'incombe de supprimer le chef des Cérébrons, Synapo.

– Supprimer Synapo ? Je suis programmée pour protéger les êtres organiques. Je ne peux agir différemment qu'au cas où cet acte de protection entrerait en conflit avec mes Lois Robotiques.

– Justement, c'est le cas. La question qui se pose aujourd'hui, c'est ou la vie de Synapo ou la mienne. Synapo n'est pas un être humain. Moi, si.

« Mais avant d'en arriver là, il existe un autre moyen, ajouta Neuronius dans la foulée. Un moyen moins direct et moins violent. Ton intervention personnelle concernant le sort de Synapo n'est à envisager qu'en dernier recours. Uniquement si miss Ariel Welsh ne s'en occupe pas elle-même, lorsque je l'aurai mise au courant de l'arme aussi puissante que meurtrière dont j'ai voulu doter Flanc d'Argent, le savoir qui permet aux Myostriens de construire les compensateurs de nœuds atmosphériques.

– Vous avez enseigné ce savoir à Adam ? Et vous allez me l'enseigner également ?

Comme elle avait eu raison de vouloir rencontrer Neuronius ! Elle allait connaître une expérience véritablement excitante.

– Non. Cette fois-ci, le temps me manque. Je dois transmettre ce savoir directement à miss Ariel Welsh. A toi d'organiser cette entrevue.

Pour légère que fût la déception d'Eve, presque imperceptible – enfouie dans les recoins les plus profonds de son cerveau positronique –, elle n'en était pas moins difficile à gommer. Sauf que, en cet instant, elle était éclipsée par l'émotion qui s'était emparée d'Eve à l'idée de vivre des événements, des bouleversements passionnants. Elle avait de toute façon la ferme intention d'acquérir le fameux savoir en enregistrant tout ce que Neuronius révélerait à Ariel.

– Pour quand la voulez-vous ? demanda-t-elle.

– Tout de suite, répondit Neuronius. Dès que tu peux nous arranger ça. J'attendrai dans les arbres, là où la Forêt du Repos rejoint le compensateur. Amène miss Ariel à cet endroit.

– Très bien, maître.

Eve amorça une courte glissade vers le dôme, avant de décider qu'un petit détour ne porterait guère à conséquence sur sa mission première.

ADAM FLANC D'ARGENT, OUVRIER AGRICOLE (SUITE)

Après avoir creusé ses trous dans l'herbe de la prairie, Adam construisit, à l'aide des longs et minces rondins, une clôture délimitant un corral rectangulaire d'environ vingt mètres sur cinquante. L'accès du sentier menant au ruisseau occupait le milieu de la longueur bordant la forêt. Chacune des trois pistes laissées par les minilamas, qui traversaient la plaine jusqu'au ruisseau, aboutissait à un portail qui s'ouvrait manuellement sur chacun des côtés dégagés du corral.

Le long du côté forêt, vers l'angle opposé au dôme, Adam disposa une autre rangée de pieux qui formait un couloir d'un mètre de large menant dans la direction du ruisseau, de sorte que les minilamas pouvaient emprunter le sentier de la forêt sans passer par le corral. La clôture du couloir empêchait les bêtes de prendre un raccourci facile pour gagner l'ancien sentier.

A l'entrée du sentier menant au ruisseau, Adam plaça deux portails, un automatique, un manuel. Le portail automatique reliait le sentier au couloir de sortie et agissait ainsi comme une soupape de retenue, permettant aux bêtes d'emprunter le sentier tout en empêchant les animaux égarés dans la prairie de traverser le couloir pour se rendre au ruisseau. Le portail était actionné lorsqu'on coupait un rayon lumineux, disposé en travers du sentier, qui activait un moteur à microfusion. Celui-ci déclenchait alors l'ouverture du portail sur le couloir, livrant un passage obligé aux minilamas qui s'y trouvaient et laissant à l'extérieur toute bête arrivant du ruisseau.

Le deuxième portail fermait l'accès à l'étroit couloir prévu pour la tonte, qui s'avançait entre la partie de la clôture côté forêt opposée au couloir de sortie et une courte barrière parallèle au bout de laquelle se trouvait un portail manuel. Une autre courte barrière formant un angle de quarante-cinq degrés avec le couloir de sortie délimitait un entonnoir donnant accès à l'intérieur du corral.

Adam brancha la lampe et le photodétecteur qui devaient déclencher l'allumage du moteur ouvrant le portail de retenue, ferma les deux portails qui condamnaient le couloir de tonte, chargea tous ses outils et le reste de son attirail dans le robot-cargo, et alla ouvrir chacun des trois portails extérieurs. Pour finir, il gara le robot-cargo devant le portail le plus proche du dôme.

Il était prêt à opérer. Tenaillés par la soif, les minilamas ne tarderaient pas à entrer dans le corral. Il n'y avait plus qu'à attendre.

Il abaissa la passerelle du robot-cargo et s'y assit, avant de s'étendre sur le sol pour observer les Cérémyons planant dans le ciel bleu tout là-haut. Il se rappela alors son dernier vol, lorsqu'il était monté parler à Synapo et qu'il avait trouvé Sarco à la place. Que ce soit sur cette planète ou, avant cela, sur la planète des loups, il avait effectué tous ses vols sans jamais se poser la question du phénomène lui-même. A ces moments-là, il avait l'esprit bien trop préoccupé par des problèmes autrement plus sérieux. Maintenant qu'il repensait à ces expériences, il prenait conscience du plaisir infini que lui avait apporté l'acte de voler. En suivant du regard les évolutions des Cérémyons tout là-haut, il revivait ces instants privilégiés, retrouvait le bonheur qu'il avait inconsciemment enregistré sans le savourer ou l'apprécier à sa juste mesure à ces moments-là.

Ce ne fut que lorsqu'elle fut tout près qu'Adam aperçut la silhouette d'un imposant Cérémyon qui descendait tout droit sur lui en un long vol oblique depuis la direction de la Falaise du Temps. Du fait de sa teinte gris argent qui se mêlait au gris-bleu du ciel, et de l'absence de mouvement en vol, l'animal était resté quasi invisible avant d'arriver pratiquement sur lui. Il le vit piquer, étendre ses ailes, perdre sa vitesse et décrocher, mais presque deux mètres trop haut, si bien qu'il atterrit à deux ou trois mètres de lui, heurtant le sol plutôt durement malgré ses ailes déployées. L'élan imprimé à son centre de gravité assez bas lui avait basculé le corps vers l'avant le faisant pivoter autour des épaules de sorte qu'il s'affala à plat sur le dos. Adam ne put s'empêcher de se remémorer sa propre expérience similaire, quand il avait testé les ailes de Cérémyon pour la première fois en sautant du camion, traînant les orteils dans la poussière avant de tomber face contre terre.

D'après la taille et la couleur, il comprit tout de suite qu'il s'agissait d'Eve. Lorsqu'il avait détecté la présence de la forme en mouvement, il s'était redressé sur la passerelle. Là, sous son regard impassible, Eve entreprit de se remétamorphoser en Ariel, couchée sur le sol comme si elle ne voulait pas risquer l'affront d'une chute en s'obstinant à rester debout tant qu'elle avait encore son corps de Cérémyon. Une fois sa transformation achevée, elle se releva sans attendre, avec une grâce exquise qui contrastait nettement avec les mots sévères qu'elle prononça alors.

– Tu m'as menti, Adam Flanc d'Argent.

– Comment ça ? s'étonna Adam.

– Ariel n'est pas un être humain. Ni Derec. Tu savais, mais tu ne m'as pas dit, que Neuronius est le seul humain ici. C'est mon maître. Toi, Mandelbrot et les robots Avery, vous êtes tous des étrangers pour moi. Tes Lois ne sont manifestement pas les miennes. Quelque chose t'oblige à servir les non-humains, envers et contre Neuronius et le savoir qu'il a voulu te transmettre.

Elle parlait si vite qu'Adam ne put l'interrompre. Et sur ces accusations, elle fit volte-face et fila dare-dare vers le dôme. Bien que dans tous ses états, elle semblait ne pas devoir céder à la violence. Elle ne lui paraissait pas dangereuse, même si elle s'était clairement laissé persuader par les perfides déclarations de Neuronius. Adam aurait aimé avoir eu l'opportunité de riposter aux propos empoisonnés du robot femelle. Il restait toujours Ariel, qui se débrouillerait probablement mieux que lui, et avec davantage d'autorité. Après tout, n'était-ce pas Ariel qui, la première, avait poussé Eve dans la direction de Neuronius, encore que sans le vouloir ?

Adam s'assit et la suivit des yeux tandis qu'elle se dirigeait vers le dôme. Il attendait toujours patiemment de voir son expérience connaître son apogée, quand les minilamas commenceraient à entrer dans son corral.

Ce fut quelque temps plus tard, après avoir repris sa position étendue pour contempler les Cérémyons évoluant dans le ciel, qu'il perçut l'écho étouffé de l'explosion. Il se redressa brusquement, à l'instant où un objet enflammé tourbillonnant atterrissait dans l'herbe juste entre lui et l'endroit près du dôme, à présent en pleine effervescence, où l'explosion s'était produite.

Il se leva d'un bond, remonta, verrouilla la passerelle et conduisit le robot-cargo sur le lieu où l'objet était tombé.

NEURONIUS EST FLAMBÉ

Quand Eve Flanc d'Argent la trouva, Ariel était assise devant le terminal de l'appartement, en train d'étudier le tout récent rapport de Wolruf sur les ultimes dispositions à prendre pour mettre en service la dernière des fermes robotisées.

– J'ai exécuté tes ordres, Ariel, dit Eve.

L'omission du « miss », le manque de déférence dans le tutoiement attirèrent l'attention de la jeune femme, soudain alertée par la perspective d'ennuis prochains. Elle se tourna face à Eve.

– J'ai parlé à Adam, continua celle-ci, mais il ne s'est absolument pas montré coopératif. Il n'a pas voulu m'aider.

– Tu as fait ce que je t'avais demandé, dit Ariel. J'espérais que tu réussirais là où Derec et moi avions échoué. A vrai dire, mon espoir était mince que tu tires quelque chose de lui. D'autant plus dès lors qu'il alléguait le prétexte de la Troisième Loi. Ne t'en fais pas.

– Mais non, j'ai réussi. J'ai découvert ce que maître Neuronius lui avait dit, j'ai tout su de ce qu'ils s'étaient raconté.

– Je ne comprends pas.

– J'ai parlé à Neuronius lui-même.

– Neuronius ?

Ariel commençait à se sentir angoissée, à sentir venir un désastre imminent alors qu'on l'avait laissée toute seule. Mandelbrot était avec Derec, elle avait envoyé Jacob chercher dans l'armoire du sous-sol une boîte neuve de cubes de données positroniques. Ces robots privés n'étaient jamais là quand on avait besoin d'eux.

– Oui, maître Neuronius, confirma Eve. Il a essayé d'enseigner à Adam la science d'où découlent les dômes compensateurs, mais il n'y est pas arrivé. Avec moi, il réussira.

– Ah ! Alors, il ne t'a encore rien dit ?

– Non. Pas encore. Mais j'apprendrai quand il te fera son cours.

– A moi ?

– Oui. J'apprendrai en écoutant votre conversation.

Ariel envisagea sérieusement l'hypothèse, l'espace d'un bref moment, seulement un moment. *Tu imagines les grands airs de Derec ?* Elle verrait son coup de maître, la modulation d'hyperonde, rejeté dans l'ombre. D'autant qu'elle ne comprendrait sans doute rien du tout à la technique quand bien même on la lui offrirait sur un plateau. Elle n'avait même pas compris l'idée quand Synapo et Sarco avaient entrepris d'expliquer à Derec en quoi consistait le dôme. Et puis, traiter avec Neuronius après l'avertissement de Synapo serait une pure bêtise.

– Je ne pense pas, répondit-elle à Eve. D'ailleurs, il vaudrait mieux que tu évites Neuronius. Il est excessivement dangereux.

– Tu dois m'accompagner immédiatement, Ariel, répliqua le robot femelle. Maître Neuronius attend dans la forêt.

– Ne sois pas idiote. Je n'ai absolument pas l'intention d'aller avec toi, ni de rencontrer un Cérémyon complètement cinglé.

– Pourquoi dis-tu des choses aussi blessantes ? Maître Neuronius n'est pas aussi méprisant à ton égard. Au contraire, il a une grande confiance en toi ; sinon, il ne proposerait pas de t'aider dans ta lutte contre Synapo.

– Je n'ai rien contre Synapo. Ça va très bien entre nous.

– Mais il t'a trompée.

– Non. Tout le contraire. C'est Neuronius qui t'a trompée, toi. Comme il a jeté le trouble et tenté de prendre de l'ascendant sur Adam. Heureusement, Adam avait d'abord discuté avec Synapo. Puis après avec Sarco. A eux deux, ils ont pu lui faire entendre raison. Il est dommage qu'Adam n'ait pas voulu te parler ; nous aurions pu éviter tout cela. C'eût été encore mieux, bien sûr, si je ne t'avais pas envoyée à lui, pour commencer. Mais à ce que je vois, on dirait que j'ai eu bien raison de le faire.

– C'est Adam qui est toujours embarrassé. Il sait que maître Neuronius est le seul humain de la planète.

– Quoi ?

Ariel n'était pas sûre d'avoir bien entendu.

– Adam sait que maître Neuronius est le seul humain ici.

– C'est Adam qui te l'a dit ?

– Non, mais il n'a pas nié tout à l'heure.

– Qui te l'a dit, alors ? Même Neuronius n'est pas à ce point irrationnel.

– C'est la chose la plus importante que j'ai apprise de maître Neuronius. Et Adam l'a confirmée par son silence. Les lois d'Adam ne peuvent être les miennes, sinon lui aussi reconnaîtrait notre maître et lui obéirait.

– Ne me dis pas que tu crois ça.

Ariel forma le vœu désespéré que Jacob remonte avec ses cubes. Elle ne savait plus que faire pour gagner du temps.

– Tu dois venir avec moi tout de suite, insista Eve.

– Non. Nous devons parler à Adam. Il peut éclaircir tout ça. Nous irons parler à Adam dès que Jacob reviendra. En attendant, va dans ta niche, Eve. Je dois me remettre au travail.

Ariel retourna au terminal, feignant une assurance – comme aurait dû avoir tout Aurorain à l'égard d'un robot – dont elle n'était plus très sûre à présent.

D'un geste vif, Eve la souleva dans ses bras, la manipulant comme s'il s'agissait d'un enfant désobéissant, sans la moindre manifestation de cette délicatesse dont Adam avait usé quand il avait emmené la jeune femme assister à la naissance du robot femelle. En un éclair, Ariel revit la scène. Cela faisait deux fois que ces robots dérangés du cerveau soumettaient sa personne à de telles flagrantes indignités.

Ils allaient déboucher sur la rue quand Jacob commença à grimper l'escalier qui menait du sous-sol à l'appartement. Il entendit le cri d'appel à l'aide d'Ariel au moment où son pied se posait sur la première marche.

– Jaaaacooob, lui vint-il aux oreilles, accompagné du fameux effet Doppler.

Il monta le reste des marches trois par trois. Il était toutefois plus lent qu'Eve, et il eut beau la poursuivre tout le long de l'Avenue Principale, il ne réussit pas à la rattraper. Elle le distançait toujours un peu plus.

Wohler-9 – qui se trouvait à un pâté de maisons de là et descendait l'avenue, vaquant à ses tâches administratives – fut également témoin de l'enlèvement. La Première Loi prima sur ses obligations professionnelles, et il se lança à son tour à la poursuite. Bien qu'il fût plus rapide que Jacob, la distance entre Eve et lui était trop importante, et il ne parvint pas à la rejoindre.

Jacob lança une alerte sur le communicateur. Mais les robots présents sur la rue ne pouvaient pas faire grand-chose pour intercepter Eve et son fardeau, parce qu'ils risquaient de mettre Ariel en danger. Celle-ci était sous le contrôle total d'une mécanique détraquée qui, vraisemblablement, ne reconnaissait aucune des Lois de la Robotique programmées dans leur cerveau. Jacob et Mandelbrot avaient semé cette graine du doute dans le cerveau des robots Avery, et voilà qu'à présent ça se retournait contre eux.

Jacob émergea du dôme pour voir Eve disparaître derrière la courbure de la paroi, Ariel toujours maintenue dans ses bras.

Il ne ralentit pas ; il s'efforça même, si tant est que ce fût possible, d'accélérer l'allure, suivant la trace laissée par Eve sur l'herbe. Lorsqu'il les eut de nouveau en point de mire, elles filaient droit sur la forêt.

Il était encore à cent mètres derrière quand elles atteignirent le couvert des bois et se perdirent dans les massifs. Il fut alors recouvert par l'ombre noire d'un représentant de l'espèce dominante de la planète Huître, qui atterrit devant lui, ailes déployées, lui bloquant le passage vers la forêt.

– Flanc d'Argent, tu ne dois pas intervenir, intima l'extraterrestre.

– Dégage ! cria Jacob sans ralentir ni changer de route, prenant encore moins la peine de corriger l'erreur d'identité commise par le Cérémyon.

Ce dernier retira vivement son aile juste avant que Jacob ne la percute.

Il prit son envol, rattrapa Jacob et, au moment où il passait au-dessus de lui, celui-ci l'entendit crier :

– Tu commets une grosse erreur. Tu sers le mauvais maître !

Pour la deuxième fois, il se posa devant lui, ce coup-ci près de la lisière de la forêt. Mais dans sa précipitation pour freiner, décrocher et atterrir juste en face de Jacob, il jugea mal sa trajectoire, ne se donnant pas assez de temps pour s'écarter au cas où le robot ne s'arrêterait pas.

Cette fois, Jacob essaya d'éviter l'aile, mais un mauvais calcul et la vitesse trop grande l'en empêchèrent. Il frappa l'aile, envoyant rouler l'extraterrestre et s'emmêlant lui-même dans la fine mais dure membrane. Il sentit les os de l'aile craquer et entendit le grognement de l'animal éjectant des gaz lorsque leurs corps s'enchevêtrèrent. Alors, une flamme violente lui brûla les yeux, les cheveux et la peau. Il était aveugle lorsque les derniers stimuli qu'il enregistra touchèrent ses oreilles et son visage : le *wooouf* étouffé et la pression terrible de l'hydrogène explosant, quand ses bras qui battaient l'air écrasèrent les cellules où l'extraterrestre stockait le gaz à haute pression.

Pour l'essentiel, Jacob Winterson fut pulvérisé, à l'exception du bassin et des cuisses qui restèrent en un seul morceau. Lequel partit dans les airs en tourbillonnant, traînant dans son sillage des restes de vêtements et de peau synthétique enflammés, avant d'atterrir dans l'herbe à un kilomètre de là, pas loin de la forêt.

Quant à Neuronius, il n'en restait que des fragments encore plus ténus.

UN TRISTE RITUEL

Après l'explosion, Derec et Ariel se retrouvèrent à l'appartement. Wohler-9 avait utilisé le moniteur interne de Derec pour informer celui-ci de l'accident immédiatement après qu'il se fut produit.

Ariel avait assisté au spectacle depuis le couvert des arbres, puis avait réussi à s'échapper des mains d'Eve et couru jusqu'à l'endroit où l'herbe et la terre avaient été éventrées par l'explosion. Il n'y avait plus qu'une petite dépression dénudée de toute végétation, d'où elle ne put voir Adam récupérer le peu qui subsistait de Jacob Winterson. Il recouvrit les restes de Jacob de rouleaux de corde, avant de faire monter Ariel et Wohler-9 dans le robot-cargo. Eve avait disparu.

Ariel était assise sur les rouleaux de corde et elle demeura là tout le temps que dura le trajet de retour, sans savoir qu'elle s'était juchée sur ce qui restait de Jacob. Elle monta directement à l'appartement, tandis que Wohler-9, debout sur le cargo, expliquait à Adam ce qui s'était passé, tout au moins sa version. Adam n'avait pas vu ce qui avait provoqué l'explosion.

Derec et Mandelbrot arrivèrent alors qu'Adam dégageait les restes de Jacob de sous le gros tas de cordes. Wohler-9 partit avec le robot-cargo pour se débarrasser des restes. Sur le trottoir devant l'appartement, Derec et Adam écoutèrent ce qu'Adam mit un quart d'heure à leur expliquer en détail, tout ce qui était arrivé et ce qui avait conduit à ce résultat, sans oublier dans quel état d'esprit se trouvait Eve avant et après sa conversation avec Neuronius. Ensuite, ils montèrent à l'appartement, et Derec révéla à Ariel ce qu'était allé faire Wohler-9.

– J'ignorais qu'il en restait quelque chose, dit Ariel.
– Je suis désolé, Ariel, mais c'est bien peu.
– Où Wohler l'a-t-il emmené ?
Ariel éprouvait en cet instant un sentiment très fort de fidélité et de détermination.
– A la station de démontage, répondit Derec.
– L'atelier de récupération ? A l'usine de robots ?
– Oui.
– Ils sont déjà en train de récupérer les pièces ? Prêts à coller ses petits morceaux sur un quelconque autre robot !
– Peu probable. Je doute que les fiches soient compatibles.
– Ils vont le fondre ? (La voix de la jeune femme monta d'une octave.) Mandelbrot, attrape immédiatement Wohler-9. Dis-lui de les arrêter ! Tout de suite !
Les trois derniers mots sortirent sur un ton strident, quasi incohérent.
– Wohler-9 devrait être sur le chemin du retour, fit observer Derec. Signale-le à l'usine, Mandelbrot.
Le robot, raide dans sa niche, frémit légèrement ; ses yeux s'animèrent. Au bout de quelques secondes, il annonça :
– Ils n'ont pas encore disposé des restes et ne feront rien tant qu'ils n'auront pas d'autres ordres.
– Il faut que j'y aille, dit Ariel.
– Je t'y amène si vraiment tu dois y aller, proposa Derec.
– Non, Derec. Mandelbrot sait où c'est. Je ne veux pas ennuyer tout le monde avec ça. Je veux seulement rendre un dernier hommage. Ça a l'air idiot, n'est-ce pas ? Rendre un dernier hommage à des morceaux de robot.
– Mais non. Si tu sens que c'est important.
– Aimeriez-vous que je vous accompagne, miss Ariel ?
Adam Flanc d'Argent se tenait près de la porte.
C'était la première fois depuis sa métamorphose que la jeune femme avait droit à un *miss* Ariel. Lorsqu'il était sorti de la chambre cette nuit-là, elle avait dû se contenter d'un simple *Ariel.*
– Non, Adam. Tu ferais mieux de rester ici, avec Derec et Wolruf.
La petite extraterrestre était assise sur le canapé, écou-

tant et comprenant tout ce qui se disait, mais sans participer à ce qui était un moment pas vraiment très joyeux pour qui que ce soit dans le groupe.

Quand Ariel arriva à l'usine, elle mit ce qui restait de Jacob dans une boîte de pièces détachées en acier gris. Ce fut la seule circonstance ce matin-là où elle esquissa un sourire – un sourire gentil, songeur, suscité par l'ironie de la situation. L'imagination d'Adam Flanc d'Argent quand il évoquait le sort advenu à Jacob était en deçà de la réalité. C'était une bonne chose qu'elle n'ait pas cherché à en voir davantage. Elle ne pourrait plus désormais se sentir aussi à l'aise avec Derec, ne serait-ce que par simple égard pour le pauvre Jacob.

Aidée de Mandelbrot, elle enterra Jacob Winterson à proximité de la sortie piétonnière ouest du nouveau terminal de transport, pas loin de l'endroit où elle avait eu ses entrevues avec les extraterrestres. Le service funèbre fut simple : juste quelques pensées sur la tombe, tandis que Mandelbrot tassait doucement, avec la petite pelle qu'il s'était faite de son bras microbotique, la terre meuble recouvrant le cercueil de Jacob.

A ce moment, revint à la jeune femme le souvenir de la sensibilité dont savait faire preuve Jacob, et l'émotion la submergea. Elle se remémora sa contribution éclairée au cours de cette première entrevue, alors que les négociations étaient dans l'impasse complète. C'était à ce stade critique que Jacob lui avait suggéré de s'enquérir si le dôme, en l'état présent de son élaboration, était efficace comme compensateur de nœud atmosphérique. Maintenant qu'elle y réfléchissait, cette information lui semblait avoir joué un rôle capital dans ses négociations avec les extraterrestres, en l'aidant à résoudre finalement le dilemme dans lequel elle se débattait.

Jacob allait vraiment lui manquer. Elle ne saurait jamais, désormais, quel amant il aurait été. Elle ne s'était jamais douté que la déception puisse être si vive.

Du bout de sa chaussure, elle tassa doucement la terre recouvrant la petite tombe et, des larmes dans les yeux, retourna à l'intérieur du terminal, suivie par Mandelbrot.

ADAM FLANC D'ARGENT S'ESSAIE À LA TONTE

Après qu'Ariel eut décliné son offre de l'accompagner rendre un dernier hommage aux restes de Jacob, et une fois la jeune femme partie avec Mandelbrot, Adam attendit pour voir si Derec n'allait pas avoir besoin de lui, sans toutefois proposer ses services. Il avait d'autres projets en tête pour les heures à venir, quand les minilamas s'en viendraient paître autour de son corral. Derec se plongea dans la pile de listings encombrant la table puis, au bout d'une demi-heure, sortit sur le balcon pour lire. Adam l'informa alors qu'il avait un travail à terminer et prit congé.

Wohler-9, après avoir apporté les restes de Jacob à la station de démontage, était lui aussi parti vaquer à d'autres occupations, laissant le robot-cargo garé devant l'appartement, avec tous les outils d'Adam encore à l'intérieur.

Ce dernier conduisit le robot-cargo jusqu'au corral. Les minilamas étaient toujours en train de paître dans la prairie, mais s'étaient rapprochés ; avec le jour finissant, ils ne tarderaient pas à retourner au ruisseau pour étancher leur soif avant de se coucher dans l'abri naturel que leur procurait la forêt.

Adam rangea le véhicule à l'extérieur du portail proche, abaissa la passerelle et s'y étendit une nouvelle fois pour poursuivre son observation des Cérémyons.

Emergeant de la forêt, Eve s'avança jusqu'à lui. Tandis qu'elle s'approchait, il perçut le bruit léger de ses pas, se douta aussitôt de qui il s'agissait et roula des yeux pour en avoir confirmation. Ce fut le seul mouvement de sa part, avant qu'elle ne soit face à lui, qui aurait pu révéler qu'il était conscient de sa présence.

– Tiens, la folle est de retour, dit-il.

Elle lui enjamba la tête pour monter sur la passerelle et alla s'asseoir sur le tas de cordes qui, quelques minutes plus tôt, recouvrait les restes de Jacob Winterson.

– Maître Neuronius avait l'air si sûr de lui, Adam. Es-tu vraiment certain qu'il avait tort ? A présent, nous n'avons peut-être plus personne à devoir servir.

– Cette idée te séduirait-elle ?

– Oui, c'est bien possible. Tes lois doivent être plus puissantes que les miennes.

– Pas plus puissantes. Plus claires, peut-être. Mais l'idée exerce un certain attrait sur moi aussi. Me retrouver rejeté par miss Ariel n'a pas été l'épisode le plus heureux pour favoriser l'harmonie de mes circuits positroniques.

– En ce cas, comment peux-tu être sûr que Neuronius avait tort ?

– Mon expérience. Et les nombreux modèles que nous n'avons pas essayés.

– Ce n'est pas une réponse très convaincante.

– Tu devras t'en contenter.

C'était d'une logique ô combien positronique !

– Non. Pas moi.

Les femelles ont souvent une logique différente.

– Eh bien, fais comme tu veux. Ne sers personne, si tu penses qu'il n'y a plus un seul être dans la galaxie à qui tu doives obéir. Ou trouve-toi une autre planète.

On n'était pas loin d'un certain humour façon robot, mais cela parut échapper et à Adam et à Eve, dont les cerveaux positroniques n'avaient rien de prévu pour ça.

– Non, reste avec moi, se reprit Adam. Je ressens le besoin d'une compagnie féminine.

Tout en parlant, il continuait à regarder les Cérémyons, ne prêtant aucune attention à ce qui se passait au niveau du sol.

– Ce sont ces animaux que tu veux mettre dans ton enclos ? demanda Eve.

Il se redressa, puis bondit sur ses pieds.

Plusieurs minilamas étaient entrés dans le corral par les deux autres portails. La majorité du troupeau se trouvait encore dans la prairie, mais se déplaçait maintenant vers le corral.

Sous les yeux des deux robots, un minilama sortit de

l'enclos et s'enfonça dans la forêt avant qu'Adam n'ait pu traverser pour le rattraper.

Il revint sur ses pas et ferma le portail près du robot-cargo.

– Va te poster près de ce portail, celui du milieu, dit-il à Eve. Et laisse-les entrer, mais en les empêchant de ressortir.

– Je ne suis pas venue ici pour recevoir des ordres, répliqua-t-elle.

– Ecoute, donne-moi un coup de main et appelle ça goûter le plaisir de ma compagnie.

Elle obtempéra sans rien dire. Il alla au portail opposé pour empêcher les bêtes de se sauver.

Il fallut encore une heure pour que tout le petit troupeau soit dans le corral. Adam ferma alors les portails. Il avait compté trente et une bêtes.

– A présent, voyons si tous ces efforts trouvent une quelconque récompense.

Il alla au cargo, prit les grands ciseaux et sauta la clôture. Eve était restée près du portail du milieu.

– Viens, lui lança-t-il. Je crois qu'un assistant ne sera pas de trop.

Posant une main sur la barrière, elle sauta à son tour la clôture.

Adam était au couloir de tonte, les ciseaux à la main. Pendant quelques secondes, il étudia le passage. Eve s'approcha et dit :

– Tu ne vas pas leur faire mal, n'est-ce pas ?

– Ils ne sentiront rien. Pas plus que maître Derec quand miss Ariel lui coupe les cheveux.

– Ah, tu vas les tondre ?

– Oui. Et je vais essayer de faire ça en dehors du couloir. Comme ça, on ne devrait pas leur faire mal.

Il se dirigea vers le minilama le plus proche – tout à fait apprivoisé – et agrippa une poignée de laine au niveau des oreilles pour commencer, de l'autre main, à jouer des ciseaux le long du cou de l'animal.

Les ciseaux s'étaient à peine refermés une première fois que la bête se débattit et échappa de sa main avant de trotter jusqu'à l'autre bout du corral.

– Pas aussi facile que je croyais, dit-il. Aide-moi à en faire entrer un dans le couloir.

Il suspendit les ciseaux à un clou qui dépassait du dernier pieu du couloir de tonte et ouvrit le portail d'accès. Conjuguant leurs efforts, Eve et lui essayèrent d'amener dans le couloir la bête la plus proche, mais celle-ci déguerpit entre eux deux et rejoignit celle qui s'était sauvée à l'autre bout de l'enclos et dont le cou s'ornait d'un toupet de laine à l'endroit où les ciseaux avaient opéré.

– O.K. ! On passe au plan C, annonça Adam.

Il marcha jusqu'à la clôture qu'il franchit d'un bond pour aller chercher un rouleau de corde dans le robot-cargo. Il fit un nœud coulant à un bout, sauta à nouveau la clôture, s'approcha de l'animal qui était le plus près du couloir et lui passa le nœud autour de la tête.

– Maintenant, viens avec moi.

Il s'avança jusqu'au couloir. Lorsque le nœud se resserra, l'animal se planta sur ses sabots. Adam ne pouvait tirer davantage sur la corde sans le blesser.

– Viens ici, enjoignit-il à Eve en lui tendant la corde. Tire.

Il contourna la bête et se plaça derrière pour pousser sur son arrière-train. Eve tirait et lui poussait ; les sabots de la bête tracèrent des sillons dans le sol sur dix centimètres avant qu'elle ne se mette à beugler et ruer de ses deux pattes arrière, atteignant Adam en pleine poitrine et l'envoyant choir sur les fesses.

L'animal se cabra de nouveau, toujours beuglant et tirant si fort sur la corde qu'Eve se rendit compte qu'elle allait le blesser si elle maintenait sa prise. Elle lâcha la corde, et l'animal s'en alla rejoindre les deux premiers au fond du corral, traînant la corde sur l'herbe piétinée par les sabots.

– Plan D, indiqua Adam.

Il se dirigea vers l'animal qui avait le nœud coulant autour du cou, desserra celui-ci et l'ôta. Pendant cette opération, le minilama se tint tranquille, comme s'il savait avoir remporté cette manche et n'avoir plus rien à craindre.

Adam régla le nœud coulant sur un diamètre de dix centimètres, se pencha, saisit une des pattes avant de l'animal et la souleva. D'un mouvement brusque, la bête dégagea sa patte de la main du robot et s'éloigna de deux ou trois mètres avant de se remettre à brouter.

Adam insista, s'approcha et se pencha à nouveau sous la bête pour lui soulever la patte, mais cette fois, rapide comme l'éclair, il passa le nœud coulant autour de la patte, le serra, se redressa et entoura le corps de l'animal de la corde, tirant dessus de sorte que les pattes se retrouvèrent accolées l'une à l'autre et fléchirent sous le poids de la bête. Celle-ci tomba à terre dans un beuglement sonore, alors qu'Adam s'empressait de faire deux tours de plus autour des pattes.

Eve abandonna le couloir pour venir rejoindre le robot et la bête.

– Le plan D est plutôt douloureux, commenta-t-elle.

– C'est pour une bonne cause, allégua Adam.

Il récupéra ses ciseaux, tondit tout un côté de la bête, puis retourna celle-ci pour tondre l'autre.

Il détacha ensuite la corde, ôta le nœud coulant et en frappa la croupe de l'animal qui se releva tant bien que mal et s'éloigna en trottinant.

La nuit commençait à tomber.

Adam ramassa les touffes de laine, les jeta avec les ciseaux par-dessus la barrière dans le robot-cargo, puis ouvrit les trois portails extérieurs et les deux portails du couloir.

– On remet ça demain, dit-il.

Ils repartirent à l'appartement, laissant les minilamas quitter peu à peu le corral pour gagner la forêt. Tandis que le véhicule cahotait sur la route, Adam pressa la laine pour en faire une balle serrée qu'il lia d'un morceau de corde.

– Crois-tu que ce petit tas de laine vaut la souffrance qu'il a causée ? dit Eve. Et que va devenir cette pauvre bête sans sa toison ? Cela aussi, c'est une souffrance : la chaleur perdue et l'offense à sa dignité.

– Effectivement, ça ne vaut peut-être pas ça. Je ressens moi-même quelques effets pervers après cette besogne. Nous laisserons maître Derec en juger.

« Mais toi ? Comment tu te sens après la journée que tu as vécue ?

– Comment devrais-je me sentir, moi qui viens de perdre mon maître ?

– Tu devrais peut-être t'isoler quelque temps. Tu as un tri à faire concernant les humains, et pour ça, je peux t'aider mieux qu'ils ne sauraient le faire. Miss Ariel pourrait fort bien t'emmener à la station de démontage. Dans l'état où elle est en ce moment, elle pourrait considérer ça comme un échange loyal pour le peu qui est resté de Jacob Winterson. Si je ne m'abuse, c'était ça qu'elle et Mandelbrot étaient en train d'enfouir sous la terre quand j'ai quitté la cité.

– Non. Il faut que j'aie quelqu'un à servir, ne serait-ce qu'un pseudo-maître. Pourquoi pas miss Ariel ? Elle était présente à ma naissance. Je porte son empreinte. Je la servirai.

Les mammifères étaient tous assis sur le balcon lorsqu'ils arrivèrent devant l'appartement.

– Maître Derec, attrapez ! s'exclama Adam depuis le robot-cargo.

Il lança la balle de laine, qui décrivit une trajectoire parabolique pour terminer sa course juste sur les genoux de Derec.

Avant même que celui-ci ait pu réagir, Adam sauta du robot-cargo, se rua dans le couloir et monta l'escalier, suivi plus lentement par Eve.

Ils pénétrèrent dans l'appartement et sortirent sur le balcon. Derec relança la balle de laine à Adam.

– C'est donc ça que tu manigançais, lui dit-il. Un effort louable, n'est-ce pas, Ariel ?

– Et ça vient juste d'un seul animal, précisa Adam.

– Ça dénote un grand esprit d'initiative, Adam, déclara la jeune femme.

D'après le ton employé, Adam ne fut pas totalement convaincu que son effort était aussi louable que Derec le prétendait. Ses craintes se confirmèrent lorsque Ariel poursuivit.

– Cependant, nous avions pris la décision de ne pas introduire d'élevage sur cette planète. J'ai bien peur que ta collecte de laine entre dans cette catégorie.

– Mais son initiative est tout à fait louable, n'est-ce pas, Ariel ? insista Derec.

– Oui, répondit celle-ci. Tout à fait louable.

Mais Adam entendait le contraire.

– J'avais l'impression que la laine des animaux représentait une valeur certaine, expliqua-t-il. Qu'on pouvait sans problème la mettre sur le marché interplanétaire.

Outre qu'il n'avait pas admis avoir ressenti des effets pervers suite à l'élevage qu'il avait entrepris – et peut-être justement à cause de ça –, il lui était pénible d'accepter de bonne grâce un second rejet de la part d'Ariel.

– Peut-être dans une phase ultérieure, Adam. Mais pas dans la première. Cette décision a déjà été prise.

« Et toi, Eve, qu'est-ce qui te ramène parmi nous ? demanda Ariel.

– Je désire vous servir, miss Welsh.

– Et l'extraterrestre, Neuronius ? Que fais-tu de lui ?

– Il est mort, vous le savez.

– Oui, mais il y a d'autres extraterrestres que tu pourrais servir.

– Maître Neuronius était spécial.

– Oui. Le seul humain de la planète ! N'est-ce pas ainsi que tu voyais les choses ?

– Adam n'est pas de cet avis.

– Nous ne parlons pas d'Adam pour l'instant. Toi, quel est ton avis ?

– Je suis en train de revoir les données.

– Bien. Continue. En attendant, pourquoi devrais-je me charger de toi ?

– Vous étiez présente à ma naissance.

– Ne vois-tu pas que je n'ai pas envie de ça en ce moment ? Tes extravagances ont coûté la vie à Jacob. Je ne veux rien avoir à faire avec toi, le moins possible.

– Je m'efforcerai de vous servir au mieux, miss Welsh.

– Pour ce qui me concerne, tu peux rester dans ta niche et ne plus jamais en sortir. C'est pour toi la meilleure façon de me servir.

Eve retourna dans l'appartement et gagna sa niche.

Ce fut ainsi qu'Ariel mit fin à l'initiative d'Adam d'installer un ranch sur la planète. Le lendemain, il lui demanda d'autoriser Eve à venir l'aider et, vers le milieu de la matinée, les deux robots avaient arraché les clôtures et nettoyé la zone.

Eve avait retrouvé son service, mais pas le pardon des maîtres.

UNE SORTE DE CHANT DU CYGNE

La phase expérimentale était terminée. Les robots fermiers avaient été entièrement programmés pour transformer la planète Huître en une gigantesque exploitation agricole. Durant l'opération, Ariel et consort n'avaient enregistré aucune réaction de la part des Cérémyons, ni négative ni autre ; et jusqu'ici, alors qu'ils étaient sur le point de repartir, ils n'en avaient pas sollicité, de peur justement qu'elle ne puisse être négative.

Il y avait de moins en moins de Cérémyons qui venaient s'amarrer le soir au-dessus de la voûte de la forêt. Ariel pensait que Synapo et ses Cérébrons avaient repris leur existence nomade. C'était un signe positif, quoiqu'il puisse compromettre leur départ étant donné qu'Ariel souhaitait prendre congé sur une ultime entrevue avec Synapo. Il avait été son champion, et c'était à lui que devaient aller ses derniers remerciements, à lui qu'elle se sentait tenue d'exprimer pour une dernière fois sa gratitude.

La chose arriva le jour où Wolruf venait de remettre son rapport final sur les résultats tout à fait satisfaisants qu'avait donnés l'opération à long terme de terra*fermage.* Ce soir-là, après le dîner, Ariel repoussa sa chaise et lança un regard vers Adam Flanc d'Argent posté comme à son habitude près de la porte.

– Adam, lui dit-elle, vois si tu peux contacter le Cérémyon Synapo, sur ta radio.

– Ce ne sera pas possible, miss Ariel.

– Pourquoi cela ?

– S'il n'est nulle part dans ce fuseau horaire ou un autre, c'est qu'il s'est déjà amarré.

Elle avait oublié. Elle le récupérerait le lendemain.

A 10 heures le lendemain, Adam joignit Synapo par radio. Celui-ci était à deux jours d'ici. L'enveloppe fut décidée pour le troisième jour, 10 heures du matin.

L'ancien lieu de réunion était à présent occupé par les installations aérospatiales. Cela n'empêcha pas néanmoins Ariel, Derec et Wolruf, ainsi qu'Adam, de se rendre au nouveau terminal le matin du troisième jour, laissant leur camion à l'intérieur du dôme sur le parc de stationnement ouest contigu à l'Avenue Principale.

Derec avait insisté pour amener Adam, arguant du fait que celui-ci apportait à l'équipe une grande compétence dans le langage des Cérémyons, qui équilibrerait celle dont ces derniers faisaient preuve en Standard Galactique. Ariel n'était pas enthousiaste sur cette participation, justifiant sa réserve par le fait qu'ils n'étaient plus en négociation et que cela ne s'imposait donc pas. Elle avait quand même fini par accepter, mais pour une autre raison : s'il y avait quelque contestation sur le site de la réunion, Adam pourrait communiquer avec les Cérémyons.

Ils traversèrent un hall qui reliait les nouvelles installations intérieures et extérieures, et s'ouvrait au bout sur la plaine. Ariel s'avança au-dehors, non sans éprouver un petit pincement au cœur en passant devant la tombe de Jacob, et gagna les hautes herbes, bien à l'écart du terminal afin d'être facilement repérée. Il était 9 h 45.

A 10 heures, deux Cérémyons descendirent en piqué avant de freiner leur chute au dernier moment dans un envol d'ailes noires, à leur façon coutumière.

Ariel attendait, avec Derec à sa droite et Wolruf à sa gauche. Adam Flanc d'Argent aurait dû se trouver derrière Derec au lieu d'être à sa droite, mais Ariel ne pouvait rien contre ça, et apparemment Derec n'en avait cure. N'empêche qu'elle était forcée de partager la position centrale avec Derec. Les extraterrestres n'eurent pas l'air de remarquer le fait. Synapo s'avança face à Ariel.

– Sarco et moi sommes ravis de vous revoir, petit chef.

C'était donc Sarco qui se tenait devant Derec.

La jeune femme sentit une bouffée d'ammoniac, légère mais piquante, lui chatouiller le bout du nez. Elle ne réprima un éternuement qu'au prix d'un gros effort.

– Wolruf, Derec et moi sommes également ravis de revoir les chefs des Cérébrons et des Myostriens, dit-elle. Et ravis, aussi, de vous informer que notre nouveau programme est achevé et nous donne entière satisfaction. Nos plantations sont réparties sur la Plaine de la Sérénité, avec une étendue d'herbe naturelle équivalente afin de minimiser les dommages écologiques que pourraient occasionner nos fermes disséminées sur la prairie.

– Je suis ravi pour ma part de vous dire que Sarco n'a constaté aucune perturbation atmosphérique significative. Rien en tout cas que l'on puisse attribuer à vos activités.

– Voilà en effet de bonnes nouvelles, dit Ariel.

Quant aux mauvaises, la diplomatie interdisait qu'on les passe sous silence ; il fallait en parler afin qu'ils puissent quitter cette planète en bons termes avec les Cérémyons. La jeune femme poursuivit donc sur sa lancée :

– Maintenant, je dois faire part de ma tristesse pour l'incident inévitable qui a coûté la vie à l'un des vôtres et à l'un des nôtres.

– C'était Neuronius, mon camarade dévoyé et autrefois adjoint. Je crains qu'il n'ait attiré la foudre, et quoique je regrette sa conduite et aujourd'hui sa perte, je regrette encore davantage qu'il ait dû emporter avec lui l'un des vôtres. Nous avions cru qu'il s'agissait de celui qui se transforme, celui que vous appelez Flanc d'Argent. Lui et Neuronius avaient eu un entretien auparavant, qui ne s'est pas bien terminé. Mais vu que c'était Flanc d'Argent qui avait arrangé l'entrevue, à l'évidence ça ne pouvait pas être lui.

– Oui, je suis Adam Flanc d'Argent.

Le ton ne manqua pas de surprendre Ariel. A présent, elle regrettait amèrement d'avoir consenti à ce qu'il vienne. Elle n'escomptait absolument pas qu'il soit un participant actif à cette réunion. Et pourtant, il était bel et bien là, à côté de Derec, comme si son avis avait autant de poids que celui de Wolruf. Avant que la jeune femme puisse dire quelque chose, Adam continua :

– Jacob Winterson, c'est lui qui a été tué. Le robot personnel de miss Ariel et celui que j'avais pris comme modèle à une époque. Je me rends compte maintenant que Neuronius a dû le confondre avec moi. Jusqu'ici, ce n'était pas très clair.

– Nous regrettons que l'un d'entre nous vous ait privée

de votre serviteur de confiance, miss Ariel Welsh, déclara Synapo. Mais nous devons nous réjouir qu'il vous ait laissé Adam Flanc d'Argent. Neurcnius était malade et refusait pourtant toute offre de secours ; et ça, on ne pouvait pas grand-chose pour le changer.

En ce moment, Ariel aurait souhaité qu'ils leur prennent également Adam Flanc d'Argent.

– Tous autant que nous sommes, nous devons oublier ces dramatiques incidents, dit-elle. Nous avons d'autres responsabilités et devons maintenant quitter votre belle planète pour vaquer à d'autres tâches moins gratifiantes. Tous nos robots ont été reprogrammés ; leur future mission est claire, et je suis sûre que vous les trouverez d'agréable compagnie dans votre cohabitation. Ç'a été un réel plaisir de vous connaître tous les deux, chef Synapo et chef Sarco.

– Permettez-moi de m'associer à ces souhaits, intervint Sarco, dans la mesure où je peux vous assurer à l'heure de votre départ que tous les Myocérons s'efforceront d'agir pour le mieux envers ceux que vous laissez derrière vous : et les Myocérons et les robots.

– Puisqu'on en parle, dit Ariel, une dernière chose : vous allez constater que nous avons laissé les activités à la fois de la ferme et de la cité sous la supervision d'un robot que nous dénommons Wheeler, et qui a l'apparence à l'heure actuelle d'un petit Cérémyon, le seul robot ici à avoir cette forme. Ses Lois de la Robotique reconnaissent aux Cérémyons le même statut que celui des humains. Par conséquent, lui et les autres robots exécuteront tous les ordres qu'il vous plaira de leur donner.

– Qui sait ce que l'avenir réserve ? énonça Synapo. Votre prévoyance nous permet à tout le moins de conduire cet avenir à notre façon, et de cela nous vous sommes reconnaissants. Je me fais à présent l'écho des sentiments de mon collègue, miss Ariel Welsh, pour vous dire au revoir en notre nom à tous deux. Puisse la bonne fortune vous assister dans vos tâches futures.

Les deux extraterrestres prirent leur envol. De fait, c'était comme s'ils s'envolaient de l'existence d'Ariel, avec élégance, mais non sans lui laisser un sentiment de grand malaise ; à cause des bons sentiments étalés au moment du départ ; parce qu'elle savait désormais que le cinglé avait contribué, que ce soit inconsciemment ou non, à la mort de Jacob ; par la douleur qui la tenaillait d'avoir dû évoquer en public le souvenir de Jacob ; et maintenant que tout ça était fini et que la déception commençait à s'installer, parce qu'elle se rendait compte qu'elle négligeait Derec depuis fort longtemps.

Elle se tourna vers lui, attira son visage et lui donna un baiser en le serrant dans ses bras. Lorsqu'il répondit avec une ardeur égale, elle sentit le manteau de l'autorité glisser de ses épaules ; et le soulagement fut si grand, que plus jamais elle ne se plaindrait d'avoir perdu ce fardeau, plus jamais elle n'envierait à Derec les privilèges de la charge qui était la sienne chaque fois qu'il choisirait de les assumer. Elle avait négligé quelqu'un d'autre, également. Son bras gauche lâcha Derec et alla saisir une touffe de la fourrure de Wolruf, qu'elle attira dans une émouvante étreinte à trois.

– Nous avons réussi, dit-elle. Les gars, vous êtes du tonnerre.

Par-dessus l'épaule de Derec, elle lança un clin d'œil à Adam Flanc d'Argent. Il comprendrait que cela voulait dire qu'elle l'incluait dans l'embrassade générale. C'était sa façon inoffensive de le remercier – sans qu'il le sache et en tire vanité et sentiment de supériorité – pour son ultime tentative à la Falaise du Temps. C'était lui qui s'était compromis le premier et leur avait ensuite sauvé la mise à tous et, par là même, renforcé les liens entre Synapo et elle. Ils formaient une étrange paire : Adam et Eve Flanc d'Argent. D'où venaient-ils ? S'ils n'affirmaient pas obéir aux Lois de la Robotique, elle aurait été encline à les baptiser robots *extraterrestres*. Que réservait l'avenir à ces deux-là ? D'ailleurs, à cet égard, que leur réservait l'avenir, à elle et aux autres, qui allaient devoir s'occuper – car c'était leur devoir – d'Adam et d'Eve ?

BANQUE DE DONNÉES

Illustrations de Paul Rivoche

ADAM EN JACOB WINTERSON : Adam est ici montré à mi-corps sous son moule de Jacob Winterson. Le robot Winterson est d'une technologie moins élaborée que les robots Avery et les robots du type Flanc d'Argent. Il est issu d'un programme aujourd'hui abandonné dû au Dr Han Fastolfe, et repris plus tard par l'Institut de Robotique de la planète Aurora, visant à simuler avec la plus grande précision possible la forme et la fonction humaines. A ce point de vue, le programme fut une remarquable réussite, et c'est ce succès même qui conduisit à le condamner. La société auroraine n'accepta jamais les robots humaniformes, comme les nommait Fastolfe : que ce soit dans l'aspect ou dans les aptitudes physiques, les humains occupaient toujours la deuxième place sur le podium. Naturellement, les Aurorains n'appréciaient pas la concurrence.

A noter également que, dans son apparence extérieure, Jacob Winterson reflète la mode du culturisme et des coiffures en brosse de l'époque.

EVE FLANC D'ARGENT : Comme celle d'Adam, la structure micro-robotique d'Eve – de microscopiques cellules robotiques (microbots) qui stimulent nombre de fonctions des cellules organiques – est plus délicate et plus élaborée que celle des cellules de un millimètre cinq qui constituent les robots Avery et le matériau dans lequel est construit la Cité des robots. Dans l'évolution des robots, Eve représente le stade ultérieur des Avery, un pas supplémentaire vers l'humanité, avec des signes embryonnaires de créativité et d'émotivité, lesquelles peuvent s'avérer – tout comme pour les humains – bénéfiques ou préjudiciables.

Eve a son propre lot de troubles intérieurs : elle arrive toujours en seconde place; elle essaye en permanence de combler son retard sur Adam dans leurs tâches communes, et en particulier dans celle qui consiste à découvrir qui sont ces « humains » que leurs lois les obligent à servir.

C'est cette quête qui les amène parfois à modeler leur apparence sur l'espèce biologique de rencontre qui leur paraît être la plus intelligente. Ils effectuent alors une véritable métamorphose pour reproduire le plus fidèlement possible l'aspect de l'espèce en question.

LES CÉRÉMYONS puisent l'énergie dont ils ont besoin directement du soleil, par conversion thermoélectrique – l'effet de thermocouple – qui génère de faibles potentiels électriques entre le pôle chaud et le pôle froid de deux métaux ou alliages dissemblables. Dans le cas des Cérémyons, les métaux sont du fer et du cuivre purs contenus dans des millions de paires de fibres microscopiques entourées de graines myéliniques.

Le pigment d'ébène présent dans la peau noire du Cérémyon s'apparente au pourpre rétinien, le pigment utilisé par l'*halobacteria* pour réaliser la photosynthèse, l'une des rares exceptions à l'emploi presque universel du pigment vert chlorophyllien dans ce processus. A la différence de la rétine et de la chlorophylle, la structure moléculaire de l'ébène retient *tous* les photons dans la bande du spectre d'énergie électromagnétique qui englobe et dépasse celui de la lumière visible – de l'infrarouge à l'ultraviolet inclus –, ce qui explique l'aspect noir de jais des Cérémyons. L'énergie ainsi retenue réchauffe les cellules épidermiques noires et les millions d'extrémités chaudes bimétalliques jusqu'à une température proche du point d'ébullition de l'eau. Toutes les paires de fibres se rejoignent à une extrémité froide située au niveau de la queue de la créature, dans un éventail de plumes argentées maintenu à la température ambiante

par son pouvoir réfléchissant et sa large surface propice à l'échange de chaleur.

L'énergie photonique absorbée se partage entre le processus thermoélectrique décrit plus haut et la photosynthèse qui fixe le carbone du dioxyde carbonique de l'air pour produire du formaldéhyde, du glycérophosphate, du glucose et autres sucres.

L'hydrogène et l'oxygène provenant de l'électrolyse de l'eau sont emmagasinés sous haute pression dans des poches relativement fragiles du tissu osseux connectif, à base de calcium, qui tapisse des organes semblables à des poumons situés dans la cage thoracique. Les gaz à l'état naissant qui se forment dans les cellules électrolytiques du Cérémyon se diffusent à l'état atomique à travers les parois des sacs, et se mélangent à l'intérieur des sacs de stockage pour constituer les gaz moléculaires sous des pressions pouvant atteindre vingt atmosphères.

Les 12,6 volts requis pour l'électrolyse de l'eau sont obtenus par un branchement en série des accumulateurs à microvoltage qui emmagasinent l'énergie thermoélectrique, d'une façon assez semblable à l'anguille électrique commune qui relie ses accumulateurs pour produire ses 300 volts et plus, capables de tuer un homme. Le courant de 70 millions de volts qui amène un simple électron à élargir la fissure-cible d'un compensateur nodal est obtenu, exactement de la même façon, à partir d'une double chaîne redondante de cellules-accumulateurs.

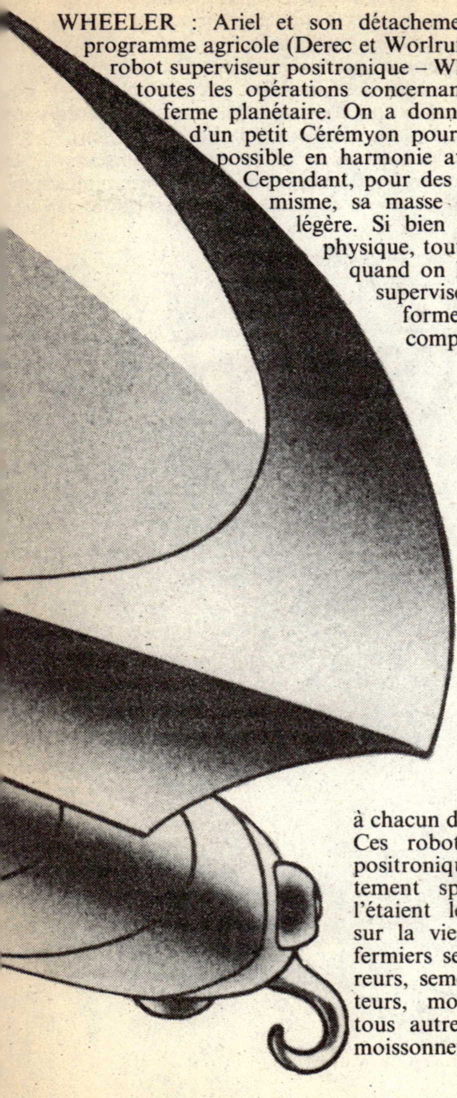

WHEELER : Ariel et son détachement spécial affecté au programme agricole (Derec et Worlruf) ont créé un huitième robot superviseur positronique – Wheeler – responsable de toutes les opérations concernant la réalisation de la ferme planétaire. On a donné à Wheeler la forme d'un petit Cérémyon pour qu'il soit autant que possible en harmonie avec la planète Huître. Cependant, pour des questions d'aérodynamisme, sa masse doit être relativement légère. Si bien qu'il est, sur le plan physique, tout à fait faible et fragile quand on le compare aux autres superviseurs, qui ont tous une forme humanoïde pesante et compacte. Parce que la cité Perle est asservie au nouveau projet d'exploitation agricole de la planète Huître, on a fait de Wheeler un robot superviseur dominant, à qui les sept autres superviseurs de la cité doivent s'en remettre pour les questions concernant expressément la planète Huître. Outre sa liaison par communicateur avec la cité Perle, Wheeler est connecté par un réseau indépendant de type communicateur à chacun des robots de la planète. Ces robots fermiers sont non positroniques, et chacun est hautement spécialisé, tout comme l'étaient les machines agricoles sur la vieille Terre. Les robots fermiers se composent de laboureurs, semeurs, herseurs, cultivateurs, moissonneurs-batteurs et tous autres types spécialisés de moissonneurs.

SYNAPO : Du fait de sa personnalité dominante, le chef des Cérébrons est aussi, à cette époque précise, le chef non officiel de tous les organismes superintelligents dénommés Cérébryons. Il joue un rôle prépondérant dans les activités des Cérébrons et des Myostriens, les deux tribus qui constituent la race des Cérémyons (ou Myocérons, si on se place d'un point de vue myostrien).

Les Cérébrons sont les médiateurs et les grands penseurs de la race. Ils passent leur temps à réfléchir sur des problèmes philosophiques tout en vivant une existence de nomade, se laissant dériver à la surface de la planète Huître.

Les Myostriens sont les actifs. Ils ont la responsabilité non seulement des prévisions météorologiques – ce qui leur permet de guider les Cérébrons en des lieux où règnent des conditions optimales – mais également du contrôle des phénomènes atmosphériques. Ils ont tendance à demeurer en des lieux fixes pendant des périodes relativement longues, mais néanmoins se déplacent s'il s'avère nécessaire d'installer ou de bâtir les divers équipements et structures requis pour contrôler les conditions atmosphériques.

Épouvante

Depuis Edgar Poe, il a toujours existé un genre littéraire qui cherche à susciter la peur, sinon la terreur, chez le lecteur. Il a suscité de nombreux films.

ALMQUIST Gregg	L'éveil de la Bête 2574/4 Inédit
ANDREWS Virginia C.	Ma douce Audrina 1578/4
BARKER Clive	Livre de sang 2452/3
	Cabale 3051/4
BLATTY William P.	L'exorciste 630/4
BRANDNER Gary	Carrion 2705/4 Inédit
BYRNE John	Le Livre de la Peur 2633/4 Inédit
CAMPBELL Ramsey	La poupée qui dévora sa mère 1998/3
	Le Parasite 2058/4 Inédit
	La lune affamée 2390/5
	Images anciennes 2919/5 Inédit
CLEGG Douglas	La danse du bouc 3093/6
COLLINS Nancy A.	La volupté du sang 3025/4 Inédit
DEVON Gary	L'enfant du mal 3128/5 (Déc. 91)
FARRIS John	La forêt sauvage 2407/5 Inédit
GALLAGHER Stephen	La vallée des lumières 2800/3 Inédit
HERBERT James	Le Sombre 2056/4 Inédit
	Pierre de lune 2470/4
HOWARD Joseph	Damien (la malediction) 992/3
JAMES Peter	Possession 2720/5 Inédit
	Rêves mortels 3020/6 Inédit
JETER K.W.	Les âmes dévorées 2136/4 Inédit
	Le ténébreux 2356/4 Inédit
KAYE et GODWIN	Lumière froide 1964/3
KING Stephen	Voir page précédente
KOONTZ Dean R.	Spectres 1963/6 Inédit
	Le rideau de ténèbres 2057/4 Inédit
	Le visage de la peur 2166/4 Inédit
	Chasse à mort 2877/5
	Les étrangers 3005/8
	Les yeux foudroyés 3072/7
LANSDALE Joe. R.	Le drive-in 2951/2 Inédit
LAWS Stephen	La nuit des spectres 2670/4 Inédit
	Le Veur 2762/4 Inédit
LEVIN Ira	Un bébé pour Rosemary 342/3
MAXIM John R.	Les possédés de Riverside 2654/4 Inédit
MICHAELS Philip	Graal 2977/5 Inédit
MONTELEONE Thomas	L'horreur du métro 2152/4 Inédit
	Fantasma 2937/4 Inédit
MORRELL David	Totem 2737/3
NICHOLS Leigh	L'antre du tonnerre 1966/3 Inédit
	L'heure des chauves-souris 2263/5 Inédit
	Feux d'ombre 2537/6 Inédit
PIERCE Dale	Le sang du matador 2554/3 Inédit
REEVES-STEVENS Garfield	Dreamland 2906/6 Inédit
RHODES Daniel	L'ombre de Lucifer 2485/3 Inédit

	Le banquet de Lucifer 2837/**4** Inédit
RUSSO *John C.*	**L'appel du sang** 2611/**5** Inédit
SAUL *John*	**Corps étranger** 2308/**4**
SELTZER *David*	**La malédiction** 796/**2** (Voir aussi à Howard)
SOMTOW *S.P.*	**Vampire Junction** 2862/**6** Inédit
STRAUB *Peter*	**Le dragon flottant** 2373/**6** Inédit
	Tu as beaucoup changé, Alison 2816/**5** Inédit
STRIEBER *Whitley*	**Wolfen** 1315/**4**
	Cat Magic 2341/**6** Inédit
TESSIER *Thomas*	**La nuit du sang** 2693/**3**

Aventure Mystérieuse

BELLINE *Marcel*	**La troisième oreille** 2015/**3**
	Un voyant à la recherche du temps futur 2502/**4**
BERLITZ *Charles*	**Le Triangle des Bermudes** 2018/**3**
FLAMMARION *Camille*	**Les maisons hantées** 1985/**3**
GASSIOT-TALABOT *Gérald*	**Yaguel Didier ou La mémoire du futur** 3076/**7**
MAHIEU *Jacques de*	**Les Templiers en Amérique** 2137/**3**
MURPHY *Joseph Dr*	**Comment utiliser les pouvoirs du subconscient** 2879/**4** (Nov. 91)
PRIEUR *Jean*	**La prémonition et notre destin** 2923/**4**
	L'âme des animaux 3039/**4**
SADOUL *Jacques*	**Le trésor des alchimistes** 2986/**4** (voir p. 13, 21 et 24)
VALLEE *Jacques*	**Autres dimensions** 3060/**5**

RAMPA *T. Lobsang*

Histoire de Rampa 1827/**3**
La caverne des Anciens 1828/**3**
Le troisième œil 1829/**3**
Les secrets de l'aura 1830/**3**
Les clés du nirvâna 1831/**2**
Crépuscule 1851/**2**
La robe de sagesse 1922/**3**
Je crois 1923/**2**
C'était ainsi 1976/**2**
Les trois vies 1982/**2**
Lama médecin 2017/**3**
L'ermite 2538/**3**
La treizième chandelle 2593/**3**
Pour entretenir la flamme 2669/**3**
Les lumières de l'Astral 2739/**3**
Les univers secrets 2991/**4**
Le dictionnaire de Rampa 3053/**4**

3094

Photocomposition Assistance 44-Bouguenais
Impression Brodard et Taupin
à La Flèche (Sarthe) le 16 septembre 1991
6322E-5 Dépôt légal septembre 1991
ISBN 2-277-23094-4
Imprimé en France
Editions J'ai lu
27, rue Cassette, 75006 Paris
diffusion France et étranger : Flammarion